고전시가 시대를 노래하다

고전시가 시대를 노래하다

황병익

역락

◀ 주몽의 활쏘기(동명왕릉 소장, 조선민주주
의인민공화국 평양직할시 역포구역 용산
리. 사진제공 (주)兩白 문화재 김진식)

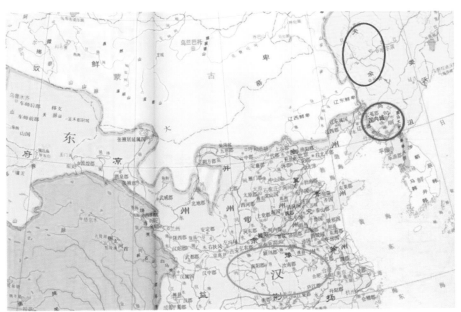

▲ 동한시기(東漢時期) 전도(潭其驤 主編, 『중국역사지도집』 진 서한 동한 시기, 중국지도출판사,
1989, pp.40~41). 동그라미 친 부분은 각각 한나라, 부여, 초기 고구려이다.

▲ 오녀산성 원경(서쪽)(서길수, 『고구려 역사유적 답사 ─ 홀본 · 국내성』, 사계절, 1998, p.490).

▲ 오녀산성(홀본성, 졸본성) 동벽(서길수, 『고구려 역사유적 답사 ─ 홀본 · 국내성』, 사계절, 1998, p.491).

▲ 부여 궁남지(宮南池)의 포룡정(抱龍亭)

▲ 마룡지의 모습(뒤편이 무왕의 탄생 추정지, 전북 익산시)

▲ 국립경주박물관 어린이박물관 내 향가 소개(경북 경주시 일정로 186)

◀ 부여 궁남지(宮南池, 충청남도
부여군 부여읍 궁남로 52).
무왕 때 만든 궁궐의 정원
이라고 추정하는 곳이다.

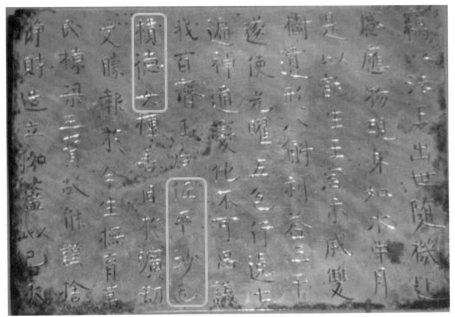

▲ 미륵사지 서(西)석탑 출토 금제사리봉안기(국립부여박물관).
우리 백제의 왕후는 좌평(佐平) 사택적덕(沙宅積德)의 딸이라 적혀있다.

▲ 헌화로 전경(강원도 강릉시 강동면 심곡리~옥계면 금진리)

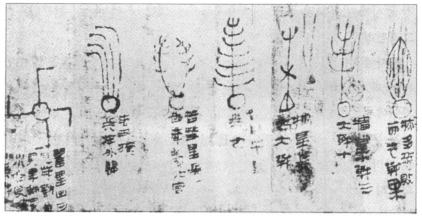

▲ 마왕퇴(馬王堆) 비단에 새겨진 혜성. 이와 같이 생긴 혜성이 나타나면 "작은 전쟁 3번, 큰 전쟁 7번이 난다."거나, "임금에게 화가 있다"는 등의 경고를 적어두었다. 하늘의 변괴가 땅의 재앙으로 나타날 수 있다는 생각에 따라 이전의 경험을 후세에 알려 사전에 대비하라는 뜻을 담고 있다 하겠다(신수『사고전서』, 마왕퇴백서천문기상잡점).

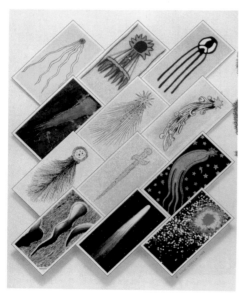

▲ 다양한 시대, 다양한 문화에서 묘사한 혜성(칼세이건『혜성』, 해냄, 2003 화보 앤노시아 그림)

▲ 남산 불탑사지 3층 석탑에 새겨진 신기루(경북 경주시 남산리 3층 석탑로)

◀ 용장사(茸長寺) 터에서 산 정상 방향에
위치하는 삼화령 연화좌대(경북 경주
시 내남면 용장리 산1)

▲ 경주남산 삼화령석조삼존불상(三花嶺石造三尊佛像)(국립경주박물관 불교미술실 소장). 원래는 경주 남
산의 북봉에서 옮겨온 것으로, 현존하는 삼국시대의 석조불상 중에서는 매우 큰 상이며 특히 머리와
손 부분이 불신에 비하여 큰 편이다. 좌우의 보살입상은 그 모습이 단아하고 복스러워 '애기부처'라고
도 불린다(『한국민족문화대백과사전』 2). 충담사가 차를 끓여 공양하던 삼화령에 있는 연화좌대와
크기 차이가 크지만, 삼화령 일대가 석조불상이 많은 신앙 공간이었음을 알려준다.

▲ 계림(鷄林) 소재 찬기파랑가 시가 비석(경북 경주시 교동 1, 첨성대 부근)

▲ 화랑의 수련 장면(경주 밀레니엄 파크 화랑 공연장)

▲ 분황사 석탑(경북 경주시 구황동 313-0). 〈도천수대비가〉를 지은 희명은 분황사(芬皇寺) 좌전(左殿) 북쪽 벽에 그려진 천수대비(千手大悲)를 향해 아이의 눈병을 고쳐줄 것을 기원했다.

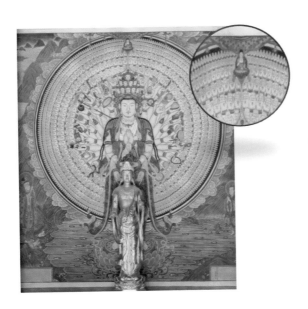

◀ 불국사 내 미륵전 천수천안 관음보살상(경북 경주시 진현동 15)

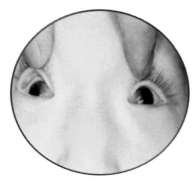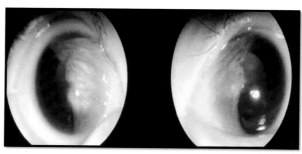

▲ 익상편 소아의 눈(박철용·지용훈·정의상, 소아 익상편 절제술 후 발생한 각막 켈로이드 1예, 『대한안과학회지』 44권 9호, 대한안과학회, 2003, p.2172)

▲ 신숭겸장군 유적지 입구 전투도(대구광역시 동구 지묘동)

◀ 장절공(將節公) 신숭겸(申崇謙) 장군 영정(平山
申氏大宗中 감수, 『평산신씨사적도감(平山
申氏史蹟圖鑑)』, 한얼보학연구소, 2000)

◀ 팔관회의 채붕과 무대(그림
김병하 화백, 『한국생활사박
물관』 7, 고려생활관 1, 사계
절, 2002, p.76). 고려 예종
은 서경의 팔관회에서 신숭
겸과 김락 장군의 모습을 본
뜬 우상(偶像)이 뛰어다니는
모습(가면무로 추정함)을 보
고 감화를 받아 〈도이장가〉
를 지었을 것으로 보인다.

▲ 정읍사공원 내 망부상
(전북 정읍시 초산동 81-2)

▲ 정읍사 노래비
(정읍사 문화공원, 전북 정읍시 정읍사로 541)

▲ 두견(=접동새)(국립공원철새연구센터 박종길
사진제공, 2002년 5월 29일 강원도 속초시
설악동 설악산국립공원에서 촬영)

▲ "내 가논ᄃᆡ 졈그롤셰라"(정읍사 문화공원 내)

▲ 정과정(복원, 부산광역시 수영구 망미동 산7-2)

◀ 정과정곡 그림
(남해유배문학관 소장, 경남 남
해군 남해읍 남해대로 2745)

行ᄒᆡᆼ步보出츌入입애 無무得득入입茶다肆ᄉᆞ
酒쥬肆ᄉᆞ며 市시井정
里니巷ᄒᆞᆼ之지語어와 鄭
뎡衛위之지音음을 未미嘗샹一일經경於어耳ᅀᅵ
며 非비禮례之지色ᄉᆞ
이며 不블正졍之지書셔와
을 未미嘗샹一일接졉於어目목ᄒᆞ며

니ᄒᆞ더라
월와禮례아닌빗出츌을 즉ᄒᆞᆫ번눈에ᄇᆞ·티디아
호번귀여디내디아니ᄒᆞ며 正졍티아니ᄒᆞᆫ글
鄭뎡과衛위ᄉᆞ소리ᄅᆞᆯ두나라일흠이니風류ᅡ라
ᄹ느집의드디아니ᄒᆞ며뎌제안
ᅙ녀거러나며돌옴애셔러곰차ᄹ느집과술

◀ 『소학언해』의 해당 부분. 이항지어(里巷之語)가 **모읫**말에 해당한다.(『소학언해』권6, p.2)

▲ 불우헌(不憂軒) 정극인의 동상(태산선비문화사료관 앞, 전북 정읍시 칠보면 원촌1길 12-3)

▲ 자암(自庵) 김구(金絿) 선생 유배지에 세운 비석(경남 남해 충렬사 입구)

▲ 운곡(耘谷) 원천석(元天錫) 묘역의 창의사(彰義祠)(강원도 원주시 행구동 344)

▲ 운곡 원천석의 묘(강원도 원주시 행구동 344)

▲ 월산대군 사당(경기도 고양시 덕양구 신원동 427)

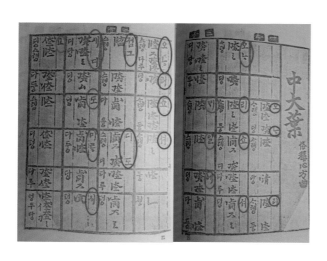

◀ 양덕수, 『양금신보』(통문관, 1959), 21~22쪽. 중대엽(中大葉) '오느리~'의 정간보. 중대엽은 우리 전통 가곡(歌曲)의 빠르기를 나타내는 만중삭(慢中數) 가운데 중간 속도의 큰 곡이란 뜻이다. 중대엽은 또 가락이 순조롭고 자연스러운 초중대엽, 조용히 진행되다가 작은 변화를 가지는 이중대엽, 힘을 주면서 올라갔다가 다시 뚝 떨어져서는 다시 뛰어오르는 씩씩하고 활달한 풍도(風度)를 가지는 삼중대엽(三中大葉)으로 분화되었다.

▲ 면앙정(俛仰亭) 전경(전남 담양군 봉산면 면앙정로 382-11)

▲ 면앙정(俛仰亭) 시가비(전남 담양군 봉산면 면앙정로 382-11)

▲ 면앙정(俛仰亭)의 모습

▲ 아래서 올려다 본 면앙정(俛仰亭)
(전남 담양군 봉산면 면앙정로 382-11)

▲ 농암(聾巖) 종택 앞을 흐르는 분강의 모습. 바위 아래에서 찬 기운의 물이 솟아올라, 몸에 소름이 돋을 정도라는 의미에서 이곳을 한속담(寒粟潭)이라 지칭한다.

▲ 농암 종택 내 분강서원의 모습

▲ 도산도(陶山圖) 중 분강촌(汾江村) 일대
(이성원 편, 『때때옷의 선비-농암 이현보』, 국립중앙박물관, 2007, p.42)

▲ 고산구곡시화병(高山九曲詩畵屛)
가운데 1곡관암도(一曲冠巖圖)
(국보 237호, 김홍도 그림, 문
화재청, 『한국의 국보-회화 조
각』, 씨티파트너, 2008, p.88)

▲ 고산구곡시화병(高山九曲詩畵屛)
가운데 7곡단풍도(七曲冠巖圖)
(국보 237호, 문경집 그림, 문
화재청, 『한국의 국보-회화 조
각』, 씨티파트너, 2008, p.93)

◀ 이덕일(李德一) 장군 영정. 칠실 이덕일 장군 기념사업회, 『칠실유고(漆室遺稿)』, 보전출판사, 1985)

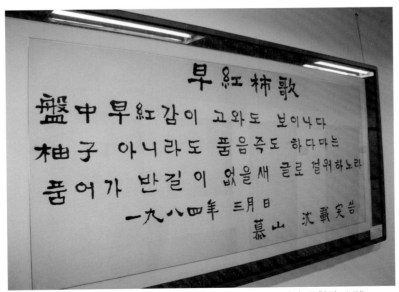

早紅柿歌

盤中 早紅감이 고와도 보이나다
柚子 아니라도 품음즉도 하다마는
품어가 반길 이 없을새 글로 셜워하노라
一九八四年 三月日
慕山 沈載完씀

▲ 박인로 시조 액자(전남 담양군 남면 지곡리 319, 가사 문학관 소장)

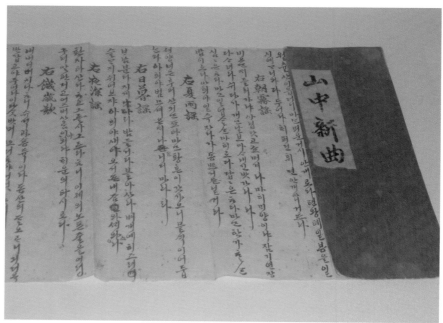

▲ 고산 윤선도의 〈산중신곡(山中新曲)〉(고산 윤선도 유물전시관 소장, 전남 해남군 해남읍 연동리 102-1). 고산이 해남에 돌아온 후, 56세(1642년)에 현산면 금쇄동에서 지은 작품 이다.

▲ 윤선도 종택 녹우당의 모습(전남 해남군 해남읍 녹우당길 135)

▲ 보길도 동천석실에서 바라본 부용동의 모습

▲ 고산 윤선도의 종택 녹우당(綠雨堂)(전남 해남군 해남읍 녹우당길 135)

▲ 금쇄동 윤선도 유적지(전남 해남군 현산면 구시리 산181번지)

▲ 죽록원의 대나무(전남 담양군 담양읍 죽록원로 119)

▲ 신윤복의 주유청강(舟遊淸江)(『혜원전신첩』, 1805년)양반 세 명이 기생 세 명과 뱃놀이를 즐기는 모습을 그렸다. 배 끝에 한 기생이 생황을 불고, 배 중앙에는 악노(樂奴)로 보이는 남자가 대금을 불고 있다(국립중앙박물관·국립국악원, 『우리 악기, 우리 음악』, 통천문화사, 2011, p.140).

◀ 신윤복의 〈혜원풍속도(蕙園風俗圖)〉(국보 135호) 중 상춘야흥(賞春野興)이다.(문화재청 『한국의 국보-회화 조각』, 씨티파트너, 2008, p.76) 정철이 풍류를 즐기던 때와 시대는 조금 다르다 하나 공간이나 구성은 흡사하지 않을까 싶다.

▲ 접시꽃(규화)

연꽃

▲ 장성령 터널에서 바라본 장성령 고개

▲ 가사문학관 전경(전남 담양군 남면 가사문학관 877)

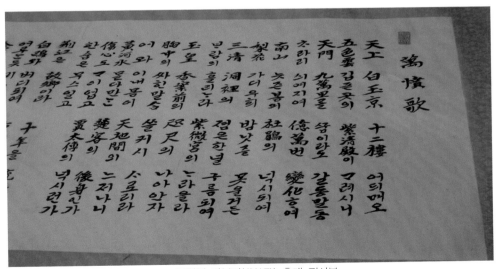

▲ 조위의 만분가(萬憤歌) 후대 필사본
(가사문학관 소장, 전남 담양군 남면 가사문학로 877)

▲ 식영정(息影亭) 오르는 길에 핀 상사화(相思花)

▲ 송강정의 사미인곡(思美人曲) 비석
(전남 담양군 고서면 송강정로 232)

▲ 관서별곡 시가비(전남 장흥군 안양면 기산리 65)

▲ 송강정(松江亭)(전남 담양군 고서면 송강정로 232)

◀ 부용당(식영정 옆, 전남 담양군 남면 지곡리)

▲ 식영정(息影亭)(전남 담양군 남면 지곡리 산75-1) 옆으로 광주호가 보인다.

▲ 서하당(棲霞堂. 식영정 옆, 전남 담양군 남면 지곡리).
김성원(金成遠)이 자신의 호를 따서 이름 붙였다.

▲ 식영정(息影亭) 뒤편 〈성산별곡〉 시가 비석(전남 담양군 남면 지곡리 산 75-1)

▲ 〈성산별곡〉의 창작 배경, 식영정(息影亭)(전라남도 남면 지곡리 산 75-1, 星山 소재)

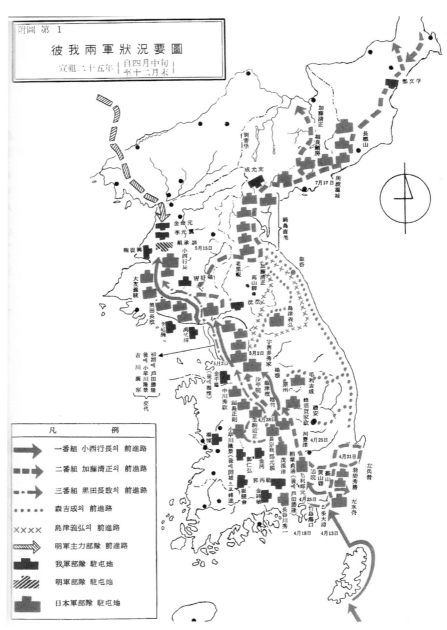

▲ 임진왜란 당시 왜군의 침략 노선도
(이형석, 『임진전란사』 하, 임진전란사간행위원회, 1976, p.1739).

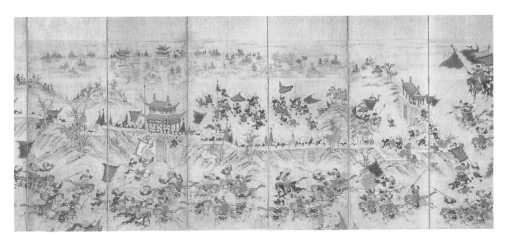

▲ 평양성 탈환도 병풍(국립중앙박물관 소장, 임진왜란이 일어난 지 불과 두 달 만인 6월 15일 고니시 부대가 평양을 점령했으나 남쪽 각지에서 일어난 의병과 수군의 활약으로 왜군은 더 이상 북쪽으로 진격하지 못했다. 1593년 1월 6일 조선군 8,000명과 명군 4만여 명이 연합하여 평양성을 사흘 만에 탈환하였다. 이 전투를 계기로 전세가 역전되어 일본군은 퇴각하기 시작했다. 문화재청 현충사 관리소, 『충무공 이순신과 임진왜란』, 태웅 C&P, 2011, p.25).

▲ 〈태평사〉 시가 비석
(부산광역시 수영구 민락동 110, 수변공원 내)

▲ 토요토미 히데요시(豊臣秀吉)
(『충무공 이순신과 임진왜란』, 일본 사가 현립 히젠나고야성 박물관 소장, 2011)

▲ 자성대(부산진지성, 부산광역시 동구 범일동 590-5)

◀ 일본군의 북상과 선조의 피난 경로
(『충무공 이순신과 임진왜란』, 문
화재청 현충사관리소, 2011)

▲ 허난설헌의 '곡자(哭子)' 시비(詩碑). 허난설헌이 연이어 어린 아이들을 잃고 지은 시 작품이다
(경기도 광주시 초월읍 지월리 산 29-5).

▲ 허난설헌과 허균의 생가 추정지(강원도 강릉시 초당동 475-3)

▲ 대마도(對馬島). 〈선상탄〉에 "두 눈 부릅뜨고 대마도를 굽어보니…"라는 구절이 나온다.

▲ 〈선상탄〉 시가 비석(부산광역시 수영구 민락동 현대아파트 내)

◀ 〈불효가〉 본문 "유검루(庾黔婁) 지효(至孝)". 이때는 아버지가 병석에 누운 지 이틀째 되는 날이었다. 의원(醫院)이 "병이 차도가 있는지 더 심해지는지를 알려면 단지 똥이 단지 쓴지 맛보는 수밖에 없습니다." 하였다. 아버지가 설사를 하자, 검루는 곧장 똥을 찍어 맛보았다. 맛이 달고 미끄러워서 검루가 마음으로 더욱 근심하고 괴로워하여 밤이 되면 매번 북극성을 향해 머리를 조아리며 자신이 아버지의 병을 대신하기를 빌었다.(『남사』 유검루열전) (李在元, 『오륜행실도』, 민속원, 1987, p.34)

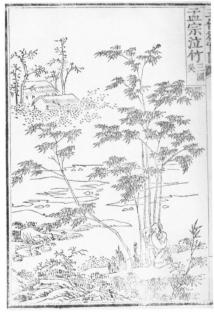

◀ 맹종(孟宗) 천효(天孝). 맹종(孟宗)은 중국 삼국시대 강하(江夏)의 효자이다. 맹종의 어머니가 죽순을 좋아했는데, 겨울철이라 죽순이 아직 나지 않았으므로 맹종이 대밭에 들어가 슬피 탄식하니 죽순이 돋아났다 한다.(『삼국지』48)(이재원, 앞의 책, p.22)

◀ 왕상(王祥) 지효. 왕상(王祥)은 중국 진(晉)나라 때의 효자이다. 계모를 효성스럽게 모셨는데, 그 어머니가 생어(生魚)를 먹고 싶어 했으므로 엄동설한에 옷을 벗고 얼음을 깨고서 들어가 고기를 잡으려 했더니 얼음이 저절로 풀려서 잉어가 튀어나와 잡을 수 있었다.(『진서(晉書)』 33)(이재원, 앞의 책, p.24)

◀ 황향(黃香) 효성. 후한(後漢) 강하(江夏) 사람. 어려서부터 효성이 지극하고 경전에 밝았다. 여름에는 침상에 부채질하여 시원하게 하고, 겨울에는 침상을 따뜻하게 덥힌 고사(『후한서』 문원전)(이재원, 앞의 책, p.14)

▲ 아리랑 발상지(강원도 정선군 남면 낙동리)

들머리에 두는 말

진실을 찾아가는 험난한 여행

이 책은 앞서 낸 『고전시가의 숲을 누비다』의 뒤를 잇는다. 어떤 산의 성격과 색깔을 알려면 그 산이 사계절 눈으로 뒤덮여 있는지, 주목이 군락을 이루는지, 철쭉이 피는지, 진달래가 피는지, 참나무가 사는지, 소나무 잣나무가 자라는지를 미리 알아야 하는 것처럼, 시가 장르의 숲을 내려다보려면 작품 창작의 시대적 상황, 작가의 생애와 전기(傳記) 그리고 체험과 의식 등을 이해하는 것이 우선이라는 판단에서 몇 해 동안 고대시가부터 일제강점기노래까지 여러 작품의 면면을 살피고 창작 배경을 밝혔다.

돌이켜보면, 학문은 진실을 찾는 여행인 것 같다. 즐거운 마음으로 떠나지 않으면 한없이 외롭고 힘든 길이기에 여행에 비유한다. 내가 딛는 징검다리가 얼마나 튼실한지를 점검하는 작업은 여간 신경 쓰이는 일이 아니다. 그렇다고 하루아침에 진실이 나를 찾아주는 것도 아니라서 항상 자기 회의와 불안에 시달린다. 이에 이 책에서 맺은 매듭도 시일을 두고 또 검증해 갈 것을 약속한다. "무심한 달빛만 싣고 빈 배 저어 오노라"라는 월산대군의 유유자적에는 눈물이 배어 있고, <고산구곡가>의 "유인(遊人)은 오지 아니하고 볼 것 없다 하더라."에는 독려를 담았다. <만분가>에서 자신을 썩은 닭에 견준 것은 간절한 그리움이고, <불효가>에 효와 불효를 함께 담은 것은 반성과 깨달음이 목적이다.

각 작품에 대한 개념을 잡고 개요를 전달하기 위해, 『브리태니커』, 『한한대자전』, 『한어대사전』, 『한한대사전』(단국대), 『우리말 큰사전』, 『표준국어대사전』, 『고어사전』, 『17세기 국어사전』, 『한국사』(민음사, 국사편찬위원회), 『한국민족문화대백과사전』, 『국어국문학사전』, 『한국불교대사전』(보련각)과 한국학중앙연구원의 구비문학대계와 한국고전번역원 DB를 항시 곁에 두었다. 『삼국유사』나 『시조대전』, 『고시조대전』 등의 기본서는 말할 것도 없다.

한국학 분야 학술논문이나 저작 가운데 빼어난 것을 많이 보았다. 학술지에 논문 한편을 싣는 일도 녹록치가 않아서, 내로라하는 학자들도 심사과정에서 마음의 상처를 입는 경우가 허다한 게 현실이다. 이렇듯 한국학 분야에 우뚝한 성과물이 많은데도, 언론매체에서는 늘상 ≪Science≫, ≪Nature≫, ≪Cell≫, ≪Physical Review≫ 등에 실린 글을 대접하고, 업적을 계량할 때도 이들에 높은 점수를 부여한다니 등잔 밑이 어둡다는 옛말이 그르지 않다.

이젠 학문의 가치까지 계량화하는 세상 풍랑에 떠밀리면서도 특유의 뚝심과 맷집으로 묵묵히 인문학을 해 오신 학자들 덕분에 지난 100년 가까운 세월 동안 시가 분야 연구는 큰 발전을 이루었다. 향가, 고려가요, 시조, 가사 분야는 물론이고, 경기체가, 악장, 개화기시가의 장르 이론부터 작품론에 이르기까지 다 언급하기도 어려울 만큼 풍성한 탐구 결과가 쌓였다.

그러나 쏟아져 나오는 중등학교 참고서나 문제집, 임용시험 관련 도서를 보면 수십 년간 축적된 고전시가 분야의 연구 성과를 거의 수렴하지 못하고 여전히 초기 연구의 답보인 경우가 많다. 입시를 위한 교과 과정임을 감안하더라도 더딘 감이 있다. 그간의 연구를 통해 발전하고 변화한 이론 가운데 가장 합리적이고 객관성 높은 통설을 찾아 새로운 표준을 정립하려고 노력할 때, 인문학문의 다양성과 합리성을 증명할 수 있을 것이다.

연구서를 준비하는 과정에 도움을 주신 문화재청, 문학유적지 관계자, 그리고 사계절출판사와 서길수 교수님께 깊이 감사드린다. 많이 부족한 매듭짓기를 또 도와주신 역락출판사 이대현 사장님과 편집부 오정대 님의 고마움도 이루 다 말하기 어렵다(2016년 매화 피는 계절에).

시공간을 뛰어넘어, 역사의 현장으로!

시는 노래다. 외롭고 슬플 때, 공허하고 무력할 때, 시는 위로와 사랑의 노래가 된다. 신라 성덕왕 때 불린 <헌화가>가 그렇고, 송강 정철이 지은 <사미인곡>이 그렇다. 또한 시는 시대의 거울이다. 당대의 첨예한 문제를 예리한 시선으로 드러내고 섬세한 손길로 어루만진다. 신라 경덕왕 24년에 충담사가 지은 <안민가>가 그렇고, 조선 광해군 때 이덕일이 지은 <우국가>도 그렇다. 고대에서부터 개화기를 거쳐 일제강점기에 이르기까지 고전시가에 대한 해석을 다룬 이 책은 이 땅에 먼저 살았던 이들이 간직했던 삶의 오래된 아름다움과 진실의 한 단면을 들여다보는 경험을 제공한다.

조선 영조 때의 실학자 성호 이익은 <성호전서>에서 "경전을 연구하는 사람은 반드시 그 본뜻을 연구하고 철저히 방증하여, 자신을 수양하고 세상을 편안케 하는 근본으로 삼아야 한다. 만일 경전 가운데 한 구절의 뜻을 옳게 밝히지 못하면 그에 상응하는 한 가지 일에 결함이 생긴다고 여겨야 할 것이다."라고 일갈한 적이 있다. 이 책의 첫 번째 미덕은 바로 이익이 말한 '철저한 방증'이다. "포르르 나는 꾀꼬리는 (翩翩黃鳥), 암수 서로 애틋한데(雌雄相依), 내 외로움 가련해라(念我之獨), 누구와 함께 살아갈꼬?(誰其與歸)" 그토록 익숙한 <황조가>의 구절도 풍성하고 자세한 설명을 읽고 나면 그 의미가 새롭게 다가온다. 종래의 번역에 신선하고 정확한 해설을 입히니 본뜻이 비로소 와 닿는다. 또한 논란이 되는 난해한 구절에 대해 친절한 설명까지 덧붙여져 있으니 충실한 이론서의 필수조건을 다 갖추었다.

무엇보다 이 책이 갖는 제일의 미덕은 아름다운 시구에 대한 섬세한 해석과 더불어 시대정신과 역사의식을 동시에 파악할 수 있게 해준다는 것이다. "나라가 굳으면 집은 덩달아 굳으리라./집안만 돌아보고 나라일 아니하네./그러다 나라가 기울면 어찌 집이 안정되리오."(<우국가> 26장) 이덕일의 지적은 오늘날에도 여전히 유효한 구절이다. 눈앞의 자기 이익과 집단의 이속만을 챙기는 난세의 국면에 일침을 놓고, 의분과 지조로 공동선의 가치를 외친 조선 중기 무신의 노래. 당시 임진왜란과 정유재란에 대한 깊은 수심과 염려를 바탕으로 나라와 백성들이 나아가야 할 바른 길을 제시한 <우국가>는 1905년 을사늑약 이후 을사오적과 이토 히로부미를 비난하며 "오늘, 목 놓아 크게 소리 내어 곡하노라" 외쳤던 장지연의 <시일야방성대곡>을 떠오르게 한다. 이렇듯 이 책은 시공간을 뛰어넘어 살아있는 역사의 현장으로 우리를 데려가고, 아름답고 깊은 고전시가의 구절에 담긴 정신을 함께 읽어내는 경험을 제공한다. 게다가 애주가 정철과 그의 벗인 성혼과 이이 등의 술자리 에피소드까지 엿보는 재밌는 경험을 선사한다.

조선의 위대한 지성 퇴계의 학덕과 정신을 흠모한 사람은 헤아릴 수 없이 많았다. 역사에 이름을 남긴 퇴계의 제자들만 해도 손에 꼽을 수 없을 만큼 많다. 율곡 이이가 퇴계를 일러 '유교의 최고봉'으로 평한 것은, 퇴계의 학문은 자세하고 깊이가 있으며, 행동은 친절하고 겸손했기 때문이다. 이 책의 저자에게서도 그러한 노력이 보인다. 다정한 마음과 자상한 가르침이 있고, 고전문학의 은미한 의미까지 드러내는 학문적 깊이가 있다. 홍대용은 <담헌집>에서 "글을 읽을 때는 반드시 옷깃은 단정하게, 얼굴은 엄숙하게, 마음은 전일하게, 기운은 화평하게 할 것이며, 잡념을 갖지 말고, 선입견을 품지 말아야 한다. 몸을 자주 흔들면 그 뜻이 급하게 되고, 눈동자를 요리조리 굴리면 그 마음이 뜨게 된다. 몸을 곧추 세우고 눈동자를 안정시키면 마음도 반드시 공경스럽게 될 것이다."라고 말했다. 이 책의 독자도 한 장, 한 장 읽다보면 자연스럽게 홍대용이 말한 학문의 자세로 변모하게 될 것이라 믿는다. 퇴계의 말처럼, 이치를 궁구하는 것(窮理)과 마음을 기르는 것(居敬)은 두 가지이자 하나인 공부이기에 죽을 때까지 이를 멈추지 않아야 할 것이다. 이 책이 보다 많은 독자들에게 배움의 기쁨과 새로운 세계를 만나는 환희를 줄 수 있기를 기대한다.

(박용준, 인디고서원 편집장, 저서 :『불가능한 것의 가능성』,『희망, 살아 있는 자의 의무』,『시적 정의』 등)

차례

고전시가 작품론

1. 고대시가(古代詩歌)

◎ 〈황조가(黃鳥歌)〉 고구려 2대 유리왕

훨훨 나는 꾀꼬리는(翩翩黃鳥)
암수 서로 의지하는데(雌雄相依)
외로워라 이내 몸은(念我之獨)
뉘와 함께 살아갈까?(誰其與歸)[1]

▶ 현대어 풀이
포르르 나는 꾀꼬리는
암수 서로 애틋한데,
내 외로움 가련해라
누구와 함께 살아갈꼬!

▶ 관련설화 (유리왕) 3년 가을 7월에 골천(鶻川)에다 이궁(離宮)을 지었다. 겨울 시월에 왕비 송씨(松氏)가 돌아가므로 왕이 다시 두 계실(繼室)을 맞이하였는데, 한 명은 골천 사람의 딸 '화희(禾姬)'였고, 한 명은 한인(漢人)의 딸 '치희(雉姬)'였다. 두 여인이 왕의 사랑을 다투어 서로 화목하지 못하므로 왕은 양곡(涼谷)의 동서에 두 궁을 짓고 살게 하였다. 뒷날 왕이 기산(箕山)에 전렵(田獵)을 나가 이레 동안 돌아오지 않았는데, 두 여인이 심하게 다투었다. 화희가 치희를 꾸짖기를,

"너는 한(漢)나라의 비첩(婢妾)으로 어찌 이렇게도 무례하냐?" 하니, 치희는 원통하고 창피하여 제나라로 돌아가 버렸다. 왕은 이 말을 듣자마자 말을 달려 좇아갔으나 치희는 화가 나서 끝내 돌아오지 않았다. 일찍이 왕이 나무 밑에서 쉬는데 꾀꼬리들이 막 몰려오니 느낀 바 있어, 노래 부르며 길게 탄식했다.

(삼국사기』 권13, 고구려본기1, 瑠璃王)

유리왕 3년에 죽은 송양녀가 20년 후에 3대 대무신왕을 낳았다니?

주몽의 활쏘기(동명왕릉 소장, 조선민주주의인민공화국 평양직할시 역포구역 용산리. 사진제공 (주)兩白 문화재 김진식)

『삼국사기』에 "(고구려 3대) 대무신왕의 휘는 무휼(無恤)이요 유리왕의 셋째 아들이다. 어머니는 송씨(松氏)이니 다물국왕(多勿國王) 송양의 딸이다. 어렸을 땐 총명하였고 자라니 슬기롭고 용맹하며 원대한 지략을 가졌다. 유리왕 33년에 태자가 되니 그때 나이 11세였다"[2] 하였다. 유리왕 조에는 유리왕 3년 겨울 10월에 왕비 송씨가 돌아갔다고 하였으므로 유리왕의 비인 송씨와 고구려 3대 대무신왕의 관계가 모호하다. 귀신이 아이를 낳을 수는 없는 일이니 말이다.

이로 인해, 그동안 유리왕의 비(妃) 송양녀(松讓女)가 대무신왕의 어머니라고 기록한 『삼국사기』를 불신하기도 했고, 이에 대한 다양한 해석과 관점을 제시하기도 했다. 그러나 "왕비 송씨가 죽고 난 후 잉첩제도(媵妾制度)에 의해 송씨의 자매나 조카딸에 의해 송씨의 혈통이 이어졌다"는 견해가 제시[3]되면서 이에 관한 논의는 새로운 국면을 맞이하고 있다.

> 자망매속(姉亡妹續)은 한 남자가 어떤 집의 큰딸과 결혼하면 적령기에 있는 처제와 결혼할 수 있는 권리로, 원시 사회 군혼(群婚)의 한 형식이다. 이 결혼 풍속은 널리 유행하다가 요나라 태종의 명령으로 없어졌다. 거란은 또 아버지가 죽으면 자식이 아버지의 첩을 승계하고, 형이 죽으면 동생이 그 형수를 이어받는 풍속이 있었으니 이 또한 원시 사회 군혼의 잔여 형식이다.[4]

위의 글은 거란의 계승혼(繼承婚), 즉 '자망매속(姉亡妹續)'에 관한 설명으로, 이는 언니가 죽으면 여동생을 그곳에다 다시 시집보내는 제도이다. 이는 화혼제(伙婚制)·접속혼(接續婚)·예역혼(隸役婚)·처자매(妻姉妹) 등 다양한 이름으로 불렸다. 순임금은 요

임금의 두 딸 아황(蛾皇)과 여영(女英)을 동시에 아내로 맞이했고, 전한(前漢) 경제(景帝, 기원전 157~141)도 왕후·여동생과 잇따라 혼인했으며, 동한(東漢) 때에 마엄(馬嚴)이 명제(明帝, A.D. 57~75)에게 상소를 올려 마원(馬援)의 세 딸을 들이라고 청했다. 일찍이 명제도 염장(閻章)의 두 여동생을 함께 귀인으로 삼았다.

이와 같은 혼인풍속은 여진족에도 나타나고, 요나라 태종이 "백성들에게 씨앗을 뿌리고 옷감을 짜는 일을 가르치라 명하면서 언니가 죽으면 그 여동생이 아내 자리를 잇는 법을 없애게 했다"[5]하였으니 자망매속은 형사취수(兄死娶嫂)와 함께 당시 동아시아에서 매우 보편적인 혼인 풍속이었음을 알 수 있다.[6] 이에 대무신왕의 어머니 송양녀는 자망매속의 혼인풍속에 따라 유리왕 3년에 죽은 송양녀의 뒤를 이은 것으로 이해하고자 한다.[7]

🥜 고구려 2대 유리왕의 고민

고구려는 기원전 75년에 한 4군의 하나인 현도군을 서쪽(홍경興京·노성老城 방면, 신빈현新賓縣)으로 밀어내는 데 성공하지만,[8] 이후에도 한나라는 여전히 침투를 기도했다. 여기에 부여의 외압, 말갈의 발호와 선비족의 공세로 다툼과 위기의식이 더해졌다. 즉, 한나라는 고구려가 물적·인적 자원이 풍부한 서부·북부·서남부로 접근하는 출로를 봉쇄하였고, 부여의 왕 대소(帶素)는 작은 나라 고구려가 큰 나라 부여를 섬길 것을 계속 강요했으며, 선비는 고구려와 화친하지 않고 험준한 지세를 믿고서 이익이 되면 나와 노략질하고 불리하면 들어가 지키는 걱정거리[9]로 자리했다. 반면 국내 토착세력들은 독자적 적석총을 축조한[10] 나(那) 혹은 국(國)으로 자체 결집하여 점점 강성해지면서 한사군의 지배를 적극적으로 거부하기 시작했다.[11]

국가 초기 고구려 주민들은 좀 더 고양된 수준의 정치적 존재 양식의 창출, 곧 국가 형성을 소망했지만[12] 유리왕은 자꾸 굴종을 요구하는 부여에 대해 '나라를 세운 지 얼마 되지 않아 백성과 군사들이 잔약하니 아직은 치욕스러움을 참고 후일을 도모해야겠다.'고 판단할 만큼[13] 대외적으로 여전히 강한 응전력을 갖추지 못한 상

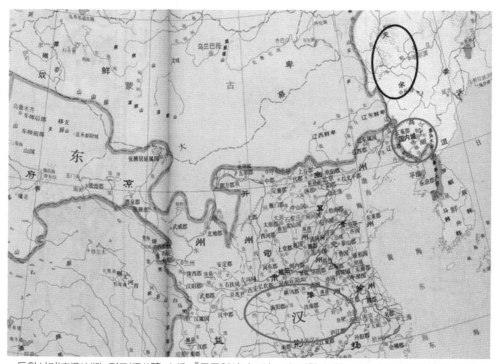

동한시기(東漢時期) 전도(潭其驤 主編, 『중국역사지도집』 진 서한 동한 시기, 중국지도출판사, 1989, pp.40~41).
동그라미 친 부분은 각각 한나라, 부여, 초기 고구려이다.

태였다. 주몽은 소서노(召西奴)로 대표되는 지지 세력의 도움으로 송양과 같은 토착 세력을 제압해 나갔으나 유리왕이 끼어들면서 결국 왕실과 건국 주체 세력은 분열되고 만다. 소서노의 아들인 비류와 온조가 따르던 무리들을 이끌고 남하했으니 유리왕은 주변국을 자극하지 않으면서도 내부 세력까지 수습하고[14] 새로운 편제와 영역 확대를 꾀해야 하는 진짜 많은 부담을 안고 있었다. 유리왕이 누대에 걸쳐 영향력을 행사하던 토착집단 송양의 딸을 연이어 왕비로 맞이한 것은 토착세력들의 지원으로 통치의 정통성을 부여받아 정치적·경제적·군사적 세력기반을 넓히려는 의도 때문이다.[15]

⚫ <황조가>를 새롭게 풀면?

<황조가> 해독에서 간과해온 부분은 '염(念)'·'수기(誰其)'·'귀(歸)' 등인데, '염(念)'은 죽실(竹實)이 열지 않아 그냥 돌아가는 봉황에게 "네가 아침을 굶을까 걱정스럽구나(念子忍朝飢)"한 두보(杜甫)의 시[16]나 한해가 저물어도 돌아가지 못해 "마음이 걱정스

오녀산성 원경(서쪽)(서길수, 『고구려 역사유적 답사－홀본·국내성』, 사계절, 1998, p.490).

럽고/나의 고독함도 염려스러웠다(故心憂 而念我之獨也)"[17]에 나오듯 "애련(哀憐)·가련(可憐)하다, 염려하다"로 풀이해야 하고, '수기(誰其)'는 "도대체(과연) 누구와"라는 뜻 이외에 "자산이 죽었으니 누가 장차 그 뒤를 이을 것인가!(誰其嗣之)"에서처럼 '장차(앞으로)'로도 읽힌다. '귀(歸)'는 "자산이 우리를 버리고 죽었단 말인가. 백성들은 앞으로 어찌 살아야한단 말인가?(子産去我死乎 民將安歸)"에서처럼 "지내다, 살아가다"로 풀이해야 한다.

이에 따라 <황조가> 문맥을 다시 풀면, "포르르 나는 꾀꼬리는(翩翩黃鳥)/암수 서로 애틋한데,(雌雄相依)/내 외로운 신세 가련해라(念我之獨)/누구와 함께 살아갈꼬?(誰其與歸)"가 된다. '염아지독(念我之獨)'·'수기여귀(誰其與歸)'에 치희에 대한 유리왕의 고독하고 애절한 마음과 상실감,

오녀산성(홀본성, 졸본성) 동벽(서길수, 『고구려 역사유적 답사－홀본·국내성』, 사계절, 1998, p.491).

막막한 심정이 녹아들어 있다.

<황조가>는 유리왕이 '정다운 자연물-외로운 자아'라는 보편적 형식에다, 치희와의 이별을 계기로 절감한 자기주변과 정치상황에 대한 성찰, '고독·상실감·자기연민' 등의 자기 내면을 진솔하게 형상화하였다. 나아가 '정략과 견제'의 정치현실에서 벗어나 자유롭게 떠다니고 싶은 순수하고 솔직한 유리왕의 무의식을 드러냈다 할 수 있다.

주몽이 고구려를 세운 졸본은 현재 중국의 요령성 환인시 일대이다. 환인시 일대는 압록강의 지류인 혼강의 중류 지역으로 소노집단의 본거지이기도 하다. 환인현 오녀산성(五女山城)은 <광개토대왕비문>에서 주몽의 건국지로 기술된 만큼 고구려 건국의 상징적 유적으로 인정받고 있다. 오녀산성은 환인시의 동북에 위치하고 있는데, 산성의 서·북·동쪽은 깎아지른 수십 m의 절벽이며, 동남쪽으로는 큰 골짜기를 끼고 있다. 험준한 산세와 달리 산의 정상부에는 남북 1,000m, 동서 300m 정도의 널찍한 평야가 자리 잡고 있는데, 이곳이 산성의 중심부이다. 이곳에는 천지(天池)라고 불리는 저수지와 작은 우물, 그리고 고구려시대의 건물터와 유물이 발견되어 아직도 당시의 현장감을 담고 있다.[18] 현재 중국에선 이 산의 중턱에 <황조가>를 새겨놓고, 유리왕이 치희를 그리던 황조암(黃鳥巖)이라 설명하고, 유리왕의 아들 대무신왕이 어머니 화희와 치희를 기렸던 효모방(孝母房)이란 곳도 조잡하게나마 복원해 놓았다. 대무신왕의 모친이 송양의 딸 송씨라는 『삼국사기』 대무신왕 조는 감안하지 않은 듯하다. 그러나 선성 성벽은 자연석을 다듬어 쌓은 고구려 특유의 산성이었으니 관전현에서 가장 오래된 성이란 표현은 옳다.[19]

2. 향가(鄕歌)

◎ 〈서동요(薯童謠)〉　백제 무왕(武王)

선화공주(善花公主)니믄(善化公主主隱)

눔 그스기 얼어 두고(他密只嫁良置古)

맛둥 방을(薯童房乙)

밤의 몰 안고 가다(夜矣卯乙抱遣去如)

　　　　　　　　　(양주동 해독)

▸ 현대어 풀이

선화공주님은

남모르게 정을 통하여 두고

맛둥방을

밤에 몰래 안고 가다[20]

善化公主(선화공주)니리믄

눔 그슥 어러 두고

薯童(서동) 방올

바매 알홀 안고 가다

선화공주님은

남 몰래 짝 맞추어 두고

서동 방을

밤에 알을 안고 가다.

　　　　　　　　(김완진 해독)[21]

▸ **관련설화** 제30대 백제 무왕(재위 600~641)의 이름은 장(璋)이다. 그 어머니가 과부가 되어 서울 남쪽 못가에 집을 짓고 살았는데 못 속의 용과 통하여 장을 낳은 것이다. 어릴 때는 서동(薯童) 으로 불렸는데, 재주와 도량이 헤아리기 어려울 정도였다. 늘 마(薯蕷)를 캐다가 파는 일을 생업 으로 삼았으므로 사람들이 그렇게 부른 것이다. 신라 진평왕(재위 579~632)의 셋째 공주인 선화 (善花, 善化)가 매우 아름답다는 말을 듣고는 머리를 깎고 상경하여 길거리 아이들에게 마를 배 불리 먹였다. 그 일로 아이들이 그에게 붙어 다니자, 이에 동요를 지어 아이들에게 부르라고 꾀 었다. 이 동요가 서울에 가득 퍼져 대궐에까지 이르렀는데, 여러 관료들이 강력히 비판하여 공주 를 먼 곳에 귀양 보내도록 하였다. 공주가 떠날 때 왕후는 노자로 쓰라고 순금 한 말을 주었다. 공주가 귀양지에 이르려하자 서동이 나타나 절을 올리고는 모시고 가기를 청하였다. 공주는 그 가 어디에서 왔는지 몰랐지만 왠지 모르게 믿고 좋아했다. 공주가 서동과 몰래 정을 통한 뒤에 야 서동의 이름을 알고 동요의 징험을 믿게 되었다.

　　　　　　　　　　　　　　　　　　　　　　　　　　　(『삼국유사』 권2, 紀異, 武王)

❧ 끊임없이 의심받는 선화공주의 존재

국립경주박물관 어린이박물관 내 향가 소개
(경북 경주시 일정로 186)

『삼국유사』에는 진평왕의 셋째 딸 선화공주가 우여곡절 끝에 백제 무왕과 결혼했다고 했지만,『삼국사기』를 비롯한 다른 역사 기록에 선화공주에 관한 기록이 없어 그녀의 존재는 끊임없이 의심받고 있는 형편이다. 진평왕의 맏딸은 선덕여왕이니 역사에 기록하는 것이 당연하고, 둘째딸 천명 공주는 김춘추(金春秋)를 낳았으니 태종무열왕의 가계 내력에 당당히 이름 새겼다. 그러나 셋째 딸 선화는 사정이 다르다. 신라의 임금이 되지도 신라의 임금을 낳지도 못했다. 그렇다고 신라를 중심으로 기록한『삼국사기』에 백제 왕실이나 무왕의 가계도를 친절하게 적어주지도 않았다. 과부가 된 어머니가 서울 남쪽 연못의 용과 통하여 백제 무왕을 낳았다 했으니 세세한 기록은 더더욱 어려운 형편이다. 선화공주가『삼국유사』를 제외한 역사서에 기록되지 못한 데 대한 해명은 이렇게나마 넘길 수 있다.

『신증동국여지승람』권33 익산군 조에는 마룡지(馬龍池)에 대해 "오금사(五金寺) 남쪽 백여 보 되는 자리에 있다. 세상에 전하기를 서동대왕의 어머니가 축실(築室)하던 곳이라 하였다."라고 했으니 익산의 마룡지는 무왕이 나고 자란 곳이다. 용의 아들이라 적었고 법왕(法王)의 뒤를 이었으니 서동이 백제 왕실의 핏줄임에 분명하겠지만 과부 어머니에게서 태어나 마를 캐고 살았으니 적통의 왕자로 호강하며 자라지 못한 숨겨진 자식에 해당한다.

『삼국유사』에는 무왕과 선화공주가 사자사 가는 길에 용화산 아래 큰 연못을 지나다가 못에 미륵삼존이 나타난 것을 보고 이곳에 큰 사찰을 지을 것을 청해 못을 메우고 미륵사를 창건했다고 기록했다.

"우리 백제 왕후께서는 좌평 (佐平) 사택적덕(沙宅積德)의 따님으로 지극히 오랜 세월에 선인(善因)을 심어 금생에 뛰어난 과보를 받아 삼라만상을 어루만져 기르시고 불교의 동량(棟梁)이 되셨기에 능히 정재(淨財)를 희사하여 가람을 세우시고 기해년 정월 29일 사리(舍利)를 받들어 맞이했다.[22]

마룡지의 모습(뒤편이 무왕의 탄생 추정지, 전북 익산시)

미륵사지 석탑의 사리봉안기에는 무왕 40년인 기해년(639년)에 미륵사 석탑을 만들었고, 당시 무왕의 왕후는 백제 좌평(佐平) 사택적덕(沙宅積德)의 딸이라고 기록했다. 이에 미륵사는 무왕이 선화공주의 발원으로 지었다는 사실과 무왕과 선화공주의 결연을 적은 『삼국유사』 기록

부여 궁남지(宮南池)의 포룡정(抱龍亭)

을 총체적으로 의심하기에 이르렀다. 사학계와 문학계의 심도 있는 학술성과가 줄을 이었지만, 이 미스터리에 대한 설명은 그리 쉽지 않다.

물론 『삼국유사』에서 금을 하룻밤에 신라로 수송했다거나 미륵불이 못에서 출현한 후 미륵사 창건을 위해 못을 하룻밤에 메웠다 한 것은 불교적 신비감 조성을 위해 지어낸 종교적 서술일 것이다.[23] 그러나 『삼국유사』에 나오는 미륵사 창건 연기 설화는 미륵사지 발굴 결과와 일치하는 부분이 많다. 첫째, 미륵사는 용화산 아래에 있다고 했는데, 실제로 미륵사는 미륵산(용화산) 아래에 자리한다. 둘째, 지명법사가 신통력으로 산을 무너뜨려 못을 메웠다 하였는데, 미륵사지 발굴 과정에서 절터가 본디 못을 메워 만들었고, 미륵사지 석탑의 화강암 또한 삼기산 화강암과 미륵산 중턱 화강암[24]임을 확인했다. 셋째, 『삼국유사』가 보여주는 미륵사의 가람 구조와 발굴 조사에서 확인된 가람 구조가 일치한다. 『삼국유사』 무왕 조에는 "미륵법상 3개와 회전(回殿)·탑·낭무(廊廡)를 각각 세 곳에 세우고 절 이름을 미륵사라 하였다." 했는데, 미륵사지 발굴에서 확인된 중앙의 9층 목탑과 중금당, 서쪽의 9층 석탑과 서금당, 동쪽의 9층 석탑과 동금당 등 각각의 회랑으로 둘러싸인 삼탑-삼금당은 『삼국유사』에서 묘사한 가람구조와 동일하다. 심지어 이 지역에 금이 많은 것도 일치한다.

부여 궁남지(宮南池, 충청남도 부여군 부여읍 궁남로 52). 무왕 때 만든 궁궐의 정원이라고 추정하는 곳이다.

이처럼 『삼국유사』 무왕 조의 내용과 미륵사지 발굴 결과가 상당 부분 사실로 밝혀졌는데, 미륵사 창건을 발원한 선화공주를 가공의 인물이라 할 수는 없는 노릇이다. 무왕은 즉위 전에 결혼하여 맏아들 의자를 낳았고, 또 재위 기간이 길었다. 이렇게 볼 때 사타씨(沙乇氏, 沙宅積德의 따님) 왕비는 먼저 맞은 왕비가 세상을 뜬 뒤 새로 맞아들였거나 선화공주가 있을 때 새로 맞아들인 왕비일 가능성이 있다. 이 경우 선화공주가 선비(先妃)이고 사타씨 왕후는 후비가 된다. 42년이란 무왕의 재위 기간을 감안한다면, 무왕이 여러 명의 왕후를 두었을 가능성도 배제할 수 있고, 사택 왕후가 정비이고 선화공주가 후비일 수도 있으며, 금제사리봉안기는 서탑에서 확인된 것이므로 또 다른 내용의 기록이 동탑이나 중앙의 탑에 있었을 가능성도 배제할 수 없다.[25] 이러한 관점에서 사타씨 왕후의 존재만으로 선화공주를 가공의 인물로 돌릴 수는 없으므로[26] 『삼국유사』 무왕 설화조의 선화공주는 여전히 의미를 가진다고 생각된다.[27] 당시 백제는 왕실과 귀족 간의 치열한 권력 경쟁이 있었고, 무왕은 자신의 태생지인 익산으로 천도까지 계획했다. 이때 사비성이나 웅진성의 기존 귀족들과 만만찮은 다툼이 있었을 것이니, 신라의 선화공주를

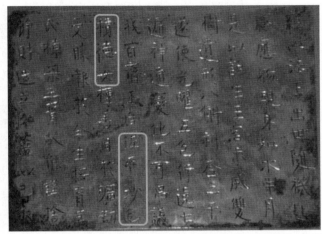

미륵사지 서(西)석탑 출토 금제사리봉안기(국립부여박물관). 우리 백제의 왕후는 좌평(佐平) 사택적덕(沙宅積德)의 딸이라 적혀있다.

왕비로 맞아들이거나 익산에 미륵사를 창건하는 일 또한 그리 순탄했을 수 없었을 것이다. 무왕은 신라와 일종의 혼인동맹을 맺음으로써 국내에서는 왕실의 권위를 높이고 이를 통해 왕권 강화도 꾀했을 것이다. "무왕과 선화공주의 혼인은 고구려의 침략을 막기 위한 동맹으로, 백제는 신라와의 혼인동맹을 통해 고구려의 침략에 대처하려 했을 뿐만 아니라, 언젠가 있을지 모르는 신라의 침입을 어느 정도 늦출 목적을 가졌다."고 보는 시각도[28] 있다. 이것이 서동과 선화의 사랑에 담긴 정치적 관계구도이다. 무왕과 선화공주가 결연한 것은 무왕 초기였고, 사택적덕의 딸이 미륵사탑에 사리를 봉안한 639년은 무왕이 재위한 지 40년이 지난 후이니, 이 기간 동안 선화공주의 시대는 저물고 무왕이 익산 천도를 계획하는 데 결정적 역할을 한 백제 귀족 세력이 권력의 중심부로 급부상했을 것인데, 백제의 좌평 사택적덕이 그 대표적 세력이었을 것이다.

✿ 얼래 껄래 남을 놀리는 노래의 표면과 이면

여러 논자들이 <서동요>를 현전하는 동요인 "얼래껄래 얼래껄래/누구누구는 누구누구와 ○○했대요"와 같은 성격[29]이라 분석한다. <처녀가 노래> "열아홉 살~/처녀가~/시집을 못 가서 환장하는데/바구니 옆에 찌고/엉금엉금 가다 찬거렁 만나서/엉금엉금 바구니 찌고 왔다네."라는[30] 노래에서 그 흔적을 볼 수 있는데, 시집 못 간 처녀가 바구니를 끼고 찬 개울을 건너가는 모습을 우스꽝스럽게 묘사하였다. 이렇듯 여성들은 보수적인 시선과 관심 속에 사소한 일상까지 다 입방아의 대상이 되었다.

<서동요>는 선화공주의 행동 둘을 문제 삼았다. 첫째는 선화공주가 서동(薯童)과 남몰래 얼어둔 일이다. '얼어두고(嫁良置古)'는 흔히 육체적인 사통(私通)을 뜻하는데, 여자가 태어나 살던 집을 떠나 시집간다는 의미로 읽더라도 처녀가 남몰래 혼약을 맺었다면 그것 또한 심각한 문제 소지가 될 수 있다. 둘째는 "서동(맛둥)방을 밤에 夘乙抱遣去如"한 행위이다. 소창진평, 양주동 등 몇 연구자들이 '夘'을 '卯'의 음차자로 여기면서 '夘乙=卯乙=몰'로 읽고 "몰래(不知·密·潛)"로 해석한 견해는 아직도 유효하다. '夘'의 본체는 '卵'일 가능성이 매우 우세하지만, '卯'자의 이체자로도 쓰인 바가 있고, '夗'자와 같은 글자라는 설명도 있으므로 신중히 접근할 필요가 있지만,[31] 이 등식은 15~18세기 국어사자료에서 입증되지 않은 사실이므로[32] '夘'를 형태상·통사상 '란(卵)'으로 보는 데 동의한다.[33] 이어 이 부분을 '포란(抱卵)'의 고유어인 "알안다, 알을 안다"로 읽은 견해가 있어 눈길을 끈다.

"뜬혼 모솜으로 工夫 일우몰 둘기 안 안둣 하며 괴 쥐 잡둣 ᄒ며 주우리니 밥 ᄉ랑톳 ᄒ며"(切心做工夫를 如雞이 抱卵ᄒ며 如猫이 捕鼠ᄒ며) (『선가귀감』 상13ㄴ, 16세기)

"도치롤 알 안는 둙의 둥주리 아래 ᄃ라 두면 ᄒ 자리 다 수둙되ᄂᆞ니"(以斧懸抱卵雞窠下則一窠盡是雄 雛力) (『태산집요』 11ㄴ, 17세기)

『역어유해』(1690)나 『동문유해』(1748), 『국한회어』(1895)까지 15세기부터 19세기 문헌까지 "알 안다/알 안기다(抱鵙, 抱蛋, 抱卵)"는 말이 쓰이다가 20세기초반부터 "알 품다"라는 말이 더 많이 쓰이게 되었다.[34] 이상의 예문을 들어 이 구절을 "암탉이 알을 품듯이 선화공주님이 서동의 알, 즉 고환(睾丸)·음란(陰卵)을 품고 나서 간다."로 이해하고, 알을 안다(품다)는 말은 선화공주가 서동서방과 성행위하는 장면을 조류가 알을 품는 모습에 빗대어 표현한 중의적 표현이라 해독[35]하기도 한다.

후대의 국어사 자료에서 입증되지 못하는 "卵乙=卯乙=몰"의 등식보다 "알 안다"로 이해하는 것이 마땅하다고 판단한다. 흔히 '알 안다'의 목적어로 이해하는 '맛둥방을(薯童房乙)'이 관건인데, 지아비·사위·동생의 남편을 칭하거나 친족의 범위를 벗어나 나이가 든 아랫사람을 대접하여 부를 때 쓰이는 서방(書房)을 줄여서 '-방(房)'이라 하는 경우가 없으니 이 독법은 선뜻 동의하기 어려운 점이 있다. 그러면 거처하기 위해 만들어진 칸이라는 뜻의 '-방(房)'만 남는다. <서동요>에 쓰인 "가다(去如)"의 경우 오히려 '…에(處格)' 또는 '…으로(具格)'와 같은 구문으로 통합되는 것이 중세국어의 언어질서였다.[36] 방을 "집(舍)·-댁"으로[37] 읽기도 하므로, 이 구절은 "서동의 방(집)으로 밤에 알 안고 간다."가 된다. 시집 안 간 처녀가 임의로 제 짝을 정하고, 밤이 되면 '알 안고' 즉 새가 알을 품는 것처럼 포근히 붙안고 간다는 음해는 선화공주에게 궁에서 쫓겨날 만큼의 치명상을 입히기에 전혀 부족하지 않다. 굳이 둘의 성행위까지 거론하지 않더라도 "선화가 있으면 신라가 망하고, 선화가 없으면 신라가 성한다."[38]라는 부정적 여론을 형성하기에 충분했을 것이다. 신라의 아이들에게 부르게 한 동요라는 점을 감안한다면 이와 같은 해석이 더욱 자연스러울 것으로 보인다.

◎ 〈헌화가(獻花歌)〉 견우노옹(牽牛老翁)

지뵈 바회 ᄀᄉᆡ(紫布岩乎邊希)
자줏빛 바위 가에
자ᄇᆞ몬 손 암쇼 노히시고(執音乎手母牛放敎遣)
잡고 있는 암소 놓게 하시고
나ᄅᆞᆯ 안디 붓그리샤ᄃᆞᆫ(吾肹不喩慚肹伊賜等)
나를 아니 부끄러워하시면
고ᄌᆞᆯ 것거 바도림다(花肹折叱可獻乎理音如)
꽃을 꺾어 바치오리다.

(김완진 해독)

▶현대어 풀이
자주빛 바위 가에
잡고 있는 암소 놓게 하시고,
나를 아니 부끄러워하시면
꽃을 꺾어 바치오리다.

딛배 바회 ᄀᆞ히
자ᄇᆞ온 손 암쇼 노히시고
나홀 안디 붓ᄒᆞ리샤ᄃᆞᆫ
곳홀 것가 받ᄌᆞ보리이다

자줏빛 바위 끝에
잡으온 암소 놓게 하시고
나를 아니 부끄려하시면
꽃을 꺾어 받자오리다.

(양주동 해독)

▶관련설화 성덕왕(聖德王)(702~737 재위) 때 순정공(純貞公)이 강릉태수(江陵太守)로 부임해 가는 도중에 바닷가에서 점심을 먹었다. 그 곁에 바위 봉우리가 있어 마치 병풍처럼 바다를 둘러싼 것 같고, 그 높이는 천 길이나 되며 그 위에는 철쭉꽃이 흐드러지게 피어있었다. 공의 부인 수로(水路)가 그 꽃을 보고 좌우의 사람들에게 말했다. "꽃을 꺾어다 줄 사람이 있는가?" 하니, 종자(從者)가 대답하기를,
  "저곳은 사람의 자취가 이를 곳이 아닙니다."라고 하였다.
  이때 한 노옹(老翁)이 암소를 몰고 그 곁을 지나가다가, 부인의 말을 듣고 꽃을 꺾어 와서 노래를 지어 부인에게 바쳤다. 그 노인이 어떤 사람인지는 알 수 없다.

(『삼국유사』 권2, 紀異, 水路夫人)

🐚 민요 계열의 향가, 〈헌화가〉

 수로부인 조에서 노옹이 수로에게 꽃을 바친 일을 구애로 이해하고, 〈헌화가〉를
세레나데로 보는 시각도 줄곧 있어 왔다.

헌화로 전경(강원도 강릉시 강동면 심곡리~옥계면 금진리)

 "사방 들 밖을 마음껏 바라보면서,/한가롭게 혼자서 우두커니 서 있는데,/향기로운 난
초 혜초는 맑은 시내를 따라 자라고/무성한 꽃들은 푸른 모래톱을 덮고 있네./고운사람
여기 없으니/이 꽃을 따서 누구에게 주나."[39] "아름다운 꽃을 따러 산에 오르니/깊은 골
짜기에 향기로운 난초 넘치네./따도 따도 한 움큼을 못 채우고/사랑하는 그 사람 생각만
하염없네."

(서릉, 『옥대신영』 권3)

위에서 볼 수 있듯이, 남성이 여성에게 꽃을 바치는 일은 흔히 사랑, 그리움, 혹은 구애로 이해하기 때문이다. <최고운전(崔孤雲傳)>에서 경노(鏡奴)가 나승상(羅丞相)의 딸이 꽃을 즐겨함을 알고, 꽃을 꺾어 바치며 "낭자께서 꽃을 즐기시기에 싱그러운 꽃을 꺾어 왔사오니 받아 감상하옵소서."라고 하자 승상의 딸이 놀라 머뭇거리다가, 결국 꽃을 받아 들고 부끄러워하는 장면[40]도 꽃을 바치는 일이란 상대에게 애정을 갈구하는 것임을 확신하게 한다.

중국 서남부에 위치하는 소수민족인 이족(彝族) 민속에 <헌화가>와 흡사한 구애 노래가 있어 눈길을 끈다.[41]

"남 : 높고 높은 산 바위벽 위에 마앵화(馬櫻花) 한 그루 활짝 피었구나. 이족 중에 가장 예쁜 그대여, 부디 저에게 예쁜 꽃 하나 꽂아 주오…….
여 : 높은 산 바위 위에 예쁜 꽃이 활짝 피었네. 꽃을 따러 높은 산에 오르지 않으면, 어찌 높은 산의 꽃이 제 발로 오리오."[42]

"산에는 꽃들이 흐드러지고, 사람들은 생황 불며 노래하네. 이월 초파일 삽화절(揷花節)! 기쁜 노래 즐거운 얘기 집집마다 가득한데, 앵화(櫻花)는 붉어지고 다화(茶花)는 향기롭네. 처녀들 암벽 올라 꽃을 꺾누나. 다화는 뜯어 머리에 꽂고, 앵화는 꺾어 낭군에게 바치네."[43]

위의 자료는 중국 이족이 봄의 삽화절에 산과 들에 핀 마앵화(馬櫻花)·산다화(山茶花)·두견화(杜鵑花)를 꺾어 마음에 드는 이성에게 바치면서 부르는 노래이고, 둘째 자료는 삽화절의 정경을 묘사한 것이다. 삽화절에 이족 청년남녀들은 지금까지 마음에 담아두었던 사랑을 고백하고, 서로 꽃을 꽂아주며 혼인을 약속한다. 남자들은 산다화를 낭자의 머리 위에 꽂고, 여자들은 마앵화를 남자애들의 생황에 꽂으며, 진지하고 순수한 사랑을 표시한다.[44] 중국의 이족 풍속에서 높고 높은 산 위의 암벽에 기어올라, 붉고 향기로운 꽃을 꺾어다 이성에게 바치고, 그 과정에 노래가 삽입되는 과정이 『삼국유사』 수로부인 조의 설정과 매우 흡사하다. 높은 산, 암벽에 핀 붉은 꽃을 꺾어다 바치는 것은 당신의 마음을 얻기 위해서라면 어떤 어려움도 감수

하겠다는 다짐과 간절함이 들어 있다.

〈헌화가〉에 담긴 뜻?

그러나 노옹과 수로의 신분적 격차, 낯설음, 남편의 존재 등은 <헌화가>를 오롯한 '구애' 노래로 보고자 하는 시선을 제한한다.[45] '수로(水路)'는 이찬(伊飡) 김순정(金順貞)의 아내이고, '노옹(老翁)'은 속세를 떠난 은자(隱者, 智者)이며, '주선(晝饍)'은 귀족들의 풍성한 점심을 뜻하고, '해룡(海龍)'은 독자적인 부와 권력·신앙 체계를 구축한 강릉 지방의 토착 호족이다. 수로부인 조에서 해룡이 수로를 약람(掠攬)한 일련의 과정은 수로가 '수미산(須彌山, 帝釋宮)'으로 형상화되고 믿어지는 강릉 인근의 사찰(寺刹)·선문(禪門) 등을 둘러 본 느낌을 기록한 것이거나 그 신앙공간에 얽힌 연기 설화를 부연한 것으로, 큰 마찰 없이 해결된 지방과 중앙세력 간의 갈등을 담고 있다. 노옹과 백성들이 수로 일행을 도운 것은 민심이 지방호족보다 중앙세력에 기대를 가졌음을 뜻한다.

<헌화가>의 '자포암(紫布岩)'은 철쭉이 핀 암벽 위의 자색(紫色) 기운을 은자의 신비 공간에다 비유한 것이고, '방우(放牛)'는 전쟁 없이 마소를 키우는 안정된 일상을 의미한다. <헌화가>는 구애노래(세레나데)의 기본 틀에다 지방관 일행을 환영하는 마음, 아름답고 고귀한 수로에 대한 호의와 관심 그리고 지역과 백성들의 안녕과 무사·태평에 대한 기원 등을 담고 있다. 즉, <헌화가>는 태수를 맞이하는 '축제'로, 상층민과 하층민, 중앙과 지방민, 지배층과 피지배층의 자연스런 만남에서 불려졌다.

◎ 〈혜성가(彗星歌)〉 융천사(融天師)

네 시ㅅ믌ㄹ(舊理東尸汀叱)

건달바이 노론 잣홀란 ㅂ라고(乾達婆矣遊烏隱城叱肹良望良古)

예ㅅ 군(軍)두 옷다(倭理叱軍置來叱多)

수(燧) 술얀 ㄹ 이슈라(烽燒邪隱邊也藪耶)

삼화(三花)이 오롬 보샤올 듣고(三花矣岳音見賜烏尸聞古)

둘두 ㅂ즈리 혀렬 바애(月置八切爾數於將來尸波衣)

길 쓸 별 ㅂ라고(道尸掃尸星利望良古)

혜성(彗星)이여 술ㅸ여 사ㄹ미 잇다(彗星也白反也人是有叱多)

아으 둘 아래 뻐갯더라.((後句) 達阿羅浮去伊叱等邪)

이 어우 므슴ㅅ 혜(彗)ㅅ기 이실꼬(此也友物比所音叱彗叱只有叱故)

(양주동 해독)

▶ 현대어 풀이

예 동쪽 물가

신기루 논 성(城)을랑 바라보고

왜군(倭軍)도 왔다고

봉수(烽燧) 사르게 한 가(邊塞) 있어라

삼화랑의 산악(山岳) 보실 것을 듣고

달도 바지런히 켜려 할 터에

길 소제(掃除)할 별을 보고

혜성이여 사뢴 사람이 있다.

아으 달이 아래 떠갔더라.

이 어와 무슨 혜(彗)ㅅ 별이 있을꼬.

녀리 실 믌ᄀᆞᆺ	옛날 동쪽 물가
乾達婆(건달바)이 노론 자슬랑 ᄇᆞ라고	건달바의 논 성(城)을랑 바라고
여릿 軍(군)도 왰다	왜군(倭軍)도 왔다
ᄒᆡ 티얀 어여 수프리야	횃불 올린 어여 수풀이여.
三花(삼화)이 오롬 보시올 듣고	세 화랑(花郎)의 산 보신다는 말씀 듣고,
ᄃᆞ라라도 ᄀᆞᄅᆞᆨ그ᅀᅵ 자자렬 바애	달도 갈라 그어 잦아들려 하는데,
길 ᄡᅳᆯ 벼리 ᄇᆞ라고	길 쓸 별 바라고,
彗星(혜성)이여 ᄉᆞᆯᄫᅡ녀 사ᄅᆞ미 잇다	혜성이여 하고 사뢴 사람이 있다.
아야 ᄃᆞ라라 ᄠᅥ갯ᄃᆞ야	아아! 달은 떠가 버렸더라.
이예 버믈 므슴ㅅ 彗(혜)ㅅ 다ᄆᆞ닛고	이에 어울릴 무슨 혜성을 함께 하였습니까!

(김완진 해독)

▶ **관련설화** 제5 거열랑(居烈郎), 제6 실처랑(實處郎), 제7 보동랑(寶同郎) 등 세 화랑의 무리가 풍악(楓岳)으로 유(遊)하러 갈 제, 혜성이 심대성(心大星)을 범했다. 낭도들이 이를 이상하게 여겨 떠나지 못했다. 이때 융천사가 노래를 지어 불렀더니 별의 변괴가 사라지고 일본 군사도 제 나라로 돌아가니 도리어 경사스러운 일이 되었다. 임금이 기뻐하여 낭도들을 풍악으로 가게 했다.

(『삼국유사』 권5, 감통, 융천사 혜성가)

* "오백 명의 건달바가 있었는데 琴(줄이 있는 악기)을 아주 잘 타고 노래와 춤으로 '음악'을 만들어 밤낮을 가리지 않고 부처님께 공양하였으며 … 노래하고 기악을 하며 노래와 춤을 즐기다가 …"(有五百乾闥婆 善巧彈琴作樂歌舞 供養如來晝夜不離 … 作倡伎樂 歌舞戲笑,『撰集百緣經』卷2, 乾闥婆作樂讚佛緣 ;『大正藏』卷4, p.211 a~c) ⇒ 건달바(乾闥婆, gandharva)는 인도 신화에 나오는 요정의 이름으로, 천계에 살며 신들의 음료인 소마주를 수호한다고 생각했다. 이것이 불교에 도입되어 긴나라(緊那羅)와 함께 제석천(帝釋天)을 모시고 음악을 연주하는 역할을 맡았다.[46]

🐾 혜성이 나타나면 온 나라가 긴장 상태

"혜성(살별)이 나타나면 국가가 크게 쇠퇴하거나 병란이 일어납니다. 동해 왕인 곤(鯤)과 고래 두 마리가 죽었다고 하고, 점괘가 크게 괴이하여 피가 흘러 나루를 이룰 것이라 하니 이는 난리가 나서 천하를 정복하게 될 것이라는 뜻입니다.", "동쪽에서 살별이 나타나더니 10월에 재상의 반란이 일어났고, 상공(相公)인 왕씨 이하 많은 사람들이 음모를 꾸며 재상과 대관 등 모두 20명이 죽은 것을 비롯하여 이 난리에 모두 1만 명 이상이 죽었습니다."[47]

이렇듯 중세의 사람들은 어느 나라 할 것 없이 하늘의 변괴가 곧 땅위의 재앙으로 나타날 수 있다고 생각하는 천인감응(天人感應)을 신봉했다. 혜성의 출현을 국가가 쇠퇴하거나 전쟁이 일어날 조짐으로 보고 갖가지 재난과 연관 짓는 역사서의 기술 태도는 모두 이와 같은 생각에서 비롯하였다. 신라의 화랑들은 위에서와 같이 혜성이 심대성을 범한 것을 보고 곧 왕의 주변에 불길한 일이 일어날 징조라고 여기고 금강산으로 떠나려던 수련까지 뒤로 미루었다. "밤이 되고 나서 동이 틀 때까지 방을 나와 동남쪽에 있는 그 별을 바라보니, 꼬리는 서쪽을 향하였고 빛은 몹시 밝아 멀리서도 바라보였다. 빛의 길이는 모두 열 길이 넘었다. 모든 사람들이 입을 모아 '이는 병란이 일어날 조짐이다'고 말했다."[48] 했으니 중세의 사람들은 혜성 등 하늘의 움직임을 밤이 샐 때까지 예의주시하면서 불안에 떨었음을 알 수 있다.

"이에 앞서 임금이 오랫동안 놀이에 탐닉하여 조야(朝野)가 몹시 두려워하고 있던 차에 때마침 혜성이 나타났는데, 꼬리의 길이는 몇 장(丈)이나 되었고 그 빛은 땅을 비추었다. 혜성은 혹 치우기(蚩尤旗)라 일컫기도 하는데 전쟁의 조짐이라고도 하므로, 민심이 소란스러워, 도성 안의 사대부들 중에는 왕왕 가족을 데리고 시골로 내려가는 자가 있기도 하였고, 관서 지방에는 기근이 들어 유망(流亡)하는 사람이 심히 많았다."[49]

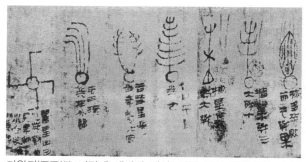

마왕퇴(馬王堆) 비단에 새겨진 혜성. 이와 같이 생긴 혜성이 나타나면 "작은 전쟁 3번, 큰 전쟁 7번이 난다."거나, "임금에게 화가 있다"는 등의 경고를 적어두었다. 하늘의 변괴가 땅의 재앙으로 나타날 수 있다는 생각에 따라 이전의 경험을 후세에 알려 사전에 대비하라는 뜻을 담고 있다 하겠다(신수『사고전서』, 마왕퇴백서천문기상잡점).

위의 자료는 조선시대 자료이다. 이때까지도 백성들은 혜성의 출현을 정치 현실의 문제와 연결 짓고 있는데, 혜성 출현으로 민심이 교란되어 백성들은 삶의 터전을 버리고 떠나가 방랑하고 있는 것이다. "근래에 천재 시변이 없는 해가 없는데 이번 이 혜성의 이변으로 인심이 두려워하고 있으니 장차 어디에 허물을 돌리겠습니까."[50] 혜성은 반란,

전쟁, 죽음, 질병의 이미지. 난데없이 나타나 우주의 질서를 어지럽히는 존재라는 부정적 이미지를 가졌기에 향가 <혜성가>는 혜성의 출현으로 인해 동요하고 불안해하는 민심을 수습하고 위무한다는 사회적 효용성을 가진다.

다양한 시대, 다양한 문화에서 묘사한 혜성(칼세이건, 『혜성』, 해냄, 2003 화보 앤노시아 그림)

👐 불길한 징후들이 모두 신기루처럼 사라지기를!

<혜성가> 첫 단락의 '녜'는 '녜-왜군, 지금-혜성'으로 혜성 출현(현재)과 왜군 침략(과거)의 시점을 규정짓는 말로, 전후 사건이 비교적 짧은 의미의 '이전(예전, 지난 번)에'로 풀이하는 것이 자연스럽다. 건달바노론 성(신기루)은 그림자·아지랑이·꿈처럼 만물에는 자체의 본성이 없고 오직 순간의 형상, 즉 무자성(無自性)·공(空)·가유(假有)임을 강조하는 종교적 비유이다. 왜군의 출현(있는 현실)은 곧 사라질(있어야 할 현실) 허상임을 지적한 것이다. 달(達)은 산(山)의 옛말이므로 "돌 아래 뻐갯더라"는 신라인의 소망을 담은 명령 "혜성이 산 아래로 떠나갈 것이라"이고, 혜ㅅ기(彗氣)는 살벌하고 불행한 기운이므로 "이 어우 므슴ㅅ 혜ㅅ기 이실꼬"는 "아! (혜성이 산 아래로 떠나가는데) 무슨 나쁜 기운이 있겠는가?"란 뜻이다.[51]

<혜성가>는 "이전에 어떤 봉졸이 동해변에 나타난 신기루를 보고 왜군이 왔다고 봉화를 올리더니, 세 화랑의 무리가 금강산으로 가려하니 달까지 환히 비추는 터에, (이번엔) 재앙을 쓸어가는 별을 보고 누군가가 불길한 별이라고 아뢰는구나! (혜성은 숫제) 산 아래로 떠나갈 텐데, (신라에) 무슨 나쁜 기운이 있겠는가?"이다. 이 작품이 역사적 사건·현상(있는 현실)을 허구로 전환, 간절한 기원을 담은 노래임을 감안해 의역하여 재구성하면 "이전에 봉화 올려 왜군이라 이른 일은 한낱 신기

루일 뿐이길 바라고, 이번에 불길하다 사뢴 별은 재앙 없애주는 것이길 바랄 따름이네. 혜성은 곧 산 아래로 떠나가리니, 우리에겐 아무런 변고도 없을 것이라."가 된다. 여기엔 "왜군이란 자성이 없는 신기루처럼 순간의 인연으로 나타나 곧 소멸할 기운"이라는 종교적 비유와 "이번 혜성은 그리 두려워할 필요 없는 '길쓸별'에 지나지 않는다."는 사고 전환과 "혜성은 아예 사라져버리고 왜군과 혜성이 전쟁과 살기로 이어지지 않기를 바라는" 집단적 소망이 담겨 있다.

남산 불탑사지 3층 석탑에 새겨진 신기루(경북 경주시 남산리 3층 석탑로)

◎ 〈안민가(安民歌)〉   충담사(忠談師)

君은 어비요(君隱父也)

臣은 드ᄉ샬 어ᅀᅵ여(臣隱愛賜尸母史也)

民ᄋᆫ 얼혼 아히고 ᄒᆞ샬디(民焉狂尸恨阿孩古爲賜尸知)

民이 드술 알고다(民是愛尸知古如)

구믈ㅅ다히 살손 物生(窟理叱大肹生以支所音物生)

이흘 머기 다ᄉ라(此肹喰惡支治良羅)

이 ᄯᅡ흘 바리곡 어듸 갈뎌 홀디(此地肹捨遣只於冬是去於丁)

나라악 디니디 알고다(爲尸知國惡支特以支知古如)

아으 君다이 臣다이 民다이 ᄒᆞ놀ᄃᆞᆫ(後句 君如臣多支民隱如)

나라악 太平ᄒᆞ니ㅅ다(爲內尸等焉國惡太平恨音叱如)

(양주동 해독)

▶ 현대어 풀이

임금은 아비요

신하는 사랑하실 어머니요

민(民)은 어린아이라 여기시면,

백성들이 사랑을 알 것입니다.

살 곳을 편히 해 주면,

만물이 자라나서 이들을 먹여 다스리게 될 것입니다.

(백성이) 이 땅을 버리고 어디로 가지 않고,

나라 안이 편안할 것입니다.

아 군(君)답게 신(臣)답게 민(民)답게 하면

나라 안이 태평할 것입니다.

君(군)은 아비여

臣(신)은 ᄃᆞᆺ슬실 어ᅀᅵ여

民(민)ᄋᆞᆫ 어릴ᄒᆞᆫ 아히고

ᄒᆞ실디 民(민)이 ᄃᆞᆺ슬 알고다

구릿 하ᄂᆞᆯ 살이기 바라ᄆᆞᆯ쎤

이를 치악 다ᄉᆞ릴러라

이 ᄯᅡ홀 ᄇᆞ리곡 어드리 가ᄂᆞᆯ뎌

ᄒᆞᆯ디 나락 디니기 알고다

아야 君(군)다 臣(신)다히 民(민)다

ᄒᆞᄂᆞᆯ돈 나락 太平(태평)ᄒᆞᄂᆞᆷ짜

군(君)은 아비요

신(臣)은 사랑하시는 어미요

민(民)은 어리석은 아이라고

하실진대 민(民)이 사랑을 알리라.

대중(大衆)을 먹여 살리기에 익숙해져 있기에

이를 먹여 다스리러라.

이 땅을 버리고 어디로 가겠는가

할진대 나라 보전(保全)할 것을 알리라.

아아, 군(君)답게 신(臣)답게 민(民)답게

한다면 나라가 태평(太平)을 지속(持續)하느니라.

(김완진 해독)

▶ **관련설화** 경덕왕 24년 3월 삼짇날, 왕이 귀정문(歸正門) 누각 위에 나와 좌우의 신하들에게 "누가 길에서 위엄을 갖춘 승려 한 명을 데려 올 수 있겠느냐?"고 물었다.
마침 고승(高僧) 하나가 위엄을 갖추어 깨끗이 차려입고 길에서 어슬렁거리고 있었다. 신하들이 데리고 와서 왕을 알현시켰다.

용장사(茸長寺) 터에서 산 정상 방향에 위치하는 삼화령 연화좌대(경북 경주시 내남면 용장리 산1)

삼화령 연화좌대 근접 촬영
(경북 경주시 내남면 용장리 산1)

왕은 "내가 위엄 있다고 말한 것은 이런 것이 아니다." 하며 그 승려를 돌려보냈다. 다시 한 중이 남루한 옷차림으로 삼태기를 지고 남쪽으로부터 오고 있었다. 왕이 그를 보며 기뻐하며 누각 위로 영접하여, 통 속을 들여다보니 차를 달이는 기구가 들어있었다. 왕이

"그대는 누구인가?" 하니,

"충담(忠談)입니다."라고 하였다.

또 묻기를,

"어디서 오는 길인가?" 하니,

"소승은 매년 3월 삼진날과 9월 9일 중구일에 차를 달여 남산 삼화령(三花嶺) 미륵세존(彌勒世尊)께 드리는데, 지금도 차를 달여 올리고 돌아오는 길입니다."라고 하였다.

왕이 "과인에게도 그 차 한 잔을 줄 수 있겠는가?" 하니, 충담이 차를 달여 올렸는데, 차 맛이 희한할뿐더러 찻잔에서 이상한 향기가 풍겼다.

왕이 "내가 일찍이 듣자하니 대사가 지은 <찬기파랑사뇌가(讚耆婆郞詞腦歌)>의 뜻이 매우 높다 하던데 과연 그러한가?" 하니, 대답하기를

"네, 그렇습니다." 했다.

"그러면 나를 위해서 백성을 편안히 살도록 다스리는 노래를 지어 주시오." 하고 부탁하니, 충담은 명을 받들어 <안민가(安民歌)>를 지어 바쳤다. 왕이 감사히 여겨 왕사(王師)로 모시려 했지만, 충담은 두 번 절하면서 한사코 사양하였다.

(『삼국유사』 권2, 경덕왕 충담사 표훈대덕)

🐌 〈안민가〉를 지은 까닭?

<안민가>는 경덕왕 24년(765년) 3월 삼진날에, 왕이 위엄을 갖춘 승려를 찾던 도중에 삼화령(三花嶺) 미륵세존(彌勒世尊)께 공양을 마치고 돌아오던 충담에게 "나를 위해서 백성을 편안히 살도록 다스리는 노래를 지어 주시오"라는 요청에 따라 지었다.

경덕왕은 왕권이 미약하고 정치적 혼란이 극심했던 효성왕(737~742)의 뒤를 이어 즉위하였다. 경덕왕 즉위 직후 왕권은 외척과 진골 세력의 영향 아래 놓여 있었다. 이에 경덕왕은 감찰기관의 신설과 왕과 관련된 관부와 관원의 증치 등으로 왕권 강화를 꾀했다.[52] 한화정책(漢化政策) 등을 통해 중대(中代)를 통하여 형성되어왔던 지

삼화령 〈한잔 차에 안민(安民)을 노래하고〉 안내판

배체제의 모순을 제거하고, 나아가 관료 체제의 재정비를 위한 시도였으나 이렇다 할 실효를 거두지 못했다.[53] 경덕왕은 즉위 후 외척을 배제하고 새로운 진골귀족들을 등용하여 왕권을 강화시키려 했지만 김순원(金順元)·김사인(金思仁) 계, 김옹(金邕) 등이 독자적인 세력을 만들어 왕권을 견제하였다.[54] 763년에는 상대등 신충(信忠)과 시중 김옹(金邕)을 동시에 면직했고, 국왕의 총신이던 대나마 이순(李純)까지 돌연 관직을 버리고 입산하여 승려가 되었다. 시중(侍中)의 비정상적인 퇴임과 시중직의 비정상적 공백 현상, 그리고 상대등 김사인의 시정득실 극론과 병면 등은 왕의 정책에 대하여 반대하는 외척, 진골귀족 세력과의 갈등을 나타내는 것이다. 그 결과 경덕왕 후반기를 전제정치가 기울어져가는 시기라고 분석한다.[55]

신문왕(神文王) 대, 관료 체계를 정비하면서 폐지했던 녹읍제(祿邑制)를 경덕왕 16년(757년)에 부활한 것도 개혁이 그렇게 순조롭지 못했음을 방증한다.[56] 녹읍(祿邑) 부활의 원인을 "전제적 왕권 대 귀족 관료의 미묘한 힘의 대립 관계를 보인 것으로, 경덕왕 16년 당시에 국왕의 전제권력도 귀족 관료의 요망을 소홀히 할 수 없는 상황에 있었던 모양이다. "녹읍의 부활을 전제 왕권에 대한 진골귀족들의 반항의 결과로 보는"[57] 관점이 그간에 통설이 되었다. 이를 근거로, 경덕왕 대에는 갖가지 갈등 속에 귀족 세력이 다시 대두하여 전제왕권이 쇠퇴해 간 것이 정치의 대세라 하였다.[58]

그러나 당대에 이루어진 주군현의 영속관계를 새롭게 조정하는 일이나 지명과 관제의 명칭을 한식(漢式)으로 개칭한다는 것은 강력한 왕권의 뒷받침이 전제되지 않고서는 어려운 일인데, 이 같은 개혁을 단행한 경덕왕 때에 녹읍을 부활했다고 해서 이를 두고 진골귀족을 위시한 세력들이 전제왕권에 대해 정치적으로 승리했다고만 해석하기는 어렵다.[59] 녹읍의 부활은 중앙재정이 궁핍해졌을 때 그것을 해소할 수 있는 하나의 방안이다. 녹읍은 녹봉 대신 일정한 지역에서 조(租 : 곡물)를 수취할 수 있는 권리를 지급하는 것이므로 녹읍을 부활하면 중앙재정의 지출을 크게 줄일 수 있다. 더구나 이 당시에는 농민들의 도산으로

신라 왕궁 귀정문(歸正門) 터(〈안민가〉 창작 배경지로 추정, 경북 경주시 인왕동 921-1 월정교 옆)

국가의 수취 체계가 문란해졌으므로 조세의 징수도 곤란해졌을 것이다. 이때 녹읍을 부활하면 귀족 관료들이 녹읍지에 자신 등을 보내 수조(收租)하게 되므로 신라 정부의 입장에서는 조세 징수에 따른 여러 가지 어려움을 해소할 수 있다. 게다가 조세를 거두거나 또는 그것을 운반할 때 소요되는 비용과 행정력의 낭비도 줄일 수 있다.[60]

"천보(天宝)의 난 이후 국가 재정의 빈곤에 따라, 지덕(唐 肅宗, 至德 756~757) 이후 내외 관료들에게 요전(料錢)을 지급하지 않았고, 군부현(郡府縣)에서 관급(官給)으로 주는 녹봉을 반으로 줄이고, 건원(唐 肅宗, 乾元 758~760) 원년에 외관의 급료를 반만 주고 직전(職田)을 주었다. 경관(京官)에게는 급료를 아예 주지 않은"[61] 등의 예는 중앙재정의 궁핍에 따라 녹읍을 줄이거나 폐지한 구체적 사례이다. 후한 말, 삼국시기 혼란기에 조세수입이 격감하고, 군비 지출이 증가되면서 재정이 고갈되자, 관리들에게 녹봉을 지급할 재원이 부족하여 그것을 타개하기 위하여 공전(公田, 職田)을 지

급하였는데, 관리들은 그 토지에서 얻어진 수입금을 가지고 녹봉에 보충하였다. 그리고 위진남북조(魏晉南北朝)와 수당대(隋唐代)에 재정 압박을 받아 녹봉 지급이 정체(停滯)·감액(減額)·폐지(廢止) 상태에 이르는 경우가 종종 발생했다.

이와 같은 사례들은 급여제도의 변동이 국고의 재정 형편과 매우 깊은 관련이 있음을 시사한다. 녹읍은 관리들에게 급여의 일종인 바, 그 변천은 국고의 재정 사정과 무관할 수 없다.[62] 고려후기, 조정을 강화도로 천도한 이후 수십 년 동안 전쟁으로 농토가 황폐해지고, 조세의 수취가 제대로 이루어지지 않은 결과 창고가 비어 관리들에게 제대로 녹봉을 지급할 수 없게 되자, 국가는 관리들에게 녹봉 대신 토지를 분급하는 '분전대록(分田代祿)'의 녹과전 제도를 실시한 적이 있었다.[63] 그러므로 경덕왕 대에 녹읍이 부활된 것은 경덕왕 왕권과 진골 귀족의 갈등 끝에 귀족들에게 힘이 쏠린 때문만이 아니라, 경덕왕이 사원에 과도하게 기진(寄進)하고, 여러 사찰을 건립하며 재정을 많이 지출하였으며, 동왕 대에 전면적인 행정구획 정비를 실시함으로써 행정비가 증가하고, 왕의 족류(族類)에 대해 녹읍에 상응하는 조(租)를 지급한 데 따른 재정적 궁핍이라는 경제적 측면[64] 때문이기도 했음을 함께 고려해야 할 것이다.

경덕왕이 "위엄을 갖춘 승려를 데려오라."고 해서 깨끗한 대덕(大德) 한 명을 모셔왔으나 "내가 말한 영승(榮僧)이 아니라."며 돌려보냈으니 경덕왕이 말한 위엄을 갖춘 승려, 영승은 "위엄을 갖추어 깨끗이 차려입은(威儀鮮潔)" 것만을 뜻하지 않는다. 『법화경』서품(序品), 『관무량수경(觀無量壽經)』에 따르면 위의(威儀)는 "좌작진퇴(坐作進退)에 위덕(威德)과 의칙(儀則)을 가진 것"을 뜻한다. 위의구족(威儀具足)은 "동작과 행위를 갖춘, 규율에 맞는 위엄 있는 기거동작을 갖춘 상태"를 말한다. 충담사가 입은 납의(衲衣)는 세상 사람들이 버린 여러 가지 낡은 헝겊을 모아 누덕누덕 꿰매어 만든 옷이다. 경덕왕은 민심을 전해줄 인물을 원했으므로 화려한 옷이 아닌 남루한 옷을 입은 충담사를 택한 것이다. 충담사는 신실한 신앙을 갖추고, 뜻이 깊고 높은 <찬기파랑가>를 지을 만큼 덕을 갖춘 스님이었으며, 규율에 맞는 위엄과 모범적 행실을 갖추었으므로 국가가 재정적으로 궁핍한 상황에서 그에게 치도(治道)를 물었다. 경덕왕이 <안민가>를 들은 것은 국가적인 난국에 신하와 백성의 소리를 들으며 자신의 통치 행위를 성찰하고 경건한 태도로 자중자애 하려는 태도에서 비롯하였다.

🐚 <안민가>의 난해 구절?

"구믌ㅅ다히 살손 물생"이라 풀이한 구절은 <안민가>에서 가장 난해한 구절이다. 아예 미상이라 하기도 했고, 제시한 풀이만도 참으로 다양한데, 이 가운데 "구믌ㅅ다히 살손 물생(物生)"(꾸물거리며 살아야 할 백성)이 가장 보편적이다.

> 구물(窟理)은 무엇의 훈차인가? 이는 실로 '준준(蠢蠢)'의 뜻 '구믈구믈'의 부사형어근을 표기한 것이다. "구믈어리는 함령(含靈)에 니르리(乃至蠢動含靈)"(금강경 9), "구믈구믈ᄒᆞᄂᆞᆫ 중생이"(蠢動含靈)(蒙山法語略錄 10), "ᄒᆞ무렛 사ᄅᆞ믄 ᄒᆞ갓 구믈어리ᄂᆞ니"(流輩徒蠢蠢)(두시언해 권5, 38)에 쓰인 의미와 같다고 하였다. 균여가 가운데는 이 말을 바로 '구물질(丘物叱)'로 음기하였다. 이로써 '窟理叱'이 곧 '丘物叱'임을 확지할 수 있다. '준준, 준동(蠢動)'은 불전에 흔히 일체 함령(含靈)을 형용하는 말이다. '구믈'은 아랫말 '물생(物生)'을 형용한다. '물생'은 인생이란 말보다 좀 더 광의적인 불교적 속어일 것이다.[65]

『금강경』 등의 불경에 나타나는 "구믈구믈ᄒᆞᄂᆞᆫ 중생이"를 '굴리(窟理)'로 이해하고 있다. 그러나 불경에서의 '준준', '준동'을 왜 '굴리'로 표기하고, '구믌ㅅ다히, 구무뤗더흘'와 의미 연결 짓는 것이 자연스럽지 못하다. 그리고 '물생(物生)'을 생물(生物)이나 중생(衆生)과 일치하는 단어로 볼 수 있는 실례를 찾기 어렵다. 이를 두고 "코릿(屎)이 크다", "'뱃구레가 크다'로 풀이하기도 하지만 백성들의 민생과 관계된 말이라는 점만 공통적이다.

'굴(窟)'은 사전적으로 "굴 굴(窟)(類合 하56), 교(窖)(倭上 8), 굴 동(洞)(漢 27c), 굴(堀)"로, "짐승이 사는 구멍, 나아가 사람이 많이 모이는 곳", 즉 "움집, 토굴집, 몸을 굽히고 들어가는 구멍"을 뜻한다.

> "녯 사ᄅᆞ믄 부톄오 여룡(驪龍)은 무명(無明)이오 굴(窟)안 생사(生死)ㅅ 굴혈(窟穴)이라"(『남명』 하69)

"동굴 가온디 도적글 피ᄒᆞ여서(避賊石窟中)"(『동신속삼강』 열 3:57)

"그 뫼해 ᄒᆞᆫ 선인(仙人)온 남(南)녁 굴(堀)애 잇고 ᄒᆞᆫ 선인온 북(北)녁 굴애 잇거든 두 산(山) ᄊᆞᅀᅵ예 ᄒᆞᆫ 시미 잇고"(『석보상절』 11:25)

위에서는 사람이 머무르거나 몸을 피할 수 있는 굴, 신선이나 협객이 머무르는 곳을 굴(窟)이라 지칭했다. 굴실(窟室)은 토굴이나 석굴의 방을 뜻하는데, "요 임금 때에 물이 역류하여 홍수가 나니 뱀이나 용이 살아 백성들은 살 곳이 없어 낮은 지역 사람들은 보금자리(巢)를 만들었고, 높은 지역에 사는 사람들은 굴을 파고 살았다."에는[66] 낮은 지역 사람들이 사는 곳을 보금자리라 칭하고 높은 지역 사람들이 사는 곳을 굴이라 하였다. "거처하는 굴(營窟)이란 높은 곳에 판 굴로, 땅에다 흙

경주남산 삼화령석조삼존불상(三花嶺石造三尊佛像)(국립경주박물관 불교미술실 소장). 원래는 경주 남산의 북봉에서 옮겨온 것으로, 현존하는 삼국시대의 석조불상 중에서는 매우 큰 상이며 특히 머리와 손 부분이 불신에 비하여 큰 편이다. 좌우의 보살입상은 그 모습이 단아하고 복스러워 '애기부처'라고도 불린다(『한국민족문화대백과사전』 2). 충담사가 차를 끓여 공양하던 삼화령에 있는 연화좌대와는 크기 차이가 크지만, 삼화령 일대가 석조불상이 많은 신앙 공간이었음을 알려준다.

을 쌓아서 만든다. 보금자리(檜巢)에서 증(檜)이란 섶을 끌어 모아 만든 집이다.",[67] "옛날 왕들에게 아직 궁실이 없을 때, 겨울에는 굴에서 거처하고 여름에는 증소(檜巢)에서 살았다."[68] 했으니 굴이 궁실을 대신하기도 했음을 알 수 있다. 이에 <안민가>의 '窟理叱'은 '구리ㅅ', 즉 굴(窟, 窟, 洞, 堀)"이고,[69] 삶의 터전인 보금자리를 칭한다.

다음으로 그동안 대체로 '중생(衆生)'[70]으로 풀이했던 '물생(物生)'에 대한 풀이이다. '물생(物生)'이라는 어휘는 백성을 대칭하는 표현으로서, '이안민(理安民)' 책무를 수행하여야 할 왕의 과업이 지중하고 막대함을 암시하는 함축적 표현이라고[71] 하였다. 또는 "불교에서 말하는 중생을 끌어들이되, 그것을 '물생'으로 바꾸어 표기함으로써 조금도 그러한 냄새를 풍기지 않았다. 부처의 자비는 사람에 한하는 것이 아니라, 이 땅에서 생을 누리고 있는 일체의 생명체(生物)를 다 포함하는 것으로 생각한 것"

이라[72] 하기도 하였다.

> "하늘이 백성들을 낳으시고 사물에 법칙 있게 하셨네./백성들 일정한 도를 지니어 아름다운 덕을 좋아하네."(天生蒸民 有物有則 民之秉彝 好是懿德)(『詩經』大雅, 蒸民).
> "궁은 임금이요, 상은 신하요, 각은 백성이요, 치는 사(事)요, 우는 물(物)이라. 이 다섯이 어지럽지 않으면 음조가 막혀 고르지 못하고 어지러움이 없다."[73]

앞글에서는 하늘이 백성을 낳으시고, 사물의 법칙을 만들었다 했고, 뒷글에서는 궁상각치우(宮商角徵羽)를 각각 임금·신하·백성·사·물에 비유하였으며, "천지(天地)가 있기 전에는 무형(無形)이었지만 천지가 생긴 이후로 이와 같은 이치가 행해져 천지음양(天地陰陽)과 군신민물(君臣民物)의 이치는 한시도 사라지지 않았다."[74] <안민가>에서 군신민, 다음에 물(物)이 등장했으니 이 또한 천지음양과 같이 조화를 이루며 살아야 하는 만물(萬物), 즉 "세상의 온갖 사물들"을 뜻하는 말이다. "궁(宮)은 궁은 토(土)에 해당하여 중앙에 놓이어 사방을 통괄하니 바로 임금의 모습이고, 상(商)은 임금 다음에 신하가 있으니 임금에 버금가는 것이라. 각(角)은 봄으로, 물(物)이 함께 자라는 것이니 각각의 백성을 뜻이고, 치(徵)는 여름으로서 물이 성한 까닭에 사(事)도 많으니라. 우(羽)는 겨울로 물(物)을 모음인데, 수(水)가 되어 가장 맑은 까닭에 물(物)이 된다."고[75] 하였다.

'물생(物生)'이 결합되어 의미를 형성한 예도 있다.

> 장씨(張氏)가 말하기를, 생겨나 자라난다는 것은 점점 나아감을 말한다. 무릇 만물은 나면 나아가 커지게 되므로 생겨난 것은 나아갈 뜻을 가진 것이다.[76]
> "『통전(通典)』에 이르기를, 『설문(說文)』에는 생황(笙簧)을 정월의 소리라 했는데, (정월에) 만물이 생성되기 때문에 그렇게 일컫는 것이다."[77]
> "『문언(文言)』에 이르기를, 원(元)이란 길하고 좋은 것이 자라난 것이요, 형(亨)이란 경사스럽고 좋은 것이 모인 것이라. 음과 양이 화합을 이루면 만물이 생겨나 좋은 것을 이룬다."[78]
> "천지의 기운이 화목하게 합해져야만 초목에 싹이 트기 때문이다. 장자가 말하기를, 음이 지극하면 삼가 조용하고 양이 지극하면 환하게 빛난다. 삼가 조용함은 하늘에서 나오고, 밝게 빛남은 땅에서 나온다. (음양이) 통하고 화합하여야 만물이 생겨난다."[79]

첫째, 둘째 글은 온갖 사물들이 생기어 자라는(生長) 일을 두고, '물생(物生)'이라 했고, 셋째와 넷째 글은 천지와 음양의 기운이 통하고 화합할 때 생겨나는 것을 두고 '물생'이라 했다. 만물 생육(生育)의 덕은 천지(天地)·천도(天道)에 '원형리정(元亨利貞)' 등 네 덕과 같다 했다. '원'은 봄으로 만물의 시초이므로 인(仁)이고, '형'은 여름으로 만물이 자라나니 예(禮)가 되고, '리'는 가을로 만물이 이루어져 의(義)가 되고, '정'은 겨울로 만물을 거두게 되어 지(智)가 된다는 것이다. 그러므로 '물생'은 "천지 음양의 기운이 통하여, 온갖 사물이 나고 자라는 것"이다.

이에 <안민가>의 이 대목은 "窟理叱大肹生以支所音物生∨此肹喰惡支治良羅"가 아니라 "窟理叱大肹生以支所音∨物生此肹喰惡支治良羅"로 끊는 것이 합리적일 듯하다. "구리ㅅ 크홀 살이슴", 또는 "구리ㅅ 한사리(큰 사롬)이슴"으로 읽어, 백성들이 삶의 보금자리를 꾸리어 안락을 누리며 장수하기를 바라는 기원을 담은 부분이다.

그러므로 <안민가>는 1) "임금은 아버지, 신하는 어머니, 백성은 어린아이라고 여겨 자애와 사랑을 베풀면"(君隱父也, 臣隱愛賜尸母史也, 民焉狂尸恨阿孩古) ⟹ 2) (1) "백성들이 임금과 신하들의 사랑을 알게 되고"(民是愛尸知古如), (2) ①"만물이 나고 자라서"(物生) → ②"백성들을 먹여 살리고"(此肹喰惡支治良羅), "백성들은 보금자리를 확보하여 풍요로운 삶을 이루며"(窟理叱大肹生以支所音) ⟹ 3) "백성들이 이 땅을 버리고 어디로 가지 않고, 나라를 유지하며 살게 된다."(此地肹捨遣只於冬是去於丁 爲尸知國惡支特以支知古如) 4) (1) "임금과 신하와 백성이 각기 그 직분을 지키면"(君如臣多支民隱如), (2) "나라가 태평할 것이다."(爲內尸等焉國惡太平恨音叱如)로 의미 연결된다. 1)은 전제이고, 2)와 3)은 예상하는 결과이다. 2) 안에서도 다시 (2)①은 전제를 이루고, (2)②는 결과이다. 4)는 <안민가> 전체를 포괄하면서 다시 조건절과 결과절로 끝맺고 있다.[80]

☙ <안민가>의 작품 성격

<안민가>의 성격은 다각적인 관점에서 바라보고 분석해야 한다.

신이 듣기를, "아버지는 하늘과 같고 어머니는 땅과 같고, 자식은 만물과 같다고 했습

니다. 그러므로 하늘이 평정하고 땅이 안정되면 음양이 조화를 이루고, 만물이 힘차게 자랍니다. 아버지는 인자하고, 어머니는 사랑하니 집안에서는 자식들이 효순(孝順)합니다. 음과 양이 조화롭지 못하면 만물은 일찍 죽어버리고 부모와 자식이 조화롭지 못하면 집안이 망하는 까닭에 부모가 부모답지 못하면 자식도 자식답지 못하고 임금이 임금답지 못하면 신하 또한 신하답지 못합니다."[81]

하늘과 땅, 음과 양이 조화를 이루어 만물이 생성되는 것처럼 하늘과 땅이 안정되어야만 만물이 힘차게 자란다 했다. 음양이 조화를 이루지 못하면 만물이 죽는 것처럼, 부모와 자식이 조화롭지 못하면 집안이 망한다는 전제를 바탕으로 임금이 임금답지 못하거나 신하가 신하답지 못한 것을 경계하고 있다. 군신의 도리를 부모 자식에 비유하고, 음양의 조화를 만물의 생성과 연관 지은 것이 <안민가>의 비유나 내용 흐름과 흡사하다.

> 제 나라의 경공(景公)이 공자에게 정치에 대해 묻자 공자가 대답하기를 "임금은 임금다워야 하고, 신하는 신하다워야 하고, 어버이는 어버이다워야 하며, 자식은 자식다워야 합니다." 하니 경공이 "좋은 말씀입니다. 참으로 임금이 임금답지 못하고, 신하가 신하답지 못하고, 어버이가 어버이답지 못하고, 자식이 자식답지 못하면, 비록 곡식이 있은들 내 어찌 무엇인들 먹을 수 있으리오?" 하였다.[82]

위는 『논어』의 내용으로 <안민가>를 분석할 때 가장 많이 활용해 왔다. 공자는 임금이 덕으로 다스리고, 신하는 그 도리를 지키며, 어버이는 자식에게 엄함과 자애로 대하고, 자식은 효성으로 부모 뜻을 따르면서, 도를 넘지 않고 맡은 바 본분을 다하면 자연히 사회질서가 유지된다 했다. 그동안 이 말에 근거하여 <안민가>에 담긴 유교사상을 논해왔다. 공자는 당시 사회가 이름이 바르지 못해서 어지러워졌다고 생각했기 때문에 이름을 바룸으로써 당시의 폐단을 구제하고자 한 것이다.[83] 공자의 이 같은 생각을 '정명(正名)'이라 한다. 자로(子路 : B.C. 542~480)가 공자에게 "위나라 임금께서 선생님께 정치를 맡기면 무슨 일부터 하시겠습니까?"라고 했을 때도 공자는 "그야 물론 이름을 바르게 하는 정명이다."[84] 했다. 인간이 타자와 생활하면서 사회적 관계나 부여된 직책에서 요구되는 역할을 올바로(正) 알맞게(中) 구현할

때 비로소 정명이 이루어진다.[85]

지배체제의 모순을 제거하고 관료 체제를 정비하여 왕권을 강화하려 했던 경덕왕의 개혁 정치는 만족할 만한 성과를 거두지 못했다. 왕과 진골귀족세력과의 갈등은 여전했고, 경제적인 어려움도 생겨났다. <안민가>의 "君다이 臣다이 民다이 ᄒᆞ 놀ᄃᆞ(君如臣多支民隱如)"는 이와 같은 정치 상황에 대한 해법의 하나로 정명론(正名論 : 正明主義)을 제시한다. 어지러운 세상을 바로잡아 정상 상태를 회복하려면 무엇보다 각각이 여전한 천자·제후·제후·대부·배신(陪臣)·백성이지 않으면 안 된다. 즉, 이름에 부합하는 역할이 중요한 것이다.[86] 군신과 백성을 부모와 어린아이에 비유하면서 백성을 항상 보살펴야 할 어린애에 견주는 일은 매우 보편적으로 오래된 유교적 전통이다.

<안민가>의 비유나 내용 흐름은 또한 불경에도 담겨있다.[87]

> 왕이 말하기를 "대사(大師)는 저 모든 왕들을 무슨 까닭에 왕이라 합니까?" 대사가 말하기를 "대왕이시여, 왕이란 백성들의 부모이니, 능히 법에 의거하여 중생을 섭호하고 편안하게 하는 까닭에 왕이라 합니다. 대왕께서는 아셔야 합니다. 왕은 민초를 부양하기를 마땅히 갓난아기(赤子)와 같이 할 것이니, 마른자리를 물려주고 젖은 자리를 없애줘야 함은 말할 필요가 없을 것입니다.[88]
> "대왕이시여, 마땅히 아옵소서. 왕이란 백성으로써 나라를 삼아야 설 수 있는데 백성의 마음이 편안하지 않으면 나라는 곧 위태로워집니다. 그러므로 왕이란 백성의 일을 근심하되 갓난아기와 같이 하여 마음에서 떨치지 말아야 합니다."[89]

위의 두 글은 왕과 백성의 관계를 부모와 자식 관계에 비유하면서, 왕은 백성에게 마른자리를 물려주고 마음에서 백성에 대한 근심을 떨치지 말아야 한다는 당위를 강조한다. "왕(과 백성)을 세인들이 자식 낳아 기르는 일에 비유하자면, 부모가 자식을 불쌍하게 여겨 사랑함은 보물을 아끼는 것과 같고 갖가지 편의를 보아 항상 즐겁게 하려는 것과 같다. 자식이 장성하면 효도와 공경이 생기는 것처럼 왕의 마음이 자애로우면 백성도 같은 것이다. 모든 백성들은 다 자식 같은 것이니 왕이 백성을 사랑하고 생각함은 부모가 자식을 사랑하고 생각하는 것과 같아서 항상 사섭

법(四攝法)[90]을 행해야 한다."고[91] 하였다. 불도를 실천하는 사람이 사람을 유인하고 중인(衆人)의 마음을 인도해가는 방법이기도 하다.

　"악인은 멀리하고 바른 법(正法)을 닦아서, 중생들을 편케 할지니, 모든 착한 법에서 가르치고 악을 막아서 나쁜 일은 멀리 여의도록, 이리 하면 나라 안은 편안하고 풍성하고, 임금도 마찬가지로 위덕을 갖추어 얻으리.",[92] 『금광명최승왕경』 왕법정론품(王法正論品)에도 왕법의 정론과 치국의 강요를 설하고 있다. 여러 나라에서 왕이 된 이에게 만약 정법(正法)이 없다면 나라를 능히 다스려 중생들을 편안하게 하고 그 자신도 훌륭한 왕위에 오래 있을 수 없을 것이라고 강조한다.[93] "정법을 행하면 여러 백성들에게 칭찬받는 바가 되고, 죽어 천상계에서 좋은 응보를 받아 부귀와 즐거움을 누리고 공경을 받는다."[94] 하였고, 왕이 정법을 행해야 모든 국가를 귀순·복종시킬 수 있고, 부모가 자식을 사랑하듯 백성들을 자애롭게 보살펴야 백성들이 왕을 자식이 아버지를 우러르듯 한다고[95] 하였다. 신라 중대 왕실은 불교를 적극 신앙했고, 국왕들의 신앙 또한 독실했다. 궁중에 별도 사찰 내원(內院)이 있었고, 국왕은 고승을 초청하여 설법을 듣거나 정치적 자문을 구했다. <안민가>는 고승이 국왕에게 전하는 설법이었던 셈이다.

　<안민가>의 "君은 어비요(君隱父也) ～ 民은 얼흔 아히고 ᄒᆞ살디(民焉狂尸恨阿孩古爲賜尸知) 民이 ᄃᆞᆯ 알고다(民是愛尸知古如)"는 불교 정법(正法)의 왕론(王論), 즉 국왕이 행해야 할 왕법(王法)을 제시하고 있다. 이는 왕이 덕이 높은 스님에게 법을 듣고 나라를 다스리는 바른 법을 찾아가는 과정이다. 정법이란 진정한 도법(道法), 즉 부처의 교법(教法)이다. 이치에 어긋남이 없는 것을 정(正)이라 하고, 삼보 중의 법보(法寶)로써 교리행과의 넷을 체(體)라 하였고, 『무량수경』 상에도 "정법을 널리 편다." 하였다.[96] 세상 사람들은 저마다 허물이 있으니, 왕도 예외가 아니라고 했다. 이들 경전의 <왕론품>에서 '왕론'이란 왕이 해야 할 일을 논의한다는 뜻이니, 왕은 앞서 정법을 실천해야 하고, 어떤 어려운 경우라도 자비심을 가지고 나라를 다스려야 함을 강조하고 있다. 정치 체제의 기본 구조는 치자(治者)·피치자(被治者)의 관계이며, 체제가 안정과 균형을 이루기 위해서는 긍정적 상호작용이 필요하다. 즉, 동질적인 사유구

조를 바탕으로 피지배집단이 지배집단의 권위를 승인하고 재생산되어야만 치자의 권위가 확보됨은 물론 정치체제가 안정된다. 치자와 피치자를 연결시킬 수 있는 동질 논리가 정법치국(正法治國)의 이념이다.[97] 정법에 의해 모든 인민의 이익과 안락을 증진해야 하는데, 이 같은 정법치국 이념은 불교의 수용과 함께 신라 정치제도에도 자연스럽게 수용될 수 있었다.[98]

◎ 〈찬기파랑가(讚耆婆郞歌)〉　충담사(忠談師)

> 열치매(咽嗚爾處米)
>
> 나토얀 ᄃ리(露曉邪隱月羅理)
>
> 흰 구룸 조초 ᄠ려가는 안디하(白雲音逐于浮去隱安支下)
>
> 새파론 나리ᄒ(沙是八陵隱汀理也中)
>
> 기랑(耆郞)이 즈싀 이슈라(耆郞矣皃史藪邪)
>
> 일로 나릿 ᄌ벽ᄒ(逸烏川理叱磧惡希)
>
> 낭(郞)이 디니다샤온(郞也持以支如賜烏隱)
>
> ᄆᄉ미 ᄀᄒ 좇누아져(心未際叱肹逐內良齊)
>
> 아으 잣ㅅ 가지 노파(阿耶 栢史叱枝次高支好)
>
> 서리 몯누을 화(花)반이여(雪是毛冬乃乎尸花判也)
>
> (양주동 해독)

▶ 현대어 풀이

열어젖히매

나타난 달이

흰 구름 쫓아서 떠가는 것이 아닌가.

새파란 내에

기파랑의 얼굴이 있어라!

이로부터 조약돌에(沙場에)

낭의 지니시던

마음의 가(心際)를 좇으려 하노라.

아으 잣나무 가지 높아

서리 모를 화랑의 장(長)이여!

늣겨곰 ㅂ라매	흐느끼며 바라보매
이슬 불갼 드라리	이슬 밝힌 달이
흰 구름 조초 ㅼ간 언저례	흰 구름 따라 떠간 언저리에
몰이 가론 믈서리여희	모래 가른 물가에
耆郎(기랑)이 즈ㅿ올시 수프리야	기랑(耆郎)의 모습이올시 수풀이여
逸烏(일오)나릿 지벼긔	일오내 자갈 벌에서
郎(낭)이여 디니더시온	낭이 지니시던
마ㅿ민 ㄱ술 ㄴ라져	마음의 갓을 쫓고 있노라.
아야 자싯가지 노포	아아, 잣나무 가지가 높아
누니 모둘 두폴 곳가리여	눈이라도 덮지 못할 고깔이여

(김완진 해독)

▶ 관련설화 『삼국유사』 권2, 경덕왕 충담사 표훈대덕 조의 기사. 내용은 위의 <안민가>와 기사 내용이 같다.

☙ 고매한 인품은 화랑이 갖출 조건

새파란 내에 비추어진 기파랑의 얼굴이 그리움을 자아냈고, 그리움이 <찬기파랑가>를 짓는 동기를 마련했다. 높은 화랑 중에는 외모 조건이 출중한 경우가 많다. 『화랑세기』에 따르면, 1세 풍월주 위화랑은 얼굴이 백옥과 같고 입술은 마치 붉은 연지와 같으며, 맑은 눈동자와 하얀 이를 가졌는데 말이 떨어지면 바람이 일었다 했고, 4세 풍월주 이화랑은 피부가 백옥같이 부드럽고 눈은 미소 짓는 꽃과 같고, 음률과 문장을 잘했다고 했다. 6세 풍월주 세종도 단아한 아름다움과 멋진 풍채를 지녔고, 21세 풍월주 선품공(善品公)도 용모가 매우 절묘하고 언행이 매우 아름다웠다 적고 있다. "그 풍류는 신라 때부터 일어났다. 공이 열 살 때에 승사(僧舍)로 나아가 배웠으며 성품이 민첩하고 총명하여 글을 배우면 곧장 그 뜻을 통달하였다. 용모는 그림 같았고 풍채는 뛰어나게 우아하였으므로 보는 사람 모두가 그를 아꼈으며 말머리가 이르는 곳에 학이 그늘을 만들었다. 충렬왕이 듣고서 궁중으로 불러

계림(鷄林) 소재 찬기파랑가 시가 비석
(경북 경주시 교동 1, 첨성대 부근)

국선(國仙)으로 지목하였고, 한 나라의 호걸로 삼아 국사(國士)라 불렀다."는[99] 기록을 보면, 용모를 중시하는 화랑의 전통은 화랑의 존재가 미미해지는 고려시대에도 지속적으로 유지되었음을 알 수 있다.

5세 풍월주 사다함은 16살에, 미생랑은 36살에, 문노는 30살, 염장공은 36살에 풍월주가 되었으니[100] 화랑이나 풍월주가 되는 데 나이는 절대적 조건이 아니었지만 뭇사람들에게 받는 신망이나 개개인의 인격은 매우 중요한 요건이었다.

> 태후가 곧 궁중으로 불러들여 음식을 주면서 그가 사람 포용하는 길을 물으니 사다함이 말하기를, "사람 사랑하기를 내 몸같이 할 뿐이며 그들의 좋은 점을 좋게 여길 뿐입니다." 하였다. 태후가 이를 기특히 여겨 대왕에게 말하여 귀당(貴幢)으로 삼아 궁궐의 문을 관장하게 하니 그 무리 일천 명이 충성을 다하지 않음이 없었다.[101]
> 공은 용맹하고 문장에 능했으며, 아랫사람 사랑하기를 자기 몸처럼 하여 선한 사람 악한 사람을 가리지 않고 귀속하는 사람들을 모두 포용하였으므로 명성을 크게 떨쳤다. 낭도들이 서로 격려하여 죽음으로써 공을 세우기를 바라니 이 때문에 화랑도의 기풍이 크게 일어나 일찍이 통일대업이 공에게서 싹튼 것이 많았다.[102]

두 예문 모두에서 다른 사람을 내 몸처럼 사랑하는 포용력을 이들 화랑의 빼어난 점이라 칭찬하고 있다. 13세 풍월주 용춘공은 성품이 온화하고 공손하였으며 탐

욕스럽고 방탕한 놀이에 끼지 않았다 하고, 14세 호림공(虎林公)은 마음가짐이 청렴하고 곧았으며 재물을 풀어 무리들에게 나누어주었다 했다. 20세 예원공(禮元公)은 성품이 단아하고 따뜻하고 자상하였으며 자신을 굽혀 다른 사람보다 낮추었고 도로써 자신을 다스렸고, 22세 양도공(良圖公)의 성품은 사람 섬기기를 잘하고 일의 추이에 밝았으며 지극한 효성으로 부모를 섬겼다고 했고, 25세 춘장공(春長公)[103]은 성품이 너그럽고 어질고 덕을 좋아하였으며, 윗사람을 받드는 데 지성으로 하고 자기의 뜻대로 일을 하지 않았다고 했다. 화랑제도를 만든 진흥왕도 나라를 홍성하게 하려면 반드시 먼저 풍월도를 행해야 한다고 생각하고, 좋은 집안의 남자 가운데 덕행이 있는 올바른 사람을 뽑아 화랑이라 고치고 먼저 설월랑(薛原郎)을 받들어 국선(國仙)으로 삼았다.[104]

이렇듯 화랑에 대해서는 온화한 성품, 청렴한 마음가짐, 효성스럽고 남을 잘 섬기는 태도, 너그러움과 어질음, 겸손함과 자상함, 자기 수양 등 성품이나 인격에 대한 논평이 잦다. 이는 화랑이 갖추어야할 덕목 가운데 성품이나 인격이 매우 중요했음을 증명한다. 화랑 우두머리의 높은 인격은 집단과 소통하고 화합하는 데 긴요한 요소로 인식했던 듯하다. 『화랑세기』 등의 기록에서 일부러 풍월주의 장점만을 부각시켜 적은 것은 아닐까 의심해 볼 수 있지만, 26세 진공(眞功)에 대해서는 "여색을 좋아하였고 마음이 탐욕스러웠고 사사로운 비밀을 많이 행하여 인망(人望)을 얻지는 못했다."라고 적은 것을 보면 꼭 그렇지만은 않았음을 알 수 있다. <찬기파랑가>에서 기파랑을 두고 "낭의 지니시던 마음의 가(心際)를 좇겠다."고 했는데, 여기서 '마음의 가'는 "삼매의 여러 가지 크신 위덕과 묘한 신통 넓은 지혜 끝단 데 없고, 크고 넓은 마음과 그의 경계가 모두 다 깊고 깊어 측량 못하리.(『대방광불화엄경』)"에서와 같이 마음에 생각하는 바, 마음이 머무는 지향점을 뜻하는 말로 보인다. 기파랑의 성품과 인격은 넓고도 높아 완성된 인격체에 가까우니 그의 세계를 따르겠다는 말이다.

충담사는 화랑 내에서 승려로서의 역할에 충실하기 위해 <찬기파랑가>를 지은 것으로 보인다. 흔히 승려는 승려낭도(僧侶郎徒)로 화랑에 속하여 "주가(呪歌)를 짓고 집회가 신앙하는 부처를 받들고 때로는 교훈과 지도를 하는 일도 있었을 것"이라 했다.[105] 『화랑세기』에도 "14세 풍월주 호림공(虎林公)은 마음가짐이 청렴하고 곧았으며 재물을 풀어 무리들에게 나누어주었다. 선불(仙佛)은 하나의 도이니 화랑 또한 불(佛)을 알지 않으면 안

화랑의 수련 장면(경주 밀레니엄 파크 화랑 공연장)

된다. 우리 미륵선화(彌勒仙花)와 보리사문(菩利沙門) 같은 분은 모두 우리들의 스승"이라고 하였다. 공은 보리공에게 나아가 계를 받았고, 이로써 선불이 점차 서로 융화하였다고 했다. 화랑들은 진평왕 대부터 당시 명망 높은 승려들을 모셔와 낭도들 교육에 힘을 쏟았다. 특히 승려들 가운데서 중국에 유학하였거나 혹은 학문적 지식이 높은 이들을 초빙하여 소양을 쌓아나갔다. 승려들은 화랑도들에게 불교를 가르치기보다는 그들과 함께 생활하는 가운데 불교에 대한 관심을 가지도록 유도하였고, 그것이 결국 신라 사회에 불교를 퍼뜨릴 수 있는 바탕으로 작용했다. 승려들이 낭도들과 함께 지내면서 불교의 기본적인 원리라든가 혹은 일상생활 속에서 불교를 어떻게 이해할 것인가 하는 것을 자연스럽게 익히도록 했을 가능성이 점쳐진다.[106] 인격과 능력을 인정받은 화랑들이 관직을 받는 일은 당연한 수순이었다. 승려낭도는 국선과 화랑의 무리들을 시종(侍從)하고 보호·보좌하는 가운데 운영과 지도의 임무를 받았을 것이므로,[107] 화랑에게 불교에 대한 관심 유도하고, 인격과 성품이 중요한 화랑 사회에서 인물 됨됨이를 살피고 바른 인격체를 선양함으로써 인재를 발굴하고 화랑 사회의 가치와 품격을 높이고, 집단의 바른 지향점을 제시하려 했을 것이다. <찬기파랑가>의 효용 가치는 바로 여기에 있다.

◎ 〈도천수대비가(禱千手大悲歌)〉　희명(希明)

> 무릎을 곧추며(膝肹古召旀)
>
> 두 손바닥 모으와(二尸掌音毛乎攴內良)
>
> 천수관음전(千手觀音前)에(千手觀音叱前良中)
>
> 비옴을 두누오다!(祈以攴白屋尸置內乎多)
>
> 천(千) 손에 천(千) 눈을(千隱手 叱千隱目肹)
>
> 하나를 놓고 하나를 더옵기(一等下叱放一等肹除惡攴)
>
> 둘 없는 내라(二于萬隱吾羅)
>
> 하나야 그으기 고치올러라(一等沙隱賜以古只內乎叱等邪)
>
> 아으으 내게 끼쳐 주시면(阿邪也 吾良遺知攴賜尸等焉)
>
> 놓되 쓰올 자비(慈悲)여 얼마나 큰고!(放冬矣用屋尸慈悲也根古)
>
> (양주동 해독)

▶ 현대어 풀이

무릎을 가지런히 꿇으며

두 손바닥 모아서

천수관음 앞에

비옴(祈願)을 둡니다.

천 개 손에 천 개 눈을

하나를 놓아 하나를 덜겠사옵기에

둘 없는 내라

하나야 그윽이(아는 듯 모르는 듯, 은밀히)

아으, 내게 끼쳐주시면

놓되 쓸 자비여 얼마나 큰고!

무루플 ᄂᆞ초며

두ᄫᅩᆶ 손ᄇᆞ롬 모도ᄂᆞ라

千手觀音(천수관음) 알ᄑᆞ히

비ᅀᆞᆯᄫᅩᆯ 두ᄂᆞ오다

즈믄소낫 즈믄 누늘

ᄒᆞᄃᆞᆫ핫 노하 ᄒᆞᄃᆞᆫᆯ 더럭

두ᄫᅩᆶ ᄀᆞᆷ만 내라

ᄒᆞᄃᆞᆫᅀᅡ 숨기주쇼셔 ᄂᆞ리ᄂᆞ옷ᄃᆞ야

아야여 나라고 아ᄅᆞᆯ실ᄃᆞᆫ

어드레 쓰ᄋᆞᆯ 자비(慈悲)여 큰고

무릎을 낮추며

두 손바닥 모아,

천수관음 앞에

기구(祈求)의 말씀 두노라

천 개의 손엣 천 개의 눈을

하나를 놓아 하나를 덜어,

두 눈 감은 나니

하나를 숨겨 주소서 하고 매달리누나.

아아, 나라고 알아 주실진댄

어디에 쓸 자비(慈悲)라고 큰고.

(김완진 해독)

▶**관련설화** 경덕왕 때 한기리(漢岐里)에 사는 여인 희명(希明)의 다섯 살 난 아이가 갑자기 눈이 멀었다. 어느 날 어머니가 아이를 안고 분황사(芬皇寺) 좌전(左殿) 북쪽 벽에 그려진 천수대비(千手大悲) 앞에 나아가 아이로 하여금 노래를 지어 빌게 했더니 마침내 멀었던 눈이 떠졌다. 아이가 부른 노래가 <도천수대비가>이다. 찬시(讚詩)는 다음과 같다.

"죽마(竹馬)와 호드기로 부랑아처럼 놀던 아이, 하루아침에 두 눈을 잃고 말았네. 보살께서 자비의 눈으로 살펴보지 않았다면, 봄날

분황사 석탑(경북 경주시 구황동 313-0). <도천수대비가>를 지은 희명은 분황사(芬皇寺) 좌전(左殿) 북쪽 벽에 그려진 천수대비(千手大悲)를 향해 아이의 눈병을 고쳐줄 것을 기원했다.

을 몇 번이나 헛되이 보냈을꼬?(竹馬葱笙戲陌塵 一朝雙碧失瞳人 不因大士廻慈眼 虛度楊花幾社春)"

(『삼국유사』 권3, 塔像, 芬皇寺 千手大悲 盲兒得眼)

🐾 천수천안관세음보살이란?

관음 또는 관세음이라는 이름은 산스크리트의 보디샤트바 아발로키테스바라(Bodhi-sattva Avalokitesvara)를 중국어로 잘못 번역한 것이다. 그것은 이스바라(îsvara) 곧 군주를 스바라(svara) 곧 '음향·소리'와 혼동한 데서 나왔다. 관음보살은 서방정토의 통치자 아미타불의 두 보조자 가운데 하나이다. 다른 하나인 대세지보살은 민간 종교에서는 아무 역할도 하지 않는다. 관음은 살아있는 모든 중생을 구제할 때까지 부처가 되지 않겠다고 맹세했다. "만일 모든 존재를 구제하는 일을 하면서 단 한순간이라도 절망을 느낀다면 내 머리는 열 개로 쪼개질 것이다." 했다니 그는 정말로 대자대비하다. 그는 천 개의 눈과 천 개의 팔을 가지고(千手千眼觀音) 지옥의 망령들을 구하고, 말의 머리를 하고서(馬頭觀音) 축생을 구제하고, 11개의 얼굴로(十一面觀音) 아수라 사이에 있으며, 신들 사이에서는 여의륜관음(如意輪觀音)이 된다. 이것이 6관음인데 모든 중생과 함께 생사육도(生死六道)의 하나하나에 각각 참여한다. 그러나 그들은 여섯 개의 별개의 인격이 아니라 자신의 초자연적인 힘을 모든 중생에 대한 자비심에서 동시에 취하는 여섯 형태이다.[108]

🐾 건강한 눈은 모든 사람의 소망

"눈 밝은 것은 달 밝은 것과 같은데,/나같이 조그만 사람이/동자 안에 흰 막까지 끼어서/하찮은 장애가 마치 구름 덮인 듯하네./의원의 말에 용뇌(龍腦)가 아니면/끝내 치료될 수 없다고 하므로/여기저기서 구해 봤으나 얻지 못하고/며칠 동안 심란하여 걱정만 하다가/뜻밖에 그대 집안에서 얻게 되어/처음에는 매우 기뻤는데,/의원의 말이 이는 진짜가 아니고/모양만 진짜를 닮았다고 하네./그럼 끝내 치료될 수 없단 말인가/저 달은 먹혔다가도 다시 밝아지는데,/하기야 달은 본시 신물인데/어찌 나와 비교가 되겠는가./이러다간 습주부(習主簿)와 같이/죽을 때까지 이 모양 되고 말리./하늘이 혹 버리지 않는다면/혹 옛 눈을 찾을지도 모르지./다만 부르짖으며 하늘에 기원할 뿐/약으론 가망이 없는 일이야."[109]

이규보가 눈동자 안에 흰 막이 낀 눈병을 고치지 못할까봐 안달하는 마음을 담고 있는 글이다. 용뇌(龍腦)는 용뇌수라는 식물로부터 얻은 결정체로, 방향성(芳香性)

이 있으며 중풍이나 담, 열병 따위로 정신이 혼미한 데나 인후통 따위의 치료에 쓰인다 한다. 이 한약재를 구하지 못하여 더욱 안을 태우고 있다. 달이 지구 그림자에 가리어 먹힌 듯 보이는 월식은 금세 다시 풀리거늘 자신의 눈병은 쉽게 낫지 못할 지도 모른다는 불안하고 다급한 마음이 그대로 엿보인다. 달

불국사 내 미륵전 천수천안관음보살상(경북 경주시 진현동15)

은 신물이니 자신과 같은 수 없다는 넋두리, 하늘에 기도하는 수밖에 없다는 다짐은 더욱 애달픈 마음을 자아낸다.

내 눈병에 대해서도 이러하거늘, 부모 입장에서 내 아이의 눈이 점점 실명 위기에 놓여있다면 어떻겠는가? 좋다고 하는 모든 약을 쓰고, 영험하다는 모든 곳을 찾아 비는 일은 당연하지 않겠는가. <도천수대비가>에서 희명의 마음은 이와 같은 맥락에서 이해해야만 할 것이다.

☞ 아이가 실명 위기라더니 어떻게 금세 나았을까?

<도천수대비가(禱千手大悲歌)>의 8행 '일등사은사이고지내호질등사(一等沙隱賜以古只內乎叱等邪)'는 "경덕왕 대에 희명(希明)의 5세 아이가 갑자기 눈이 멀자 분황사 천수대비 앞에서 이 노래를 부르게 하니 마침내 눈을 떴다"는 서사의 비밀을 푸는 매우 중요한 열쇠다. 그러나 그동안 '고기(古只)'를 음이 흡사한 '고티다(醫/療)'로 보아 "고쳐주시길 비옵니다"로 번역했다. 그러나 '흐기숨(爲只爲), 기오티(只乎矣), 다므기(並只)',

<혜성가>의 '혜ㅅ기(彗叱只)', 향명(鄕名) '五獨毒只(오독뽀기)', '衰也只(소야기)' 등을 보면 '只'는 '기'이고, '드ᄂᆞ다(入內如), 두ᄂᆞ다(在內如)'를 보면 '내(內)'는 'ᄂᆞ(내)'이므로 '古只 內乎叱等邪'는 '고기 ᄂᆞ(내)옷ᄃᆞ라'로 읽어야 한다. 한편 이를 훈차하게 되면 '날개(翼) 들옷ᄃᆞ라(納)'가 된다.

> "ᄯᅩ 누니 物믈에 傷샹커나 시혹 肉슉고기 내왇거든 고툐디 이롤 쓸디니 生ᄉᆡᆼ地띵膚붕ㅅ삯 닷 兩량올 조히 시서 디허 汁집을 取츙ᄒᆞ야 沙상合합애 담고 구리 져로 ᄌᆞ조 눈 가온디 디그라 겨스렌 ᄆᆞᄅᆞ닐 글혀 汁집을 取츙ᄒᆞ야 디그라 ᄯᅩ 杏ᄒᆡᆼ仁ᅀᅵᆫ을 ᄆᆞᄅᆞ ᄀᆞ라 사ᄅᆞ미 졋 汁집에 불위 ᄌᆞ조 디그라"[110]

▶ 현대어 풀이 "또 눈이 이물질로 상하거나 혹 눈에 군살이 자라거든 이것을 써서 고칠 것이니, 생 댑싸리의 싹 다섯 냥을 깨끗이 씻어, 찧어서 즙을 내어 사기그릇에 담고 구리 젓가락으로 눈 가운데 자주 찍어 넣으라. 겨울에는 데쳐 말린 것을 끓여 즙으로 넣으라. 또 살구 씨를 곱게 갈아 사람의 젖에 불려 자주 찍어 넣으라."

위의 『구급방언해』의 한 구절인 "ᄯᅩ 누니 物믈에 傷샹커나 시혹 肉슉고기 내왇거든 고툐디 이롤 쓸디니"나 "간의 ᄇᆞ룸으로 눈 즌므르며 막킨 고기 나고(肝風眼爛生瘜肉)"[111]는 "눈구석에서 삼각형의 군살이 자라나 각막 쪽으로 자라 들어가는 질환"인 익상편(翼狀片, 군날개, Pterygium)와 명칭과 증상이 일치한다. 즉, "여러 가짓 거세 그윽혼 디 고기 그처디닐 고툐디"(구급방언해 24)에서처럼 눈 가장자리 잘 보이지 않는 곳에 감춰진 '은질(隱疾)/은병(隱病)'을 말한다.

익상편이 실명에까지 이를 수 있는 치명적인 눈병임에 반해, 의학서에 제시된 그 치료 과정은 그리 심각하지 않다. "눈에 돋은 군살, 핏발에는 웅작분(雄雀糞) 가루를 인유즙(人乳汁)에 개어 자주 넣으면 곧 삭아진다.", "살구씨 알맹이(杏仁) 14매를 껍질과 끝을 버리고 생으로 씹어 손바닥에 뱉은 다음 식기 전에 젓가락 끝에 솜을 감은 것에 묻혀서 군살이 돋아난 곳에 바르면 3~4회를 넘지 않아 낫는다." 하였고,[112] 안약을 넣으면 곧 낫는다 했으며, 아침에 먹으면 저녁에 효력을 본다고도 하였으니 익상편 치료에 관한 민간의학에서의 자신감은 매우 높은 편이다.

『관세음보살여의마니다라니경』에도 "웅황(雄黃)·건강(乾薑) 등의 약재들을 찧어 가늘게 갈고 용뇌향과 사향을 섞어 약을 만들어 두고, 심주(心呪)·수심주(隨心呪)·근본주(根本呪)를 천 여덟 번씩 외고, 손에 약을 집어 관세음보살상의 발에 댄 다음 그 약을 바로 눈에 바르면 이미 걸린 모든 눈병, 청맹(靑盲)과니, 태노육(胎努肉)까지 모두 낫는다."[113]는 처방전을 제시하고 있다.

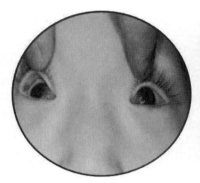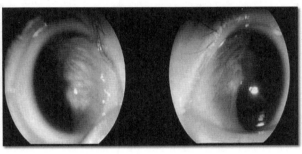

익상편 소아의 눈(박철용·지용훈·정의상, 소아 익상편 절제술 후 발생한 각막 켈로이드 1예,
『대한안과학회지』 44권 9호, 대한안과학회, 2003, p.2172.)

희명은 보살의 앞에서 청원하는 일과는 별도로, 전통적인 민간의 치료행위, 혹은 『관세음보살여의마니다라니경』 등 불경에서 제시하는 갖가지 눈병 치료법에 따랐을 것이다. 천수대비의 힘으로 실명 위기를 극복할 수 있다는 신념과 이상이 숭고한 모성은 그와 같은 정성스러운 치료 행위에 대한 보답인 셈이다. 아이의 간절한 기도와 맞물려 마침내 아이가 눈을 뜨게 됨으로써 희명과 아이의 기쁨은 배가 되고, '노래를 지어 부르며 기도드린(作歌禱之)' 대상이 천수천안관세음보살이다 보니 아이의 득명은 모두 천수천안관음보살의 자비와 공덕으로 여겼을 것이다.

🐾 치병(治病)을 바라는 다라니, 〈도천수대비가〉의 의미

〈도천수대비가〉는 "아이의 병을 치유하기 위해 무릎을 꿇고"(1·2행), "자비로우신 천수관음께 간절히 비옵나이다."(3·4행)라고 하여 기원의 대상을 설정하고 간절한 마음을 토로하였고, "천 개의 눈 가운데 하나만이라도 시야를 넓히시어,(5·6행) 아이의 딱한 질병을 굽어 살피시는 자비(慈悲)를 베풀어 달라(9·10행)"라 하면서 익상편이라는 아이의 질병을 구체화하여 청원(請願)에 대한 근거를 제시하고, 간절함을 더하려 하였다. 마지막 구절에서 자비(慈悲)와 이어지는 '근(根)'도 단순히 "크다"라는 서술어의 어간으로 볼 것이 아니라, "원하옵나니, 세세토록 공양하고 영원토록 다함 없어서 이 선근(善根)을 노잣돈 삼아 대왕폐하의 수명은 산처럼 견고하고 치세는 천지와 함께 영원하여, 위로는 바른 가르침을 넓히고 아래로는 백성들을 교화하게 하소서"[114]에 나오는 것처럼, '근기(根機)' 즉 "교법을 듣고 닦아 얻는 능력"이란 뜻으로 해석하고자 한다.

결론적으로 <도천수대비가>는 <관음세안결(觀音洗眼訣)> "관세음이시여, 구원해 주소서./저에게 큰 안락을 주소서./크게 저를 인도하시어,/저의 어리석음과 어둠을 멸하여 주옵소서./모든 거리낌을 없애 주시고/모든 악업을 지워주소서./저의 눈을 어둠 속에서 꺼내시어/제게 만물의 빛을 보게 해주옵소서./지금 제가 이 게(偈)를 말함은/제 안식(眼識)의 죄를 뉘우치기 위함이니/널리 광명을 베푸시어/사물의 오묘한 형상을 보여주옵소서."[115]와 같이 천수천안관음보살에게 눈병을 고쳐줄 것을 기원하는 다라니(神呪)이다. 즉, "매번 첫새벽에 맑은 물 한 그릇을 받쳐 들고 물을 향하여 이 안결(眼訣)을 일곱 번이나 마흔아홉 번을 외운 후에 이 물로 눈을 씻으면 여러 해 묵은 각막의 병(障翳)과 종기(赤腫)까지 안 낫는 일이 없다"[116]한 <관음세안결>의 가르침, 혹은 앞 『관세음보살여의마니다라니경』의 처방전처럼, 천수천안의 무한한 시야로 실명 위기에 놓인 아이의 슬픔을 꿰뚫어 보고 눈을 고쳐주시기를 바라는 마음을 담은 간절한 주문이다. 천수대비를 향해 기도하고 향가를 가창함으로써 아이의 눈병을 고쳤다는 『삼국유사』 '분황사천수대비(芬皇寺千手大悲) 맹아득안(盲兒得眼)' 조의 이야기는 아이 눈에 생긴 군날개(익상편)를 치료하려는 희명의 물리·의료적 노력과 정성, 천수대비에 대한 독실한 믿음, 아이와 희명의 경건한 기도가 이끌어낸 쾌거이자 신앙치료의 한 단면을 보여주고 있다.

◎ 〈우적가(遇賊歌)〉 석영재(釋永才)

제 무스매(自矣心米)

즌 모드럿단 날(兒史毛達只將來呑隱)

머리 □□ 디나치고(日遠鳥逸□□過出知遣)

열쓴 수메 가고쇼다(今呑藪未去遣省如)

오직 외온 破戒主(但非乎隱焉破□主)

저플 즈새 느외 쏘 돌려(次弗□史內於都還於尸朗也)

이 잠ᄀᆞ사 디내온(此兵物叱沙過乎)

됴홀 날 새누오짜니(好尸日沙也內乎呑尼)

아으 오지 이오맛호 善은(阿耶 唯只伊吾音之叱恨隱潓陵隱)

안디 새집 ᄃᆞ외니이다(安支尙宅都乎隱以多)

(양주동 해독)

▶ 현대어 풀이

자기의 마음의

모습을 모르려하던 날

멀리 □□ 지나치고

멀리 숨어서 가고 있다.

오직 못된(不正한) 도적

두려워 할 형상에 다시 또 돌아가리.

이 칼을 겪으면

좋은 날 샐 것이더니

아으 오직 요만큼한 선(善, 善業)은

아니 새로운 집 되었네.

제의 ᄆᄉ미	제 마음의
즈싀 모ᄃᆞᆯ 보려든,	모습이 볼 수 없는 것인데,
日遠鳥逸(일원조일) ᄃᆞ라리 난 알고	일원조일(日遠鳥逸) 달이 난 것을 알고
열ᄃᆞᆫ 수플 가고셩다	지금은 수플을 가고 있습니다.
다ᄆᆞᆫ 외오ᄂᆞᆫ 破家(파가)니림	다만 잘못된 것은 강호(强豪)님,
머믈오시ᄂᆞᆫᆯ 도도랄랑여	머물게 하신들 놀라겠습니까.
이 자ᄇᆞᆫ가시ᄉᆞ 말오	병기(兵器)를 마다하고
즐길 法(법)이ᅀᅡ 듣ᄂᆞᆫ오다니,	즐길 법(法)을랑 듣고 있는데,
아야, 오직 뎌오밋혼 몰론	아아, 조만한 선업(善業)은
안작 턱도 업스니다.	아직 턱도 없습니다.

(김완진 해독)

▶**관련설화** 영재(永才) 스님은 천성이 활달하고 익살스러우며 재물에 얽매이지 않았고 향가를 잘 하였다. 늘그막에 남악(南岳)에 은거하러 가다가 대현령(大峴嶺)에 이르렀을 때 60여 명의 도적을 만났다. 도적들이 그를 해치려 했으나 영재는 칼날 앞에서도 두려워하는 기색 없이 태연했다. 도적들이 의아하게 여겨 그 이름을 물으니 영재라고 했다. 도적들도 평소 그 이름을 들었으므로 이에 노래짓게 했더니 영재가 <우적가>를 불렀다.

도적이 노래의 뜻에 감동하여 비단 2필을 주었으나 영재가 웃으며 사양하면서,

"재물이 지옥의 근본이 되는 것임을 알고 장차 피하여 깊은 산으로 들어가는데 어찌 감히 그 것을 받겠소?" 하고, 비단을 땅에 던지니 도적들이 또 그 말에 감동하여 모두가 지녔던 창을 버리고 머리를 깎고는 영재의 제자가 되어 지리산에 숨어 다시 세상에 나오지 않았다. 영재의 나이는 90 남짓이고 원성대왕(元聖大王) 때였다. 찬시(讚詩)는 다음과 같다. "지팡이 짚고 산으로 돌아가니 뜻이 한층 더 깊은데, 비단과 구슬로 어찌 마음을 다스리랴. 녹림(綠林)의 군자들아 그런 선물 그만 두소, 단 몇 푼 재물이라도 지옥의 근원이라네."(策杖歸山意轉心 綺紈珠玉豈治心 綠林君子休相贈 獄無限只寸金)

(『삼국유사』 권5, 避隱 , 永才 遇賊)

* 석남암(石南巖)은 현재 이 불상이 안치되어 있는 내원사(內院寺)와 산등성이를 사이에 두고 있었던 절로 산청군 삼장면 석남리(石南里)에 있었던 것으로 추정되고 있다. 관음암(觀音巖) 은 현재 '보선암터'라고 하는 암자지(庵子趾)의 본 이름이다. '암(巖)'은 '암자(庵子)'를 말함인 데 이 글자에 굴혈(窟穴)의 뜻이 있어서 암자보다도 더 소박한 수련처(修練處)를 뜻한다고도 볼 수 있겠으나 '암(巖)'과 '암(庵)'이 음이 같은 데서 통용된 것이다.[117] 수(藪)는 <우적가(遇 賊歌)>의 '今吞 藪未 去遣省如'에 쓰인 예를 생각나게 하는 것이다. 여기서는 '석남암(石南巖)

에 속해 있는 숲'이란 뜻으로 쓰였다. 이로써 <우적가>에 쓰인 수(藪)도 단순한 숲이 아니라 사찰(寺刹)이나 암자(庵子)가 있는 숲, 또는 수도처(修道處)가 묻혀 사는 숲이란 뜻으로 이해할 수 있게 되었다.[118]

🍂 달관한 자가 도적을 깨우치다

인간은 누구나 욕망을 가지게 마련인데, 그 욕망으로 인해 집착과 번뇌가 생겨나고, 집착과 번뇌가 원인이 되어 생사윤회의 쳇바퀴에서 벗어나지 못한다. 그러나 영재 스님은 도적들의 칼날 앞에서도 두려워하는 기색이 전혀 없이 태연했으므로 삶에 대한 집착도 벗어던졌고, <우적가>의 뜻에 감동한 도적들이 건네 준 비단 2필도 사양하였으니 재물과 이익까지 초월했음을 알 수 있다. 재물은 지옥의 근본이라 여기고 죽음도 두려워하지 않으니 영재는 이미 상당한 달관의 경지에 이르렀음을 알 수 있다. 이에 도적들은 우리 마음속에 도사리고 있는 탐욕을 시험하고, 영재의 신심(信心)을 확인하기 위한 변신일 수도 있다는 논리가 일리를 가진다.[119]

영재의 도량은 양상군자(梁上君子) 일화에 등장하는 진식(陳寔)과도 비슷하다. 진식은 후한(後漢) 때 학식이 뛰어나고 성질이 온화하며 청렴결백하여 모든 사람의 존경을 한 몸에 받던 인물이다. 그가 현감으로 있을 때, 밤에 도둑이 들어와 천장 들보 위에 웅크리고서 기회를 엿보고 있었다. 그것을 눈치챈 진식은 곧 의관을 정제하고 아들과 손자들을 불러, "사람이란 누구나 스스로 노력하지 않으면 안 된다. 착하지 못한 짓을 하는 사람도 처음부터 악한 것은 아니다. 평소의 잘못된 버릇이 성격이 되어 나쁜 짓을 하는 것이다. 저 들보 위의 군자가 바로 그러한 사람이다."라고 훈계를 했다. 도둑을 들보 위의 군자라고 칭하면서 공격하여 내쫓지 않고 큰 도량으로 타이르며 스스로 반성하도록 했으니, 도둑은 이 말에 깜짝 놀라 얼른 들보 위에서 뛰어내려와 이마를 조아리며 죽여 주십사하고 사죄하였다. 그런 도둑에게 진식은 비단 두 필까지 주어 보냈으니 남의 잘못을 이해하고 감싸는, 그릇이 참으로 큰 사람이다.

설봉(雪峯) 허정은 허격의 조카이다. 어느 날 길에서 은자 100냥을 주워 그 자리에서 해가 저물 때까지 주인을 기다렸더니 그 주인이 헐레벌떡 찾아왔기에 은자를 되돌려주니 보따리를 풀어 그 절반을 주었다. 이에 설봉이 웃으며, "내가 은자를 탐냈다면 어찌 네가 돌아올 때까지 기다렸겠느냐?" 했다. 이 말에 주인은 은자 보따리를 내동댕이치며, "저는 도둑인데, 은자를 훔쳐오다가 술에 취해 길에서 잃어버렸습니다. 공께서는 은자가 절로 굴러들어왔는데도 갖지 않으셨는데, 저는 어찌된 놈이기에 훔친 은자를 여기까지 찾으러 왔단 말입니까. 이 때문에 통곡하는 것입니다."라 했다. 이후 도둑은 설봉의 말대로 행하고, 행실을 고쳐 착한 사람이 되었다.

(성대중, 『청성잡기』 권3, 성언)

허정은 길에서 은자를 주웠지만 남의 것에 욕심을 부리지 않고 태연히 주인이 올 때까지 기다렸다. 그 은자는 도둑이 훔쳐가던 것이었다. 자신은 탐욕으로 가득하여 남의 것을 훔치기까지 했는데, 허정은 가로챌 수 있는 돈도 마다했으니 도둑은 무감각하던 양심에 가책을 받아 행실을 고치고 착한 사람이 되었다. 이 일화 또한 세속적 욕심에서 벗어나 높은 경지에 이른 사람이 부족한 사람을 깨우치게 되는 과정을 담고 있다.

악인이 영재로 인해 개과천선한 것은 그들이 원래 가지던 착한 성질의 발현이고, 영재는 그 계기를 만들어준 것에 불과하다.[120] 즉, 뉘우침은 착한 성정이 전제될 때 가능한 일이다. 이들 도적들은 선한 심성을 타고 났으나 한순간의 판단 잘못이나 환경 탓으로 악업을 행하였을 것인데, 자신과 다르게 도량이 크고 반듯한 사람을 만나 양심의 가책을 느끼어 잘못을 뉘우치고 새로운 인생의 전환점을 만들어 가게 된 것이다. <우적가>에서 영재는 단 몇 푼의 재물이라도 지옥의 근원임을 일깨워 도적을 감화시키고 제자가 되도록 만들었으니 이욕에 달관한 자가 악업을 짓는 이를 회개시키는 이야기 구도를 가졌다. 이 과정을 바꾸어 말하면 악업(惡業)을 짓던 사람도 회개하고 다시 선업(善業)을 쌓으면 큰 깨달음에 이를 수 있음을 보여준다.

위의 해독문 "이 칼을사 한번 지내면 좋을 날이 고대 새리려니, 아아 오직 요만큼한 선은 새로운 안주처(安住處)가 안 되네 그려!"는[121] 도적의 회개 과정이 도적과 영재 모두에게 선업을 쌓는 일로 읽어낼 수 있게 한다. 선업을 쌓는 일은 악업의 원인을 끊는 것에서부터 시작되어야 한다. 도적들에게 악업의 근원은 재물이며, 더 나아가서는 재물로써 모든 것을 판단하는 세속적 가치관이다. 영재는 도적들이 세속적 가치관으로부터 벗어나 악업의 근원을 끊을 수 있도록 재물이 지옥 가는 근본이라고 말함으로써 도적들이 자신들의 삶을 각성케 했다.[122] 도적들은 자신들도 미래에 좋은 응보(應報)를 얻을 수 있다는 사실을 몰랐을 가능성이 높다. 창을 들고서 살생하고 도적질하는 행위는 오계(五戒)나 십선(十善)을 모두 어기는 일이기 때문이다. 무지한 도적들을 일깨우지 못한다면 지난날 영재의 행적은 참된 실천으로 이어질 수 없었을 터인데, 영재는 그들이 추구하던 욕망의 상징물인 비단을 땅에 던짐으로써 도적들의 감화를 이끌었고, 이들 모두가 지녔던 창을 버리고 머리를 깎고 영재의 제자가 되도록 했으니 또 하나의 선업을 쌓게된 것이다. 이 과정을 통해 영재와 도적들 모두 작은 선업 하나를 쌓은 셈이다.

◎ 〈도이장가(悼二將歌)〉　고려 예종(睿宗)(1106~1123 재위)

> 니믈 오울오술본 ᄆᆞᅀᆞᄆᆞᆫ(主乙完乎白乎心聞)
>
> ㅿ 하ᄂᆞᆯ 밋곤(際天乙及昆)
>
> 넉시 가샤디(魂是去賜矣)
>
> 몸 셰오신 말ᄊᆞᆷ(三烏賜敎)
>
> 셕 맛도려 활자바리 가시와뎌(職麻又欲望彌阿里刺及彼)
>
> 됴타 두 공신功臣아(可二功臣良)
>
> 오래옷 고돈 자최ᄂᆞᆫ(久及直隱跡烏隱)
>
> 나토신뎌(現乎賜丁)
>
> (김완진 역)

▸ 현대어 풀이

님을 온전케 하온

마음은 하늘 끝까지 미치니,

넋이 가셨으되

몸 세우시고 하신 말씀,

직분職分 맡으려 활 잡는 이, 마음 새로워지기를

좋다, 두 공신이여

오래오래 곧은 자최는

나타내신저.

니믈 오올오슬본	임을 완전(完全)ᄒ게 하온 (生命을)
ᄆᆞᅀᆞᄆᆞᆫ ᄀᆞᆺ하날 믻곤	마음은 맨 끝 하늘에(天際에) 미치니
넉시 가샤디	넋은 가셨어도
사ᄆᆞ샨 벼슬마 쏘ᄒᆞ져	삼으오신(만들어 주신) 벼슬만큼은 하려 하는구나.
ᄇ라며 아리라	(假像戱를) 바라보면서 알리라
그뼤 두 功臣(공신)여	그때의 두 공신이여
오라나 고돈	오래나 곧은
자최는 나토샨뎌	자취는 나타내신뎌.[123]

(양주동 해독)

신숭겸장군 유적지 입구 전투도
(대구광역시 동구 지묘동)

▸**관련설화** 태조 왕건이 견훤의 침공을 받았던 공산(公山) 오동나무 숲은 지금의 동화사(桐華寺) 자리이다. 견훤의 군사가 에워싸고 전세가 불리해져서 태조(왕건)가 곤경에 처했을 때, 왕건과 겉모습이 비슷한 신숭겸 공이 더 이상 아무런 방책이 없음을 알고 스스로 대장으로 나서 대신 죽기를 자청하면서 요즘의 부인사(符仁寺) 숲에다 왕을 피신시키고는 김락(金樂)과 함께 왕의 수레를 대신 타고 가다 치열한 싸움을 한 끝에 결국 전사하였다. 견훤의 군사들은 공이 왕인 줄 알고 머리

를 잘라 창끝에 매달아 돌아갔고, 이에 포위망이 풀리자 태조는 간신히 빠져나와 진지로 돌아왔다. 일찍이 태조가 팔관회에서 여러 신하들과 연회를 즐길 때, 전사한 두 공신만이 반열에 들어 있지 않은 것을 애달프게 여겨 유사에게 명하여 풀을 엮어 공과 김락의 상(像)을 만들게 하여 반열 가운데 앉히고 술을 하사했더니 술이 갑자기 말라버렸고, 풀을 엮어 만든 상이 산 사람처럼 일어나 춤을 추었다. 이로부터 연회 때마다 늘 그렇게 하였다. 예종 15년(1120년) 가을에 왕이 서경에서 팔관회를 열 때 두 상이 자색으로 의관을 갖추고 홀(笏)을 끼고 금을 두른 채 말을 타고 뜰 여기저기를 펄쩍 뛰어다니는 모습을 보고 이상하게 여겨 좌우 신하들에게 물으니, "이는 태조대왕이 삼한을 통일할 때 죽은 공신인 대장군 신숭겸과 김락의 상이옵니다."라며 그 일의 자초지종을 사뢰니 왕이 감동하여 슬픔에 잠겨 그들의 후손을 물어 어제(御製) 시 4수와 단가(短歌) 2장을 하사했다. 시에 이르기를 "두 공신의 상을 보니, 눈물 줄줄 감동 있네. 공산(公山)의 자취 적막하지만, 평양의 일은 길이 남았네. 충의(忠義)는 영원히 빛나고, 삶과 죽음 오직 한 때. 왕을 위해 목숨 바쳐, 나라의 터전 지켜주었네."[124]

(『장절공신선생실기(將節公申先生實記)』 권1)

장절공(將節公) 신숭겸(申崇謙)
장군 영정(平山申氏大宗中 감수,
『평산신씨사적도감(平山申氏史蹟圖鑑)』, 한얼보학연구소, 2000)

🖎 넋은 가셨으나 곧은 자취는 영원히 남아

신숭겸(申崇謙)과 김락(金樂)은 왕건이 팔공산 동화사 자리에서 견훤에게 포위된 위급한 상황에서 자신들의 목숨과 임금의 목숨을 맞바꾼 충신들이다. 예종의 한시와 <도이장가>는 모두 신숭겸과 김락이 왕을 위해 목숨을 바쳐 나라의 터전을 지켜주었으니 삶과 죽음이야 한때의 일에 불과하지만 그들이 남기고 간 충의(忠義)는 영원히 빛날 것이라는 내용을 담고 있다.

예종 15년(1120) 신사일, 서경의 팔관회에서 김락(金樂)·신숭겸(申崇謙) 등의 우상(偶像)이 뛰어다니는 모습을 보고 감동하여 <도이장가>를 지었다고 했다.[125] 위의 『장절공실기(將節公實記)』에는 신숭겸과 김락의 상(像)이 자색으로 의관을 갖추고 홀(笏)을 끼고 금을 두른 채 말을 타고 뜰 여기저기를 펄쩍펄쩍 뛰어다녔다고 했으니, 이 공연의 실상을 확인할 필요가 있다.

팔관회의 채붕과 무대(그림 김병하 화백, 『한국생활사박물관』 7, 고려생활관 1, 사계절, 2002, p.76). 고려 예종은 서경의 팔관회에서 신숭겸과 김락 장군의 모습을 본뜬 우상(偶像)이 뛰어다니는 모습(가면무로 추정함)을 보고 감화를 받아 〈도이장가〉를 지었을 것으로 보인다.

고려를 건국한 왕건은 연등회와 팔관회를 고려의 대표적인 행사로 정하고, <훈요십조>에 "나의 지극한 관심은 연등과 팔관에 있다. 연등은 부처를 섬기는 것이요, 팔관은 하늘과 신령과 5악·명산·대천·용신(龍神)을 섬기는 것이다."라며 후대에 이를 함부로 증감하려는 자를 간신이라고까지 못 박았다. 왕건 자신도 당초에 이 모임을 국가 기일과 상치되지 않게 하고 임금과 신하가 함께 즐기기로 굳게 맹세하여 왔으니 마땅히 조심하여 시행하라고 했고,[126] 명종 14년(1184)에 팔관회와 태후의 상사(喪事)가 겹치자 예관은 팔관회 날짜를 옮기자고 했으나 왕은 태조의 본의에 어긋난다며 전례대로 거행하게 했다.

『삼국사기』에 진흥왕 33년 겨울 시월 20일에 전사한 병사들을 위하여 외곽의 절에다 팔관 연회를 설치하였다가 7일에 파하였다[127]고 했으니 초기의 팔관회는 전사자의 진혼을 위한 목적의식이 강했음을 알 수 있다. 팔관회에서 신숭겸·김락의 우상을 만들어 행한 공연은 추모와 진혼을 위한 것이었다. 그러나 "진흥왕 시대 매년 동짓달이면, 채붕 매고 윤등 달고 온갖 놀이 하였네. 복을 빌 때 아름다운 광경까지 구경했으니, 예쁜 자태를 가진 화랑이 뽑혀 들어왔구나."라고[128] 한 것을 보면, 팔관회는 진혼으로만 끝나지 않았고 윤등(輪燈)·향등(香燈)을 설치하고 네 구석에 또 채붕(彩棚, 화려하게 꾸민 가설무대)을 매고서 온갖 놀이와 가무를 행하며 복을 비는 데까지 이르렀음을 알 수 있다. 구경하는 이들이 온 도성을 뒤덮어 밤낮으로 즐겼고, 왕은 의봉루(儀鳳樓)에 거둥하여 관람하였기에 그 명칭을 '부처를 공양하고 귀신을 즐겁게 하는 모임'이라 했다고 했고,[129] 온 땅 가득히 광명으로 밤을 새우고 신라의 화랑을 본떠서 양가(良家)의 자제 네 사람을 뽑아 무지개같이 아름다운 옷을 입혀 뜰에서 줄지어 춤추게 하였다고도 했다. 왕이 팔관회(八關會)를 관람할 때, 구정(毬庭)으로부터 돌아오다가 합문(閤門) 앞에 이르러 수레를 멈추고 오랫동안 창화(唱和)하였다. 창우(倡優)에게 명하여 장내(仗內)에서 노래 부르고 춤추게 하여 거의 삼경(三更)에 이르렀다고[130] 적고 있다.

『고려도경』에는 인종 당시 석지(장대묘기)와 포구(공 던지기 묘기)의 기예도 있었고, 백희 공연자들도 수백 명이나 있었는데 모두들 대단히 민첩하다고 전하고 있다.[131] 이렇듯 팔관회의 원류는 원혼(冤魂) 내지는 원한을 품은 사자(死者)·생인(生人)이 있으면 재앙이 발생한다는 믿음에 근거하여 원한을 풀어 질병이나 가뭄이나 죽음이나 외적의 침범 같은 재앙을 없애거나 예방하려 한 진혼의 성격을 가졌을 것이나[132] 후대로 오면서 백희공연 등 축제적 성격이 강해졌음을 알 수 있다. 백희공연은 연등회 소회일에도 행해졌는데, 이는 연등회와 팔관회에 유락적인 요소를 부가하여 왕실만의 행사로 그치지 않고 일반백성들의 관심을 끌어들여 참여를 유도하는 데 기여하였다. 이를 통해 축제 분위기가 조성되어 문화공동체로서의 일체감을 형성하는 데 큰 역할을 하였던 것이다.[133] 『장절공실기』에서 신숭겸·김락 장군의 우상에게 술을 하사했더니 술이 갑자기 말라버렸고, 우상이 막 뛰어다녔다고 한 것은 "술이 반쯤 취하매 나이 젊은 광대로 하여금 풍악을 울리고 재주를 부리게 하며, 또 무동(舞童)을 시켜 떼를 나누어 들어오게 하였다. 모두 아롱진 비단 옷을 입고 얼굴에 가상(假像)을 썼는데 손으로는 금부채를 휘둘러 절조에 맞추어 노래하니, 보기에 매우 기괴하였다."는 기록처럼[134] 창우가 얼굴에 두 장군의 가면을 쓰고 행한 가면무를 극적으로 묘사한 것으로 보인다.

3. 고려가요(高麗歌謠)

◎〈정읍사(井邑詞)〉

(前腔) 둘하 노피곰 도드샤
어긔야 머리곰 비취오시라*)
어긔야 어강됴리
(小葉) 아으 다롱디리
(後腔) 全져재 녀러신고요
어긔야 즌ᄃᆡ를 드ᄃᆡ올셰라*)
어긔야 어강됴리
(過篇) 어느이다 노코시라
(金善調) 어긔야 내 가논ᄃᆡ 졈그를셰라
어긔야 어강됴리
(小葉) 아으 다롱디리*)

(『악학궤범(樂學軌範)』 권5)

▸ 현대어 풀이

달님이시여 높이높이 돋으시어
어긔야 멀리멀리 비추어 주소서.
어긔야 어강됴리
아으 다롱디리
전주(全州) 저자에 가셨나요.
어긔야 진 곳을 디딜까 두렵습니다.
어긔야 어강됴리
어디에서든 편히 계십시오
어긔야 냇물 건널 때 날이 저물까 걱정입니다.

어긔야 어강됴리

아으 다롱디리

▶관련설화 정읍은 전주의 소속현이다. 행
상을 떠난 지 오래되어도 돌아오지 않자
그 처가 산봉우리 돌 위에 올라서서 멀리
바라다보면서 남편이 밤길에 해를 입지 않
을까 걱정하는 마음을 흙탕물에 몸이 더러
워진다는 표현으로 노래했는데, 세상에는
등점망부석(登岾望夫石)이 있다고 전한다.
　　　　(『고려사』 권71, 악지, 백제 속악)

정읍사공원 내 망부상(전북 정읍시 정읍사로 541)

*) 고(오)시라 : ~으시기를 바라노라. "홍
(紅)실로 홍 글위 미요이다 혀고시라
밀오시라 정소년하"(<한림별곡>).

*) 르셰라(르쎄라) : ~할까 두렵도다 . "잡
스와 두어리마는 선ᄒ면 아니 올셰
라"(<가시리>), "흔ᄢᅴ 가져 ᄒ니 닐오디
흔ᄢᅴ 가면 ᄒ다가 몯 일울쎄라(欣欲偕歸
堤上日 俱去 則恐謀不成"
　　　　(『삼강행실도』 충:30)

　🍂 아내가 집 떠난 남편을 근심하여 부른 노래

<정읍사>는 백제 노래인데, 고려시대까지 전해져 불렸다. 정읍(井邑)의 우물을 상
징적으로 보고, '즌디'를 성적인 의미로 보는 시각도 있다. 그러나 남편이 행상을 떠
난 지 오래되어도 돌아오지 않자 그 처가 산봉우리 돌 위에 올라서서 멀리 바라다보
면서 남편이 밤길에 해를 입지 않을까 걱정하는 마음을 흙탕물에 몸이 더러워진다
는 것으로 표현했다는 『고려사』 기록의 신빙성을 의심할 필요는 크게 없다고 본다.

"돌아 돌아 대보름 돌아
높이 들엉 총맹히 비추라.
제석궁(帝釋宮)이 달귀 간 부미
진딜 보멍 여울로 오게"[135]

"달아, 달아. 대보름달아
높지 들렁 청명케 뜨라
저속궁에 나 부모 싰저
진디 보멍 여울로 오게"[136]

"검은 구름다리도 끊어져 도리어 위험하고,
은하수 물결까지 잠잠하게 이는데,
이와 같은 칠흑의 어둠 속에,
낭떠러지 미끄러운 진창에 어찌 가려하시는가?"[137]

정읍사 노래비
(정읍사 문화공원, 전북 정읍시 정읍사로 541)

　　앞의 두 작품은 제주 민요 <돌아 돌아>이고, 세 번째 작품은 민사평의 소악부(小樂府) 가운데 한 작품이다. 앞의 두 작품은 표기만 좀 다를 뿐 같은 내용인데, 현대어로 풀면 "달아, 달아. 대보름달아/높이 떠서 밝게 뜨라/저승 궁궐에 내 부모 계시니/진 데를 피해 좋은 길로 오시게"가 된다. 이들 작품에서 '진 데'는 다른 상징적 의미가 아닌 말 그대로 물이 고여 미끄러운 진창이란 의미로 쓰였다. 부모님이 안전하게 다니실 수 있도록 달이 높이 떠서 멀리까지 비춰주기를 바라는 마음이 <정읍사>의 흐름과 그대로 닮았다.

<정읍사>의 풀이에서 짚고 넘어가야 할 몇 구절이 있다. 먼저 '노코시라'는 "놓(放, 縱)+고시라."의 결합으로, 위험한 밤길을 무리해서 다니지 말고 어느 곳이든 편안한 곳에 행장을 풀어 놓고 편히 쉬라는 뜻이다. '방심(放心)', 즉 "마음을 다잡지 아니하고 풀어놓아버리라"는 말과 상통한다. '全져재'를 앞의 악곡 명칭 후강(後腔)과 이어지는 말인 후강전(後腔全)으로 보는 것은 같은 용례를 찾을 수 없고 지칭 또한 어색하다. '전(全)'을 지명 '전주(全州)'의 약칭으로 보는 데는 어려움이 있고, 이미 굳어진 한자어 관형사로 보고 가볍게 '여러'란 말뜻을 약간 강조한 것으로 이해하여 "하도 여러 장에"라고 풀이하기도 하지만,[138] 뚜렷한 논거가 발견되기까지는 통설에 따라 정읍과 가까운 지명 전주로 풀고자 한다.

'내 가논디'를 풀이하는 일도 쉽지 않다. '내'를 '나(我)'로 보면, "제가 마중 가려하지만 저물어질까봐 두렵습니다."로 풀이해야 하는데, 그러면 남편에 대해 걱정하는 아내의 진정성이 약해진다. '내'를 "내 사람, 내 편"이란 의미로 남편을 뜻한다고 본다면, "남편이 가는 곳이"가 되어 의미는 잘 통하지만 남편을 두고 일인칭으로 표현한 전례를 찾기 어려워 여간 곤혹스럽지 않다. 이에 '내'를 "내히 이러 바르래 ㄱ느니(流斯爲川于海必達)", "내콰 묏고리 피 빗기 흐르고(川谷血橫流)"(초간본 두시언해 22:32)와 같이 냇물의

"내 가논디 졈그를셰라"
(정읍사 문화공원 내)

내(川)로 보고자 한다. 남편이 밤길에 냇물을 건너다가 물살에 휩쓸려 위험에 빠질까를 걱정하는 마음이 담겨있다.

<삼성대왕>, <정읍사>에 나오는 '다롱다리', '다롱디리'를 대체로 젓대의 구음으로 보기도 한다.[139] 『사숙재집』에 그 용례가 있어 눈길을 끈다. "신라의 곡은 끝날 때에 반드시 '다롱다리호지다리(多農多利乎地利多利)'라고 하는데, 이(利)를 일컬은 것은

농사를 예찬한 말이다. 빠른 곡조의 후렴구에 '확자고로롱(確者古老農)'은 사리를 헤아려 살피고 지혜가 있는 사람은 오직 옛날 농부라는 뜻이고, '분(噴)'은 노래를 끝마칠 때에 기를 뿜어내 입술을 떨며 '롱'소리를 여러 번 내어 소리의 흥을 돋우고 돕는 일이다."(권11)[140]라고 했으니, '다롱디리(다롱다리)'는 "농사의 풍년을 기원하는" 신라시대 민요의 의미사가 고려시대 노래에서는 그 의미기능을 상실하고 흥을 돋우는 후렴구로 폭넓게 활용된 것으로 보인다.

◎ 〈정과정(鄭瓜亭)〉   정서(鄭敍)

> 附葉 잔월효성(殘月曉星)이 아르시리이다
> 大葉 넉시라도 님은 호디 녀져라 아으
> 附葉 벼기더시니 뉘러시니잇가
> 二葉 과(過)도 허물도 천만(千萬) 업소이다
> 三葉 물힛 마리신뎌
> 四葉 술읏븐뎌 아으
> 附葉 니미 나룰 호마 니즈시니잇가
> 五葉 아소 님하 도람 드르샤 괴오쇼셔
>
> (『악학궤범』 권5, 『대악후보』 5)

▶ 현대어 풀이

임이 그리워 울었으니,

두견이와 내 처지가 비슷하옵니다.

(소문은) 진실이 아니고 거짓인 줄은, 아!

지는 달 새벽별이 알 것입니다.

"넋이라도 임과 함께 하리라!"고, 아!

(제가) 거듭 다짐하지 않았습니까?

(저는) 허물도 잘못도 없습니다.

항간에 떠도는 믿지 못할 소문일 뿐입니다.

속이 타고 가슴이 아립니다. 아!

임께서 저를 벌써 잊으셨습니까?

아, 임이시여! (내 읍소를 받아들이시고) 다시

사랑해(믿어) 주시옵소서.

▶ **관련설화** 정과정은 내시낭중(內侍郎中) 정서(鄭敍)가 지은 것이다. 정서는 혼인하여 외척(外戚)이 되어 인종의 사랑을 받았다. 그 후 의종(毅宗)이 왕이 되면서 본향(本鄕)인 동래로 보내면서 "오늘 조정의 공론 때문에 가는 것이나 머지않아 돌아오게 될 것이다." 하였다. 정서가 동래에 가 있은 지 오래되었으나 돌아오라는 명령이 없었다. 이에 거문고를 어루만지면서 노래 불렀는데, 그 가사가 극히 처량하였다. 이제현이 다음과 같은 시로써 표현하였다.

임 생각하는 눈물로 날마다 옷깃 적시네.(憶君無日不霑衣)

봄 산의 두견새 내 신세와 닮았구나.(政似春山蜀子規)

사람들아 묻지 마소, 지난 날 내 잘못을.(爲是爲非人莫問)

내 가슴 알아주기는 새벽의 달과 별뿐이로다.(只應殘月曉星知)

(『고려사』 권71, 악지)

두견(=접동새)(국립공원철새연구센터 박종길 사진제공, 2002년 5월 29일 강원도 속초시 설악동 설악산국립공원에서 촬영)

정과정(복원, 부산광역시 수영구 망미동 산7-2)

🍀 난해구 '몰힛 마리신뎌'와 '술읏븐뎌'의 의미

• 시러곰 차 ᄑᆞ는 집과 술 ᄑᆞ난 집의 드디 아니 ᄒᆞ며 져제와 ᄆᆞ올힛말와 鄭뎡과 衛위ㅅ 소리를 일즉 ᄒᆞᆫ번 귀예디내디 아니 ᄒᆞ며 正졍티 아니ᄒᆞᆫ 글월와 禮례 아닌 빗츨 일즉 ᄒᆞᆫ번 눈에 브티디 아니ᄒᆞ더라(無得入茶肆酒肆ᄒᆞ며 市井里巷之語와 鄭衛之音을 未嘗一經於耳ᄒᆞ며 不正之書와 非禮之色을 未嘗一接於目ᄒᆞ더라)(『小學諺解』 卷6, 外篇 善行 : 2~3)

• 술읏븐뎌 : "(246) 長者ㅣ 怒ᄒᆞ야 夫人ᄋᆞᆯ 주기ᅀᆞᆸ더니 놀애롤 브르시니이다 / 곱온 님 몯 보ᅀᆞᄫᅡ 술읏 우니다니 오ᄂᆞᆳ날애 넉시라 마로롓다"(월인석보 8:87)

『악학궤범(樂學軌範)』 중간본에는 '몰힛마러신뎌'로, 『악학궤범』 봉좌문고본(蓬左文庫本)과 『대악후보(大樂後譜)』에는 '몰힛마리신뎌'로 표기되어 있으므로 이 둘에 필요충분조건인 풀이가 이루어져야 한다. 그러므로 'ᄆᆞ올힛말'에서 동음 'ㆍ'가 생략되어 '몰힛 마리신뎌'가 된 것으로 보는 것이 가장 합리적이다. 한자말로는 '이항지어(里巷之語)'와 짝[141]을 이루고 있으므로, '몰힛 마리신뎌'는 "항간에 떠도는 믿어서는 안 될 소문(訛言)"이라는 뜻이다.

정서는 사적으로 의종의 이모부다. 정서는 자신이 시랑(侍郎)을 지낼 때 모시던 인종(仁宗)과 인종비의 뜻에 따라 인종의 둘째 아들 대녕후(大寧侯) 경(暻)을 지지했다. 그러나 김부식·정습명 등 유학자들이 장자 승계 원칙을 강조하여 인종의 맏아들 현(晛)이 의종(1146~1170년 재위)으로 즉위하면서 왕의 측근 자리에서 밀려났다. "대녕후를 추대하여 왕으로 삼으려 한다.", "이들의 마음을 예측할 수 없다.", "정서의 처 임씨가 현리(縣吏) 인양(仁梁)과 함께 임금과 대신들을 저주한다."는 소문,[142] 대녕후 경이 도량이 있어 인심을 얻었다는 소문,[143] "정서가 종실과 결탁하고 대녕후와 친교를 맺어 자기 집에 불러다가 잔치를 벌였다."는 소식은[144] 대녕후 세력을 견제하던 의종의 감정을 자극하기에 충분했을 것인데, 이 일로 정서는 방귀전리(放歸田里) 형을 받아 성씨의 본향인 동래로 왔다. 이후에 악공 최예(崔藝)의 처가 "(최)예가 죄를 뉘우치지 못하고 대녕후 집을 왕래한다."는[145] 무고를 함으로써 정서는 결국 거제로 유배를 떠나는 신세가 되었으니 정서는 평생토록 악성 루머에 시달리며 살게 되었던 것이다.

'슬다'는 어원적으로 "태우다(燒), 녹이다(銷)"라는 의미를 가지고 있으므로, "애간장을 태우다"라는 의미로 해석할 수 있다. 정서와 성씨의 고향인 동래로 내쳐지는 형벌을 받을 때, 함께 퇴출된 최유청이 "비(碑)가 새겨진 이듬해 신(최유청)과 (정)서가 모두 함께 참소되어 유배되거나 폄출(貶黜)되었는데, (당시) 조정의 신하들이 우리를 미워하여 온갖 욕으로 공격하기를, 반드시 죽인 다음이라야 적개심이 풀릴 듯하였다."라고[146] 하였으니 극심한 오해를 받아 마음 답답한 상태를 묘사한 말이다.

〈정과정〉에 담긴 의미

"넉시라도 님은 흔디 녀져라 아으/벼기더시니 뉘러시니잇가"에서 '벼기다'도 작품을 풀이하는 데 매우 긴요한 구절인데, 그간은 '어기다'로 풀이한 경우가 많았다.

> "어미 마조 가 손 자바 니르혀아 맹서(盟誓)롤 벼기니이다. 내 말옷 거츨린댄 닐웨롤 몯디나아 아비지옥(阿鼻地獄)애 뻐러디리라"(月釋 23:66, 月曲 507)

여기서 "벼기다"는 자신의 맹세를 여러 번 상기하며 다짐한다는 뜻이다. 만일 이 약조가 거짓으로 밝혀진다면 쉴 새 없이 고통을 받는 아비지옥에 빠질 것이라고 말하고 있다. 그러므로 <정과정>의 위의 구절을 현대어로 의역한다면, "제가 죽어서 넋이 되어서라도 임금님과 함께 살아갈 것이라고 여러 번 약조하고 맹세하지 않았습니까! 그러니 이런저런 세간의 소문에 휘둘리지 마시고 제 말의 진정성을 믿어주십시오!"가 된다. 요컨대, <정과정>은 자신을 한(恨)의 상징인 접동새와 동일시하면서, 왕에 대한 충성을 의심받는 정치현실에 대한 억울함, 유배지에서의 소외감을 담고 있다. 한 맺힌 울음을

정과정곡 그림
(남해유배문학관 소장, 경남 남해군
남해읍 남해대로 2745)

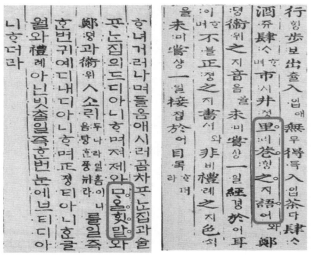

『소학언해』의 해당 부분. 이항지어(里巷之語)가 무올힛말에 해당한다.(『소학언해』 권6, p.2)

우는 접동새와 자기 신세가 비슷하다고 한 것은 타자가 경험하고 있는 특정한 감정이나 지각, 사고를 자신의 것처럼 경험한 것이므로 감정이입(感情移入, empathy)에 해당한다. 작품의 초점은 억울한 소문과 죄목에서 벗어나 스스로의 떳떳함을 입증하는 데 있다. 그러므로 정계 복귀에 대한 열망을 직접적으로 드러낸 작품으로 보는 것은 무리이고, 자신의 결백을 항변함으로써 실추된 자신의 명예와 신뢰를 회복하려는 염원을 담은 작품이다.[147] 왕에게 억울한 오해를 풀지도 못한 상황에서 복귀를 염원하는 것은 시기상조이기 때문이다.

◎ 〈서경별곡(西京別曲)〉

셔경(西京)이 아즐가
셔경(西京)이 셔울히 마르는
위 두어렁셩 두어렁셩 다링디리

닷곤디 아즐가
닷곤디 쇼셩경 고외마른
위 두어렁셩 두어렁셩 다링디리

여희므론 아즐가

▶ 현대어 풀이
서경이 아즐가
서경이 서울이지마는
위 두어렁셩 두어렁셩 다링디리

닦은 데 아즐가
닦은 데 작은 서울을 사랑하지만
위 두어렁셩 두어렁셩 다링디리

여히므론 질삼뵈 브리시고*)

위 두어렁셩 두어렁셩 다링디리

괴시란더 아즐가

괴시란더 우러곰*) 좃니노이다

위 두어렁셩 두어렁셩 다링디리

이별하기보단 아즐가

이별하기보단 삼베길쌈 버리고

위 두어렁셩 두어렁셩 다링디리

사랑해주신다면 아즐가

사랑해주신다면 기어코 따라가겠습니다.

위 두어렁셩 두어렁셩 다링디리

---

*) "여히므론 질삼뵈 브리시고" : "님아 님아 정든 님아/해천영업 안 시길 놈/날 데령 가거라/날 모상 가거라/천초 도박 내사 싫다/생복 고동 내가 싫다/천 리라도 님 딸아 가고/만 리라도 님 따라 가고"(<제주 해녀노래>)【현대어 풀이】"임아, 임아! 정든 임아./물질 안 시킬 놈/날 데려 가거라/날 모시고 가거라/우무 앵초 나는 싫다/전복 고동 내사 싫다/천 리라도 임 따라가고/만 리라도 임 따라가고"**148**

---

*) "이런 이본 길헤 눌 보리라 우러곰 온다"(월인석보 8, 87) : 아래의 논거를 통해, '우러곰'은 "기어코, 기필코, 어떻게 해서라도, 어떻게든"이라고 풀이하는 것이 옳지 않을까 한다. 다음은 <안락국태자전(安樂國太子傳)>의 흐름을 요약한 것이다.**149**

• 옛날 한 성인이 도량을 열고 교화하는데, 한 대국(大國)의 왕과 왕비가 신심으로써 자비·선정을 베풀었다.
• 성인이 왕의 신심을 시험하려고 왕 부부를 출가시킨다.
• 만삭이 된 왕비는 더 이상 수행을 계속하지 못하고, 장자(죽림국 자현장자)에게 몸을 팔아 종이 되어서 몸값을 성인에게 바치게 하고, 왕생게를 불러주며 왕과 이별한다.
• 왕비가 종이 되어 안락국을 낳아 기르는데, 안락국이 도망하여 부왕을 만나자 왕비는 책임을 지고 장자에게 살해된다.
• 안락국이 부왕의 분부대로 왕비의 시신을 확인하고 꽃송이로 재생시키고, 왕비와 안락국이 왕을 재회하고 극락왕생한다.

• 다음은 위의 서사 중 안락국이 어머니를 떠나 아버지를 뵈러 가고자 하는 때의 대화이다.
  ◦ "안락국은 (아버지를 찾아 떠나겠다는) 굳은 결심을 조금도 굽히지 않고 다시 또 떠나가려고만 하였다. 그래서 원앙부인은 어찌 할 수 없다는 듯이 주머니 속에서 왕생게(往生偈)를 꺼내 주면서, …"
  ◦ "반갑고 뜨거운 정이 얼마나 간절하였겠는가? 그러나 대왕의 마음에는 그보다 홀로 남의 집에 종으로 있는 원앙부인이 아들조차 보내고 얼마나 마음이 고적하며 얼마나 저 아들이 보고 싶으랴 하는 생각이 가슴에 벅차게 떠올랐다. 그래서 안락국 태자를 그길로 그만 다시

돌려보내려고 하였다.”

◦ "저 혼자 가라는 말씀이십니까? 동서가 수 백리요, 남북이 아득한데, 가는 길에는 인가도 없고 산 높고 물 깊은데 어찌 소자 혼자만 가라고 하십니까?"

• 다음은 <월인석보> 중 해당 구절이다.

"(240) 쏘 나아가시다가 아바님 맞나시니 두 허튀룰 안아 우르시니 (241) 王이 무르샤디 네 엇던 아히완디 허튀룰 안아 우는다, 아기 말 숨고 왕생게(往生偈)룰 외오신대 아바님이 안으시니이다 (242) 아래 네 어미 나룰 여희여 시름으로 사니거늘사, 오늘 네 어미 너룰 여희여 눖믈로 사니ᄂᆞ니라 (243) 아기 하딕ᄒᆞ샤 아바님 여희싫 제 눖믈을 흘리시니, 아바님 슬ᄒᆞ샤 아기 보내싫 제 놀애룰 브르시니 (244) 아라 녀리 그츤 이런 이본 길헤 눌 보리라 우러곰 온다, 大慈悲 鴛鴦鳥와 功德 닷ᄂᆞᆫ 내 몸이 正覺 날애 마조 보리어다 (245) 도라옳 길헤 쇼칠 아힐 보시니 놀애룰 브르더니, 安樂國이ᄂᆞᆫ 아비룰 보라 가니 어미 몯 보아 시름 깊거다(월인석보 8)

* '곰'은 용언이나 부사 밑에 붙어 성조를 부드럽게 하고 얼마간 뜻을 강조하는 접미사(남광우, 『고어사전』, 51쪽).
① "사ᄅᆞᄆᆞ로 ᄒᆞ여곰(令人)"(두시언해 1:30) ② "烏雀ᄋᆞᆫ 바미 제여곰 자리예 가거늘"(烏雀各夜歸, 두시언해 1:38) ③ "다시곰 자(再宿)"(두시언해 2:23) ④ "시러곰 어드운디 ᄀᆞ초와 두리아(得暗藏)"(두시언해 8:70)

구스리 아즐가	▸현대어 풀이
구스리 바회예 디딘ᄃᆞᆯ	구슬이 아즐가
위 두어렁셩 두어렁셩 다링디리	구슬이 바위에 떨어진들
	위 두어렁셩 두어렁셩 다링디리
긴힛ᄃᆞᆫ 아즐가	
긴힛ᄃᆞᆫ 그츠리잇가 나ᄂᆞᆫ	끈이야 아즐가
위 두어렁셩 두어렁셩 다링디리	끈이야 끊어지겠습니까?
	위 두어렁셩 두어렁셩 다링디리
즈믄히룰 아즐가	
즈믄히룰 외오곰 녀신ᄃᆞᆯ	천년을 아즐가
위 두어렁셩 두어렁셩 다링디리	천년을 홀로 살아간들
	위 두어렁셩 두어렁셩 다링디리
신(信) 잇ᄃᆞᆫ 아즐가	
	믿음이야 아즐가

신(信) 잇둔 그츠리잇가 나는
위 두어렁셩 두어렁셩 다링디리

대동강(大同江) 아즐가
대동강(大同江) 너븐디 몰라셔
위 두어렁셩 두어렁셩 다링디리

비내여 아즐가
비내여 노혼다 샤공아
위 두어렁셩 두어렁셩 다링디리

네 가시*) 아즐가
네 가시 럼난디*) 몰라셔
위 두어렁셩 두어렁셩 다링디리

믿음이야 끊어지겠습니까?
위 두어렁셩 두어렁셩 다링디리

대동강 아즐가
대동강 넓은 줄 몰라서
위 두어렁셩 두어렁셩 다링디리

배를 내어 아즐가
배를 내어 놓았느냐 뱃사공아
위 두어렁셩 두어렁셩 다링디리

너의 처도 아즐가
너의 처도 들뜰 줄 몰라서
위 두어렁셩 두어렁셩 다링디리.

*) 가시 : 가시 그리볼쎠(가시=女, 월인천강지곡 177) 2) 신하(臣下)이 갓돌히(갓=妻, 월인석보 2:28)
황해도에서는 처가(妻家)를 '가시집', 장인(丈人)을 '가시아버지', 장모를 '가시어머니'라고 한
다.**150**

*) 럼난디 : 넘나다. (1) 본분을 넘어서다. "넘다가(潛越)"(『同文類解』하57), "첩이 본디 암약쇼졸ᄒ
여 넘나지 못ᄒᆞ믄 군지 아르실지라"(『명주보월빙』 2:114) (2) 흥겨워지다. "부인(夫人)이 ᄀᆞ장
빗어 됴흔 양 ᄒᆞ고 조심ᄒᆞ야 듣녀 왕(王)이 맛드러 갓가비 ᄒᆞ거시놀 술보디 정욕(情欲)앳 이
른 ᄆᆞᅀᆞ미 즐거뷔ᅀᅡ ᄒᆞᄂᆞ니 나는 이제 시르미 기퍼 넘난 ᄆᆞᅀᆞ미 업수니 ᄒᆞᆫ 원(願)을 일우면 져그
나 기튼 즐거뷔미 이시려니와"(『월인석보』 2:5)

널 빅예 아즐가
널 빅예 연즌다 샤공아
위 두어렁셩 두어렁셩 다링디리

▶ 현대어 풀이
  가는 배에 아즐가
가는 배에 태웠느냐 사공아
위 두어렁셩 두어렁셩 다링디리.

대동강(大同江) 아즐가	대동강 아즐가
대동강(大同江) 건너편 고즐여	대동강 건너편 꽃을
위 두어렁셩 두어렁셩 다링디리	위 두어렁셩 두어렁셩 다링디리.
비타들면 아즐가	배 타고 들어가면 아즐가
비타들면 것고리이다 나는	배 타고 들어가면 꺾을 것입니다, 나난.
위 두어렁셩 두어렁셩 다링디리	위 두어렁셩 두어렁셩 다링디리.
（『악장가사』 속악가사 상）	

❧ 사랑하는 사이에서 피할 수 없는 결손, '질투'

<서경별곡(西京別曲)>에서 풀기 어려운 구절 중 하나가 "네 가시(a) 아즐가(b) 네 가시(a´) 럼난디 몰라셔(c)"이다. 원전에는 띄어쓰기가 전혀 되어 있지 않아서 '시럼난디'로 읽기도 했었지만, <서경별곡> 전체 장에서 위의 결합 구조는 동일하기 때문에 a´와 c를 한 단어로 연결 짓는 것은 곤란하다. 그러므로 "네가＋시럼난디"로 끊어 읽을 수는 없다. 그렇다면 "네＋가시＋럼난디"로 읽어서, '럼난디'를 위에서 설명한 대로 "흥겨워지다"로 보는 것이 좋을 듯하다. 이에 앞뒤 문맥에 살을 붙여 "네 각시의 행동이 단정치 못한데 집안단속이나 하지 않고 사공노릇은 무슨 사공노릇이냐"라는[151] 해석이 합리성을 가진다.

자신을 두고 떠난 임에게는 따지지 못하면서, 뱃사공을 향해 화살을 돌리는 태도를 심리학 용어로 투사(投射, projection)라 한다.

투사는 프로이드의 정신분석이론에서 사용되는 방어기제(defense mechanism)의 하나로, 개인이 가지고 있는 숨겨진 강력한 충동이나 동기 또는 사고를 자신이 아닌 다른 어떤 사람에게 돌림으로써 그로 인해 자신이 경험하던 불안이나 두려움에서 벗어나거나 또는 그 수준을 감소시키는 방어기제를 말한다.[152]

우리가 일상에서 쓰는 용어로 말하면 책임전가가 될 것이다. 일이나 사건의 원인을 자신에게서 찾지 않고, 다른 사람의 탓으로 돌리면서 자신의 책임 없음을 주장하고 불안하고 두려운 마음에서 탈출하려는 것이다. 떠나가는 임을 잡지도 못하고 떠나간 임을 원망할 수도 없는 상황에 대한 좌절에서 나오는 공격 반응일 수도 있다. "벗님 왔는고 창 열고 보니/벗은 아니오고/어떤 시럽아들놈이/소를 몰고 가는구나"[153]와도 같은 반응이다.

이를 <서경별곡> 이해를 위해 대입하면, "내가 싫어져서 임이 떠나간 것이 아니라 다른 외부적 요인으로 인해서 떠났으니, 얼마든지 돌아와 관계를 회복할 가능성이 있다"는 기대를 열어두기 위함이다. 즉, 임이 나에게 돌아오지 않으리라는 불안과 두려움에서 벗어나려는 태도이다. 자기의 임이 사공의 아내를 꾀어 만날 수도 있음을 강조하며, 임을 실어준 사공을 탓하는 동시에 자기 내면의 불안과 초조감을 표출하고 있다.

"대동강(大同江) 건너편 고즐여, 비타들면 것고리이다"에는 임의 마음을 나에게 단단히 매어두지 못한 상황에서, 임은 대동강을 넘어 갔으니 혹 또 다른 여인과 정분이 날까 불안하여 안절부절 못하는 여성화자의 불안심리가 담겨있다. 임이 떠나가도, 혹 이별의 시간이 길어지더라도 임에 대한 내 사랑과 믿음이야 변함이 없겠지만 사랑의 감정에 뒤따르는 피해 의식적 공상과 의심까지 지울 순 없다. 임께서 허락만 해 주신다면 열일을 제치고 임을 따라가고 싶은 심정이지만 임은 이미 대동강을 넘어 훌쩍 떠나버렸으니 임을 태워 강을 건네준 뱃사공이 팬히 원망스럽고, 임을 맞아 신명날 다른 여인네의 모습이 떠올라 내 신세가 더욱 답답하고 처량하게 겨진다.

"푸른 나무 비로소 향기 날리는데/향기 나는 곳은 한 잎뿐이 아니라네./한 잎 한 잎 봄바람 불어/향기와 향기가 저절로 이어지네./색은 뒤섞여 혼란스럽고/숱한 꽃들이 어지러이 겹쳐있네./겹쳐있는 꽃은 생각도 못할 일/이것을 생각하면 그 누가 즐거우리?"[154]
"보거든 썩지 말고 썩엇스면 버리지 마소/보고 썩고 썩고 버림이 군자(君子)의 행실(行實)일人가/두어라 노류장화(路柳墻花)ㅣ니 누를 원망(怨望)하리오"

(『시조대전』 1255)

위의 작품을 보면, 꽃을 보고 연인을 생각함은 인지상정인가보다. 흔히 '꽃'은 여성 상징이다. 위의 작품은 시름에 빠진 여인이 번화한 꽃을 보고 멀리 떨어져 있는 남편을 생각하는 마음을 노래한 시다. 그 사람이 혹 다른 여인에게 마음 뺏길까 걱정하는 내용을 담고 있다. 여러 개의 꽃을 남편 주위의 많은 여인으로 본다면 아름다운 꽃인들 어찌 아름답게만 보이겠는가.[155] 임과의 사랑이 영원하기를 바라는 마음만큼, 임이 신의를 저버릴까 두려운 마음도 생길 것이다. 아래의 작품도 꽃을 꺾는 일을 여인을 취하는 일에 비유하고 있다. 여인을 취하고 버리는 것은 군자가 갈 이 아니라고 했다. 내 임이 다른 여인에게 마음을 빼앗길까 경계하는 마음이 '질투'이다.

'질투'는 고통스럽다. 샤르트르는 인간은 사랑을 할 때 연인에게서 주체성을 되돌려 받기를 원한다고 말한다. 인간은 연인이 자기를 숭배하고 그럼으로써 마치 신의 축성(祝聖)을 받은 양 그의 실존의 모든 요소가 성화(聖化)되기를 바라고, 연인을 매혹시키길 원하며, 자기의 존재에 대한 연인의 자유롭고 절대적인 인정을 갈망한다는 것이다. 이 대단한 욕망은 충족될 수 없는 것이다. 사랑은 굳은 믿음 속에서 출발하지만 실패가 예정된 운명이다. 왜냐하면 사랑은 다른 사람의 자유를 소유하려는 열망이지만 그것은 불가능한 꿈이기 때문이다. 그(그녀)가 다른 사람을 사랑한다는 사실을 아는 순간, 그의 존재에는 구멍이 뚫리고 그 구멍을 통해 생명력이 빠져나간다. 절망적인 질투심은 사랑을 잃었다는 데서 생기지만 그 상실은 한층 더 깊고 파멸적인 자아의 상실에 기초하고 있을 뿐이다. '질투'는 사랑의 불가피한 결손이다. 질투심에 사로잡힌 사람들의 공통점은 고통의 원인을 부정한 애인이나 제3자에게 돌리고 자신의 내부에 고통의 원인이 있음을 외면하려고 한다는 점이다.[156] <서경별곡>의 책임전가나 질투 감정은 나 혼자만 임의 마음을 독차지하고 싶어 하는 데서 나온 당연한 마음이다. <서경별곡>은 사랑의 열망과 이별의 고통을 한 여인의 복잡 미묘한 내면세계를 통해 빼어나게 보여주고 있다.[157]

◎ 〈이상곡(履霜曲)〉

비 오다가 개야아 눈 하 디신 나래

서린 석석사리 조본 곱도신 길혜

다롱디우셔 마득사리 마득너즈세 너우지

잠짜간 내니믈 너겨 깃돈 열명길헤 자라 오리잇가

죵죵*) 벽력싱함타무간(霹靂生陷墮無間)*) 고대셔 싀여딜 내모미

죵 벽력(霹靂)아 싱함타무간(生陷墮無間) 고대셔 싀여딜 내모미

내님 두읍고 년뫼롤 거로리

이러쳐 뎌러쳐 이러쳐 뎌러쳐 긔약(期約)이잇가

아소 님하 훈디 녀젓 긔약(期約)이이다

(『악장가사』 속악가사 상)

▶ 현대어 풀이

비 오다가 개어 눈 많이 내리는 날에

서리 사각사각, 좁고 꼬불꼬불한 길에

다롱디우셔 마득사리 마득너즈세 너우지

잠 앗아간 내님을 생각하여 황량한 저승길에 자러 오겠습니까?

두렵게도 고통이 계속되는 지옥으로 곧 없어질 내 몸이

두렵게도 고통이 계속되는 지옥으로 곧 없어질 내 몸이

내님을 두고서 다른 임을 보겠습니까!

이렇게 저렇게 이렇게 저렇게 약속하겠습니까?

아, 임이시여 함께 살기를 약속합니다.

*) 죵죵 : 죵죵(忪忪), 두려워 떨고, 고민하고, 마음이 두려움에 산란한 모양을 말한다. 이성을 잃어 보기 흉한 모습을 말한다(『무량수경』).[158]

*) 무간(無間) : 범어 Avici, 무간지옥. 5역죄(逆罪)의 하나라도 지으면 곧 이 지옥에 떨어져 1겁 동안 중간에 끊어짐 없이 고통을 받기 때문에 무간지옥이라 함. 무간에는 5가지 종류가 있는데, 취과무간(趣果無間). 이 몸이 끝나면 곧 저 무간격에 떨어진다는 뜻이다. 수고무간(受苦無間). 전혀 끊어지는 순간도 없이 고통을 받는다는 뜻이다. 이들이 대표적이다.[159]

🍂 임 떠나보낸 여인의 흔들림과 탄식

현재 임과 나는 극한 이별 상황이기에 다시 만나는 일을 기약하기 어렵다. 비가 오다가 개니 눈까지 펑펑 내린다든지, 좁고 구불구불한 길에 서리까지 내려 춥고 미끄럽다는 상황 설정은 임과 내가 이젠 쉽게 만날 수 없는 사이임을 암시한다. "잠짜간 ～ 자라 오리잇가"는 역경을 딛고 만남을 시도하는 부분인 듯하지만, 그 풀이가 완전하지 못하다. 특히 무슨 주문이라고도 하고, 산스크리트어라고도 하는 "다롱디우셔 ～ 너우지"가 해석의 어려움을 더해주고 있다. 앞뒤 문맥으로 보아 자러 오는 주체는 임이 아니라 나라고 보는 것이 합리적이다. '깃돈'은 "남기 성(盛)히 기스니"(석보상절 11:37), "삼삼(森森)온 나모 기슨 양기라"(남명집언해 상28)에서처럼 나무와 풀이 무성하다는 뜻으로 열명길을 꾸미는 말이다. 열명＋긿(路, 道)의 어원을 밝히는 일도 쉽지 않으나,[160] "이름을 쭉 이어서 적는다."는 뜻으로 열명(列名)이라는 단어가 있고, 죽은 자의 넋을 가리켜 열명영가(列名靈駕)라 부르니 죽어 넋이 되어 떠나가는 저승길을 '열명길ㅎ'이라 한 것이 아닐까 한다. 이는 정철이 <장진주사>에서 "이 몸 죽은 후(後)면 ～ 어욱새 속새 덥가나모 빅양(白楊) 속애 가기곳 가면"이라고 해서 무덤, 즉 저승 가는 길을 황량하게 묘사[161]한 것과 같은 정서이다.

"깃돈 열명길헤 자라 오리잇가"(황량한 저승길에 자러 오겠습니까?)는 설의적인 표현으로 보인다. 내가 잠을 앗아간 임을 생각하여 이 황량한 저승길을 찾은 것이 아니라는 뜻이니 말이다. 이에 <이상곡>을 추운 겨울날에 저승으로 가버린 임을 찾아 헤매 다니는 한 여인을 묘사한 사설시조 "천한(天寒)코 설심(雪深)한 날에 님 츠즈라 천상(天上)으로 갈 제"에 견주고, 민요 "이월(二月)이라 한식(寒食)날은/개자추의 넋이로다./북망산천을 찾아가서/무덤을 안꼬 통곡을 하니/무정(無情)하고 야속한 님/왔느냐 소리 왜 없느냐."와 같이 과부가 죽은 남편의 무덤을 찾아가 혼자 된 처지를 푸념하고 수절을 다짐하는 노래[162]라고 이해한 논점이 일리를 가진다.

◎ 〈귀호곡(歸乎曲)〉 (속칭 가시리 평조平調)

가시리 가시리잇고 나는
ᄇ리고 가시리잇고 나는
위 증즐가 대평성디(大平盛代)

날러는 엇디 살라ᄒ고
ᄇ리고 가실리잇고 나는
위 증즐가 대평성디(大平盛代)

잡ᄉ와 두어리마ᄂᆞᄂᆞ
선ᄒ면 아니 올셰라
위 증즐가 대평성디(大平盛代)

셜온님 보내ᄋᆞ노니 나는
가시ᄂᆞ 듯 도셔 오쇼셔 나는
위 증즐가 대평성대(大平盛代)

▶ 현대어 풀이

가시오, 가시옵니까? 나난
버리고 가시옵니까? 나난
위 증즐가 대평성대

저에게는 어찌 살라하고
버리고 가시옵니까? 나난.
위 증즐가 대평성대

잡아 두고 싶지만은
싫어지면 아니 올까봐
위 증즐가 대평성대

서러운 임 보내드리니 나난
가시자마자 돌아오소서, 나난
위 증즐가 대평성대
　　　(『시용향악보』, 『악장가사』)

🍂 속 깊이 숨겨둔 절절한 그리움과 사랑

　떠나가시는 임에 대한 아쉬운 마음을 담고 있다. 임이 떠나가면 자신은 어찌 살아가야 할지 그저 막막하다 했으니 임에 대한 믿음과 사랑이 컸음을 알 수 있다. 그러나 "위 증즐가 대평성디(大平盛代)"라는 후렴구는 앞에 적은 본사(本詞)의 내용과 이질적이다. 앞의 내용은 분명 임과 헤어진 상황인데 후렴구에서는 "아! 크게 태평한 세월이로구나."라고 했으니 말이다. 이는 민요에 원천을 둔 고려가요를 궁중음악으로 만들어가는 과정에서 생겨난 이질성이라 할 수 있다. 민요를 궁중의 음악으로 만들려다 보니 자연 본사의 내용과 이질적인 요소가 생겨난 것이다.

속마음으로는 떠나가는 임을 붙잡아 두고 싶지만, 그렇게 한다면 임이 더욱 서운하여 돌아오지 않을까 두려워하는 것은 지극히 소극적인 마음이다. 하지만 상대방의 사랑을 완전히 얻지 못한 불안감이 강하지만 그렇다고 희망조차 없는 것은 아니다. 설운 임 보내드리니 제발 그곳에서 오래 머물지 마시고 가시자마자 돌아와 달라는 간절한 소원을 표현하고 있다. 떠나가는 임을 과감히 잡아두지 못하고 언젠가 다시 돌아오기를 바라는 소극적인 태도는 임제의 시 <무어별(無語別)> "열다섯 남짓한 아가씨 시냇가에서(十五越溪女)/수줍어 말 못하고 이별 맞았네.(羞人無語別)/돌아와 겹 문을 꼭 닫고선(歸來掩重門)/달빛 아래 배꽃 보며 눈물짓네(泣向梨花月)"[163]에도 그대로 남아 있다. 임과 헤어지면서도 수줍어서 떠나지 말라고 만류도 하지 못하고, 집에 돌아와 겹 문을 꼭 닫고서 배꽃을 보면서 눈물짓는 마음은 속마음과 겉으로 드러난 행동이 다른 여리고 순박한 여인의 소극적인 행동이니 <귀호곡>, 즉 <가시리>의 정서와 아주 밀접히 통한다.

◎ 〈정석가(鄭石歌)〉

딩하돌하 당금(當今)에 계샹이다*)
딩하돌하 당금(當今)에 계샹이다
션왕셩딕(先王聖代)*)예 노니 와지이다*)

▶ 현대어 풀이

딩하 돌하! 지금 여기에 계십니다.
딩하 돌하! 지금 여기에 계십니다.
선대 임금의 태평한 시절에 노닐고 싶습니다.

*) 계샹이다 : "차반도 빈브르디 몬호샤이다(茶飯也飽不得)"(번역노걸대 하35)
*) '선왕(先王)'은 선대의 임금, '성대(聖代)/성세(聖世)'는 성군(聖君)이 다스리는 세상을 말한다.
*) -지이다 : 싶나이다. 싶습니다. "제자(弟子) 하나홀 주어시든 말 드러 이르ᅀᆞᄫᅡ 지이다"(석보상절 6:22), "동산(東山) 구경ᄒᆞ야지이다"(월인석보 2:27)

딩하돌하 당금(當今)에 계샹이다*)
딩하돌하 당금(當今)에 계샹이다
션왕셩뒤(先王聖代)*)예 노니으와지이다*)

▶ 현대어 풀이
▶ 현대어 풀이
딩하 돌하! 지금 여기에 계십니다.
딩하 돌하! 지금 여기에 계십니다.
선대 임금의 태평한 시절에 노닐
고 싶습니다.

삭삭기 셰몰애*)별헤 나눈
삭삭기 셰몰애별헤 나눈
구은밤 닷되를 심고이다
그바미 우미도다 삭나거시아
그바미 우미도다 삭나거시아
유덕(有德)ᄒ신 님믈 여희으와지이다

▶ 현대어 풀이
사각사각 가는 모래 벼랑에 나난
사각사각 가는 모래 벼랑에 나난
구운 밤 닷 되를 심습니다.
그 밤이 움이 돋아 싹이 나거든
그 밤이 움이 돋아 싹이 나거든
유덕하신 임을 여의고 싶나이다.

*) 셰몰애 : "물 아래 셰가랑모래 아무리 붉다 발자최 나며 님이 날을 아무리 괴다 내 아더냐"(청
구영언 원본 50)

옥(玉)으로 련(蓮)ㅅ 고즐 사교이다
옥(玉)으로 련(蓮)ㅅ 고즐 사교이다
바회우희 졉듀(接柱) ᄒ요이다
그고지 삼동(三同)*)이 퓌거시아
그고지 삼동(三同)이 퓌거시아
유덕(有德)ᄒ신 님 여희으와지이다

▶ 현대어 풀이
옥으로 연꽃을 새깁니다.
옥으로 연꽃을 새깁니다.
바위 위에 그 꽃을 붙입니다.
그 꽃들이 동시에 피어야만
그 꽃들이 동시에 피어야만
유덕하신 임을 여의고 싶습니다.

므쇠로 텰릭*)을 몰아 나는
므쇠로 텰릭을 몰아 나는
텰스(鐵絲)로 주롬 바고이다
그오시 다 헐어시아
그오시 다 헐어시아
유덕(有德)ᄒ신 님 여히ᄋ와지이다

▸ 현대어 풀이
무쇠로 옷을 만들어 나는
무쇠로 옷을 만들어 나는
철사로 주름을 박습니다.
그 옷이 다 헐어질 때
고 옷이 다 헐어질 때
유덕하신 임을 여의고 싶습니다.

*) 텰릭(terlig/telik(몽)/teleri(滿)/철릭/쳐닉/쳔닉/쳠리/帖裡/帖裏/貼裡) : 부인용의 朝服(예복)(金炯秀 編, 『몽고어 만주어 비교 어휘 사전』, 형설출판사, 1994, p.845). "거믄 텰릭 뵈 닷 비른 쇼신이 예 가져오이다(五箇黑帖裏布小人將來這裏, 번역 『박통사』 상 51). 고려중기 이후부터 조선시대 전 시기에 걸쳐 왕 이하 서인(庶人)에 이르기까지 입었던 융복(戎服)이며 편복(便服)의 한가지 이다. 모양은 상하가 연결되고 허리에 주름이 잡혀있으며, 소매의 아랫부분이 따로 분리되어 양쪽 또는 한쪽을 단추로 연결시켜 떼었다 붙였다 할 수 있도록 된 것도 있다.[164]

므쇠로 한쇼*)를 디여다가
므쇠로 한쇼를 디여다가
텰슈산(鐵樹山)에 노호이다
그쇠 텰초(鐵草)를 머거아
그쇠 텰초(鐵草)를 머거아
유덕(有德)ᄒ신 님 여히ᄋ와지이다

▸ 현대어 풀이
무쇠로 황소를 만들어서
무쇠로 황소를 만들어서
쇠나무 산에 놓습니다.
그 소가 쇠풀을 먹어야
그 소가 쇠풀을 먹어야
유덕하신 임을 여의고 싶습니다.

구스리 바회예 디신들
구스리 바회예 디신들
긴힛든*) 그츠리잇가

▸ 현대어 풀이
구슬이 바위에 떨어진들
구슬이 바위에 떨어진들
끈이야 끊어지겠습니까?

	▶ 현대어 풀이
즈믄히룰 외오곰*) 녀신둘 즈믄히룰 외오곰 녀신둘 신(信)잇둔 그츠리잇가	천년을 따로 살아간들 천년을 따로 살아간들 믿음이야 끊어지겠습니까?

*) "긴ㅎ" : 블근 긴히 바쳐엿도다(紫綬照)(초간본 『두시언해』 21:12)

*) "외오곰" : "늙거야 므스일로 외오 두고 글이눈고"(『松江歌辭』 1:11) * '곰'은 말에 여운을 주거나 세게 하는 토

(『악장가사』 속악가사 상)

❧ "그 고지 삼동(三同)이 퓌거시아"

<정석가> "그 고지 삼동(三同)이 퓌거시아"의 '삼동'을 발음이 같다는 이유로 "겨울의 석 달, 즉 추운 겨울"을 뜻하는 '삼동(三冬)'의 오기(誤記), 혹은 동일한 단어라 단정할 수는 없다. "셋을 하나로 만든 묶음, 송이", "꽃의 세 가지 색깔"이라는 풀이도 피상적이다.

송나라 장자후(章子厚)와 비감(秘監) 조미숙(晁美叔)의 이야기를 들어, "이들의 고사에서는 평생 동안 영원히 변하지 않을 것을 강조하고 있으므로, '삼동(三同)'은 '평생 동안'으로 해석하는 것이 가장 올바르다. <정석가>는 사랑하는 임과 이별하지 않고 영원히 함께 있고 싶다는 화자의 생각을 시간적 영원성과 결부시켜 노래한 작품"[165]이라는 해석은 진일보한 탁견이다. 그러나 "삼동을 아름다운 우정과 영원성을 기원하는 말로, 평생 동안"이라는 결론은 이들 이야기에만 초점이 맞춰져 있으므로 '삼동'의 어원과 <정석가>의 흐름에 맞는 객관적이고 보편적인 풀이를 찾아야 한다.

"장자후와 비감 조미숙은 공교롭게도 같은 해에 태어나, 같은 과거시험에 합격했고, 함께 관직을 받아 나갔기에 늘 서로를 '삼동(三同)'이라 불렀다. 원우(元祐, 1086~1094) 연간에 자후(子厚)가 쓴 '나의 삼동, 조비감에게 주는 시'도 이를 일컬음이다. 그러나 소

성(紹聖, 1094~1098) 초에 자후가 재상이 된 후, 그 베풀고 차림이 너무 사치한 것을 보고, 금산(金山)에서 함께 하던 시절에 다짐한 것과 너무 다르다고 여긴 미숙이 그 잘못을 힘써 간하였다. 그러자 자후가 분노하여 미숙을 협(陝)의 땅으로 강등시켜 보냈다. 이에 미숙이 지인들에게 '나와 세 가지가 같던 삼동이 지금은 백 가지로 다르다.'라고 탄식하였다."[166]

위에서 '삼동(三同)'은 "같은 해에 태어나, 같은 과거시험에 합격했고, 함께 관직을 받았"기에 "삶에서 중요한 세 가지가 같던", 혹은 "여러 가지 점에서 나와 일치하던"이란 뜻이다. 여기서 '삼동'은 "자후가 재상이 된 후로는 지난날의 약조를 잊고, 호화와 사치를 누리며 자신의 충고도 받아들이지 않아 대부분이 다른, 일치하는 것이 거의 없어, 백부동(百不同)이 되어버렸다."에서의 '백부동'과 대조적인 말이다.

"일찍이 유준(劉峻)이 자서(自序)에서 '나와 풍경통(馮敬通)을 비교하면 세 가지 닮은 점과 네 가지 다른 점이 있다.' 하였다. 경통은 재주가 세상에서 빼어났고 지조가 금석처럼 굳었는데, 나 또한 그에 미칠 수는 없으나 진실로 굳은 절개와 의지를 지녔으니 이것이 첫 번째 닮은 점이다. 경통이 끝내 알아주는 임금을 만나 뜻을 펼치지는 못했는데, 나 또한 영명(英明)한 임금을 만나지 못하고 배척당하였으니 이것이 두 번째 닮은 점이다. 경통(敬通)은 투기하는 아내를 만나 고생하며 구질하게 살았는데, 나 또한 사나운 아내를 만나 집안의 화목을 이루지 못하였으니 이것이 세 번째 닮은 점이라."[167]

위에서 '삼동(三同)'은 "세 가지가 같고 네 가지가 다르다(三同四異)"에서 나온 것으로, 자신(劉峻)과 풍경통(馮敬通)을 비교하면서 지조와 절개, 벼슬의 운, 아내로 인한 고생 등의 "세 가지 점에서 같다", 즉 "닮은 점이 많다"는 뜻으로 쓰였다. 또 '삼동'은 "지식인과 직공(목공), 농민이 함께 먹고, 같이 살며, 공동으로 일하며, 마음을 아는 친구로 지낸다."[168]는 뜻으로 쓰이기도 했다. 위의 세 용례에서 '삼동'은 "셋(여럿)(三)"이라는 의미와 "같다(同)"라는 뜻을 그대로 간직하고 있다. 이들을 종합하면, '삼동'은 "세(여러) 가지가 같다", "공교롭게도 여러 가지 점에서 일치하다."라는 뜻이다.

<정석가> '삼동(三同)+이'의 뜻풀이도 이상 '삼동'의 용례들을 아우를 수 있는 보편성을 지녀야 한다. '삼동' 뒤에 결합된 '이'는 여러 어근과 결합하여 부사를 만드는 부사화접미사로 보인다. 즉, '이'는 "이 경(經)을 너비 펴며(『월인석보』 9:61)", "성(性)

하느리 물기 개며(『능엄경언해』 1:107)나 '절절(節節)이, 점점(點點)이, 면면(面面)이(저마다, 제각기), 공평(公平)히, 과감(果敢)히' 의 '이, 히'와 같은 기능을 한다. 그러므로 '삼동이'는 "똑같이 그러하게, 마찬가지로"라는 뜻을 가지는 '동연(同然)히'나 "같은 시간(시기)에"라는 뜻을 가진 '동시(同時)에'와 비슷한 의미를 가진다. 앞에 '셋(三)'이라는 말이 더 붙었으므로, '삼동이'는 "셋이 함께, 셋이 동시에, 서로 다른 세 개가 같이"라는 뜻이고, 나아가 "여럿이 동시에"로 해석할 수도 있다.

요컨대, <정석가>의 "삼동(三同)이 퓌거시아"는 "옥으로 다듬어 바위 위에 붙인 연꽃 세(여러) 송이가 한꺼번에(함께) 피어야만"이란 뜻으로, 임과의 이별이 절대 불가함을 강조하기 위해 내세운 조건이다. 옥으로 다듬어서 생명력이 없고, 바위에 붙였기에 뿌리내릴 수 없는, 꽃 세 송이가 한꺼번에 피어야 한다는, 절대불능의 상황을 만들어 임과 헤어지기 싫다는 화자의 간절한 마음을 표현하고 있다.

🐌 불가능한 가능을 상상함

<정석가> 본사에 "모래에 심은 구운밤에서 싹이 나고", "무쇠로 만든 옷이 헤지고", "무쇠로 만든 소가 쇠로 된 풀을 뜯는"는 이루어질 수 없는 상황을 전제로 세우고 있는데, 이 표현은 "나무로 옹두리 깎아, 작은 당계(唐鷄) 만들어 / 횃대에 붙여 벽상에다 얹어두고 / 그 닭이 꼬끼오 때를 알리면 / 어머니 얼굴 그때야 늙으시라." 는 문충(文忠)의 <오관산(五冠山)>[169]에서부터 출발하여 "병풍에 그린 닭이 꼬꼬 울 적에 오시려나, 솥 안에 삶은 개가 꺼겅껑 짖으면 오시려나, 한강수 깊은 물이 백사장 되면 오시려나, 백두산 상상봉이 평지가 되면 오시려나"는 <김포 상여소리>,[170] "사롱 안에 삶은 팥이 싹이나 나면 오시려나, 평풍 안에 그린 수탉 날개가 지면은 오시려나, 사롱 아래 삶은 닭이 싹이 나면 오시려나, 병풍 안에 그린 수탉 꼬끼오 하면 오시려나" 등 현대에 채록한 민요 <옹진 달구소리(느시랑타령)>[171]로까지 매우 오랫동안 이어지고 있다. 불가능한 상황을 전제하고, 이 전제가 충족되지 않으면 이별할 수 없다 했으니 이별이라는 애달픈 상황이 애초부터 없었으면 좋겠다는 속마

음의 표현이다.

『고려사』 악지에 실린 <오관산>은 "이 작품은 효자 문충(文忠)이 지은 것이다. 문충은 오관산 아래에서 살았는데 어머님을 지극히 효성스럽게 섬기었다. 그가 살고 있는 곳에서 서울까지는 30리 거리였는데 모친을 봉양하기 위하여 관리생활을 하며 녹봉을 받고 살았다. 아침에 나갔다가 저녁에 돌아오곤 하면서도 아침저녁 문안을 게을리 하지 않았다. 그는 자기 어머니가 늙어가는 것을 한탄하면서 <오관산>을 지었다."고 했다. "어머니 얼굴 그때야 늙으시랴."라는 구절이 있지만 이는 불가능한 일을 전제로 한 말이니 결국은 어머니가 늙지 말고 오랫동안 사셨으면 좋겠다는 효성스런 마음을 담고 있다. <오관산>이나 <정석가>, <죽은 엄마요>, <상여소리(달구소리)> 등은 모두 마음 같지 않게 이미 정해져 있는 우리 삶의 유한함에 대한 안타까운 마음을 담고 있다. 원하지 않아도 늙어가고, 마음의 준비가 되지 못해도 이별해야 하는 삶에 대한 아쉬움과 허무감을 불가능한 가정 속에 담아 애잔한 마음을 다독거리고 있다.

등에 업힌 아기에게 그 어머니의 죽음을 직설적으로 말할 수 없어 제시하는 불가능한 가정 표현은 더욱 애절하다.

> "아강아강 우지마라/평풍으라 기린엥기/해[172]를 치고 울거들랑/너 어머니 오마드라/참깨 닷 되 들깨 닷 되/볶은 깨가 움이 나고/싹이 나면 오마드라/삼년 묵은 쇠뼉다구/싹이 나면 오마드라"(죽은 엄마謠 G18, 井邑地方)[173]
> "아강아강 우지 마라/네가 울면/내일천강장이 다 녹는다/우지 말고 부둥팥이나/까려무나/너의 어머니 오마더라/잔디잔디 속잎 나면/너의 어머니 오마더라/십년 묵은 말가죽이/굽을 치고 울거든/너의 어머니 오마더라/평풍에 그린 황계/짜른 목을 길게 빼고/날개치고 울거든/너의 어머니 오마더라/군밤 닷 되 삶은 밤 닷 되/살강 밑에 묻었다가/싹 나거든 오마더라/너의 어머니 염라장에/대추 많이 받어서 /너 줄라고 오마더라/부디부디 울지 말고/잘 있거라.(죽은 엄마謠 G20, 서울地方)[174]

아이를 달래며 엄마가 죽어 영영 돌아오지 못하는 곳으로 갔노라고 말할 수 없어 '오마드라'를 강조하지만 그 불가능한 전제 단계 설정이 노래의 정조를 더욱 애잔하게 한다. 당사자의 의사와 관계없이 외부적 요인에 의해 사랑하는 임과의 관계가 끊겼으니 상대방에 대한 사랑은 더욱 애절하게 사무친다. 볶은 깨에서 움이 나고 싹이 나면 어미가 온다 하고, 군밤 닷 되 삶은 밤 닷 되에서 싹이 나면 죽은 어미가 온다고 했으니 <정석가>의 표현과 매우 흡사하다. "병풍에 그린 닭이 두 날개 툭툭치고 울음 울면 오시려오/조그만헌 조약돌기 태산 되면 오시랴오/조그만 조약돌기 안산되면 오시랴오/황금 같은 저 꾀꼬리 황금 가보(갑옷)를 떨쳐입고/개수영(양) 버들가지 녹수청산에 올나 앉어/꾀꼬리 노래로 울음 울면 오시랴오/은제 가면 언제 올까 아이고 아이고 설언지고/아이고 아이고 원통허다 어찌 갈까 어찌 갈까/낙상 동내 험헌 질노 다리 아파 워쩨 갈까/어쩨턴지 열세왕을 가느라니…"(<祖上 굿>)는[175] 돌아가신 선대의 영혼을 달래며 돌아올 수 없이 먼 길을 떠난 조상에 대한 애틋함을 담고 있다.

"노새노새 매양장식(每樣長息) 노새노새 낮도 놀고 밤도 노새/벽상(壁上)에 그린 황계(黃鷄)숫돍이 뒤느래 탁탁치며 긴목을 느리워서 홰홰쳐우도록 노새그려/인생(人生)이 아춤 이슬이라 아니 놀고 어이리"(『역·시』632)처럼 드물게, 눈 깜짝할 새에 끝나는 짧은 인생이니 유흥과 희락을 즐길 것을 종용하는 작품에 불가능한 가정을 활용하기도 한다.

◎ 〈상저가(相杵歌)〉   (평조平調)

듥긔동 방해나 디허 히얘 게우즌 바비나 지서 히얘 아바님 어마님끠 받줍고 히야해 남거시든 내 머고리 히야해 히야해 <div align="right">(『시용향악보(時用鄕樂譜)』)</div>	▶ 현대어 풀이 듥기둥 방아를 찧어 히얘 거친 밥이나마 지어서 히얘 아버님 어머님께 드리고 히얘해 남으면 내 먹으리 히야해 히야해

🍂 부모 봉양은 가장 우선적인 삶의 가치

절구방아든 디딜방아든 찧어서 낟알을 벗겨야 밥을 지을 수 있었던 시절에는 밥 한 끼를 위해서도 많은 정성이 필요했다. 정성스럽게 방아를 찧어서 부모님께 드리고, 남으면 내가 먹겠다는 마음은 참으로 갸륵하기 짝이 없다. '거친 밥'이라 한 것은 지극한 가난을 말한 것일 테지만 혹여나 내 정성이 덜할까봐 저어한 겸양의 표현이기도 하다. <상저가>가 부모 봉양을 최고의 가치로 삼은 일이 오랜 세월 노래를 전승하는 계기가 된 것은 사실이겠지만, 과거 사회와 현대 사회는 우선 가치 면에서 차이가 많은 듯하다.

여러 남매, 지독한 가난 속에서 아이들의 삶에는 크게 관심을 기울이지 못했던 시절에 대한 반대급부 때문일까, 아니면 주변과의 경쟁의식 때문일까, 핵가족으로 단출해진 때문일까, 조금 나아진 경제 형편 때문일까. 그 원인이야 다양하겠지만, 우리 사회는 어느 순간부터 어른보다는 자식을 우선하고 귀히 여기는 풍조로 바뀌었다. 집안에서 어른의 입지가 줄고 아이들의 목소리가 높아졌다. 아이들이 '나'를 우선으로 여기게 해 놓고 요즘 아이들은 참 이기적이라고 문제 삼는 것은 분명 이율배반이다.

그러나 옛 노래에 담긴 우선 가치는 많이 다르다. 먼저 <방아타령> "방아로구나, 방아로구나./어둘콩 찧는 방아로구나/나라 국도 바쁘지마는/어서 찧어 부모 봉양 해볼꺼나."(부안지방)에서도[176] 부모 봉양을 최우선으로 여기며 방아를 찧고 있다.

1. (메기는 소리) 방아 방아 방아로다.　(받는 소리) 오호 방아요
   (　　〃　　) 혼자 찧는 두부 방아 (　〃　) 오호 방아요
   (　　〃　　) 서서 찧는 디딜방아 (　〃　) 오호 방아요
2. (　　〃　　) 빙빙 도는 불방안가 (　〃　) 오호 방아요
   (　　〃　　) 강태공의 조작방아 (　〃　) 오호 방아요
   (　　〃　　) 낟거리 떵떵 찧어주소 (　〃　) 오호 방아요
3. (　　〃　　) 방아 찧는 저장님네 (　〃　) 오호 방아요
   (　　〃　　) 방아탁이나 내고 찧나 (　〃　) 오호 방아요
   (　　〃　　) 방아탁은 한푼에 돈반 (　〃　) 오호 방아요

4. (　　〃　　) 열심있게 찧어주소　　(　〃　) 오호 방아요
　　(　　〃　　) 이 방아를 얼른 찧어　　(　〃　) 오호 방아요
　　(　　〃　　) 부모 봉양 허기로다　　(　〃　) 오호 방아요

　위의 작품은 1950년대부터 1980년에 이르기까지 연변 일대와 길림, 료녕, 흑룡강 등 조선족이 집거하는 곳에서 채록한 노동가요 가운데 <방아타령>이다.[177] 방아를 찧어 부모 봉양을 먼저 하자고 다짐하는 대목이 부안지방의 <방아타령>이나 <상저가>와 같다.

　이 같은 효 의식은 <부모요> "뽕 따다가 누에 쳐서/세실중실 뽑아 낼 제/세실을랑 가려내여/부모 의복 장만하고/중실을랑 골라내여/우리 몸에 입어보세//뒤 터에는 목화 심어/송이송이 따낼 적에/좋은 송이 따로 모아/부모 의복 장만하고/서리 맞이 마구 따서 우리 옷에 두어 입세"에도[178] 그대로 이어진다. 누에를 치거나 목화를 심어 좋은 실로는 부모님 옷을 먼저 만들고, 나쁜 실로는 우리 옷을 만들어 입자고 했다. 모두를 챙길 수 있는 여유가 있다면야 모르겠지만, 먹을 것 입을 것이 부족한 상황에서는 부모님 것을 챙기는 것이 우선 가치다. 어려운 형편을 뻔히 아는데 그것을 받는 부모님 마음이 어찌 편하실 수 있었을까. 그러니 아랫사람들에게 더욱 사랑을 쏟으셨을 것이고 그렇게 마음을 나누는 가운데 가족 간의 예절과 질서가 더욱 또렷해졌을 것이다. 웃어른을 우선으로 여기는 삶을 실천하다 보면 아랫사람들에게 효의 가치를 굳이 따로 가르치지 않아도 되지 않겠는가.

◎ 〈사모곡(思母曲)〉　(속칭 엇노리 계면조界面調)

호미도 놀히어신마른는 낟ᄀᆞ티 들리도 어쁘새라 아바님도 어싀어신마른는 위 덩더둥셩	▶ 현대어 풀이 호미도 날을 가졌지마는 낫처럼 들리는 없습니다. 아버님도 어버이이시지마는

어마님 ᄀ티 괴시리어ᄤ라 아소 님하 어마님ᄀ티 괴시리어ᄤ라	위 덩더둥셩 어머님 같이 사랑해주는 이는 없습니다. 아소 님하 어머님 같이 사랑해주는 이는 없습니다. (『시용향악보(時用鄕樂譜)』)

☙ 어머니라는 거룩한 이름

동서고금, 남녀노소를 막론하고 어머니란 이름은 거룩하다. 그저 '어머니'라고 부르기만 해도 금세 눈시울이 뜨거워지는 것은 아마 사랑과 희생과 인내로 나의 현재를 만들어주신 분이라는 데 대한 감읍이 아닐까 한다. 나이가 들고 경험이 깊어지면서 어머니의 인고와 눈물을 더 많이 이해하게 되면서 그 애틋함은 더욱 강해지게 마련이다. <사모곡>은 호미와 낫을 각각 원관념 아버지와 어머니에 해당하는 보조관념으로 활용하고 있다. 호미와 낫이 모두 날을 가지고 있지만, 그 날카로움과 예리함에서는 호미가 낫을 따르지 못한다. 어머니의 사랑이 아버지의 사랑보다 깊다는 생각에 "아버님도 어버이이시지마는/어머님 같이 사랑해주는 이는 없습니다."라고 했을 것이다. 어머니께서 이미 세상을 떠나셨다면 그리움은 더욱 더 커졌을 것이다.

이와 같은 판단에 아버지인들 어찌 억울한 심정이 없을까마는 '아버지'라는 이름이 주는 장엄함은 '어머니'가 주는 애틋한 감동을 쉽게 이겨내지 못한다. "무정(無情)하다 울 아버지/전실(前室)을랑 어데 두고/후실(後室)에 빠졌는고/참우시요 참우시요/일시반시(一時半時) 참우시오/호화(豪華)한 우리 집이/일시에 돌아갔네/물명주라 핀품 넘어/샛별같은 우리 엄마/날카는 줄 모르시고/어느 골로 신선(神仙) 갔나"(칠곡지방)

에[179] 등장하는 아버지는 첩을 두고 부유하던 집안을 무너뜨렸다. 갖은 고생을 하시던 어머니는 어느 골의 신선이 되시어 내 곁을 떠났다. 이렇듯 가부장제를 유지하던 과거 작품에서는 자주 아버지를 가해자, 어머니를 피해자로 그리면서 어머니에 대한 연민을 자아낸다.

다음 작품은 고려가요 <사모곡>과 매우 비슷한 내용이다.

> <강강수월래>
> "닢은 픠여 청산되고 꽃은 피여 화산되여
> 청산화산 넘어간께 이상스런 새가 앉어
> 아배아배 저 새 보소 어매 같은 새 앉었네.
> 아가아가 그 말마라 일촌간장 다 녹는다
> 가세가세 장에 가세 님에서랑 장에 가세
> 오만 것은 다 났는데 어매장은 안났단가
> 호미도 연장이른 낫과 같이 싼득할가
> 아부지도 부모런만 어매같이 사랑울가"
>
> (『조광朝光』 1938.6)[180]

특히 마지막 부분의 "호미도 연장이른 낫과 같이 싼득할가/아부지도 부모런만 어매같이 사랑울가"는 그대로가 <사모곡>과 일치한다. 신록 우거지고 꽃이 만발한데 돌아가신 어머니를 연상케 하는 새가 보인다. 우리는 무덤을 찾는 등 그리움이 사무치는 순간에 나타나는 새나 나비를 늘 고인의 넋으로 여기려는 경향이 있다. 고인 살아생전의 삶들을 추억하게 하고 깨우치게 하는 매개체를 스스로 만들어 가는 것이다. 회고의 대상이 희생과 인고의 대명사인 '어머니'인 경우에 그 감정의 진폭은 더욱 커지게 마련이다.

"모든 감정적 유대 가운데 가장 거룩한 것으로 여겨 온 것은 모성애가 이타적이고 비이기적이기 때문이다. "어머니의 사랑은 무조건적인 것이다. 내가 해야 할 일은 오직 '현재의 상태', 곧 그녀의 자식으로 남아 있는 것뿐이다. 어머니의 사랑은 지극한 복이고 평화이며 획득할 필요도, 보상할 필요도 없는 것이다.", 어머니의 사랑에 비할 때, "아버지의 사랑은 조건이 있는 사랑이다. 아버지의 사랑의 원칙은

'너는 나의 기대를 충족시켜 주기 때문에, 너는 네 의무를 다하고 있기 때문에, 너는 나를 닮았기 때문에, 나는 너를 사랑한다.'는 것이다. 아버지 사랑의 본성에는 복종은 중요한 덕이고 불복종은 주요한 죄라는 사실이 가로놓여 있다. 따라서 복종하지 않으면 그 벌은 아버지의 사랑의 철회이다." 어머니다운 양심은 어떠한 악행이나 범죄도 너에 대한 나의 사랑, 너의 삶과 행복에 대한 나의 소망을 빼앗지는 못한다."고 말하고, 아버지다운 양심은 "네가 잘못을 저지르면 너는 네 잘못의 결과를 받아들이는 것을 피할 수 없고, 내 마음에 들고 싶다면 너는 너의 생활방식을 크게 바꾸어야 한다."고 말한다."[181] 하여, 에리히 프롬도 모성애와 부성애의 차이를 같은 맥락으로 짚고 있다. 이 논리가 과거와 현재를 벗어나 모든 어머니, 아버지에게 공통적으로 적용될 수야 없겠지만, 우리 마음속의 대체적인 경향을 들여다본다면 모성애를 최고의 사랑으로 여김은 인정할 수밖에 없지 않을까 한다.

4. 경기체가(景幾體歌)

◎ 〈불우헌곡(不憂軒曲)〉 정극인(丁克仁, 1401~1481)

> 산사회(山四回) 수중포(水重抱) 일묘유궁(一畝儒宮)
> 향양명(向陽明) 개남창(開南牕) 명불우헌(名不憂軒)
> 좌금서(左琴書) 우박혁(右博奕) 수의소요(隨意逍遙)
> 위(偉) 낙이망우(樂以忘憂) 경하질다(景何叱多)
> 평생입지(平生立志) 사우성현(師友聖賢)
> 평생입지(平生立志) 사우성현(師友聖賢)
> 위(偉) 준도이행(遵道而行) 경하질다(景何叱多)*

▶ 현대어 풀이
산이 사방을 두르고 물이 겹겹이 에워싼 한 이랑 남짓한 선비네 집

햇살 비추라고 남으로 창을 내어 불우헌(不憂軒)이라 이름 지었네.

한쪽 편엔 거문고 책, 반대편엔 쌍륙(雙六)과 바둑 마음대로 즐기며 논다네.

아, 즐거워 근심을 잊는, 이 모습 어떠합니까!

평생에 세운 뜻, 성현을 스승으로 벗 삼아

평생에 세운 뜻, 성현을 스승으로 벗 삼아

아, 도를 따라 행하는, 이 모습 어떠합니까!

*) '하질다(何叱多)'라는 방언을 풀면 '하여(何如)'인데, 고려 <한림별곡>의 '위(偉)'와 '하여(何如)'를 본받았다.

만생원(晚生員) 노급제(老及第) 낙천지명(樂天知命)

재훈도(再訓導) 삼교수(三敎授) 회인불권(誨人不倦)

가숙삼간(家塾三間) 구취동몽(鳩聚童蒙) 상설구두(詳說句讀)

위(偉) 순순선유(諄諄善誘) 경하질다(景何叱多)

불역락호(不亦樂乎) 부급서생(負笈書生)

불역락호(不亦樂乎) 부급서생(負笈書生)

위(偉) 자원방래(自遠方來) 경하질다(景何叱多)

▶ 현대어 풀이

늦게 생원 되고 늘그막에 급제함도 내 분수로만 여기고

두 번 훈도(訓導)되고 세 번 교수(敎授)되어 부지런히 가르쳤네.

글방 세 칸에다 아이들 모아 놓고 글 읽기를 가르치네.

아, 정성 들여 가르치는, 이 모습 어떠합니까!

또한 즐겁지 아니한가, 책 보따리 짊어진 선비들

또한 즐겁지 아니한가, 책 보따리 짊어진 선비들

아, 먼 곳으로부터 오는 모습이 어떠합니까!

불우헌(不憂軒) 정극인의 동상(태산선비문화사
료관 앞, 전북 정읍시 칠보면 원촌1길 12-3)

재상소(再上疏) 벽이단(闢異端) 의호중용(依乎中庸)

진이례(進以禮) 퇴이의(退以義) 수신위대(守身爲大)

비원상대(備員霜臺) 구신미원(具臣薇垣) 인년치사(引年致仕)

위(偉) 여석중부(如釋重負) 경하질다(景何叱多)

일개고신(一介孤臣) 남승천총(濫承天寵)

일개고신(一介孤臣) 남승천총(濫承天寵)

위(偉) 재참원종(再參原從) 경하질다(景何叱多)

▶ 현대어 풀이

여러 번 상소 올려 이단(異端)을 피하고 중용(中庸)에 의지하네.

예로써 나아가고 의로써 물러나며 수신을 중시하네.

어사대에선 인원수 채우고, 미원(薇垣)*에선 숫자만 늘리다, 나이 들어 벼
슬에서 물러났네.

아, 무거운 짐을 벗은, 이 모습 어떠합니까!

보잘것없는 내가 임금의 은총은 넘치게 받아,

보잘것없는 내가 임금의 은총은 넘치게 받아,

여러 번 원종(原從) 공신을 받은 모습이 어떠합니까!

*) "미원(薇垣)" : 중서성(中書省)의 별칭으로 행정기관을 총괄

경전식(耕田食) 착정음(鑿井飲) 부지제력(不知帝力)

상양신(賞良辰) 설빈연(設賓筵) 형제붕우(兄弟朋友)

담소지간(談笑之間) 불황타급(不遑他及) 효제충신(孝悌忠信)

위(偉) 낙차유의(樂且有儀) 경하질다(景何叱多)

무지도지(舞之蹈之) 가영성덕(歌詠聖德)

무지도지(舞之蹈之) 가영성덕(歌詠聖德)

위(偉) 기천영명(祈天永命) 경하질다(景何叱多)

▶ 현대어 풀이

밭 갈아 먹고 우물 파서 마시니 임금의 은덕도 느끼지 못해.

좋은 날 즐기며 손님 맞아 잔치하니 모두들 형제 친구라네.

담소하는 사이에 다른 일엔 겨를 없고, 효제충신(孝悌忠信)뿐이라네.

아, 즐겁게 예의를 갖춘, 이 모습 어떠합니까!

춤추고 뛰면서 성덕을 노래하며

춤추고 뛰면서 성덕을 노래하며

아, 하늘에다 만수무강 기원하는, 이 모습 어떠합니까!

윤지임(尹之任) 혜지화(惠之和) 아무능언(我無能焉)

성지시(聖之時) 안지락(顔之樂) 내소원야(乃所願也)

상불원천(上不怨天) 하불우인(下不尤人) 심광체반(心廣體胖)

위(偉) 불구불우(不懼不憂) 경하질다(景何叱多)

불기불구(不伎不求) 하용부장(何用不臧) (재창)

> 위(偉) 고훈시식(古訓是式) 경하질다(景何叱多)

▶ 현대어 풀이

이윤(伊尹)의 임무 수행, 유하혜(柳下惠)의 조화로움은, 따를 능력 없지만

공자의 시의적절(時宜適切), 안연(顔淵)의 즐거움은 내가 소망하는 바이네.

위로 하늘 원망 않고 아래로 사람 탓 않으니, 마음 넓고 몸도 편안.

아, 두려움 없고 근심도 없는, 이 모습 어떠한가!

시기(猜忌)도 책망도 않으니 어찌 착하지 않으리.

시기(猜忌)도 책망도 않으니 어찌 착하지 않으리.

아, 옛 사람 가르침을 본받는, 이 모습 어떠합니까!

> 임진세(壬辰歲) 사월초(四月初) 억유기사(抑有奇事)
>
> 강유서(降諭書) 도형문(到衡門) 여리관광(閭里觀光)
>
> 염개자수(廉介自守) 불구문달(不求聞達) 교회동몽(敎誨童蒙)
>
> 위(偉) 과몽포장(過蒙褒獎) 경하질다(景何叱多)
>
> 특가삼품(特加三品) 시치혜양(時致惠養)
>
> 특가삼품(特加三品) 시치혜양(時致惠養)
>
> 위(偉) 성은심중(聖恩深重) 경하질다(景何叱多)

▶ 현대어 풀이

임진년 사월 초에 갑자기 기이한 일 생겼네.

임금께서 유서(諭書) 내려 대문 앞에 이르니 마을 사람 구경 왔네.

청렴결백 스스로 지켜, 명예 영달 구하지 않고, 아이들 가르쳐 깨우쳤다 하시네.

아, 넘치게 칭찬 받는, 이 모습 어떠합니까!

특별히 삼품(三品)을 더하고, 때때로 보살피라 하시니

특별히 삼품(三品)을 더하고, 때때로 보살피라 하시니

아, 성은이 깊고도 깊으니, 이 모습 어떠합니까!

낙호이은저(樂乎伊隱底) 불우헌이역(不憂軒伊亦)

낙호이은저(樂乎伊隱底) 불우인이역(不憂人伊亦)

위(偉) 작차호가(作此好歌) 경하질다(景何叱多)

▶ 현대어 풀이

즐겁구나, 불우헌이여! 즐겁구나, 불우헌이여!

즐겁구나, 불우헌이여! 즐겁구나, 불우헌이여!

아, 이 좋은 노래 지어 세상 시름 잊는 모습 어떠합니까!

(『불우헌집(不憂軒集)』 권2 ;『문총』 9)

🍃 욕심 없는 일상사

임진년(1472)에 정극인을 천거하는 글이 올라오자 주상(성종)이 대신들의 의견을 물었다. 그러자 모두들 "(정극인이) 어질기는 한데 다만 나이가 많아 어렵습니다." 라고 하였다. 3월 24일에 주상이 명령하기를,

"전 정언 정극인에게 유시한다. 내가 듣자하니 그대가 청렴결백한 인품으로 남에게 알려져 영달하기를 구하지 않고 향촌의 자제들을 모아 가르치기를 게을리 하지 않는다 하니, 내가 매우 가상히 여겨 불러다 쓰고자 하나 그대가 연로하여 일을 맡기기가 어려워 특별히 삼품(三品)의 산관(散官)직 ─ 관직만 있고 직무가 없는 명예직 ─ 을 내리고, 도(道)에 명하여 때로 은혜를 베풀어 보살피게 했으니 그렇게 알도록 하라" 하였다.

4월에 공이 명을 듣고 공경히 받았으니, 대개 중직대부(中直大夫)로부터 통정대부(通政大夫)에까지 올랐다. 매양 천은이 망극함을 생각하여 고려 <한림별곡>의 음절에 따라 <불우헌곡(不憂軒曲)>을 지었는데, 먼저 단가(短歌)로써 그때의 영광을 읊조린 후 이어 주상의 천수를 축원하였다.[182] 공이 늘

"내가 비록 시골에 물러나 있으나 삼품의 직책에 임명되어 고기반찬깨나 즐길 수 있는 것은 실로 임금의 은혜이니, 한번 대궐에 나아가 성은에 감사를 표시해야

겠다."

라고 되뇌더니, 경자년(1480년, 공의 나이 80세)에 말을 타고 서울에 들어가 사례하고, 겸하여 시정의 폐단 몇 조목을 고하자, 주상이 술을 하사하며 위로하고 격려했다. 공은 돌아와 말하기를, "이제 내 원이 풀렸다."라고 하였다.[183]

정극인은 남쪽으로 돌아온 뒤로 항상 고요한 마음으로 과거에 응시하기를 즐기지 않고 초가삼간을 짓고는 그 집을 '불우헌(不憂軒)', 그 시냇물을 '필수(泌水)'라고 이름 지었으며, 송죽(松竹)을 심어두고는 나무하고 농사지으며 살았다. 즐거운 마음으로 심성을 수양하고 편안히 지내는 가운데 천명을 기다리면서 한가롭고 편안히 지내며 즐거워 근심을 잊었다. 오직 자손과 향촌의 자제들을 모아 부지런히 가르치고, 향약의 계(契)를 이끌어 정성과 믿음으로 정답게 지내게 했다.[184] <불우헌곡>은 정극인의 무욕한 삶과 배움에 대한 경건한 자세를 잘 담고 있다.

🐛 배움과 가르침을 좋아하고, 고마워할 줄 아는 선비

<불우헌곡>의 제1장은 벼슬에서 물러나 향촌의 작은 집에서 거문고와 책과 바둑, 장기로 소일하며 사는 즐거움을 담았다. 제2장은 향촌의 아이들을 모아 가르치는 즐거움을 노래하고 있다. 늦게 생원이 되고 늘그막에 급제함도 다 자기 분수로 여긴다 했다. 두 번이나 훈도(訓導)가 되고, 세 번이니 교수(敎授)가 되어 글방 세 칸에다 아이들 모아 놓고 부지런히 글 읽기를 가르쳤다 하였다. 성종이 정극인에게 "(그대는) 청렴결백한 인품으로 영달하기를 구하지 않고 향촌의 자제들을 모아 가르치기를 게을리 하지 않는다."라고 칭찬한 것도 정극인의 가르침 공적을 높이 산 때문이다.

정극인의 문집 『불우헌집(不憂軒集)』에는 다음과 같은 학령(學令)이 전하니, 요즘으로 치면 교칙인 셈이다.

[학령(學令)] 무릇 독서와 학문을 하는 까닭은 본디 마음을 열고 눈을 밝혀서 행실에 도움이 되게 하고자함이다. 제생들은 이미 장성한 나이인데도 학문을 이루지는 못했으

니, 시골사람의 무지한 눈으로 본다면야 생김새를 갖췄으니 사람이라 여기겠지만 성현의 말씀을 기준삼아 잰다면 소나 말에 옷을 입힌 격이니 사람의 형체를 갖추었다한들 어찌 금수와 다르다 하겠는가?

이에 (학당學堂의 영슈을 정하노니) 그날의 과제를 외지 못하는 자는 회초리(楚) 50대, 앞서 배운 것을 외지 못하는 사람은 회초리 60대, 쌍륙(雙六)이나 바둑 등 잡희(雜戲)를 즐기는 사람은 회초리 70대, 규정과 권고를 따르지 않는 사람은 회초리 80대, 틈을 타서 활쏘기를 배우는 사람은 회초리 90대, 여색을 좋아 탐하는 사람은 회초리 100대를 치는데, 모두 댓가지로 만든 회초리로 벌한다. 제생들은 자신의 재주와 도량을 헤아려 이 학령을 좇을 수 있으면 학당에 남고 따를 수 없으면 학당을 나가는 것이 옳을 것이라. 우리 학당에서 공부하는 사람들은 모두 서명서 아랫부분에 친히 서명하여 후일에 증거를 삼을 것이다. 서명한 뒤에 학령을 어기는 자가 있다면 비록 스승과 벗들을 업신여길 만큼 지용(智勇)이 비범한 자라도 내가 응당 엄격히 통제할 것이다. 제생들은 학령을 소홀히 하여 잘못을 저지르지 말아야 할 것이다.[185]

책을 읽고 학문을 하는 근본적인 까닭은 행실을 바르게 하는 데 있다고 하였다. 나이가 들어 장성하다 하더라도 학문을 이루지 못하면 소나 말에게 옷을 입힌 격이라 했다. 이는 곧 사람으로서 갖추어야 하는 배움과 행실, 인격을 갖추지 못한다면 비록 사람의 형체를 갖추었다 하더라도 소나 말 등의 금수에서 벗어나지 못한다는 말이다.

제3장은 벼슬을 하거나 물러나거나 간에 항상 성은을 받는 것 같아 고맙다는 마음을 담았다. 어사대에서는 그저 벼슬아치로서 인원수만 채우고, 중서성에선 숫자만 늘였다는 말은 자신이 부족함에도 성은을 입어 벼슬을 했다는 의미를 담은 겸손의 말이다. 제4장은 태평한 시절에 왕의 장수를 기원하며 예의를 갖추어 노래하고 춤추는 즐거움을 노래하고 있다. 백성들에겐 논밭을 갈아 곡식을 심어 수확하고, 우물을 파서 걱정 없이 마시는 것이 곧 태평성대이다. 세월이 태평하면 그 만족감으로 인해 권력자의 존재도 느끼지 못하는 것이다. 손님을 맞아 잔치를 열고, 모두를 형제 친구라 여기며 부모와 형을 잘 섬기고 성실과 신의를 지키면 더 이상 바랄 것이 없다. 제5장은 평온한 마음으로 성현의 가르침을 본받는 일의 즐거움을 노래하였다. 공자나 안연 등 옛 사람의 가르침을 본받으며 하늘을 원망하지도 아랫사람을 탓하지도 않으니 마음도 넓어지고 몸도 편안하다 했다. 제6장은 마을 사람이 구경

을 나온 가운데, "청렴결백을 스스로 지키고 명예와 영달을 구하지 않고 후진양성에 힘썼다"는 이유로 임금이 내린 명예로운 벼슬을 받은 데 대한 감사의 마음을 담았고, 마지막 장에는 스스로의 삶에 만족하여 좋은 노래를 짓고 세상 시름을 잊는 즐거움을 표현하였다.

<불우헌곡> 제3장의 "여러 번 상소 올려 이단(異端)을 피하고[재상소(再上疏) 벽이단(闢異端)]", 제5장의 "이윤(伊尹)의 임무 수행, 유하혜(柳下惠)의 조화로움은, 따를 능력 없지만[윤지임(尹之任) 혜지화(惠之和) 아무능언(我無能焉)]"은 역사적 배경이 복잡하고 어려워 좀 더 자세한 해설을 요하는 대목이다.

> "태조께서는 승도(僧徒)를 금했고, 태종께서는 사찰을 혁파하여 사찰에 속한 토지와 노비를 군수(軍需)로 돌리고 산릉(山陵)에 절을 세우지 않았습니다. 먼저 내불당(內佛堂)을 폐하시고 종교의 갈래를 줄이시고 중들의 성시(城市) 출입을 금하시고 어린 아이들이 중이 되지 못하도록 하셨는데도 애석하게도 지금 이단이 다시 일어나고 있습니다. … 한(漢), 당(唐) 이후로 불법을 받드는 이가 많았으나 왕이 부처의 도움으로 나라를 일으켰다는 말을 듣지 못했으니, 청하옵건대 사특함을 물리치는 일을 주저하지 마시고 악을 제거할 때는 뿌리까지 없애시어, 해당 관청에 명하시어 중 행호(行乎)의 머리를 베시고 사특하고 망령된 뿌리를 영원히 끊으소서." 하였다.

위의 예문은 정극인이 불교를 배척하여 "내불당(內佛堂)을 폐하고 종교의 갈래를 줄이라"고 왕에게 간언한 일을 두고 한 말이다. 말이 지극히 간절했으나 주상이 오히려 윤허하지 않자 공이 여러 유생들과 권당(捲堂)하기로 하고 혼자 남아있었는데, 주상이 도리어 유생들이 관(館)을 비운 문제를 힐난하니 공은 "전하께서 불교를 숭상하니 여러 유생들도 돌아가 중이 되고자 할 따름입니다."라며 강력히 맞섰다. 정극인이 소맷자락에 넣어둔 소장(疏章)을 올려 지극히 간하여 왕을 또 거스르니 주상이 진노하여 명을 내려 죽임을 의논하였는데, 당시의 재상 익성공(翼成公) 황희(黃喜)가 임금(문종, 1451~1453 재위)을 부여잡고 극진히 간하기를, "전하께서 정극인을 죽이시면 역사책에 무엇이라 기록하겠습니까."라고 하였다. 임금이 후회하고 깨우쳐 공을 북도로 귀양 보냈다가 곧 사면하였다.[186]

『조선왕조실록』에도 이 일을 언급하였다. 정극인이 탐관오리를 처벌할 것과 불교의 폐단을 시정할 것을 주청하는 글과 함께 우리말로 지은 장가(長歌) 6장(章), 단가(短歌) 2장, <벼슬에서 물러나 읊조림(致仕吟)> 등의 한시를 올렸을 때,

임금(성종)이 승정원에 물으니, 도승지 김계창(金季昌) 등이 대답하기를,

"정극인은 문종조(文宗朝)에 상소하여 불교를 배척한 것이 『실록』에 갖추어 기록되어 있으며, 또 '일민(逸民) 정극인을 거용(擧用)하였다.'고 하였습니다. 지금 이 글을 보니, 모두 국가에서 이미 강구(講究)하여 계획한 바이므로 하나도 취할 것이 없고, 또 지은 바 장가와 단가는 모두 자기가 어질다는 것을 과장한 말들이니, 반드시 이는 나이가 늙고 쇠약해서 그러했을 것입니다."라고 하였다. 임금이 승정원에 음식을 대접하여 보낼 것을 명하였다고 한다.[187] 정극인의 상소 내용과 그 효용성, 장가와 단가의 내용에 대해서 탐탁지 않은 태도를 보이고 있다. 여기서 말한 장가는 경기체가 <불우헌곡>, 단가는 시조 <불우헌가>를 의미한다.

제5장의 "윤지임(尹之任) 혜지화(惠之和) 아무능언(我無能焉)"은 이윤(伊尹)의 임무 수행 능력과 유하혜(柳下惠)의 조화로움을 따를 능력이 없다는 말이다.

맹자가 말하기를, "백이(伯夷)는 성인 가운데 청(淸)한 자요, 이윤(伊尹)은 성인의 자임(自任)한 사람이요, 유하혜(柳下惠)는 성인 가운데 화(和)한 사람이요, 공자는 성인 가운데 그때그때의 시정에 잘 맞추는 사람이다."[188] 하였다.

이윤은 "어떻게 섬긴들 군주가 아니고, 어떻게 부린들 백성이 아니겠는가?"라면서 태평한 시절에도 어려운 시절에도 줄곧 벼슬하였고, "하늘이 이 백성을 낸 것은 먼저 안 사람이 나중에 아는 사람을 깨치게 하고, 먼저 깨달은 사람이 나중에 깨달은 사람을 이끌게 하려는 것이다. 나는 하늘이 낸 백성 가운데 선각자이니 장차 이 도로써 백성들을 깨닫게 해야만 한다." 하였고, 또 그는 평범한 백성까지도 태평성대의 혜택을 받지 못한다면, 자신이 그들을 도랑으로 떠미는 것처럼 아파하며 스스로 맡은 임무를 중히 여기며 살았다.

유하혜는 더러운 군주라도 부끄러워하지 않고 섬겼고, 낮은 벼슬이라도 사양하지 않았으며, 벼슬아치로 지낼 때는 어짊을 숨기지 않고 반드시 도리에 맞게 행동

하였고, 벼슬을 잃더라도 원망하지 않았고, 곤궁한 지경이 되어도 근심하지 않았으며, 평범한 동네사람과 있을 때도 쉽게 떠나지 않았으며, 늘 "너는 너이고 나는 나이니 네가 내 옆에서 옷을 벗고 무례하게 한다한들 어찌 그것이 나에게 누가 되겠느냐?"라고 말하였다. 이에 유하혜의 위풍을 아는 자들은 비루한 자라도 관대해지고 인심이 야박한 자라도 후해졌다. 공자는 제(齊)나라를 떠날 적에 쌀을 일다가 떠났고, 노(魯)나라를 떠날 때는 "내 걸음이 더디기도 더디구나." 하였으니 모두 부모의 나라를 떠나가는 도리이다. 급할 때는 급히 하고, 늦출 땐 한없이 늦추며, 머물러 쉴 때는 머물러 쉬고 벼슬할 때는 벼슬을 지냈다.

제5장의 "윤지임(尹之任)~"은 스스로 맡은 임무를 중히 여기며 살았던 이윤, 반드시 도리에 맞게 행동하며 조화로움을 추구하였던 유하혜의 일화를 들어 젊은 선비들이 가야할 길을 제시하며 아울러 자기를 다짐하는 대목이다.

다음은 위에서 단가로 언급하고 있는 <불우헌가(不憂軒歌)>이다.

> 부운사환해상(浮雲似宦海上)애 사불여심(事不如心)혼이 하고만코 ᄒ니이다
> 뵈고시라 불우헌옹(不憂軒翁) 뵈고시라
> 시치혜양(時致惠養)ᄒ신 구지어미(口之於味)*) 뵈고시라

▶ 현대어 풀이

뜬구름 같은 벼슬살이 마음 같잖은 일 많고 많네.
보이고 싶네, 불우헌 늙은이 보이고 싶네.(자랑하고 싶네, 내 경사 자랑하고 싶네)
보살피는 성은으로 내리신 맛난 음식 보이고 싶네.

---

*) 구지어미(口之於味)는 "입은 맛에 대하여 똑같은 즐김이 있으며, 귀는 소리에 대하여 똑같은 들음이 있으며, 눈은 색에 대하여 똑같이 아름답게 여김이 있다. 마음에 있어서만 유독 같게 여기는 바가 어찌 없겠는가?"[189]와 같은 쓰임을 가지고, 누구나의 마음에서 옳게 여기는 바, 즉 '이(理)와 의(義)'를 강조하는 전제로 자주 활용한다.

뵈고 뵈고시라 삼품의장(三品儀章) 뵈고시라

광피성은(光被聖恩)ᄒ신 마수요간(馬首腰間) 뵈고시라

숭삼호화삼호(嵩三呼華三呼)*)룰 하일망지(何日忘之) ᄒ리잇고

▶ 현대어 풀이

보이고 싶네, 삼품의 의장(儀章) 보이고 싶어라.

크게 성은 입은 마수(馬首) 허리띠 보이고 싶어라.

만수(萬壽) 기원하는 삼창(三唱)을 한신들 잊으리까?

*) 숭화(嵩華)의 축원을 말한다. 한(漢) 무제가 숭산(嵩山)에 올랐을 때 백성들이 아래에서 만세를 부른 일과 화(華)의 벼슬아치가 요(堯) 임금에게 장수, 부유함과 아들 많이 낳을 것을 기원하고 송축한 일에서 유래한다.

　임금이 베푼 은덕에 대해 다분히 들뜬 반응을 보이고 있다. 자신의 경사를 자랑하고 성은으로 내리신 맛난 음식을 보이고 싶다고 하였고, 삼품의 의장(儀章)과 마수(馬首) 허리띠도 자랑하고 싶어 한다. 임금님 은혜에 대한 벅찬 감격이 만수무강을 삼창해도 부족하다 여기어 굳이 왕에게 달려가 감사의 뜻을 전하였다. 학문과 가르침에 욕심이 없었으니 자신의 일을 알아주고 격려해주는 왕의 작은 은전(恩典)에도 크게 감읍했던 것이다. "대체로 세상 사람들은 얻기 전에는 얻고자 근심하고 얻고 나서는 그것을 잃을까봐 근심한다. 그러니 어느 때인들 근심 없이 살겠는가? 그러나 공은 세상에 있으면서 얻기 전에는 얻으려고 근심하지 않고, 얻고서도 잃을 것을 근심하지 않았다. 그러니 어느 때인들 근심할 게 있었겠는가? 『주역』에 말하기를, "세상을 피해 살면서 근심하지 않는다." 하고, 『논어』에 말하기를, "근심하지 않고 두려워하지 않는다."고 하니, 공은 이러한 도리를 따른 것이리라. 이것이 바로 공이 다른 사람들보다 만 배나 나은 점이다"는[190] 이와 같은 정극인의 성정을 잘 묘사하고 있다.

◎ 〈화전별곡(花田別曲)〉　김구(金絿, 1488~1534 - '화전(花田)'은 경상도 남해현(南海縣)의 다른 이름이다.

> 천지애(天之涯) 지지두(地之頭) 일점선도(一點仙島)
>
> 좌망운(左望雲) 우금산(右錦山) 파천(巴川) 봉내 고천(高川) 고내
>
> 산천기수(山川奇秀) 종생호준(鍾生豪俊) 인물번성(人物繁盛)
>
> 위 천남승지(天南勝地) 경(景) 긔 엇더ᄒ닝잇고
>
> 풍류주색(風流酒色) 일시인걸(一時人傑)(再唱)
>
> 위(偉) 날조차 몃 분이신고

▶ 현대어 풀이

하늘 끝 땅의 끝, 한 점 신선의 섬

왼쪽엔 구름 오른쪽엔 아름다운 산, 봉내 고내 물줄기

산천 빼어나고, 좋은 인재 번성하네.

아, 하늘 남쪽의 좋은 경치, 그것이 어떠합니까?

풍류와 주색, 시대의 인재. 풍류와 주색, 시대의 인재.(두 번 부른다)

아, 나까지 몇 분이신고?

> 하별시(河別侍) 지지대(芷芝帶) 치작겸존(齒爵兼尊)*
>
> 박교수(朴教授) 손지이 취중(醉中)쎠룻
>
> 강륜잡담(姜綸雜談) 방훈한수(方勳鼾睡) 정기음식(鄭機飮食)
>
> 위(偉) 품관제회(品官齊會) 경(景) 긔 엇더ᄒ닝잇고
>
> 하세연씨(河世涓氏) 발버훈 풍월(風月)(再唱)
>
> 위(偉) 창화(唱和) 경(景) 긔 엇더ᄒ닝잇고

▶ 현대어 풀이

별시(別侍) 하씨(河氏) 관복 띠 나이 벼슬 모두 높고

박완(朴緩) 교수(教授) 손사래 취중(醉中) 버릇

강륜(姜綸)의 잡담, 방훈(方勳)의 코골이, 정기(鄭機)의 음식

아, 품관 벼슬아치들이 모인 모습, 그것이 어떠합니까?

하세연 씨 공들인 풍월(두 번 부른다)

아, 화답하는 모습, 그것이 어떠합니까.

*) 치작겸존(齒爵兼尊) : "천하에 존중받는 가치가 셋이 있는데 '벼슬'이 하나요, '나이'가 하나요, '덕'이 하나이다. 조정에서는 벼슬만한 것이 없고, 향촌에서는 나이만한 것이 없고, 세상을 돕고 백성을 자라게 하는 데는 덕만 한 것이 없으니, 어찌 그중 하나만을 가지고 둘을 가진 사람을 게을리 할 수 있겠는가?[191]

> 서옥비(徐玉非) 고옥비(高玉非)*) 흑백돈수(黑白頓殊)*)
> 대은덕(大銀德) 소은덕(小銀德)*) 노소부동(老少不同)
> 강금가무(姜今歌舞) 녹금장고(綠今長鼓) 버런 학비(學非) 소졸 옥지(玉只)
> 위(偉) 화림승미(花林勝美) 경(景) 긔 엇더ᄒ닝잇고
> 화전별호(花田別號) 명실상부(名實相符)(再唱)
> 위(偉) 철석간장(鐵石肝腸)이라도 아니 긋기리 업더라

▶ 현대어 풀이

서옥비 고옥비는 검고 희기가 많이 다르고,

큰 종, 작은 종들 늙고 젊음도 같지 않네.

강금(姜今)의 노래와 춤, 녹금(綠今)의 장고, 늘어선 학비(學非), 엉성한 옥지(玉只)

아, 꽃나무 수풀 아름다운 경치, 그것이 어떠합니까.

화전(花田)의 다른 호칭, 이름과 실상이 부합되네.(두 번 부른다)

아, 마음이 견고해도 안 끊기기 어렵더라.

*) 옥비(玉非) : 북도(北道)의 노비. "전일 옥비(玉非)의【옥비는 북도(北道)의 종으로, 몰래 경상도로 옮겨와서 살았는데 자손이 매우 많았다. 계미년과 갑신년 사이에 발각되어 관련된 사람을 모조리 추쇄해 북방으로 입거시켰는데 이 때문에 영남 지방이 매우 소란스러웠다.】일로 보건대, 평시에도 오히려 잘 처리하기가 어렵다는 것을 알 수 있습니다.[192]
*) 흑백돈수(黑白頓殊) : "금일의 재상은 지난날 대(臺)나 성(省)의 장관이고, 금일 대나 성의 장관

은 장차 재상이 될 수 있다. 다만 이 직명만 잠시 다를 뿐이지 시행이나 천거 능력에서 차이가 나는 것은 아니다.",**193** "만약 그 과오를 논한다면 죄는 매 한가지인데, 한쪽은 살고 한쪽은 죽게 되었으니 너무 다릅니다."**194**

*) 은덕(銀德) : 병조의 관비(官婢). "다시 전의 일을 아뢰고, 또 아뢰기를, 병조(兵曹)의 관비 은덕(銀德)은 전에 잠모(蠶母)로 제하(除下)되었기 때문에 병조에서 부렸는데, 그가 죄를 지었으므로 병조가 치죄하려 하자 도피하여 보이지 않더니, 이내 내관(內官)에게 간청하여 승전(承傳)을 받아 도로 잠모로 차정(差定)되었습니다"**195**

한원금(漢元今) 이문가(以文歌) 정소초적(鄭韶草笛)

혹타발(或打鉢) 혹타반(或扣盤) 간격잔대(間擊盞臺)

요두전신(搖頭輾身) 비제취태(備諸醉態)

위(偉) 발흥(發興) 경(景) 긔 엇더ᄒ니잇고

강윤원씨(姜允元氏) 스ᄅ렝딩소리(再唱)

위(偉) 듯괴야 줌드로리라

▶ 현대어 풀이

한원금(漢元今)은 글 지어 노래하고 정소(鄭韶)는 풀피리 불고

어떤 이는 바릿대 치고, 혹은 상을 두드리고, 간혹 잔대 두드린다.

머리 흔들고 몸 꼬며 갖가지로 취한 모습

아, 주흥 도도한 모습, 그것이 어떠한가.

강윤원 씨 스ᄅ렝딩 거문고 소리(두 번 부른다)

아, 들어야 잠이 들리라.

녹파주(綠波酒) 소국주(小麴酒) 맥주탁주(麥酒濁酒)

황금계(黃金鷄) 백문어(白文魚) 유자잔(柚子盞) 첩시대(貼匙臺)예

위(偉) ᄀ득브어 권상(勸觴) 경(景) 긔 엇더ᄒ니잇고

정희철씨(鄭希哲氏) 과맥전대취(過麥田大醉)(再唱)

위(偉) 어늬제 슬플저기 이실고

▶ 현대어 풀이

녹파주 소국주 보리술 막걸리

황금 닭, 백문어, 유자 잔, 숟가락 받침에

아, 가득 부어 술 권하는 모습, 그것이 어떠합니까.

정희철 씨, 밀밭만 지나가도 크게 취한다는(두 번 부른다)

아, 어느 때인들 슬플 적 있을까.

경낙번화(京洛繁華)] 야 너는 불오냐

주문주육(朱門酒肉) 이야 너는 됴흐야

석전모옥(石田茅屋) 시화세풍(時和歲豐)

향촌회집(鄕村會集)이야 나난 됴하ᄒᆞ노라

(김구(金絿), 『자암집(自庵集)』 권2)

▶ 현대어 풀이

서울의 번화함이 너는 부러우냐.

서울의 번화함이 너는 부러우냐.

붉은 문의 술과 고기가 너는 좋으냐.

자갈밭 초가집이라도, 시절 태평 풍년든 해,

마을의 잔치마당을 나는 좋아하노라.

🐾 꼿꼿한 사림으로서의 김구

김구는 사림파의 개혁 정치에 적극 호응하여 조광조와 함께 소격서(昭格署)의 혁파에 앞장섰고, 사림파 대간(臺諫)의 현실 개혁 상소에도 적극 후원하였다.

자암(自庵) 김구(金絿) 선생 유배지에 세운 비석
(경남 남해 충렬사 입구)

"다만 이것뿐만이 아닙니다. 근래에는 해마다 흉년이 지고 왜변 때문에 굶주려 죽는 백성이 많고 부모와 자식 간에도 서로를 지켜주지 못하고 헤어져 떠돌게 되었으니 촌락은 쓸쓸해지고 닭이나 개 울음소리도 들을 수 없게 되었다. 그런데 사대부의 집안에서는 술 마시는 일을 숭상하여 일처럼 여기고, 고운 아이와 미녀들을 화려한 방안에 가득 채워 놓고, 창기의 노랫소리와 기녀들의 풍류소리가 집안 깊숙한 데서 펼치니 삼생(三牲)의 고기는 썩은 냄새로 먹을 수 없고 맑고 진한 술들은 다 쉬어버려 마실 수 없게 되어버렸다."[196]

위의 기록에는 당시의 피폐한 사회, 풍속에 대한 김구의 비판적 시선이 담겨있다. 1519년 11월에 남곤(南袞)·심정(沈貞)·홍경주(洪景舟) 등 훈구 세력이 일으킨 기묘사화로 개령(開寧)에 유배되었다가 수개월 뒤에 죄목이 추가되어 남해로 이배되었다. 남해에 이배된 지 13년 만에 임피(臨陂)로 가깝게 옮겼다가, 2년 뒤에 풀려나와 고향인 예산으로 돌아오게 되었다. 하지만 유배 중 부모가 모두 죽고 그 때문에 그도 병을 얻어 죽었다.

❧ 〈화전별곡〉에 담은 사연

　〈화전별곡〉은 김구가 기묘사화(1519년)로 개령에 유배되었다가 다시 남해로 이배되었을 때 지은 작품이다. 1장에서 4장까지는 각 6행으로 되어있으나 5·6장은 각각 5행과 4행으로 이루어져 있다. 시형은 경기체가의 기본형에서 벗어나 일부 음절수가 가감된 변격으로 후반부로 갈수록 그 정도가 심해진다.[197] 1장에서는 화전(남해)의 산천, 자신의 풍류에 대한 자부심을 그렸고, 2장에서는 친하게 사귀던 벗들이 향락을 즐기는 모습을 노래했다. 3장에서는 주로 기생들의 기예와 향락의 모습을 그렸고, 4장에서는 친하게 사귀던 사람들의 풍류를 담았다. 5장에서는 친하게 지내던 이들과 함께 즐기던 주흥(酒興)을 묘사하였고, 6장에서는 서울의 번화함이나 부귀영화보다 이곳에서의 생활이 더욱 좋다는 내용으로 마무리하고 있다. 〈한림별곡〉이 그러했던 것처럼 사대부의 다양한 풍류 세계를 여유롭게 그려나가고 있지만 서울에서의 번화한 삶과 향촌에서의 소박한 삶을 대조적으로 그린 6장에서 "붉은 대문 집에선 술과 고기 썩는 내 나는데, 길에는 얼어 죽은 해골 뒹군다."[198]라고 '주문주육(朱門酒肉)'을 언급한 것을 보면 당시의 사회 풍속을 부정적으로 그렸던 개혁적 사대부의 시선이 언중유골로 담겨있다.

◎ 〈독락팔곡(獨樂八曲)〉　　권호문(權好文, 1532~1587)

> 태평성대(太平聖代) 전야일민(田野逸民) 재창(再唱)
> 경운록(耕雲麓) 조연강(釣烟江)이 이밧긔 일이업다.
> 궁통(窮通)이 재천(在天)ᄒ니 빈천(貧賤)을 시름ᄒ랴.
> 옥당금마(玉堂金馬)ᄂᆞᆫ 내의 원(願)이 아니로다.
> 천석(泉石)이 수역(壽域)이오 초옥(草屋)이 춘대(春臺)라.
> 어사와(於斯臥) 어사면(於斯眠) 부앙우주(俯仰宇宙) 유관품물(流觀品物)
> ᄒ야,

거거연(居居然) 호호연(浩浩然) 개금독작(開襟獨酌) 안책장소(岸幘長嘯)

경(景) 긔엇다 ᄒ니잇고

(제1장)

▶ 현대어 풀이

태평성대 은둔 선비, 태평성대 은둔 선비,

구름기슭 갈고, 안개 강 낚시, 이밖에 일이 없네.

빈곤 영달 재천하니, 빈천을 근심하랴.

높은 벼슬 좋은 말, 바라는 바 아니로다.

자연의 삶 태평세상, 초옥에서 봄 경치 구경

어사와! 어사면! 하늘 땅 굽어보고 만물 훑어보며,

편안히 넓게 흉금 열고, 홀로 잔 들며 격식 없이 길게 휘파람 부는 모습, 그것이 어떻습니까!

초옥삼간(草屋三間) 용슬리(容膝裏) 앙앙(昂昂) 일한인(一閒人) 재창(再唱)

금서(琴書)를 벗을 삼고 송죽(松竹)으로 울을ᄒ니

소소생사(簫簫生事)와 담담금회(淡淡襟懷)예 진념(塵念)이 어디나리.

시시(時時)예 낙조진청(落照趁淸) 노화안홍(蘆花岸紅)ᄒ고,

잔연대풍(殘烟帶風) 양류(楊柳) 비(飛)ᄒ거든,

일간죽(一竿竹) 빗기안고 망기반구(忘機伴鷗) 경(景) 긔엇다 ᄒ니잇고

(제2장)

▶ 현대어 풀이

초가삼간 좁은 방, 뜻 높은 한 사람,(재창)

가야금, 책, 벗을 삼고 · 송죽(松竹)으로 울을 삼아,

평온히 사는 일, 소박한 욕심, 속세 명리 왜 생각하랴.

때때로 지는 해 맑고, 갈대 강가에 붉고,

남은 안개, 바람 띠고 버드나무 날리거든,

낚싯대 빗기 안고, 속세 잊고 갈매기와 노는 모습, 그것이 어떻습니까!

사하사호(士何事乎) 상지이이(尙志而已) 재창(再唱)
과명손지(科名損志)ㅎ고 이달해덕(利達害德)이라.
모르미 황권중(黃券中) 성현(聖賢)을 뫼압고,
언어정신(言語精神) 일야(日夜)애 이양(頤養)ㅎ야,
일신(一身)이 정(正)ㅎ면 어디러로 못가리오
부앙(俯仰) 회회(恢恢)ㅎ고 왕래(往來) 평평(平平)ㅎ니,
갈길롤 알오 입지(立志)를 아니ㅎ랴.
벽립만인(壁立萬仞) 뇌락불변(磊落不變)ㅎ야,
교교연(嘐嘐然) 상우천고(尙友千古) 경(景) 긔엇다 ㅎ니잇고.(제3장)

▶ 현대어 풀이

선비는 무얼 할까, 고상한 뜻뿐이로다.(재창)
급제의 명예, 뜻을 깎고, 이익 영달, 덕(德) 해치네.
모름지기 책속에서 성현을 뫼시고,
언어 정신을 하룻밤에 가다듬어,
이 한 몸 반듯하면 어딘들 못 가리오
굽어보면 여유롭고, 왕래는 평범하니,
내 갈 길 알아서 뜻 세우지 아니하리?
만길 낭떠러지, 구애받지 아니하고,
큰 뜻 품고 성현과 벗 삼는 모습, 그것이 어떻습니까!

입산(入山) 공불심(恐不深) 입림(入林) 공불밀(恐不密)
관한지야(寬閒之野) 적막지빈(寂寞之濱)에 복거(卜居)를 정(定)ㅎ니
야복황관(野服黃冠)이 어조외(魚鳥外) 버디업다.

방교(芳郊)애 우청(雨晴)하고 만수(萬樹)애 花落(화락) 후(後)에,

청려장(靑藜杖) 뷔집고 십리계두(十里溪頭)애 한왕한래(閒往閒來) 호는 뜨든

증점씨(曾點氏) 욕기(浴沂) 풍우(風雩)와 정명도(程明道) 방화수류(傍花隨柳)도 이러턴가 엇다턴고.

난일광풍(暖日光風)이 불꺼니 불거니 홍(興) 만전(滿前)호니,

유연흉차(悠然胸次) ㅣ 여천지(與天地) 만물상하(萬物上下) 동류(同流) 경(景) 긔엇다 호니잇고.(제4장)

▶ 현대어 풀이

산에 들면 깊을까 걱정하고, 숲에 들면 빽빽할까 걱정하며,

한적한 들, 고즈넉한 물가에, 자리를 점쳐 정하고,

허름한 옷, 야인(野人)의 관, 새와 물고기 벗이로다.

들판에 비 개이고, 나무에 꽃 진 후에,

청려장 짚고서, 십 리 되는 시냇가 오락가락 하는 뜻은,

증점씨(曾點氏) 목욕한 후에 바람 쐬고, 정명도(程明道) 꽃 옆에서 버드나무 좇던 모습 이런가 어떻던고

햇볕 비추고 바람 부니 흥취가 내 앞 가득,

마음속 여유로, 천지와 더불어 지내는 모습, 그것이 어떻습니까!

집은 범래무(范萊蕪)의 봉호(蓬蒿) ㅣ오 길은 장원경(蔣元卿)의 화죽(花竹)*)이로다.

백년부생(百年浮生) 이러타 엇다흐리.

진실로 은거구지(隱居求志)호고 장왕불반(長往不返)호면

헌면(軒冕)이 이도(泥塗) ㅣ오 정종(鼎鍾)이 진토(塵土) ㅣ라.

천마상인(千磨霜刃)인들 이뜨들 긋추리랴.

한창려(韓昌黎) 삼상서(三上書)*)는 내의뜨데 구구(區區)호고,

두자미(杜子美) 삼대부(三大賦)*ㅣ 내똥내 행도(行道)ᄒᆞ랴.

두어라 피이작(彼以爵) 아이의(我以義) 불원인지문수(不願人之文繡)ᄒᆞ야

세간만사(世間萬事) 도부천명(都付天命) 경(景) 긔엇다 ᄒᆞ니잇고(제5장)

▶ 현대어 풀이

집은 범래무(范萊蕪)의 쑥대요, 길은 장원경(蔣元卿)의 화죽(花竹)이로다.

부질없는 백년 인생에 이런들 어떠하리.

진실로 은거하여 뜻을 구하고, 죽어서 돌아오지 못한다면,

대부의 수레와 관도 천한 것이요, 종묘의 귀한 그릇도 흙먼지와 다름없다.

천 번 간 푸른 칼날로도 이 뜻을 끊으랴!

한창려(韓昌黎)의 세 번 상서, 내 뜻과 다르고,

두자미(杜子美) 삼대부(三大賦) 내가 행할 도리로다.

두어라, 그들은 벼슬로 행하나 나는 의(義)로써 행하므로 비단옷 원치 않고,

세간 만사가 천명에 달린 모습, 그것이 어떻습니까!

*) 범래무(范萊蕪)의 봉호(蓬蒿)ㅣ오 길은 장원경(蔣元卿)의 화죽(花竹) : 범래무는 후한(後漢) 사람으로, 시호는 정절선생(貞節先生)이다. 식량이 여러 번 떨어졌지만 태연하게 살았던 인물이다. 장원경은 한나라 두릉(杜陵) 사람인데, 일찍이 대나무 아래에다 세 길을 열고 살았다. 그러므로 가난함에 구애되지 않고 자연 속에서 여유롭게 지내겠다는 뜻이다.

*) 한창려(韓昌黎) 삼상서(三上書) : 한창려는 당나라 창려 사람으로서, 당송 8대가 중 한 사람인 한유(韓愈)이다. 세 번 상서를 올렸는데 그때마다 귀양을 가게 되어 벼슬길이 막혔다.

*) 두자미(杜子美) 삼대부(三大賦) : 두자미는 시성(詩聖) 두보를 말한다. 당 현종 때 <대례부(大禮賦)> 3편을 지어 벼슬길로 나가는 길이 열렸다.[199]

군문(君門) 심구중(深九重)ᄒᆞ고 초택(草澤) 격만리(隔萬里)ᄒᆞ니,

십재심사(十載心事)를 어이ᄒᆞ야 상달(上達)ᄒᆞ료.

수봉기책(數封奇策)이 초(草)ᄒᆞ얀디 오래거다.

치군택민(致君澤民)은 내의 재분(才分) 아니런가.

궁경학도(窮經學道)를 뜯두고 이리ᄒᆞ랴.

출하리 장수구학(藏修丘壑) 둔세무민(遯世無悶)ᄒ야 날조춘 번님네 뫼옵고
녹첨(錄籤) 산창(山窓)의 공파유경(共把遺經) 구종시(究終始) 경(景) 긔 엇다 ᄒ니잇고.(제6장)

▶ 현대어 풀이

임금은 구중궁궐에 계셔서 초야 백성 만 리이니,
십년 먹은 마음을 어찌 임금께 아뢰리오
좋은 계책 아뢸 말씀, 써 본지도 오래로다.
벼슬하며 백성들에 은택내림은 내 분수 아니던가.
경서 읽어 도 닦는 데에 뜻을 두고 이리하랴.
차라리 산에 숨어 공부하며 속세 떠나 고민 없이, 나를 따르는 벗님네 뫼시고,
서실(書室) 창에서 경서(經書)를 들고 쭉 탐구하는 모습, 그것이 어떻습니까!

일병일탑(一屛一榻) 좌잠우명(左箴右銘) 재창(再唱)
신목여전(神目如電)이라 암실(暗室)을 기심(欺心)ᄒ며,
천청여뇌(天聽如雷)라 사어(私語)ㄴ들 망발(妄發)ᄒ랴.
계신공구(戒愼恐懼)를 은미간(隱微間)애 닛디마새.
좌여시(左如尸) 엄약사(儼若思) 종일건건(終日乾乾) 석상약(夕惕若) ᄒ논 뜯든
존사천군(尊事天君)ᄒ고 양제외누(攘除外累)ᄒ야,
백체종령(百體從令) 오상불역(五常不斁)ᄒ야
치평사업(治平事業)을 다 이루려 ᄒ엿더니
시야명야(時也命也)인디 흘무성공(迄無成功) 세불아여(歲不我與)ᄒ니,
백수임천(白首林泉)의 ᄒ올 일이 다시 업다.
우읍다 산지남(山之南) 수지북(水之北)애 염장종적(斂藏蹤跡)ᄒ야 백년한로(百年閒老) 경(景) 긔엇다 ᄒ니잇고.(제7장)

▶ 현대어 풀이

병풍 하나 평상 하나, 가르침 적어두고,(재창)

귀신 눈엔 번갯불, 암실인들 제 마음을 속이랴!

하늘엔 천둥소리, 속삭임인들 함부로 하랴!

경계와 삼가와 두려움, 어디서도 잊지 마세.

앉아서 공경, 엄숙한 생각, 종일 노력하고 저녁에도 살펴,

마음으로 섬기고 누 끼치는 일 없애서,

온몸이 영을 따라 사람 도리 싫어 말고,

백성 다스리는 일, 다 이루려 하였더니,

때 아닌지 운명인지, 성공함이 없고, 훌쩍 늙어버렸으니, 흰머리로 산에 묻혀

할 일이 다시없다.

우습다, 산의 남쪽과 물의 북쪽에 종적 감추고 한가히 늙어가는 모습, 그것

이 어떻습니까!

🍃 벼슬보다는 자연을 벗 삼는 즐거움

송암(松巖) 권호문(權好文)은 일찍이 아버지를 여의고, 1561년(29세)에 진사시에 합격한 후, 1564년에 어머니까지 여의자 벼슬을 단념하고 청성산(靑城山) 아래에 무민재(無悶齋)를 짓고 그곳에 은거하였다. 이황을 스승으로 모시고, 같은 문하생 유성룡(柳成龍)·김성일(金誠一) 등과 교분이 두터웠고, 이들로부터 학행을 높이 평가받았다.[201]

내가 만사에 무디고 재주가 없어 육예에 능하지 못해 형체를 세간에 붙이고 살아가나 마음을 정함은 사물밖에 있어서 늙은이의 묵(墨)이 한가한 틈에 경사스러운 날에 모여서 흥이 남에 읊조릴 만한 일이 있어서 발하면 노래가 되고 가락에 맞추면 곡이 되었으며 차례로 적어서 악부에 비기기도 했다. 비록 소리마다 절조는 없으나 자세히 들으면 가사 중에 뜻이 담겨 있고 뜻 중에는 지(指)가 있어서 듣는 자로 하여금 감흥이 일어나 흥탄하게 한다.[202]

자연에 묻혀 사는 중에 흥이 나면 노래를 불렀으니 그에게 노래란 일상이었다. "때론 송월(松月)이 뜰 안에 가득하고 봄꽃이 사람을 붙들고 아름다운 친구가 이곳에 이르면 향기로운 술동이의 잔을 파하고 함께 난간에 의지하여 소리 높여 노래하고 마치 어린애처럼 손과 발로 무용을 하니 유인(幽人)의 낙이 흡족해 은자의 노래와 나무꾼의 노래 사이의 우열을 가릴 수 없다."라고[203] 했다. "무릇 일상의 희로애락의 일어남과 우감비환의 일이 노래함으로써 일이 삭여지고 저절로 속세의 더러운 찌꺼기와 사악한 마음의 방탕도 씻겨 없어지게 된다."고 한 것은 퇴계가 말한 탕척비린(蕩滌鄙吝)이나 감발융통(感發融通)과 일맥상통한다. 전자는 흠이나 허물을 털어낸다는 뜻이고, 후자는 느낌이 전해지고 막힘없이 통하여 문득 깨우치게 된다는[204] 의미이다. 송암도 주문공(朱文公)이 "그 뜻한 바를 읊고 노래를 불러서 성품을 기른다."는 말을 인용하여, 노래로써 그 본성을 기른다고 했다. 또, "아, 소나무 창 몇 수의 노래가 어찌 이른 바람과 저녁달의 움직임에 흔들리는 마음에 다소나마 도움을 주겠는가? 내 이를 즐겨서 이렇게 말할 뿐이다."[205] 하였다.

퇴계는 송암을 "매양 유학자의 기상이 있고, 인품이 맑고 깨끗하여 속된 기운이 없다."고[206] 하였다. <독락팔곡>에서 가장 여러 번 강조한 것이 벼슬은 자신이 바라는 바 아니라는 사실이다. "높은 벼슬 좋은 말, 바라는 바 아니로다.", "평온히 사는 일, 소박한 욕심, 속세 명리 왜 생각하랴.", "대부(大夫)의 수레와 관도 천한 것이요, 종묘의 귀한 그릇도 흙먼지와 다름없다." 등 여러 구절에서 그 뜻을 드러내면서, "선비는 무얼 할까, 고상한 뜻뿐이로다.", "경서 읽어 도 닦는 데에 뜻을 두고 이리하랴.", "서실(書室) 창에서 경서(經書)를 들고 쭉 탐구하는 모습, 그것이 어떻습니까!"라는 지향점을 제시하였다. 선비의 뜻을 해치는 벼슬살이보다는 자연을 벗 삼아 풍류를 즐기며 살겠다는 마음가짐을 표현하고 있다. "선생은 이러한 시대에 조용히 물러나 살면서 덕성(德性)을 함양, 세상사에 아주 뜻을 끊고 산림에 자취를 두고서 풍월을 읊으며 천고의 고인(古人)을 벗하였다."에도[207] 송암의 자세가 들어있다. 말년에 벼슬을 제수받았지만 거절하고, 자신의 마음을 이 노래에 담았다. <독락팔곡>은 경기체가 마지막 작품으로 손꼽히는데, "경(景) 긔엇다 ᄒᆞ니잇고."라는 염(斂) 속에 자신의 경험과 철학과 지향점에 대한 긍지를 담았다 할 수 있다. 그러나 형식적인 측면에서는 정격(正格) 경기체가가 가지던 행의 수, 본사나 엽(葉)에서 재창(再唱)하는 부분 등의 정형성에서 완전히 벗어나서 경기체가 소멸 시기, 마지막 작품으로서의 면모를 여실히 보여주고 있다.

5. 악장(樂章)

◎ 〈감군은(感君恩)〉   상진(尙震, 1493～1564)

> 수희(四海) 바닷기픠는 닫줄로 자히리어니와
> 니믜 덕틱(德澤) 기픠는 어느줄로 자히리잇고
> 향복무강(享福無疆)ᄒᆞ샤 만세(萬歲)를 누리쇼셔
> 향복무강(享福無疆)ᄒᆞ샤 만세(萬歲)를 누리쇼셔
> 일간명월(一竿明月)이 역군은(亦君恩)이샷다

▶ 현대어 풀이
사해 바다 깊이는 닻줄로 잴 수 있지만
임의 은덕 깊이는 어느 줄로 잴 수 있으리.
끝없이 영원히 복을 누리소서.
끝없이 영원히 복을 누리소서.
높이 뜬 밝은 달도 임금님의 은혜로다.

> 태산(泰山)이 놉다컨마는 하늘해 몯미첫거니와
> 니믜 은(恩)과 덕(德)과는 하늘ᄀᆞ티 노ᄑᆞ샷다
> 향복무강(享福無疆)ᄒᆞ샤 만세(萬歲)를 누리쇼셔
> 향복무강(享福無疆)ᄒᆞ샤 만세(萬歲)를 누리쇼셔

일간명월(一竿明月)이 역군은(亦君恩)이샷다

▶ 현대어 풀이

태산이 높다 해도 하늘에 못 미치지만

임의 은혜와 덕망은 하늘처럼 높으시다.

끝없이 영원히 복을 누리소서.

끝없이 영원히 복을 누리소서.

높이 뜬 밝은 달도 임금님의 은혜로다.

스희(四海) 넙다혼 바다홀 쥬즙(舟楫)이면 건나리어니와

니믜 너브샨 은틱(恩澤)을 츠싱(此生)애 갑스오리잇가

향복무강(享福無疆)호샤 만셰(萬歲)를 누리쇼셔

향복무강(享福無疆)호샤 만셰(萬歲)를 누리쇼셔

일간명월(一竿明月)이 역군은(亦君恩)이샷다

▶ 현대어 풀이

사방의 넓은 바다는 배타고 노 저으면 건너겠지만

임의 넓은 은혜는 이승에서 어찌 갚으오리까?

끝없이 영원히 복을 누리소서.

끝없이 영원히 복을 누리소서.

높이 뜬 밝은 달도 임금님의 은혜로다.

일편단심(一片丹心)뿐을 하눌하 아르쇼셔

빅골미분(白骨糜粉)인둘 단심(丹心)잇둔 가시리*)잇가

향복무강(享福無疆)호샤 만셰(萬歲)를 누리쇼셔

향복무강(享福無疆)호샤 만셰(萬歲)를 누리쇼셔

일간명월(一竿明月)이 역군은(亦君恩)이샷다

충성 하나뿐임을 하늘이여 알아주소서.

백골이 가루된들 일편단심 변할쏜가?

끝없이 영원히 복을 누리소서.

끝없이 영원히 복을 누리소서.

높이 뜬 밝은 달도 임금님의 은혜로다.

(『양금신보(洋琴新譜)』)

*) 가시다 : 고치다, 변하다.

☙ 덕(德)으로만 살던 정승, 〈감군은(感君恩)〉 한 곡조를 연주하다

　〈감군은(感君恩)〉의 작가에 대해서는 이견이 분분하여, 작자미상이라 소개하는 경우도 많다. 그러나 교주 『가곡집』 전집(前集) 권4 〈감군은〉의 부기에는 '상진(尙震)'을 작가로 기록하면서 "상진의 자는 기부(起夫) 호는 송현(松峴) 혹은 범허정(泛虛亭)이고 목천(木川)인이다. 중종 기묘년에 과거에 급제하여 벼슬이 영의정에까지 올랐는데, 계축년에 태어나 갑자년에 돌아갔으며, 시호(諡號)는 성안(成安)"이라 하였다. 또 "『고금가곡』의 주에 영의정 상진이 거문고를 배워 〈감군은〉 1곡을 연주하였고, 73세를 일기로 돌아갔다는데 〈감군은〉은 그가 스스로 지은 것"이라고 소개하였다. 『명종실록』 영중추부사 상진(尙震)의 졸기에[208] 그가 〈감군은〉을 지은 일에 대한 다음과 같은 언급이 있어 논란의 여지를 줄여주고 있다.

　그의 자(字)는 기부(起夫)이다. 사람됨이 너그럽고 도량이 있었으며 침착하고 중후하여 남과 경쟁하지 않았다. 보는 사람들이 정승감으로 기대하였다. 어렸을 적에 멋대로 행동하면서 공부하지 않았으므로 일찍이 같은 재사(齋舍)의 생도에게 욕을 당했었다. 이에 드디어 분발하여 독서하면서 과거 공부를 하여 날로 더욱 진보되어 오래지 않아 사마시(司馬試)에 합격하였다.

　평생에 남의 잘못을 말하지 않았으며 사은(私恩)을 많이 심어 많은 사람들의 칭찬을 얻었다. 전후 고시관(考試官)이 되어서는 반드시 나쁜 답안지를 취하여 따로 두었다가 점수 매기기가 끝나기를 기다려 내어 보이면서,

"이와 같은 것도 취할 수가 있겠는가?"

하였다. 하관(下官)이 모두 비웃으며 떨어뜨리려 하니, 다시,

"이 사람은 복(福)이 있는데 어찌 꼭 억지로 물리치겠는가."

하였다. 이 때문에 상진으로 말미암아 합격한 사람이 매우 많았으므로 세상 사람들이 모두 그의 덕에 쏠리었다. 벼슬을 구하는 사람이 있으면 반드시 먼저 그의 운명을 점쳤으며, 집에 있을 때에 법도가 없어서 종의 말을 듣고 벼슬을 임명하도록 청탁하였으므로 진(鎭)이나 포(浦)의 작은 벼슬이 그의 집안에서 많이 나왔다.

모든 의논에 있어서 옳고 그름을 따지지 않고 오직 남의 의견을 따랐으므로, 을사년 간에 말한 것이 권간(權奸)과 합하는 것이 많았다. 정언각(鄭彦慤)이 전라도 관찰사가 되어 남의 종을 빼앗으려고 꾀하다가 일이 발각되자, 상이 잡아다 추고하게 하였다. 이때 상진이 경연 석상에서 아뢰기를,

"언각의 성품이 곧으니 반드시 이런 일이 없을 것입니다."

하고는, 힘써 구원하여 주었다.

진복창(陳復昌)이 한창 총애를 받아 권력을 휘두를 적에, 언젠가 술에 취하여 상진을 방문하고는 거만한 태도로 무례히 행동하였다. 농으로,

"상씨(尙氏) 어른! 노래하시오."

하니, 상진은 본디 노래를 잘하지 못하였으나 흔연히 노래를 불러 그의 뜻을 기쁘게 해주었다. 돌아가고 나서는 탄식하면서 슬퍼하기를,

"내가 이 사람에게 욕을 당하였다."

하였다. 이양이 서법(書法)에 조금 뛰어났는데, 한창 권력을 휘두를 적에 상진이 병풍 글씨를 써주기를 구하여 궤장(几杖)을 하사(下賜)받는 잔치에 쳐 놓았다. 이양도 그 연회에 참석하였는데, 상진이 병풍을 가리키면서 이양에게,

"하늘이 이 보물을 주어서 나의 노경(老境)을 즐겁게 해주었다."

하였다. 그가 세상에 아첨하고 남을 기쁘게 해주는 것이 대략 이러하였다. 직책은

수행하지 못하면서 벼슬만 차지하여 하는 일 없이 봉록(俸祿)만을 타먹으며 처음부터 끝까지 귀히 되고 현달하여 하루도 곤궁함이 없었다. 임종(臨終) 무렵 자제들에게 말하기를,

　"내가 죽거든 비(碑)는 세우지 말고 다만 단갈(短碣)을 세우되, 거기에 '공은 늦게 거문고를 배워 일찍이 감군은(感君恩) 한 곡조를 연주하였다.'고만 쓰면 족하다." 하였다.

◎ 〈몽금척(夢金尺)〉　정도전(鄭道傳, 1342~1398)

惟皇鑑之孔明兮 하늘의 살피심이 심히 밝으셔서,
吉夢協于金尺 길몽(吉夢)이 금자에 맞으셨습니다.
淸者耄矣兮 깨끗한 사람은 늙었고,
直其戇緊 강직한 사람은 고지식하니,
有德焉是適 덕망이 있는 사람에게 이것이 적합하였습니다.
帝用度吾心兮 상제(上帝)는 우리의 마음을 헤아려서
俾均齊于家國 국가를 정제(整齊)하게 했으니,
貞哉厥符兮 꼭 맞은 그 증험은
受命之祥 천명(天命)을 받은 상서(祥瑞)입니다.
傳子及孫兮 아들에게 전하여 손자에게 미치니,
彌于千億 천억 년(千億年)까지 길이 미치겠습니다.

🌥 하늘이 내린 상서로운 기운

　무왕(武王)이 주(紂)를 정벌할 때에 '짐(朕)의 꿈이 짐(朕)의 점[卜]과 합하여 좋은 상서(祥瑞)에 합치되었다.'고 한 말과, 광무제(光武帝)의 적복부(赤伏符)*와 같은 종류가 전책(典冊)에 기재된 것은 속일 수 없는 것입니다. 주상 전하께서 잠저(潛邸)에 계실 때에, 꿈에 신인(神人)이 금자[金尺]를 받들고 하늘에서 왔는데, '경 시중(慶侍中)*은 깨

끗한 덕행은 있으나 또한 늙었으며, 최 삼사(崔三司)*)는 강직한 명성은 있으나 고지식하다.' 하고는, '전하(殿下)는 자질이 문무(文武)를 겸비했으며 덕망도 있고 식견도 있으니, 백성의 신망과 바람이 몰리게 되었다.' 하면서, 이에 금자를 주었던 것입니다.[209] <몽금척>은 이성계가 아니고서는 이 시대를 이끌어 갈만한 인물이 없음을 강조한 악장으로서, 하늘의 명령과 보살핌으로 조선을 건국했음을 피력하고 있다.

*) 적복부(赤伏符) : 후한(後漢) 광무제(光武帝)가 제위(帝位)에 오를 때에 하늘로부터 내려 받았다는 적색(赤色)의 부절(符節).
*) 경 시중(慶侍中) : 경복흥(慶復興).
*) 최 삼사(崔三司) : 최영(崔瑩).

◎ 〈수보록(受寶錄)〉   정도전(鄭道傳, 1342~1398)

彼高矣山 저 높은 산에는
石與山齊 돌이 산과 가지런했는데,
于以得之 여기서 이를 얻었으니
實維異書 실로 이상한 글이었습니다.
桓桓木子 용감한 목자(木子)*)가
乘時而作 기회를 타서 일어났는데,
誰其輔之 누가 그를 보좌하겠는가?
走肖其德 주초(走肖)*)가 그 덕망 있는 사람이며,
非衣君子 비의(非衣) 군자(君子)*)는
來自金城 금성(金城)에서 왔으며,
三奠三邑 삼전 삼읍(三奠三邑)*)이
贊而成之 도와서 이루었으며,
奠于神都 신도(神都)에 도읍을 정하여
傳祚八百 왕위를 8백 년이나 전한다.
我龍受之 우리 임금께서 받았으니,

曰維寶籙 보록(寶籙)이라 하였습니다.

(『태조실록』 권4)

*) 목자(木子) : 이성계(李成桂).
*) 주초(走肖) : 조준(趙浚).
*) 비의(非衣) 군자 : 배극렴(裵克廉).
*) 삼전 삼읍(三奠三邑) : 정도전(鄭道傳).

<수보록(受寶籙)>은 태조의 즉위년, 즉 임신년에 지은 한문 악장이다. 이성계가 잠저(潛邸)에 있을 때에, 어떤 사람이 지리산(智異山) 석벽(石壁) 속에서 이상한 글을 얻어 바쳤는데, 뒤에 임신년에 이르러, 그 말이 그제야 맞게 되었으므로, <수보록>을 지었고, 이성계가 받았으니 보록(寶籙)이라 했다고 적었다.

석벽 속의 글에 이르기를, "목자(木子)가 돼지를 타고 내려와서 삼한(三韓)의 땅 경계를 다시 바로잡도다." 하였고, 비서(秘書)에 이르기를, "목자 장군의 칼이요, 주초(走肖) 대부의 붓이로다. 비의(非衣) 군자의 지혜로 다시 삼한을 바로잡았도다." 하였다. 주초는 조준(趙浚)을 이름이요, 비의(非衣)는 배금렴(裵克廉)을 이름이다. 또 이르기를, "삼전 삼읍이 응당 삼한을 없앨 것이다." 하였으니, 이는 공(정도전)·정총(鄭摠)·정희계(鄭熙啓)를 이름이요, 또 이르기를 "조선은 대로는 800대, 햇수로는 8천 년을 내려갈 것이라" 하였다.[210]

전하께서 처음 왕위에 오르시매, 상법(常法)을 만들고 기강(紀綱)을 베풀어 백성들과 더불어 혁신(革新)하게 되니 칭송할 만한 것이 많았습니다. 그 큰 것을 들어 말한다면, 언로를 열어 공신을 보전하고, 토지 제도를 바로잡고 예악을 정하였으며, 궁궐은 엄하여 아홉 겹이나 깊었으며, 만기(萬機 : 임금이 보살피는 정무(政務))는 하루 동안에도 매우 번잡하온데, 군왕께서는 민정(民情)을 통하게끔 하여, 크게 언로를 열어 사방의 견문을 통하게 하였습니다. 언로를 열어 놓은 것은 신의 본 바이오니, 우리 임금의 덕은 순제(舜帝)와 같습니다. 성인이 천명을 받아 왕위에 오르니, 많은 선비가 다투어 일어나서 구름처럼 따랐습니다. 계책을 부리고 힘을 써서 그 공을 함께 이루었으니, 산하로써 맹세하여 시종을 보전했습니다. 공신을 보전한 것은 신의 본 바이오니, 우리 임금의 덕을 무궁한 세대에까지 전하겠습니다. 토지제도가 무너졌는데 오래도록 정리하지 않으니, 강한 사람은 합치고 약한 사람은 줄어들어 기세가 대단했습니다. 우리 임금께서 이를 바로잡은 지 겨우 1주년에 국가의 창고는 꽉 차고 백성은 휴식하게 되었습니다. 토지

제도를 바르게 한 것은 신의 본 바이오니, 임금께서 즐거워하여 천 년까지 누리겠습니다. 정치하는 요령은 예악에 있으니 가까이는 규문(閨門)에서부터 나라에 이르게 됩니다. 우리 임금께서 이를 정하여 법칙을 전하였으니, 질서 정연하게 차례대로 되고 화락(和樂)으로써 기쁘게 되었습니다. 예악을 정한 것은 신의 본 바이오니, 공이 이루어지고 정치가 안정되어 천지에 필적(匹敵)하겠습니다."[211]

<수보록>은 하늘과 신이 이성계를 도왔으니, 조선의 건국은 필연적이고 정당한 일임을 강조하고 있다. 아울러, 언로를 열어 공신을 보전하고, 토지 제도를 바로잡고, 예악을 정하고, 민정을 세심하게 살핀 인물임을 대외에 천명한 악장이다.

◎ 〈궁수분곡(窮獸奔曲)〉　정도전(鄭道傳, 1342~1398)

> 有窮者獸 곤궁한 짐승이
> 奔于險巇 위험한 곳으로 달아나는데,
> 我師覆之 우리 군사가 이를 덮치니,
> 左右離披 좌우에서 활짝 갈라졌습니다.
> 或殲或獲 혹은 죽이고 혹은 잡았으며,
> 或走或匿 혹은 달아나고 혹은 숨었습니다.
> 死者粉麋 죽은 사람은 부스러져 가루가 되고,
> 生者褫魄 산 사람은 넋을 빼앗겼습니다.
> 不崇一朝 하루아침도 지나지 않았는데,
> 廓爾淸明 난을 평정하여 청명(淸明)해졌습니다.
> 奏凱以旋 개가(凱歌)를 부르면서 돌아왔으니,
> 東民以寧 동방의 백성이 편안해졌습니다.
> 　【右言其敗倭寇之功】(위는 왜구(倭寇)를 물리친 공을 말한 것이다)

🐾 화살을 맞고도 물러날 줄 모르는 용맹

<궁수분곡(窮獸奔曲)>은 1393년(태조2)에 지은 송축가로, 태조가 왜구를 물리친 공을 기린 작품이다. 왜구를 짐승에 비유하면서, 태조가 지리산에서 왜구를 대파하여 백성들을 편안하게 한 일을 칭송했다. 『삼봉집』에도 "경신년(1380) 가을에 우리 태조는 왜적(倭賊)을 지리산(智異山)에서 만나 싸워 크게 깨뜨리니 왜적은 이로부터 감히 육지에 올라 소란을 부리지 못하여 백성들이 편안하였다."는[212] 부기를 달았다.

이 싸움에서 보인 태조 이성계의 전공 가운데 눈에 띄는 일을 들면 다음과 같다. 먼저, "태조가 험한 길에 들어서니 과연 적의 기예(奇銳) 부대가 튀어나왔다. 태조가 대우전(大羽箭) 20개를 쏘고 계속하여 유엽전(柳葉箭)을 50여 발이나 쏘아 모두 그 얼굴을 맞히니 활시위 소리에 따라 죽지 않는 자가 없었다. 모두 3번을 만나 무찔러 섬멸하였다. 또 땅이 진흙 속이어서 적편과 우리가 함께 그 속에 빠져 서로 엎치락뒤치락 하였는데, 나와서 보니 죽은 것은 모두 적이고, 우리 군사는 한 사람도 상하지 않았다."(『고려사절요』 권31, 신우 6년 8월) 했다. 또, "조금 뒤에 태조가 다시 나팔을 불게 하여 군사를 정돈하고, 개미처럼 기어올라 적진에 충돌하였다. 적장 한 사람이 창을 끌고 곧 태조의 뒤로 달려와 매우 위급하였는데, 부하 장수 이두란(李豆蘭)이 말을 달려 크게 부르기를, "영공(令公)은 뒤를 보시오 영공은 뒤를 보시오" 하였으나 태조가 미처 보지 못하므로 두란이 쏘아 죽였다. 태조는 말이 화살에 맞아 거꾸러지면 바꿔 타고, 또 맞아서 거꾸러지면 또 바꿔 탔으며, 나는 화살이 태조의 왼편 다리를 맞히니 태조가 화살을 빼어 버렸는데, 기운은 더욱 씩씩하여 싸움을 더 급하게 하였다. 군사들은 태조가 부상한 것을 알지 못했다. 적이 태조를 두어 겹으로 포위하였으나 태조가 기병 두어 사람과 함께 포위를 뚫고 나왔다. 적과 또 충돌하여 태조가 선 자리에서 8명을 죽이니, 적이 감히 앞으로 나오지 못하였다. 태조가 하늘과 해를 가리켜 맹세하고, 좌우를 지휘하여 말하기를, "겁나는 사람은 물러가라. 나는 적에게 죽겠다." 하니, 장사들이 감동하고 분발하여 용기가 백배해서 사람마다 죽을힘을 다해 싸웠다."[213] 한다. 그러니 왜적의 괴수들도 그의 용맹에 감복하

여 매양 그를 볼 때마다 반드시 꿇어 엎드렸고, 군중이 그의 호령에 따라서 모두 퇴진하였다 한다.

◎ 〈정동방곡(靖東方曲)〉　　정도전(鄭道傳, 1342~1398)

繄東方阻海陲	동방은 바다 모퉁이에 막혔는데,
彼狡童竊天機ᄒ니이다.	저 교동(狡童)*)이 임금의 자리를 도적질했습니다.
偉東王德盛	아, 임금의 덕 성하여라!
肆狂謀興戎師	미친 계획을 자행(恣行)하고 군사를 일으켜,
禍之極靖者誰어니오	화(禍)가 극도에 달했으니 평정할 자 누구인가!
偉東王德盛	아, 임금의 덕 성하여라!
天相德回義旗	하늘이 덕망 있는 사람을 도와 의기(義旗)를 돌이켜서,
罪其黜逆其夷ᄒ샷다	죄 있는 자는 내쫓고 반역한 자는 죽였습니다.
偉東王德盛	아, 임금의 덕 성하여라!
皇乃懌覃天施	황제가 이에 기뻐하여 은혜를 미치게 하여,
軍以國俾我知ᄒ샷다	군사가 나라로써 우리에게 알게 하였습니다.
偉東王德盛	아, 임금의 덕 성하여라!
於民社有攸歸	백성과 사직(社稷)이 돌아가는 데가 있으니,
千萬世傳無期ᄒ쇼셔	천만세(千萬世)까지 기한 없이 전하겠습니다.
偉東王德盛	아, 임금의 덕 성하여라!
【右言其回軍之功】	(위는 그 군사를 돌이킨 공을 말한 것이다)

(『악장가사(樂章歌詞)』)

*) 교동(狡童) : 교활한 아이. 곧 신우(辛禑)를 지칭한 말이다.

🍃 반역(叛逆)을 공으로 만들다

정도전이 1393년에 지은 송도가(頌禱歌)이다. 위의 작품은 『악장가사』와 『조선왕조실록』에 실려 있다. 『악장가사』에는 "아, 임금의 덕 성하여라!(偉東王德盛)"라는 후렴과 "흐니이다"·"흐샷다" 등의 현토(懸吐)를 더했다. <정동방곡>은 <궁수분곡>·<납씨곡>과 함께 무공곡(武功曲)의 하나로 송축가에 해당한다. 태조가 위화도에서 회군한 사실을 찬양하였다. 정도전이 "전하의 많은 덕과 신묘한 공을 서술하여 창업의 어려움을 형용하려고 <문덕곡(文德曲)>과 <무덕곡(武德曲)>을 지었다 하니,[214] 태조가 <문덕곡>을 노래하게 하고, 정도전에게 "경이 일어나서 춤을 추라."하니 도전이 즉시 일어나 춤을 추었다는[215] 일화는 이와 같은 악장의 창작 목적과 가창 상황을 잘 보여주고 있다. "저 교동(狡童)이 임금의 자리를 도적질했다." 한 것은 고려의 우왕을 신우(辛禑)로 폄하한 대목이다. 명(明)나라가 무리한 공물을 요구하고, 철령위를 설치하여 고려의 땅 일부를 요동에 속하게 하자, 우왕은 최영과 함께 비밀리에 요동을 칠 것을 의논하였다. 이에 이성계는 여러 장수들에게, "만일 명나라(上國)의 국경을 침범하여 천자에게 죄를 얻게 되면 그 재앙이 종묘사직과 백성들에게 미칠 것이다. 내가 정중하게도, 혹은 거스르면서까지 회군하기를 요청하였으나 왕이 살피지 못하고 최영이 또 늙고 어두워 듣지 않으니, 내가 공들과 더불어 돌아가 왕을 뵙고 친히 화와 복의 까닭을 전하고 왕 옆의 악한 사람을 제거하여 백성들을 편안하게 하려 하는데 어떠한가?"[216]라고 하니 여러 장수들이 그의 말을 따랐다. 이것이 위화도 회군이다. 우왕의 입장에서는 반역에 가까운 거역이나 <정동방곡>에서는 이를 "군사를 되돌린 공"으로 극찬하고 있다. 『삼봉집』에는 "무진년(1388) 봄에 우(禑)가 군사를 일으켜 요동을 공격하자 우리 태조가 우군장(右軍將)으로 여러 장수를 깨우치고 이끌어 의(義)로써 회군(回軍)하였다."(권2, 악장)고 했다. 이성계가 회군하니 동북면의 백성들이 몰려와 기뻐하며 칭송했다 하였고, 이성계의 이 공을 천만세에 길이 전하겠다고 했다. 이성계가 <문덕(文德)>·<무덕(武德)> 두 곡을 듣고서, "노래로 공덕을 송축하는 것이 실로 실정보다 지나쳐 매번 이 곡을 들을 때마다 나는 몹시 부끄럽다." 하니, 정도전이 대답하기를, "전하께서 이런 마음을 갖고 계시기 때문에 노래를 짓게 된 것입니다." 하니[217] 악장의 가창 공간을 짐작해볼 수 있다.

<서경별곡>의 악곡에 맞추어 <정동방곡>을 부르고, 『삼봉집』에는 후렴을 "위동

왕덕성다리리(爲東王德盛多里利)"라 하여 <서경별곡>의 후렴구 "~다링디리"를 따왔으니, <정동방곡>은 <서경별곡>의 음악적·문학적 영향 하에서 불리었음을 알 수 있다. "태조·태종·세종의 종헌 악장(終獻樂章)은 모두 <정동방곡>을 썼으니, 오는 갑술년에 문종을 문소전(文昭殿)에 부묘(祔廟)할 때도 종헌 악장은 또한 마땅히 <정동방곡>을 쓰고, 예문관(藝文館)으로 하여금 초헌(初獻)·아헌(亞獻)의 악장을 지어 올리게 하소서." 한 것을[218] 보면, <정동방곡>은 궁중의 제사나 회례연(會禮宴)에 두루 쓰인 악장임을 알 수 있다.

◎ 〈월인천강지곡(月印千江之曲)〉　세종대왕

외巍외巍 셕釋가迦뿔佛 무無량量무無변邊 공功득德을 겁劫겁劫에 어느 다 술ᄫᅳ리(1장)

▸ 현대어 풀이
우뚝한 석가불의 헤아릴 수 없는 공덕을 대대로 어찌 다 말할 수 있겠습니까?

셰世존尊ㅅ 일 술ᄫᅩ리니 먼萬리里 외外ㅅ 일이시나 눈에 보논가 너기ᅀᆞᄫᅩ쇼셔
세존ㅅ 말 술ᄫᅩ리니 쳔千지載쌍上ㅅ 말이시나 귀예 듣논가 너기ᅀᆞᄫᅩ쇼셔(2장)

▸ 현대어 풀이
석가세존 일을 말하려 하니, 만 리 밖의 일이지만 눈으로 보는 것처럼 여기소서.
세존의 말 전하려 하니, 천 년 전에 하신 말씀이시지만, 귀에 듣는 것처럼 여기소서.

> 하阿숭僧끼祇젼前 셰世겁劫에 님금 위位ㄹ ㅂ리샤 졍精샤숨애 안잿더시니
> 오五빅百젼前셰世 휜怨쓩讎ㅣ 나랏 쳔 일버사 졍精샤숨룰 디나아가니(3장)

▶ 현대어 풀이

오래 전 세상에 임금 자리를 버리시고 도량에 앉아 계셨는데,
오백 년 전의 원수가 나라의 돈을 훔쳐서 도량을 지나갔다.

> 횡兄님올 모룰씨 발자쵤 바다 남기 쎄여 셩性명命을 ᄆ᷒ᄎ시니
> ᄌ子식息 업스실씨 몸앳 필 뫼화 그르세 담아 남男녀女를 내ᅀᅳ᷒ᄫᆞ니(4장)

▶ 현대어 풀이

형님을 몰라보고, 발자취를 밟아 나무에 꿰어, 목숨을 마치시니
자식이 없으신 까닭에, (대구담大瞿曇이) 몸의 피를 그릇에 담아, 남녀를 만들었다.

> 어엿브신 명命즁終에 감甘자蔗씨氏 니ᅀᅳ샤몰 때大꾸瞿땀曇이 일우니이다
> 아득ᄒᆞᆫ 횡後셰世예 셕釋가迦쀓佛ᄃᆞ외싫둘 포普광光쀓佛이니ᄅᆞ시니이다
> (5장)[219]

▶ 현대어 풀이

가련하게 생명 마친 후에, 감자씨(甘蔗氏) 이으심을 대구담이 이루었습니다.
아득한 후세에 석가불이 되실 것을 보광불이 말씀하셨습니다.

> 무無량量겁劫 부톄시니 주거가는 거싀 일올 몯 보신 둘 매 모ᄅᆞ시리
> 쪙淨거居텬天 죻澡쀵餠이 주근 벌에 ᄃᆞ외야날 보시고사 안디시 하시니
> (43장)

오래 전부터 계신 부처이시니 죽어가는 것의 일을 보지 않으신들 왜 모르시리까?
도솔천(兜率天) 조병(澡缾)이 죽은 벌레가 되었거늘 (이것을) 보시고서야 안
듯 하셨습니다.

잡雜춤草목木 것거시다가 ᄂᆞ출 거우ᅀᆞᄫᆞᆫ둘 ᄆᆞ슴 잇둔 뮈우시리여
한낱 뿔ᄋᆞᆯ 좌샤 술히 여위신들 금金식色 잇둔 가시시리여(62장)

▶ 현대어 풀이

잡초와 나무 꺾어다가 (태자의) 얼굴을 거역한들 마음이야 움직이실 것인가?
한 개의 쌀을 잡수시어 살이 여위신들 금빛이야 변하겠습니까?

똑毒킈氣롤 내니 고지 더외어늘 모딘 룡龍이 노怒롤 더ᄒᆞ니
블이 도라 디고 춘 ᄇᆞ람 불어 능 모딘 룡龍이 노怒랄 그치니(102장)

▶ 현대어 풀이

(용이) 독기를 뿜어도 (세존이) 꽃으로 바꾸시니 모진 용(龍)이 화를 내었습니다.
(용이 뿜어낸) 불이 도리어 떨어지고 찬바람이 불거늘 모진 용(龍)이 화를 그
쳤습니다.

🍃 달빛이 온 강을 비추는 것처럼

'월인천강(月印千江)'이라는 명칭 자체도 부처의 공덕을 칭송한 것으로서, "부톄 빅
흑셰개(百億世界)예 화신(化身)ᄒᆞ야 교화(敎化)ᄒᆞ샤미 ᄃᆞ리 즈믄 ᄀᆞᄅᆞ매 비취요미 ᄀᆞᆮᄒᆞ
니라.(부처가 백억세계에 화신하여 교화하심이 달이 천(千) 강에 비치는 것과 같으니라)"(『월인석보
(月印釋譜)』권1)라고 한 주석에서 보듯이, 곧 부처가 세계 여러 곳에 모습을 바꾸어

나타나셔서 중생을 교화하시는 것이 달이 시간과 공간을 초월해서 수많은 강에 비치는 것과 같다는 의미를 담고 있다.

세종 28년 세종의 비 소헌 왕후가 승하하자 아들인 수양대군이 모후의 명복을 빌기 위하여 석가의 일대기 <석보상절>을 편찬하였다. 1447년 책이 완성되자 세종이 이를 읽고 그 내용에 맞추어 석가불의 공덕을 기리는 노래를 지었으니 이것이 바로 <월인천강지곡>이다.

1장과 2장은 석가세존의 공덕을 칭송하고 있다. 석가모니는 B.C. 623년 룸비니 동산 무우수(無憂樹) 아래서 가비라 성주 정반왕(淨飯王)의 태자로 태어나, 나면서 바로 동서남북 4방으로 7보씩 걸으며 "천상천하(天上天下) 유아독존(唯我獨尊)"이라 외쳤다 한다. 29세에 왕성의 사문(四門)으로 다니면서 노인·병자·사자(死者)·승려를 보고 출가할 뜻을 내어 속복을 벗었고, 선인(仙人)을 만나 6년 동안 고행을 한 끝에 금욕(禁慾)만으로는 아무 이익이 없음을 알고 불타가야(佛陀伽耶)의 보리수나무 아래에 단정히 앉아 사유하여 마침내 대오철저(大悟徹底)하여 불타가 되었다. 이후 여러 나라를 돌아다니면서 여러 중생들을 교화하여 불교에 귀의시키다가 49년 동안의 전도생활을 마치고 밤중에 열반에 들었다. 때는 B.C. 544년, 2월 15일, 나이 80이었는데, <월인천강지곡> 1장은 그 공덕을 기리는 장이고 2장은 세존의 일을 눈에 보는 듯이 귀에 듣는 듯이 여기라고 당부하는 장으로서 모두 <월인천강지곡> 전편의 서사에 해당한다. <월인천강지곡> 3~13장은 석가모니의 전생을 이야기한다.

14장에서 50장은 석가모니가 현세에 내려와 왕자로 살아가는 이야기인데, 위의 43장은 "부처가 도솔천에 계실 때 호명대사(護明大士)라는 부처로 신통력이 높았으므로 전 세상의 일이나 앞 세상의 생로병사에 관한 일을 환히 알았다"는 내력, "태자가 종자(從者)를 데리고 궁성(宮城)을 나서서 나는 새가 벌레 쪼아 먹는 것을 보시고는 자비심(慈悲心)이 일어 윤회가 무상함을 느끼게 되는" 내력을 담고 있다.[220] 51장에서 66장은 출가하여 고행 수도하는 이야기를 담았는데, 위의 62장은 "태자가 단좌(端坐)하여 정기를 잃지 않고 고행할 때, 장난꾸러기 아이들이 호기심으로 나무로 그의 귀를 찔러 양쪽 귀를 꿰뚫었으나 미동도 하지 않은 일", "고행 중에 삼씨 한

톨 또는 쌀 한 톨을 먹고 몸이 여위어 가죽과 뼈만 남았지만 몸에서 발산하는 찬란한 금빛은 가시지를 않은" 사연을 담고 있다.[221]

67장에서 194장은 석가가 깨달음에 이르러 중생을 교화, 제도하는 이야기를 전하는데, 102장은 "용당(龍堂)의 용이 뿜어내는 불을 한낱 꽃으로 바꾸어 떨어뜨리어 용이 성을 낼 수 없도록 만든" 석가세존의 신통력을[222] 적고 있다. "임금이 사정전(思政殿)에 나아가 종친·재신·제장(諸將)과 담론(談論)하며 각각 술을 올리게 하고, 또 영순군(永順君) 이부(李溥)에게 명하여 8기(妓)에게 언문 가사(諺文歌辭)를 주어 부르도록 하니, 곧 세종(世宗)이 지은 <월인천강지곡(月印千江之曲)>이었다. 임금이 세종을 사모하여 묵연(默然)히 호조 판서(戶曹判書) 노사신(盧思愼)을 불러 더불어 말하고, 한참 있다가 눈물을 떨구니, 노사신도 또한 부복(俯伏)하여 눈물을 흘리므로 좌우가 모두 안색이 변하였는데, 명하여 위사(衛士)와 기공인(妓工人)을 후하게 먹이게 하였다."[223] 한 것은 <월인천강지곡>이 불리어지는 가창 장면을 담고 있다. 석가세존의 공덕을 기리는 가운데, 만백성들이 그 은혜를 고루 느낄 수 있도록 모름지기 임금은 덕치를 베풀어야 한다는 다짐과 권계를 담았다고 확대해석할 수도 있겠다.

6. 시조(時調)

> 흔 손에 가시를 들고 쏘 흔손에 막디 들고
> 늙는 길 가시로 막고 오는 백발(白髮) 막디로 치랴터니
> 백발(白髮)이 제 몬져 알고 즈럼길로 오더라
> (우탁禹倬, 1263~1342, 『병와가곡집』, 『역·시』 3177, 이삭대엽二數大葉
> /농가弄歌)

▶ 현대어 풀이
한손에 가시를 들고 또 한손에 막대를 들고

늙은 길 가시로 막고 오는 백발 막대로 치려하였더니
흰머리가 제 먼저 알고 지름길로 오더라.

🐌 만물에 흥함이 있으면 당연히 쇠함도 있는 법

가시나 막대로도 가는 세월을 막을 수 없다. 이 작품 외에도 우탁은 "춘산(春山)에 눈 노긴 ᄇᆞ람 건듯 불고 간ᄃᆡ 업다/져근듯 비러다가 불리고쟈 마리우희/귀밋ᄐᆡ 히무근 서리를 노겨볼가 ᄒᆞ노라",[224] "늙지 말려이다 다시 져머 보려튼니/청춘(靑春)이 날 소기고 백발(白髮)이 거의로다/잇다감 곳밧츨 지날제면 죄(罪) 지은 듯 ᄒᆞ여라."[225]라는 시조를 지었으니 사람이 늙어가는 문제에 대해 유난히 관심이 많고 예민하게 반응한 것으로 보인다. 머리가 희어지면 봄눈 녹듯이 사라질 날을 기대할 수 없으니 청춘을 되돌려 다시 젊어지기란 어림없는 바람이다. '가시'와 '막대', '눈 녹이는 봄바람'으로써 흰머리를 어찌 막을 수 있겠는가. 우탁의 작품은 다시 젊어지려고 안간힘을 쓰는 시적 화자의 익살스런 모습을 통해 "자연스런 우주의 섭리, 자연의 피할 수 없는 순리"를 표현하고 있다. 이 시조는 세월을 돌이킬 수 없으니 늙어짐을 피하려 하지 말라는 역설일 수도 있고, 제 아무리 발버둥 쳐도 불현듯 다가서는 늙음에 대한 야속하고 서운한 감정을 담은 것일 수도 있다. "어와 세상 소년들아/백발 보고 반절마라/어지 청춘 오늘 백발/그 아니 가련하냐/오는 백발 막대 치고/늙은 청춘 가시 막고/백발이 제 먼저 알고/주름살을 타고 온다."(<백발가>6)라는[226] 민요가 있어 우탁의 시조와 민요와의 친연성을 가늠해보게 하고, 성현의 <백발요> "지사는 시대 위해 온갖 근심 품지마는/청춘의 젊은 시절 머무르게 못 하는 법/…/이미 머리 듬성해져 흰 머리칼 못 뽑으니/내년이면 무수리 같은 대머리 되고 말리/신분 높은 공후(公侯)라도 봐주는 법 없는데/한미한 자 머리 위에 예외를 두려 하랴"도[227] 신분고하를 막론하고 늙어가는 일을 피할 수 없음을 표현했다.

늙어감에 따른 변화에 대한 관심은 다른 시조 작품에도 여러 번 등장하는 제재이다.

- "늙고 병이 드니 백발(白髮)을 어이 ㅎ리/소년행락(少年行樂)이 어제론듯 하다마ᄂᆞᆫ/어디가 이 얼굴 가지고 녯 내로다 ㅎ리오"
- "사ᄅᆞᆷ이 늘근 후의 거우리 원쉬로다/ᄆᆞ옴이 져머시니 녜 얼굴만 녀겻더니/셴머리 ᄲᅵᆼ건양ᄌᆞ 보니 다 주거만 ᄒᆞ야리"
- "아ᄒᆡ제 늘그니 보고 백발을 비웃더니/그더디 아ᄒᆡ둘이 날 우슬 쥴 어이 알리/아ᄒᆡ야 하 웃지 마라 나도 웃던 아ᄒᆡ로다"
- "늙기 셔른 거시 백발만 너겨써니/귀먹고 니ᄲᅡ지니 백발은 여사(餘事)ㅣ로다/그밧긔 반야가인(半夜佳人)도 쓴 외 본 듯 ᄒᆞ여라"[228]

이렇듯 늙고 병들어 감에 대한 안타까움, 욕망도 갈망도 줄어감에 대한 허무감은 소년 행락에 대한 그리움에서 비롯한다. 우탁은 고을에 팔령(八鈴)이라는 요괴한 귀신의 사당이 있어 백성들을 미혹하자 이를 파괴하여 미신을 배척한 유학자이다. 그는 경서와 사서를 두루 통달하였는데, 특히 역학(易學)에 능통하였다. 정전(程傳)이 우리나라에 처음 전해졌을 때 해독할 수 있는 자가 없었을 때, 우탁은 한 달여 동안 문을 닫고 연구에 온 힘을 쏟아 읽어낸 인물로서 그의 점술은 맞지 않는 것이 없었다 한다. 이 일로 이학(理學)이 우리나라에 알려질 수 있었다.[229] 『주역』에는 "서리가 내린다. 머지않아 얼음의 계절이 오리라. 서리는 음의 기운이 엉기어 굳어지기 시작한 것, 먼저 오는 조짐을 보고 곧 미래를 추측하는 마음을 가지라."(64괘 괘효사 곤위지) 하였다. 우탁의 시조는 서리가 내리면 얼음의 계절이 오듯이 젊은 날이 흘러가면 으레 머리에 백발이 내리고 거부할 수도 없이 늙음이 밀려온다는 자연과 우주 만물의 자연스런 이치와 섭리를 강조한 것으로 보인다.

> 눈 마자 휘어진 대를 뉘라셔 굽다턴고
> 구블 절(節)이면 눈 속에 프를 소냐
> 아마도 세한고절(歲寒孤節)*은 너ᄲᅮᆫ인가 하노라
> (원천석, 『역・시』 674, 이삭대엽二數大葉, 평거平擧)[230]

▶ 현대어 풀이

눈 맞아 휘어진 대를 어느 누가 굽었다던가.

굽을 절개라면 눈 속에 푸르겠는가?

아마도 추위 속 절개는 너뿐인가 하노라.

*) 세한고절(歲寒孤節) : '세한'은 추운 겨울, '고절'은 홀로 외로운 절개를 일컫는다. 흔히 세한삼
우(歲寒三友)로 소나무, 대나무, 매화나무를 드는데, "역경에도 지조를 지키는 사람을 비유"한다.

흥망(興亡)이 유수(有數)ᄒ니 만월대(滿月臺)도 추초(秋草)로다

오백년(五百年) 왕업(王業)이 목적(牧笛)에 부쳐시니

석양(夕陽)에 지나는 객(客)이 눈물겨워 ᄒ노라

(원천석, 『역·시』 3325, 이삭대엽二數大葉)

▶ 현대어 풀이

흥망의 정한 운명에 만월대에도 잡초무성하구나.

오백년 왕업이 목동의 피리에 맴도니

석양에 지나는 나그네 눈물겨워 하노라.

❧ 조선 건국에 대한 이 마음과 저 마음

원천석(1330~?)은 원주 원씨의 중시조로, 고려 말의 정치가 문란함을 보고 치악산
에 들어가 농사짓고 부모 봉양하며 살았다. 왕자 시절 이방원을 가르친 인연으로, 이
방원이 늘 모시려 하였으나 미리 소문을 듣고 산속으로 피해버린 일화가 유명하다.

"병인년 동지에 느끼는 바가 있어 원도령(元都領)에게 보이다"

전에 군자의 뜻 품은 걸 보니

반드시 그대의 뜻 광명을 재촉하리.

온 세상이 내게 박해도 그대만은 후하여

매양 시와 술로써 속마음을 터놓구려.
그대는 보았지, 강가 매화의 실한 열매.
화려한 도리(桃李) 밭에서 미움 받는 것을.
그대는 보았지, 절개 있는 소나무
눈서리 내린 바위 위에 우뚝하게 서 있음을"231
　　　　　　　"변죽강(邊竹岡)의 오리명(傲利名)이란 시를 차운하여 그 책 뒤에 씀"

부유와 가난은 남에게 맡겨두고
수양산 고사리 캐던 늙은이들 본받으니
산에서 흥에 겨워 세상살이 시름 잊고
세상을 깔보니 도인의 기상일세.
물가엔 뽕밭 삼밭 저 멀리 이었는데,
동산의 매화와 대나무 몇 떨기나 되는고?
굳세다, 그 지조(志操) 어디에다 견주랴.
성하고 우뚝한 위풍 소나무(松, 달리 '十八公'으로 이름)가 제일일세."232

운곡(耘谷) 원천석(元天錫) 묘역의 창의사(彰義祠)
(강원도 원주시 행구동 344)

　　앞의 작품에서는 강가 매화의 실한 열매는 화려한 도리(桃李) 밭에서 미움 받고, 절개 있는 소나무는 눈서리 내린 바위 위에서도 우뚝하게 서 있다 하였다. 절개를 상징하는 매화, 눈서리 속에서도 우뚝한 기상을 잃지 않는 소나무를 최고의 지향 가치로 여겼다. 매화가 복숭아, 배 밭에서 미움을 받는 일쯤이

야 감수하겠다는 각오도 적었다. 뒤의 작품에서는 수양산에서 고사리 뜯어 먹으면서도 절개를 잃지 않던 백이와 숙제를 본받는 삶을 이상으로 여기고, 산에서 흥에 겨워 세상살이의 시름을 잊고 세상을 깔보니 도인의 기상이라며 초월적인 삶의 자세를 그리고 있다. 매화와 대나무의 굳은 지조와 위풍을 자랑하는 소나무를 높이 평가하는 심정은 시조 "눈 마자 휘어진 대를~"에도 공통적으로 드러나 있다.

조선 건국 시기에 많은 고려의 유신들은 은거하며 지조를 지키는 삶을 선택했다. 삼사좌윤 밀직제학 전귀생(田貴生)은 고려 말을 당하여 나랏일이 날로 잘못 되어 감을 보시고 집사람들을 영호남으로 보내고 두문동에 들어가서 스스로 가다듬고 있었다. 얼마 후에 나라의 주인이 바뀌게 되자 새 나라에 신하되기 싫어서 두문동에 함께 있던 선비들과 같이 조천관을 벗어서 걸어두고 폐양자를 쓰고 부조현에 올라가 각기 자기의 뜻을 말하는데 "깊이 산에 들어가서 밭이나 갈고 있으면 누군지 누가 알겠소."하고 "백이숙제는 누구이기에 수양산에서 굶어 죽었던가."하는 시를 주고받으며 바다에 들어가 종적을 감추고 말았으니 사람들이 그 생사를 알 수가 없었다.[233] 원천석 또한 이들과 같은 삶을 선택했다.

원천석은 "이달 15일에 나라에서 정창군(定昌君)을 왕위에 세우고 전왕 부자는 신돈의 자손이라 여기어 폐서인했다는 말을 듣고" 지은 시를 통해 조선 건국 세력들이 고려 왕조의 정통성을 부정하며, 조선 건국의 필연성을 강조하는 논리에 제동을 걸고 있다.

운곡 원천석의 묘(강원도 원주시 행구동 344)

전왕의 부자가 제각각 헤어져서
만 리의 동쪽 서쪽 하늘 끝으로 갈라졌네.
몸 하나는 서인(庶人)으로 만들 수 있어도
정당한 명분만은 영원히 못 옮기리.

태조의 진실한 맹세에 하늘이 감응하여
남기신 덕택으로 수백 년이 흘렀거늘
어찌하여 거짓과 참을 일찍이 안 가렸나?
저 푸른 하늘이 밝게도 비추건만.[234]

조선 건국 주체들이 마무리한 『고려사』에는 우왕(禑王)과 창왕(昌王)이 신돈(辛旽)의 자식이라 하여 그 정통성을 부정하면서 신우(辛禑)·신창(辛昌)이라 적었다. 『태조실록』에 따르면, 배극렴 등이 합사(合辭)하여 이성계에게 왕위에 오르기를 권고하면서 다음과 같이 적고 있다.

"나라에 임금이 있는 것은 위로는 사직을 받들고 아래로는 백성을 편안하게 할 뿐입니다. 고려는 시조가 건국함으로부터 지금까지 거의 5백 년이 되었는데, 공민왕에 이르러 아들이 없이 갑자기 세상을 떠나셨습니다. 그 때에 권신이 권세를 마음대로 부려 자기의 총행(寵幸)을 견고히 하고자 하여, 거짓으로 요망스런 중 신돈의 아들 우(禑)를 공민왕의 후사(後嗣)라 일컬어 왕위를 도둑질한 지가 15년이 되었으니, 왕씨(王氏)의 제사는 이미 폐해졌던 것입니다. 우가 곧 포학한 짓을 마음대로 행하고 죄 없는 사람을 살육하며, 군대를 일으켜 요동을 공격하는 지경에 이르렀는데, 공이 맨 먼저 대의를 주창하여 천자의 국경을 범할 수 없다고 하고는 군사를 돌이키니, 우는 스스로 그 죄를 알고 두려워하여 왕위를 사양하고 물러났습니다. 이에 이색(李穡)·조민수(曹敏修) 등이 신우의 처부(妻父)인 이임(李琳)에게 가담하여 그 아들 창(昌)을 도와 왕으로 세웠으니, 왕씨의 후사가 두 번이나 폐해졌습니다. 이것은 하늘이 왕위로써 공에게 명한 시기이었는데도, 공은 겸손하고 사양하여 왕위에 오르지 아니하고 정창 부원군(定昌府院君)을 추대하여 임시로 국사를 서리(署理)하게 했으니, 거의 사직을 받들어 백성을 편안하게 할 수가 있었습니다.[235]

여기서도 고려 왕계의 정통성을 부정하면서 이성계에게 더 이상 겸손함으로 왕위를 사양하지 말라고 제안하고 있다. 그러나 『운곡행록(耘谷行錄)』에는 위와 같은 시를 적고, 강원도 관찰사 박동량(朴東亮, 1569~1635)이 계묘년(1603년)에 지은 서문 "우왕이 왕위를 이을 때는 도통(都統) 최영(崔瑩), 목은(牧隱) 이색(李穡), 포은(圃隱) 정몽주(鄭夢周) 같은 몇몇 원로가 아직도 살아 계실 때였는데 당시엔 상하를 통틀어 아무도 이의가 없었고, 목은 선생이 말하기를 '마땅히 전왕의 아들을 왕위에 세워야 한다.'고 했는데, 그 뒤 창왕을 폐위할 때에 이르러서야 '우왕 부자는 신돈(辛旽)의 자손이라.' 하였으니 이는 그 이유가 아니고서는 창왕을 폐위시킬 명분이 없었기 때문에 이렇게 적었을 뿐이다."라고 한[236] 서문을 실었다. 신흠도 원천석이 신우를 공민왕의 아들이라는 직필한 것은 후세에는 알 수 없는 당시의 사적을 직설적으로 기재한 것[237]이라고 적었다. 또 그는 정도전과 윤소종(尹紹宗) 등의 무리가 "임금이 왕씨가 아니라고 하는 자는 충신이고, 왕씨라고 하는 자는 역적이다."는 주장을 내놓은 뒤 선비들을 결단내고 사람들의 입에 재갈을 물릴 수 있었던 것인데 이런 상태에서 겨우 5년을 지탱하다가 고려가 멸망했다[238] 하면서 난세에 자신의 뜻을 올곧게 유지하고 사는 일이 참으로 어려웠을 것이라고 애처로운 시선을 담았다.

원천석의 시에는 "우왕 창왕 당시 왕씨의 혈통이 참인지 거짓인지에 의문이 있었다면 왜 일찍부터 분간하여 가리지 않았는가?"하는 문제제기와 하늘이 진실을 훤히 알고 있건만, 이속을 좇는 무리들이 역사의 진실까지 왜곡한다는 불만과 현실 개탄이 담겨있다. 조선 건국 세력들은 "혹자는 이색이, '우(禑)가 비록 신돈의 자식이지만, 공민왕(현릉)이 자기 자식이라고 하여 강녕군(江寧君)에 봉하고 천자의 고명을 받아 임금이 되게 하였으니, 이미 그 신하가 되었다가 몰아내는 것은 크게 불가하다.'고 했는데 그 말도 옳지 않느냐고 말합니다. 그러나 저 왕위나 사직은 태조(왕건)의 것이니 현릉(玄陵)이 사사로이 할 수 없는 것입니다."[239]라고 하며 이 논리를 창왕 폐위의 명분으로 삼았다.

원천석의 또 다른 면도 있다. 정도전이 태조의 문덕을 찬양한 악장 개언로(開言路)·보익공신(保翊功臣)·정경계(正經界)·정예악(定禮樂) 등 네 곡의 노래를 지어 악부(樂府)에 붙이고 그것을 관현에 입혔다며 <정이상(鄭二相)이 지은 네 곡을 찬함>에 거기에 대한 자신의 생각을 적었다.

> 언로를 크게 열고 공신을 보살피며
> 선악시비 바로하고 예악의 기틀 잡는
> 네 곡의 맑은 노래는 융성함을 일으키고,
> 천년의 큰 업으로 좋은 때를 열어라.
> 높고도 고아한 가락 풍속을 바꾸고
> 소리는 조화 이루어 귀신을 감동시키라.
> 이로써 백성들까지 모두 북돋운다면
> 천하를 잘 다스려 태평세월 이루리라.
> 해동천지가 또다시 맑고 편안하여
> 시절과 백성이 순해 태평을 즐기고,
> 우리나라 순박한 풍속 더욱 떨치리니

조선이란 고상한 이름 또다시 널리 펴고,
산과 물의 장한 기운 왕기(王氣)를 붙들며
해와 달의 밝음이 군왕의 덕에 합해지리.
덕을 기리는 많은 사람들 이 곡을 노래하니
너무나 높고 넓어 참으로 말하기 어렵구나.[240]

정도전의 <개언로>는 언로를 크게 열어 여론을 듣는 일을, <보공신>은 조선창업에 공을 세운 신하들을 잘 보살피는 무궁한 덕을, <정경계>는 고려시대에 무너진 토지의 선과 악, 옳고 그름을 바로잡고 백성들을 편안하게 한 치적을, <정예악>은 예악을 새로 정하여 백성들이 질서 있고 화평하게 하는 일을 강조했다. 이들 작품은 조선의 정치적 이상을 제시한 것이라 할 수 있다. "임금의 총명을 가리는 자를 벌하고 간쟁하는 대부를 두어 의론하는 일만을 관장함으로써 천하의 강개한 선비들이 감히 말할 수 있는 기풍을 만들었으매, 언로가 통함이 실로 여기서 비롯하였다.", "군자가 임금을 섬길 때는 그 임금을 도에 당하도록 이끌어 인(仁)에 이르게 할 따름이니, 오로지 대인(大人)만이 임금의 그릇된 마음을 바르게 할 수 있다."라고 한[241] 데서 정도전의 정치적 지향점을 알 수 있다.

원천석은 고려 왕조의 정통성을 부정하면서 새 왕조를 세우는 조선의 정치적 이념에 동조하진 않았으나 "유학의 도가 실현되고, 상하가 원활히 소통하여 백성들의 삶이 평화롭기를 기원하는 유학자로서의 바람은 그대로 남아" 있었음을 알려준다. 군자는 숨어 살아도 세상일을 잊지 않는다 하는데, 선생도 스스로 세상을 피해 살았으나 세상을 잊은 것은 아니다. 도를 지켜 둘을 섬기지 않음으로써 그 몸을 깨끗이 한 것이다. 백이(伯夷)의 말에 "선비는 태평한 세월을 만나면 그 소임을 피하지 않고 어지러운 세상을 만나면 구차히 살아남지는 않는다. 천하가 암울하면 이를 피하여 내 품행을 깨끗이 하는 것이 오히려 낫다." 하였다. 맹자가 백이를 맑은 성인이라 하였는데, 선생도 백이에 견줄만하다.[242]

◎ 추강(秋江)에 밤이 드니 물결이 츠노미라

> 낙시 드리치니 고기 아니 무노미라
>
> 무심(無心)호 돌빗만 싯고 븬비 저어 오노미라
>
> (월산대군月山大君, 1454~1488, 『원국(源國)』, 『역·시』 2966,
>
> 이삭대엽二數大葉/삼삭대엽三數大葉/중거中擧)

▶ 현대어 풀이

가을 강 밤이 되니 물결이 차갑구나.

낚시 던져보니 고기 아니 무는구나.

욕심 없는 달빛만 싣고 빈 배 저어 돌아온다.

❧ 왕좌 다툼에서 밀려난 월산대군, 무욕의 삶을 살다

풍월정(風月亭) 월산대군(月山大君) 이정(李婷)은 세조의 맏아들 덕종(德宗, 의경세자)과 소혜왕후(昭惠王后) 사이에서 태어났는데, 자산군(者山君) 성종의 형이고 예종(1468~1469)의 조카이다. 예종 사후에 그의 아들 제안대군(齊安大君) 현이 있었고, 월산대군이 있었음에도 성종이 즉위한 것은 세조비 정희(貞熹)왕후가 세조의 명을 받들어 시행한 것이라 하고, 월산대군이 태어날 적부터 병약하다는 이유를 들고 있지만 사실상 당시 최고의 권신이자 성종의 장인인 한명회의 주선에 의한 것으로 보인다. 대비가 말하기를, "원자(元子)는 바야흐로 포대기 속에 있고, 월산군(月山君)은 본디부터 질병이 있다. 자산군은 비록 나이는 어리지마는 세조(世祖)께서 매양 그의 기상과 도량을 일컬으면서 태조(太祖)에게 견주기까지 하였으니, 그에게 나랏일을 맡기는 것이 어떻겠는가?"하였고,[243] "맏이 월산군 이정(李婷)은 병이 많고 기질이 허약했으나, 그 아우 자산군 이혈(李娎)은 기개와 도량이 조숙하여 효도하고 우애하며 학문을 좋아하므로 후사를 맡길 만하므로 우리 모비(母妃)에게 상세히 아뢰어 또한 윤허를 받았으니, 그로 하여금 나랏일을 살피도록 하라" 하였다.

월산대군 사당(경기도 고양시 덕양구 신원동 427)

이렇게 왕위에서 밀려난 월산대군은 정치 현실을 떠나 자연과 벗하며 여생을 보냈다. 그의 졸기[244]에는 "조시(朝市)를 정지하고 예장(禮葬)하기를 예(例)와 같이 하였으며, 치제(致祭)와 부의(賻儀)는 관례보다 더하였다. 나면서부터 총명함이 보통과 다르니, 세조가 사랑하여 궁중에서 길렀다. 어려서부터 독서하기를 좋아하고 성품이 또 충담(沖澹)하여, 번잡하고 화려한 것을 좋아하지 아니하며 성색(聲色)과 응견(鷹犬)은 더욱 좋아하지 아니하고 오직 시주(詩酒)만 좋아하였다. 일찍이 작은 정자를 정원 안에 짓고 편액(扁額)을 풍월정(風月亭)이라고 하여, 경사자집(經史子集)을 모아 놓고 날마다 그 사이에 있으면서 거의 다 섭렵(涉獵)하였다. 지은 시가 평담(平談)하였으며 음률(音律)도 알았다. 비록 문사(文士)를 좋아하였으나 함부로 사귀고 접하지 아니하므로, 문정(門庭)이 고요하고 거마(車馬)도 들지 않았다." 하였다. 병약하다던 월산군(1454~1488)은 성종(1457~1494)이 재위(1470~1494)하고도 19년이나 지난 다음에 돌아갔으니 왕위에 오르지 못할 만큼 병약했다 보기에는 어려움이 있겠다. 이 경우 권신들 사이에서 구설수에 오르거나 역모 사건에 휘말리는 경우가 많지만, 문사(文士)를 즐기지 않고, 고기 물지 않는 낚싯대를 들고 그저 달빛만 배에 싣고 돌아오는 무욕의 세월을 살아냈기에 그런 지경에 처하지는 않았다. 성종이 풍월정시(風月亭詩)를 지어 승정원에 내리고 말하기를, "내가 일찍이 월산 대군(月山大君)의 집에 거둥하였더니, 대군이 정자를 짓고서 이름을 짓지 않았으므로, 내가 '풍월정(風月亭)'이라 이름 짓고 시를 지었다. 대군이 이미 현판을 걸었는데 화운(和韻)하는 자가 없는 것을 한하니, 모든 승지는 각각 운에 따라 시를 지으라." 하였다.[245] 세상은 이렇듯 권력이 있는 곳에 사람이 모이게 마련이다.

◎ 이시럼 브듸 갈짜 아니 가든 못홀쏘냐

무단(無端)이 슬터냐 눔의 말을 드럿는야
그려도 하 애도래라 가는 뜻을 닐러라
　　(성종, 1457~1494, 재위 1470~1494, 『해주(海周)』, 『역·시』 2356,
　　　　　　　　　　　　　이삭대엽二數大葉, 계중거界中擧)

▶ 현대어 풀이
있으래도 기어코 가는가, 아니 가진 못 할 텐가?
까닭 없이 싫던가, 남에게 말을 들었던가?
그래도 심히 애달프다, 가는 이유를 말하여라.

☙ 충을 앞서는 효, 신하에 대한 성종의 사랑

　유호인(兪好仁, 1445~1494)이 벼슬할 때, 성종이 특별한 은혜로 돌보아 주어 다른 학사(學士)들과는 비교할 바가 못 되었다. 달밤마다 환관 몇을 데리고 경회루에서 놀 때, 연못에 띄우는 작은 배에는 겨우 대여섯 명을 태울 수 있는데, 여기에 특별히 호인을 따르게 한 것은 당나라 현종(玄宗)이 적선(謫仙) 이태백을 대우한 것과 이치가 같다.

　호인은 항상 늙으신 어머니를 모시기 위해 고향으로 돌아가기를 원했으나 성종이 허락하지 않았었다. 후에 성종이 친히 송별연을 베풀다 술이 반쯤 취해 노래짓기를,

　"이시럼 부디 갈다 아니 가든 못손냐, 므더니 슬터냐 남의 권을 드런는다, 그려도 하 애답고나 가는 뜻을 일너라."

　부르게 하였더니, 호인이 감격하여 눈물을 글썽였고 좌우 사람도 모두 감동하였다.

　훗날 호인이 아뢰지도 않고 떠나니 성종이 비밀리에 사람을 보내어 그 뒤를 밟게 하고는, "내 그를 생각하여 잊은 적이 없는데, 그 또한 나를 생각하는가 보아라." 하였다. 명을 받은 사람이 뒤를 밟아 한 역참(驛站)에 이르러 살펴보니, 호인이 누각

에 올라 북쪽을 바라보며 머뭇거리더니 마침내 벽 위에 "북쪽을 바라보매 임금 신하는 헤어져 있지만, 남으로 오니 어미와 아들은 함께 지내네."라는 율시 한 구절을 쓰고 있었다. 돌아와 그 상황을 아뢰니 임금이 "그래, 그도 날 생각하겠지." 했다.[246] 이렇듯 유호인은 글을 좋아하는 성종의 지극한 총애를 받았다. 왕의 총애가 이 정도였다면 하루하루의 삶이 얼마나 벅찼을까를 미루어 짐작할 수 있겠다.

◎ **단가(短歌)**   김구(金絿)(1488~1534)

> 나온댜 금일(今日)이야 즐거온댜 오늘이야
> 고왕금래(古往今來)예 유(類) 업슨 금일(今日)이여
> 매일(每日)의 오늘 ⟨ᄀ⟩ᄐ면 므슴 셩이 가시리[247]
>
> 　　　　　　　　　　　　　　　(『자암집』 권2, 『역・시』 447)

▸ 현대어 풀이
기쁘다 오늘이여, 즐겁구나! 오늘이여.
예부터 지금까지 비길 데 없는 오늘이여.
매일이 오늘만 같으면 어찌 마음이 변하리오

> 올히 댤은 다리 학긔 다리 되도록애
> 거믄 가마괴 해오라비*) 되도록애
> 향복무강(享福無疆)ᄒ샤 억만세(億萬歲)룰 누리쇼셔
>
> 　　　　　　　　　　　　　　　(『자암집』 권2, 『역・시』 2126)

▸ 현대어 풀이
오리의 짧은 다리 학의 다리 되도록
검은 까마귀가 해오라기 되도록
끝없이 복을 받으시어 무궁장수 하소서.

*) 해오라비 : 해오라기, 해오리. 경기도 이남에 도래 번식하는 철새의 한 종류. 머리 꼭대기는 전부 녹청색의 금속광택이 있는 검은색이고, 뒷머리에 두세 가닥 폭 4㎜ 내외의 흰색 장식깃털이 있다. 뺨은 흰색으로 귀깃과 목옆으로 갈수록 점차 잿빛을 띤다. 턱밑, 멱, 가슴, 배, 아래꼬리 덮깃 등 대부분은 흰색이다. 부리는 검은색이고, 다리는 어두운 황색이고 늙은 새는 홍색이다. 낮에는 논, 호반, 소택지, 갈밭, 초습지, 산지 등에서 생활하고 소나무, 삼나무, 잡목 숲에서 집단 서식하며 주로 야행성이다. 물고기, 새우 종류, 뱀, 개구리 따위를 먹는다.[248]

🐚 둘도 없이 좋은 친구

자암(自菴) 김구(金絿)가 위의 작품을 지은 것은 중종 때이다. 자암 선생은 홍문관에서 당직할 때도 반드시 의관을 정제한 채로 밤이 늦어도 벗지 않았다. 하루는 달밤에 촛불을 켜 놓고 『강목(綱目)』을 읽고 있자니 문득 문 두드리는 소리가 들려서 누구냐고 물어도 아무런 대답이 없었다. 괴이하게 여겨 밖을 내다보니 임금께서 궁에서 나와 대청마루 위에 계시고 별감이 술과 안주를 가지고 옆에 서 있었다.

자암이 급히 달려 나가 뜰아래 엎드리니 임금께서

"오늘밤, 달이 이토록 밝은데 글 읽는 소리가 들려 내가 여기에 와 본 것이니 어찌 군신의 예에 따르겠는가? 마땅히 친구의 예로 상대하리라."

하시며 마침내 더불어 술잔을 권하였다.

임금께서

"그대는 글 읽는 소리가 청아하니 필시 가곡도 잘 할 것이니 나를 위해 노래를 불러주시오."라고 하셨다.

자암이 꿇어 앉아 대답하기를 "오늘과 같은 성은은 예나 지금이나 드문 일이오니 옛 노래를 부르는 것도 또 지금의 노래를 부르는 것도 불가합니다. 신이 스스로 지어 부르기를 바라나이다." 하고 위의 첫 번째 노래를 불렀다.

임금이 "한 곡을 더 청해도 되겠는가?" 하니, 다음 노래 "올히 댤은 다리~"를 불렀다.

중종 임금이 김구를 벗으로 대하여, 더불어 술을 마시고는 아주 즐겁게 자리를 마쳤다. 이어 갓옷을 하사하셨으니, 은정과 대우가 전에 없이 융성하였다.

평소에 군신으로서의 일상이야 이와 같을 수 없다.

조강(朝講)에 나아갔다. 『강목(綱目)』을 강하다가 '오월(吳越)의 왕이 간특하고 비밀스런 일들을 들춰내므로 사람들이 속이지 못하였다.'는 대목에 이르러, 전경(典經) 김구(金絿)가 아뢰기를,

"이는 비록 잘한 일이라 할지라도 임금의 도량이 아닙니다. 간사하고 비밀한 일들을 들춰내기로 마음을 먹는다면 결국은 반드시 폐단이 있을 것입니다. 인심의 야박함은 실로 여기에 연유하는 것이니, 임금은 마음을 성실하게 하여 아랫사람으로 하여금 절로 속이지 못하도록 함이 가합니다." 하였다.

사신(史臣)은 논한다. 상이 총명을 자부하여, 문부(文簿)의 세밀한 데까지 살피기를 좋아하여, 혹 경미한 하자를 들추어 유사(有司)를 견책하니, 자못 임금의 체면을 상하였고 또 정성을 다하여 아랫사람을 감화시키는 덕이 없으므로, 구가 '간사하고 비밀한 일을 들추어낸다.'는 말을 인하여 이를 풍자한 것이다. 그러나 상은 이를 고치지 못하였다. 구(絿)는 성현(聖賢)의 글을 배워, 의리에 밝고 치체(治體)를 알고 있었으므로 사림(士林)이 존중하였다.[249]

조강에서 『예기』를 진강했는데, 검토관 김구(金絿)가 아뢰기를,

"이 대문에 '유(儒)는 착한 말을 들으면 서로 고해주고, 착한 일을 보면 서로 보여준다.' 하였는데, 대개 벗들 사이에 하는 도리입니다. 후세에는 벗의 도리가 없어져 어쩌다 하나라도 착한 사람끼리 벗이 되어 서로 선으로써 규계(規戒)하면 소인들이 반드시 모함하여 해치며 당이라고 지목하였으니, 동한(東漢) 때 유림의 화는 차마 말할 수 없었습니다. 이 뒤부터 군자를 해치려는 소인들이 모두 그런 이름을 내세우는데, 혼암한 임금들이 살피지 못하고 도리어 그들의 말을 믿어서 마침내 화가 크게 일어났습니다. 우리나라도 벗의 도리가 없어진 지 오래니, 다시 지치(至治)를 실현하려면 벗의 도리를 일으키지 않을 수 없는데, 일으키는 근본이 오직 성상께 달렸습니다. 학술이 정대하고 식견이 밝은 대현(大賢)인 선비가 있다면, 신하의 예로만 대접할 것이 아니라, 그와 함께 도의를 강마하며 착한 도리로 서로 보인다면, 또한 벗의 도리가 있게 되어 아래서 자연히 보고 느끼게 될 것입니다."

하고, 장령 공서린(孔瑞麟)·헌납 이청(李淸)이, 정난공신 노영손·홍숙(洪淑)의 일을 논계하였으나 윤허하지 않았다.[250]

김구는 1503년 한성시(漢城試)에서 1등으로 뽑혔고, 1507년(중종2) 생원, 진사시에서 모두 장원을 했다. 1511년 홍문관정자를 거쳐, 1519년 5월 같은 사림파 김식(金湜)이 성균관대사성이 되자, 그의 후임으로 홍문관부제학이 되었다. 이로 인해 사림파는

관료들을 육성하는 성균관과 문한, 언론기관인 홍문관을 장악하여 그들의 세력을 더욱 공고히 할 수 있는 바탕을 마련하였다. 1519년 11월에 남곤(南袞), 심정(沈貞), 홍경주(洪景舟) 등 훈구세력이 일으킨 기묘사화(己卯士禍)로 개령(開寧)에 유배되었다가 수개월 뒤에 죄목이 추가되어 남해로 이배되었다.[251] 기묘사화에서 훈구재상들에 의해 조광조(趙光祖), 김정(金淨), 김식(金湜) 등 신진사류

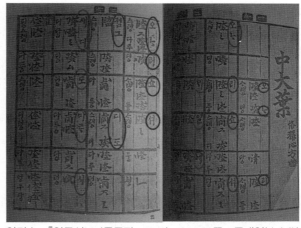

양덕수, 『양금신보』(통문관, 1959), 21~22쪽. 중대엽(中大葉) '오ᄂᆞ리~'의 정간보. 중대엽은 우리 전통 가곡(歌曲)의 빠르기를 나타내는 만중삭(慢中數) 가운데 중간 속도의 큰 곡이란 뜻이다. 중대엽은 또 가락이 순조롭고 자연스러운 초중대엽, 조용히 진행되다가 작은 변화를 가지는 이중대엽, 힘을 주면서 올라갔다가 다시 뚝 떨어져서는 다시 뛰어오르는 씩씩하고 활달한 풍도(風度)를 가지는 삼중대엽(三中大葉)으로 분화되었다.

가 화를 입을 때 김구 또한 유배형을 받았다. 김구의 『자암집』에는 "마침내 북문(北門)의 변을 피하지 못하니 군신 사이의 좋은 만남을 어찌 유지할 수 있겠는가. 이 까닭에 책을 덮고 오래 탄식하였다. 선생은 정암 조광조, 충암 김정 두 분과 함께 소인배들에게 참소를 당하셨는데, 그 재앙이 옅고 깊음이 있어 홀로 천수를 누리고 돌아가셨다."라고[252] 표현하였다.

위의 두 인용문은 차례로 기묘사화가 일어나기 몇 해 전인 1514년, 1517년의 역사기록이다. 당시 조광조를 비롯한 사림들은 사장(詞章)을 중시하고 도학(道學)을 경시하는 학문 풍토, 예의염치를 잃어버리고 이욕에 빠져드는 사회 풍토 때문에 사회의 모순이 심화된다고 보았다. 이 같은 잘못된 분위기를 혁신하기 위해서는 도학을 높이고 인심을 바르게 하며 성현을 본받아 왕도정치를 일으켜야 한다고 주장했다.[253] 이상국가의 실현은 국왕 스스로가 현인의 경지에 이르러야 가능하다고 주장하고, 그에 못지않게 국왕을 올바르게 보좌할 수 있는 신하의 역할을 강조했다. 그리하여 군주가 관료와 함께 공부하는 경연(經筵)에서도 도학을 강조하는 왕도정치를

역설했는데, 위의 글에서 김구가 왕에게 정성과 덕치, 벗의 도리를 일으키는 지치(至治) 등을 중시하고, 학술이 정대하고 식견이 밝은 대현(大賢)을 신하의 예로만 대접할 것이 아니라 그와 함께 도의를 강마해야 함을 힘주어 말한 것도 모두 성리학으로 정치와 교화의 근본을 삼아 왕도 정치의 이상을 실현하려는 신진사류의 입장을 드러낸 것이다.

김구(1488~1534)와 중종(1488~1544)은 공교롭게도 나이가 같다. 중종이 홍문관에서 『강목』을 읽고 있던 김구를 찾아 "마땅히 친구의 예로 상대하리라." 하며 더불어 술 잔을 권한 미담은 이들이 20대 후반이었을 때의 일이다. 김구가 조강에서 군신 간에 벗의 도리를 강론하고, 학술이 정대하고 식견이 밝은 대현인 선비가 있다면, 신하의 예로만 대접할 것이 아니라, 그와 함께 도의를 강마해야 함을 강조했으니 중종의 방문은 더욱 감동스러운 일이었을 것이다. 자신이 식견 높은 선비여서가 아니라 왕과 신하의 격의 없는 소통이 실현되는 순간이었기 때문이다. 이에 중종은 김구에게 상을 내리면서, "그대에게 나이 많은 어머니가 있다고 들었기에, 담비가죽(초구 貂裘)을 내리니 가져다 드리도록 하라." 하였다.[254]

그러나 조광조 등 신진사류의 정치적 이상은 끝내 좋은 결말을 얻지 못했으니 김구가 "유(類) 업슨 금일(今日)"이라 말했던 둘도 없이 좋은 하루도 지속적인 하루하루로 이어지지 못한 셈이다. 김구의 시조는 다만 "낙지(樂只)쟈 오날이여 즐거은쟈 금일(今日)이야/즐거온 오날이 힝혀 아니 져물셰라/매일(每日)에 오늘 곳틔면 무슴 시름 이시랴"에[255] 비슷한 흔적을 남겼다.

김구의 다음 시조는 앞의 것에 비해 색다르다.

> 산수(山水) 느린 골래 삼색도화(三色桃花) 쩌오거늘
> 내 셩은 호걸(豪傑)이라 옷니븐 재 들옹이다
> 고즈란 건뎌 안고 므레 들어 속과라*)
>
> (『자암집』 권2, 『역·시』 1434)

▶ 현대어 풀이

냇물 흐르는 골에 삼색도화 떠 오거늘
내 본디 호걸이라 옷 입은 채 드옵니다.
꽃일랑 건져 안고 물에 들어 솟구치노라.

*) 속과라 : 솟고다. 솟구다(涌, 聳)

> 여긔롤 뎌긔 삼고 뎌긔롤 예 삼고겨
> 여긔 뎌긔롤 멀게도 삼길시고
> 이몸이 호접(蝴蝶)이 되여 오명가명 ᄒ고겨

▶ 현대어 풀이

여기를 저기 삼고, 저기를 여기 삼고자
여기저기를 멀게도 만드셨네.
이 몸이 나비가 되어 오락가락 하고자.

(『자암집(自菴集)』 권2, 단가短歌)

앞의 작품은 계곡물에 둥둥 떠오르는 삼색의 복숭아꽃이 반가워 옷을 입은 채 물로 뛰어들어 꽃을 건져내는, 솟구쳐 오르는 역동적이고 호기로운 이미지를 그려내고 있고, 뒤의 작품에는 시적 화자가 나비와 동화되어 나비가 떠다니는 이곳저곳을 날아다니는 느낌을 담았으니 자유롭고자 하는 내면적 열망을 그린 작품이다. 흔히 나비가 되어 임금이 있는 궁궐을 찾아들고픈 마음이라고 할 수도 있겠으나 작품 내에 단서는 없다.

> 태산(泰山)이 놉다 ᄒ어도 하늘 아래 뫼히로다
> 하해(河海) 깁다ᄒ여도 짜우희 므리로다

아마도 놉고 깁플슨 성은(聖恩)인가 ᄒ노라

（『자암집』 권2, 『역・시』 3062)

▶ 현대어 풀이

태산이 높다 하여도 하늘 아래 뫼이로다.
강과 바다 깊다 해도 땅 위의 물이로다
아마도 높고 깊은 건 임금님 은혠가 하노라.

위의 작품은 양사언(楊士彦)의 "태산(泰山)이 놉다 ᄒ되 하늘 아리 뫼히로다/오르고 쏘 오르면 못 오를 리(理) 업건마는/ᄉ룸이 제 아니 오르고 뫼흘 놉다 ᄒ돗다"(국악원본 『가곡원류』)와 매우 흡사하다. 다만 김구의 작품은 태산보다 높은 임금님의 은혜를 강조하였으니 악장 <감군은>의 분위기를 자아내고, 양사언의 작품은 태산이 높다 하여도 하늘보다 높을 순 없으니 노력하면 결국 오를 수 있다는 말이다. 어떤 일이든 어렵고 힘들다 탓하지 말고 성실한 자세로 꾸준히 정진하라는 가르침을 담은, 마무리 방식은 차이가 있다. 양사언의 작품을 시조집에 따라 이이(李珥), 조덕중(趙德重), 정철(鄭澈)로 달리 적은 것은 시조가 구비 전승되는 과정을 거쳐 기록된 데 따른 특징이다.

◎ 〈면앙정(俛仰亭) 단가(短歌) 7편〉　송순(宋純, 1493~1582)

숙이면 땅이요 우러르면 하늘이라(俛則地兮 仰則天兮)
하늘과 땅 사이에 이 몸이 태어나(兩位之際兮 從而生我兮)
냇가에 살면서 풍월과 늙어가리(居焉嶺溪山兮 風月將與偕兮老云)

넓디넓은 허허벌판 시냇물도 구비 구비(廣廣之野兮 川亦修而脩兮)

흰 눈 같은 백사장이 구름처럼 펼쳐지니(如雪兮白沙 如雲之鋪兮)

낚시하는 강태공들 해지는 줄 모르네(無事携竿之人兮 曾日落兮不知)

* 너부나 너분 들의 시내도 김도 길샤

　눈ᄀ튼 백사(白沙)는 구룸ᄀ치 펴 잇거든

　일업슨 낙대 든 분네는 ᄒᆡ 지는 줄 몰나라(『역·시』617)

면앙정(俛仰亭) 전경(전남 담양군 봉산면 면앙정로 382-11)

소나무 울에 떠오른 달, 대 끝으로 흘러가는데(松籬兮昇月 至竹梢兮轉離)

거문고 빗기 안고 바위 가에 앉았더니(玄琴兮橫按 巖邊兮猶坐)

어찌하여 외기러기 혼자 울며 떠가는가?(何許失伴兮 鴻鴈而獨鳴兮云徂)

* 솔 쏫희 도든 ᄃ ᆞ ᆯ이 째쏫터 쩌나도록

　거문고 빗기 안고 바회 우희 안자시니

어듸셔 벗 일흔 기러기는 혼자 우러 녜느니(『역·시』1675)

저 산이 병풍 되어 들 밖에 둘렀으니(山作兮屛風 野外兮周置)

흘러가는 저 구름도 들어와 쉬려는데,(過去兮有雲 咸欲宿兮入來)

무심한 저 석양은 어찌 홀로 지나는고?(何無心兮落日 而獨逾而去兮)

새들 자러 갈 제 달도 새로 떠오르고(宿鳥兮飛入 新月兮漸昇)

외나무다리 위를 홀로 가는 저 스님아(時獨木兮橋上 獨去兮彼僧)

그대 절은 어드메뇨, 종소리만 아득하네.(爾寺兮何詐 遠鍾聲兮入聆)

* 잘 새는 느라들고 새 둘은 도다 온다

　외나모 드리에 혼자 가는 뎌 듕아

　네 뎔이 언머나 흐관듸 먼 북소릐 들리느니(『역·시』2495)

면앙정(俛仰亭)의 모습

산등성이 노을 질 제, 뛰어노는 물고기 떼(見山項兮夕陽 而跳遊兮羣魚)

무심코 낚시 드리우니 물고기 떼 의심 없네.(惟無心兮此釣竿 無以兮剩疑)

맑은 강에 달 비추니 끝없는 흥 절로 난다.(淸江月將生兮 此間興兮不可支)

하늘땅의 장막 속에 해와 달 등불 켜네.(天地兮帳幕 日月兮燈燭)

저 북해 기울여서 술통을 씻으리니(傾彼北海兮 海樽兮是漑)

남극 가는 노인성(老人星) 장차 어둠 있을쏘냐.(征南極老人星兮 將不知兮有晦)

* 천지(天地)로 장막(帳幕) 삼고 일월(日月)로 등촉(燈燭) 삼아

　북해(北海)를 휘여다가 주준(酒樽)에 다혀두고

　남극(南極)에 노인성(老人星) 대(對)ㅎ여 늘글 뉘를 모로리라

　　　　　　　　　　　　　　　(『역·시』 2803)(『면앙집(俛仰集)』 권4, 잡저)

※ 위의 작품은 송순의 문집에 실려 있는데도 시조집에는 "천지(天地)로 장막(帳幕) 삼고~"를 이안눌(李安訥, 1571~1637), "잘 새는 느라들고~"를 정철(1536~1593), 면앙정 잡가 중 "십년을 경영ㅎ야~"를 김장생(金長生, 1548~1631)의 작품으로 기록하고 있어서 작가 문제에 혼선을 빚고 있다.

◎ 〈면앙정(俛仰亭) 잡가(雜歌)〉　송순(宋純, 1493~1582)

추월산(秋月山) 산들바람 금성(金城)으로 불어가니(秋月山兮細風 向錦城兮將去)

저 들 너머 정자 위에 잠 없어 깨었다가(越野兮亭子上 我無睡兮云寤)

일어나니 설레는 맘 옛 친구 만나는 듯(起而坐兮歡喜情 宛故人兮如覯)

10년을 경영하여 초당 세 칸 집을 짓고(經營兮十年 作草堂兮三間)

밝은 달 맑은 바람 빠짐없이 가졌지만(明月兮淸風 咸收拾兮時完)

강산은 들일 데 없으니 둘러 두고 보리라(惟江山兮無處納 散而置兮觀之)

* 십년(十年)을 경영(經營)ᄒ야 초려삼간(草廬三間) 지어니니

　　나 ᄒ 간 ᄃᆞᆯ ᄒ 간에 청풍(淸風) ᄒ 간 맛뎌 두고

　　강산(江山)은 드릴 ᄃᆡ 업스니 둘너 두고 보리라(『역·시』1803)

　　　　　　　　　　　　　　　　(『면앙집(俛仰集)』권4, 잡저)[256]

* <옥당가(玉堂歌)> 송순 – 임금께서 황국(黃菊)을 하사하시니 <옥당가> 1편을 짓다.

바람서리 섞어 치는 밤, 노란 국화 활짝 피니,(風霜交撲之日夜兮 盡情開兮黃菊花)

은쟁반에 가득 꺾어 옥당(玉堂)에서 보내셨네.(銀盤兮折而盛 玉堂兮送貽)

도리(桃李)꽃 기리지 않는 임의 뜻을 알겠구나.(桃李毋以稱花兮 君之意兮可知)

　　　　　　　　　　　　　　　　(『면앙집(俛仰集)』권4, 잡저)

🐚 면앙정 자연에다 마음을 두고 떠나다

면앙정(俛仰亭) 시가비
(전남 담양군 봉산면 면앙정로 382–11)

면앙정(俛仰亭)은 담양부(潭陽府)의 서쪽 기곡(錡谷) 마을에 있으니, 지금 사재(四宰)로 있는 송순(宋純) 공이 경영한 것이다. 기대승이 일찍이 송공을 따라 면앙정 위에서 놀았는데, 공이 기대승에게 정자의 유래를 말하고 기문을 지어 줄 것을 요

구하였다 한다.

"내가 정자의 경치를 보니 탁 트인 것이 가장 좋고 또 아늑하여 좋았으니, 유자(柳子 유종원(柳宗元))가 말한 "놀기에 적당한 것이 대개 두 가지가 있다."는 것을 이 면앙정은 겸하여 갖추었다고 할 만하다." 한 것은 기대승의 글이다.

"정자 동쪽의 산은 제월봉(霽月峯)인데, 제월봉의 산자락이 건방(乾方)을 향하여 조금 아래로 내려가다가 갑자기 높이 솟아서 산세가 마치 용이 머리를 들고 있는 듯하니, 정자는 바로 그 위에 지어져 있다. 집을 세 칸으로 만들고는 사방을 텅 비게 하였는데, 서북 귀퉁이는 매우 절벽이며, 좌우에는 빽빽한 대나무가 병풍처럼 둘러 있고 삼나무가 울창하다. 동쪽 뜰아래를 탁 트고는 온실(溫室) 몇 칸을 짓고 온갖 화훼(花卉)를 심어 놓았으며, 낮은 담장을 빙 둘러쳤다. … 정자에는 산이 빙 둘러 있고 경치가 그윽하여 고요히 보면서 즐길 수 있고, 밖은 탁 트이고 멀리 아득히 보여서 호탕한 흥금을 열 수 있으니, 앞에서 말한 탁 트여서 좋고 아늑하여 좋다는 것이 어찌 사실이 아니겠는가."는 면앙정 주변의 자연 경관을 눈에 보듯 그리고 있다.

이 자리에 면앙정 정자가 들어서게 된 사연도 흥미롭다. 정자의 옛터에는 본디 곽씨(郭氏) 성을 가진 자가 거주하고 있었는데, 일찍이 곽씨의 꿈에 의관(衣冠)을 갖춘 선비들이 자주 와서 모이는 것을 보고는, 자기 집에 장차 경사가 있을 조짐이라고 생각하여, 아들을 산사(山寺)의 승려에게 부탁해서 공부하게 하였다. 그러나 그가 성공하지 못하고 빈궁하게 되자 마침내 그곳에 있는 나무를 베어 버리고 사는 곳까지 옮겼다. 송 공이 재물을 주고 이곳을 사서 얻자, 마을 사람들이 모두 와서 축하하기를 "곽씨의 꿈이 징험이 있다." 하였으니, 이것은 조물주가 신령스러운 곳을 감추어 두었다가 공에게 준 것이 아니겠는가. 공은 다시 새로운 집을 제월봉 남쪽에 지었는데, 면앙정과 가깝기 때문이었다. 정자의 터는 갑신년(1524, 중종19)에 얻었고, 정자를 짓기 시작한 것은 계사년(1533)이었으며, 그 후 그대로 방치되었다가 임자년(1552, 명종7)에 이르러 중건하니, 그제야 탁 트이고 아늑하여 보기 좋은 것이 모두 다 드러나게 되었다.

송순은 일찍이 정자의 이름을 지은 뜻을 게시하여 객에게 보여 주었으니, 그 뜻은 "굽어보면 땅이 있고 우러러보면 하늘이 있는데, 이 언덕에 정자를 지으니 그 흥취가 호연(浩然)하다. 풍월을 읊고 산천을 굽어보니 또한 나의 여생을 마치기에 족하다."는 것이었다. 공의 이 말을 음미해 보면 송순이 면앙에 자득(自得)한 것을 상상할 수 있다.

아래서 올려다 본 면앙정(俛仰亭)
(전남 담양군 봉산면 면앙정로 382-11)

"아, 갑신년으로부터 지금까지는 40여 년이 지났는데 그 사이 슬픈 일과 기쁜 일, 좋은 일과 궂은 일이 진실로 이루 말할 수 없이 반복되었다. 그러나 송순 공이 굽어보고 우러러보며 여기에서 소요(逍遙)한 것은 끝내 올바름을 잃지 않았으니 어찌 가상하지 않겠는가. 나는 여기에 이름을 남기는 것을 영광으로 여겨 감히 사양하지 못하였으니 또한 이러한 뜻이 있어서였다. 이에 이 글을 쓰노라." 한[257] 것은 기대승이 면앙정 기문에 쓴 말이다.

일찍이 면앙정이 <삼언가(三言歌)>를 지었는데 내용은 이렇다. "머리를 숙이면 땅이 있고 머리를 들면 하늘이 있다. 정자가 그 가운데 있으니 마냥 즐겁기만 하다. 바람과 달을 초청하고 산천을 잡아당기며 청려장을 짚고서 한 백년 보내리라."라고 하였으니 대개 공께서는 허리를 굽히고 땅을 보아도 부끄럽지 않고 머리를 들고 하늘을 우러러 보아도 부끄럽지 않아서 어진 덕망과 소문이 처음부터 마침까지 부족함이 없는 분이다. 오직 그 임금을 사랑하고 나라를 걱정하는 정성이 조금도 해이하지 않아서, 모든 시가 작품에 드러나고 있으니 치사가(致仕歌) 3편, 몽견 주상가 1편, 오륜가 5편, 면앙정 장가(長歌) 1편, 단가 7편, 잡가 1편, 소시에 왕으로부터 황국을 하사받고 지은 옥당가(玉堂歌) 1편, 춘당대 관경 응제 농가 1편 등이다. 방언과 고어가 함께 인용된 문장이라서 풍류적인 정취가 넘쳐 족히 풍속을 후하게 하는 느낌을 주어 나약한 자를 자립하도록 하고 완악한 자를 청렴하게 하는 기상을 담고 있으니 다만 그 당시 관현악기에 맞추어 노래를 불렀을 뿐만 아니라 지금도 그 가사가 유행되어 사라지지 않는다. 송강 정철도 훈민가 제1편, 2편을 지으면서 역시 공의 가사를 인용하였다.[258] 황준량의 <면앙정차운(俛仰亭次韻)> "명리에 발붙이기 어렵다는 걸 일찍 아셨기에/제일가는 산에서 안개와 노을 독차지하셨네./여름 되어도 난간은 가을처럼 시원하고/봄 들면 버들 솜 눈처럼 날리네./달밤에 거문고 타니 마음조차 예스럽고/좋은 시구 바람 따를 붓 아직 안 말랐네./한 번 창생 일으키고 또다시 은거하여/꿈에도 갈매기 따라 강변에서 노니셨으리."를[259] 보면, 정자 면앙정은 다른 문학에도 큰 영향을 미친 공간이었음을 알 수 있다.

🍃 정쟁(政爭)에 시달리다 다시 자연으로 돌아오다

송순은 1550년(명종 5) 대사헌·이조참판이 되었으나 사론(邪論), 즉 도리에 어긋난 논설을 편다는 죄목으로 충청도 서천으로 귀양 갔다. 이듬해에 풀려나 1552년(명종 7) 선산 도호부사가 되고, 이 해에 면앙정을 증축하였다 한다.

송강 정철은 제문에다 "슬프도다. 풍진의 험난한 길을 겪고 겪은 자 많으나, 그 넘어지지 않는 이는 역시 적은데, 조정에 서 있는 60년을 대로(大路)로만 따르며, 마침내 크게 넘어지지 않은 이로 상공(相公)을 보았습니다. 그러니 오늘 나의 비통함이 사사로운 인정에서 나온 것이 아닙니다. 아! 슬프고 서럽도다."[260] 하여 송순의 벼슬살이가 평탄했다고 했다.

> "간사한 무리들이 이미 윤원형에게 아부한 자 많았으니 양연(楊淵)·황헌(黃憲) 등이 비루한 인간으로 임금의 총애를 입었다. 이 두 사람은 원형의 일당이다. … 황헌이 이조판서가 되어 윤원형과 더불어 서로 결탁해 화를 부채질하자 (송순) 공께서 사헌부 대사헌으로 자리를 옮겨 황헌을 논박하려 했으나 좌우 모두가 호응하지 않았다. 공께서 힘을 내어 말씀하시기를 인물이 나아가고 물러난 것은 결코 벼슬을 잃어버릴까 두려워하는 무리들만이 능히 하는 바가 아니며 또한 젊은이들이 갑자기 승진하고 있는데 어찌하여 명예를 그르칠 것인가 하였다. 원형이 이때 사헌부 집의(執義)가 되어 하는 수없이

공의 명령에 따른 것이지 그가 하고 싶은 것은 아니었다. 이때부터 그 일당들 중에 공을 헐뜯는 자들이 사방에서 일어났다."[261]

그러나 윤원형 일파인 황헌(黃憲) 등에게 헐뜯음을 당하고, "1542년 임인(壬寅)에 공은 과연 그들에게 추출되어 전라도 관찰사 겸 명마수군절도사에 제수되었고 황헌은 다시 이조판서가 되어 간당들과 흉악을 꾸미고 있었으며 원형의 기세는 날마다 확장되는 한편 동궁(東宮)의 외로움과 위태로움은 날로 극심하였다." 한 것을 보면, 공이 공직 생활에 재미를 느끼지 못하고 오랜 계획을 세우지 않은 것은[262] 이와 같은 정치 현실에 대해 염증을 느낀 때문이라 짐작해 보는 것도 무리는 아니다. "부군께서는 조정 생활 5십년에 처음에는 채무택·허항 등의 공격을 받았고 중간에는 황헌·양연·윤원형 등의 배척한 바가 되었으며 그 뒤에는 진복창·이무강 등의 배척한 바가 되었다.", "소인배들은 조정에서 권력을 잡으면 정직한 선비는 용납할 줄 모르고 반드시 먼저 배척하고 본다. 끝까지 조금도 굴복하지 않고 네 분 임금을 모신 뒤 늙은 몸으로 고향에 물러와 집 후원 언덕 위에 정자를 짓고 이름 하여 가로되 '면앙(俛仰)'이라고 하였으니 이는 여기에서 고개 들어 하늘을 우러르고 허리를 굽혀 땅을 살펴본다는 뜻이다." 하고, "죽여(竹輿)를 타고 소나무 아래를 오가면서 날마다 이웃 늙은이들과 더불어 편안히 앉아 담소하면서도 임금을 사랑하고 나라를 걱정하는 정성은 일찍이 조금도 해이하지 않았음이 책 속의 가곡에 담겨있다."[263] 한 것을 보면, 송순은 뜻이 통하는 선비들과 자연에 묻히어 꼿꼿한 뜻을 유지하며 정치 현실의 고뇌에서 벗어나려 했음을 알 수 있다.

태산(泰山)이 높다 ᄒ되 하늘 아래 뫼히로다
오르고 ᄯᅩ 오르면 못 오를 리 업건마는
사람이 졔 아니 오르고 뫼흘 높다 ᄒ더라
　　　　　　(양사언 楊士彦, 1517~1584, 『청진(靑珍)』, 『역·시』 3061,
　　　　　　　　　　　　　이삭대엽二數大葉, 우두거羽頭擧)

태산이 높다지만 하늘 아래 산이로다.

오르고 또 오르면 못 오를 리 없지마는

사람이 제 아니 오르고 뫼를 높다 하더라.

❧ 부모님 사랑은 태산보다 높아라

태산(泰山)은 중국 산동성 중부에 있는 산으로, 5악 가운데 '동악(東嶽)'이다. 해발 1,545m이니 우리나라 태백산(1,567m) 정도의 높이이지만, 흔히 '높다'는 뜻으로 쓰이며, 안정되어 끄떡없음을 비유하기도 한다. "태산(泰山)이~"는 시조뿐만 아니라 악장 <감군은(感君恩)>에도 비슷한 구절이 나오니 매우 일반적인 표현으로 보인다. "태산이 높다는 것은 정자(程子)의 말씀인데, 다만 태산이 비록 높지만 한계가 있다는 것으로, 어떤 일이라도 반드시 한계가 있음을 비유한 것"이라고[264] 하였다. "순임금이 하늘의 명을 받아 왕위를 이은 후에, 순임금이 어찌 하늘이 내리신 임금 자리가 지극히 중하고 귀함을 몰랐으랴. 다만 (임금 자리를) 부모에 비했을 때는 헌신짝에 불과하다는 것일 따름이라. 태산이 비록 높으나 그 지극함을 하늘과 비교한다면 도리어 낮은 것이니 그 이치가 또한 같은 것이라. 신하가 임금을 바라볼 때 그 높이가 하늘과 한 가지여서 비록 중하지만 어찌 하늘같은 부모에 비할 수 있겠는가?"[265]

순임금의 효성이 돋보이는 일화는 아래와 같다. 순은 전욱(顓頊)의 6세손으로 아버지는 완고하고 포악하기로 유명한 고수(瞽瞍)이다. 순의 생모가 죽자 곧 후처를 얻어 이복동생인 상(象)이 태어났는데, 양친은 모두 온화한 순을 학대하고 상만을 귀여워했으나 순은 참으면서 효도를 다했다.

순의 이복동생 상이 어머니와 짜고 아버지 고수를 끼어 순을 죽이려 하였다. 하루는 순에게 광의 지붕을 수리를 부탁하고, 순이 올라간 뒤 사다리를 치우고 불을 질러 태워 죽이려 하였다. 순은 미리 준비해 간 2개의 삿갓을 펴서 날듯이 내려와 위기를 모면하였고, 또 한 번은 우물을 파게 한 후 순이 나오려 하자 흙을 덮어 씌워 생매장하려 하였으나 순은 미리 위험을 예측하고 옆으로 빠지는 통로를 미리 마련해 놓았다가, 그곳으로 빠져나와 죽음을 모면했다. 우물에서 빠져나와 집으로 돌아온 순은 평상 위에서 거문고를 타고 있었다. 순의 동생인 상은,

'이번에야말로 순이 꼭 죽었을 것이다. 두 형수들은 나의 잠자리 시중을 들게 하리라.'
하고 뽐을 내며 집에 돌아왔는데, 집에 돌아와 보니 순이 태연히 거문고를 타고 있지 않은가. 상은 겸연쩍은 표정을 지으며,

"형님 걱정하느라 몹시 속을 태웠습니다."라고 하였다.

그런 일이 있은 후에도 순은 전과 다름없이 부모를 극진히 받들었고 동생을 변함없이 사랑하였다. 요임금은 순의 인물됨을 높이 평가했고 이어서 여러 요직에 등용하여 시험해 본 결과 모두 훌륭하였다. 순은 20세에 효행으로 유명해졌고, 30세에 등용되고, 50세에 섭정이 되었다가 58세 때 요임금이 죽고 61세 때 정식으로 제위에 올라 39년 동안 재위하였다.[266]

태산이 비록 높다지만 그 지극함을 하늘과 비유하면 낮은 것이고, 임금의 은혜 비록 높지만 부모의 은혜에 비할 수는 없다 하였으니, 높은 것을 두고 견줄 때 태산은 늘 비교 기준이 된다. 어머니의 뒤를 이은 계모에게도 지극한 정성을 기울인 순임금의 극진한 효성을 보면, 효란 자신이 정신적 지향 가치로 실천할 때 의미를 가지는 것이지, 부모에게서 물려받은 가시적이거나 물질적 가치를 따지기 시작한다면 실행이 어려운 것이다. 부모를 모시는 일에 일정한 조건이 전제된다면 효는 실천하기 어려운 것이고, 실천 또한 의미가 없는 것이다.

🐌 불가능한 꿈은 없다

"태산(泰山)이 놉다ᄒ되 하늘 아래 뫼히로다"라는 표현은 "태산이 놉다 해도 새가 나라 너머 가고/호해(湖海)가 멀다 해도 배를 져어 건너가니/우리도 간난(艱難)ᄒ 국가사를 힘만 쓰면"(『源가』, 『역·시』 3063)에도 쓰였다. 태산이 제 아무리 높다 하지만 새가 날아서 넘어갈 수 있고, 바다가 넓다 하여도 배를 저어 건널 수 있으니 우리도 힘써 일하여 나랏일의 어려움을 헤쳐 나가자 했다.

김천택의 시조 "태산에 올라 안자 천하를 두로 보니/세로(世路)ㅣ 다기(多岐)ᄒ여

어이져리 머흔게고/완적(阮籍)이 이러홈으로 궁도곡(窮途哭)을 ᄒ닷다"(『청진(靑珍)』 3060)
는 태산에 올라가서 세상을 내려다보는 심회를 담았다. 진(晉)나라의 완적(阮籍)이 놀
러갔다가 수레가 통과하지 못하는 곳에 이르러 통곡했다는 고사를 떠올리며, 세상
에 여러 갈래의 길이 있는데 참으로 험하기도 험하다 했으니 인생길의 험난한 여정
을 되새기고 있다. 태산에 오르니 그 험난한 인생길을 헤쳐 나가기 위한 노력도 부
질없이 여겨진다는 것인지, 아니면 거칠다고 여겼던 인생길도 태산에 비하면 보잘
것 없다는 것인지 모호하다. 완적의 예를 든 것을 보면, "태산에 올라 내려다보니
세상길이 저리 여러 갈래로 되어 있음을 알겠다. 때론 탄탄대로를 걷게 되지만, 때
론 인생의 막다른 곳에서 어려움을 겪으며 좌절할 때도 있으리니 이 모든 것을 의
연히 받아들이며 살라."는 메시지를 담은 것으로 보인다.

양사언의 시조 "태산이~"의 화법이 가장 보편적이다. "이상을 가지고 도전하고
정진한다면 목적을 달성할 수 있을 것이요, 처음부터 체념하고 용기를 내지 않는다
면 아무 일도 못 이루고 말 것이다."라 하여[267] 꾸준한 정진과 노력을 강조하고 있
다. 세상의 어떤 것이나 그 높고 낮은 것은 상대적인 것이지 절대적이지는 않으니
어려움을 넘지 못할 산으로 여기지 말라는 격려를 담았다. 양사언은 산의 정자에다
'열운정(閱雲亭)'이라는 이름을 붙여주면서, "인간 세상의 사생(死生) 궁달(窮達) 비환(悲
歡) 이합(離合)을 한길에서 편히 볼 수 있고, 한 정자 아래에서 모두 지켜볼 수 있으
니, 결국 이것은 무엇일까? 천지간의 여관이 되고, 세상일은 뜬구름과 같아, 여기에
앉아 모두 볼 수 있으니 마치 늙은 선인이 세상을 구경하면서 죽지 아니하고 우뚝
하게 홀로 살아있는 것과 무엇이 다를까. 이것이 내가 이름을 그렇게 붙인 까닭이
다"라고 했다.[268]

하늘이 높은 산을 만들 때 동쪽에 솟게 하고,
아름다운 이름 소금강이라 전하였네.
봉우리는 높이 솟아 은하수에 닿았고,
푸른 기운은 하늘 밖까지 이었구나.
하늘에선 범종 소리 우레처럼 울리고

나무 위의 금빛 사찰은 햇빛처럼 빛나네.
나직이 아래로 삼천 세계 내려다보니
눈 밑에 하늘과 땅 모두 아득하여라.[269]

위는 양사언의 <운악산(雲岳山)>이라는 시다. 높은 산봉우리에 올라 세상을 내려다보면, 속세에서 그리 높게 여겨졌던 것도 다 티끌에 불과함을 느끼는 법이다. 이익은 『성호사설』에서 양사언을 두고 "신선에 끼는 인물이다. 그 글씨 또한 인물과 같은데 사람들은 다만 그 글씨가 진속(塵俗)을 벗어난 줄만 알고 그의 시가 세상 사람의 말이 아님을 알지는 못한다."[270]라고 평가하였고, 허균도 그가 풍악에서 놀 때 돌 위에 쓴 시를 소개하면서 신선의 흥취가 있다고 한 것[271]도 양사언의 "태산이~"를 높은 경지에서 아래를 내려다보는 것 같은 마음을 담은 것으로 해석할 수 있는 논거를 제공한다.

◎ 〈분천강호가(汾川講好歌)〉   이숙량(李叔樑, 1519~1592)

부모구존(父母俱存)ᄒ시고 형제무고(兄弟無故)호몰
늠대되*) 닐오디 우리지븨 ᄀᆺ다터니
어엿븐 이내 ᄒ 모몬 어듸 갓다가 모ᄅᆞᆫ뇨
- "이는 부모 형제를 그리워하여 지은 노래이다(此慕父母兄弟之歌也)"

▶ 현대어 풀이
부모 살아계시고 형제 탈 없기를
남들에게 말하기를 우리 집같이 하라했는데,
가련한 이내 몸만 왜 그걸 몰랐던가!

*) 대되 : 일이 됴흔 世界 늠대되 다 뵈고져(<송강가사> 1:9)

부모(父母)님 겨신 제는 부모(父母)닌 주롤 모ᄅ더니
부모님 여읜 후에 부모닌 줄 아로라
이제사 이 ᄆ슴 가지고 어듸다가 베프료
　　　 - "이는 부모님 살아계실 적에 제대로 모시지 못한 것을 한탄한
　　　　　　　　　　　 노래이다(此追恨其未及養也)"

▶ 현대어 풀이
부모님 살아계실 때는 그 은혜 몰랐는데,
부모님 여읜 후에 그 은혜 알겠구나.
이제야 뉘우친들 어떻게 보은하랴.

디난 일 애ᄃ디 말오 오는 날 힘ᄡᅥ스라
나도 힘 아니 ᄡᅥ 이리곰 애ᄃ노라
닉일란 ᄇ라디 말오 오늘 나롤 앗겨스라
　　　 - "이는 후손들에게 위의 2장을 힘써 실천하라고 당부하는
　　　　　　　　　　　 노래이다(此結上二章而勉進後人世也)"

▶ 현대어 풀이
지난일 애달파 말고 오늘날 힘써라.
나도 힘 아니 쓰다 이렇게 애달프도다.
내일을 기다리지 말고 오늘을 아껴 쓰라.

형제(兄弟) 열히라도 처어믄 ᄒ모미라
ᄒ나히 열힌 주롤 뉘 아니 알리마는
엇더디 욕시메 걸여 ᄒᆫ 모민 주롤 모ᄅᄂ뇨
　　　 - "이는 형제를 깨우치게 하려는 노래이다(此警兄弟)"

▶ 현대어 풀이

형제가 열이라도 한 몸에서 태어났다.

한 몸에서 태어났음을 모를 리 없건마는

어찌하여 욕심 때문에 한 몸인 줄을 모르는가!

졈더니 늘거가고 늘그니 져서 가니

우리 종조기 쏘 며치 인는고

이제나 잡무슴 업시 혼잔 수룰 눈화 먹새

　　　 – "이는 친척 피붙이들을 타일러 당부한 내용이다(此戒親戚)"

▶ 현대어 풀이

젊다가 늙어가고 늙으면 쇠락해 가네.

우리들 무리가 또 몇이나 있는가.

이제야 딴 마음 없이 한잔 술을 나눠 먹세.

공명(功名)은 재천(在天)ᄒ고 부귀(富貴)ᄂᆞᆫ 유명(有命)ᄒ니

공명부귀(功名富貴)ᄂᆞᆫ 히므로 몯 ᄒ려니와

내 타난 효제충신(孝悌忠信)이쏜 어니 히믈 빌리오

　　　　 – "이는 위의 5장을 잘 실천할 것을 재삼 강조한

　　　　　것이라(此總結上五章而反復勉之)"

▶ 현대어 풀이

공명은 하늘에 있고 부귀도 운명이니

공명과 부귀는 인력으로 이루지 못 하거니와

내 타고난 효제충신이야 어찌 힘을 빌리리오

　　　　(이숙량李叔樑, <분천강호가(汾川講好歌)> 자필본 ; 심재완, 정본

　　　　　　　　　　　　　　　　　　『시조대전』)

농암(聾巖) 종택 앞을 흐르는 분강의 모습. 바위 아래에서 찬 기운의 물이 솟아올라, 몸에 소름이 돋을 정도라는 의미에서 이곳을 한속담(寒粟潭)이라 지칭한다.

🦩 인간의 가장 기본적인 조건인 효제충신을 깨우치다

농암 종택에서는 매월 초하루와 보름에 예를 행하였다. 행사의 마지막엔 아이들로 하여금 매암(梅巖) 이숙량이 지은 <분천강호가> 6장을 합창하게 했다.[272] "이 노래를 듣고도 마음에 뜨끔한 감동이 없는 자는 사람 자식으로서의 마음이 부족한 자이며 나의 노래를 듣고도 분발하고 뉘우쳐 깨닫지 못하는 자는 이른바 금수에 가까운 것이니 어찌 경계하고 두려워하지 않을 수 있으랴."라고[273] 했고, "깊고 긴 밤에 팔에 그리고 가슴에 쓰면서 다만 약간이라도 그를 구출할 방법을 구하다가 마침내 한 가지 방법을 얻었다" 했다. 그러므로 이 가르침을 '위압으로 하는 것이 착한 마음으로 감동시킴만 같지 못하고 사람을 따라오도록 꾸짖기보다 내가 먼저 실행하는 것이 낫다'고 했다.[274] 선조들은 생활 속에서 사람이기 위한 기본 조건인 윤리를 되새기고 깨우쳤음을 알 수 있다. 부귀와 공명을 얻기 위해 욕심을 부리지 않고, 인간으로서의 기본적 도리인 효제충신을 지켜나간다는 내용을 담고 있다.

예를 행한 후 술을 돌리고 나면 여러 아이들이 번갈아 노래하게 한다. 노래 가사는 모두 6장이니 첫째, 둘째 장은 부모 형제가 살아계실 때 그 소중함을 깨달아 더 정성껏 모시지 못하다가 돌아가신 다음에야 그 은혜를 알아서 사무치게 그리워하는 마음을 노래한 것이고, 셋째 장은 위의 두 장을 묶어서 부모 형제를 떠나보내고 가슴 치며 후회하지 말고 지금이라도 하루하루를 아껴 정성스럽게 살아갈 것을 후인들에게 권면(勸勉)하는 것이요, 넷째 장은 한 부모의 기를 받아 태어난 형제가 서로 볼썽사납게 이익을 다투지 말라는 경계를 담고 있다. 다섯째 장은 인생은 유한한 것이니 서로 반목하지 말고 도란도란 마음 나누면서 살아가자고 친척들을 경계한 것이고, 여섯째 장은 위의 다섯 가지를 묶어서 다시 권하고 진언(眞諺)을 섞어서 부르게 한다. 그 진언은 지금 쓰지 않는다.[275]

이 작품의 내용은 격언이나 잠언에 가까운데, 첫째, 부모님을 여읜 후에는 뉘우쳐도 소용이 없으니 살아생전에 효를 다하라. 둘째, 매일매일 노력하고 힘쓰지 않으면 애달파지니 내일을 기다리지 말고 오늘을 아껴 쓰라. 셋째, 부모에게 같은 기운을 받고 태어났으니 욕심 때문에 형제의 우애를 저버리지 말라. 넷째, 친척들끼리 다정히 마음을 나누며 살아야 한다. 다섯째, 공명과 부귀만을 추구하지 말고 부모와 형을 잘 섬기고 성실하고 거짓 없이 살아야 한다 등의 가르침을 담고 있다.

농암 종택 내 분강서원의 모습

"사람이 사람일 수 있는 것은 오직 인륜을 가지기 때문이라."고 했다. 인륜 가운데 가장 중한 것은 부모에 대한 효도와 형제간의 우애이다. 정약용이 자기 아이들에게 "'효'를 하게 되면 반드시 '충'하게 되고 '제(悌)'하면 반드시 '공(恭)'하게 되며, 힘쓰지 않아도 부부는 화합하게 되고 친구들 사이에 신의를 지킬 수 있다."고 가르친 것도 인륜 가운데 효와 우애를 가장 근본으로 삼았기 때문이다.[276] 이숙량도 사람이 사람다운 것은 인륜을 가질 때라는 말을 그대로 인용하면서, "효와 형제간의 우애를 으뜸으로 중시했다. 사람이 부모에 대한 효와 형제간의 우애를 모르면 금수와 다를 바가 없어진다. 사람이 금수와 같은 짓을 하면 마땅히 죄를 주어야 하겠지만 그렇게 된 원인을 찾아보면 역시 본바탕에 교양을 갖추고 가정의 법도를 엄히 하는 데 소홀했기 때문임을 알 수 있다. 그러는 사이에 어느새 금수처럼 되는 것이다. 부형된 자가 어찌 그렇게 된 까닭을 생각해 보지 않고 아이에게만 허물을 돌릴 수 있겠는가? 이것이 내가 근심하고 한탄하며 잠을 이루지 못하고 옛날의 부형(父兄)을 생각하는 까닭이라"[277] 하였다. 인륜이 땅에 떨어졌음을 한탄하면서도 인성교육을 선행하지 않는 현대 교육에 경종을 울려주고 있다. 인간의 윤리가 제대로 교육되고 실천되려면 이와 같은 전통의 가르침이 몸에 배도록 장기간에 걸쳐 꾸준한 인성교육이 이루어져야 할 것임은 물론이고, 부모를 비롯한 모든 어른들이 모범적인 삶을 살아야 할 것이다. 사회적 가치 지향과 교육의 최종 목표를 수정하는 일이 선결과제이다. 너나 할 것 없이 물질의 가치를 우선으로 여기고, 당장에 써먹을 만한 지식을 최고의 가치로 여기는 근시안적 교육이라면 자기를 돌아보고 수양하는 '인간과 인격' 완성을 위한 가르침은 요원하기 짝이 없다.

도산도(陶山圖) 중 분강촌(汾江村) 일대
(이성원 편, 『때때옷의 선비–농암 이현보』, 국립중앙박물관, 2007, p.42)

우리는 부형의 깊은 사랑과 정성을 늘 뒤늦게 안다. 자신 또한 부모가 되고, 손 윗사람이 되어 같은 처지에 놓이고 비슷한 경험을 해야만 지난날 부형의 말과 행동에 담긴 진정한 마음을 알기 때문이다. 돌아가신 부형을 뒤늦게 그리워한다는 위의 말은 "내 마음 시름에 겨워 돌아가신 아버님 생각하네. 새벽마다 잠 못 이루며 부모님 그리워하네."[278]라고 한 『시경(詩經)』의 기록과 같은 맥락일 것이다. 지나고 나서 후회하지 말고, 더 늦기 전에 가장 소중한 인간의 가치와 삶의 가치를 깨달아야 한다는 이 시조의 메시지가 긴 여운으로 가슴에 남는다. 요즘에는 부모에 대한 효성의 정도를 다른 형제와 물리적으로 견주는 경우가 많다. 효란 부모와 자식 간에 전하는 진심이거늘 남과 견주어 곁눈질 하거나 떠들썩하게 드러내는 것은 부끄러운 것이 아니겠는가!

🐌 형제가 볼썽사납게 이익을 다투지 말라는 가르침

형제라는 것은 겉모습을 나누고 한 부모의 기운을 이은 사람이다. 어릴 때에는 밥상을 같이하고, 옷을 전해 입으며, 책상을 나란히 하고 함께 놀았으니 설령 조금 도리에 어그러진 사람이라 할지라도 서로 좋아하고 사랑하지 않을 수 없는 존재이다.[279] 이에 형제자매를 부모님의 기운을 함께 받은 동기(同氣)라고 부르지 않는가. 『시경(詩經)』의 가르침에 따라, 형과 아우는 서로 좋아하여 의심하거나 망설이지 말라 하였고, 형제간에는 마땅히 서로 좋아하고 서로 괴롭히지 말아야 한다고 전했다. 대개 형제간에 서로 화목하지 못한 까닭은 자신이 먼저 베풀었는데 그 보답을 돌려받지 못했다는 근심 때문일 텐데, 형제간에는 자기의 도리를 먼저 행하고 인정을 베풀고 난 후에 돌려받을 생각을 접고서 계속 의로움과 은혜를 유지하는 것이 좋다고 가르쳤다.[280]

무릇 형제간에 화목하지 못한 사람은 서로 이기려고 기를 쓰기 때문이라고 했다. 그러면서 『소학』 선행 편에 "형제간에 효도와 우애가 극진하여 한 푼의 돈과 한 치의 포백도 서로 나누어가지니 그 아내들도 따라서 매우 화목"했다고 소개된 최효분(崔孝

芬)과 최효위(崔孝暐)의 사례, "아우가 술에 취해 소를 쏘아 죽였음에도 평화로운 안색으로 태연히 글을 읽은" 우홍(牛弘)의 예를 들었다.[281] 우홍은 성격이 관대하고 후덕했으며 배우기를 좋아해 박문(博聞)하여 수나라에 들어가 비서감(秘書監)이 된 인물이다.

물질이 정신을 지배해가는 현대 사회에서 형제간에 이득을 생각 않고 미리 베풀고, 돌려받을 생각을 하지 말고 지속적으로 형제간의 우애를 유지하는 일은 쉽지 않은 일일 것이다. 어떤 이유에서건 형제간의 정신적 긴밀성이 약해져 있거나 배우자 등 제3자의 시선에서 이해타산을 따지게 된다면 형제간의 우애를 유지하는 일은 더더욱 어려워진다. 선조들의 가르침을 보면 형제간의 우애도 부모가 자식에게 베푸는 사랑의 크기에 못지않음을 알 수 있다. 베푼 만큼 받겠다는 생각을 버리고, 탓하기보다는 위하고, 나보다 못한 처지를 애달파 하고, 형제의 흥허물을 부드러운 시선으로 감싼다면 어찌 형제간에 이익과 물질의 논리가 파고들 수 있겠는가!

◎ 〈고산구곡가(高山九曲歌)〉   이이(李珥)(1536~1584)

> 고산(高山) 구곡담(九曲潭)을 사룸이 모로더니
> 주모복거(誅茅卜居)ᄒ니 벗님너 다 오신다
> 어즈버 무이(武夷)를 상상(想像)ᄒ고 학주자(學朱子)를 ᄒ리라

▶ 현대어 풀이
고산의 아홉 구비 남들은 모르더니,
풀 베고 터 닦으니 벗님네 다 오시네.
어즈버 주자(朱子) 떠올리며 주자학을 배우리라.

고산구곡시화병(高山九曲詩畵屛) 가운데 1곡관암도(一曲冠巖圖)(국보 237호, 김홍도 그림, 문화재청, 『한국의 국보-회화 조각』, 씨티파트너, 2008, p.88)

일곡(一曲)은 어디미오 관암(冠岩)에 히 비췬다
평무(平蕪)에 니 거드니 원산(遠山)이 그림이로다
송간(松間)에 녹준(綠樽)을 노코 벗 오는 양 보노라

▶ 현대어 풀이
한 구비 어디인가 갓 바위에 해 비치네.
들판에 안개 걷히니 저 멀리까지 그림이로다.
솔밭에 술통 놓고 벗 오는 모습 보아라.

이곡(二曲)은 어디미오 화암(花岩)에 만춘(晚春)커다
벽파(碧波)에 곳을 씌워 야외(野外)로 보니노라
사람이 승지(勝地)을 모로니 알게흔들 엇더리

▶ 현대어 풀이
둘째 구비 어디인가 꽃 바위에 봄 깊었네.
푸른 물결에 꽃을 띄워 들 밖으로 보내노라.
남들은 이 경치 모르니 알게 한들 어떠하리.

삼곡(三曲)은 어디미오 취병(翠屏)에 닙 퍼젓다
녹수(綠樹)에 산조(山鳥)는 하상기음(下上其音) 흐는 적의
반송(盤松)이 바룸을 바드니 녀름 경(景)이 업시라

▶ 현대어 풀이
셋째 구비 어디인가 첩첩이 신록일세.
나무엔 산새들이 곳곳에서 지저귈 제,
반송(盤松)에 산들바람 더운 기색 전혀 없네.

사곡(四曲)은 어디미오 송애(松崖)에 히 넘거다
담심암영(潭心岩影)은 온갖 빗치 줌겨셰라
임천(林泉)이 깁도록 됴흐니 흥(興)을 계워 흐노라

▸ 현대어 풀이

넷째 구비 어디인가 소나무 벼랑에 해가 지네.
소(沼)에 비친 바위 그림자엔 온갖 빛이 울긋불긋
산 깊을수록 더욱 좋아 흥에 겨워하노라.

오곡(五曲)은 어디미오 은병(隱屛)이 보기됴타
수변(水邊) 정사(精舍)은 소쇄(瀟灑)홈도 マ이 업다
이 중(中)에 강학(講學)도 흐려니와 영월음풍(咏月吟風)
흐리라

▸ 현대어 풀이

다섯 구비 어디인가 석벽이 보기 좋다
물가에 정자에선 머릿속까지 맑아진다.
여기서 공부도 하려니와 풍월도 읊으리라.

육곡(六曲)은 어디미오 조협(釣峽)에 물이 업다
나와 고기와 뉘야 더욱 즐기는고
황혼(黃昏)에 낙디를 메고 대월귀(帶月歸)를 흐노라

▸ 현대어 풀이

여섯 구비 어디인가 낚시터가 널찍하다
나와 고기와 누가 더욱 즐기는가.
해질 무렵 낚싯대 메고 달빛 데리고 돌아오리.

고산구곡시화병(高山九曲詩畵屛)
가운데 7곡단풍도(七曲冠巖圖)(국보
237호, 문경집 그림, 문화재청, 『한
국의 국보-회화 조각』, 씨티파트
너, 2008, p.93)

칠곡(七曲)은 어디미오 풍암(楓岩)에 추색(秋色)됴타
청상(淸霜) 엷게 치니 절벽(絶壁)이 금수(錦繡) ㅣ로다
한암(寒岩)에 혼ᄌ 안쟈셔 집을 잇고 잇노라

▸ 현대어 풀이
일곱 구비 어디인가 단풍바위 가을빛 좋구나.
무서리 엷게 내리니 절벽엔 단풍 곱구나.
찬 바위에 혼자 앉아 집을 잊고 지내노라.

팔곡(八曲)은 어디미오 금탄(琴灘)에 둘이 붉다
옥진(玉軫) 금휘(金徽)로 수삼곡(數三曲)을 노는 말이
고조(古調)을 알니 업스니 혼ᄌ 즐겨 ᄒ노라

▸ 현대어 풀이
여덟 구비 어디인가 달 아래 여울 소리
거문고 부여잡고 두세 곡을 연주하니
옛 곡조 알 이 없어 혼자 즐거워하노라.

구곡(九曲)은 어디미오 문산(文山)에 세모(歲暮)커다
기암(奇巖) 괴석(怪石)이 눈속에 무쳐셰라
유인(遊人)은 오지 아니ᄒ고 볼 것 업다 ᄒ더라

▸ 현대어 풀이
아홉 구비 어디인가 문산(文山)에 한 해 저문다.
기괴한 바위들이 눈밭에 묻혔구나.
나그네들 와보지 않고 볼 것 없다 하더라.

(이삭대엽二數大葉)

🐟 이상의 좌절과 학주자(學朱子)의 소원

1573년 선조 6년, 율곡은 38세에 접어들어 서서히 불혹의 고개를 향하고 있었다. 그해 여름에 홍문관 직제학(정3품)에 임명되었으나, 세 번을 상소하고 나아가지 않았다. 1574년 선조 7년 율곡의 나이 39세 정월에 우부승지로 승진하였으나 나아가지 않았고, 3월에 사간원 대사간(정3품)에 임명되었으나 역시 나아가지 않았다. 그해 10월 임금은 그를 황해도 관찰사로 임명하였다. 이번에는 율곡이 부임하여, 곧 "황해도의 백성들이 겪는 폐단을 아뢰는 상소"를 올린다. 그는 백성들의 병고(病苦)로, 서쪽 국경 지역에 가서 수자리를 사는 데 따르는 고통이요, 또 한 가지는 황해도 도민이 궁중에 물건을 바치는 일이 너무 번거롭고 무겁다는 어려움이었다.[282] 그러나 이 상소는 공허한 메아리였고, 율곡은 관찰사의 직책에 오래 머물지 않았다.

1578년(선조 11년), 이제 율곡은 황해도 해주 석담(石潭)의 동쪽에 은병정사(隱屛精舍)를 지었다. 그리고 그 북쪽에 주자의 사당을 세웠다. <고산구곡가>는 이때에 지어졌다. 『율곡집』에 "주자가 말하기를, 독서를 함에는 모름지기 몸을 단정하게 정좌하여 눈을 지그시 뜨고 미미한 것을 음미하며, 마음을 비우고 숙독(熟讀)하여 깊이 익히며, 몸을 절실하게 성찰하여 한 구의 글을 읽으면 그 한 구를 몸소 살펴야 자신이 장차 깊은 곳을 얻을 수 있다."[283]하고, 몸에서 구한 뒤에 책에서 구해야 읽을 때의 소견이 후에도 이어져 글을 읽는 참맛이 난다고 적었으니 주자학에 침잠하자는 율곡의 다짐이 바로 이러했을 것이다.

5서(書)와 5경(經)을 돌려 가면서 많이 읽어, 끊임없이 이해하면 의리(義理)가 나날이 밝아질 것이다. 그리고 송(宋)나라 때의 선현(先賢)들이 지은 『근사록(近思錄)』·『가례(家禮)』·『심경(心經)』·『이정전서(二程全書)』·『주자대전(朱子大全)』·『주자어류(朱子語類)』와 같은 서적과 그 밖의 성리학설을 틈틈이 정독하여 의리가 항상 내 마음에 젖어들어 어느 때고 끊임이 없어야 한다. 그리고 남은 힘으로는 역사서를 읽어 고금의 일과 사건의 변천에 통달하여 식견을 길러야 한다. 이단(異端)이나 잡다한 종류의 바르지 못한 서적은 잠시라도 펼쳐 보아서는 안 될 것이다. 독서를 할 때에는 반드시 책 한 권을 숙독(熟讀)하여서 의미를 모두 알아 의심이 없이 환히 알게 된 후에 다른 책으로 바꿔 읽어야 하니, 많이 읽으려고 욕심내고 무언가 얻어 내는 데만 힘써 이것저것 바삐 보아

넘겨서는 안 된다.[284]

성현들의 책을 의심 없이 통달할 수 있을 때까지 끊임없이 읽고, 이단이나 잡다한 서적은 읽지 말며, 책에 욕심을 내어 바쁘게 읽어서는 안 된다는 훈계를 담았다. 『격몽요결』에서 학문하는 자는 오로지 도만을 향해야 할 것이니, 외물이 지배하는 바가 있으면 안 될 것이며, 바르지 못한 외물은 마땅히 마음에 두지 말아야 한다고 한 것도 한마음이었을 것이다.

"몸소 바르게 실천하려는 이는 반드시 성리학(性理學)을 정밀히 해야 할 것이니, 성리학을 정밀히 하는 것은 몸소 바르게 실천하기 위한 것이다. 그런데 도리어 몸소 실천하는 것을 불문에 붙이는 것은 무엇 때문인가 하였습니다. 이런 말은 매우 절실하니, 전하께서는 유념(留念)하시옵소서."에서[285] 율곡은 성리학을 공부하는 궁극적인 목적이 몸소 바르게 실천하기 위한 것임을 강조하고 있다.

<고산구곡가>는 율곡이 주자학을 공부하겠노라고 마음먹고 자리 잡은 은병정사 주변의 정경을 4계절의 변화에 맞추어 정연하게 묘사하고 있다. 봄에는 꽃, 여름엔 신록과 산들 바람, 가을엔 단풍바위, 겨울엔 기괴한 바위 위에 쌓인 눈을 제재로 삼아 순차적으로 그려내어 한편의 한국화·수묵화를 연상하게 한다. 솔밭에 술통을 놓고 이 그림 같은 공간을 찾아드는 사람을 묘사하고, 낚싯대를 멘 모습, 거문고를 부여잡고 옛 곡조를 연주하는 모습, 정신까지 맑아지는 정자에 앉아 학문에 몰두하고 시를 읊조리는 사람의 모습을 그렸으니 자연이 곧 사람이요 사람이 곧 자연이 된 분위기이다. <무이구곡가>가 만정봉, 옥녀봉, 바위산, 바위벽, 은병(隱屛), 선장암(仙掌岩), 고루암(鼓樓巖) 등으로 장소를 옮겨가며 주변 별천지에서의 흥취와 감흥을 묘사했다면 <고산구곡가>는 4계절 시간의 흐름에 따라 주변의 절경을 묘사하면서 그 속에 인간의 활동과 풍류를 집어넣어 몇 폭의 그림이 눈앞에서 움직이는 것 같은 느낌을 자아내게 한다.

우암 송시열(宋時烈)은 <고산구곡가>를 다음과 같은 한시로 번역하였다. 여기서는 원문과 번역의 순서를 바꾸어 제시하고자 한다.

"고산의 아홉 구비 남들은 모르더니,/풀 베고 터 닦으니 벗님네 다 오시네./이에 주자(朱子)를 떠올리며 주자 배우기를 바라노라(高山九曲潭 世人曾未知 誅茅來卜居 朋友皆會 之 武夷仍想像 所願學朱子)"(序)

"일곡은 어디인가 갓 바위에 해 비치네./들판에 안개 걷힌 후에 먼 산이 그림 같구나./솔밭에 술통 놓고 우두커니 벗 오기만을 기다리노라(一曲何處是 冠巖日色照 平蕪煙斂後 遠山眞如畵 松間置綠樽 延佇友人來)"(右冠巖)

"이곡은 어디인가 꽃 바위에 봄 깊었네./푸른 물결에 꽃을 띄워 들 밖으로 보내노라./좋은 경치를 남들은 모르니 알게 한들 어떠하리(二曲何處是 花巖春景晩 碧波泛山花 野外流出去 勝地人不知 使人知如何)"(右花巖)

"삼곡은 어디인가 석벽 위엔 잎이 우거졌네./나무엔 산새들이 오르락내리락 지저귈 제,/반송(盤松)은 청풍 받아 더운 기색 전혀 없네(三曲何處是 翠屛葉已敷 綠樹有山鳥 下上其音時 盤松受淸風 頓無夏炎熱)"(右翠屛)

"사곡은 어디인가 소나무 벼랑에 해가 지네./소(沼)에는 바위 그림자 비치어 갖가지 빛깔이 잠기었네./산 깊을수록 더욱 좋아 흥겨움을 이기기 어렵구나(四曲何處是 松崖日西沈 潭心巖影倒 色色皆蘸之 林泉深更好 幽興自難勝)"(右松崖)

"오곡은 어디인가 석벽이 가장 보기 좋다/물가에 정자 있어 머릿속까지 맑아진다./때로는 공부도 하고 때로는 풍월도 읊으리라(五曲何處是 隱屛最好看 水邊精舍在 瀟灑意無極 箇中嘗講學 咏月且吟風)"(右隱屛)

"육곡은 어디인가 물가 낚시터가 널찍하다./나와 고기 알 수 없구나! 그 누가 즐거운지,/해질 무렵 낚싯대 메고 달빛 즐기며 돌아오리(六曲何處是 釣峽水邊闊 不知人與魚 其樂孰爲多 黃昏荷竹竿 聊且帶月歸)"(右釣峽)

"칠곡은 어디인가 단풍바위에 가을빛 곱구나./무서리 엷게 내리고 절벽엔 단풍 곱구나./찬 바위에 혼자 앉아 즐기다 집 생각 잊노라(七曲何處是 楓巖秋色鮮 淸霜薄言打 絶壁 眞錦繡 寒巖獨坐時 聊亦且忘家)"(右楓巖)

"팔곡은 어디인가 여울에 비친 달이 밝다./거문고 부여잡고 즐거이 두세 곡 연주하니/옛 곡조 알 이 없어 홀로 즐거움 누리네(八曲何處是 琴灘月正明 玉軫與金徽 聊奏數三曲 古調無知者 何妨獨自樂)"(右琴灘)

"구곡은 어디인가 문산(文山)에 한 해 저문다./기괴한 바위들이 눈 속에 모습 감추었네./나그네들 와보지 않고 볼 것 없다고 헐뜯더라(九曲何處是 文山歲暮時 奇巖與怪石 雪裏埋其形 遊人自不來 謾謂無佳景)"(右文山)[286]

이이의 <고산구곡가>는 주자(朱子, 1130~1200)의 <무이구곡가武夷九曲歌>(武夷櫂歌)를 본떴다. <무이구곡가>는 순희(淳熙) 갑진년(1184년) 봄에 무이정사(武夷精舍)에서 한가롭게 지내다가 재미삼아 지어 주변사람들에게 지어 보이며 웃었다고 전하는데,

이이 또한 빼어나게 아름다운 자연에다 정자를 짓고 주자의 학문 세계에 빠져 들려 하니 자연스런 연상 작용에 이 작품을 지어 부른 것으로 보인다. 주자의 <무이구곡가>를 보면 다음과 같다.

무이산(武夷山) 위에는 신령이 있고, 산 아래엔 굽이굽이 차가운 물 맑구나. 게 중에 가장 빼어난 절경을 알고자 하면 뱃노래 몇 곡이나 편히 들어 보소서.

첫째 구비 냇가에서 낚싯배에 오르니, 만정봉(幔亭峰) 그림자 맑은 내에 담겼어라. 무지개다리 끊어진 후 소식이 없고, 깊은 골 바윗돌만 푸른 안개에 갇히었네.

둘째 구비엔 옥녀봉이 우뚝한데, 예쁜 꽃 계곡 그림 누굴 위한 단장인가. 신령님 다시는 황폐한 꿈을 꾸지 않아, 흥에 겨워 산에 드니 겹겹이 푸르러라.

셋째 구비에 매어둔 배 그대는 보시었나? 노를 세워둔 지 몇 해나 지났는지. 뽕밭이 바다 된 지는 또 얼마나 지났는가. 물거품, 바람 앞 등불 가련하기 짝이 없네.

넷째 구비 양쪽으로 두 개의 바위산, 바위 꽃에 이슬 맺혀 더욱 곱다. 금닭의 울음소리 들은 이는 없지만, 빈산엔 달이 가득 계곡엔 물이 가득.

다섯째 구비 산이 높아 구름은 깊은데, 오랜 안개비에 숲속이 어둑어둑. 숲속에 나그네 아는 이 하나 없고, 뱃사공 노래 속엔 옛 추억 가득하네.

여섯째 구비엔 바위벽이 푸른 물을 에두르고, 띠집은 종일토록 사립문이 닫혀있네. 노에다 몸을 맡기다니 바위 꽃 떨어지고, 원숭이·새들도 경계 없어 봄 풍경 한가롭네.

일곱째 구비에서 배를 저어 윗물로 치오르다, 은병(隱屛)과 선장암(仙掌巖)을 다시 돌아봅니다. 사람들은 이곳에 좋은 경치 없다하고, 다만 석당(石堂) 위의 냉랭함만 좋아하네.

여덟째 구비선 바람과 안개가 확 트이고, 고루암(鼓樓巖) 아래엔 물만 돌아 흐르네. 이곳에도 절경 없다 말도 하지 마시길. 여기서부터 속세 사람 오를 수도 없다네.

아홉째 구비로 끝이 나니 눈길이 활짝 열린다. 뽕나무 삼나무 비와 이슬이 다 보이네. 어부는 또다시 무릉도원 찾지마는, 이곳이 바로 인간 세상의 별천지라네.[287]

<고산구곡가>에 나오는 "유인(遊人)은 오지 아니ᄒ고 볼 것 업다 ᄒ더라"를 두고 책망·포용·달관 등 다양한 해석이 있다. 고봉(高峰) 기대승(奇大升)의 글에 이 구절의 해석에 대한 단서가 있어 눈길을 끈다.

(주자가) 그 말구(末句)에 운운(云云)한 것은 그 뜻이 마치 유인(遊人)들에게 모름지기 어부가 도원경(桃源境)을 찾아 들어간 것처럼 하기를 권한 듯합니다. 이렇게 하면 세상 밖 별천지(別天地)의 낙을 얻을 것이니, 이에 이르러서 비로소 궁극처가 되는 것이며 지금 본 바에서 그치는 것만이 아닙니다. 바로 이미 나의 재주를 다한 뒤에 세운 바가

우뚝함이 있는 것 같다는 곳이며, 또 백척간두(百尺竿頭)에서 다시 한 걸음 더 나아간다는 곳이기도 하니, 그렇다면 이곳과 8곡에서 이른 바 "이곳에 좋은 경치 없다고 하지 마소. 원래 유인들이 올라오지 않아서라오.[莫言此地無佳境 自是遊人不上來]"라고 한 시는 학문이 나아간 경지에 비교하여 볼 수 있습니다.[288]

<고산구곡가>의 위의 구절은 "유인(遊人)들은 이곳에 올라와 보지도 않고, 좋은 경치 없다고 하지 말라"던 <무이구곡가>의 구절과 일맥상통한다. 어부가 자신이 본 공간에만 머물지 않고 결국 무릉도원을 찾아들어간 것처럼 학자들도 이만하면 됐다고 자족(自足)하며 학문 탐구를 멈추지 말고 내가 본 것이 전부인 양 우쭐거리지도 말라는 경계이다. 경치 구경이든, 학문이든 지속적으로 추구하고 정진해야 비로소 별천지가 보일 것이라는 가르침이다. 즉 <고산구곡가>의 "유인은~"은 표면적으로는 황해도 해주 석담 고산 아홉 구비의 신비한 절경을 찬탄하고 있지만, 내면에는 <도산십이곡>의 "쉽거나 어렵거나 등에 늙난주를 몰래라."와 같이 알듯 하다가도 모르는 게 많은 학문세계에 끊임없이 정진할 것을 주문하는 마음을 담고 있다. 사계절에, 아침·저녁·황혼·달밤에 자연을 찾는 것처럼 지속적으로 강학(講學)해야 남다른 깨우침을 얻을 수 있다는 말이다.

◎ 〈훈계ᄌ손가(訓戒子孫歌) 9장〉　김상용(金尙容, 1561~1637)

1장. 부모에게 효도하고 어른을 공경하는 것이 모든 일의 근본이다.

이바 아희들아 내 말 드러 비화ᄉ라
어버이 효도(孝道)ᄒ고 어룬을 공경(恭敬)ᄒ야
일ᄉᆼ(一生)의 효뎨(孝悌)롤 닷가 어딘 일홈 어더라

▶ 현대어 풀이
이봐 아이들아 내 말 들어 배우거라.
어버이께 효도하고 어른을 공경하여
일생동안 부형(父兄) 섬겨 어진 이름 얻어라.

2장. 남의 허물을 흉하지 말고, 자기의 잘못부터 살펴라.

> 늠의 말 니르디 말고 내 몸을 술펴 보아
> 허믈을 고티고 어딘더 올마스라
> 내 몸의 온갓 흉이시면 남의 말을 니르랴

▶ 현대어 풀이
남의 말 하지 말고 내 몸을 살펴보아라.
허물을 고치고 어질게 살아가라.
내 몸에 흉을 두고 남의 말을 어찌할까?

3장. 착한 마음으로 살아라.

> 사룸이 되여이셔 용훈*) 길로 둧녀스라
> 언튱신힝독경(言忠信行篤敬)을 념녀(念慮)의 닛디 마라
> 내몸이 용티곳 아니면 동닉(洞內)옌들 둧니랴

▶ 현대어 풀이
사람이 되었으면 순한 길로 다니어라.
성심과 신의와 독실 신중함을 잊지 말라.
내 몸 착하지 않으면 동넨들 어찌 다니랴.

*) 용훈다 : 순(順)하다. "주책없는 소리에 용하디 용한 그도 성질이 난 모양이다.", "용훈 사람(好人)"(역어유해 상27), "처엄 말이라 슌히 듯고 용훈가 흐더니"(계축일기, 45면)

4장. 언행을 삼가 신중히 하라.

> 말을 삼가흐여 노(怒)호온 제 더 춤아라
> 훈번을 실언(失言)흐면 일싱(一生)의 뉘웃브뇨
> 이 듕(中)의 조심홀 거시 말슴인가 흐노라

▶ 현대어 풀이
말을 삼가고 노했을 제 더 참아라.
한번 실언하면 일생동안 뉘우치니,
가장 조심할 것이 말씀인가 하노라.

5장. 싸움은 나와 부모를 욕 먹이는 백해무익한 일이라.

> 남과 짜홈 마라 짜홈이 해(害) 만흐뇨
> 크면 관숑(官訟)이오 젹으면 슈욕(羞辱)이라.

▶ 현대어 풀이
남과 싸움 마라 싸움은 해 많도다.
크면 송사(訟事)요 적으면 욕먹느니라.

무스일 내 몸을 그릇듯녀 부모수욕(父母 羞辱) 먹이리	무슨 일로 내 몸 그르쳐 부모님 욕 먹이랴!

6장. 허물이 있으면 곧 고쳐라.

그른 일 몰나ᄒ고 뉘우처 다시 마라 알고도 ᄯ또 ᄒ면 내종내*) 그리리라 진실(眞實)로 허믈곳 고티면 어딘 사ᄅ롬 되리라	▶ 현대어 풀이 그른 일 하지 말고 뉘우쳐 다시 마라 알고도 또 하면 끝끝내 그러리라 진실로 허물을 고치면 어진 사람 되리라.

*) 내종(迺終, 乃終)내 : "내종내 삭디 아니ᄒ야"(원각경언해 上1之1 92), "乃終내 달옳 주리 업스니이다"(석보상절 9:27)

※ "공자가 말하기를 '군자는 무게가 없으면 위엄이 없다. 배워야 고루해지지 않고, 성심(誠心)과 신의를 지켜야 한다. 나만 못한 자를 벗하지 말고, 잘못이 있으면 꺼리지 말고 바로 고쳐라.289

7장. 부귀나 벼슬을 좇지 말고 어질게 수양하면 덕이 쌓여 존경받는다.

빈천(貧賤)을 슬허 말고 부귀(富貴)롤 불워마라 인쟉(人爵)곳 닷그면 천쟉(天爵)*)이 오ᄂ느니라 만ᄉ(萬事)롤 하ᄂ눌만 밋고 어딘 일만 ᄒ여라	▶ 현대어 풀이 빈천(貧賤)을 싫어말고 부귀를 부러워마라. 성정을 닦다보면 덕성이 쌓이노니, 만사에 하늘을 믿고 어진 일만 하여라.

*) 천작(天爵) : 자연히 세상 사람들에게 존경을 받는, 날 때부터 갖추고 나온 덕

8장. 자기 욕심만 채우려다 악명을 얻으면 씻어낼 수 없다.

욕심(慾心) 난다 ᄒᆞ고 못 뿔일 ᄒᆞ디 마라
나는 니저셔도 ᄂᆞᆷ이 양자(樣子) 보ᄂᆞ니라
ᄒᆞᆫ번을 악명(惡名)을 어드면 어느 믈로
시스리

▶ 현대어 풀이
욕심난다 하고 몹쓸 일 하지 마라.
나는 잊더라도 남이 다 아느니라.
한번 악명을 얻으면 어찌 물로 씻으리오

9장. 부모를 공경하며 섬기더라도 틈틈이 공부하는 일을 소홀히 하지 말라.

일 니러 셰슈(洗手)ᄒᆞ고 부모(父母)긔 문
안(問安)ᄒᆞ고
좌우(左右)의 뫼와이셔 공경(恭敬)ᄒᆞ야
셤기오디
여가(餘暇)의 글 ᄇᆡ화 닑어 못 밋츨듯 ᄒᆞ
여라

(김상용金尙容, 오륜가,
『선원유고(仙源遺稿)』 속고(續稿))

▶ 현대어 풀이
일찍 일어나 세수하고 부모께 문안드리고
곁에서 모시면서 공경하여 섬기더라도,
여가에만 글 배워 읽으면 못 이룰 듯하
구나.

재 너머 성권롱(成勸農)*) 집의 술 닉닷
말 어제 듯고
누은 쇼 발로 박차 언치*) 노하 지즐 ᄐᆞ고
아ᄒᆡ야 네 궐롱 겨시냐 뎡좌슈(鄭座首)*)
왓다 ᄒᆞ여라

(정철, 이선본(李選本)『송강가사』,
『역·시』 2532, 이삭대엽二數大葉,
낙희조樂戱調)

▶ 현대어 풀이
재 너머 성권농 집에 술 익었다는 말
어제 듣고
누운 소를 발로 박차 언치 놓고 눌러
타고
아이야 네 권농 계시냐 정 좌수 왔다고
하여라

*) 성권롱(成勸農) : 우계(牛溪) 성혼(成渾, 1535~1598)을 말한다. 고려에는 '권농사(勸農使)'가 있었고, 조선에는 '권농관(勸農官)'이 있었다. 태조 4년(1395년)에 정분(鄭芬)의 건의에 의해 각 주부군현(州府郡縣)의 한량(閑良)품관 중 청렴하고 재간 있는 자를 권농관으로 삼아 농사를 권장하고, 저수지를 수축하게 하여 가뭄과 장마에 대비하게 했다.[290]

*) 언치(鞴) : 말이나 소의 등에 덮어주는 방석이나 담요 따위, 안장을 그 위에 얹음.

*) 뎡좌슈(鄭座首) : 정철 자신을 뜻한다. 좌수(座首)·별감(別監)도 양반임에는 틀림없다. 그들은 수령(守令)을 보좌하고 이속(吏屬)을 단속하며 수령 유고시에는 그 직무를 대행하는 위치에 있으므로 해당 지역 내에서의 권세는 웬만한 양반들이 대항할 바가 아니었다. 그러나 좌수 등은 본래의 임무에서 벗어나, 일단 '좌수집'이 되면 같은 양반사회에서도 통혼을 꺼릴 정도로 그들을 낮추어 보는 것이 당시의 풍토였을 정도로 변화하였다. 그리고 그들의 품관(品官)을 일반 양반, 즉 사류(士類)와 구별하는 것이 관례였다. 예외적으로 안동에서는 명가의 자제들도 이들 직책을 꺼려하지 않았지만 그 밖의 지방에서는 전혀 그렇지 않았다.[291]

🍂 정철과 성혼의 사귐과 술자리 에피소드

조선시대 사림(士林) 가운데 김효원(金孝元) 등 신진관료는 동인(東人), 심의겸(沈義謙)을 중심으로 한 기성 관료는 서인(西人)으로 동서의 분당(分黨)이 생겼는데(선조 8년, 1575), 분당의 초기에는 동인이 득세하여 서인을 압도하였다. 당시 사류의 신망을 얻고 있던 이이가 분쟁화를 우려하여 동·서의 화해를 주선하였지만, 선조 11년 서인계 인물의 뇌물 사건을 계기로 동인이 심의겸을 소인으로 몰고 서인들을 사당(邪黨)으로 몰아 동시서비(東是西非), 혹은 동정서사(東正西邪)론을 주창하면서 관계는 더욱 악화되었다. 이후 서인인 정철이 세자책봉을 건의한 건저의사건(建儲議事件)을 계기로 동인 중에는 서인에 대한 온건파와 강경파로 갈리어 남인(南人)과 북인(北人)의 대립까지 생겼다.[292]

> 대사헌 정인홍이 차자를 올리기를,
> "신이 20년 전 본직(本職)에 있을 때에 심의겸이 권세를 탐하고 사사로이 편당을 세워 은밀히 기복(起復)하려 한 죄를 탄핵하면서 정철도 관련시켰습니다. 당시 성혼은 심의겸·정철·이이 등과 생사를 같이 하는 관계를 맺고 있었으므로, 성혼이 정철과 심의겸이 모두 논핵당하는 것을 보자 분하게 여겨 원망하는 기색이 말과 얼굴에 나타났으며, 심지어는 장서(長書)를 내어어 다투어 변론하기까지 하였습니다."[293]

정인홍의 차자를 보면, 당쟁이라는 역사의 소용돌이 속에서 정철과 우계(牛溪) 성혼, 이이는 친밀하게 지냈음을 볼 수 있다. "정철이 정승으로 들어가 추국청(推鞫廳)을 왕래할 때 반드시 우계의 집을 들렀다. 혹시 늦게 나오게 되면 우계가 역시 와서 보기도 하여 모든 일을 서로 상의해서 하지 아니함이 없었다."[294] 했다. 한번은 우계 성혼 선생이 도성(都城)에 들어간 날에 마침 송강 정철의 생일 모임에 갔었는데, 성혼이 뜰에 이르러 기생들이 대열에 있는 것을 보고는 주인에게 말씀하기를, "저 기생들은 오늘의 모임에 마땅하지 않을 듯합니다." 하였다. 율곡이 웃으며 말씀하기를, "검은 물을 들여도 검어지지 않는 것이 또한 한 가지 방법이다." 하니, 선생은 마침내 자리에 올랐다. 살펴건대 혹자는 선생이 자리에 들어가지 않았다고도 한다.[295] 여러 일화에도 송강은 참으로 애주가였다고 전한다. 율곡이 성혼을 붙잡은 재치 있는 멘트는 "단단하다고 말하지 않겠는가, 갈아도 얇아지지 않으므로. 희다고 말하지 않겠는가, 검은 물을 들여도 검어지지 않으므로"라는[296] 『논어』의 구절일 것이다. 생일을 축하하는 자리에서 주인의 풍류 취향이 나와 좀 다르다고 해서 자리를 박차고 나가면 도도한 흥이 다 깨지고 말 것이니 율곡의 말은 나 또한 이 분위기에 동조해서 앉아 있는 것만은 아니라는 동류의식에서 나온 위트가 아닐까 싶다. 좌중의 흥은 유지하면서도 넘치는 놀음은 경계하는 일석이조의 효과가 있었을 수도 있겠다. 정철의 "재 너머~"는 이렇듯 술자리를 좋아하는 송강이 성혼의 집에 술이 익었다는 말을 듣고 그 집으로 술을 마시러 가는 과정을 노래하였다. "누은 쇼 발로 박차 언치 노하 지즐 트고" 가는 모습을 묘사하여 신바람 난 정좌수의 흥겨운 심정이 잘 나타나 있다. 자신의 집을 출발하여 성혼의 집에 도착하기까지의 과정을 과감하게 생략하고 그의 집에 이르러 "뎡좌슈 왓다 ᄒᆞ여라"하고 호기롭게 부르는 모습 속에는 역동성, 성혼과의 친근감, 송강의 진솔한 흥취와 야취(野趣)가 담겨있다.[297] 애주가가 친한 벗과의 흥겨운 술자리를 찾는 들뜬 마음이 구체적으로 그려져 있는 작품이다.

◎ 〈장육당육가(藏六堂六歌)〉   二首逸 이별(李鼈)

我已忘白鷗 白鷗亦忘我 二者皆相忘 不知誰某也 何時遇海翁*) 分辨斯二者
"나 갈매기 본체만체, 갈매기 나 본체만체
둘이 서로 무심하니 누구인지 관심 없네.
언제 해옹(海翁)*)이 와서 이 둘을 가려낼꼬?"

*) 해옹(海翁) : 해옹(海翁)은 미리 아는 자, 예언자, 안내자, 지혜로운 자를 뜻한다. 자연과 나의 조
   화로운 어울림, 내가 자연의 일부가 되어 버린 상태, 즉 물아일체(物我一體)의 경지를 말한다.

赤葉滿山椒 空江零落時*) 細雨漁磯邊 一竿眞味滋 世間求利輩 何必要相知
"온 산은 울긋불긋 빈 강엔 보슬비,
빗속에 낚시하니 이토록 즐거운데,
잇속 좇는 무리들을 어찌 애써 만나리오"

*) '영락(零落)'은 "눈비 따위가 내림", '영우(零雨)'는 가랑비, 보슬비

吾耳若喧亂 爾瓢當棄擲 爾耳所洗泉 不宜飮吾犢 功名作弊屨 脫出遊自適
"내 귀에 소란하여 표주박도 버렸다네.
자네가 귀 씻은 물, 어찌 내 소 먹이리오
부질없는 공명(功名)이야 내던지니 한가롭네."

玉溪山下水 成潭是貯月 淸斯濯我纓 濁斯濯我足 如何世上子 不知有淸濁
"옥계산(玉溪山) 흐르는 물, 연못 이뤄 달 가두니,
맑은 물엔 갓끈 씻고, 흐린 물엔 발을 씻네.

어찌하여 사람들은 맑고 탁함 모르는가?"

(이광윤, 『양서선생문집(瀼西先生文集)』 卷2)

🐌 표주박을 깨버리고, 냇물에 귀를 씻은 사연

요(堯) 임금이 허유(許由)에게, "청컨대 이 천하를 자네에게 바치겠소."라고 했더니, 허유가 "뱁새는 숲에 깃들어도 겨우 한 개 가지에만 몸을 두고, 생쥐는 강물을 마셔도 제 배만 채우면 그만이라. 임금아, 그만 돌아가시오. 나는 천하를 가져도 쓸 데가 없소."(『장자(莊子)』 소요유(逍遙遊) 편)라고 했다. 『장자(莊子)』 '소요유'는 어느 것에도 구애받지 않는, 마음의 자적(自適)을 강조한 것이니, 불교의 무소유, 유교의 낙천안명(樂天安命)과 유사하다.

기영(箕穎)은 요 임금 때 허유(許由)가 기산(箕山)에 숨어 영수(潁水)에 귀를 씻은 고사를 말하는데, 절개를 지켜 은둔한다는 뜻이다. 허유가 여름만 되면 늘 나무 위에서 살아서 '소부(巢父)'라 했다 하기도 하지만, 일설에는 다른 존재로 설정한다. "요임금이 허유에게 양위하려 하자, 허유는 그 사실을 소부에게 알렸다. 이에 소부는 '그대는 어찌하여 그대의 모습을 숨기지 않고 그대의 빛남을 감추지 않는가? 그대는 내 친구가 아닐세.'하며 허유의 가슴을 밀치며 내려 보냈다. 그리고 소부는 청령(淸泠)의 강으로 가서 자신의 귀를 씻고 눈을 닦으며 '방금 전 탐욕스런 말을 듣곤 내 친구를 버리게 되었구나.' 하고는 허유와 평생 만나지 않고 살았다."[298] 한다는 이야기에 근거한다.

표주박 이야기는 다음과 같다. 혜자(惠子, 宋나라 사람으로 魏의 재상)가 장자(莊子)에게, "위나라 사람이 내게 큰 박[瓠] 종자를 보내 주어 심었더니 닷 섬들이 열매가 열리지 않겠는가? 속을 파내 장을 담았더니 무거워서 들 수가 없었고, 두 짝으로 쪼개어 바가지를 만들었으나 너무 넓어 쓸 데가 없었소. 그래서 그만 부수어 버렸소."(『장자(莊子)』 逍遙遊 편)라는 이야기도 있고, "허유가 항상 손으로 물을 떠 마시자, 어떤 이가 표주박 하나를 주었다. 표주박을 늘 나무에 걸어 두니, 바람이 불면 시끄러운 소리를 냈다. 이에 표주박을 나무에서 벗겨버렸다."[299]는 이야기도 있다. 정철(鄭澈)의 <성산별곡(星山別曲)>에 "기산(箕山)의 늘근 고블(허유) 귀는 엇디 싯돗던고 박소리 핀계호고 조장(志操行狀)이 ᄀ쟝 놉다."라는 구절이 있다. 요즘 사람들은 물을 떠 마시는 표주박의 편리함에 익숙하기에 표주박을 깨버린 처사를 별나다 할 것이다. 아니면 바람에 흔들려도 그 소리가 들리지 않도록 표주박을 멀찌감치 걸어두지 않은 일을 지혜롭지 못하다 할 것이다. 편리하고 현실적인 것에 길들여진 우리가 시끄러운 세상사를 멀리하며 절개를 지켜 은둔하려 했던 은사(隱士)의 청절(淸節)을 온전히 이해하기 어려운 탓이다.

위의 <장육당육가>는 굴원(屈原)의 <어부사(漁父辭)>에 유래한다. <어부사>에는 "온세상이 혼탁한데 나 홀로 맑고, 세상 사람들이 모두 취해 있는데 나 홀로 깨어 있다"는 자기 방어논리와 세상을 탓할 것이 아니라 "맑은 물에는 갓끈을 씻고, 더러운 물에는 발을 씻으면 된다."는 현실 논리가 공존한다.[300] 후자인 『맹자』의 논리는 세상은 결국 스스로 만들어 가는 것이라는 '자취(自取)'를 강조한 말이다. 즉, "성인(聖人)은 소리가 귀에 들어가면 마음으로 통달하여, 하는 일마다 지극히 이치 아닌 것이 없으니" 세상을 탓할 게 아니라는 것이다. 이후 이 말은 비유적으로 쓰여서, 갓끈을 씻음[濯纓]은 "세속을 초월하여 깨끗함을 유지한다"는 말로, 발을 씻음[濯足]은 "스스로 세상의 티끌을 없애고 고결함을 유지한다"는[301] 말로 이해되었다. 자신의 고결한 뜻을 유지하기 위해서는 스스로 세속을 초월하는 방법도 알아야 하고, 세상의 어지러움을 바로잡아 나가려는 굳건한 의지도 필요하다는 뜻인데, 이런 세상엔 이러한 방식으로, 저런 세상엔 저러한 방식으로 대응할 수 있는 응전력을 강조한 것이라 할 수 있다.

<어부사>의 주인공 굴원(屈原, B.C. 340~B.C. 278)은 전국시대 초(楚)나라 사람이다. 그는 견문이 넓고 기억력이 뛰어나 정국을 다스림에 밝았으며 외교문서에 뛰어났다. 조정에 들어가서는 국가 대사를 도모하고 지휘했으며 나와서는 빈객을 영접하고 제후들을 접대하면서 회왕(懷王)의 두터운 신임을 얻었다. 그러나 회왕이 법령을

초안하도록 명령했으나 같은 직위의 상관대부(上官大夫) 근상(靳尙)의 참소를 받자 회왕이 살피지 못하여 쫓겨났다. 후에 진나라가 무력으로 위협해오자 회왕이 다시 등용해서 제나라에 사신으로 보내 인접국과 외교관계를 회복하였다. 회왕의 뒤를 이어 양왕(襄王)이 즉위한 뒤, "인재를 모으고 소인을 멀리하며, 장병들을 격려하고 훈련을 다그쳐 회왕과 나라의 원수를 갚아야 한다."고 권고했으나 자란과 근상이 반대하고 헐뜯어 굴원은 결국 파직되어 쫓겨났다. 이후, 양왕 21년(B.C. 278), 진의 군대가 초를 공격하고 수도 영(郢)을 함락하자 굴원은 비분하고 절망하여 하력(夏曆) 5월 5일 멱라강(覓羅江)에 투신하여 죽었다.[302] 왕일이 『초사장구』에서 말하기를, "굴원은 정직한 행동을 했으나 세상에 받아들여지지 못하여 위로는 간신배들에게 헐뜯기고 아래로는 속인들에게 힐난을 당했기에 산과 호수를 방랑하다가 호소할 데 없는 마음에 기묘한 상상을 펼쳐 마침내 선인(仙人)과 더불어 노닐고 온 세상을 돌아다녀 이르지 않는 곳이 없었다." 하였다.[303]

🐚 세상에 뇌동하지 않고, 맑은 뜻을 유지하다

이별(李鼈, 字는 浪仙)의 어머니는 사육신 가운데 한 사람인 박팽년의 따님이니 지조있는 가풍을 지녔을 것이라 짐작할 수 있다. 어머니가 첫날밤에 "자라를 잡으면 살려줘야 한다는 말을 들어서 알고 있는가?"라는 기이한 꿈을 꾸고 여덟 형제를 낳았다 한다. 그 꿈의 영향인지 친형 이원(李黿)이나 이별(李鼈)의 이름자에 '자라'의 뜻이 담겼다. 이원은 성종 20년(1489)에 문과에 급제, 벼슬이 예조좌랑에 이르렀는데, 그때 연산군의 광포가 날로 심해져서 공이 태상에 있을 때 점필재의 시호를 문충(文忠)으로 의논했다고 하여 죄를 받아 곽산(郭山)에 귀양 갔다가 4년 만에 다시 나주로 옮겨졌고 갑자사화 때 죄가 가중되었다. 공의 노복이 남몰래 업고 달아날 것을 계획하자 공이 "임금의 명인데 달아나서는 안 된다."고 하니 노복이 억지로 권하다 눈물을 흘렸다. 형벌을 받을 때도 위엄이 변하지 않고 말이 더욱 씩씩하니 연산군이 더욱 화가나 형률을 더 높여 사용하니 그 아버지와 여러 형제들도 피해 몸을 감추

었다 한다.[304]

연산 무오(1498)에 점필재 김종직의 문인 원(黿)이 나주(羅州)로 귀양 간 후로, 형제들은 다시 과거를 보지 않고 황해도 평산(平山)에 집을 정하였다. 사는 당(堂)의 이름을 '장육당(藏六堂)'이라 했다. 늘 소를 타고 술을 싣고 향사(鄕社)의 기로(嗜老)들과 낚시하기도 하고 사냥하기도 하면서 시를 읊조리고 술을 마시면서 해가 저물도록 돌아오는 것을 잊고 마시면 취하고, 취하면 노래 부르고 눈물을 흘리면서 슬퍼했다. 아내와 첩, 종들도 그 까닭을 괴이쩍게 여겼다 한다. 무오사화 이후 평산의 옥계산에 은거하여 그곳에서 지내다가 죽었다. 병이 위독해지자 유언하기를, "땅을 가리지 말라." 하였으므로, 앞산 기슭에 장사지냈다.[305]

<장육당육가>는 이별(李鼈)의 증손자인 이광윤(1564~1637)의 문집에 실려 있다. 연산군 때 갑자사화를 당하여 형 이원이 화를 입자, 이별은 은거하여 연산이 물러난 뒤에도 세상에 나오지 않았다. 퇴계 선생은 <장육당육가> 형식을 본떠 <도산십이곡>을 지으면서도, 이 작품이 세상을 희롱하고 공손하지 못한 뜻[玩世不恭]을 지녔다 하여 그 내용에 대해서는 불편한 심기를 내비추었다. 그러나 벼슬아치가 세상을 떠나게 될 때면 그 언어와 문학에 고집이 있을 수 있다. 이 작품은 흐린 세상을 만나 몸을 깨끗이 함에 있어서, 멀리 물러나 세상을 잊는 허물은 있지만, 크고 훌륭하며 썩 뛰어나 범속을 벗어나 세상에 뇌동하지 않는 시원함을 생각하여 볼 수 있으며, 허부 소유의 절개를 지켜 은둔하는 기풍이 있다. 이에 웅대하고 빼어나며 품위 있고 탈속하여 시원스러움을 엿볼 수 있으니 소부 허유의 기풍이 있다는[306] 평을 받는 것이다.

◎ 〈우국가(憂國歌)〉 28장　이덕일(李德一, 1561~1622)

🍃 전란 시기에 붓 던지고 칼을 잡아 나라 위해 눈물짓다

> 학문(學文)을 후리티오 반무(反武)을 흐온 뜻은
> 삼척검(三尺劍) 둘너메오 진심보국(盡心報國) 호려터니
> 흔일도 흐옴이 업스니 눈물계워 흐노라 (제1장)
>
> * 辭曰 投筆而起 此何爲些 提三尺釖 報吾君些 吁嗟呼 事無所逐 不覺淚
>   潛潛些

▸ 현대어 풀이

붓을 던져두고 무예를 익힌 뜻은

3척 검을 둘러메고, 마음으로 보국하려 함이나

아무 일도 한 것 없으니 눈물겨워 하노라.

> 나라히 못 니줄거슨 네밧긔 뇌여 업다
> 의관문물(衣冠文物)을 이대도록 더러인고
> 이 원수(怨讐) 못내 갑풀가 칼만 굴고 잇노라 (제3장)
>
> * 辭曰 彼島夷 作我邦讐些 文物兮 山河變而汚些 玆讐兮 沒齒難忘 磨釖
>   長吁些

▸ 현대어 풀이

나라의 못 잊을 원수, 섬 오랑캐밖에 또 없다.

예절과 문물이 어찌 이토록 망가졌나.

이 원수를 잊지 못하여 칼만 갈고 있노라.

　이덕일이 임진왜란 때 전쟁에 대비하는 과정을 담고 있다. 전란은 선비들이 조용히 학문에 몰두하는 일을 가로막았다. 나라가 왜적에게 수탈당하면 그 치욕은 이루

말할 수 없으리니 유학서보다는 병서를 읽고, 붓보다는 칼을 잡았다. "칠실(漆室) 이 덕일은 임진란 때 강개한 마음으로 붓을 던지고 낮으론 말을 달리고 칼 쓰기를 시험하며 밤으론 병서(兵書)를 읽었다. 정유재란(1597년)에 왜구가 다시 쳐들어오니 공은 의병을 모집하여 고산에 웅거하며 하얀 깃발에 '정충(精忠)'이란 두 글자를 크게 써서 세우고 적에게 대항하였으니 사람들이 그를 '함평 이장군'이라 하였다."[307] 당시 충무공 이순신이 무안(務安)에 있으면서 칠실 이덕일의 고명한 이름을 듣고 초청하여 대책을 자문 받으며 나라의 큰 인물로 대우하였다 한다.

공명(功名)을 원(願)챤커든 부귀(富貴)인들 비알소냐
일간모옥(一間茅屋)의 고초(苦楚)히 홈자 안자
밤낮의 우국상시(憂國傷時)롤 못내 셜워 ᄒ노라 (제28장)
＊ 辭曰 富貴非願 功名難期些 感時撫事 增餘悲些 嗚呼兮 歌已至些 于以
洩平生 不平思些

▶ 현대어 풀이
공명을 원치 않는데 부귀인들 바랄 소냐!
누추한 초가집에 괴로이 혼자 앉아
밤낮 나라 근심 걱정으로 늘 슬퍼하노라.

이논 져 외다 ᄒ고 져논 이 외다 ᄒ니
매일(每日)의 ᄒ논 일이 이 싸홈쑌이로다
이중의 고립무조(孤立無助)논 님이신가 ᄒ노라 (제14장)
辭曰 彼鳥之雌 誰知之些 霄晝所爭 惟是焉些 哀哀乎 孤立無助 莫我君些

▶ 현대어 풀이
이들은 저게 외다 하고, 저들은 이게 외다 하네.
매일에 하는 일이 이 싸움뿐이로다.

이 중에 도울 이 없어 외로운 이는 임뿐인가 하노라.

이덕일(李德一) 장군 영정. 칠실 이덕일 장군 기념사업회, 『칠실유고(漆室遺稿)』, 보전출판사, 1985)

그는 부귀도 공명도 바라지 않는다 했다. 누추하기 짝이 없는 초가에 앉아 다만 밤낮으로 나라 근심에 잠 못 이룬다. 그러나 전쟁의 와중에도 공명을 챙기고 스스로의 이익을 좇는 무리들은 자세가 다르다. 서로 자기와 생각이 다른 이들을 그르다고 공격한다. 오로지 나라의 안위만을 생각한다면 이 위기 상황에서 나라를 구하기 위해 한마음이 되어야 할 텐데 자기 무리들의 이로움을 생각하려니 자연 이해관계가 얽히고설키어 다투게 마련이다. 매일 하는 일이라고는 싸움뿐이니 이 와중에 도울 이 없는 임금님만 고립무원의 상태라서 외롭다. 전쟁의 와중에 임금을 걱정하는 이덕일의 마음만은 지극하다. "노래라는 것은 마음을 기쁘게 하고 근심과 괴로움을 씻어주는 것

인데, 유독 공의 노래만은 사람으로 하여금 울분을 터뜨리게 하고 감개한 마음만 들게 하니 그것은 무엇 때문인가?"라고[308] 한 것은 <우국가>가 전란 시기의 진심 어린 근심을 담은 탓에 처연한 느낌과 깊은 감동이 있다는 말이다.

　"광해군 때 정치가 어지러워 아첨하는 무리들이 가득 차니 공은 물러나와 외진

고향에서 은거하며 지냈다. 그러나 나라의 일을 생각할 때마다 강개하여 눈물을 흘리지 않은 적이 없었다. <우국가> 28장에는 충성과 분개의 마음이 치솟을 때 읊어서 강개한 회포를 담았으니 장마다 곡마다 임금에게 충성하고 나라를 위한 정성이 한 가득이었다. '관산통곡(關山慟哭)'의 가사와 '상심압수(傷心鴨水)'의 곡조는 사람의 입에 전파되었으니 진실로 왕실에 대한 회한과 세상을 돕는 교훈이라 할 만하다. 그런데 어떤 사람들은 그때의 정치를 거역한다고 여기기에 비방을 받을까 근심하고 두려워했다."에도[309] <우국가>에 나라의 어려움을 생각하는 비분강개와 깊은 충성심, 회한과 정성이 들어있음을 알려주고 있다.

🍃 **나라가 가야할 바른 길을 제시하다**

> 마ᄅᆞ쇼셔 마ᄅᆞ쇼셔 하 의심(疑心) 마ᄅᆞ쇼셔
> 득민심(得民心) 외예ᄂᆞᆫ 흐올 일 업ᄂᆞ이다
> 향천년몽중전교(享千年夢中傳敎)ᄂᆞᆫ 귀예 쟁쟁(錚錚)하여이다(제10장)
> * 辭曰 莫疑心 莫疑心些 民心兮 不可失 莫疑心些 享千年 夢中傳敎 不可
>   忘忽些

▶ 현대어 풀이
마소서, 마소서. 큰 의심 마소서.
민심 얻는 일밖에는 하올 일이 없습니다.
꿈속에까지 전하는 영원한 가르침 귀에 울리는 듯합니다.

> 뵈나하 공부대답(貢賦對答) 쑬찌허 요역대답(徭役對答)
> 옷버슨 적자(赤子)ᄃᆞᆯ이 빈곱파 셜워ᄒᆞ니
> 원(願)컨댄 이 ᄯᅳᆺ 아ᄅᆞ샤 선혜(宣惠)고로ᄒᆞ쇼셔(제11장)
> * 辭曰 女貢絲 男貢米些 哀我赤子 寒兮饑些 願吾君 念玆在玆 均宣惠些

베를 짜 공물 바치고, 쌀을 찧어 부역하네.

헐벗은 백성들이 배고파 서러워하네.

원컨대 이 뜻 아셔서 은혜 고루 베푸소서.

나라를 위한 걱정의 중심에는 항상 백성이 있다. 전란의 피폐함에서 벗어나는 지름길은 백성들의 삶이 윤택해지는 일이다. 위에서 민심을 얻는 일밖에는 다른 할일이 없다고 강조하고, 베를 짜서 공물을 바치고, 쌀을 찧어 부역하지만 백성들은 헐벗고 배고파 서러운 삶을 살고 있다는 점을 잘 아시어 나라에서 은혜를 고루 베풀기를 역설하고 있다.

"엎드려 생각하건대 공사(公私)의 경비가 모두 궁핍한 폐단에서 벗어나려면 부역을 가볍게 하고 세금을 줄이는 것이 가장 급한 일이고, 오랑캐와 충돌하는 변란을 피하려면 위험에서 벗어나 안전으로 나감이 최고일 것입니다. 청컨대 두 가지 대책을 진언하노니 거듭 생각해 주시옵소서."에[310] 부역과 세금을 가볍게 하여 백성들의 부담을 줄이고 위험에서 벗어나 나라가 편안하고 온전해지기를 바라는 마음이 담겨있다. "오늘날 많은 공물과 조세, 부역을 모두 전결(田結)에다 매기니 전답 1결에 대해 일 년 동안 바쳐야 할 세금을 쌀로 계산하면 십여 석이나 됩니다. 1결의 전답에서 얻는 곡식이 그 조세에도 미치지 못하니 여러 고을의 백성들이 끓는 물속에 있는 것처럼 힘들어합니다. 그리하여 전답을 원수로 여기고 부역을 고통스런 병처럼 생각하여 신음소리가 끊이지 않고 집을 떠나 달아나는 일이 계속되어 논밭은 점점 황폐해지고 마을은 점점 피폐해지고 있습니다. 기름을 짜고 살을 도려내듯이 세금을 걷는 잔혹한 폐단을 이루 다 말할 수 없고, 살 곳을 잃고 추위와 굶주림에 울부짖으며 궁핍하게 말라가는 형편 또한 형언할 수 없습니다. 번거롭고 무거운 부역의 해독이 이렇듯 심합니다."에는[311] 수확량은 급격히 줄었으나 감당해야 할 조세는 줄지 않아 고을의 백성들이 끓는 물속에 있는 것처럼 힘들어하고, 부역과 조세를 당해낼 재간이 없어 백성들이 논밭을 버리고 유랑하게 되면서 논밭은 더욱 황폐해지고 있는 현실을 잘 고발하고 있다.

　그는 국가를 경영할 때는 어느 한쪽으로 치우치지 않는 공정함, 다투지 않고 화합하는 가운데 나라의 근본을 반듯하게 하려는 선공후사(先公後私)의 마음가짐이 있어야 한다고 방향제시 하고 있다.

> 마리쇼셔 마리쇼셔 이 싸홈 마리쇼셔
> 지공무사(至公無私)히 마리쇼셔 마리쇼셔
> 진실(眞實)로 마리옷 마리시면 탕탕평평(蕩蕩平平)ᄒᆞ리이다(제16장)
> * 辭曰 戒止之 戒止之些 至公兮無私 戒止之些 苟能夫 戒止戒止 蕩蕩平平些

▶ 현대어 풀이
말리소서, 말리소서. 이 싸움 말리소서.
공(公)을 앞세우고 사(私)를 뒤로 하여 말리소서, 말리소서.
진실로 말리고 말리면 안정되고 치우침 없으리라.

　공적인 것을 우선하고 사적인 이익을 뒤로 하는 가운데 싸움이 없고 치우침 없는 안정됨을 강조하고 있다. 역으로 당시는 나라의 안위를 먼저 걱정하지 않고 사적인 이득을 우선하며 붕당을 중심으로 다툼이 많았음을 지적하고 있는 것이다. <우국가> 15장 "마롤디여 마롤디여 이 싸홈 마롤디여/상가경(尙可更) 동서(東西)를 싱각ᄒᆞ야 마롤디여/진실(眞實)로 말기옷 말면 목목제제(穆穆濟濟) ᄒᆞ리라" 辭曰 已而兮 已而兮些 彼東兮 此西已而兮些 苟能乎 已而已而 穆穆濟濟些【현대어 풀이】"마옵소서, 마옵소서. 이 싸움 마옵소서./동으로 서로 나눌 생각 마옵소서./진실로 나누지 않으면 화평하고 진중하리라."에서도 이 문제를 다루고 있다. 『칠실유고』에도 "실제로 붕당의 화는 나라의 고질병이었다. 율곡과 같은 대현(大賢)까지 진심과 정성으로 구원하려 했으나 결국은 효험을 얻지 못하였다."고 지적하면서, 오늘날 이덕일 공은 율곡의 낭패함을 보고 율곡의 우국애군(憂國愛君)을 본받고자 했으니 그 뜻이 또한 충성스럽고 지성스럽다[312] 하였다.

그러나 그 후대의 역사를 보면, 조선의 지배층들은 이덕일의 지적이나 방향 제시대로 실행하지 못했다. 다음은 후대 『조선왕조실록』의 기록이다.

이광좌가 말하기를,

"나라를 다스리는 법은 먼저 큰 근본을 세우지 않을 수가 없으니, 큰 근본이 이미 서게 된다면 작은 것이야 어찌 논할 것이 있겠습니까? 탕평은 지극히 아름다운 일이니 탕탕평평(蕩蕩平平)은 곧 홍범(洪範)에 이른바 왕도(王道)의 극치(極致)입니다. 우리 조정으로 말한다면, 동서(東西)의 편당(偏黨)으로 나뉜 지 거의 2백 년에 마침내 서로 살상(殺傷)하기에 이르렀고, 그 가운데 서인(西人)은 불행히 노론(老論)·소론(少論)으로 나뉘어 또 서로 살상하는 지경에 이르렀습니다. 그리하여 피차(彼此) 서로 원수로 여기며 서로 질시(嫉視)하여 서로 용납하지 않는 것이 물불과 같을 뿐만 아니라, 온 나라 사람들도 물불과 같이 되어 있으니, 이 어찌 장구(長久)한 방도가 되겠습니까? 아래에 있는 사람이 비록 각기 당색(黨色)이 있다 하더라도 임금이 굽어본다면 똑같은 신자(臣子)이니, 어찌 피차에 사랑하고 미워할 것이 있겠습니까? 이른바 남인(南人)·서인(西人)·노론(老論)·소론(少論) 등 여러 색목(色目)을 만약 한마음으로 혼합하여 막힘이 없이 탕평할 수 있다면, 나라가 지탱할 수 있을 것입니다. 그러나 전하께서 즉위(卽位)하신 후에 탕평의 규모가 오히려 미진한 점이 있습니다. 무릇 탕평의 도(道)는 진실로 허물을 씻어 모두가 면모를 일신(一新)하는 데에 있으나, 대강령(大綱領)에 관계되는 곳에 이르러서는 반드시 그 옳고 그름을 밝힌 후에야 사람의 도리(道理)가 서서 군신(君臣)과 부자(父子)의 윤리(倫理)가 정해지는 것입니다.[313]

이백 년 이상의 세월동안 동서(東西)의 편당으로 나뉘어 편이 다르고 생각이 다른 사람들을 공격하여 죽이는 일까지 서슴지 않았다. 온 나라 사람들이 피차(彼此)를 서로 원수로 여기며 질시(嫉視)하고 서로 용납하지 않는 것이 물과 불과 같다 하였다. 이에 "아래에 있는 사람이 비록 각기 당색(黨色)이 있다 하더라도 임금이 굽어본다면 똑같은 신하이니, 어찌 이를 사랑하고 저를 미워하겠습니까? 이른바 남인(南人)·서인(西人)·노론(老論)·소론(少論) 등 여러 색목(色目)을 만약 한마음으로 혼합하여 막힘이 없이 탕평할 수 있다면, 나라가 지탱할 수 있을 것입니다."라 하여 임금의 공정한 중재를 요청하고 있다. 영조가 미진한 탕평을 바르게 하여 허물을 씻고 임금과 신하, 부모와 자식 간의 윤리를 정하기를 강조하고 있다.

이외나 져외나 즁의 그만겨만 더져두고

ᄒ올 일 하오면 그 아니 죠홀손가

ᄒ올일 ᄒ디 아니ᄒ니 그룰 셜워ᄒ노라(제18장)

 * 辭曰 彼可兮此否 姑舍是些 不亦乎樂 當爲爲些 獨措乎 怠忽不勤 維是
   之嘻些

▶ 현대어 풀이

저것 옳고 이것 그르다는 말일랑은 던져두고,

하올 일 한다면 그 아니 좋을 손가.

할 일을 부지런히 않으니 그를 슬퍼하노라.

나라히 굿드면 딥이 조차 구드리라

딥만 도라보고 나라일 아니ᄒ니

ᄒ다가 명당(明堂)이 기울면 어늬 딥이 굿돌이요(제26장)

 * 辭曰 邦之固矣 家以安些 不顧于國 彼何爲些 倘使夫 大廈旣傾 終無奈些

▶ 현대어 풀이

나라가 굳으면 집은 덩달아 굳으리라.

집안만 돌아보고 나라일 아니하네.

그러다 나라가 기울면 어찌 집이 안정되리오

(이덕일, 『칠실유고(漆室遺稿)』 권1)[314]

<우국가> 18장은 저마다 옳고 그름을 따지는 시비를 하지 말고, 맡은 바 일에 충실해야 할 텐데 자신들의 할일을 부지런히 하지 않고 다툼을 일삼으니 그것을 슬퍼한다 했다. 26장은 나라가 굳으면 집은 덩달아 굳을 것이니 집안일과 개인의 일을 우선으로 추구하지 말고, 나라의 안위를 최우선의 과제로 삼아야 한다는 주장이

다. 눈앞의 자기 이익과 집안의 이속을 챙기다 나라가 기울면 집안도 안정될 수 없다는 논리다. 나라의 안녕이 모든 가치에 우선된다는 것은 오랜 역사에서 이미 증명된 바이다. 나라를 빼앗겨 주체적인 활동을 할 수 없다면 무엇인들 온전히 지켜갈 수 있겠는가. 위의 시조 <우국가>는 "이덕일이 짓고, 효종 때의 문신 이기발(李起渤, 1602~1662)이 한역했다. 한역하면서 일찍이 이 장가(長歌)가 통곡보다 더 슬프다는 말을 들었었는데, 노래 곡조의 수가 무려 28장에 이르니 공의 슬픔도 심했나 보다. 내가 <우국가>를 보았더니 그분의 수심과 의분(義憤)이 변치 않는 지조로 아파하던 초나라 굴원과 닮았다. 곡조에 따라 장(章)을 넘겨보니 나도 모르게 감동이 생기고 안타까운 탄성이 흘러나왔다. 그래서 초사(楚辭)의 체를 본받아 사(些)로 이어 보았다."라는 덧붙임을[315] 보면 왜란의 와중에 지은 이덕일의 통곡은 굴원의 비통함에 비견됨을 알 수 있다. 근대의 일에 견주자면, <우국가>는 1905년 을사늑약에 대하여 을사오적과 이토 히로부미를 비난하며, "오늘, 목 놓아 크게 소리 내어 곡하노라" 하던 장지연(張志淵)의 <시일야방성대곡(是日也放聲大哭)>(≪황성신문≫ 1905.11.20)이라 할 수 있겠다. <우국가>는 임진왜란과 정유재란 당시의 깊은 수심과 의분(義憤)을 담고, 나라와 백성들이 가야할 바른 길을 제시하고 있다. 그러나 난세의 절규에 가까운 이 외침이 두루 실천되지 못했으니 이익보다 공동선(common good)을 추구하는 일이 그리 쉽지 않음을 역사가 보여주고 있는 셈이다.

◎ <조홍시가(早紅柿歌)>　　박인로(朴仁老, 1561~1642)

> 반중(盤中) 조홍(早紅)*) 감이 고아도 보이ᄂ다
> 유자(柚子)*) 안이라도 품엄 즉도 ᄒ다마ᄂ
> 품어 가 반기리 업슬시 글노 셜워ᄒᄂ이다
> 　　　　　　　(박인로, 『병가』, 『역·시』 1151, 이삭대엽二數大葉)

▶ 현대어 풀이

소반에 얹힌 조홍감이 고와도 보입니다.

유자는 아니라도 품어감직 하지마는

품어가도 반길 이 없으니 그를 설워 하노라.

*) 조홍시(早紅柿) : 온양(溫陽)에서 나는 것이 붉고 달고 물기가 많다. 그밖에는 모두 이만 못하다.
*) 유자(柚子) : 제주와 경상도 전라도 남쪽 해변에서 난다(허균, 屠門大嚼, 說部5, 성소부부고, 권26).

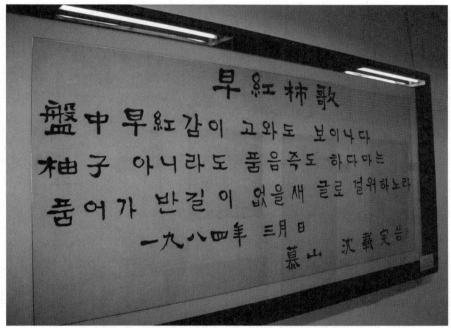

박인로 시조 액자(전남 담양군 남면 지곡리 319, 가사 문학관 소장)

왕상(王祥)의 이어(鯉魚)잡고 맹종(孟宗)의 죽순(竹筍) 꺾거

검던 멀리 희도록 노래자(老萊子)의 오술 입고

일생(一生)애 양지성효(養志誠孝)*를 증자(曾子) ᄀᆞᆺ치 흐리이다

(박인로, 『역・시』 2139, 이삭대엽二數大葉)

▶ 현대어 풀이

왕상처럼 잉어잡고 맹종처럼 죽순 꺾어

검은 머리 셀 때까지 노래자처럼 아이 옷 입고

평생토록 정성껏 모심을 증자같이 하리이다

*) 양지성효(養志誠孝) : 양친의 뜻을 받들어 그 마음을 즐겁게 함, 부모의 뜻을 받들어 진심으로 효도함.

만균(萬匀)*)을 늘려*) 내야 길게 길게 노흘 쏘아

구만리(九萬里) 장천(長天)에 가는 힛를 자바 미야

북당(北堂)*)의 학발쌍친(鶴髮雙親)을 더듸 늘게 ᄒ리이다

(『역・시』 968, 이삭대엽二數大葉)

▶ 현대어 풀이

기다란 끈 늘어뜨려 길게길게 새끼 꼬아

구만리 높은 하늘에 가는 해를 잡아매어

북당에 희끗한 어머님 더디 늙게 하리라

*) 만균(萬匀) : '균(匀)'은 "고르다, 가지런하다, 두루 퍼지다"의 뜻이고, '균(鈞)'은 30근으로 매우 많은 양의 끈, 즉 '매우 무겁다'라는 의미이다. 게다가 '늘려 내야'라는 서술어와 호응하므로 '만균(萬鈞)'은 후자에 해당한다.
*) 늘려 : 늘우다, 느리다, 느리혀다(늘어뜨리다).
*) 북당(北堂) : 사대부 집안 동쪽 집채의 북쪽. 주부가 이곳에 거처함. 훤당(萱堂), 어머니, 모친.

🍂 눈시울을 적시는 지극한 효행 모음

신축년(辛丑年, 1601) 9월 초에 한음(漢陰) 상공(相公) 이덕형(李德馨, 1561~1613)이 공에게 조홍시(早紅柿)를 보냈다. 공이 홍시로 인하여 느낀 바가 있어서 <조홍시가>를 지었다 한다.[316] 노계(蘆溪) 박인로 공의 성품은 지극히 효성스러워 모부인 주씨가

노년에 살아계실 때 공이 매양 근심스러워하며 날을 아끼어 부지런히 봉양을 하였고, 가난 때문에 혹 소홀히 하지는 않았다. 여름에는 잠자리에서 부채질을 해 드리고 겨울에는 몸으로 자리를 따뜻하게 해 드렸다. 아침저녁으로 곁에서 부드러운 얼굴로 극진히 모셨고 병이 나심에 근심하고 눈물을 흘리며 나닐 때에 신발을 바르게 하지 못하였다. 상을 당하여 식음을 전폐하여 여러 번 혼절하였다가 다시 깨어났다[317] 하니 <조홍시가>의 내용은 노계의 성정을 잘 드러내고 있다.

요즘 세상이라고 한들 부모의 마음이야 어찌 변함이 있겠는가! 그러나 요즘은 자식들이 부모를 대하는 태도는 예전 같지 않은 듯하다. 가정이나 학교 교육에 문제가 있는 것인지, 우리 삶의 지향점이 달라진 때문인지, 아니면 변화한 세상 때문인지 주변에서 감동적인 효성을 쉽게 볼 수 없는 것이 사실이다. 일이 이 지경에 이르렀으니 어찌 하루아침에 쉽게 바로잡을 수 있겠는가. 교육을 통하여 본받을 만한 훌륭한 효행들을 소개하고, 반듯한 인간관계는 가정에서 효를 실천하는 일로부터 비롯한다는 사실을 깨우치게 하여 스스로가 효행의 중요성을 절감하게 하는 수밖에 없다. 더디더라도 사회에서 가정에서 바른 가치를 다시 세우고, 윗세대부터 모범적으로 효를 실천하는 일이 선결과제인 것이다.

먼저 "왕상처럼 잉어잡고 맹종처럼 죽순(竹筍) 썩거"에는 왕상(王祥)과 맹종(孟宗)이 주인공으로 등장한다. "왕상의 이어(鯉魚)잡고"에서 이어는 잉어를 말한다. 왕상은 중국 진(晉)나라 때의 효자다. 계모를 효성스럽게 모셨는데, 그 어머니가 생어(生魚)를 먹고 싶어 했으므로 엄동설한에 옷을 벗고 얼음을 깨고 들어가 고기를 잡으려 했더니 얼음이 저절로 풀려서 잉어를 잡을 수 있었다 한다. 왕상은 이 외에도 "어미가 참새 적을 먹고자 하니 참새 수십 마리가 날아들었고, 능금을 지키라는 어미의 말에 따라 비바람이 칠 때면 나무를 안고 울었다."는 일화를 가지고 있다. 어미가 죽으니 슬퍼서 막대를 짚고야 다니더니 나중에 벼슬이 정승에까지 이르렀다[318] 한다. 맹종(孟宗)은 중국 삼국시대 강하(江夏)의 효자이다. 맹종의 어머니가 죽순을 좋아했는데, 겨울철이라 죽순이 아직 나지 않았으므로 맹종이 대밭에 들어가 슬피 탄식하니 죽순이 돋아났다 한다. 이 죽순을 가져다가 국을 만들어 드리니 어머니의 병이 나아 사람들이 "효도가 지극해서 그렇다." 하였다.[319] 두 이야기 모두 효성으로써 쉽게 이루어지기 어려운 자연의 변화를 이끌었다. 조금씩 이야기를 보태어 정성이 지극하면 하늘도 감동한다는 일화로 만들어졌다. 마음이 간절하여 끈질기게 추구하면 뜻밖의 도움을 얻을 수 있을 때가 많은 것도 사실이다. 제 아비의 설사 똥을 맛보며 건강을 살핀 제나라의 검루(黔婁), 모진 병에 걸린 아비에게 손가락을 베어 먹인 조선의 유석진(兪石珍)[320] 등의 효행을 기록하여 곱씹게 한 것은 효가 오래 유지해야 하는 불변의 가치였기 때문일 것이다.

"검던 멀리 희도록 노래자(老萊子)의 오슬 입고"에는 노래자의 효성을 그렸다. 노래자는 초(楚)나라의 현인(賢人)으로서 중국 24 효자 가운데 하나이다. 노자의 도를 배워서 벼슬하지 않고 노래자(老萊子) 15편을 지었다. 70의 나이에 어린애 옷을 입고 어린애 같은 장난을 하여 부모를 즐겁게 했다는 고사가 전한다. 자식은 제아무리 나이가 들어도 그 부모의 눈에는 보기만 해도 마냥 즐겁고 애처롭고 불안하고 걱정스럽게 마련이다. 그러니 부모는 자식의 어떠한 허물도 감싸주려 하고, 재롱이나 실수도 귀엽게 보아 넘기는 것이 아닌가.

"일생(一生)애 양지성효(養志誠孝)를 증자(曾子) ㄛ치 ᄒ리이다"는 평생토록 부모를 정성껏 모시는 일을 증자같이 하리라고 했다. 증자(曾子)의 일화는 다음과 같다. 증자의 아버지인 증석(曾晳)이 생전에 고욤을 좋아했었는데 증석이 돌아가고 나니 증자는 차마 고욤을 먹지 못했다. 아버지가 좋아하셨기 때문에 돌아가신 뒤에는 먹을 때마다 아버지가 생각나 차마 먹지 못한 것이다.

공손추(公孫丑)가 이에 대해 (맹자에게) 물었다.

"회, 구운 고기와 고욤 가운데 어느 쪽이 더 맛있겠습니까?"

"회나 구운 고기일 것이다."

"그렇다면 증자는 왜 회나 구운 고기는 잡수시면서 고욤은 먹지 않았습니까?"

그러자 맹자께서 대답하기를,

"회나 구운 고기는 누구나 좋아하는 것이고, 고욤은 증석만 유독 좋아하는 것이다. 아버지의 이름은 부르기를 꺼려하지만 성(姓)은 꺼리지 않는 것과 같은 이치이다. 성은 다 같이 쓰는 것이고, 이름은 유독 혼자만 쓰는 것이기 때문이다."[321]

증자의 아버지가 살아계실 때에 회와 구운 고기, 고욤을 다 좋아했었던 것으로 보인다. 아버지가 돌아가신 후, 증자는 회와 구운 고기는 먹고, 유독 고욤만 입에 대지 않자 이를 의아하게 여긴 공손추가 스승 맹자에게 그 까닭을 물었다. 맹자는 증자가 많은 사람들이 대체적으로 좋아하는 회와 구운 고기는 먹고, 대체로 좋아하는 음식이 아니라 유독 아버지만 즐기신 고욤은 피했을 것이라 예상하였다. 돌아가신 후에도 어느 때나 부모님을 생각하고 자신의 음식까지 삼가는 모습이 아름다운 효성으로 여겨진다.

"반중(盤中) 조홍(早紅)감이 고아도 보이ᄂᆞ다/유자(柚子) 안이라도 품엄 즉도 ᄒᆞ다마ᄂᆞᆫ"은 눈앞에 있는 탐스런 감을 보자 돌아가신 부모님께 드리고 싶다는 마음을 육적(陸績)의 회귤고사(懷橘故事)를 들어 표현하고 있다. "조홍시(早紅柿)는 온양에서 나는 것이 붉고 달고 물기가 많다. 그밖에는 그만 못하다"라는[322] 기록이 있다. 손권의 모사였던 육적(陸績)은 노강 태수를 지낸 육강의 아들이다. 육적은 6살 때 원술과 접견하는 자리에서 내놓은 귤을 품에 감추었다. 물러가는 인사를 할 때, 귤을 떨어뜨렸는데 "어머님께 가져다 드리고 싶다."고 대답해 원술을 감동시켰다. 육적은 그 뒤 손권에게 초대되지만 자기주장이 강해 중앙에서 추방되어 울림태수가 되었고, 학문을 좋아해 많은 저술을 남겼다 한다.[323]

세월 앞에 장사가 있겠는가. 세월이 흘러 연세가 드시면 내 부모님 또한 늙어지게 마련이지만 자식의 입장에서는 그 모습이 안타깝기 짝이 없다. 매섭던 회초리에 힘이 빠져도 눈물이 난다 하지 않았던가. 달도 차면 기우는 법이니 성하였던 모든 것은 쇠하게 마련이지만 부모님의 기운이 성하였던 때를 회상하면 그 늙어감이 안타깝게 마련이다. 사람이 부모 마음을 헤아릴 만큼이라도 철이 들자면 꽤나 오랜 시간이 걸린다. "자식은 모시고자 하나 부모는 기다려주지 아니한다."는 '풍수지탄(風樹之嘆)이라는 마음도 이 때문이 아니겠는가. 부모 마음을 헤아릴 만하면 세월과 함께 쇠해 가시는 부모님 모습에 자식은 안절부절 못한다. 가는 세월을 붙잡을 수만 있다면, 내 명을 몇 해나마 덜어드릴 수 있다면, 갖가지 부질없는 묘안을 구상한다. 조금 더 일찍 그런 마음이 들었다면 얼마나 좋았을까. 박인로는 위의 세 번째 시조에서 기다란 끈을 늘어뜨려 새끼를 길게 꼬아서 그 새끼로 구만리 높은 하늘에 떠 있는 해를 잡아매어 북당의 희끗한 어머님을 더디 늙게 하고 싶다 했다. 나무로 깎은 당계(唐鷄)를 벽에다 붙여두고 그 닭이 '꼬끼오' 하고 때를 알리면 그제야 어머닌 늙으셔도 된다고 하던 문충(文忠)의 <오관산(五冠山)>이나 불가능한 가정 상황이 이루어져야만 임과 헤어짐을 받아들일 수 있겠다던 고려가요 <정석가>와 같은 정서를 보인다. 사랑하는 이와 영원히 사랑하며 살고픈 마음은 모든 사람들의 공통적인 바람일 것이다.

☙ 선비로서의 겸손한 포부를 말하다

군봉(群鳳) 모다신 듸 외가마기 드러오니
백옥(白玉) 사힌 곳애 돌 흔아 갓다마는
두어라 봉황(鳳凰)도 비조(飛鳥)와 유(類)
시니 뫼셔 논돌 엇더ᄒ리
　　　　　(『역・시』 315, 이삭대엽二數大葉)

▶ 현대어 풀이
봉황 떼 모이신 데 외까마귀 들어오니
백옥 쌓인 곳에 돌 섞인 듯하다마는
두어라 봉황도 나는 새 무리이니 뫼신
들 어떠리?

앞의 세 작품은 지극한 효성을 노래했지만 나란히 적힌 위의 작품은 효행을 비유한 것 같지 않다. 외까마귀가 봉황을 모시는 것은 백옥이 쌓인 곳에 돌이 섞인 것처럼 외람되기 그지없지만, 까마귀 또한 나는 새의 종류인 것만은 분명하니 어떻게든 봉황을 모시는 일에 애쓰고자 한다는 말이다. 키워드는 까마귀와 봉황이 상징하는 바이다.

　"공자(중니 仲尼)는 걸출한 인간이요 봉황(鳳凰)은 새 가운데 왕이니 비록 이름은 조금 다르지만 그 덕은 서로가 비슷하다. 나타나고 감춤을 조심스럽게 행하니 출처(出處)를 아는 듯 하고, 모두 쇠퇴해 진 뒤에 예악을 바로잡아서 문명을 이루었다. 어질고 슬기로운 부류가 아니라면 누가 그 치우침 없는 성품을 닮을 것인가? 봉황은 한 시대의 좋은 징조이고, 공자는 영원한 스승이 될 성인이로다. 이들의 모습이 찬란한 이유는 만사의 이치를 꿰뚫었기 때문이다. (봉황은) 고매한 털을 날리며 무리 가운데 우뚝했고, (공자는) 예교(禮教)의 날개를 치켜 올려 세상에 알려졌다.

　쇠한 주나라의 70 제후들은 올빼미 떼처럼 봉황을 비웃었지만 공자 마을의 3천 제자들은 참새 떼처럼 그를 따랐네. 나는 보잘 것 없는 선비로, 일찍이 배움 길에 접어들었으나 어려선 문장 수련을 깨치지 못하고, 어른이 되어선 모범되는 글과 공적이나 즐겨 읊조리면서 봉황이 되기를 바라고 있구나!"**324**

위의 내용을 간추리면 공자 : 봉황(鳳凰) = 걸출한 인간 : 새 가운데 왕 = 영원한 스승이 될 성인 : 한 시대의 좋은 징조의 대비로 되어 있다. 공자를 새 가운데 최고인 봉황에 비유하고 있다. 식견이 부족한 주나라의 70 제후들을 올빼미에, 공자를 따른 3천 명 제자들을 참새 떼에 견주었다. 위의 글에 따르면, 김부식은 자신을 "일찍이 배움 길에 접어들었으나 어려선 문장 수련을 깨치지 못하고, 어른이 되어선 모범되는 글과 공적이나 즐겨 읊조리는" 보잘 것 없는 선비에 비유하고 있다. 그러면서 봉황이 되기를 바란다 하였으니, 봉황은 크게 깨우친 걸출한 인물을 뜻한다. "장령 이제담(李齊聃)이 상소하기를, 아! **까마귀나 솔개**가 죽임을 당하면 **봉황**은 피하여 멀리 떠나가고, 미친 이가 베임을 당해도 곧은 선비는 더 깊이 숨는 법입니다." 를**325** 보면 봉황은 걸출한 선비를 뜻하고, 까마귀나 솔개는 그에 이르지 못하는 선비를 비유한 것임을 알 수 있다.

　"영의정 이경여 등이 상차하기를, 까마귀 알과 솔개 알을 깨지 않은 뒤에야 봉황이 오는 것이며 죽은 말의 뼈를 버리지 않은 다음에야 천리마가 오는 법입니다. 예로부터 성스럽고 명철한 제왕이 유(儒)를 높이고 선비를 사랑하면서도 오히려 미치지 못할까 걱정했는데, 그것이 어찌 그 사람들이 모두 반드시 학문이 천도와 인사를 관통하고 재주가 경국제세(經國濟世)의 능력을 품고 있어서 그러했겠습니까."**326**

위에서도 봉황은 천리마와 같이 나라를 이끌고 갈 인물, 즉 학문이 천도와 인사를 관통하고 재주가 출중한 선비를 뜻하고, 까마귀나 솔개는 일반의 선비에 비유되고 있다. 자고로 성스럽고 명철한 제왕은 범상한 선비를 잘 대우해야만 봉황에 비유되는 출중한 인재를 얻을 수 있다는 말이다. "대사간 오상 등이 상차하기를, 전하께서 보필하는 신하로 하여금 한 번 진언하고 마침내 스스로 불안해하는 마음을 품게 하시었으니, 자만해하시는 폐단은 반드시 언책이 있는 자에게 말을 다할 수 없게 만들어 연못가에 주저앉은 늙은 봉황과 대(臺)에서 지저귀는 주린 까마귀가 되지 않을 자 거의 드물 것입니다."에서도[327] 위와 같은 봉황과 까마귀의 비유가 나온다. "바위 위엔 풀이 나기 어렵고,/방 안에서는 구름이 일지 않네./산 속에 새가 어쩐 일로/봉황 무리에 날아들었나.(나그네)//나는 본디 하늘의 새라서/늘 오색구름 속에 있었지./오늘밤엔 비바람 사나워/꿩 떼 속에 잘못 떨어졌네."는[328] 김삿갓의 <시객(詩客)들과 말싸움하다>인데, 여기서도 출중한 선비를 봉황에, 보잘 것 없는 선비를 꿩에 비유하고 있다. 자신과 대응하는 시객들을 꿩 떼에 비유하는 풍자가 들어있다.

요컨대, 공자 등과 같이 나라를 다스리고 세상을 구제하는 능력이 빼어나 우뚝한 선비(인물)를 봉황에 비유하고, 그렇지 못한 뭇 선비를 올빼미나 참새, 까마귀나 솔개에 비유하고 있다. 그러므로 박인로의 시조에 나오는 '봉황 : 까마귀 = 백옥 : 돌'은 자신을 제외한 다른 관리들을 경륜과 능력이 높은 봉황에 비유하고, 자신을 한껏 낮추어 까마귀에 비유한 것이다. 봉황도 또한 날짐승의 하나로 여기겠다고 한 것은 자신의 겸손한 포부를 담고자 한 것이다. 자신은 비록 학문이 하늘의 도에 이르고, 인사에 관통하여 세상을 다스리고 구제하는 능력을 갖춘 걸출한 선비, 즉 '봉황'의 능력에 미치지 못하지만 꾸준히 학문을 닦고 노력하여 미력한 힘이나마 보태어 보필하고 진언하겠다는 선비로서의 포부를 담고 있다.

◎ 〈견회요(遣懷謠)〉 5편 윤선도(尹善道, 1587~1671)

슬프나 즐거오나 올타 ㅎ나 외다 ㅎ나 내 몸의 히올 일만 닫고 닫글 뿐이언뎡 그 받긔 녀나믄 일이야 분별홀 줄 이시랴

▶ 현대어 풀이
슬프나 즐거우나 옳다 하든 그르다 하든,
내가 할 일만 닦고 닦을 뿐이거늘,
그 밖에 다른 일이야 걱정할 일 있겠는가.

내 일 망녕된 줄을 내라 ᄒᆞ야 모롤손가
이 ᄆᆞᄋᆞᆷ 어리기도 님 위ᄒᆞᆫ 타시로쇠
아믜 아ᄆᆞ리 닐러도 님이 혜여 보쇼셔

▶ 현대어 풀이
내 일 잘못인 줄을 나라고 모르겠는가?
이 마음 어리석음도 임을 위한 때문이라.
누가 아무리 일러도 임께서 헤아려 살
피소서.

츄셩(楸城) 딘호루(鎭胡樓) 밧긔 우러 녜
는 뎌 시내야
ᄆᆞ음 ᄒᆞ리라 듀야(晝夜)의 흐르ᄂᆞᆫ다
님 향(向)ᄒᆞᆫ 내 뜻을 조차 그칠 뉘룰 모
로ᄂᆞ다

▶ 현대어 풀이
경원(慶源) 진호루(鎭胡樓) 밖에 울며
가는 저 시내야
무엇을 하려고 밤낮으로 흐르는가?
임 향한 내 뜻을 좇아 그칠 줄을 모르
느냐?

뫼흔 길고길고 믈은 멀고멀고
어버이 그린 뜻은 만코만코 하고하고
어듸셔 외기러기는 울고울고 가ᄂᆞ니

▶ 현대어 풀이
뫼는 길고도 길고, 물은 멀고도 멀고
어버이 그리는 마음, 많고도 많고 크고
도 크고
어디서 외기러기는 울며울며 가는가?

어버이 그릴 줄을 처엄붓터 아란마는
님군 향(向)ᄒᆞᆫ 뜻도 하ᄂᆞᆯ히 삼겨시니
진실(眞實)로 님군을 니ᄌᆞ면 긔 불효(不
孝)ㄴ가 녀기롸
(『고산유고(孤山遺稿)』卷6, 下)

▶ 현대어 풀이
어버이 그릴 줄은 처음부터 알지마는
임금 향한 뜻도 하늘이 만들었으니,
진실로 임금 잊으면 그것도 불효인가
여기노라.

☙ 어디에서도 잊을 수 없는 두 존재, 임금과 부모님

윤선도 문집에 무오년(1618) 경원(慶源)에 유배 가 있을 때 지은 작품이라 적었다. 1616년(광해군 8), 윤선도는 일개 성균관 유생으로서 당시 최고의 권력자이던 이이첨(李爾瞻)·박승종(朴承宗)·유희분(柳希奮) 등을 격렬하게 규탄하는 병진소(丙辰疏)를 올렸고, 이로 인해 이이첨 일파의 모함을 받아 함경도 경원으로 유배됐다. 그곳에서 <견회요(遣懷謠)> 5수와 <우후요(雨後謠)> 1수 등 시조 6수를 지었다.

윤선도가 올린 상소의 골자는 이이첨 무리들이 권력을 남용하고 인재 등용을 불공정하게 행함으로써 작게는 관리들이 벼슬을 위해 아첨하도록 하고 크게는 임금을 위태롭게 하였으니 권력을 제멋대로 농단한 이이첨을 베고 임금을 잊고 나라를 저버린 유희분(柳希奮)과 박승종(朴承宗) 등의 죄를 다스리라는 내용이었다.[329] 이 상소에 대해 승정원(承政院)과 삼사(三司)의 관학(館學)에서는 윤선도가 어진 이들을 모함하고 역적 김제남의 옥사를 뒤집으려 한다는 식의 극론을 펴면서 이이첨은 무신년 이래로 누차 국난을 만나 성상을 보위하고 유영경(柳永慶)·이홍로(李弘老) 등 역적을 토벌하고 사론(邪論)을 배척한 충성과 절의의 인물이고, 효우와 청백을 갖춘 인물이라고 옹호한다. 물론 "삼가 성상께서는 윤선도의 충성스러운 말을 통촉하시어, 속히 이이첨이 위복의 권한을 마음대로 하고 흉한 기염을 더욱 돋운 죄를 바루고, 삼사와 정원·관학이 악인을 편든 죄를 다스려서 종묘사직의 억만년토록 무궁한 아름다움이 되게 하소서."[330]라고 상소한 이형(李泂) 같은 이도 있었지만 당시 권력의 추는 이미 한쪽으로 기울어져 있어서 대신들은 윤선도에게 속히 죄를 주어 공정한 도의와 엄한 법전을 보이라고 주청하였다.

'견회(遣懷)'라 함은 마음속에 품은 뜻을 띄워 보낸다는 뜻인데, 위의 작품 첫 수에서는 "누가 뭐라고 하든지 내가 할 일만 닦고 닦을 뿐 다른 걱정이야 할 필요가 없다"며 꿋꿋한 자세를 보이지만 둘째 수 이후에서는 억울한 심정, 우국충정을 표현했다. 제2수 "내 일 망녕된 줄을 ~"은 자신의 행동이 무모하고 어리석은 줄을 알지만 다 임을 위한 때문이니 임께서는 누가 뭐라 하든지 자신의 충정을 헤아려 달라는 바람을 담았다. 자신의 뜻이 받아들여지지 않는 정치 현실에 대한 아쉬움, 그리고 과거 자신의 행동에 대한 정당성이 담겨져 있다. 종장의 표현도 체념적 언술이라기보다는 군주에 대한 근심과 당부의 어법을 취해 함께 할 미래를 기약하는 서술이라고 보는 것이 타당할 것이다.331 제3수는 경원(慶源) 진호루(鎭胡樓) 밖의 시냇물이 밤낮으로 흐르는 것, 임 향한 내 뜻이 그칠 줄을 모르는 것을 동일화하여 자신의 충성심을 강조하고 있다.

　제4수는 "뫼는 길고도 길고 물은 멀고도 멀어 무한성과 연속성을 지녔다. 어버이 그리워하는 마음은 많고도 많고 크고도 크건만 짝 잃은 외기러기 신세가 되어 어버이를 모시지 못하는 착잡한 심정"을 그렸다. 제5수는 어버이야 혈연관계이니 그리워하는 것이 당연하지만, 하늘이 태초에 임금을 향하는 마음을 만들어 주었으니 임금을 잊는 것은 큰 불효를 저지르는 것과 같다고 하였다. 임금을 아비처럼 여기고, 충성을 다하지 않는 것을 부모에게 불효한 것처럼 여긴다는 말에는 어떤 의미가 담겼을까. 율곡 이이가 이에 대한 글을 남겨 그 의미를 가늠하게 한다. 율곡은 "조광조(趙光祖)가 죽음에 임하여 시를 지어 이르기를, '임금 사랑하기를 아비 사랑하듯 하였노라. 하늘 해가 단심(丹心)을 비친다.'(愛君如愛父 天日照丹衷) 하였사온데, 신이 매양 이 글귀를 외우며 눈물을 흘리지 않은 적이 없었습니다."라고332 했다. 임금과 신하의 관계를 사회적 관계가 아닌 혈연적·천부적인 관계로 여긴다고 강조한 것은 자신의 충심과 진정성을 헤아려 달라는 읍소이다. 율곡은 이 말을 언급하며 "의를 좋아하는 자는 나라를 위하고, 이(利)를 좋아하는 자는 제 집을 위하는데, 나라를 위하고 제집을 위하는 것은 판별하기가 어렵지 않으니,…", "다만 임금이 이들을 밝게 가려내지 못하여 간사하고 아첨하는 무리가 그 틈을 잘 타므로, 제 집을 위하는 자는 은총과 발탁(拔擢)을 많이 받고, 나라를 위하는 자는 형벌[刑戮] 속에 많이 빠지니, 진실로 슬픈 일입니다."라고333 했다. 현실 정치가 자기 이익과 출세를 추구하는 사람들이 득세하고 나라를 위한 의로움이 행해지지 않고 있음을 탄식한 것이다. 윤선도가 임금을 잊는 것을 불효로 여긴다고 표현한 것은 소인이 제멋대로 날뛰어 어진 신하들이 덕으로 보좌할 수 없고 지혜 있는 자라도 계책을 드릴 수 없는 정치 현실에서 임금이 군신 관계를 천륜처럼 여기는 자신의 진심을 헤아려달라는 간절한 주문인 것이다.

◎ 〈우후요(雨後謠)〉   윤선도

> 구즌비 기단 말가 흐리던 구룸 것단 말가
> 압닉히 깁흔 소히 다 묽앗다 ᄒᆞᄂᆞᆫ다
> 진실(眞實)로 묽디곳 묽아시면 갓끤 씨셔 오리라
> 　　　　(『고산유고(孤山遺稿)』 권6 하, 『역·시』 304, 이삭대엽二數大葉)

▶ 현대어 풀이

굳은 비 갰단 말인가 흐린 구름 걷혔단 말인가.
앞개울 깊은 소(沼)가 다 맑아졌다 하는가?
진실로 맑기만 맑았으면 갓끈 씻어 오리라.

맑은 정치를 향한 포부

이 작품 또한 윤선도가 젊은 시절, 경원에 유배 갔을 때 지은 작품이다. 윤선도는 이 작품에 대하여 다음과 같은 배경 설명을 적어두었다.

> "어떤 사람이 당시의 재상이 잘못을 고쳤다고 말을 전하였다. 이때 연일 오던 비가 마침 개었다. 내가 말하기를 "저 사람이 잘못을 고친 것은 진실로 이 비가 갠 것과 같고, 이 구름이 걷힌 것과 같고, 이 앞 개천이 다시 맑아진 것과 같다. 그런즉 우리들이 인(仁)으로 돌아가야 하지 않겠는가!"라고 드디어 우리말로 지어 노래 불렀다."[334]

시조 종장에서는 굴원(屈原)의 〈어부사(漁父辭)〉를 인용하여 자신의 포부를 담았다. 굴원은 젊어서부터 학식이 빼어나 초나라 회왕(懷王)의 신임을 받아 내정과 외교 분야에서 중책을 맡았다. 하지만 법령입안(法令立案) 때 궁정의 정적들과 충돌하여, 중상모략으로 국왕 곁에서 쫓겨나 멱라수에 몸을 던진 비운의 인물이다. "굴원은 충심으로 세상에 맞서다가 쫓겨나 원상(沅湘)에 몸을 던지니, 훗날 초나라 사람들이 그를 사모하여 수선(水仙)이라고 불렀다. 그 혼이 하늘 위를 배회하고, 정령이 때때로 상강(湘江)에 머문다고 여기어 초나라 사람들이 그를 위해 사당을 세워, 한(漢) 말까지도 명맥이 이어졌으니"[335] 비운의 삶 이후에 충절은 남아 빛났다. 굴원은 "세상은 모두 더러운데 나 홀로 깨끗하고, 많은 사람들은 취했지만 나 홀로 깨어있다. 이런 까닭으로 쫓겨났다"(擧世皆濁 我獨淸 衆人皆醉 我獨醒 是以見放)고 생각했다. "창랑의 물이 맑으면 내 갓끈을 씻고, 창랑의 물이 흐리면 내 발을 씻는다."(乃歌曰 滄浪之水淸兮 可以濯吾纓 滄浪之水濁兮 可以濯吾足)라고 한 것은 세상 여건에 따라 처신하겠다는 말일 텐데, 윤선도 시조에 "진실(眞實)로 묽디곳 묽아시면 긋씬 씨셔 오리라"라고 한 것은 맑은 물에 갓끈을 씻겠다고 한 굴원 <어부사>의 '탁영(濯纓)'을 끌어온 것으로 "세속을 초월하여 깨끗함을 유지하겠다."는[336] 말이다.

구름이 걷히고 궂은비가 개어 깊은 못이 다 맑아졌다고 하니, 이젠 정치 현실에서 인(仁)과 덕(德)이 실현될 수 있기를 기원한 작품이다. 변방 유배지에서 나랏일을 근심하는 작자의 간절한 심정을 흐린 구름에 궂은비가 내려서 흙탕물이 흘러내리다가, 이젠 날씨가 개어 맑은 시냇물이 흐르는 일기 변화에 견주어 표현한 작품이다.

◎ **〈산듕신곡(山中新曲) 만흥(漫興)〉**　윤선도(1587∼1671)

산슈간(山水間) 바회 아래 뙤집을 짓노라 ᄒᆞ니 그 모론 ᄂᆞᆷ들은 온는다 ᄒᆞᆫ다마ᄂᆞᆫ 어리고 햐암의 ᄠᅳᆺ의ᄂᆞᆫ 내 분(分)인가 ᄒᆞ노라	▶ 현대어 풀이 산수간 바위 아래에 초가집을 짓노라니 그 모르는 남들은 웃는다 한다마는 어리석은 촌뜨기 뜻에는 분수인 듯하구나.

보리밥 픗ᄂᆞ물을 알마초 머근 후(後)에	▶ 현대어 풀이 보리밥 풋나물을 알맞게 먹은 후에

바횟긋 묽ᄀ의 슬ᄏ지 노니노라
그 나믄 녀나믄 일이야 부룰 줄이 이시랴

잔 들고 혼자 안자 먼 뫼흘 ᄇ라보니
그리던 님이 오다 반가옴이 이리ᄒ랴
말숨도 우움도 아녀도 몯내 됴하 ᄒ노라

바위 끝 물가에서 마음껏 노니노라.
나머지 여러 일이야 부러운 줄 몰라라.

▸현대어 풀이
잔 들고 혼자 앉아 먼 산을 바라보니
그리운 임이 온들 반가움이 이러할까.
말하지도 웃지도 않아도 못내 좋아 지내노라.

누고셔 삼공(三公)도곤 낫다 ᄒ더니 만승(萬乘)이 이만ᄒ랴
이제로 헤어든 소부(巢父) 허유(許由) ㅣ 냑돗더라
아마도 님쳔한흥(林泉閑興)을 비길 곳이 업세라

▸현대어 풀이
누군가 삼공(三公)보다 낫다더니 천자인들 이만하랴.
이제와 생각하니 소부 허유가 꾀가 많구나.
아마도 자연 속 한가한 흥을 견줄 데가 없도다.

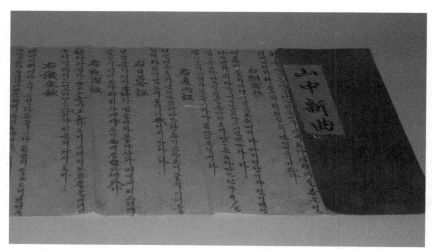

고산 윤선도의 〈산중신곡(山中新曲)〉(고산 윤선도 유물전시관 소장, 전남 해남군 해남읍 연동리 102-1). 고산이 해남에 돌아온 후, 56세(1642년)에 현산면 금쇄동에서 지은 작품이다.

내 셩이 게으르더니 히ᄂᆞᆯ히 아ᄅᆞ실샤
인간만ᄉ(人間萬事)ᄅᆞᆯ ᄒᆞᆫ 일도 아니 맛뎌
다만당 ᄃᆞ토리 업슨 강산(江山)을 딕희
라 ᄒᆞ시도다
* 히ᄂᆞᆯ히 : '하ᄂᆞᆯ히'를 잘못 새긴 것으로
보임

▶현대어 풀이
내 천성 게으른 줄 하늘이 아셨는지
인간 만사에 할 일을 아니 맡겨
다만 다툴 이 없는 강산을 지키라 하는
구나.

강산(江山)이 됴타ᄒᆞᆫᄃᆞᆯ 내 분(分)으로 누
엇ᄂᆞᆫ냐
님군 은혜(恩惠)ᄅᆞᆯ 이제 더옥 아노이다
아ᄆᆞ리 갑고쟈 ᄒᆞ야도 ᄒᆡ올 일이 업세라
(『고산유고(孤山遺稿)』卷6, 下)[337]

▶현대어 풀이
강산이 좋다지만 내 분수로 누웠는가.
임금 은혜를 이제 더욱 알겠구나.
아무리 갚고자 하여도 하올 일이 없구나.

◎ 〈산듕신곡(山中新曲) 오우가(五友歌)〉　　윤선도

내 버디 몃치나 ᄒᆞ니 슈셕(水石)과 숑듁(松竹)이라
동산(東山)의 ᄃᆞᆯ 오르니 긔 더옥 반갑고야
두어라 이 다ᄉᆞᆺ 밧긔 또 더ᄒᆞ야 머엇ᄒᆞ리

▶현대어 풀이
내 벗이 몇인가 하니 수석과 송죽이라
동녘 산에 달 오르니 긔 더욱 반갑구나.
두어라 이 다섯 밖에 또 더하여 무엇 하리.

구룸빗치 조타 ᄒᆞ나 검기ᄅᆞᆯ ᄌᆞ로 ᄒᆞ다

보람소리 묽다 흐나 그칠 적이 하노매라
조코도 그츨 뉘 업기는 믈뿐인가 흐노라(水)

▶ 현대어 풀이

구름 빛이 좋다 하나 검기를 자주 한다.

바람 소리 맑다 하나 그칠 적이 많도다.

좋고도 그칠 때 없기는 물뿐인가 하노라.

고즌 므스 일로 퓌며셔 쉬이 디고
플은 어이흐야 프르는 듯 누르느니
아마도 변티 아닐손 바회뿐인가 흐노라(石)

▶ 현대어 풀이

꽃은 무슨 일로 피면 쉽게 지고,

풀은 어찌하여 푸르다가 곧 누러지는가.

아마도 변치 않는 것은 바위뿐인가 하노라.

더우면 곳 퓌고 치우면 닙 디거늘
솔아 너는 엇디 눈 서리를 모르는다
구천(九泉)의 블희 고든 줄을 글로 흐야 아노라(松)

▶ 현대어 풀이

더우면 꽃 피고 추우면 잎 지거늘

솔아 너는 어찌 눈서리를 모르느냐

땅 속 뿌리 곧은 줄을 그것으로 알겠노라.

나모도 아닌 거시 플도 아닌 거시
곳기는 뉘 시기며 속은 어이 뷔연는다

뎌러코 스시(四時)예 프르니 그를 됴하 ᄒ노라(竹)

▶ 현대어 풀이

나무도 아닌 것이 풀도 아닌 것이

곧기는 뉘 시키고 속은 어찌 비었느냐?

저토록 사시에 푸르니 그를 좋아하노라.

윤선도 종택 녹우당의 모습(전남 해남군 해남읍 녹우당길 135)

쟈근 거시 노피 떠셔 만믈(萬物)을 다 비취니
밤듕의 광명(光明)이 너만ᄒ니 또 잇ᄂ냐
보고도 말 아니ᄒ니 내 벋인가 ᄒ노라(月)

(『고산유고(孤山遺稿)』卷6, 下)

▶ 현대어 풀이

작은 것이 높이 떠서 만물을 다 비추니

밤중의 빛 중에 너만 한 게 또 있느냐

보고도 말 않으니 내 벗인가 하노라.

고산 윤선도의 종택 녹우당(綠雨堂)(전남 해남군 해남읍 녹우당길 135)

❧ 자연에 묻혀 깊은 생각에 잠기다

윤선도는 1617년(광해군 9)에 경남 기장(機張)으로 유배지를 옮겼다가, 1623년 인조 반정(仁祖反正) 이후 이이첨 일파가 처형된 뒤에 풀려나 의금부도사(義禁府都事)로 제수 되었으나 곧 사직하고 해남(海南)으로 내려갔다. 그 뒤에도 여러 번 벼슬을 제수 받 았다가 사임하는 일을 반복했다. 고산(孤山)의 나이 51세 때인 1637년에 제주도로 향 하다가 산수가 수려한 보길도를 발견하고 터를 닦아 부용동이라 이름하고 낙서재 (樂書齋)를 지어 살았다. 이듬해 병자호란 때 근처까지 와서 임금께 문안하지 않았다 는 이유로 다시 영덕으로 유배되었다가 1639년 풀려나 해남으로 돌아왔다. <산중신

곡>은 임오년(1642), 해남 금쇄동(金鎖洞)에 있을 때 지은 연시조 작품이다.

<산중신곡> 가운데 '만흥(漫興)'은 자연 속에서 저절로 흥취가 일어나 지은 작품이라는 뜻이다.

금쇄동 윤선도 유적지(전남 해남군 현산면 구시리 산181번지)

"나는 평생 산에 오르고 물가에 임하는 것을 좋아하였다. 삼수(三水)에 귀양 가서 와실(蝸室)에 칩거한 지가 이미 두 달이 되자 답답함을 견디지 못하여 말을 타고 성을 나갔다. 마침 두 명의 적객(謫客)이 있어 그들을 따라서 시내 위의 작은 산에 올라 멀리 바라보고 돌아왔다."[338]

위의 글에는 "1660년 경자년(庚子年) 7월 24일 즉석에서 읊조리다."라는 제목을 붙여두었다. 윤선도가 송시열과 상복(喪服)에 관한 제도 문제로 맞서다가 함경도 삼수(三水)에 귀양 가 있을 때 지은 글이다. 자신은 평생 산에 오르고 물가에서 노니는 것을 좋아했다고 했다.

보길도 동천석실에서 바라본 부용동의 모습

유배지에서도 답답함을 못 이겨 시냇가 작은 산을 찾아 그 즐거움을 누렸으니 해남에 있던 시절이야 말해 무엇 하겠는가. <만흥>의 1-2수에는 "산수간 초가집이 분수에 맞는다.", "보리밥 풋나물을 먹고 물가에 사니 남부러운 줄 모르겠다."며 안분지족(安分知足)의 뜻을 담았다. 3수는 잔 들고 먼 산을 바라보는 것만으로도 족하다

했고, 4수는 자연에 묻혀 사는 자신의 즐거움을 소부·허유의 삶에 견주며 그들이 출세를 마다하고 자연에 묻힌 뜻을 짐작할 수 있겠다 했다. 5-6수는 속세를 떠나 자연을 찾는 가운데 임금의 은혜를 잊지 않는다 했다. 전체적으로 "벼슬하지 않고 자연에 묻혀 사는 즐거움에 대한 만족감"을 그려냈지만, 정치현실이 맹사성의 <강호사시가>와 같이 태평한 세월이 아니므로 자연 속에서 정치현실에 대한 외롭고 속상한 마음을 위로한 것이라 해석해도 큰 비약이 될 것 같지는 않다.

> "아! 서리 눈을 업신여기고 홀로 빼어난 것이 섣달 매화와 가을 국화뿐만이 아니구나! 그것이 음기(陰氣) 쌓인 밑바닥에서 양기(陽氣)를 몰래 불어나게 했으니 복괘(復卦)의 한 획과 같아, 사람으로 하여금 깊은 성찰을 일으키누나."[339]

죽록원의 대나무(전남 담양군 담양읍 죽록원로 119)

이 글은 윤선도가 1661년 신축년(辛丑年)에 북청으로 유배지를 옮겼을 때 지었다. 얼음과 눈꽃 사이에 핀 금빛의 소빙화(消冰花)를 보고서 음기 속에서도 이렇듯 양기를 뿜어 피어났으니 섣달 매화나 가을 국화 이상의 감회를 가지게 한다고 했다.

자연의 모습을 보고 그 속에 담긴 의미를 깊이 성찰하려는 자세는 <산중신곡> 중 오우가에도 그대로 나타난다. 고산은 수석송죽월(水石松竹月) 등 다섯을 최고의 벗으로 소개한다. 구름 빛은 아름다울 때가 있지만 자주 검게 변하고, 바람 소리가 맑다 하지만 항시 부는 것은 아닌데 '물'은 항상 변하지 않고 그치지 않기 때문에 물의 불변성과 지속성을 사랑한다고 소개하고, 꽃은 쉽게 지고 풀은 곧 색깔이 변하는데 '바위'는 불변의 속성을 가지고 있기에 사랑한다고 소개했다. 다른 나무들은 꽃도 잎도 피었다가 곧 지는데 '소나무'는 눈이 오고 서리가 내려도 그 색깔이 변하지 않아서 좋다고 했고, '대나무'는 곧은 절개를 가지고 사계절 푸른빛을 유지하기에 좋다고 했고, '달'은 밝은 빛으로 만물을 비추고 모든 일을 보고도 모른 체 침묵을 지키는 모습 때문에 사랑한다고 했다. 자신의 명예와 이익에 따라 변절을 일삼는 정치현실과 인간 사회에 견주어 볼 때 항상 그 모습 그대로를 간직하는 자연의 항상성·불변성·지속성을 예찬한 작품이다.

◎ 〈전원사시가(田園四時歌)〉　　신계영(辛啓榮, 1577~1669)

> 봄날이 졈졈 기니 잔설(殘雪)이 다 녹거다
> 매화(梅花)는 볼셔 디고 버둘가지 누르럿다
> 아히야 울 잘 고티고 채전(菜田) 갈게 ᄒ야라(봄)

▶ 현대어 풀이
봄날이 점점 기니 남은 눈까지 다 녹는다.
매화는 벌써 지고 버들가지 누르러진다.
아이야 울 잘 고치고, 채소밭 갈 준비하여라.(봄)

> 양파(陽坡)의 플이 기니 봄빗치 느저 잇다
> 소원(小園) 도화(桃花)는 밤비예 다 피거다
> 아히야 쇼 됴히 머겨 논밧 갈게 ᄒ야라(봄)

▶ 현대어 풀이
양지 둑에 풀이 기니 봄빛이 깊었구나.
작은 동산 복숭아꽃 밤비에 다 피었다.
아이야, 소 잘 먹여 논밭 갈게 하여라.(봄)

> 잔화(殘花) 다 딘 후(後)의 녹음(綠陰)이 기퍼 간다
> 백일(白日) 고촌(孤村)에 낫닭의 소리로다
> 아히야 계면됴 불러라 긴 조롬 씨오쟈(여름)

▸ 현대어 풀이

남은 꽃들도 다 진 후에 녹음이 깊어 간다.

대낮 고즈넉한 마을에 낮닭이 우는구나.

아이야, 계면조(界面調) 불러라, 잦은 졸음 깨우자.(여름)

원림적막(園林寂寞)흔디 북창(北窓)을 빗겨시니

거문고 노라라 낫줌을 띄와괴야

[終章 유실](여름)

▸ 현대어 풀이

집 앞 수풀 적막한데 북창에 기대앉아

거문고 연주에 낮잠을 깨웠구나.

[종장 잃어버림](여름)

흰 이슬 서리 되니 그을히 느저 잇다

긴 들 황운(黃雲)이 흔 빗치 피거고야

아희야 비즌 술 걸러라 추흥(秋興) 계워 흐노라(가을)

▸ 현대어 풀이

흰 이슬 서리되니 가을이 깊었구나.

긴들에 곡식들 모두 황금빛이로다.

아이야, 빚은 술 걸러라, 가을 흥취 넘쳐난다.(가을)

동리(東籬)예 국화(菊花) 피니 중양(重陽)이 거에로다

자채(自蔡)로*) 비즌 술이 흐마 아니 니것느냐

아희야 자해황계(紫蟹黃鷄)로 안주 작만 흐야라(가을)

▶ 현대어 풀이

동쪽 울에 국화 피니 중양절 다 됐구나.

자채(紫彩) 쌀로 빚은 술 이미 아니 익었느냐.

아이야, 자줏빛 게 누른 닭으로 안주를 장만해라.(가을)

*) "자채(自蔡)로" : '자채(紫彩)-벼'를 말하는 것으로 보인다. 자채벼는 올벼의 하나로, 빛이 누렇고 가시랭이가 있다. 질이 우수하여 상품(上品)의 쌀로 유명하다. 경기도 이천 부근에서 생산한다.

북풍(北風)이 노피 부니 압 뫼희 눈이 딘다

모쳠(茅簷) 촌 빗치 석양(夕陽)이 거에로다

아희야 두죽(豆粥) 니것느냐 먹고 자랴 ᄒ로라(겨울)

▶ 현대어 풀이

겨울바람 높이 불고 앞산에 눈 내린다.

초가집 처마 싸늘한데 저물녘이 다 되었다.

아이야, 콩죽 익었느냐, 먹고 자려 하노라.(겨울)

어제 쇼 친 구돌 오놀이야 채 덥거니

긴줌 계우 ᄭᅵ니 아젹날이 놉파 잇다

아희야 서리 녹앗느냐 닐고 쟈고 ᄒ노라(겨울)

▶ 현대어 풀이

어제 소여물 끓인 구들이 오늘에야 다 덥혀지니

긴 잠을 겨우 깨니 아침 해가 높이 있다.

아이야, 서릿발 녹았느냐, 일었다 녹았다 하노라.(겨울)

이바 아희들아 새힉 온다 즐겨 마라

헌서호 세월(歲月)이 소년(少年) 아사 가느니라

> 우리도 새히 즐겨ᄒ다가 이 백발(白髮)이 되얏노래(제석除夕)

▸ 현대어 풀이

이봐 아이들아 새해 온다고 즐거워 마라.

떠들썩한 세월이 청춘을 앗아 가느니라.

우리도 새해 즐기다가 이 백발이 되었노라.(섣달그믐)

> 이바 아히둘아 날신다 깃거마라
>
> 자고 새고 자고 새니 세월(歲月)이 몃촛가리
>
> 백년(百年)이 하 초초(草草)ᄒ니 나는 굿버*ᄒ노래(제석除夕)

▸ 현대어 풀이

이와 아이들아 날 샌다고 기뻐 마라.

자고 새고, 자고 새니, 세월이 얼마나 가리.

백년이 너무 경황없으니 나는 허전하여라.(섣달그믐)

(석인본 『선석유고(仙石遺稿)』)340

---

*) "굿버" : "굿부다"(구쁘다, 궁금하다) "주려 입 굿부다."(熬淡了, 『漢淸文鑑』 6:65)에서의 쓰임처럼 "허전하고 부족한 느낌", 나아가 "근심과 수심이 가득하다."라는 뜻으로 보인다.

☙ 태평한 나날, 전원생활의 여유와 즐거움

신계영(辛啓榮)은 만년에 고향 예산에 돌아가 술 마시고 읊조리며 거문고 타고 노래를 하며 스스로 즐겁게 지냈다. 인하여 꽃을 재배하고 대나무를 심어 산림의 경제로 삼고 거처하는 정사(亭舍)를 '월선헌(月先軒)'이라는 편액을 붙이고 <십육경가(十六景歌)>와 <사시단영(四時短詠)> 약간 편을 지어 집안에 보관하면서 온전히 자연의 맑은 복을 누리니 사람들이 지상의 신선에 비유하였다.341

을미(1655년, 효종6년, 79세) 시월에 <월선헌 16경 가사>를 지었으니, 이 <전원사시

가>(<사시단영>)도 당시에 지은 것으로 보인다. "을미년 봄 이월 나이 일흔 아홉에 미련 없이 고향으로 돌아가니 정원은 예전과 다름없고 강호는 내가 즐거워하는 것이었네. 오랜 소원을 비로소 펴니 늙은이의 흥이 적지 않아라."라고 했다.

계절 절기	시의 소재	마음가짐 혹은 정서
봄	해빙, 매화, 버들가지 복숭아꽃, 봄비	봄맞이 채비(논밭 갈기)
여름	녹음(綠陰), 졸음	계면조(界面調)·거문고 연주
가을	황금 들판, 술 거르기, 자줏빛 게·누른 닭 안주	술 마시기
겨울	겨울바람, 눈, 콩죽, 방구들, 서릿발	등 따뜻하고 배부르게 잠
섣달그믐	새해맞이 즐거움, 세월, 청춘	가는 세월에 백발이 됨, 허전함

<전원사시가>를 지은 때는 효종과 현종의 태평성대를 맞아 국가가 무사하고 백성들이 화목한 때였다. 이때 자연 속에서 한가롭게 지내며 계절의 흐름과 여유 있는 일상을 담고 있다. 사계절을 돌아보고, 평생을 돌아본다. 마지막 구절 "백년이 너무 경황없으니 나는 허전하여라."에는 젊을 적에는 새해를 맞이하며 들뜨고 기뻤었는데, 이제와 돌이켜 보면 그 세월이 쏜살같이 흘러간 것 같아 허전한 마음이 든다고 했다. 봄이면 농사지을 채비를 하고, 여름에는 시원한 곳에 앉아 거문고 연주를 즐기고, 가을에는 수확한 쌀로 빚어둔 술을 걸러 마시고, 겨울에는 따뜻한 방에서 콩죽을 끓여먹고 잠이 든다. 태평성대의 함포고복(含哺鼓腹)을 표현한 것이라 하겠다.

"늘그막에 한가한 취향은 전원으로 돌아가는데 있으니, 명예로운 벼슬길 사양하고 만년의 절개를 온전히 하셨네. 90세가 넘을 때까지 장수하셨으니, '어진 사람 장수한다.'는 징험이요, 반열을 뛰어넘어 서대(犀帶)를 찼으니 임금의 은혜가 유달랐다네. 인간세상의 복록이 끝내 유감이 없었고, 슬하에 자손들도 또한 어질다네."라

고[342] 했으니 신계영은 벼슬을 명예롭게 마치고 만년에 전원에 들어와 자연 속에서 여생을 즐기며 살았고, 후손들 또한 유복했음을 알 수 있다. 그가 지은 <속귀거래사(續歸去來辭)>의 "한 마리 말 동문에서 채찍질하여/미련 없이 짐 꾸려 돌아가련다./고향 산과 물은 어디쯤인가?/저 호수 서쪽 백년 된 토구에/서까래 몇 개 얽은 초가집을 짓고/소나무 대나무 심은 세 갈래 길을 내어/침상 하나 두고 거문고 뜯기도 하며 책을 읽으리라."에도 전원생활에 대한 동경이 나타나 있다.

> "학과 짝하여 소나무 우거진 곳에서 꿈꾸네.
> 서쪽 텃밭에서 봄 부추를 베고
> 동쪽 울타리에는 가을 국화를 심으리라.
> 구름은 무심하게 골짜기에서 나오고
> 달은 정겹게 사립으로 들어오겠지."

위의 글이나 "서리 맞은 국화의 떨어진 꽃잎을 먹으며,/눈 속 매화의 맑은 향기를 맡아야지./마음껏 숲과 샘 사이에서 제멋대로 노닐며/한가로이 지내다 이생을 마치리라.", "돌밭만 있어도 스스로 늙기에 충분하리니/뜬구름 같은 부귀영화가 나에게 무엇이랴? 즐거워하며 태평성세의 한가한 백성이 되리라. 자연과 고요한 약속을 맺고/동상의 늙은이, 시냇가의 벗들과 짚방석을 다투며/으스름한 달에 취해 세상일에 잔꾀 부리는 것 따위는 잊으리라"(<속귀거래사>)에도 부귀영화를 뒤로 하고 돌밭 일구며 구름과 달을 즐기며 태평성대 한가한 백성의 모습으로 살아가는 즐거움을 잘 표현하고 있다. 이것이 바로 <전원사시가>의 주제이기도 하다.

> 어이 얼어 자리 므스 일 얼어 자리
> 원앙침(鴛鴦枕) 비취금(翡翠衾)을 어듸 두고 얼어 자리
> 오늘은 춘비 맞자신이 녹아 잘까 ᄒ노라
>
> (한우寒雨, 『해동가요』, 『역·시』 1961, 이삭대엽二數大葉)

▶ 현대어 풀이

어찌 춥게 자리 무엇 때문에 춥게 자리

원앙베개 비취이불 어디 두고 춥게 자리

오늘은 겨울비 맞았으니 안고 잘까 하노라

북천(北天)이 묽다커를 우장 업시 길을 나니

산의는 눈이 오고 들에는 챤비 온다

오늘은 챤비 마즈시니 얼어 줄가 ᄒ노라

(임제林悌, 『병가』 197, 『역대시조전서』 1325, 이삭대엽二數大葉,

두거頭擧)

▶ 현대어 풀이

북쪽 하늘 맑다 하여 우장(雨裝) 없이 길나서니,

산에는 눈이 오고, 들에는 챤비 온다.

오늘은 겨울비 맞았으니 안고 잘까 하노라.

* 나니 : 나서다, 외출 * 얼다(얼우다) : 성교하다(交合), 시집가다(嫁), 사랑스러워하다/귀여워하다
(嬌, 媚)

🍃 양반과 기녀가 수작(酬酌)하며 시조를 노래하다

위의 작품은 "얼다(凍, 凝) ↔ 녹다(焇, 釋, 融, 泮)"의 이미지를 대립시키면서 "찬비를 맞았으니 원앙베개에다 비취이불을 갖추어 몸을 녹이며 자겠다."는 외연적 의미에다 "오늘 자신(한우寒雨)을 만났으니 고운 베개와 이불을 갖추어 서로 부둥켜안고 자겠다."는 내포적 의미를 중의적으로 담고 있다. 임제의 시조는 이에 대한 대구를 이룬 화답시조이다. 겨울에 '찬비'를 맞아 따뜻하게 자야 한다고 했지만, 찬비는 기녀 '한우(寒雨)'를 지칭하기도 하니, 임제 시조의 종장 "오늘은 챤비 마즈시니 얼어 줄가 ᄒ노라"는 한우 시조의 종장 "오늘은 츤비 맞자신이 녹아 잘까 ᄒ노라"에 대한 대

구이다. 이렇듯 술자리에서 양반과 기녀가 술잔을 주고받으며 짓는 농도 깊은 시조 작품은 송강 정철과 진옥(眞玉)의 작품을 비롯해 여럿이 있다.[343]

남녀가 "녹아 잘짜", "얼어 줄가"하는 것을 두고 흔히 운우(雲雨)의 정을 나눈다고 하는데 고전소설에 자주 등장하는 표현이다. 그 어원을 살펴보면 다음과 같다.

전국시대 초나라의 양왕(襄王)은 간신배에 놀아나 국정을 농단하였다. 그는 어느 날 운몽(雲夢)이라는 곳에서 놀다가 고당관(高唐館)에 이르게 되었다. 그때 하늘을 바라보니 이상한 형상의 구름이 피어오르고 있었다. 양왕은 그 모습이 너무나도 신기하여 수행하고 있던 송옥에게 무엇인지를 물었다. 그러자 송옥이 답하기를, 그 구름은 조운(朝雲)이라는 것으로 다음과 같은 내력을 갖고 있다고 설명했다.

신윤복의 주유청강(舟遊淸江)(『혜원전신첩』, 1805년)양반 세 명이 기생 세 명과 뱃놀이를 즐기는 모습을 그렸다. 배 끝에 한 기생이 생황을 불고, 배 중앙에는 악노(樂奴)로 보이는 남자가 대금을 불고 있다(국립중앙박물관·국립국악원, 『우리 악기, 우리 음악』, 통천문화사, 2011, p.140).

옛날의 선왕(先王)이 하루는 고당관에서 연회를 열어 즐거이 놀다가 잠시 낮잠을 자게 되었다. 그런데 왕의 꿈속으로 아리따운 여인이 찾아와 이렇게 말했다.

"저는 무산에 사는 여인인데, 왕께서 고당으로 오셨다는 말을 듣고 잠자리를 받들고자 왔습니다."

왕은 그녀의 매혹적인 모습에 넋을 잃고 있었으므로 스스럼없이 잠자리를 같이하며 운우지정(雲雨之情)을 나누었다.

여인은 헤어질 무렵이 되자 이렇게 말했다.

"저는 무산 남쪽의 높은 봉우리에 살고 있는데, 매일 아침에는 구름이 되고 저녁에는 비가 되어 양대(陽臺) 아래 머무를 것입니다."

말이 끝나자마자 여인은 자취를 감추었고, 왕은 퍼뜩 잠에서 깨어났다. 다음날

아침, 왕이 무산 쪽을 바라보니 꿈속에서 만난 여인의 말대로 산봉우리에 아름다운 구름이 걸려있는 것이었다. 왕은 그곳에 조운묘(朝雲廟)라는 사당을 지어 그녀를 그리워했다. 그 후 운우지정은 남녀 간의 정교(情交)를 의미하는 말이 되었는데, 무산운우(巫山雲雨)라고도 한다. 구름은 여성이고, 비는 남성을 뜻한다. 그러므로 운우(雲雨)라는 말은 남성과 여성의 만남, 즉 남녀의 은밀한 행위를 가리킨다. 이외에도 무산(茂山), 무양(巫陽), 고당(高唐), 양대(陽臺) 등의 말이 같은 의미로 쓰인다.[344]

> 가슴에 궁글 둥그러케 뚤고
> 왼숫기를 눈길게 너슷너슷 꼬와 그 궁게 슷기 너코 두 놈이 두긋 마조 잡아 이리로 훌근 져리로 훌근 훌적훌젹는다 나남즉남디도 그는 아모 죠록 견듸려니와
> 아마도 님 외오 살나ᄒ면 그는 그리 못ᄒ리라
>
>   (변안렬(邊安烈), 1334~1390, 『원주변씨세보(原州邊氏世譜)』
> 경신보(庚申譜) 권1, 잡록부 ;『대은변안렬선생실기』 권1 ;『청진(靑珍)』,
>   『역·시』33, 낙희조(樂戱調), 언락(言樂))

▶ 현대어 풀이

가슴에 구멍을 둥그렇게 뚫고
왼새끼를 거칠게 느슨하게 꼬아 그 구멍에 새끼 넣고 두 놈이 두 끝을 마주
잡아 이리로 당기고 저리로 당기는구나. 나나 내 임이나 모두 그런 것은 아
무쪼록 견디겠지마는
아마도 임 없이 혼자 살라고 하면 그는 그리 못 하리라.

▶ **관련설화** 당시는 고려의 흥복이 뒤바뀌려던 참이었다. 태종(이방원)이 재상들에게 술을 대접하며 스스로 노래를 지어 그 뜻을 시험하였다. 태종이 노래하기를 "이런들 어떠하리, 저런들 어떠하리. 만수산(萬壽山) 서낭당 뒷담이 무너진들 어떠하리. 우리도 이와 같이 죽지 않고 살면 어떠하리?(此亦何 如彼亦何 如萬壽山 城隍堂後垣頹落 亦何如 我輩若此 不死亦何如)"라 했다. 이에 포은 정몽주 선생이 "이 몸이 죽고 죽어 일백 번 고쳐 죽어, 백골이 진토(塵土)되어 넋이라도 있고 없

고, 임 향한 일편단심이야 가실 줄 있으랴"[345]라고 노래했다. 대은(大隱) 선생이 계속하여 <불굴가(不屈歌)>를 불렀다. 두 선생의 뜻은 진실로 해와 달의 빛과 같다. 포은의 노래는 간절하고 측은함이 지극한데, 대은의 노래는 곧게 자른 듯 굳고 단단하여 감히 휠 수도 없고 범할 수도 없다. 세상 사람들은 두 분 선생의 화가 이 노래를 부른 날부터 싹텄다고 말한다.[346]

❧ 작품 해석의 표면과 이면

변안렬은 본래 심양(瀋陽) 사람으로, 원나라 말기에 병란으로 심양에 가 있던 공민왕을 따라 고려에 들어와 원주를 본관으로 받았다. 이성계의 부장(副將)으로 왜적을 대파하는 공을 세워 원주부원군에까지 이르렀으나 우왕의 복위를 모의하고 이성계의 역성혁명을 제지하려다 한양에 유배되어 결국 사형되었다. 『고려사』 권126 열전39에는 변안렬이 우현보, 정몽주와 함께 반역을 도모하였고 사형장에서는 "신우를 맞아들이려고 획책한 이가 어찌 나 하나뿐이었겠는가?" 했다고 깎아내리며 <간신전(姦臣傳)>에 기록하고 있어 위의 창작배경과는 시각과 관점을 완전히 달리하고 있다. 또 작품이 지어진 연대와 기록한 시기가 상당한 차이를 가짐으로써 여타의 고려 말 시조와 같이 작품의 존재와 창작 상황에 대한 회의론이 있어 어려운 숙제를 남기고 있다.

『변안렬실기』의 부기(附記)를 풀면, "말(斗)이 지날 만큼 내 가슴에 구멍을 뚫어/마른 새끼줄 길게 늘여 앞뒤에서 당기고 끌고 갈고 또 두드려도 그대에게 맡기고 상관하지 않겠지만/내 임을 앗아가려는 그 일은 내가 따르지 못하리라"가[347] 된다. 왼새끼를 거칠고 느슨하게 꼬면 쓰라림과 자극은 더욱 커질 것이다. 가슴에 구멍을 뚫어 왼새끼를 넣어 왕복한다는 것은 불가능한 상상이다. 그러나 일상적 경험에서 새끼줄이 손이나 몸에 쓸리어 아픈 일은 매우 친숙한 육체적 감각이다. 그러므로 이 일이 현실적으로 불가능한 일이라 해도 감각적으로는 생생한 전율을 환기할 수 있다.[348] 이 작품을 흔히 <불굴가(不屈歌)>라 하는데, <불굴가>는 친숙한 감각적 고통을 극단화하여 자신에게 어떠한 일(회유)이 있더라도 마음 변하지 않고 언제나 임과 함께하겠노라는 결의를 표명하고 있다.

영산홍록(暎山紅綠) 봄바룸에 황봉백접(黃蜂白蝶) 넘노는 듯
백화원림(百花園林) 향기 속에 흥(興)쳐 노는 두룸인 듯
두어라 천태만상(千態万狀)은 너쑨인가 허노라
　　　　　　(『금옥총부』 45, 『역·시』 2040, 우조羽調 중거中擧 삭대엽數大葉)

▶ 현대어 풀이

영산홍 고운 봄바람에 벌과 나비 넘노는 듯,
꽃향기 그윽한 동산에 즐겁게 노는 두루미인 듯!
아아, 천만가지 모습일랑 너뿐인가 하노라.

비바람 눈셜이와 산 짐싱 바다 물결
들 더위 두메 치위 다 가초 격거시며 빗난 의복 멋진 음식(飮食) 조흔
벗님 고은 싴과 술 노리 거문고를 실토록 지닌 후에 이 몸을 혜여ㅎ니
백번(百番) 불닌 쇠 아니면 만번(萬番) 시친 돌이로라
지금(至今)에 닌 나이 칠십(七十)이라 평생(平生)을 묵수(默數)ㅎ니 우
숩고 늣거워라 물에 셕긴 물 아니면 꿈 속에 꿈이런가 ㅎ노라
　　　　　　　　　　(『금옥총부』 166, 『역·시』 1359, 편락編樂)

▶ 현대어 풀이

비바람 눈서리와 산짐승 바다 물결
들의 더위 산골 추위 모두 다 겪었으며, 좋은 의복 맛난 음식 좋은 벗님 고
운 여인, 술과 노래 거문고를 실컷 즐긴 후에 이 몸을 돌이켜보니 백 번 불
린 쇠 아니면 만 번 씻긴 돌이로다.
지금에 내 나이 일흔이라 평생을 회고하니 우습고도 북받친다, 물에 섞인 물
아니면 꿈속의 꿈이런가 하노라.

🐾 절세가인을 만나, 풍류 가객의 칠십 평생을 회고하다

위의 작품은 안민영(安玟英)의 풍류세계를 담았다. 안민영이 동래에서 돌아오는 길에 최치학(崔致學)과 더불어 밀양에 당도하자, 기악(妓樂)을 널리 불러 모아 며칠 동안 질탕하게 놀았는데, 초월(楚月)이란 동기(童妓)가 있었다. 색태를 두루 갖추었고, 가무에 정묘하여 가히 절세의 색예(色藝)라 이를 만하다. 근래에 남도 사람들이 전하는 말을 들은즉 '초월이의 색예가 일도의 으뜸을 차지한다.'고 하였다. 이에 "왕년에 비록 다가올 장진(將進)의 흥취를 알았다고 한들, 어찌 지금 듣는 바와 같으리라 짐작이나 했겠는가!"라고[349] 했다.

안민영은 청춘부터 호방자일(豪放自逸)하고 풍류를 좋아하여, 배운 바 모두가 사곡(詞曲)이요 처한 바는 모두 번화한 곳이요, 사귄 바는 모두 부귀한 자였으며, 때로는 또한 물외(物外)의 생각도 있어 매양 아름다운 산수를 만나면 번번이 즐기며 돌아가기를 잊었다 한다. 금강·설악·패강(浿江)·묘향·동해·서해 등 무릇 나라 안에 있는 명승이란 곳은 거의 발길이 이르지 않은 곳이 없었으니, 어찌 모두가 풍류와 번화함이었으랴! 서리·눈·바람·비·바다물결·산짐승·들 더위·두메 추위를 역시 그 중간에 갖추어 겪었고, 한 몸이 아닌 철장석두(鐵腸石肚)가 아닌데, 어찌 오늘날 늙고 또한 병들지 않았으랴! 내 나이 금년 예순 여섯(1881년), 비오는 창가에 홀로 앉아 있으려니 홀연 일생의 지나온 자취가 떠오르는데, 새가 울고 꽃이 지고 구름이 날고 물이 흘러가버리는 것과 같지 않음이 없을 뿐이라. 백발을 거울에 비추어 보며 스스로 위로하지 못하여 크게 한 잔 들이키고 스스로 한 곡 창하고 나니 칠원(漆園)이 나비가 된 것이 참인지 거짓인지를 분별하지 못할 따름이다.[350] 이를 통해 풍류 가객 안민영의 예술 세계와 풍미를 엿볼 수 있다.

> 추파(秋波)에 셧는 연(蓮)꼿 석양(夕陽)을 씌여 잇셔
> 미풍(微風)이 건듯허면 향기(香氣) 놋는 네로고나

> 니 엇지 너를 보고야 아니 썩고 엇지허리
>
> (안민영安玫英, 『금옥총부』 43, 『역・시』 2975, 우조羽調 중거中擧
> 삭대엽數大葉)

▶ 현대어 풀이

가을 물결에 떠 있는 연꽃에 석양이 비추이네.

산들바람 건듯 불면 향기 그윽한 너로구나.

내 어찌 너를 보고서 아니 꺾고 어이하리.

🐚 안민영, 동래에서 자색이 고운 명희(名姬)를 만나 짓다

가객(歌客) 안민영은 스승 박효관(朴孝寬)과 함께 시조집 『가곡원류(歌曲源流)』(1876년)를 편찬했다. 서얼(庶孼) 출신으로, 성품이 고결하고 멋이 있으며 산수를 좋아하고 명예나 이익을 찾지 않았다 전한다. 박효관에게 창법을 배워 음률에 정통했고, 떠돌아다니며 노래를 지었다.

> 내가 온정(溫井)에서 돌아오며 동래부에 이르러 기녀 청옥(靑玉)의 집을 숙소로 삼았는데, 청옥은 곧 동래부의 명희이다. 자색이 곱고 가무에 능숙하여 비록 도성 안의 명희들로 하여금 상대하게 할지라도 참으로 뒤지지 않는다.[351]

위의 시조 작품에 대해 이와 같은 부기가 달려있으니, 위의 시조는 안민영이 동래 온천장에 있는 자색이 고운 기녀 청옥의 집에 들러 가무와 시조를 즐기는 가운데 지은 작품이다. 기방이 도시 유흥의 장으로 등장한 것은 흔히 임병양란 이후, 17세기 중기 이후의 일로 짐작하고 있다.[352]

> 오성군(烏城君)은 종실(宗室)이다. 청루(靑樓) 주사(酒肆)에서 생애를 보내 호걸의 이름을 얻었다. … 그가 말하기를, '하루는 이웃에 사는 무인이 나를 꾀어 구경을 가자하였는데, … 한곳에 이르니 곧 기관(妓館)이었다. 거문고 소리 노랫소리가 울리고 술잔이

오고가니 부끄러운 마음이 들어 집에 돌아오고자 했으나, 여러 사람이 자꾸 만류하는 바람에 그대로 앉아버렸다.[353]

　서리(書吏) 김정립(金貞立)이란 자가 큰소리로 많은 사람에게 떠들어대기를, '내가 지난 날에 형조 서리, 사헌부 서리와 더불어 주가에서 기생을 끼고 술을 즐기고 있는데, 즐거운 자리가 채 반도 끝나기 전에 사헌부 서리 하나가 갑자기 근심에 빠져 말하기를, ……[354]

　첫 번째 자료는 종친 오성군이 청루(靑樓) 주사(酒肆)에서 생애를 보내면서 호걸의 이름을 얻는 모습이고, 아래의 자료는 1691년, 서리들이 기생들과 함께 풍악을 잡히 며 노는 모습을 묘사한 것이다. 이때 청루·주사·기관이란 한양에 존재하는 기방 을 말한다. 여기에서 술과 춤·음악·노래·도박·매음 등 갖가지 기방 문화가 성 행했는데, 기방에 들어갈 때 일정한 암호를 주고받는 격식을 만들기도 하고 처음 기방에 나온 기생을 단련시키는 격식을 만들기도 했다. 기녀는 지방과 중앙의 음악 문화를 유통·전파하는 데 중요한 역할을 했던 것이다.[355] 안민영이 동래 온천에 와서 명희를 만나 그녀를 연꽃에 비유하면서 "니 엇지 너를 보고야 아니 썻고 엇지 허리"라고 희롱한 것은 19세기 중반의 일이니, 여기에서 가객들과 기녀들이 교감하 는 가운데 시조가 도시의 유흥 문화로 자리매김한 모습을 여실히 볼 수 있다.

> 홍진(紅塵)을 다 썰치고 죽장망혜(竹杖芒鞋) 집고 신고
> 요금(瑤琴)을 빗기 안고 서호(西湖)로 드러가니
> 노화(蘆花)에 쩨 만흔 갈며기는 너 벗인가 흐노라
> 　　　　(김성기金聖器, 『병가(甁歌)』, 『역·시』3267, 이삭대엽二數大葉)

▶ 현대어 풀이
세상일 다 떨치고 죽장(竹杖) 짚고 짚신 신고
거문고 빗기 안고 서강으로 들어가니
갈대꽃에 갈매기 떼들은 내 벗인가 하노라

이몸이 홀 일 업서 서호(西湖)룰 츳자 가니

백사청강(白沙淸江)에 ᄂ니ᄂ니 백구(白鷗)ㅣ로다

어듸셔 어가일곡(漁歌一曲)은 이내 흥(興)을 돕ᄂ니

　　　　(김성기金聖器, 『청진(靑珍)』, 『역・시』 2330, 이삭대엽二數大葉)

▶ 현대어 풀이

이 몸이 할 일 없어 서호를 찾아가니,

흰 모래 맑은 강에 백구만 날아다니네.

어디서 고기잡이 노래가 이내 흥을 돋우는구나.

* 진애(塵埃)에 무친 분(分)내 이내 말 드러보소

　부귀(富貴) 공명(功名)이 됴타도 ᄒ려니와

　갑업슨 강산풍경(江山風景)이 긔 됴흔가 ᄒ노라

　　　　(김성기金聖器, 『해주(海周)』, 『역・시』 2694, 이삭대엽二數大葉)

▶ 현대어 풀이

속세에 묻힌 분들아 이내 말씀 들어 보소.

부귀와 공명이 좋기도 하겠지만

값없는 자연의 경치가 나는 못내 좋구려.

❧ 훔쳐 듣고 익힌 타고난 예인(藝人), 김성기

거문고 명수 김성기는 처음에 상방에서 활을 만들던 공인(工人)이었는데, 천성적으로 음률을 좋아하여 작업장에 나가 장인의 일은 하지 않고 딴 사람을 따라 거문고를 배웠다. 그 기법을 정교하게 터득하고 나서 드디어 활을 버리고 거문고에만 몰두했다. 후일 빼어난 악공(樂工)들은 다 그에게 배웠다. 그는 또 퉁소와 비파도 잘해 모두 오묘한 경지에 이르렀다. 그리고 직접 새로운 노래를 만드니 그의 악보를 익혀 이름난 자들도 많았다. 이 때문에 서울에 '김성기의 새 악보'가 있다는 말이 전해졌다. 어느 집이든 손님이 모여 잔치를 할 때에는 여러 예인(藝人)들이 집안에 가득해도 김성기가 빠지면 성에 차지 않는다고 여겼다.

그러나 그는 집이 가난했을 뿐더러 떠돌며 놀아서 처자식들이 추위와 배고픔에서 벗어나지 못했다. 만년에는 서호(西湖) 상류의 셋방에 살면서 삿갓을 쓰고 도롱이 입고 작은 배에다 낚싯대 하나를 들고 강물에 떠다니며 고기를 잡아 살면서 스스로를 조은(釣隱)이라 이름 붙였다. 매양 밤에 바람 없고 달빛 환하면 노를 저어 위로 올라와 퉁소를 꺼내 몇 곡조 뽑으니 애절하고 맑고 밝은 소리가 허공에 울려 퍼지니 강둑을 지나가던 사람들이 왔다 갔다 하며 떠나지 못했다. 세상에 사대부로 태어나 생각 없이 행동하며 이름 더럽히는 자들은 김 금사(김성기)를 보면 또한 부끄러운 줄을 알 것이다.[356] 신성(新聲)을 얻으면 감추어 두고 좀처럼 남에게 가르쳐 주지 않는 왕세기(王世基)의 집 창가에서 밤마다 몰래 듣고 배우다 들켰는데, 왕 선생이 도리어 기특하게 여기고 자신의 작품을 전수했다 하니 김성기는 천성적으로 음률을 좋아한 사람이다.

위에 적은 시조 작품은 "거문고 빗기 안고 서강으로 들어가니, 갈대꽃에 갈매기 떼들은 내 벗인가 하노라", "서호를 찾아가니, 흰 모래 맑은 강에 백구만 날아다니네."라고 해서 자연친화적인 모습을 드러냈다. 부귀와 공명을 추구하는 삶보다는 자연에 묻혀 값없는 경치를 완상하는 가운데 음악과 풍류를 즐기는 삶이 좋다고 하는 태도는 가객들이나 중인(中人)들의 시조에 자주 등장하는 표현이다. 이는 그의 실제 삶과도 잘 부합하는 표현이다.

> 훈 잔(盞) 먹새근여 쏘 훈 잔(盞) 먹새근여 곳 것거 산(算) 노코 무진 무진(無盡無盡) 먹새근여
> 이 몸 죽은 후(後)면 지게 우희 거적 덥허 주리혀 미여 가나 뉴소보장(流蘇寶帳)의 만인(萬人)이 우러 녜나 어옥새 속새 덥가나모 빅양(白楊)

속애 가기곳 가면 누론 히 흰돌 ᄀ눈비 굴근 눈 쇼쇼리ᄇ람 불제 뉘

훈 잔(盞) 먹쟈 홀고

ᄒ믈며 무덤 우희 진납이 ᄑ람 불제 뉘우츤들 엇디리

(정철, <쟝진쥬亽(將進酒辭)> ; 성주본 『송강가사』)[357]

▶ 현대어 풀이

한 잔 먹세 그려, 또 한 잔 먹세 그려. 꽃가지로 잔을 세며 무진장 먹세 그려.
이 몸 죽은 후면 지게 위에 거적 덮어 줄로 매어 가나, 꽃상여에 치장하고
여럿이 울며 따르나 억새 속새 떡갈나무 백양 숲에 가기만 하면 누런 해, 흰
달, 가랑비, 함박눈 쓸쓸히 바람 불 제 뉘 한 잔 먹자 할꼬.
하물며 무덤 위에 잔나비 휘파람 불 때 뉘우친들 무엇 하리.

🦪 이름난 풍류객의 공통된 절친, '술'

『지수염필(智水拈筆)』에 <장진
주(將進酒)>는 문청공(文淸公) 송
강 정철이 지은 것이니 뒤에
변하여 <권주가>가 되었다 했
다. "이 청춘도 저물려 하는데,
복사꽃은 비처럼 어지러이 떨
어지네. 그대여 종일토록 흠뻑
취해 보세나. 술이 유령(劉伶)의
무덤 속에 이르진 않으리니"는
이하(李賀)의 <장진주>이다. 유
령은 술의 덕을 기린 인물이다.

신윤복의 〈혜원풍속도(惠園風俗圖)〉(국보 135호) 중 상춘야흥
(賞春野興)이다(문화재청, 『한국의 국보 – 회화 조각』, 씨티파
트너, 2008, p.76). 정철이 풍류를 즐기던 때와 시대는 조금
다르다 하나 공간이나 구성은 흡사하지 않을까 싶다.

『송강집』에도 <장진주사>는 이태백과 이하가 술을 권한 것을 모방한 것이며, 두보

가 "그대는 죽어서 묶여가는 것을 보라"는 구절로 가사의 뜻이 통달하고 말이 처절하여 만일 옹문의 거문고 소리를 듣고 울던 맹상군에게 들려준다면 눈물을 흘릴 것이라고 했다.[358] 김시습의 "청주 탁주 만났으니 취함을 사양 말고, 술 절로 내려가니 괜한 걱정 마시게나. 어린 여종이 가늘게 장진주를 노래하나, 유공(劉公)의 무덤 위에 누가 있어 술 권하리!"도[359] 있으니 죽어 무덤 위에 따르는 술은 아무 소용없으니 살아생전에 마음껏 취하여 보자는 취지의 권주가는 여러 문인들이 즐기며 재창작 했던 인기 소재였음을 알 수 있다.

고려시대의 이름난 풍류객 이규보의 <절화음(折花吟)>은 다음과 같다.

> "꽃가지 꺾어 술잔을 세었더니, 꽃가지는 남았는데 사람은 이미 취했네. 그대여 꽃송이 많은 가지 그냥 남겨주겠나. 손님들 내일 다시 오면 그 어찌 안 되는가. 그대는 기필코 꽃가지 가득히 꽂고 마냥 즐기리니, 그래야 봄을 보냄에 서운함이 없으리라."[360]

꽃나무 가지를 꺾어 술잔을 세어가며 마시는 즐거움을 그린 모양이 <장진주사>를 그대로 닮아 있다. <장진주사>의 "이 몸 죽은 후면 ~ 쓸쓸히 바람 불 제 뉘 한 잔 먹자 할꼬."는 "가엾어라 이 한 몸/죽으면 백골 되어 썩어지리니./세시마다 자손들이 무덤에다 절해도/그것이 죽은 자에게 무슨 소용 있을까./하물며 오래 지나 제사 또한 없어지면/어느 자손이 찾아와 무덤이나 돌볼까!/앞에선 누런 곰이 울고/뒤에선 푸른 외뿔소가 소리치리라./고금의 무덤은 부질없이 빼곡한데,/넋이 있고 없는 것을 뉘라서 알리오./가만히 앉아 스스로 생각하니,/살아생전에 술 한 잔으로 목 축이는 게 낫네./자질들에게 이르노니/이 늙은이 너희들 괴롭힐 날 얼마나 되랴./괜히 안주 만들려 말고/술이나 부지런히 준비해 두렴./지전(紙錢) 천 꿰미 사르며 술잔 올려도/죽은 뒤에는 받는지 안 받는지 어찌 알리오/호화로운 장례도 필요 없다네./공연히 묘지 도둑만 좋은 일이니."와[361] 취락(醉樂)에 탐닉하는 모습, 죽은 뒤에 받는 술잔이나 호화스러운 장례 등을 소용없이 그린 것 등이 매우 비슷하다.

송강 정철과 술 그리고 풍류에 관한 일화가 많은 것을 보면 송강의 풍류에서 술은 빼놓을 수 없는 소재임을 알 수 있다.

"하서(河西) 김인후(金麟厚, 1510~1560)는 윤원형이 국정을 쥐고서 자기에게 붙지 않는 선비들을 해치자 관직을 버리고 숨어서 누가 불러도 나오지 않았다. 정 송강은 어려서부터 남다른 기질이 있어 품행이 바르고 몸가짐이 엄격하여 성현의 학문에 뜻을 두었는데, 일찍이 하서를 찾아가니 하서는 마침 취해서 잠들었다가 손님이 왔다는 말을 듣고 곧 일어나서 두 시녀의 부축을 받으며 꽃나무 사이로 비틀거리면서 나와도 고상한 기품을 잃지 않는 게 아닌가! 자리에 앉자 이야기에 기품이 있어 세상에 높이 뛰어나보였다. 송강은 설레고 흠모하여 이때부터 좋은 술 아름다운 계집을 별로 멀리하지 않은 것이다."362

송강이 술과 아름다운 여인을 동반한 음주와 풍류를 즐긴 것은 그의 기질 때문이지 어찌 김인후만의 영향 때문이었겠는가. 하지만 이 일화를 통해 송강이 풍류를 즐기면서도 품위를 잃지 않고 술자리에서 나누는 고담준론(高談峻論)을 좋고 즐겼음을 알 수 있다.

12월 동지중추부사 이영길(李永吉)이 아뢰기를 "정철이 남도 가운데 있으며 술을 지나치게 마시고 주정하여 여색에 빠져 나라 일을 하지 않았고, 윤두수는 그 행한 일의 사실이 끝내 없어 임금의 형세 형세가 날로 외롭게 하여 나라 일이 날로 위급해졌습니다." 했다. 임금이 말하기를 "그대의 이 아룀은 의견이 있는가?" 하자 이영길이 오랫동안 침묵하다가 대답하기를 "다만 들리는 바를 말하고 다른 의견은 없습니다." 하고 드디어 물러났다. 정철이 남도에 이르러 술에 빠져 머물기에 이르고 맡은바 책임은 끝을 맺어 이루지 못해 이런 까닭으로 사람들의 신망을 잃었다. 이영길의 말이 비록 기회를 타고 나와 날쌔게 정철을 쳤으나 그가 일을 대처함에는 실로 까닭을 이룸이 있었다.363

정철은 항상 붕당의 중심에 있었으니 정철에 대해 "남도 가운데 있으며 술을 지나치게 마시고 주정하여 여색에 빠져 나라 일을 하지 않았다"는 지적에 확대되고 과장된 일면도 없지는 않겠지만 아니 땐 굴뚝에 연기 났다고 하기는 어렵겠다. 무자년(1588, 선조 21) 가을에 내가 우계를 방문하니, 우계가 말씀하기를, "지난번 송강이 나를 찾아왔으므로 내가 그에게 경계하기를 '지나치게 술을 마시면 건강을 해치니, 부디 지난번처럼 술을 마시지 마오.' 하였더니, 송강은 '내 이제 술을 끊었소' 하였다. 나는 기뻐하여 그에게 시를 지어주었는데, 그 시에 '술맛을 잊으면 한가로운 맛이 깊으니, 만향정(晩香亭) 위에 앉아 마음을 본다.' 했다." 하였다. 그 후에 내가 송강을 뵙고 우계의 말씀을 전하였더니, 송강은 "내 이제 술을 끊었으니, 호원(浩原, 성혼)의 말씀이 옳다."고 대답하였다[364] 하니 송강의 술사랑은 당대에 이미 정평이 나 있었음을 알 수 있다.

"빈산에 낙엽지고 굳은 비 쓸쓸한데,/재상의 풍류도 이젠 적막하구나./슬프구나, 이제는 한 잔 권하기 어려우니,/예전의 그 노래는 오늘 두고 이름일세."[365]

위의 작품도 <장진주>의 내용을 그대로 본받았다. 권필(權韠)이 후에 송강의 묘를 지나며 "빈산 잎이 진 나무에 쓸쓸히 비가 내리니,/상국의 풍류도 여기서는 적막하네./다시는 술 한 잔 올릴 수 없음을 슬퍼하니,/지난 날 노래가 오늘 아침 일인 듯하다"라는[366] 시를 지었다. "죽은 후면 누가 술 한 잔 올리리오"라던 정철의 말을 실감할 수 있다. 한 시대를 풍미하던 풍류객의 삶도 이렇듯 쓸쓸히 끝나는 것이 우리의 인생인 것이다. <장진주사>는 살아있는 이 순간을 즐겨야만 한다고 당위성을 부여하는[367] 모습이 공통분모를 이룬다. 허균도 "정송강은 우리말 노래를 잘 지었으니 <사미인곡>·<권주사(勸酒辭)>는 맑고 씩씩하여 매우 들을 만하다. 비록 사특하다 하여 배척하는 자들도 있지만 문장과 풍류는 감출 수 없다. 그리하여 그를 아까워하는 사람들이 줄곧 있어왔다."[368] 하여, 정철의 <장진주사>를 긍정적으로 평가하고 있다.

"므스일 이루리라 십년(十年)지이 너를 조차/내훈일 업시셔 외다마다 ᄒᆞᄂᆞ니/이제야 절교편(絶交篇) 지어 전송(餞送)ᄒᆞ되 엇더리"(『역·시』1057)【풀이】"무슨 일 이루려고 십 년 동안 너를 따라/내 한 일 없어서 옳다 그르다 하느냐/이제야 글을 지어 송별한들 어떠리."를 보면, 옛 사람들도 요즘의 애주가들처럼 술을 끊겠다는 다짐을 오래 지키지 못했음을 알 수 있다. 『송강별집』에도 "일이나 일우려ᄒᆞ면 처엄의 사괴실가/보면 반기실시 나도 조차 ᄃᆞ니더니/진실로 외다웃ᄒᆞ시면 마ᄅᆞ신들 엇더리"(『역·시』2442)[369]【풀이】"일이나 하려 했다면 처음부터 안 배웠으리./보면 반기시니 나도 좋아 즐겼더니/진실로 잘못이라면 멀리한들 어떠하리.", "내 말 고쳐 드러 너 업스면 못 살려니/머흔 일 구즌 일 널로ᄒᆞ야 다 닛거든/이제야 ᄂᆞᆷ 괴려ᄒᆞ야 녯벗 말고 엇디리."(酒問答)(『역·시』569)[370] 【풀이】"내 말 다시 들어라 너 없으면 못 살려니/ 험하고 궂은 일 너로 인해 다 잊는데,/이제야 딴 데 정붙여 옛 벗을 버릴쏘냐."를 보면 술을 끊었다가도 다시 즐기는 나약한 모습은 예나 지금이나 반복되는 풍류객들의 일상이 아닌가 싶다.

> 첩(妾)을 조타 ᄒᆞ되 첩의 설폐(說幣) 드러보소
> 눈에 본 종 계집은 기강(紀綱)이 문란(紊亂)ᄒᆞ고 노리개 여기첩(女妓妾)은 범백(凡百)이 여의(如意)ᄒᆞ되 중문(中門)*안 외방관기(外方官妓)
> 긔 아니 어려우며 양가녀(良家女) 복첩(卜妾)ᄒᆞ면 그 중에 낫건마는 안
> 마루 발막짝과 방안의 쟝옷귀가 사부가(士夫家) 모양(貌樣)이 저절노
> 글너가네
> 아무리 늙고 병드러도 규모(規模) 듸히기는 정실(正室)인가 ᄒᆞ노라
>
> (신헌조申獻朝, 『봉래악부(蓬萊樂府)』, 『역·시』2828, 농롱弄)

▶ 현대어 풀이

첩이 좋지만 첩의 말씀 들어 보소

눈에 본 종 계집은 기강이 문란하고, 노리개 기녀 첩은 모두 마음대로지만 대궐 안 외방관기 되기는 매우 어려우며, 양가집 규수를 첩으로 들이면 그 중에 낫지마는 안마루 발막 짝과 방안에 장옷 궤(櫃)가 문벌가 모양이 저절로 사라져 가네.

아무리 늙고 병들어도 규모 지키기는 정실밖에 없어라.

*) 중문(中門) : 대궐의 가운데 문.
*) 발막짝 : 예전에, 흔히 잘사는 집의 노인이 신었던 마른신. 뒤축과 코에 꿰맨 솔기가 없으며, 코끝을 넓적하게 하여 거기에 가죽 조각을 대고 흰 분칠을 하였다. ≒발막신.

❧ 착한 일을 권하고 나쁜 일을 꾸짖다

위의 작품은 다분히 계도적인 성격의 사설시조이다. 경제적 여건만 허락된다면

응당 첩 하나쯤 소유하는 것을 당시엔 관행으로 여겼을 법한데, 그 실상을 따지고 보면 축첩(蓄妾)은 그리 부러워 할 일이 아니라는 메시지를 담고 있다.

> 사헌부에서 아뢰기를,
> "흥덕 현감(興德縣監) 김억지(金億之)가 창기 벽옥(碧玉)을 그 집에다 축첩하였다가, 또 임소로 데리고 가는 등 가도(家道)가 부정하였는데, 사인(舍人) 조서안(趙瑞安)이 벽옥을 사통하였사오니 법대로 논죄하게 하옵소서."
> 하였으나, 임금이 모두 용서하였다.[371]

> 헌부가 아뢰기를,
> "충청 감사 김기종(金起宗)은 일을 처리하는 능력은 약간 있으나 그 출신 성분이나 처신에 대해 사람들의 말이 많은데 사부(士夫)와 축첩(畜妾)을 서로 빼앗으려고 싸워 품행에 흠이 있으므로 물의가 분분합니다. 방백은 한 도의 풍헌(風憲)을 맡은 사람인데, 공의(公議)가 비천하게 여기는 자로 구차하게 충정(充定)할 수는 없습니다. 체차를 명하소서."
> 하니, 답하기를,
> "김기종은 공로도 있고 능력도 있어 이 직임에 제수하였으니, 조금도 안 될 것이 없다. 그대들은 국사를 돌보지는 않고 이와 같이 경솔히 논핵하니 매우 괴이쩍다. 이런 때에 이와 같은 인물을 얻기도 매우 어려우니 다시 논하지 말라."
> 하였다. 연계하니, 이에 따랐다.[372]

앞의 기록은 사헌부에서 현감(縣監)과 사인(舍人)이 창기 벽옥을 축첩하고 사통한 일에 대해 논죄하기를 청하였으나 세종이 그 부정을 논죄하기를 어렵다며 용서한 일이고, 뒤의 기록은 사헌부에서 충청 감사 김기종이 축첩을 다투는 등 문란한 사생활을 했음을 문제 삼아 관리로서 부적격을 아뢰었으나 인조는 그가 공로도 있고 능력도 있으니 조금도 안 될 것이 없다며 소청을 받아들이지 않는다. 인조는 "국사를 돌보지는 않고 이와 같이 경솔히 논핵하니 매우 괴이쩍다"며 도리어 사헌부 관원들을 나무라고 있다. 이렇듯 축첩과 관련된 가족 간의 사건, 심각한 사회 범죄와 연관된 축첩의 문제가 아니면 그 처벌의 수위는 미미하거나 약했음을 볼 수 있다.

위의 작품은 첩의 출신 성분에 따라 발생하는 갖가지 사정들을 기술하고 있다. 집안에 데리고 있던 계집종을 첩으로 들일 경우엔 기존의 서열을 뒤집는 경우이니 집안의 기강을 문란하게 하는 일이고, 놀던 기생을 첩으로 들이는 일 또한 번거로운 요소가 많다.

> 연산군이 전교하기를, "외방기(外方妓)가 딸을 낳거든, 각 고을로 하여금 나이와 이름을 갖추 적어서 장악원(掌樂院)에 이보(移報)하여 부(簿)에 올리게 하고, 어려서부터 글을 익히고 풍악을 익히며 예도(禮度)를 가르쳐서 나이 차거든 선상하여 간택(揀擇)하고, 본읍(本邑)으로 물러나 돌아간 뒤에야 형편대로 하는 것을 허가하는 것이 경들의 뜻에는 어떠한가?"
> 하니, 다 함께 아뢰기를, "상의 분부가 윤당하십니다." 하였다.[373]

각 고을에는 여기(女妓)를 두어 때때로 궁중 행사에 동원하였는데, 이들을 '외방기(外方妓)'라 하였으니 궁중에 선상(選上)될 만큼의 재능과 기예를 갖추기란 어려운 일이었을 것이니, 이들을 첩으로 삼으면 그 도도한 태도를 감당하는 일도, 궁중의 선상에 대응하는 일도 다 번거로웠을 것이다. 이들 기녀 또한 국가 소속의 재산이라 개인적 점유를 금지했으나 실록을 보면 외방기의 공공연한 개인 소유를 묵인하는 가운데 궁중에 차출하는 일을 방해할 경우에만 엄단할 것을 명하고 있기 때문이다. 외방기로 뽑히는 일도 쉽지 않았고 그 점유에는 제도적 문제까지 뒤따랐으니 번거롭고 신경 쓰이는 일이 많았을 것이다.

양가집 규수를 첩으로 들이면 다른 경우보다 번거롭고 신경 쓰이는 요소가 적어 게 중에 낫겠지마는 축첩으로 대대로 이어온 문벌가로서 체면을 구기니 조상님께 면목이 서는 일은 아니다. 대를 잇는다는 미명 아래, 우리나라에서 축첩제도는 20세기가 지나도록 성행했다. 다음은 1929년 6월 3일 동아일보의 기사 <자식 낳기 위한 축첩제도>를 요즘의 문체로 옮긴 것이다.

> 자식 없는 슬픔은 경험해보지 못한 사람은 알지 못할 것이다. 뒤를 이을 자손 두기를 바라는 것은 생물의 모든 충동 가운데 제일 큰 충동이라 하겠다. 그 가운데 더욱이 의식적으로 자손 두기를 바라는 인류는 생활의 전부가 다음 대의 자손을 위하여 하는 준비 행동 같이 되는 것이 그렇게 희귀한 일이 아니다.
> 사람은 자식을 얻기 위하여 별별 행동을 다하게 되는 것이니 부녀자는 자식이 없으면 산천에 기도하며 무당 판수의 힘까지 빌리려고 한다. 그리고 남자는 자식을 얻지 못

하면 자식 못 낳는 것을 이유 삼아 축첩을 하게 된다. 그리고 세상은 이것을 용서한다. 이러한 것이 오늘 조선에는 한 제도로 남아있다. 그 가운데에는 일신의 향락 생활, 심하면 음탕한 욕심을 채우려고 그러한 일을 하기도 한다. 이것이 자고이래 한 제도가 되어 남아있는 이상 이런 행동을 많이 책망하지 못한다는 것이 일반사람의 심리이다.

그러나 이러한 것은 과학적으로, 혹은 성 도덕적으로 보면 어리석고 부자연스럽다는 비방을 면키 어렵다. 첫째 자식을 낳지 못하는 원인이 여자에게 있는지 남자에게 있는지 그것도 자세히 모르고 어찌하여 새로이 여자를 갈아들이느냐는 말이다. 그리하여 가정에 별별 추태를 보인다. 만일 자식을 낳지 못하는 원인이 여자에게 있지 않고 남자에게 있다면 어찌 할 것인가. 이러한 데에는 과학적으로 문제를 생각하여 처치하는 것이 제일 온당한 일이다. 그렇지 않고는 일종의 향락을 다만 자식 못 낳는 것을 구실삼아 맘대로 즐기겠다는 행동으로밖에 해석되지 않는다. 재미를 보려는 충정은 인정한다. 그러나 이것을 과학적으로 해결하라.

위의 기사는 축첩의 풍습이 20세기가 훨씬 지나도록 유지되어 왔음을 잘 보여주고 있다. 이글에서는 자손을 낳아 대를 이어야 한다는 명목 하에 공공연히 이루어지는 축첩제도를 비판하면서, 아기 낳지 못하는 원인을 여성에게서만 찾는 비과학적 태도를 버리고, 다만 성적 향락을 즐기거나 음탕한 욕심을 채우는 데로 흐르고 있는 성 도덕의 문제를 바로잡아야 한다고 꼬집고 있다. 즉, 축첩이라는 여성 억압적인 풍습이 없어질 수 있도록 과학적으로 해결할 것을 촉구하고 있다.

위의 사설시조 마무리 부분의 "아무리 늙고 병들어도 규모 지키기는 정실밖에 없어라"는 축첩에 대한 비판이나 공격이라기보다는 다만 정실(正室)이 최고라는 원론을 강조하는 데서 그치고 있다. "여색(女色)의 아름다움을 들으면 곧 가산을 탕진하면서까지 여지없이 구하고 여색의 꾐에 빠지면 어떤 위험도 마다하지 않고 달려간다. 좋은 색을 두면 남들이 시기하고 아름다운 색을 점유하면 공명이 타락한다."[374] 하여 여색은 늘 경계의 대상으로 삼았지만 시대를 넘어 존속되어 왔고, 축첩제도는 남성과 가문 중심의 사회 풍속이 빚어낸 역사의 그늘이다.

오직 정실만이 사회적 물의도 남의 지탄도 없이 유지할 수 있는 합법적 관계이다. "아아, 부인은 삼십 년 동안 효를 다하고 덕을 쌓아서 친척들의 칭찬을 받았고, 친구와 남들까지도 감격하여 칭송하지 않는 사람이 없었다. 그러나 부인은 그런 일들이 사람이 해야 할 떳떳한 것이라 하며 칭찬받기를 즐겨하지 않았으니 어찌 잊을 수 있겠는가! 예전에 내가 농담 삼아 말하기를, '만약 죽게 되면 부인보다는 내가 먼저 죽는 것이 도리어 낫겠소.' 하였다."[375]는 추사 김정희(金正喜)가 제주도에 유배가 있을 때 아내의 부고를 받고 통곡하고 애통해 하는 모습을 그렸다.[376] 위 시조의 종장은 아무런 사회적 비난도 없이 함께 마음 나누고 부모 모시고 자식 키우며 살 수 있는 유일한 여인은 아내밖에 없다 했다. 누구나 명심해야 하는 원론적인 가르침이니 자식에게 남기는 제가(齊家)의 교훈이라 할 수 있다. 첩으로 종계집을 들여앉히면 가정의 기강이 문란해지고, 여기첩(女妓妾)을 들어앉히면 중문(中門) 안이 평안치 못하며, 양가의 규수를 들어앉히면 집안 살림이 글러 갈 것이니 가정의 규모를 잘 지키기 위해서는 정실부인을 잘 맞아야 한다며 소상하게 가르쳐주고 있기 때문이다.[377]

죽취당(竹醉堂) 신헌조(申獻朝, 1752~1807)는 철저히 유교적 교육을 받고 자랐다. 경서와 역사서, 제자백가의 책을 섭렵하지 않은 것이 없다는 그의 부친에 대한 회고는 그 자신이 그런 부모 밑에서 교육을 받고 자랐고 아버지의 유지를 받들면서 그것을 자식들에게 권계하는 작품으로 남기고 있는 것이다.[378] 신헌조는 육담까지 섞어가며 성격이 거칠고 사나운 군사가 밤중만 되면 주정을 하다 먹을 것을 토하는 일을 경계한 작품을 짓기도 했다. 본받지 말아야 한 부정적인 예들을 통해 삶을 경계하려는 호방하고 자유로운 소재 선택이다.

> 니르랴보자 니르라보자 내 아니 니르랴 네 남편드려
> 거즛거스로 물 깃는 쳬ᄒ고 통으란 나리워 우물젼에 노코 쏘아리 버
> 서 통조지에 걸고 건너집 쟈근 김서방(金書房)을 눈기야 불너내여 두
> 손목 마조 덥셕 쥐고 슈근슉덕 ᄒ다가셔 삼밧트로 드러가셔 무스일
> ᄒ는지 존삼은 쓰러지고 굴근 삼대 밋만 나마 우즑우즑ᄒ더라 ᄒ고
> 내 아니 니르랴 네 남편드려

> 져아희 입이 보다라와 거즛말 마라스라 우리는 마을 지어미라 밥먹고
> 놀기 하 심심ᄒ여 실삼키러 갓더니라
>
> (『원국(源國)』, 『역·시』 2297, 농가뇨가弄歌)

▶ 현대어 풀이

이를 것이라 이를 것이다, 내 이를 것이다 네 남편에게

거짓으로 물 긷는 체하고 물통일랑 내려서 우물 앞에 놓고 똬리 벗어 통꼭지
에 걸고 건넛집 작은 김 서방을 눈짓하여 불러내어 두 손목 마주 덥석 쥐고
소곤소곤 쑥덕쑥덕 하다가 삼밭으로 들어가서 무슨 일을 하는지 가는 삼대 쓰
러지고 굵은 삼대 끝만 남아 흔들흔들하더라고 내 이를 것이라 네 남편더러
저 아이 입이 가벼워 거짓말 하지 마라, 우리는 마을의 아녀자라 밥 먹고 놀
기 하도 심심하여 실삼 캐러 갔었단다.

☙ 은밀한 유혹, 비밀스런 만남

남편이 있는 아낙네가 건넛집 김 서방을 꾀어내어 바람을 피우는 모습을 보고,
한 아이가 아낙의 남편에게 이르겠다고 으름장을 놓지만 정작 그 아낙은 전혀 죄책
감도 없고 터무니없는 거짓말로 발뺌하기에 바쁘다. 그저 소문이 날까 두려울 뿐
자신의 부정을 뉘우치려는 기미는 없다.

　"들어를 간다 들어를 간다/삼밭에로 들어를 간다/둥기덩실 노니던 사랑/굵은 삼대는
춤을 추고/잔 삼대는 쓸어를 진다/사르랑 사르랑 궁그덩실/노니던 사르랑(<치정요>)"
(천안지방)[379]
　"들어를 간다 들어를 간다/삼밭에도 들어를 간다/둥기덩실 노니던 사랑/굵은 삼대는
춤을 추고/잔삼대는 씰어를 진다/사르랑 사르랑/궁그덩실/노니던 사르랑(<사랑가>)"(稷
山郡)[380]
　"들어간다. 들어간다./삼밭에도 이히에서 들어간다./에해리리리리아 에해리리리리리야/
야에~이에야 내로구나/ 흙은 삼대 쓰러지고/족은 삼대 이히에서 부러진다./에해리리리
리아 에해리리리리야/야에~이에야 내로구나"[381]

이상의 민요를 보면, 이 사설시조는 민요 치정요(癡情謠)·사랑가와 내용적 유형이 같다. 사설시조 가운데는 이렇듯 유부녀, 남녀 스님, 남의 임 등 사회적 금기대상과의 사랑을 묘사한 작품이 여럿 있다. 고려 충정왕(忠定王) 원년 봄 정월에 감찰사에서 익흥군(益興君) 거(琚)의 아내 박씨가 고신(高信)과 간통한 죄를 다시 다스리어 문초하니 모두 자복하였다. 박씨는 옥에 있으면서 또다시 중과 간통하였으므로 죄인으로 가두어 여러 나라의 객상들이 내왕하는 신창관의 자녀(恣女, 창녀)로 만들었다는[382] 기록이 있으니 유부녀와 스님·외간남자 등과의 간통은 늘 사회적 이슈가 되곤 했다. 인간이 욕망의 존재인 만큼 이와 같은 일이야 동서고금을 막론하고 항상 있게 마련일 테지만, 사회 풍속적으로 금기된 일인데다 처벌 또한 엄하여 공공연히 이루어지기는 어려운 일이다. 문제는 조선후기에 전성을 누린 사설시조에 이와 같은 주제가 많은 까닭은 당시의 문화 예술적 분위기와 무관하지 않을 것이다. 18세기는 생산성의 향상, 상품 화폐경제의 발달, 상공업의 발전 그리고 서울의 도시적 성장이라는 사회·경제적 환경의 변화로 인하여 생활양식이 바뀌고, 의식 수준이 전반으로 향상되었다. 이에 따라 문화·예술에 대한 인식이 달라져 이에 대한 욕구도 크게 늘어나기 시작하였으며, 이를 바탕으로 하여 예술의 수요가 증대되고, 예술의 수용층에도 변화도 오는 등 예술 전반에 대한 변화가 초래되었다.[383] 위와 같은 주제를 가진 사설시조는 조선후기의 예술적 개방성과 자율성이 낳은 과감한 상상과 표현이 아닐까 싶다. 조선후기에 이르러 범속한 서민들의 일상사, 백성들의 저열한 생활사까지 문학·예술의 소재로 적극 활용하기 시작한 것이다.

> 모란(牧丹)은 화중왕(花中王)이요 향일화(向日花)는 충신(忠臣)이로다
> 연화(蓮花)는 군자(君子) | 오 행화(杏花) 소인(小人)이라 국화(菊花)는
> 일사(隱逸士)요 매화(梅花) 한사(寒士)로다 박곳츤 노인(老人)이요 석죽화(石竹花)는 소년(少年)이라 규화(葵花) 무당(巫堂)이요 해당화(海棠花)는 창기(娼妓)로다

이 듕에 이화시객(梨花詩客)이요 홍도벽화삼색도(紅桃碧桃三色桃)는 풍류랑(風流郎)인가 ᄒᆞ노라

(『청육(靑六)』, 『역·시』 1033, 편삭대엽編數大葉, 국립국악원 생활국악대전집3 편삭대엽)

▶ 현대어 풀이

모란은 꽃 중의 왕이요, 해바라기는 충신이로다.

연꽃은 군자요, 살구꽃은 소인이라, 국화는 숨은 선비요, 매화는 지조 있는 선비로다. 박꽃은 노인이요, 패랭이꽃은 소년이라, 접시꽃은 무당이요, 해당화는 창기(娼妓)로다.

이 가운데 배꽃은 시 짓는 나그네요, 붉고 푸르고 삼색 복사꽃은 풍류 즐기는 사내인가 하노라.

🌼 선비들, 꽃을 평가하다

접시꽃(규화)

"국화는 꽃 중의 은자요, 모란은 꽃 중의 부귀한 자이며, 연꽃은 꽃 중의 군자이다"(菊花之隱逸者也 牧丹 花之富貴者也 蓮 花之君子也)(주돈이周敦頤, <애련설(愛蓮說)>, "날씨가 추워진 뒤에야 송백(松柏)의 절조를 알 수 있다."(『논어』자한(子罕)) 하였으니 꽃을 평가하여 좋은 꽃을 정하고 그 본성을 본받으려는 노력은 매우 오래전부터 이루어졌음을 알 수 있다.

찬 서리가 내리는 가운데 국화는 누렇게 피고, 얼음과 눈이 뒤덮인 속에서도 소나무는 푸르른 자태를 드러내며, 비바람이 흔들어 댈수록 연꽃의 향기는 더욱 더 맑아지고

태양이 강렬하게 내리쬐면 해바라기는 자신의 마음을 그쪽으로 향하게 마련이다. 이렇듯 보통의 초목들과는 전혀 다른 면모를 보여주고 있으니 그 누가 이들을 경애하지 않을 수 있겠는가. 국화는 은일(隱逸)을, 소나무는 절의(節義)를, 연꽃은 군자를, 해바라기는 지(智)와 충(忠)

연꽃

을 각각 표상한다.[384] 선비들은 항상 절의를 잃지 않으며, 어려움에도 굴하지 않고, 세상과 무관하게 품위를 간직하며, 지혜롭고 충성스러운 꽃을 좋아했는데, 이는 자신들의 마음이 지향하는 바를 잃지 않고 간직해가려는 마음의 다짐이기도 하다.

> 나모도 돌도 바히 업슨 뫼헤 매게 조친 가토리 안과
> 대천(大川) 바다 한가온더 일천석(一千石) 시른 빈에 노도 일코 닷도 일코 농총*)도 근코 돗대도 것고 치*)도 싸지고 브룸부러 물결치고 안기 뒤셧거 ㅈㅈ진 날에 갈 길은 천리만리(千里萬里) 남고 사면(四面)이 거머어득져믓 천지적막(天地寂寞) 가치노을*) 썻눈디 수적(水賊) 만난 도사공(都沙工)의 안과
> 엇그제 님 여흰 내 안이야 엇다가 ㄱ을 하리오
>
> (『원일(源一)』, 『역·시』 440, 편락編樂 계락界樂, 국립국악원
> 생활국악대전집3 편락)

▶ 현대어 풀이
나모도 돌도 전혀 없는 산에서 매한테 쫓긴 까투리의 마음과
큰 바다 한가운데 일천 석을 실은 배에 노도 잃고 닻도 잃고 용총줄도 끊고
돛대도 꺾기고 키도 빠지고 바람 불어 파도 높고 안개 뒤섞여 자욱한 날에

갈 길은 천리만리 사방은 어둑어둑 천지 적막하고 성난 파도만 넘실거릴 때

해적을 만난 뱃사공의 마음과

엊그제 임을 여윈 내 마음이야 어찌 견줄 수 있으리.

*) 농총 : 용총줄(용총줄), 마룻줄, 이어줄. 돛을 오르내리기 위하여 돛대에 매어 놓은 줄.
*) 치 : 키. 배의 방향을 조종하는 장치.
*) 가치노을 : 백두파(白頭波)

🐦 임 잃은 자신만큼 당황스럽고 고통스런 상황은 없어

이 사설시조에서 가장 먼저 눈에 띄는 수사법은 비교법(比較法, 견줌법)이다. 산에서 매한테 쫓긴 까투리와 바다에서 해적을 만난 뱃사공과 엊그제 임을 여윈 내 마음을 견주어 자신의 마음을 하소연하고 있다. 셋 다 다급하기 짝이 없는 상황이지만 초점은 내 마음에 있으니, 결국은 엊그제 임을 여윈 내 힘든 마음을 구체적이고 감각적으로 드러내려는 의도이다.

어려운 상황은 점점 극한으로 치닫는데, "나모도 돌도 전혀 없는", "일천 석을 실은 배에 노도 잃고 닻도 잃고 용총줄도 끊고", "엊그제 임을 여윈" 등의 관형절은 까투리와 뱃사공과 나의 마음을 꾸미면서 다급함을 극대화하는 역할을 한다. 중장에서는 뒤로 갈수록 더욱 난감한 상황을 만들어 "성난 파도만 넘실거릴 때 해적을 만난"이란 수식까지 붙으니, 문장의 뜻을 점점 강하게 하거나, 크게 하거나, 높게 하여 마침내 절정에 이르도록 하는 수사법(修辭法)인 점층법(漸層法)을 활용하고 있다. 크게 보면, 까투리에서 시작하여 뱃사공, 나로 이어지는 진술 또한 점층적이라 할 수 있다.

"노도 잃고(A) 닻도 잃고(B) 용총줄도 끊고(C) 돛대도 꺾기고(D) 키도 빠지고(E) …"처럼 대등한 문장 여럿을 연결 어미로 이어 접속문을 만들어가고 있으니 나열법(대등법)도 쓰고 있다. 이와 같이 비교법·점층법·나열법을 쓰는 이유는 결국 하나로 모아져서, "엊그제 님 여흰 내 안이야 엇다가 ᄀ을 하리오"에 도달한다. 세상의 어

떤 다급하고 당황스럽고 힘든 상황도 엊그제 임을 여읜 나의 슬픔과 고통에 견줄 수 없다는 것이다. 추상적이고 관념적일 수 있는 슬픔을 물리적이고 감각적으로 드러내는 것은 사설시조 특유의 진술 방식이다.

> ᄇᆞ람도 쉬여 넘는 고기 구름이라도 쉬여 넘는 고기
>
> 山진이 水진이 해동청(海東靑) 보라미라도 다 쉬여 넘는 고봉(高峰) 장성령(長城嶺) 고기*)
>
> 그 너머 님이 왓다ᄒᆞ면 나는 아니 ᄒᆞᆫ번도 쉬여 넘어 가리라[385]
>
> (『병가(甁歌)』, 『역·시』 1113, 계락界樂, 국립국악원 생활국악대전집3
>
> 여창 지름시조)

▶ 현대어 풀이

바람도 쉬어 넘는 고개 구름이라도 쉬어 넘는 고개

산진이 수진이 해동청 보라매도 다 쉬어 넘는 장성령 높은 봉우리를

그 너머에 임이 왔다 하면 나는 한 번도 안 쉬고 뛰어 넘으리.

*) 장성령(長城嶺) 고기 : 장성(長城)은 전라남도 북부에 위치하여, 동으로 담양군 서로 영광군 북으로 정읍과 고창에 접한다. 노령산맥이 뻗어 있어 북서로 고창, 북으로 정읍, 북동으로 순창과 접경하는데, 북으로 입암산(626m), 방장산(734m), 상왕봉(741m) 등이 있다.

🐾 벅찬 마음으로 임이 오기를 기다리다

'보라매'도 쉬어 넘는 높은 봉우리란 실제라기보다는 심리적 높이가 있다는 상투적인 표현인데, 여기서 '장성령(長城嶺) 고기'라 하면 장성고읍성(長城古邑城)으로부터 북쪽으로 정읍을 거쳐 한양과 통하는 길목에 있는 산봉우리(고개)를 뜻하는 듯하다.

까막까치 두견이 벗을 삼고/맑은 혼은 저승으로 찾아 들어간다./애비락고개 넘어갈 때 단발령고개 올라갈 때/억수방을 틀어잡고 단발령 올라가니/바람도 쉬어 넘고 구름도

쉬어 넘고/산진(山陳)매 수진(水陳)매도 쉬어 넘고/해동창(청) 보래매도 쉬어 넘는다./저
승을 들어가니 열두 대문이 나선다./첫째 대문 들어가니/문직이야 수직이야 인정 다고
여깨 다고/기밀망제 인정이 줄게 없어/우리 채관님아 인정 다고 여깨 다고…(후략)…"
(安東地域 巫歌)[386]

장성령 터널에서 바라본 장성령 고개

위의 민요에도 "바람도 쉬어 넘고 구름도 쉬어 넘고/산진(山陳)매 수진(水陳)매도 쉬어 넘고/해동창(청) 보래매도 쉬어 넘는다."라고 표현한 것으로 보아, 이 구절은 험하고 힘든 여정을 나타내는 상투적 구절이다. 현재 장성군 북이면 방장산과 입암산 부근 갈재(<대동여지도> 노령(芦峇, 蘆嶺)) 부근이 아닐까 한다. 한양에 갔던 임이 내려온다는 기별이 들리면 아무리 험한 산이 가로 막혀 있더라도 한달음에 달려가 만나겠다는 해학적인 표현 속엔 임을 향한 설렘과 기다림으로 살아가는 화자의 모습이 잘 그려져 있지만, 현재는 임의 소식이 둔절하고 온다는 기약조차 요원하다는 반증이므로 상황이 애절하다.

로버트 스턴버그Robert. J. Sternberg의 사랑의 삼각형 이론에 따르면, 사랑은 가깝게 결합되어 있다는 느낌을 뜻하는 친밀감Intimacy, 낭만과 신체적 매력, 몰입 등의 욕망을 뜻하는 열정Passion, 결심/헌신Commitment 등 3가지로 구성된다.[387] 위 작품의 화자는 임과 하나가 되어 살고 싶은 욕망이 강한 상태이니, 이 가운데 열정이 가장 강한 유형이다. 헤어져 지낸 오랜 세월이 열정을 더욱 강하게 만들고, 그리움을 더욱 절실하게 만들어 "그 너머 님이 왔다흐면 나는 아니 흔번도 쉬여 넘어 가리라."라는 격정이 되었다.

스랑을 츤츤 동여지고 태산준령(泰山峻嶺)으로 허위허위 넘어가니

모르난 벗님네난 그만 버리고 가라 하건마난

가다가 자질여 죽을지언정 나난 안이 버리고 가리라

(纏束哀情擔背上 踰他峻嶺苦猶甘 傍人縱勸因棄去 矢死吾心不卸擔)

(『교방가요』 언락 ; 『역·시』 1404, 낙시조樂時調, 우락羽樂)

▶ 현대어 풀이

사랑을 찬찬 동여매고 태산 높은 봉을 허위허위 올라가니

속 모르는 옆 사람들은 그만 버리고 가라 하지만

가다가 눌려 죽을지라도 나는 아니 버리고 가리라.

모시를 이리저리 살마 두루 삼고*) 감감다가 한 가온디 뚜 끈쳐지거든

단순호치(丹脣皓齒)로 홈쌜고 감쌜아서 섬섬옥수(纖纖玉手)로 두 끗셜

한데 자바 바비쳐 니으리라 저 모시를

우리도 사랑 긋쳐질 제 저 모시 갓치 니오리라

(苧此彼周復去一半(中)斷/丹脣皓齒 홈嚥甘嚥 纖纖玉手 執兩端 바비쳐 續

彼苧/我亦愛情將絕時 如彼苧)

(『교방가요』 편삭대엽 ; 『역·시』 1036, 편삭대엽)

▶ 현대어 풀이

모시를 이리저리 차곡차곡 쌓아 두루 이어 감다가 한 가운데 뚝 끊어지거든

단순호치로 요리조리 침을 발라서 말아, 고운 손으로 두 끝을 마주 꼬아, 이

어라 저 모시를

우리도 사랑이 끊어질 때 저 모시 같이 이으리라.

*) 삼다 : 삼이나 모시 따위의 올실을 찢어 그 끝을 비비어 꼬아 잇는 것.

🌸 지성으로 이어가는 애절한 사랑

앞의 작품에서 온몸에 사랑을 동여맸다 함은 자신의 사랑이 그만큼 깊고 무궁하며 변함없다는 뜻이다. 사랑을 온 몸에 동여매고 태산 높은 봉을 오른다 함은 사랑에 수반되는 고난과 근심의 무게를 감각적으로 표현한 것이리라. 고난과 고통을 겪는 사랑을 곁에서 지켜본 사람들은 힘들게 사랑하며 사느니 차라리 사랑을 그만 버리라고 권유한다. 지켜보는 남들이야 객관적인 관점에서 일의 득실을 따질 것이니 얻는 것보다 잃는 게 많은 어려운 사랑이야 만류하는 것이 당연하다. 사랑에 빠진 주체들이야 사랑하는 마음 하나로 고통도 감수하고 절망도 이겨내지만 그 모습을 옆에서 지켜보는 사람들의 눈엔 그저 애처로울 뿐일 터이니 말이다. 위의 시조엔 "가다가 눌려 죽을지라도 나는 아니 버리고 가리라."라고 했으니 어려움과 고초가 있더라도 임을 사랑하는 결연한 의지만은 꺾이지 않겠다는 다짐이 담겨있다.

뒤의 시조는 바늘에 꿴 실을 연이어 꿰매가는 갖가지 바느질법에 기대어 사랑의 영속을 다짐하고 있다. 구절 가운데 '홈쌜고'는 '호다'와 '쌜다'의 결합이다. '호다'는 "헝겊을 겹치고 바늘땀을 듬성듬성하게 꿰매는" 것이니, 그렇게 꿰매는 것을 '홈질'이라 한다. '감쌜아서'의 '감다(감치다)'는 감치는 방법을 말한다. '감치다'는 "바느질감의 실이 풀리지 않도록 가장자리 부분을 용수철 모양으로 감듯이 꿰매나가는 것"으로 그 행위를 '감침질'이라 한다. 이 작품에서 '단순호치(丹脣皓齒)로 홈쌜고 감쌜아서'라고 한 것은 끊어진 모시의 두 끝을 이어보려고 요리조리 실에 침을 발라가며 정성을 기울인다는 뜻이다. 사랑은 늘 설레게 마련이다. 설렘은 사랑하는 대상을 보고 있어도 보고 싶게 만든다. 어떻게 해서든 임과의 사랑을 끊지 않고 이어가고자 하는 마음은 바로 설렘과 떨림을 수반하는 사랑에 대한 기대인 것이다.

> 딕드레 나무들 사오 져 장ᄉᆡ야 네 나무 갑시 언믜ᄂᆞ ᄒᆞ니 사쟈
> 쏜리나무ᄂᆞᆫ 혼말을 치고 검쥬남긔ᄂᆞᆫ 닷되를 쳐서 합ᄒᆞ여 혜면 마 닷
> 되 바드니 사 ᄯᅥ여 보옵소 불 잘 붓습ᄂᆞ니

혼 번곳 사 ᄯ려 보면 미양 사 ᄯ히쟈 ᄒ오리

(『병가(甁歌)』 986, 『역·시』 843)

▶ 현대어 풀이

댁들이여 나무들 사오, 저 장사야 네 나무 값이 얼마나 하냐? 사자.
싸리나무는 한 말을 치고 검불나무는 닷 되를 쳐서 합하여 세면 한 말 닷 되
를 받으니 사 때어 보시오, 불 잘 붙으니
한번만 사 때어 보면 항상 사 때려고 할 것이외다.

장사치의 일상을 시조에 반영하다

나무장수는 "나무 사시오"라 하지 않고 "내 나무"라고 외친다 한다. 눈바람이 심하
여 혹독하게 추운 날씨이면 나뭇짐을 지고 얼어붙은 이 골목 저 골목을 다니며 "내
나무" 하고 외친다. 그렇게 추운 날이 아니면 거리에 앉아서 판다. 나무를 사러 오는
사람이 뜸해지면 품속에서 책을 꺼내 읽는다. 책은 『고본 경서』이다. "서울 장안 열두
거리에/풍설이 휘몰아 들면/남촌(南村)길 북촌 길에/'내 나무'하고 외친다./속없는 아낙
네들/웃지를 마오/송판(宋板) 경서(經書)를/품속에 품었다오"라는[388] 자료를 보면 위의
시조는 조선시대의 일상을 시조 속에 그대로 그려냈다. 평시조의 관념이나 추상성과
는 변별되는 매우 중요한 변화이다. 일상성은 평범성이다. "워즈워드William Wordsworth
가 시란 평범한 사람들의 평범한 생활에서 소재를 선택해서 이것을 일상 구어체로
표현해야 한다고 했을 때, 그도 분명 시의 하위모방을 선언한 것이다. 평범한 시민의
일상적 삶이 시정의 언어로 가식 없이 표현될 때 가장 자연스럽고 인간적이다."[389]
했으니 장사치의 일상을 담은 시조는 일찍이 근대적 리얼리즘을 실현했다고 할 수
있다.

> 창(窓)밧긔 가마솟 막키라는 장사 이별(離別) 나는 구멍도 막키는가
> 쟝ᄉᆞ의 대답(對答)ᄒᆞᄂᆞᆫ 말이 진시황(秦始皇) 한무제(漢武帝)는 영행천
> 지(令行天地)ᄒᆞ되 위엄(威嚴)으로 못 막고 ᄒᆞ물며 서초패왕(西楚覇王)의
> 힘으로도 능히 못 막앗ᄂᆞ니 이 구멍 막키란 말이 아마도 하 우수왜라
> 진실(眞實)로 장사의 말과 갓틀진딘 장이별(長離別)인가 ᄒᆞ노라.
>
> (박문욱朴文郁, 『원국(源國)』, 『역·시』 2717, 언락言樂, 농가롱歌)

▶ 현대어 풀이

창밖에서 가마솥 때워준다는 장사야 이별 생기는 구멍도 막아주는가.

장사가 대답하는 말이 진시황과 한 무제는 천지를 호령하였지만 그 위엄으로 못 막고 항우장사의 힘으로도 못 막았으니 이 구멍 막으란 말이 너무 우습구나.

진실로 장사의 말과 같다면 오래 이별할까 걱정이로구나.

🐌 항우장사도 막기 어려운 이별의 슬픔

상행위(商行爲)에 빗댄 사설시조[390]는 장사치와 여인과의 육담을 통해 쾌락을 위한 성욕을 해학적으로 그려낸 경우가 많은데, 이 작품은 가마솥 구멍을 때우는 장사치에게 임과 이별하는 바람에 자기 마음에 생겨난 구멍을 메워달라는 주문을 하면서 흥정한다.

진시황(始皇帝, B.C. 259~B.C. 210)은 군사력과 국력에서 전국시대 여섯 강대국(한·위·조·초·제·연)을 압도하고, 또 통일 전쟁을 주도한 인물이다. 또, 한나라 무제(武帝, 劉徹, B.C. 156~B.C. 87)는 제후국의 세력을 약화시키고, 어질고 겸손한 선비를 등용하여 유학에 중점을 두고 제후들에게 고루 땅을 나누어 주고 중앙집권화를 마무리한 인물이다. 강력한 왕권과 권력을 강조하기 위해 인용하고 있다. 항우(項羽)는 진(秦)나라 말기의 장수로서, 젊은 시절 키가 8척에 이르고 큰 솥을 들어 올릴 만큼 힘이 장사였다고 전하는 인물이다. 강력한 권력으로도, 큰 솥을 들어 올릴 만한 힘으로도 임과의 이별만큼은 막을

수 없으니 애시 당초 이별 없이 살 꿈을 꾸지 말라고 응답한다. 이 대답을 듣고 나니 임과의 이별이 짧은 순간으로 그치지 않고, 오래 이어질까 걱정이다. 이별로 인한 마음의 허전함을 솔 때우듯 때우려 한다든지, 진시황이나 무제·항우를 제재를 통해 이별을 막으려는 발상은 사랑과 이별이라는 관념적인 소재를 느끼고 견줄 수 있도록 감각적으로 묘사함으로써 임과 이별한 후 후의 외로움과 그리움을 최대치로 표현하고 있다.

7. 가사(歌辭)

가사문학관 전경(전남 담양군 남면 가사문학관 877)

◎ 〈매창월가(梅窓月歌)〉　이인형(李仁亨, 1436~1497)

> 매창(梅窓)에 둘리 쓰니 매창의 경(景)이로다
>
> 매(梅)는 엇더호 매(梅)고
>
> 임처사(林處士) 서호(西湖)에 빙기옥혼(氷肌玉魂)과

맥맥청소(脈脈淸宵)에 음영(吟詠)ᄒ던 매화(梅花)로다
창(窓)은 엇더ᄒ 창(窓)고
도정절선생(陶靖節先生) 녹주갈건(漉酒葛巾)ᄒ고
무현금(無絃琴) 집푸며 슬슬(瑟瑟) 청풍(淸風)에 비기엿던 창이로다
달은 엇더ᄒ 달고
이적선(李謫僊) 호걸(豪傑)이 채석강두(采石江頭)에
일조선(一釣船) 씌워 두고 야피금포(夜被錦袍) 도착접리(倒著接羅)ᄒ고
옥잔(玉盞)에 수를 부어 청천(靑天)을 향ᄒ야 문(問)ᄒ든 달리로다
매(梅)도 이 매요 창(窓)도 이 창이요 달도 이 달리면 일배주(一杯酒)요
업시면 청담(淸談)이니 평생(平生)이 ᄒ 시(詩)를 을푸기 죠와 ᄒ노라
(『매헌선생실기(梅軒先生實紀)』)

▶ 현대어 풀이

매화 창에 달이 뜨니 경치가 아름답다.
매화는 어떤 매화인가.
임처사 서호(西湖)에 고운 모습 맑은 영혼,
맑은 하늘에 닿았다고 읊조리던 매화로다.
창은 어떤 창인가.
도연명이 두건으로 술 걸러 두고
줄 없는 거문고 타며 소슬 바람 맞으며 기대던 창이로다
달은 어떤 달인가.
이태백 호걸이 채석강(采石江) 위에
고깃배 한 척 띄워 두고 밤에 비단옷 입고 신발 거꾸로 신고
옥잔에 술을 부어 청천을 행해 묻던 달이로다
매화도 이 매화요 창도 이 창이요 달도 이 달이면 한 잔 술이요
없으면 맑은 이야기할지니 평생에 시 읊조리기를 좋아 하노라.

은일거사의 삶을 살다

이인형(李仁亨)은 김종직의 문인으로, 15·16세에 글로써 이름을 떨치고 20세에 진사시에 합격하였으나 젊은 날 출사하면 교만한 성품을 가질까 두렵다며 집에서 창을 닫고 독서를 한 인물로 유명하다. 1475년(성종 5), 벼슬을 잠시 그만두고 진주에 용두정(龍頭亭)을 짓고 그곳에서 지은 것으로 알려졌다.

"임처사(林處士) 서호(西湖)에 빙기옥혼(氷肌玉魂)과", "도정절선생(陶靖節先生) 녹주갈건(漉酒葛巾) ᄒ고", "이적선(李謫僊) 호걸(豪傑)이 채석강두(采石江頭)에"를 보면 이인형이 임처사, 도정절선생, 이적선의 삶에 매료되었음을 알 수 있다.

임처사(林處士)는 송나라의 은군자 임포(林逋, 967~1028)이다. 어려서부터 고아가 되어 가난했으나 각고의 노력으로 학문에 정진했다. 일생동안 벼슬에 나아가지 않고 절강성 항주 서호(西湖)의 고산(孤山)에 은거하였는데, 20년 동안 시내에 한 번도 들어가지 않았다 한다. 결혼을 하지 않았으며, 매화를 심고 학을 기르고 살면서 "매화가 처이고, 학이 아들이다."라고 말하곤 하였다. 담백한 필치로 생동적인 시가 작품을 자주 지었는데, 특히 매화 묘사에 뛰어났으며, <산원소매(山園小梅)>가 대표작이다.[391] "다른 꽃떨기 떨어지고 홀로 고운 매화, 작은 정원을 홀로 다 차지했네. 맑고 얕은 물가에 성긴 그림자를 비추고, 그윽한 향내 달빛 아래 은은하도다. 서리 맞은 새는 피할 곳 찾고, 향내 아는 예쁜 나비 애 끊는 슬픔 잇는다네. 나직하게 읊조리며 서로가 친밀하니, 한 향나무와 금 술잔, 갖출 필요 없다네."(<동산에 작은 매화(山園小梅)>)라는 시를 남겼다.

도정절선생(陶靖節先生)은 동진(東晋)나라 은사(隱士) 도잠(陶潛), 도연명(365~427)이다. "크게 백성을 구하리라."는 포부와 "날개 짓하여 높이 날려는" 웅지를 가졌으나 문벌귀족의 전횡과 부패 앞에서 정치적 이상을 펼치지 못하다가, 관직 생활 중(41세)에 군(郡)의 독우(督郵)가 굴종을 강요하자 "내가 어찌 다섯 말의 쌀을 위해 향리의 소인에게 허리를 굽히겠는가"라며 그날로 사직하고 돌아와 <귀거래사>를 지었다. 몸소 밭갈이하여 생활의 밑천을 삼았으며 가난과 역경을 애써 이겨내며 농민과 가까이

지냈다. 그의 작품에는 전원에 대한 순수한 열망과 부패한 통치자에 대한 분노가 함께 들어있다. 흔히 도연명을 '전원시인', '은일시인의 종주'라 한다.[392]

이적선(李謫僊)은 당나라 시인 이백(李白, 701~762)으로, 자는 태백(太白)이다. 태자의 빈객으로 있던 하지장(賀知章)이 그를 '하늘에서 귀양 온 신선(天上謫仙人)'이라 칭할 정도로 실력을 인정받았으나 권력자들의 모함으로 인해 정치적 포부를 실현하지는 못하였다. 이 작품의 "이적선(李謫僊)~달리로다."는 달빛이 환한 강가에 배를 띄우고 신선과 같은 풍류를 즐기던 이태백의 모습을 그리고 있다. 흔히 "이태백이 당도(當塗, 중국 안휘성 당도현)의 채석기(采石磯)에서 배 타고 놀다가 술에 취하여 강에 비친 달을 따려다 그만 빠져 죽고 사람들이 그곳에다 '달을 따는 돈대(捉月臺)'를 지었다." 하지만, 이에 대해서는 홍매가 『용재수필』에서 이양빙의 <태백초당집서>나 이화의 <태백묘지>에 근거하여 세상에 떠도는 이태백에 관한 속설은 두보가 막걸리와 쇠고기 육회를 먹고 죽었다는 소문처럼 허황된 것이라 지적한 바가 있다.[393]

이렇듯 <매창월가>는 매화 창에서 달을 보며 술과 이야기와 시를 즐기는 풍류객의 모습을 그린 작품이다. 최초의 가사로 인정받는 <상춘곡>을 담은 『불우헌집』이 정극인 사후 305년이 지난 1786년에 간행되어 신빙하기 어렵고, 그의 인간됨(명예욕이 강함)과 작품 내용이 이질적이고, 불우헌집이나 행장에 <상춘곡>에 대한 언급이 전혀 없으며, <불우헌가>와 비교할 때 둘의 율격과 시형(詩形), 문체가 이질적(<불우헌가>에 우리말을 활용한 표현이 약함)이라는 점을 들어 <상춘곡>은 후손이 『불우헌집』을 엮는 과정에서 잘못 편입했다는 견해[394]를 수긍할 경우, 이인형의 <매창월가>는 현존하는 가사 작품 중 비교적 신빙할 수 있는 것으로 가장 오래된 작품(1475~1477년 창작)으로 인정받을 수도[395] 있는 중요한 작품이다.

◎ 〈만분가(萬憤歌)〉 조위(曺偉, 1454~1503)

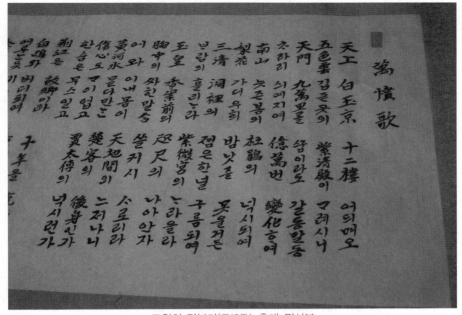

조위의 만분가(萬憤歌) 후대 필사본
(가사문학관 소장, 전남 담양군 남면 가사문학로 877)

천상(天上) 백옥경(白玉京) 십이루(十二樓)*) 어듸메오

오색운(五色雲) 김픈 곳의 자청전(紫淸殿)이 フ려시니

천문(天門) 구만리(九萬里)를 꿈이라도 갈동말동

추라리 싀여지여 억만(億萬) 번 변화(變化)ᄒ여

남산(南山) 늣즌 봄의 두견(杜鵑)의 넉시 되여

이화(梨花) 가디 우희 밤낫즐 못 울거든

삼청동리(三淸洞裡)의 졈은 한널 구름 되여

ᄇ람의 흘리 ᄂ라 자미궁(紫微宮)의 ᄂ라 올라

옥황(玉皇) 향안(香案) 전(前)의 지척(咫尺)의 나아 안자

흉중(胸中)의 싸힌 말슴 슬커시 스로리라

어와 이 내 몸이 천지간(天地間)의 느저 나니

> 황하수(黃河水) 몰다만눈 초객(楚客)의 후신(後身)인가
> 상심(傷心)도 ᄀ이 업고
> 가태부(賈太傅)*) 의 넉시런가 한숨은 무스 일고

▶ 현대어 풀이

천상의 백옥 궁궐 12루 어디인가

오색구름 깊은 곳에 자청전(紫淸殿) 가렸으니

하늘 문 9만 리를 꿈이라도 갈지 말지!

차라리 죽어지어 억 만 번 변화하여,

배나무 가지 위에서 밤낮으로 울거나,

신선 마을 궂은 하늘에 구름이나 되어서

바람에 날리어 자미(紫微) 궁궐로 날아올라

옥황 향로 전에 가까이 나아 앉아

가슴 속 쌓은 말씀 마음껏 사뢰리라.

아, 이내 몸이 천지간에 늦게 나서

황하 강물 맑다마는 굴원의 후신인가

상심도 끝이 없고

가태부의 넋인가 한숨은 무슨 일인가.

*) 백옥(白玉) 십이루(十二樓) : 천상의 높은 누각. 당나라 시인 이하(李賀)가 죽으려 할 때 천제로부터 천상세계에 있는 백옥루의 기를 지으라는 명령을 받았다는 고사.

*) 가태부(賈太傅) : 가의(賈誼). 전한 문제(文帝) 때의 문신. 나이 어린 수재(秀才)라 하여 가생(賈生)이라 불렸으나 33세에 요절하였다.

> 형강(荊江)은 고향(故鄕)이라 십년(十年)을 유락(流落)ᄒ니
> 백구(白鷗)와 버디 되여 홈ᄭᅴ 놀쟈 ᄒ엿더니
> 어루눈 듯 괴눈 듯 놈의 업슨 님을 만나
> 금화성(金華省) 백옥당(白玉堂)의 꿈이조차 향긔롭다
> 오색(五色)실 니음 졀너 님의 옷슬 못 ᄒ야도

바다 フ튼 님의 은(恩)을 추호(秋毫)나 갑프리라

백옥(白玉) フ튼 이 내 ᄆᆞ음 님 위ᄒᆞ여 직희더니

장안(長安) 어제 밤의 무서리 섯거치니

일모수죽(日暮修竹)의 취수(翠袖)도 냉박(冷薄)홀샤

유란(幽蘭)을 것거 쥐고 님 겨신 ᄃᆡ ᄇᆞ라보니

약수(弱水) フ리진ᄃᆡ 구름 길이 머흐러라

다 서근 ᄃᆞᆰ의 얼굴*) 첫맛도 채 몰나셔

초췌(憔悴)ᄒᆞᆫ 이 얼굴이 님 그려 이러컨쟈

천층랑(千層浪) 훈가운대 백척간(百尺竿)의 올나더니

무단(無端)ᄒᆞᆫ 양각풍(羊角風)이 환해(宦海) 중의 ᄂᆞ리나니

억만장(億萬丈) 소회 ᄲᅡ져 하늘 짜흘 모ᄅᆞᆯ노다

▶ 현대어 풀이

유배지를 고향삼아 십 년을 살다보니

갈매기와 벗이 되어 함께 놀자 하였더니

짝 짓는 듯 사랑하듯 남다른 임을 만나

금화성 백옥당이 꿈속이라도 향기롭다.

오색 실 이음 짧아 임의 옷은 못 만들어도

바다 같은 임의 은혜 조금이라도 갚으리라.

순수한 이 내 마음 임 위하여 지켰는데,

장안엔 어젯밤 무서리 섞어 치니

저물 녘 긴 대나무 옷소매 차가운데

유란(幽蘭) 꺾어 쥐고 임 계신 곳 바라보니

약수(弱水) 가려진 데 구름길이 험하구나.

다 썩은 닭의 몰골로 입맛까지 모두 잃고

초췌한 이 얼굴이 임을 그려 이렇구나.

성난 파도 한가운데 높은 장대에 오른 듯

벼슬길에 난데없이 회오리바람 몰아치더니

억만 길 소에 빠져 하늘땅을 모를레라.

*) 다 서근 닭긔 얼굴 : "강한(江漢)애셔 가고져 사랑ᄒᆞᆫ 나그네여 하날짜 사이예 ᄒᆞᆫ 서근 션비로다"(江漢思歸客乾坤一腐儒, 중간본 『두시언해』 3:40), "날 ᄀᆞ튼 셕은 션븨야 닐너 무슴 ᄒᆞ리오"(김천택, 『시조대전』 171)에 '서근 션비'라는 말이 나온다. '부유(腐儒), 부생(腐生)'은 썩은 유생, 진부하여 쓸모없는 선비라는 뜻으로, 자신에 대한 겸손한 표현이다. <만분가>에서 '닭의 얼굴'이라 한 것은 자기 자신의 앙상하고 볼품없는 몰골을 비유적으로 칭한 것이다.

노(魯)나라 흐린 술희 한단(邯鄲)이 무슴 죄며
진인(秦人)이 취ᄒᆞᆫ 잔의 월인(越人)이 우음 탓고*)
성문(城門) 모딘 블의 옥석(玉石)이 홈ᄭᅴ 트니
뜰 압희 심은 난(蘭)이 반(半)이나 이우레라
오동(梧桐) 졈은 비의 외기력기 우러녤 제
관산(關山) 만리(萬里) 길이 눈의 암암 블픠ᄂᆞᆫ 듯
청연시(靑蓮詩) 고쳐 읊고 팔도 한을 슷쳐 보니
화산(華山)의 우는 새야 이별(離別)도 괴로왜라
망부산젼(望夫山前)의 석양(夕陽)이 거의로다
기도로고 ᄇ라다가 안력(眼力)이 진(盡)톳던가
낙화(落花) 말이 업고 벽창(碧窓)이 어두으니
입 노른 삿기 새들 어이도 그리건쟈
팔월추풍(八月秋風)이 ᄲᅬ집을 거두으니
븬 긴의 ᄡ인 알히 수화(水火)ᄅᆞᆯ 못 면토다

▶ 현대어 풀이
노나라 흐린 술에 한단(邯鄲)이 무슨 죄며
진인(秦人)이 취한 잔에 월인(越人)이 무슨 탓인가.
성문 모인 불에 옥석이 함께 타니
뜰 앞에 심은 난이 반이나 시들었다.

오동 굳은비에 외기러기 울며 갈 때

관산 만 리 길이 눈에 아른 밝히는 듯

이백의 시 다시 읊고 8도 한을 생각하니

화산에서 우는 새야 이별도 괴롭구나.

망부산 앞에 석양이 지는구나.

기다리고 바라다가 시력이 다했던가.

조용히 꽃 떨어지고 푸른 창이 어두우니

입 노란 새끼 새들 얼마나 그리운가.

8월의 가을바람 초가지붕 헤치니

빈 끈에 쌓인 알이 물불 재앙 못 피했네.

*) 진(秦) 월(越) : 춘추시대의 두 나라 이름. 진은 서북, 월은 동남에 있어 거리가 극히 멀어서
소원한 것의 비유로 쓰인다.

생리사별(生離死別)을 혼 몸의 혼자 맛다

삼천장(三千丈) 백발(白髮)이 일야(一夜)의 기도 길샤

풍파(風波)의 헌 비 투고 흠믜 노던 져뉴덜아

강천(江天) 지는 히의 주즙(舟楫)이나 무양(無恙)혼가

밀거니 혀거니 염예퇴(灎澦堆)눌 겨요 디나

만리붕정(萬里鵬程)을 멀리곰 견주더니

바람의 다브치여 흑룡강(黑龍江)의 쩌러진 듯

천지(天地) 구이 업고 어안(魚鴈)이 무정(無情)하니

옥(玉)구튼 면목(面目)을 그리다가 말년지고

매화(梅花)나 보내고져 역로(驛路)눌 바라보니

옥량명월(玉樑明月)을 녀보던 눗비친 듯

양춘(陽春)을 언제 볼고 눈비눌 혼자 마자

벽해(碧海) 너븐 구의 넉시조차 훗터지니

내의 긴 소매놀 눌 위ㅎ여 적시눈고

▶ 현대어 풀이

살아 이별 죽어 이별 한 몸에 혼자 맞아

삼천 길 백발이 하룻밤에 길고 길다.

풍파에 헌배 타고 함께 놀던 저네들아.

수평선 지는 해에 배의 노는 괜찮은가.

밀거니 끌거니 위험한 곳 겨우 지나

머나먼 길을 멀리멀리 생각하니

바람에 날리어 흑룡강에 떨어진 듯

천지는 끝이 없고 물고기 기러기 무정하니

옥 같은 얼굴을 그리다가 말 것인가.

매화나 보내려고 역로를 바라보니

대들보 밝은 달은 예전에 보던 낯빛이라

따뜻한 봄 언제 볼까, 눈비를 혼자 맞아

푸른 바다 넓은 가에 넋까지 흩어지니

나의 긴 옷소매를 누굴 위하여 적시는가.

태상(太上) 칠위분이 옥진군자(玉眞君子) 명(命)이시니

천상남루(天上南樓)의 생적(笙笛)을 울니시며

지하(地下) 북풍(北風)의 사명(死命)을 벗기실가

죽기도 명(命)이요 살기도 하느리니

진채지액(陳蔡之厄)을 성인(聖人)도 못 면ㅎ니

유설비죄(縲絏非罪)롤 군자(君子)들 어이 ㅎ리

오월(五月) 비상(飛霜)이 눈물로 어릐는 듯

삼년(三年) 대한(大旱)도 원기(寃氣)로 니뢰도다

초수남관(楚囚南冠)이 고금(古今)의 흔둘이며

백발황상(白髮黃裳)의 셔룬 일도 하고 만타

건곤(乾坤)이 병이 드러 혼돈(混沌)이 죽은 후(後)의

하놀이 침음(沈吟)홀 듯 관색성(貫索星)*)이 비취눈 듯

고정으국(孤情依國)의 원분(寃憤)만 싸혓시니

ᄎ라리 할마(瞎馬) ᄀ치 눈 곱고 지내고져

창창막막(蒼蒼漠漠) 흐야 못 미들손 조화(造化)일다

이러나 져러나 하놀을 원망홀가

▶ 현대어 풀이

천자 일곱 분은 신선의 명이시니

하늘 위 남쪽 누각 생황 피리 울리시며

지하 북풍에 목숨을 빼앗길까

죽기도 명이요 살기도 명이리니

진(陳) 채(蔡)의 액운을 성인도 못 면하니

죄 없어도 포박함을 군자인들 어찌 하리.

5월 서릿발이 눈물로 어리는 듯

3년 큰 가뭄도 원한 때문이리.

타향에 잡힌 자 고금에 한둘이며

흰 머리 누른 치마 서러운 일도 많고 많다.

하늘 땅 병이 들어 무질서하게 죽은 후에

하늘이 우는 듯 천인(賤人)의 감옥 비추는 듯

외로이 나라 생각하다 원통함만 쌓였으니

차라리 눈먼 말처럼 눈 감고 지내고저.

아득하고 막막하여 못 믿을 게 조물주라.

이러나저러나 하늘을 원망할까!

*) 관색성(貫索星) : "관색(貫索) 9성은 천인의 감옥이다"(『진서(晉書)』 천문지)

도척(盜跖)도 셩히 놀고 백이(伯夷)도 아사(餓死)흐니

동릉(東陵)이 놉픈 작가 수양(首陽)이 느즌 작가

남화(南華) 삼십편(三十篇)의 의논(議論)도 하도 할샤

남가(南柯)의 디난 꿈을 싱각거든 슬므어라

고국송추(故國松楸)를 꿈의 가 므져보고

선인구묘(先人丘墓)를 씬 후의 싱각ᄒ니

구회간장(九回肝腸)이 굽의굽의 그쳐셰라

장해음운(瘴海陰雲)이 백주(白晝)의 홋터디니

호남(湖南) 어늬 고디 귀역(鬼蜮)의 연수(淵藪)런디

이매망량(魑魅魍魎)이 쓸커디 저즌 ᄀ의

백옥(白玉)은 므스 일로 청승(靑蠅)의 깃시 되고

북풍(北風)의 혼자 셔셔 ᄀ 업시 우는 뜻을

하롤 ᄀᄐᆫ 우리 님이 전혀 아니 술피시니

목란추국(木蘭秋菊)에 향기(香氣)로운 타시런가

첩여(婕妤) 소군(昭君)*)이 박명(薄命)ᄒᆫ 몸이런가

군은(君恩)이 믈이 되여 흘러가도 자최 업고

옥안(玉顔)이 곳이로되 눈믈 ᄀ려 못 볼로다

▶ 현대어 풀이

도적도 멀쩡히 지내고 백이도 굶어죽으니

동릉(東陵)이 높은 건가 수양(首陽)이 낮은 건가

장자(莊子) 30편의 의논도 많기도 하다

헛되이 지난 꿈을 생각하면 무엇 하랴.

고국의 송추나무 꿈에 가 만져보고

조상의 선영(先塋)을 깬 후에 생각하니

구곡간장이 굽이굽이 끊어진다.

질병 퍼뜨리는 구름 대낮에 흩어지니

호남 어느 곳이 도깨비의 소굴인가

온갖 도깨비들 실컷 젖은 가에

백옥은 무슨 일로 소인배의 보금자리 되고

북풍에 혼자 서서 끝없이 우는 뜻을

하늘같은 우리임이 전혀 아니 살피시니

목란(木蘭) 추국(秋菊)에 향기로운 탓이런가.

첩여(婕妤) 소군(昭君)이 박명(薄命)한 몸이런가.

임금님 은혜 물이 되어 흘러가도 자취 없고

임금님 용안 꽃이로되 눈물 가려 못 보겠네.

*) 첩여(婕妤) : 반첩여(班婕妤). 한(漢) 대의 여류 시인. 성제 때의 궁녀로 임금의 총애를 받아 첩
여가 되었다가, 후에 조비연(趙飛燕)이 총애를 받게 되자 참소당하여 장신궁(長信宮)으로 물
러가 있는 동안 시부(詩賦)를 지어 애절한 심사를 풀었는데 그중 <원가행(怨歌行)>이 가장
유명함.

*) 소군(昭君) : 전한 효원제(孝元帝)의 궁녀로 이름은 장(嬙). 칙명으로 흉노의 호한사단우(呼韓邪
單于)에게 시집갔다.

이 몸이 녹아져도 옥황상제(玉皇上帝) 처분(處分)이요

이 몸이 싀여져도 옥황상제(玉皇上帝) 처분이라

노가디고 싀어지여 혼백(魂魄)조차 훗터지고

공산촉루(空山髑髏) ᄀ치 님자 업시 구니다가

곤륜산(崑崙山) 제일봉(第一峯)의 만장송(萬丈松) 되여 이셔

ᄇ람비 쓰린 소리 님의 귀예 들니기나

윤회만겁(輪回萬劫) ᄒ여 금강산(金剛山) 학(鶴)이 되여

일만이천봉(一萬二千峯)의 ᄆ음ᄀ 소사 올나

ᄀ을 둘 불근 밤의 두어 소리 슬피 우러

님의 귀의 들니기도 옥황상제 처분일다

훈이 쇌희 되고 눈물로 가디 삼아

남의 집 창 밧긔 외나모 매화(梅花) 되여

설중(雪中)의 혼자 픠여 침변(枕邊)의 이위는 ᄂᆞᆺ

월중(月中) 소영(疎影)이 님의 옷의 빗취어든
어엿븐 이 얼굴을 네로다 반기실가

▶ 현대어 풀이

이 몸이 녹아져도 옥황상제 처분이요,
이 몸이 죽더라도 옥황상제 처분이라.
녹아지고 죽어가서 혼백조차 흩어지고
빈산에 해골 같이 임자 없이 구르다가
곤륜산 제1봉에 큰 소나무가 되어서
바람비 뿌린 소리, 임의 귀에 들리기를
오랜 세월 지나 금강산 학이 되어
1만 2천봉에 마음껏 솟아올라
가을 달 밝은 밤에 두세 번 슬피 울어
임의 귀에 들리기도 옥황상제 처분이로다.
한(恨)이 뿌리 되고 눈물로 가지 삼아
남의 집 창 밖에 외나무 매화 되어
설중에 혼자 피어 침대 곁에 시드는 듯
달 속에 성긴 그림자, 임의 옷에 비취거든
어여쁜 이 얼굴을 네로다 반기실까.

동풍(東風)이 유정(有情)ᄒ여 암향(暗香)을 블어 올려
고결(高潔)ᄒᆫ 이 내 싱계 죽림(竹林)의나 부치고져
뷘 낙대 빗기 들고 뷘 비눌 혼자 씌워
백구(白溝) 건네 저어 건덕궁(乾德宮)의 가고지고
그려도 ᄒᆫ ᄆᆞ음은 위궐(魏闕)의 들녀 이셔
니 무든 누역 속의 님 향ᄒᆞᆫ 꿈을 ᄭᆡ여
일편(一片) 장안(長安)을 일ᄒᆞ(日下)의 ᄇᆞ라 보고
외오 굿겨 올히 굿겨 이 몸의 타실언가

이 몸이 전혀 몰라

천도(天道) 막막(漠漠)하니 물을 길이 전혀 업다

복희씨(伏羲氏) 육십사괘(六十四卦) 천지만물(天地萬物) 삼긴 뜻을

주공(周公)*을 꿈의 뵈와 즈시이 뭇줍고져

하늘이 놉고 놉하 말 업시 놉흔 뜻을

구룸 우희 느는 새야 네 아니 아돗더냐

어와 이내 가슴 山이 되고 돌이 되여

어듸 어듸 사혀시며

비 되고 물이 되여 어듸 어듸 우러 녤고

아모나 이내 뜻 알니곳 이시면

백세교유(百歲交遊) 만세상감(萬世相感) 하리라

▶ 현대어 풀이

봄바람이 다정하여 꽃향기 불어 올려

고결한 이내 생애 대숲에나 부치고자

빈 낚싯대 비껴들고 빈 배를 홀로 띄워

백구(白溝)를 건너 저어 천자 궁궐 가고 싶네.

그래도 한 마음은 위궐(魏闕)에 달려 있어

안개 젖은 도롱이에 임 향한 꿈을 깨어

우러러 장안을 햇볕 속에 바라보고

이리 머뭇, 저리 머뭇 이 몸의 탓일까!

이 몸이 전혀 몰라.

하늘 길, 막막하니 물을 길이 전혀 없다.

복희씨 64괘 천지 만물 생긴 뜻을

주공(周公)을 꿈에 보고 자세히 여쭈고 싶네.

하늘이 높고 높아 말없이 높은 뜻을

구름 위에 나는 새야 너는 일지 않느냐.

아 이내 가슴 산이 되고 돌이 되어

어디어디 쌓였으며

비 되고 물이 되어 어디어디 울며 흐를까.

아무나 이내 뜻 아는 이 있으면

오래 사귀고 영원히 공감하리.

(안정복, 『잡동산이(雜同散異)』 서울대 도서관 소장 자필 초고본)[396]

*) 주공(周公) : 지혜로운 자의 전범. 상고시대의 제왕. 3황제 가운데 하나. 백성에게 어렵, 농경,
목축을 가르쳤고 처음으로 8괘와 문자를 만들었다.

❧ 〈조의제문(弔義帝文)〉의 진실

조선의 첫 사화(士禍)는 연산군 4년(1498)의 무오사화였다. 이를 달리 사화(史禍)라
고 적는 것은 그것이 사관들이 적어 둔 초벌원고인 사초(史草)에 기인한 것이기 때
문이다. 김종직(金宗直)의 제자인 김일손(金馹孫)은 사관으로 있으면서 김종직이 지은
〈조의제문〉을 사초에 올렸다. 김종직이 단종을 항우에게 죽임을 당한 의제(義帝)에
비기어 그 죽음을 슬퍼하고 세조의 찬탈을 비난한 것이 〈조의제문〉이다.

추관(推官)이 아뢰기를,
"조위(曺偉)가 이미 종직의 문집을 편찬하였으며, 그가 중국에 갈 적에 또 시집(詩集)
을 박아서 싸 가지고 갔사온데, 전일의 공초(供招)에 〈조의제문(弔義帝文)〉과 〈술주시
(述酒詩)〉의 사의(辭意)를 알지 못하였다.' 하였습니다. 일손(馹孫)의 말에 '조위와 같이
상의하여 편찬했다.' 하는데, 조위는 휘(諱)하고, 권경유(權景裕)도 조위가 문집을 발간하
려고 원고를 신에게 부탁해서 초해 내게 하였다.' 하는데, 조위는 또 휘하옵니다. 일손은
또 조위는 젊어서부터 어른이 되도록 종직에게 수업을 했다.' 하는데, 조위는 '단지 『예
기(禮記)』만을 배웠으나, 그것도 졸업은 못했다.'고 말하오니 이는 거짓입니다. 청컨대
형신(刑訊)하옵소서."
하였다. … 필상 등이 아뢰기를,
"조위가 만약 그 정상을 알았다면 죽어도 죄가 남습니다만, 다만 '신이 만약 그 글 뜻
을 알았다면 어찌 감히 성종(成宗)께 올렸겠습니까.' 한 것으로 보아 그 말이 옳은 것 같
습니다. 그러하오나 실정을 알았을 것으로 판단되었으므로, 진실로 무죄 석방할 수는 없
사옵고 다스리지 않는 것도 또한 부당하오니, 청컨대 표연말(表沿沫)의 예에 의하여 논

단하옵소서."

하니, '가하다.'고 전교를 내렸다. 드디어 곤장을 때려 조위(曺偉)를 의주(義州)로, 정승조(鄭承祖)를 곽산(郭山)으로 정배(定配)하였다.[397]

위의 내용을 보면 추관들이 조위가 김종직의 시고(詩稿)를 편집하여 펴낸 장본인이라 하여 형벌을 줄 것을 주장하고 있지만, 이에 대하여 조위는 <조의제문>에 불경한 뜻이 없었다는 반론을 펴며 억울함을 호소하였다. 조위는 말하기를, "종직의 <조의제문(弔義帝文)>과 <화도연명시(和陶淵明詩)>는 모두가 기롱과 풍자를 가탁한 것이었으나, 실로 그것이 나라의 일을 거스르는 일인 줄을 알지 못했습니다. 만약 그것이 도리에 어긋난 문자인 줄을 알았다면 어찌 감히 그 글을 써서 성종(成宗)께 올렸겠습니까."(연산 4년 9월 6일)라는 반론을 펴고 있다.

그러나 이같이 변론하였음에도 무오사화 때 연산군이 돌아오라고 명하고 강을 건너면 그 즉시 참하라 하였는데 귀양지 순천(順天)에서 죽었다. 이후 갑자사화 때 부관참시(剖棺斬屍)하여 무덤 앞 바위아래에 시신을 드러내 놓고 3일 동안 거두어 장사지내지 못하게 했으니[398] 말로가 참으로 참혹하다.

그렇다면 이들의 말로를 참혹하게 만든 <조의제문>에 담긴 진실은 무엇인가? 그 내용의 개략은 이러하다.

> 삼가 초 회왕(懷王)을 조문하노라.
> (1) 옛날 조룡(祖龍, 진시황)이 전쟁하는 동안 사해(四海)의 물결이 붉어 피가 되었네.
> (2) 왕위를 얻은 것이 백성의 소망을 따랐다 하네!
> (3) 마음 비뚤고 욕심 많아 장수(신하)를 마음대로 죽였네! 어찌 잡다가 치지 않았는가. 아아, 형세가 너무도 그렇지 아니함에 있어, 나는 왕을 위해 더욱 두렵게 여겼네.
> (4) 배반을 당하여 젓 담길 위기에 놓였구나. 과연 하늘의 운수가 정상이 아니었구려.
> (5) 삼가 술잔을 들어 땅에 붓습니다! 바라옵건대 오시어 흠향하소서.

(1)은 종직이 진시황(조룡祖龍)을 세조에게 비유한 것이요, (2)는 종직이 의제(義帝)를 노산(魯山)에 비유한 것이고, (3)에서 '양처럼 마음 비뚤고 이리처럼 욕심 많다(양한 낭탐羊狠狼貪)'한 것은 세조를 가리키고, '신하를 함부로 죽인 것'은 세조가 김종서를

목 베게 한 일을 비유한 것이요, ⑷는 노산이 왜 세조를 잡아버리지 못했는가 하는 반문이고, ⑸는 노산이 왜 세조를 잡아버리지 못하고 도리어 세조에게 죽었는가 하는 것이다.³⁹⁹ "세조께서 일찍이 김종직을 불초(不肖)하다 하셨는데, 종직이 이것을 원망하였기 때문에 글월을 지어 기롱하고 논평하기를 이에 이른 것이다. 신하가 허물이 있으매 임금이 책했다 해서 이렇게 하는 것이 가한가. 여러 재상들은 알아 두라." 하였다. 이렇듯 〈조의제문〉은 단종을 죽인 세조를 의제(義帝)를 죽여 시체를 물에 던져 넣은 항우에 비유하여 은근히 세조를 비난한 글이라 볼 수 있는 여지가 충분하다.

추관이 권경유의 초사(招辭)를 초할 때, 그 내용에도 "신이 인하여 조의제문을 보았는데, 항우(項羽)가 영포(英布)로 하여금 비밀리에 의제(義帝)를 쳐 죽이게 하였으니, 천하의 악이 이보다 더할 수 없습니다. 종직은 본시 충의에 불타는 사람이므로 신의 생각에는 의제를 위하여 조문(弔文)을 지은 것이라 생각하고, 마침내 '충의가 격렬하여 보는 자가 눈물을 흘린다.'고 말했습니다."라고 하였다.⁴⁰⁰

> 아아! 선생이 먼저 죽은 것이 한스러운 일인가, 한스럽지 않은 일인가? 아마도 이른 바 사화(史禍)는 실제로 의제(義帝)를 조문하는 한 편의 글에서 빌미가 되었다. 점필재가 이것을 지었고, 탁영(濯纓)이 사초(史草)에 기록하여 후대에 군자가 혹 그 의미를 알지 못하는 이가 있으면 그 의혹된 것의 명분과 의리를 밝히는데 보탬이 되게 하고자 한 것이 아닌가 한다. 그러니 선생이 유자광 등에게 죄를 뒤집어 쓴 것이 틀림없다. 비록 살아서 한훤당과 함께 재화(災禍)를 당했다고 한들 또 무엇을 한스러워하겠는가?⁴⁰¹

김유(金楺)는 조위의 문집에다 〈조의제문〉이 빌미가 되어 유자광 등에게 죄를 뒤집어쓰게 된 사실에 대해 초연하게 적었다. 선비로서 화를 당하고 절의와 기개를 얻었으니 한스러워할 일이 아니라고 한 것일 것이다.

❧ 〈조의제문(弔義帝文)〉의 거센 후폭풍과 〈만분가〉

연산군 초에 『성종실록』의 편찬을 위한 실록청을 구성하여 사국(史局)을 열었을 때 <조의제문> 사초가 발견되자, 훈구세력은 연산군을 충동하여 김일손 등의 사림 학자를 혹은 죽이고 혹은 귀양 보냈다, 그 결과 사림 세력은 크게 꺾이게 되었다.[402]

> (조위는) 서쪽 의주로 유배 갔다가 남쪽 순천으로 이배되어 결국 머나먼 변경에서 죽었네. 곁에는 처와 첩뿐, 아들도 없고 딸도 없거늘, 누가 상주 노릇할까. 장사는 아우가 맡고, 부조는 친구가 맡았으며, 묘지는 내가 지었네. 천추만세에 전하기를, 높은 절벽 깊은 골짜기에, 맑은 향기가 그치지 않네."[403]

조위에게는 처와 첩만 있을 뿐 아들도 딸도 없어 상주 노릇할 사람도 없다고 했다. 유배지에서 쓴 <서제 숙분(叔奮)에게>라는 글에는 그 외롭고 우울한 심정이 잘 드러나 있다.

> "길 떠나는 기러기 줄지어 날지 않고
> 변방에선 날 저무니 울음소리만 들린다
> 그리움에 부질없이 흰머리만 느는데
> 쓸쓸히 천리 밖 사람을 바라본다.
>
> 세월은 부질없이 빠르게 흐르는데
> 속상한 마음에 저절로 우울해진다.
> 매번 집에 편지를 쓰고자 하나
> 망연자실 몇 자 적기가 어렵구나.
>
> 아득히 변방은 멀리 떨어져 있는데
> 속으로 고향 가는 길을 헤아려 본다.
> 어느 때 나란히 잠자리에 누워
> 고향집에 내리는 빗소리를 들을거나."[404]

곤장을 맞고 유배를 떠나고 유배지를 옮겨 결국 죽기에 이르렀는데, 사후에 또 "허반은 관을 쪼개어 토막을 치고, 조위·정여창 등은 부관참시하며, 최부·이원은 참하라."는(연산 10년 10월 24일) 명이 내렸으니, 애절하다 못해 구슬프기까지 하다. 귀양지에서도 "지금 내가 비록 귀양살이를 하고 있지만 자고 먹는 등, 한 가지 것도 임금님의 은혜가 아닌 것이 없습니다."라고[405] 한 대목에서는 더욱 그렇다.

귀양을 온 자신의 처지를 천상에서 9만 리 아래 지상세계로 내려온 신세에 비유해 스토리를 풀어나간다. "차라리 죽어지어 억 만 번 변화하여,/배나무 가지 위에서 밤낮으로 울거나", "옥황 향로 전에 가까지 나아 앉아/가슴 속 쌓은 말씀 마음껏 사뢰리라."는 원통하고 억울한 심정을 임금께 전하고 싶은 간절함을 표현했고, "이 몸이 녹아져도 옥황상제 처분이요,/이 몸이 죽더라도 옥황상제 처분이라./…/곤륜산 제1봉에 큰 소나무가 되어서/바람비 뿌린 소리, 임의 귀에 들리기를/오랜 세월 지나 금강산 학이 되어/1만 2천봉에 마음껏 솟아올라/가을 달 밝은 밤에 두세 번 슬피 울어/임의 귀에 들리기도 옥황상제 처분이로다."는 임금이 자신의 충심과 진정성을 헤아려주시기를 바라는 마음을 적었다.

<만분가>는 매계(梅溪) 조위가 무오사화 때 화를 입어 유배지인 전라도 순천에서 지은 가사이다. 작자가 어느 누구에게도 호소할 길 없는 비분강개를 옥황(여기서는 성종)에게 하소연하는 방식으로 심정을 편 것으로, 이 작품은 초나라 굴원의 <천문(天問)>과 흡사하다. 우리글과 한문을 섞어 표기하고, 조선조 유배문학의 효시가 되는 작품이다.[406] 안정복(安鼎福)의 『잡동산이』에 실려 있는데, 여기에 "매계가 늘 입을 오므리고 퉁소 소리를 내면서 두 발로 요고(腰鼓)를 괴고 손으로는 거문고를 뜯었는데 곡절이 서로 맞아 어긋나지 않게 하는 것을 재미로 여겼다."는 해제가 달려 있다.

◎ 〈관서별곡(關西別曲)〉   백광홍(白光弘, 1522~1556)

> 관서(關西) 명승지(名勝地)예 왕명(王命)으로 보니실시
> 행장(行裝)을 다사리니 칼 흔ᄂ 뿐이로다
> 연조문(延詔門) 니달아 모화고기 너머 드니
> 귀심(歸心)이 ᄹ르거니 고향(故鄉)을 사념(思念)ᄒ랴
> 벽제(碧蹄)에 말가라 임진(臨津)에 비 건너

천수원(天水院) 도라드니 송경(松京)은 고국(故國)이라
만월대(滿月臺)도 보기 슬타 황강(黃岡)은 전장(戰場)이라
형극(荊棘)이 지엇도다 산일(山日)이 반사(半斜)컨을
귀편(歸鞭)을 다시 쌔와 구연(九硯)을 너머 드니
생양관(生陽館) 기슭에 버들죠차 프르럿다
감송정(感松亭) 도라드러 대동강(大同江) 브리보니
십리파광(十里波光)과 만중연류(萬重烟柳)는
상하(上下)의 어릐엿다

▶ 현대어 풀이

관서 명승지에 왕명으로 보내실 제
행장 살펴보니 칼 하나뿐이로다.
연조문(延詔門) 내달아 모화 고개 넘어 드니
마음을 빼앗기니 고향 생각 할 틈 없네.
벽제에서 말갈아 임진(臨津)에 배 건너
천수원(天水院) 돌아드니 개성은 옛 나라라
만월대(滿月臺)도 보기 싫다 황강(黃岡)은 전쟁터라
가시덤불 우거졌다 서산 석양 반쯤 졌네.
돌아갈 채찍 다시 빼어 구연(九硯)을 넘어 드니
생양(生陽) 역관 기슭에 버들까지 푸르렀다.
재송원(裁松院) 돌아들어 대동강 바라보니
멀리까지 물결 빛나고, 버들엔 안개 겹겹
상하로 엉키었네.

춘풍(春風)이 헌ᄉᆞᄒᆞ야 화선(畵船)을 빗기보니
녹의홍상(綠衣紅裳) 빗기 안자
섬섬옥수(纖纖玉手)로 녹기금(綠綺琴) 니이며
호치단순(皓齒丹脣)으로 채련곡(采蓮曲) 보르니

태을진인(太乙眞人)이 연엽주(蓮葉舟) 투고

옥하수(玉河水)로 누리는 듯

셜미라 왕사미고(王事靡鹽)훈둘 풍경(風景)에 어이 흐리

연광정(練光亭) 도라드러 부벽루(浮碧樓)에 올나가니

능라도(綾羅島) 방초(芳草)와 금수산(錦繡山) 연화(烟花)는 봄비슬 쟈랑

훈다

천년기양(千年箕壤)의 태평문물(太平文物)은 어제론 닷 흐다ᄆᆞᆫ

풍월루(風月樓)에 꿈 씌여 칠성문(七星門) 도라드니

세마태(細馬駄) 홍의(紅衣)예 객흥(客興)이 엇더ᄒᆞ뇨

누대(樓臺)도 만흐고 산수(山水)도 하건마ᄂᆞᆫ

백상루(百祥樓)에 올나 안즈 청천강(晴川江) 브라보니

삼차형세(三叉形勢)난 장(壯)홈도 가이업다

▶ 현대어 풀이

춘풍이 야단스레 그림배에 비끼 부니

푸른 옷 붉은 치마 비스듬히 앉아

섬섬옥수로 거문고 뜯으며

고운 이 예쁜 입술로 채련곡(采蓮曲) 부르니

하늘의 신선이 연꽃잎 배를 타고

옥하수(玉河水) 내리는 듯

설마 나랏일 늦춰져도 좋은 경치 어찌 하리

연광정(練光亭) 돌아들어 부벽루(浮碧樓)에 올라가니

능라도 꽃다운 풀 금수산 안개꽃 봄빛을 자랑한다.

천년 역사에 태평 문물은 어제인 듯하다만

풍월루에서 꿈 깨어 칠성문으로 돌아드니

좋은 말에 붉은 옷 나그네 흥이 어떠한가.

누대도 여럿이고 산수도 많건마는

백상루(百祥樓)에 올라 앉아 청천강 바라보니

세 갈래 형세는 굉장(宏壯)도 하구나.

ㅎ믈며 결승정(決勝亭) ㄴ려와 철옹성(鐵甕城) 도라 드니
연운분첩(連雲粉堞)은 백리(百里)에 버려 잇고
천설중강(天設重崗)은 사면(四面)에 빗겻도다
사방거진(四方巨陣)과 일국웅관(一國雄觀)이 팔도이 위두(爲頭)로다
이원(梨園)이 곳 피고 두견화(杜鵑花) 못다 진 제
영중(營中)이 무사(無事)커늘 산수(山水)를 보랴 ㅎ야
약산동대(藥山東臺)에 술을 싯고 올나가니
안저운천(眼底雲天)이 일망(一望)에 무제(無際)로다
백두산(白頭山) 니린 물이 향로봉(香爐峯) 감도라
천리(千里)를 빗기 흘너 대(臺) 앞프로 지니가니
반회(盤回) 굴곡(屈曲)ㅎ야 노룡(老龍)이 꼬리치고
해문(海門)으로 드난 닷 형승(形勝)도 ㄱ이 업다
풍경(風景)인달 안니 보랴

▶ 현대어 풀이

하물며 결승정(決勝亭) 내려와 철옹성 돌아드니
흰 구름 토담처럼 백 리에 벌여 있고
하늘이 만든 산등성이 사면에 비꼈도다.
사방의 진영과 웅장한 경관이 팔도에 으뜸이라
배 밭에 꽃이 피고 두견화 못다 진 때에
감영(監營)에 무탈하여 자연을 보려 하니
약산(藥山) 동대로 술을 싣고 올라가니
눈앞에 구름 뜬 하늘이 한번 봄에 끝이 없다.
백두산 매린 물이 향로봉을 감돌아
천리를 비껴 흘러 대 앞으로 지나가니
빙빙 굽어 돌아 늙은 용이 꼬리치듯

바다 문으로 드는 듯이 경치도 빼어난데,
풍경 어찌 아니 보랴.

작약선아(綽約仙娥)와 선연옥빈(嬋妍玉鬢)이
운금단장(雲錦端粧)호고 좌우(左右)의 버려 이셔
거믄고 가야고(伽倻鼓) 봉생용관(鳳笙龍管)을
부르거니 니애거니 호는 양은
주목왕(周穆王) 요대상(瑤臺上)의 서왕모(西王母) 만나*)
백운곡(白雲曲)*) 브르난 듯
서산(西山)에 힉지고 동령(東嶺)의 달 올아고
녹빈운환(綠鬢雲鬟)이 반함교태(半含嬌態)호고 잔 밧드는 양은
낙포(洛浦) 선녀 양대(陽臺)에 니려와 초왕(楚王)을 놀니는 닷
이 경(景)도 됴커니와 원려(遠慮)ㄴ돌 이즐쇼냐
감당소백(甘棠召伯)*)과 세류장군(細柳將軍)*)이
일시예 동행(同行)호야 강변(江邊)으로 순하(巡下)호니
황황옥절(煌煌玉節)과 언건용기(偃蹇龍旗)는
장천(長天)을 빗기 지나 벽산(碧山)을 쩔쳐 간다
도남(都南)을 너머 드러 비고기 올나 안자
설한(雪寒)지 뒤에 두고 장백산(長白山) 구버보니
중강복관(重岡複關)은 갈쇼록 어렵도다

▶ 현대어 풀이
얌전한 선녀와 요염한 머릿결이
화려하되 단정히 꾸미고 좌우에 늘어서 있어
거문고 가야금 봉황 생황 용 피리를
부르고 연주하는 모습은
주(周) 목왕 요대 위에서 서왕모를 만나서

백운곡(白雲曲)을 부르는 듯

서산에 해가 지고 동쪽 고개에 달이 뜨고

윤기 나는 머리에 갖은 아양으로 잔 받드는 모습은

낙수 선녀 양대에 내려와 초왕을 놀라게 할 듯

이 경치도 좋지마는 앞일 걱정 없을쏘냐.

팥배나무 소백(召伯)과 세류(細柳) 장군이

동시에 동행하여 강가로 내려가니

빛나는 신표(信標)와 펄럭이는 깃발은

넓은 하늘 비껴 지나 푸른 산을 떨쳐 간다.

도남을 넘어 들어 배고개 올라 앉아

눈 바람재 뒤에 두고 장백산 굽어보니

겹겹의 산등성이 갈수록 어렵도다.

*) 서왕모는 서방에 자리하여 하늘과 땅을 조화하게 하고 수만 가지의 온갖 것들을 빚어 만들었으며 여자로서 신선이 된 사람은 모두 여기에 예속되었다. 주(周)나라의 목왕이 서쪽을 순행할 적에 흰 구슬과 검은 구슬을 가지고 가서 서왕모를 뵙자 서왕모는 다시 요지(瑤池) 위에서 술잔치를 베풀어주었다(『열선도』건).

*) 백운곡(白雲曲) : 백운요(白雲謠). 중국 신화 속에 서왕모가 주 목왕에게 지어 부른 노래. "백운은 하늘에 뜨고, 산언덕 저절로 나와, 마을길은 아득히 멀고 산천이 곳곳에 펼쳐지네. 앞으로 그대가 죽음을 모르고 다시 돌아오시기를"[407]

*) 감당소백(甘棠召伯) : 백성이 정치하는 사람의 덕을 우러러 '감당지애(甘棠之愛)'라고 한다. 주(周)나라 소공(召公, 召伯)이 촌락을 순행하며 백성들의 소원을 재판한 뒤에 백성들에게 폐를 끼치지 않으려고 팥배나무 아래에서 잤다. 이에 백성들이 그의 덕에 감격하여 그 나무를 소중히 여겼기에 '팥배나무의 사랑'이라는 말이 생겼다.

*) 세류장군(細柳將軍) : 군율을 엄격히 유지한 한나라의 주아부(周亞夫)를 말한다. 세류(細柳)는 지금 중국의 협서성(陝西省) 함양현(咸陽縣) 서남에 있는데, 주아부가 장군이 되어 여기에 주둔하였다. 주아부는 늘 "군영에서는 단지 나의 명령만 따르고 천자의 명령이라 하더라도 절대 듣지 말라."하였기에 진짜로 황제가 왔는데도 군영에 들어갈 수 없었다.[408]

백이중관(百二重關)과 천리검각(千里劍閣)도 이런텃 ᄒ던도

팔만비휴(八萬豼貅)는 계도전행(啓道前行) ᄒ고

삼천철기(三千鐵騎)는 옹후분등(擁後奔騰)ᄒ니

호인부락(胡人部落)이 망풍투항(望風投降)ᄒ야

백두산(白頭山) 나린 물의 일진(一陣)도 업도다

장강(長江)이 천참(天塹)인달 지리(地利)로 혼쟈 ᄒ며

사마정강(士馬精强)혼들 인화(人和) 업시 ᄒ올소냐

시평무사(時平無事)홈도 성인지화(聖人之化)로다

소화(韶華)도 슈이 가고 산수(山水)도 한가(閒暇)홀 제

아니 놀고 어이 홀리

수강정(受降亭)의 비 ᄭᅮ며 압록강(鴨綠江) 니리 져어

연강열진(連江列鎭)은 장긔 버듯 ᄒ엿거늘

호지산천(胡地山川)을 역력(歷歷)히 지니보니

황성(皇城)은 언제 ᄲᅡ며 황제묘(皇帝墓)는 뉘 무덤고

감고흥회(感古興懷)ᄒ야 잔 고쳐 부어라

비파관(琵琶串) 느리 져어 파저강(坡渚江) 건너가니

층암절벽(層巖絶壁) 보기도 죠토다

▸ 현대어 풀이

102중관(重關) 1,000리 검각(劍閣)도 이러 하였던가.

8만 맹수는 훤한 길을 내달리고

3천 철기군들 옹위 속에 달려오니

오랑캐 마을이 그 기세에 투항하여

백두산 내린 물이 거침없이 흐르도다.

장강(長江)이 요새라 한들 지세의 이로움 없이 되며

군사 병마 강하다 한들 인화(人和)없이 가능할까.

평화롭고 무사한 건 성인의 은덕이로다.

젊은 날 쉽게 가고 산수(山水)도 한가할 제

아니 놀고 어찌 하랴.

수강정(受降亭)에 배를 꾸며 압록강 내리 저어

강 따라 들어선 마을 장기 놓듯 하였는데
오랑캐나라 산천을 자세히 살펴보니
황성(皇城)은 언제 쌓고 황제 묘는 뉘 것인가.
옛일 감회 사로잡혀 잔을 고쳐 부었노라.
비파곶 내리 저어 파저강 건너가니
층암절벽이 보기도 좋구나.

구룡(九龍) 쇼의 ᄇᆡ를 ᄆᆡ고 통군정(統軍亭)의 올나가니
대황(臺隍)은 장려(壯麗)ᄒᆞ야 침이하지교(枕夷夏之交)로다
제향(帝鄕)이 어듸ᄆᆡ오 봉황성(鳳凰城) 갓갑도다
서귀(西歸)ᄒᆞ리 이시면 호음(好音)이ᄂᆞ 보ᄂᆡ고져
천배(千盃)에 대취(大醉)ᄒᆞ야 무수(舞袖)를 썰치니
박모한천(薄暮寒天)의 고적성(鼓笛聲)이 지지괸다
천고지형(天高地逈)ᄒᆞ고 흥진비래(興盡悲來)ᄒᆞ니
이 ᄯᅳ히 어듸ᄆᆡ오
사친객루(思親客淚)ᄂᆞᆫ 절로 흘러 모로ᄆᆡ라
서변(西邊)을 다 보고 반패환영(反旆還營)ᄒᆞ니
장부흉금(丈夫胸襟)이 져그ᄂᆞ ᄒᆞ리로다
셜ᄆᆡ라 화표주(華表柱) 천년학(千年鶴)인들
날 가타니 ᄯᅩ 보안난다
어늬제 형승(形勝)을 기록(記錄)ᄒᆞ야 구중천(九重天)의 ᄉᆞ로료
미구(未久) 상달(上達) 천문(天門)ᄒᆞ리라

▸ 현대어 풀이
구룡 소에 배를 매고 통군정에 올라가니
돈대 높고 화려하여 국내외 정세 훤히 볼세.
황제 고향 어디인가 봉황성이 가깝도다.

서쪽으로 가는 이 있으면 좋은 소식 보내고 싶다.

여러 잔에 대취하여 소매 흔들며 춤을 추니

어둑어둑 찬바람에 북 피리 요란하다.

하늘 높고 땅은 멀며 흥 다하면 슬픔 오니

이 땅이 어디인가.

부모 생각 나그네 눈물 절로 흘러내리도다.

서쪽 가를 다 보고서, 깃발 앞에서 감영에 오니

장부의 쌓인 회포 적으나마 풀리었다.

설마하니 화표주의 천년 학이라 한들

날 같은 이 또 보았는가.

언제나 이 형승을 기록하여 임 계신 곳에 사뢸꼬.

오래지 않아 여쭈어 임에게 사뢰리라.

(백광홍, 『기봉집』 권4)[409]

❧ 〈관서별곡〉, 송강의 〈관동별곡〉에 영향을 끼치다

『기봉집』 권4에는 "백광홍(1522~1556)이 1555년에 평안도평사가 되어 관에서 지내면서 민간의 노래를 두루 모아 〈관서곡(關西曲)〉을 지어 왕을 그리워하는 맘과 변경에서의 충성심을 표현했다." 그러나 이듬해 가을에 병이 들어 벼슬을 내놓고 고향으로 가는 도중 음력 8월, 그는 부안에서 삶을 마감했다. 이 작품에는 관서지방의 절경과 생활상·자연풍물 등을 읊었다. 〈관서별곡〉은 정철이 지은 가사 〈관동별곡〉보다 25년이나 앞서 지은 최초의 기행가사로서 후대에 많은 영향을 끼쳤다고 평가한다. 〈관서별곡〉은 관서지방으로 출발하는 것부터 부임지를 순시하기까지의 기행 노정을 운치 있게 그려내어 국문학사상 매우 중요한 가치를 지닌 작품이다.[410] 아래 부분은 백광홍의 〈관서별곡〉과 한시 〈강원도~〉, 〈관동별곡〉에 비슷하게 나타나는 구절을 비교해서 도표로 그린 것이다.

〈관서별곡(關西別曲)〉	강원도 관찰사로 떠나는 임억령을 전송하며(奉送石川按節關東)	〈관동별곡(關東別曲)〉
관서명승지(關西名勝地)예 왕명(王命)으로 보니실시 연조문(延詔門) 너달아 모화고기 너머드니		관동(關東) 팔빅리(八百里)에 방면(方面)을 맛디시니 연츄문(延秋門) 드리드라 경회남문(慶會南門) 브라보며 하직(下直)고 믈너나니 옥절(玉節)이 알픠 셧다
	휘황한 옥절(玉節)이 앞길에 빛나도다.(煌煌玉節輝前途)	
벽제(碧蹄)에 말 가라 임진(臨津)에 빅 건너 영중(營中)이 무사(無事)커늘 산수(山水)를 보랴ᄒᆞ야 반회굴곡(盤回屈曲)ᄒᆞ야 노룡(老龍)이 꼬리치고		평구역(平丘驛) 몰을 ᄀᆞ라 흑슈(黑水)로 도라드니 영듕(營中)이 무亽(無事)ᄒᆞ고 시절이 삼월인 제 천년노룡(千年老龍)이 구비구비 서려이셔
	사선(四仙)은 한번 가고 마침내 소식없고(四仙一去無消息) 양양(襄陽) 현산(峴山) 길엔 꽃이 활짝 피었네(襄陽花發峴山路) 전생에 황정경(黃庭經) 한자를 잘못 베껴 썼지.(前身誤寫黃庭經)	단셔(丹書)는 완연(宛然)ᄒᆞ되 亽션(四仙)은 어딕 가니 샤양현산(斜陽峴山)의 텩툑(躑躅)을 므니불와 황뎡경(黃庭經) 일ᄌᆞ(一字)를 엇디 그릇 닐거 두고

🐚 변방의 경치와 풍속을 임금께 사뢰다

〈관서별곡〉은 가장 먼저 왕명을 받들어 관서 땅으로 부임하는 들뜬 마음을 읊고, 다음엔 벽제나 임진 나루 등 부임지로 가는 도중의 노정과 경치를 노래했다. 다음엔 대동강·부벽루 등 고려의 옛 땅을 지나는 감회를 적고, 또 백상루·철옹성 등 사방의 큰 진과 경관을 팔도의 으뜸이라 감탄한다. 다음엔 약산 동대에 올라 주변의 빼어난 경치를 즐기며 기악(妓樂)을 관람하는 즐거움을 읊조리고, 다음엔 배 고개에 올라 장백산을 굽어보며 인화하고 태평무사한 세월에 대한 안도감을 노래하였다. 다음엔 압록강 부근에서 다시 옛 생각 감회에 젖어 잔 부어 즐기는 모습을 담았고 마지막엔 조선 서쪽 변방의 빼어난 경치와 평온한 풍속을 두루 살핀 감회를 임금께 사뢰고자 하는 포부로 마무리하고 있다.

관서별곡 시가비(전남 장흥군 안양면 기산리 65)

백광홍의 문집 발문에는 "<관서별곡> 한 수에는 (서쪽) 국경 부근의 빼어난 형세가 자세히 실려 있고, 관서 평사로 있을 때의 실제 자취인 까닭에 언문임을 무릅쓰고 전별하는 글의 끝에 부록으로 실었다. 꼼꼼한 심려와 충성하고 애국하는 정성의 대략을 볼 수 있을 것"[411]이라 하였다. <관서별곡>이 백성들의 삶과 그 공간을 면밀히 살펴 선정에의 포부를 다지고 임금께 고하여 바르게 이끌고자 하는 포부를 묘사한 때문에 이와 같이 평했을 것이다. 표현의 면에 대해서는 "<관서별곡>은 말의 운치가 호방하고 굳세고 담긴 뜻이 빼어나 그 사람됨을 떠올려 볼 수 있는 작품"[412]으로서 16세기 우리말 표현의 아름다움이 뛰어나게 구현된 작품으로[413] 일컬어지고 있다.

◎ 〈亽미인곡(思美人曲)〉   정철(1536~1593)

이몸 삼기실 제 님을 조차 삼기시니
혼싱 연분(緣分)이며 하늘 모룰 일이런가
나 ᄒᆞ나 졈어 잇고 님 ᄒᆞ나 날 괴시니
이 ᄆᆞ음 이 스랑 견줄 ᄃᆡ 노여*) 업다

▶ 현대어 풀이
이 몸 태어나길 임을 따라 하였으니
한평생 이 연분을 하늘도 알건마는
나 하나 아직 젊고 님 하나 날 괴시니
이 마음 이 사랑 견줄 데 다시없다.

*) 노여 : ᄂᆞ외다, 다시(再, 復), 거듭하여

평ᄉᆡᆼ(平生)애 원(願)ᄒᆞ요ᄃᆡ ᄒᆞᆫᄃᆡ 녜쟈 ᄒᆞ얏더니
늙거야 므ᄉᆞ 일로 외오 두고 글이ᄂᆞᆫ고
엇그제 님을 뫼셔 광한전(廣寒殿)*)의 올낫더니
그 더ᄃᆡ*) 엇디ᄒᆞ야 하계(下界)예 ᄂᆞ려오니
올 적의 비슨 머리 얼킈연디 삼년(三年)이라

▸ 현대어 풀이

평생에 원하기를 함께 살자 하였는데
늙어서 무슨 일로 따로 두고 그리는가?
엇그제 임을 모시고 광한전에 올랐는데,
그 사이에 어찌하여 하계로 내려왔나!
올 때에 빗은 머리 헝클린 지 삼년일세.

*) 광한전(廣寒殿) : 광한부(廣寒府) – 달의 궁전, 달의 서울(月宮殿, 廣寒宮), 임금이 계신 궁궐
*) 더ᄃᆡ : 덛+ᄋᆡ, 덧(얼마 안 되는 짧은 시간), "아니 한 더데 차반이 ᄌᆞ모 진귀(珍貴)ᄒᆞ니(俄頃羞頗珍)"(初刊本『杜詩諺解』8:55)

연지분(臙脂粉) 잇ᄂᆡ마ᄂᆞᆫ 눌 위ᄒᆞ야 고이*) ᄒᆞᆯ고
ᄆᆞ음의 ᄆᆡ친 실음 텹텹(疊疊)이 빠혀 이셔
짓ᄂᆞ니 한숨이오 디ᄂᆞ니 눈믈이라
인ᄉᆡᆼ(人生)은 유한(有限)ᄒᆞᆫᄃᆡ 시름도 그지*) 업다
무심(無心)ᄒᆞᆫ 셰월(歲月)은 믈흐ᄅᆞ ᄃᆞᆺ ᄒᆞᄂᆞᆫ고야

▸ 현대어 풀이

연지분 있지마는 누굴 위해 곱게 할까!
마음에 맺힌 시름 겹겹이 쌓여 있어
짓나니 한숨이요, 흐르는 건 눈물이라.
인생은 유한한데 시름은 끝이 없다.
무심한 세월만 물 흐르듯 하는구나.

*) 고이 : 곱게, 여자가 화장할 때 양쪽 뺨에 찍는 홍분(紅粉)
*) 그지 : 끝, 한(限)

염냥(炎凉)*)이 ᄯᅢ를 아라 가ᄂᆞᆫ ᄃᆞᆺ 고텨 오니
듯거니 보거니 늣길 일도 하도 할샤
동풍(東風)이 건듯 부러 젹셜(積雪)을 헤텨

▸ 현대어 풀이

계절은 때를 알아 가는 듯 다시 오니
듣거니 보거니 느낀 일도 많고 많다.

내니
창(窓)밧긔 심근 미화(梅花) 두세 가지 피
여셰라
ᄎᆞ득 닝담(冷淡)ᄒᆞ더 암향(暗香)*)은 므스
일고

동풍이 얼핏 불어 쌓인 눈 녹여내니
창 밖에 심은 매화 두세 가지 피었구나.
잔뜩 싸늘한데 그윽한 향내를 풍기누나.

*) 염냥(炎涼) : 더움과 서늘함, 기후의 변화, 세력의 성함과 약함, 인정의 후함과 박함
*) 암향(暗香) : 그윽한 향기, 아담스런 맛과 취미(雅趣)

식영정(息影亭) 오르는 길에 핀 상
사화(相思花)

황혼(黃昏)의 ᄃᆞᆯ이조차 벼마티*) 빗최니
늣기ᄂᆞᆫ*) ᄃᆞᆺ 반기ᄂᆞᆫ ᄃᆞᆺ 님이신가 아니신가
뎌 미화(梅花) 것거 내여 님 겨신ᄃᆡ 보내오져
님이 너를 보고 엇더타 너기실고
ᄭᅩᆺ 디고 새닙 나니 녹음(綠陰)이 ᄭᆞᆯ렷ᄂᆞᆫᄃᆡ
나위(羅幃)*) 적막(寂寞)ᄒᆞ고 슈막(繡幕)*)이 븨여 잇다
부용(芙蓉)*)을 거더 노코 공쟉(孔雀)*)을 둘러 두니
ᄎᆞ득 시름 한ᄃᆡ 날은 엇디 기돗던고

▶ 현대어 풀이

황혼에 달까지 머리맡을 비추오니
알아채는 듯 반기는 듯, 임이신가 아니신가?
저 매화 꺾어 내어 임 계신 데 보내고자.
임이 너를 보고 어떻게 여기실까.
꽃 지고 새 잎 나니 녹음이 깔렸는데,
비단 휘장 안 적막하고, 수놓은 장막 비어 있네.
연꽃 장막 걷어 놓고, 공작 병풍 둘러 두니,
잔뜩 걱정 많은데 날은 왜 이리 길던고?

*) 벼마티 : 베갯맡, 머리맡
*) 늣기다(感) : 깨닫다, 알아채다.
*) 나위(羅幃) : 엷은 비단으로 만든 휘장, *) 수막(繡幕) : 수를 놓은 장막
*) 부용(芙蓉) : 부용장(芙蓉帳), 연꽃을 수놓은 장막(휘장)
*) 공작(孔雀) : 공작을 그린 병풍

원앙금(鴛鴦錦) 버혀 노코 오식션(五色線) 플텨내여 금자히 견화이셔*) 님의 옷 지어내니 슈품(手品)은 크니와 졔도(制度)도 フ줄시고 산호슈(珊瑚樹) 지게 우희 백옥함(白玉函)의 다마 두고 님의게 보내오려 님 겨신디 브라보니 산(山)인가 구룸인가 머흐도 머흘시고*)	▶ 현대어 풀이 원앙 비단 잘라 놓고 오색실 풀어내어, 금자(金尺)로 재단하여 임의 옷을 만드니 솜씨는 좋거니와 마름질도 정확하구나! 산호가지 지게 위에 옷상자를 담아두고 임에게 보내려고 임 계신 데 바라보니, 산인가 구름인가 험하기도 험하도다.

*) 견호다 : 겨누다, 계산하다[校, 裁]
*) 머흐도 머흘시고 : 험하기도 험하구나[險, 澁], '산'과 '구름'은 임과 나의 만남을 가로막는 장애물/<속미인곡>의 "구름, 안개, 물결, 바람"의 역할과 같다.

쳔리만리(千里萬里) 길흘 뉘라셔 차자갈고 니거든*) 여러 두고 날인가 반기실가 하ᄅᆞᆷ밤 서리 김의 기러기 우러 녤 제 위루(危樓)*)에 혼자 올나 슈졍념(水晶簾) 거든마리 동산(東山)의 둘이 나고 북극(北極)의 별이 뵈니 님이신가 반기니 눈믈이 절로 난다	▶ 현대어 풀이 멀고도 먼 길을 그 누가 찾아갈까? 가거든 열어 두고 나라고 반기실까. 어느 날 밤 서리 기운에 기러기 울며 갈 제 높은 누각에 홀로 앉아 수정 발을 걷으니 동산에 달이 뜨고 북극에 별이 뵈니 임처럼 여겨져 눈물이 절로 난다.

*) 니거든 : 가거든. '니다'는 '가다(往, 行)'.
*) 위루(危樓) : 높은 누각(高閣, 危閣)

송강정의 사미인곡(思美人曲) 비석(전남 담양군 고서면 송강정로 232)

청광(淸光)*)을 쥐여 내여 봉황누(鳳凰樓)의 븟티고져
누(樓) 우희 거러 두고 팔황(八荒)*)의 다 비최여
심산궁곡(深山窮谷) 졈 낫ㄱ티 밍그쇼셔
건곤(乾坤)이 폐식(閉塞)ㅎ야 빅셜(白雪)이 혼 빗친 제
사롬은 크니와 놀새도 긋쳐 잇다
쇼상남반(瀟湘南畔)*)도 치오미 이러커든
옥누(玉樓) 고쳐(高處)야 더옥 닐러 므슴ㅎ리

▶ 현대어 풀이
맑은 달빛 피워내어 봉황루에 붙이고자,
누각 위에 걸어 온 세상 다 비추어
두메산골까지 낮처럼 만들어 주소서.
천지가 추위에 얼고 흰 눈이 가득한 제
사람은 물론이고 새들도 기척이 없네.
남쪽 지방도 이렇게나 추운데,
임 계신 궁궐이야 말하여 무엇 하랴?

*) 청광(淸光) : 맑은 빛, 달빛, 귀인(貴人)의 맑은 풍채를 비유적으로 이름
*) 팔황(八荒) : 팔방(八方)의 끝, 먼 곳까지
*) 쇼상남반(瀟湘南畔) : 소수(瀟水)와 상수(湘水), 중국 호남성(湖南省) 동정호 남쪽 가, 전라남도 창평을 이에 비유함

양츈(陽春)을 부쳐 내여*) 님 겨신디 쏘이고져
모쳠(茅簷) 비쵠 히롤 옥누(玉樓)의 올리고져

▶ 현대어 풀이
봄볕을 훔쳐내어 임 계신 데 쏘이고자,
처마에 비친 해를 임 계신 데 올리고자,
붉은 치마 여미고 소매를 반쯤 걷어

홍샹(紅裳)을 니믜 츠고 취슈(翠袖)롤 반(半)만 거더
일모슈듁(日暮脩竹)의 혬가림도 하도 할샤
댜론 히 수이 디여 긴 밤을 고초 안자
쳥등(靑燈) 거른 겻틔 뎐공후(鈿箜篌)*) 노하 두고
꿈의나 님을 보려 턱 밧고 비겨시니
앙금(鴦衾)도 츠도 출샤 이 밤은 언제 샐고

해질 녘 긴 대 보며 근심도 많구나.
짧은 해 쉽게 져서 긴 밤에 곧추 앉아
푸른 등 걸어둔 곁에 화려한 공후 놓아두고
꿈에서나 임 보려고 턱을 괴고 기대보니
원앙 이불 차가운데, 이 밤이 언제 샐꼬?

*) 부쳐 내여 : 부티다, 유(留)하게 하다[留, 貼]
*) 뎐공후(鈿箜篌) : 나전 자개로 꾸민 공후

ㅎᄅ도 열두 째 ᄒᆞ 돌도 셜흔 날
져근덧 싱각마라 이 시름 닛쟈 ᄒᆞ니
ᄆᆞ옴의 미쳐 이셔 골슈(骨髓)의 쩨텨시니*)
편쟉(扁鵲)*)이 열히 오다 이 병을 엇디ᄒᆞ리
어와 내 병이야 이 님의 타시로다

▶ 현대어 풀이
하루 열 두 때 한 달 서른 날
잠시라도 생각 말고 이 시름 잊으려니
마음에 맺혀 있고 골수를 뚫었으니
천하 명의(名醫) 열이 온들 이 병을 어찌하리?
어와 내 병이야 다 임의 탓이로다.

*) 쩨텨시니 : 쩨티다, 꿰찌르다, 뚫다[突, 衝, 穿]
*) 편쟉(扁鵲) : 춘추시대의 명의, 진월인(秦越人)

출하리 싀어디여*) 범나븨 되오리라
곳나모 가지마다 간ᄃᆡ죡죡 안니다가
향 므든 ᄂᆞᆯ애로 님의 오시 올므리라
님이야 날인 줄 모ᄅᆞ셔도 내 님 조추려 ᄒᆞ

▶ 현대어 풀이
차라리 죽어서 범나비로 태어나
꽃나무 가지마다 간 데마다 앉았다가
향 묻은 날개로 임의 옷에 내려앉아,

노라	임이야 날인 줄 모르셔도 내 임 좇아 살리라
	(성주본 『松江歌辭』)

*) 싀어디다 : 물 새듯이 없어지다[泄], 멸하다, 없어지다.

☙ 군신 간의 연정(戀情)에 충직과 결백과 근심을 담다

조선시대 사림(士林)들은 훈구대신을 대신하여 중앙의 정치 무대에서 주도권을 장악하게 되었다. 그러나 그들 사이에서도 강경파와 온건파의 대립이 생기게 되었고, 이 대립이 마침내 붕당을 낳기에 이르렀다. 먼저 김효원(金孝元) 중심의 신진 사림들이 명종비(明宗妃)의 동생인 심의겸(沈義謙)을 척신으로 몰아 배척하였다. 그런데 심의겸은 평소 사림을 옹호하여 왔으므로, 그의 후원을 받은 사람들은 김효원을 지나치게 과격한 것으로 보고 심의겸을 두둔하는 입장을 취하였다.

이러한 두 파의 대립이 전랑 임명을 에워싼 대립으로 표면화되어, 김효원 동 신진사료는 동인(東人), 심의겸을 중심으로 한 기성 관료는 서인(西人)이라 하여 동서의 분당이 생기게 되었다.[414] 정철은 이 둘 가운데 소수파인 서인에 속해 있었는데, 정철 또한 사간원의 탄핵 간청을 받았다. 이 탄핵에 대하여 선조는 정철을 다음과 같이 두둔하였다.

> "정철의 사람됨에 있어서는 마음이 바르고 행실이 방정한데, 다만 말이 너무 곧바르기 때문에 시속에 용납을 받지 못하고 남에게 미움을 산 것이다. 그러나 자기가 맡은 직책에 있는 힘을 다하는 것과 청백하고 충성스러운 절의에 대하여는 초목(草木)도 그의 이름을 알 정도여서 참으로 조정 대신 중에서의 한 마리 독수리요 전상(殿上)에서의 맹호(猛虎)라고 해야 할 것이다. … 지금의 계책으로는 정철을 배척하지 말고 동서(東西)도 거론하지 말며 이미 지나간 일은 일체 말하지 않는 것이 최고의 방법으로, 그리하면 굳이 진정시키려 하지 않아도 자연 화평(和平)하게 될 것이다. 그렇지 않으면 앞 수레가 넘어진 것을 뒤에서 따르게 될 것이다."[415]

선조는 정철이 청백하고 절의를 갖추었는데, 마음이 바르고 행실이 방정하다보니 시속에 용납을 받지 못했을 뿐이라고 했다. 그러니 붕당을 만들지 말고 화평하게 지내라고 명령했다. 그러나 간관들의 반격은 만만치 않았다.

"예조 판서(禮曹判書) 정철(鄭澈)은 원래가 강직하고 편협하며 남의 재능을 시기하는 사람으로서 기세를 잃은 후로 울분과 감정을 억누르지 못하고 불평한 기색이 많았었습니다. 그리하여 이리 얽고 저리 얽어 시끄러움을 선동하여 사류(士類)를 분열시켰고 또 기회만 있으면 모함을 일삼아 조금도 거리낌이 없었습니다. 그 사람의 마음 쓰는 것과 생각하는 것을 보면 반드시 고관들에게 화를 입혀 자기 분풀이를 하고야 말겠다는 것으로, 그러한 그의 정상이 이미 드러나 사람마다 모두 통분해 하고 있습니다. 지금 전하께서는 물의를 진정시키는 데 힘쓰고 계시지만, 그 사람이 조정에 있는 한 남 모르게 교묘한 술책을 써 시끄러움을 야기 시킬 난계(亂階)가 될 것입니다. 파직을 명하여 그의 죄를 바로잡으소서."[416]

간관들은 정철이 울분과 감정을 억누르지 못하고 불평한 기색을 보이며, 이리 얽고 저리 얽어 시끄러움을 선동하여 선비의 무리들을 분열시키고, 기회만 있으면 모함을 일삼아 고관들에게 화를 분풀이하고자 하는 인물이라고 극렬히 비판하면서 그 사람이 조정에 있는 한 교묘한 술책이 난무할 것이라 예단하면서 파직을 명하여 죄를 바로잡으라고 공격하고 있다. 나아가

"전하께서 정철을 청백하고 충성스러우며 정직하다고 하시면서 전상의 맹호라고까지 말씀하셨는데 … 애당초 심의겸과 결탁했던 자가 그였고 세력을 잃고 나서 불평불만을 품고 진신(縉紳)을 이리 저리 죄를 얽었던 자도 그였으며, 이이가 마지못해 분소(分疎)하여 결국 사류(士類)들이 대립되게 만들었던 것도 역시 그가 한 것입니다. 이제 사사로운 감정을 품고 그것을 풀기 위한 마음으로 기회를 이용하여 모함하려는 계책을 꾸미고 있으니, 모르겠습니다만 정직한 사람 훌륭한 군자(君子)도 차마 그러한 일을 할 수 있는 것입니까.", "다만 성상의 선입견이 정철이 시배(時輩)들을 대놓고 잘 배격한다 하여, 그것을 좋아하시기 때문에 그 사람 심술이 바르지 못한 점은 보지 못하신 것입니다. 신들이 성상의 마음을 열어 인도하여 간사한 무리를 억제하여 조정을 맑게 하지 못하였으니 그 죄 만 번 죽어 마땅합니다. 속히 신들을 파척(罷斥)하소서."[417]

라고 역공한 것은 이제 반론을 넘어 결사항쟁에 가깝다. 선조가 정철을 청백하고 충성스럽고 정직하다고 옹호하는 시각이 잘못이고, 그 선입견 때문에 정철의 심술

이 바르지 못한 점을 보지 못한다며, 차라리 임금을 바른 길로 이끌지 못한 자신들을 내치라고까지 강력히 밀어붙이니 하는 말이다. 논박을 당하자 정철은 여러 번에 걸쳐 사직을 청하였지만 선조는 "경은 별로 잘못이 없다. 언관(言官)의 일시적인 말이니 마음에 둘 것이 없다. 속히 나와 직무를 수행하라."라며[418] 윤허하지 않았다. 정철은 이후 선조 18년(1585년)부터 판돈녕부사로 복귀하는 선조 22년(1589년)까지 창평(昌平)에 물러나 있었으니 <사미인곡>은 이 당시에 지어진 작품이다.

송강정(松江亭)(전남 담양군 고서면 송강정로 232)

"송강의 전후 <미인사(美人詞)>는 우리말로 지은 것인데, 내쳐져서 향촌으로 내려온 수심에 가득 찼기 때문에 임금과 신하가 만나고 헤어지는 일을 남녀 간의 사랑과 미움에 견주었다. 그 속마음은 충성스럽고, 그 뜻은 깨끗하고 반듯하며, 그 절개는 곧고, 그 가사는 고아하고 곡진하며, 그 느낌은 슬프고 바르니 거의 굴원(屈原)의 이소(離騷)에 짝 지을 수 있다."[419] 하였다. <이소>에서 이(離)는 만남(罹), 소(騷)는 우(憂)이다. 근심을 만난다는 뜻이다. 초나라의 굴원이 지은 부(賦) 이름인데, 참소를 당하여 궁정에서 쫓겨나 충신의 격정을 읊은 작품이다.

맨 처음에는 임과 나의 연분은 하늘이 내신 것으로 그 어디에도 견줄 데 없다고 강조하고, 맨 끝에는 임이야 내 마음 알아주지 않더라도 나는 변함없는 마음으로 임을 따르겠다고 하였다. 다음으로 평생토록 함께 살기를 원했었는데, 지금은 임을 광한전에 두고 속세로 내려왔다고 임과 나의 이별 상황을 적었다. 이후엔 절절한 '그리움'을 묘사하였다. 동산의 달과 북극의 별을 보고도 임의 모습이 떠올라 눈시울이 뜨거워지는 것도 연정이요, 매화와 봄볕과 햇볕 한줌, 옷가지를 임에게 보내고자 하는 마음도 깊은 사랑에서 나오는 행동이다. "남쪽 지방도 이렇게나 추운데,/임 계신 궁궐이야 말하여 무엇 하랴?" 하고 순간순간 임을 걱정하는 것 또한 연인 간에 있을 법한 사랑이요 그리움이요 애틋함이다. 한순간도 생각나지 않는 때가 없고, 내가 가진 모든 좋은 것을 전해주고 싶은 마음은 이 같은 마음에서 비롯하는 것이니 하는 말이다. <사미인곡>은 임금과 신하의 이별을 남녀 간의 사랑에 견주어, 자신의 충성과 절개와 걱정스럽고 곡진한 마음을 전달하고자 하였다.

"우리나라의 가사 가운데 정송강의 전후사미인곡이 가장 빼어나다. 일찍이 들으니 김청음(金淸陰)이 이 가사 듣기를 가장 좋아하여 집안 여종들에게 다 외우고 익히게"[420] 하고, 허균이 "정송강은 우리말 노래를 잘 지었으니 <사미인곡>은 맑고 씩씩하여 매우 들을 만하다. 비록 사특하다 하여 배척하는 자들도 있지만 문장과 풍류는 감출 수 없다."[421] 하여 사람들이 그를 아낀 것도 작품의 빼어난 묘사와 비유 때문일 것이다. 김만중은 "어떤 사람이 <관동별곡>과 <사미인곡>을 한시로 번역했지만, 아름답게 될 수가 없었다.", "하물며 세 편의 별곡(別曲)은 천지조화의 심오한 비밀이 저절로 발하고, 이속(夷俗)의 비리(鄙俚)함도 없어, 우리나라의 참된 문장은 이 세 편뿐이다."[422]라고 극찬하였다.

◎ 〈성산별곡(星山別曲)〉   정철(鄭澈, 1536~1593)

> 엇던 디날 손이 성산(星山)*의 머믈며셔
> 셔하당(棲霞堂) 식영뎡(息影亭) 쥬인(主人)아 내 말 듯소
> 인싱(人生) 세간(世間)의 됴흔 일 하건마는
> 엇디혼 강산(江山)을 가디록 나이녀겨
> 젹막(寂寞) 산듕(山中)의 들고 아니 나시는고

▶ 현대어 풀이
어떤 나그네가 성산(星山)에 머물면서
서하당(棲霞堂) 식영정(息影亭) 주인아 내 말 들으오
인생 세상에 좋은 일 많건마는
어찌하여 강산을 갈수록 좋게 여겨

적막한 산속에 들어 어찌 아니 나오시나?

*) 성산(星山) : 전남 담양군

> 숑근(松根)*)을 다시 쓸고 듁상(竹床)*)의 자리 보와
> 져근덧 올라 안자 엇던고 다시 보니
> 텬변(天變)에 쩐는 구름 셔셕(瑞石)을 집을 사마
> 나는 듯 드는 양이 쥬인(主人)과 엇더ᄒᆞᆫ고
> 창계(滄溪) 흰 믈결이 뎡ᄌᆞ(亭子) 알픠 둘러시니
> 텬손운금(天孫雲錦)*)을 뉘라셔 버혀 내여
> 닛는 듯 펴티는 듯 헌ᄉᆞ토 헌ᄉᆞ홀샤

▶ 현대어 풀이

송근(松根)을 다시 쓸고 죽상(竹床)에 자리 보아
잠깐사이 올라 앉아 어떠한가 다시 보니
하늘가 뜬구름이 서석대(瑞石臺) 집을 삼아
나는 듯 드는 모양 주인과 어떠한고?
푸른 내 흰 물결이 정자 앞에 둘렀으니
직녀가 짜낸 비단 뉘라서 잘라 내어
잇는 듯 펼치는 듯 곱게도 만들었네.

식영정(息影亭)(전남 담양군 남면 지곡리 산75-1)
옆으로 광주호가 보인다.

*) 송근(松根) : 소나무 밑동
*) 죽상(竹床) : 대나무 평상
*) 천손운금(天孫雲錦) : '천손(天孫)'은 직녀성
　　(織女星)의 다른 이름. '운금(雲錦)'은 구름
　　같은 비단. 직녀가 짠 아름다운 비단.

산듕(山中)의 칙녁(冊曆) 업서 수시(四時)룰 모릭더니
눈 아래 헤틴*) 경(景)이 철철이 절로 나니*)
듯거니 보거니 일마다 션간(仙間)이라
미창(梅窓) 아젹 빗히 향긔(香氣)예 줌을 씨니
산옹(山翁)*)의 히올 일이 곳 업도 아니ᄒ다
울밋 양지(陽地)편의 외씨를 쎄허*) 두고
민거니 도도거니 빗김의 달화*)내니
쳥문고ᄉ(靑門故事)*)룰 이제도 잇다 ᄒ다

▶ 현대어 풀이

산 속에 달력 없어 사시(四時)를 몰랐는데,
눈 아래 펼친 경치 철철이 더욱 좋아
보는 것 듣는 것이 모두다 신선 세계
매화 창 아침 볕, 향기에 잠을 깨니
산사람 하올 일이 전혀 없진 아니하다.
울밑 양지 편에 외씨를 뿌려두고
매고 돋우고 비온 김에 다루니
청문의 옛 일이 이제도 있다 하리.

*) 헤틴 : 헤티다(散, 攤) *) 나니 : 드러나다(露)
*) 산옹(山翁) : 산에 사는 늙은이
*) 쎄허 : 쎌다(撒種), 뿌려
*) 달화 : 달호다(使), 다루다.
*) 청문고사(靑門故事) : 청문의 옛 일. '청문'은 패성문(霸城門),
   장안성(長安城)의 동남문으로 그 빛이 푸른 데서 유래하였
   는데, 소평(邵平)이 청문 밖에 외를 심었기 때문에 이를 '청
   문과(靑門瓜)'라 칭하였다.

부용당(식영정 옆, 전남 담양군
남면 지곡리)

> 망혜(芒鞋)롤 비야*) 신고 듁댱(竹杖)을 훗더디니
> 도화(桃花) 픤 시내길히 방초쥬(芳草洲)*)에 니어셰라
> 닷*) 봇근 명경듕(明鏡中) 절로 그린 셕병풍(石屛風)
> 그림재 버을 삼고 새와로 흠끠 가니
> 도원(桃源)은 여긔로다 무릉(武陵)은 어디메오

▶ 현대어 풀이

짚신을 죄어 신고 대지팡이 흩어 디뎌
시냇가에 도화 피고 꽃다운 풀 무성해라.
맑디맑은 냇물에 절로 비친 돌병풍
그림자 친구삼아 서하(西河)로 함께 가니
선경(仙境)은 여기로다 무릉은 어디인고

*) 뵈야 : 서두르다(促)

*) 방초주(芳草州) : 꽃다운 풀이 우거진 물가, 여기서는 식영정 부근의 아름다운 경치

*) 닷 : 닷ㄱ다, 닦다.

> 남풍(南風)이 건듯 부러 녹음(綠陰)을 헤텨 내니
> 졀(節)*) 아는 괴꼬리는 어디로셔 오돗던고
> 희황(羲皇)*)벼개 우희 풋줌을 얼픗 씨니
> 공듕(空中) 저즌*) 난간(欄干)믈 우희 떠 잇고야

▶ 현대어 풀이

갑자기 남풍 불어 녹음을 헤쳐 내니
계절 아는 꾀꼬리 어디에서 날아왔나?
수놓은 베개 위에 풋잠 얼핏 들었다가
공중으로 젖혀진 난간, 물 위에 떠 있구나.

서하당(棲霞堂. 식영정 옆, 전남 담양군 남면 지곡리). 김성원(金成遠)이 자신의 호를 따서 이름 붙였다.

마의(麻衣)롤 니믜 츠고 갈건(葛巾)을 기우 쓰고
구부락 비기락 보는 거시 고기로다
ᄒᆞᄅᆞ밤 비ᄭᅴ운의 홍빅년(紅白蓮)이 섯거 픠니
ᄇᆞ람ᄭᅴ 업시셔 만산(萬山)이 향긔로다
념계(濂溪)롤 마조 보와 태극(太極)을 뭇ᄌᆞᆸᄂᆞᆫ 둧
태을진인(太乙眞人)이 옥자(玉字)롤 혜혓ᄂᆞᆫ 둧
노ᄌᆞ암(鸕鷀巖) 건너 보며 ᄌᆞ미탄(紫微灘) 겨틔 두고
댱숑(長松)을 차일(遮日)사마 셕경(石逕)의 안자ᄒᆞ니
인간(人間) 뉵월(六月)이 여긔ᄂᆞᆫ 삼츄(三秋)로다

▶ 현대어 풀이

삼베옷 걸쳐 입고 갈포두건 기울여 쓰고
구부렸다 기댔다 보는 것이 고기로다.
하룻밤 비 기운에 홍백 연꽃 섞어 피니
바람 불지 않아도 온 산에 향기 가득
주염계(周濂溪) 마주 보며 세상 이치 여쭈는 듯
하늘의 천신(天神)이 신선의 글자 헤치는 듯
노자암(鸕鷀巖) 건너보며 개울을 곁에 두고

큰 소나무 그늘 삼아 돌길에 앉아보니
인간 세상 여섯 달이 여기선 삼 년이라

청강(淸江)의 썻는 올히 빅사(白沙)의 올마 안자
빅구(白鷗)롤 벗을 삼고 줌 씰 줄 모르느니
무심(無心)코 한가(閑暇)ㅎ미 쥬인(主人)과 엇더ㅎ고
오동(梧桐) 서리 돌이 스경(四更)의 도다 오니
천암만학(千巖萬壑)이 낫인둘 그러홀가
호쥐(湖洲) 슈정궁(水晶宮)을 뉘라셔 옴겨 온고
은하(銀河)롤 쒸여 건너 광한전(廣寒殿)의 올랏는 둣
짝 마존 늘근 솔란 죠대(釣臺)예 셰여 두고
그 아래 빈롤 씌워 갈대로 더져 두니
홍뇨화(紅蓼花) 백빈쥐(白蘋洲) 어느 스이 디나관더
환벽당(環碧堂) 농(龍)의 소히 빈앏픠 다핫느니

▶ 현대어 풀이
청강에 뜬 오리 흰 모래에 옮겨 앉아
갈매기 벗을 삼고 잠 깰 줄을 모르나니
걱정 없는 한가로움 주인과 어떠한가.
오동나무 사이로 달이 깊은 밤에 돋아 오니
기괴(奇怪) 암석 산골짜기 낮보다 환하도다.
서호(西湖) 수정궁을 누가 옮겨왔나.
은하수 뛰어 건너 달의 궁전 올라온 듯
한 쌍의 늙은 솔을 낚시터에 세워 두고
그 아래 배를 띄워 제 갈 데로 던져두니
붉은 여뀌 흰 마름 어느 새에 지났기에
환벽당 용소에 뱃머리가 닿았구나.

식영정(息影亭) 뒤편 〈성산별곡〉 시가 비석(전남 담양군 남면 지곡리 산 75-1)

쳥강(淸江) 녹초변(綠草邊)의 쇼 머기는 아희들이

어위롤 계워 단뎍(短笛)을 빗기 부니

믈 아래 줌긴 뇽(龍)이 줌 찌야 니러날 둣

닛긔예 나온 학(鶴)이 제 기술 부리고 반공(半空)의 소소 뜰 둣

소션젹벽(蘇仙赤壁)은 츄칠월(秋七月)이 됴타 호디

팔월(八月) 십오야(十五夜)롤 모다 엇디 과호는고

셤운(纖雲)이 스권(四捲)호고 믈결이 채 잔 적의

하늘의 도든 돌이 솔 우히 올라시니

잡다가 싸딘 줄이 뎍션(謫仙)이 헌스홀샤

공산(空山)의 싸힌 닙흘 삭풍(朔風)이 거두 부러

쪠구름 거느리고 눈조차 모라오니

텬공(天公)이 호시로와 옥(玉)으로 곳즐 지어

▶ 현대어 풀이

맑은 강 푸른 풀에 소 먹이는 아이들이

흥에 겨워서 피리를 비껴 부니

물 아래 잠긴 용이 잠 깨어 일어날 듯

안개 속에 나온 학이 제 둥지 버려두고 공중에 솟아 뜰 듯

소식의 적벽부는 추 7월에 좋다 하되

8월 15일 밤에 함께 어찌 과흐는고

비단 구름 흩어지고 물결이 잠잠할 때

하늘에 돋은 달이 솔 위에 떴으니

잡다가 빠진 달이 이태백이 야단스럽다.

공산에 쌓인 잎을 삭풍이 휩쓸어 불어

떼구름 거느리고 눈조차 몰아오니

조물주 호사로워 옥으로 꽃을 지어

우거진 수풀을 꾸며 내었구나.

압 여흘 ᄀ리 어러 독목교(獨木橋) 빗겻ᄂᆞᆫ디

막대 멘 늘근 중이 어니 뎔로 간닷말고

산옹(山翁)의 이 부귀(富貴)ᄅᆞᆯ ᄂᆞᆷᄃᆞ려 헌ᄉᆞ마오

경요굴(瓊瑤窟) 은세계(隱世界)ᄅᆞᆯ ᄎᆞ즐이 이실셰라

산듕(山中)의 벗이 업서 황권(黃卷)ᄅᆞᆯ ᄡᅡ하 두고

만고인믈(萬古人物)을 거ᄉᆞ리 혜여ᄒᆞ니

셩현(聖賢)은 ᄏᆞ니와 호걸(豪傑)도 하도 할샤

하ᄂᆞᆯ 삼기실 제 곳 무심(無心) ᄒᆞᆯ가마ᄂᆞᆫ

엇디ᄒᆞᆫ 시운(時運)이 일락배락 ᄒᆞ얏ᄂᆞᆫ고

▶ 현대어 풀이

앞 여울 가로 질러 외나무다리 비꼈는데,

막내 맨 늙은 중이 어느 절로 갔단 말인가.

산속 늙은이의 이 부귀를 남들에게 말하지 마오

성산(星山)의 숨은 세계 찾을 이 있을까봐

산중에 벗이 없어 누른 책을 쌓아두고

역사의 인물을 거슬러 헤아리니

성현(聖賢)도 많거니와 호걸도 많기도 하다.

하늘이 생기실 때 뜻이 없을까마는

어찌하여 시운이 생길락 말락 하였는가.

모롤 일도 하거니와 애둛옴도 그지업다

긔산(箕山)의 늘근 고블 귀는 엇디 싯돗던고*)

일표(一瓢)룰 썰틴 후(後)의*) 조장*)이 더옥 놉다

인심이 눗 궃투야*) 보도록 새롭거늘

셰스(世事)는 구롬이라 머흐도 머흘시고

엇그제 비즌 술이 어도록 니건느니

집거니 밀거니 슬크장 거후로니

므음의 미친 시름 져그나 흐리느다

거믄고 시욹 언저 풍입숑(風入松) 이야고야

손인동 쥬인(主人)인동 다 니저 브려셰라

댱공(長空)의 쩟는 학(鶴)이 이 골의 진션(眞仙)이라

요디(瑤臺) 월하(月下)의 힝혀 아니 만나산가

손이셔 쥬인(主人)드려 닐오디 그디 건가 흐노라

(성주본 『송강가사(松江歌辭)』)

▶ 현대어 풀이

모를 일도 많거니와 애달픔도 끝이 없다.

기산(箕山) 늙은 허유(許由) 귀는 어찌 씻었던가.

박 바가지 던진 후에 지조가 가장 높다.

사람 마음 각기 달라 볼수록 새롭거늘

세상사 구름이라 험하기도 험하구나.

엊그제 빚은 술이 얼마나 익었는가.

집거니 밀거니 실컷 기울이니

마음에 맺힌 시름 그나마 풀리도다.

거문고 현에 얹어 풍입송을 부르노라.

손님인지 주인인지 다 잊어버렸구나.

허공에 뜬 학이 이 골짜기 신선이라.

요대(瑤臺) 달 아래에 행여 아니 만나시나.

손이 주인더러 말하기를 행여 그인가 하노라.

*) "기산(箕山)의 늘근 고블 귀는 엇디 싯돗던고" : 중국 요임금 때, 허유(許由)는 기산(箕山)에 숨어 살다가 천하를 넘겨주겠다는 요임금의 말을 듣고 영수(潁水)에 귀를 씻었다. 소부(巢父)도 요 임금의 양위(讓位)를 받지 않고, 나무 위에 집을 짓고 살았다. 그리하여 이 둘은 은자(隱者)의 대명사로 쓰인다. 여기서는 귀를 씻었다 했으므로, 오래된 불상(늙은이), 즉 '늙은 고불(古佛)'은 허유를 지칭한다 하겠다.
*) "일표(一瓢)를 썰틴 후(後)의" : "허유가 항상 손으로 물을 떠 마시자, 어떤 이가 표주박 하나를 주었다. 표주박을 늘 나무에 걸어 두니, 바람이 불면 시끄러운 소리를 냈다. 이에 표주박을 나무에서 벗겨버렸다."[423]
*) "조장(操狀)" : 지조(志操)와 행장(行狀), 지조가 있는 행실
*) "인심이 ᄂᆞᆺ ᄀᆞᆮᄐᆞ야" : "사람의 마음이 각기 다른 것은 사람의 얼굴이 다 다른 것과 같다."[424]

🐚 성산(星山)을 현실 속의 이상 공간, 무릉도원으로 여기다

<성산별곡(星山別曲)>은 대체로 정철이 25세 되던 명종 15년(1560년)에 지은 것으로 추정하는 서정가사이다. 전남 담양의 서하당(棲霞堂), 식영정(息影亭)을 중심으로 조선 선조 때에 성산(星山)의 사선(四仙)이라 일컬어지던 석천(石川) 임억령(林億齡, 1496~1568),

서하당(棲霞堂) 김성원(金成遠, 1525~1597), 제봉(霽峰) 고경명(高敬命, 1538~1592) 등이 교유·수학하면서, 사계절의 풍치와 김성원의 풍류를 예찬하고 경모하여 지었다.

"산중(山中)의 책력(冊曆) 업서 사시(四時)를 모르더니", "듯거니 보거니 일마다 선간(仙間)이라"에는 성산에서 보내는 하루하루의 즐거움을 시간을 잊고 살아가는 신선세계에 비유하고 있고, "매창(梅窓) 아젹 벼틔 향기(香氣)예 잠을 찌니/선옹(仙翁)의 히욜 일이 곳 업도 아니ᄒ다."는 자신을 신선의 무리로 여기고 행동하는 모습을 담고 있다.

"망혜(芒鞋)를 뵈야 신고 죽장(竹杖)을 훗더디니/도화(桃花) 핀 시내길히 방초주(芳草洲)의 니어셰라/닷 붓근 명경중(明鏡中) 절로 그린 석병풍(石屏風)/그림애룰 버들 사마 서하(西河)로 홈ᄭᅴ 가니/도원(桃源)은 어드매오 무릉(武陵)이 여긔로다"에는 짚신을 신고 대지팡이를 쥐고서 돌병풍 비

<성산별곡>의 창작 배경, 식영정(息影亭)
(전라남도 남면 지곡리 산 75-1. 星山 소재)

추는 맑은 시냇물을 따라 복숭아꽃과 갖가지 꽃을 즐기며 신선세계를 찾아가는 그림 같은 모습을 그렸다. 여러 문인들이 작품에다 수시로 그리는 무릉도원은 도연명의 <도화원기>에 나온다. "진(晉)나라 태원(太元, 376~396) 중 무릉(武陵)에 한 어부가 시냇물을 따라 가다가 어디쯤인지 그만 길을 잃고 말았다. 갑자기 복숭아꽃 만발한 숲을 만나 좁은 기슭으로 수백 보를 올라가니 다른 나무는 하나 없고 향기로운 풀들이 가득하고 꽃잎이 흩날렸다. 어부가 이상하게 생각하고 다시 앞으로 나아가 숲을 끝까지 보고자 하였다. 수원지에서 숲이 끝나자 문득 산 하나가 나타났다. 산에는 작은 입구가 있어 어렴풋이 빛이 새어나왔다. 이에 배를 버리고 그 입구를 따라

들어가니 처음엔 아주 좁아 겨우 한 사람이 지나갈 만하다가 다시 수십 보를 나아
가자 앞이 탁 트이면서 환해지고 광활한 땅이 펼쳐졌다. 집들이 즐비하고 기름진
밭, 아름다운 못에 뽕나무 대나무가 자라고 있었다. 길은 이리저리로 뻗어 있고 닭
울고 개 짖는 소리가 들려왔다. 그 가운데를 돌아다니며 농사일 하는 남녀들의 옷
이 마치 딴 세상사람 같았는데 늙은이 젊은이 모두가 기뻐하고 즐거워했다. …(중
략)… 며칠을 머물다 떠나가게 됐을 때 그곳 사람들이 바깥사람들에게는 얘기하지
말라고 하였다. 그곳을 나와 배를 타고 오면서 곳곳에 표시를 해 두었다. 고을에 도
착하자 태수를 뵙고 이 같은 사실을 얘기하니 태수가 곧 사람을 딸려 보내 표시해
둔 길을 찾았으나 헷갈려서 끝내 길을 찾지 못하였다. 남양(南陽) 땅의 유자기(劉子驥)
는 고상한 선비인데, 이 소식을 듣고서 기뻐하며 가고자 하였으나 결국 이루지 못
하고 갑작스레 병으로 돌아갔다. 그 후로 더 이상 그곳을 묻는 사람이 없었다." 송
강은 서하당, 식영정 주위의 풍광을 무릉도원에 비유하여 찬탄하고 있다.

기대승은 식영정(息影亭)에 대하여 다음과 같은 시를 지었다. "무등산을 다 돌아보
고/오는 길에 식영정을 찾았노라/자리 사이에는 촛불을 배치했고/소나무 속에 성근
별빛 보이네./취한 홍취 모두 술잔 버리고/분방한 심회 뜨락에 눕고 싶어라/내일 아
침에 무슨 일 있는가./그윽한 돌길엔 빗장도 필요 없네.",[425] "맑은 바람 늙은 나무
에 불고/밝은 해는 봄 정자에 걸리었네./좋은 술 삼해를 기울이고/아름다운 나물 오
성을 대하누나./조용히 산수를 구경하고/오연히 문정에 있도다./그대 나와 함께 취
미 같으니/배회하매 구름은 창가에 가득하구나."이다.[426] 정자를 둘러싼 솔숲의 밤
낮 풍경과 선비들의 풍류와 홍취를 잘 담고 있다. 이곳을 무릉으로 여기며 신선이
된 듯 풍류를 즐기는 선비들의 모습을 그림으로 보는 듯하니 <성산별곡>이 담고
있는 문학 세계와 크게 다른 것 같지 않다.

◎ 〈태평사(太平詞)〉 　박인로(朴仁老, 1561~1642)

> 나라히 편소(偏小)ᄒ야* 해동(海東)애 ᄇ려셔도
>
> 기자(箕子) 유풍(遺風)이 고금(古今) 업시 순후(淳厚)ᄒ야
>
> 이백년래(二百年來)예 예의(禮義)을 숭상(崇尙)ᄒ니
>
> 의관문물(衣冠文物)이 한당송(漢唐宋)이 되야쩌니

▶ 현대어 풀이

조그만 우리나라 해동에 치우쳐도

기자(箕子) 남긴 풍속 예나 제나 두터워

이백년 동안에 예와 의를 숭상하니

풍속과 문물이 한당송(漢唐宋)이 되었더니

---

*) "나라히 편소(偏小)ᄒ야" : 사대(事大)주의, "禮者 小事大 大字小"(『춘추좌씨전』) 소국이 대국을 섬기는 동양적 외교관계를 말한다. 그 반대는 자소(字小)로서 대국이 소국을 보호하는 관계이다. 이는 중국이 많은 나라로 분열 대립하던 춘추·전국시대에 약소국과 강대국 간의 외교 원리로 발전된 것으로, 유학자들은 대체로 이를 정당하게 받아들였다. 사대(事大)는 본질적으로 주체성 상실을 의미하는 것은 아니다. 다만 국제관계의 역학에 따른 행동 원리요, 평화적 질서의 한 표현이라고 할 수 있다. 한국은 삼국시대 이래 조선조 말까지 중국과 사대외교를 지속시켜 왔다. 그것은 구체적으로 중국으로부터의 책봉과 중국에 대한 조공으로 표현되었다. 그러나 이것은 의례적인 외교행위였을 뿐 자주성에 침해를 받는 것만은 아니었다. 이러한 사대의례를 통해 한국은 국제적 평화, 통치자의 권위, 대중 무역에서의 실리를 얻을 수 있었다.[427]

한편 최근 피겨스케이팅 선수 김연아가 등장해서 "나는 단 한 번도 대한민국이 작은 나라라고 생각해 본 적이 없다."라고 한 광고 멘트가 이 말과 대비된다. 민족적(국가적) 자부심을 일깨워 대중에게 다가서려는 기업의 이미지 광고이지만 우리나라의 국가 위상이 상승했음을 절감하게 한다. 이 멘트는 일종의 자기 주문이자 삶의 지향점이 될 수 있다. 실제 김연아는 세계무대를 경험하면서 우리나라의 왜소함을 여러 번 느꼈을 테지만, 위축되지 않고 당당하게 세계무대에 나서는 자세가 자기 발전의 원동력이 될 때가 더 많기 때문에 이 광고는 설득력을 가진다. 자신 있는 발걸음이 내가 가는 길을 곧 길이 되게 만들어준다.

임진왜란 당시 왜군의 침략
노선도(이형석, 『임진전란사』 하,
임진전란사간행위원회, 1976, p.1739).

나라히 편소(偏小)ᄒ야*) 해동(海東)애 ᄇ려셔도

기자(箕子) 유풍(遺風)이 고금(古今) 업시 순후

(淳厚)ᄒ야

이백년래(二百年來)예 예의(禮義)을 숭상(崇尙)

ᄒ니

의관문물(衣冠文物)이 한당송(漢唐宋)이 되야쩌니

▶ 현대어 풀이

조그만 우리나라 해동에 치우쳐도

기자(箕子) 남긴 풍속 예나 제나 두터워

이백년 동안에 예와 의를 숭상하니

풍속과 문물이 한당송(漢唐宋)이 되었더니

도이백만(島夷百萬)이 일조(一朝)애 충돌(衝突)ᄒ야

억조경혼(億兆驚魂)이 칼 빗촬 조차 나니

평원(平原)에 사힌 쎄는 뫼두곤 노파 잇고

웅도거읍(雄都巨邑)은 시호굴(豺狐窟)*)이 되얏거늘

처량옥련(凄凉玉輦)이 촉중(蜀中)*)으로 뵈아드니

연진(烟塵)*)이 아득ᄒ야 일색(日色)이 열워쩌니*)

성천자(聖天子)*) 신무(神武)ᄒ샤 일노(一怒)를 크게 내야

평양(平壤) 군흉(群兇)*)을 일검하(一劒下)의 다 버히고

풍구남하(風驅南下)*)ᄒ야 해구(海口)에 더져 두고

궁구(窮寇)을 물박(勿迫)*)ᄒ야 몃몃 히를 디니연고

▶ 현대어 풀이

섬 오랑캐 백만과 하루아침 충돌하여

수많은 놀란 혼백 칼 빛을 따라 나니

들판에 쌓인 뼈는 산보다 높아졌고

평화롭던 마을은 왜적 소굴 돼버렸네.

임금님 처량한 가마 의주로 바삐 가니

전쟁터엔 먼지 아득 햇빛을 가렸으니

명(明)나라 신종(神宗)이 무용을 떨치어

평양의 왜적무리 단칼에 베 버리고

질풍처럼 남하하여 해구(海口)에 몰아두고

궁지 몰린 왜적 두고 몇 해를 기다렸나?

∗) "시호굴(豺狐窟)" : 승냥이와 여우의 굴. 적(賊)의 소굴

∗) "촉중(蜀中)" : 선조(宣祖)가 평안도 의주(義州)로 피난한 일을 당나라 안록산의 난 때 당명황(唐明皇)이 '파(巴)'(중국 사천성 重慶 부근), '촉(蜀)'(사천성 成都)으로 피난한 일에 비겨서 말한 것이다.

∗) "연진(烟塵)" : 전진(戰塵), 전쟁터에서 일어나는 먼지

∗) "열워쪄니" : 엷어지다(薄). ⑴ "열운 풍속 업수믈 니르시니라(言無薄俗也)"(법화경언해 3:72)
   ⑵ "뜬 구루미 열워(浮雲薄)"(초간본 두시언해 15:52)

∗) "성천자(聖天子)" : 중국의 황제, 명나라 신종(神宗, 1572~1620 재위)

∗) "군흉(群兇)" : 당시 평양에는 왜장 소서행장(小西行長)이 선봉에 나서 압록강을 넘어 명나라로 입성하려 하고 있었다.[428]

∗) "풍구남하(風驅南下)" : 바람이 남쪽으로 쫓아 내려오듯

∗) "궁구(窮寇)에 물박(勿迫)ᄒ야" : 궁지에 몰린 적을 공격하지 말라 하며

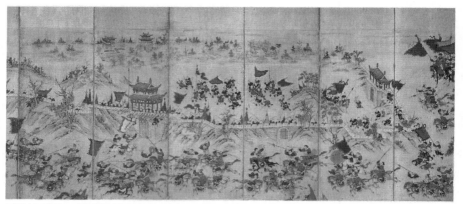

평양성 탈환도 병풍(국립중앙박물관 소장, 임진왜란이 일어난 지 불과 두 달 만인 6월 15일 고니시 부대가 평양을 점령했으나 남쪽 각지에서 일어난 의병과 수군의 활약으로 왜군은 더 이상 북쪽으로 진격하지 못했다. 1593년 1월 6일 조선군 8,000명과 명군 4만여 명이 연합하여 평양성을 사흘 만에 탈환하였다. 이 전투를 계기로 전세가 역전되어 일본군은 퇴각하기 시작했다. 문화재청 현충사 관리소, 『충무공 이순신과 임진왜란』, 태웅 C&P, 2011, p.25).

> 강좌(江左) 일대(一帶)예 고운(孤雲) 갓흔 우리 물이
>
> 우연시래(偶然時來)예 무후룡(武侯龍)*을 행(幸)혀 만나
>
> 오덕(五德)*이 불근 아래 엽구(獵狗)* 몸이 되야쩌가
>
> 영웅인용(英雄仁勇)을 후설(喉舌)*에 섯겨시니*)
>
> 염방(炎方)이 초안(稍安)ᄒ고 사마(士馬) 정강(精强) ᄒ야쩌니

▶ 현대어 풀이

낙동강 동쪽 일대 은자(隱者) 같은 우리 무리,

우연한 시기에 성윤문(成允文) 공을 용케 만나.

오덕을 고루 갖춘 선봉장 되었다가

영웅적 인(仁)과 용맹 지략에 더했으니

남쪽 차츰 안정되어 군사 병마 힘 솟았네.

*) "무후룡(武侯龍)" : 제갈공명, 훌륭한 장군이란 뜻으로 여기선 왜란 당시 박인로를 발탁한 '성윤문(成允文)'을 뜻한다.

*) "오덕(五德)" : 사람의 다섯 가지 덕, 지신인용엄(智信仁勇嚴), 혹은 총명예지(聰明叡智), 관유온유(寬裕溫柔), 발강강의(發强剛毅), 제장중정(齊莊中正), 문리밀찰(文理密察)

*) "엽구(獵狗)" : 사냥개와 같은 몸, 앞장서서 싸우는 날랜 군사.

*) "후설(喉舌)" : 목구멍과 혀, 중요한 정부. 혹은 정무(政務)에 참여하는 재상, 구체적으로는 심유경(沈惟敬)이 지략과 외교로 왜군을 설복시킨 일을 말한다.

*) "섯겨시니" : 섯ㄱ다(섞다, 交, 混)

황조일석(皇朝一夕)에 대풍(大風)이 다시 이니
용(龍) ㄹㅌ한 장수(將帥)와 구름 ㄹㅌㅎ 용사(勇士)들이
정기폐공(旌旗蔽空)*)ㅎ야 만리(萬里)예 이어시니
병성(兵聲)이 대진(大振)ㅎ야 산악(山岳)을 씌엿는 듯
병방(兵房) 어영대장(御營大將)은
선봉(先鋒)을 인도(引導)ㅎ야 적진(賊陣)에 돌격(突擊)ㅎ니
질풍대우(疾風大雨)에 벽력(霹靂)이 즈치는 듯*)
청정(淸正) 소수두(小豎豆)도 장중(掌中)에 닛것마는
천우위수(天雨爲祟)ㅎ야 사졸(士卒)이 피곤(疲困)커놀
져근듯 해위(解圍)ㅎ야 사기(士氣)을 쉬우더가
적도(賊徒)ㅣ 분궤(犇潰)*)ㅎ니 못다 잡아 말년
졔고
굴혈(窟穴)을 구어보니 두근덧도 ㅎ다마는
유패회신(有敗灰燼)*)ㅎ니 부재험(不在險)*)을 알니로다

토요토미 히데요시(豊臣秀吉)
(『충무공 이순신과 임진왜란』, 일본 사가
현립 히젠나고야성 박물관 소장, 2011)

▶ 현대어 풀이

어느 날 갑작스레 병란이 다시 나니,

빼어난 장수와 수많은 병졸들이

깃발을 추켜들고 만 리에 이었으니

군사 소리 크게 떨쳐 온 산 떠나갈 듯,

병방(兵房)의 어영대장이

선봉을 인도하여 적진에 돌격하니

강한 바람 큰 비에 벼락까지 치는 듯

가등청정(加藤淸正) 그 녀석도 손바닥에 있건마는

하늘 비 재앙 내려 사졸이 피곤하여

잠깐사이 싸움 쉬며 사기를 돋우다가

적의 무리 달아나니 못다 잡고 말았구나.

적의 소굴 굽어보니 굳은 듯도 하다마는

패하여 불탄 형세, 험한 요새가 다 아닐세.

*) "정기폐공(旌旗蔽空)" : 군사의 깃발이 하늘을 가림

*) "즈치는 듯" : 즈치이다, 쏟아지다, 미끄러지다(出溜)

*) "분궤(犇潰)" : 달아나 무너지다.

*) "유패회신(有敗灰燼)" : 전쟁에 패해 형체가 없어짐.

*) "부재험(不在險)" : (1) 위(魏)나라 무후(武侯)가 서하에 배를 띄우고 물결 따라 내려가다가 오기(吳起)를 돌아보며 이렇게 말했다. 훌륭하구나, 이 험준한 산하의 요새여! 이것이야말로 위의 보배로다. 오기가 대답했다. 나라의 보배는 임금의 덕행이지 산하의 험고(險固)함이 아닙니다. 옛날 삼묘씨(三苗氏)의 나라는 동정호(洞庭湖)가 왼쪽에 있고 팽려호가 오른쪽에 있는 험한 땅이었으나, 덕과 의를 닦지 못해 우(禹)가 이를 멸망시켰습니다.(『史記』 孫子 吳起 列傳) (2) "땅의 이로움이 사람의 화합보다 못하고, (나라의 보배는) 덕에 있지 산천의 험함에 있지 않다."("地利不如人和 在德不在險宋", 王應麟 撰, 『通鑑地理通釋』 七國形勢考上) (3) "하늘의 왕성한 기운이 땅의 이로움(城의 견고함, 지형의 험함)만 같지 못하고, 땅의 이로움은 인심(人心)의 화(和)함에 미치지 못한다.("孟子曰 天時不如地利 地利不如人和", 『孟子』 卷4, 公孫丑 下) ⇒ 왜가 져서 요새를 버리고 달아난 한 것을 보고, 전쟁에서 승리하기 위해서는 천시(天時)를 얻는 것, 즉 하늘의 왕성한 기운을 받는 것이 중요하지만, 그것은 땅의 이로움, 즉 견고하고 험한 요새[험새險塞]를 가지는 것만 못하다. 그러나 땅의 이로움보다 더 중요한 것이 임금과 덕행과 인화(人和)임을 깨달아 강조하는 대목이다.

상제(上帝) 성덕(聖德)*)과 오왕(吾王)*) 패택(沛澤)이 원근(遠
近) 업시 미쳐시니

천주활적(天誅猾賊)*)ᄒ야 인의(仁義)를 돕ᄂᆞᆺ다

해불양파(海不揚波) 이졘가 너기로라

무상(無狀)ᄒᆞᆫ 우리 물도 신자(臣子) 되야 이셔더가

군은(君恩)을 못 갑흘가 감사심(敢死心)을 가져 이셔

칠재(七載)를 분주(奔走)터가 태평(太平) 오늘 보완디고

▶ 현대어 풀이

신종(神宗) 성덕(聖德) 오왕(吾王) 은혜 골고루 미쳤으니

하늘이 도적 죽여 인의를 돕는구나.

풍파 없는 태평성대 이젠가 여기노라

볼품없는 우리 무리, 신하로 태어나서

임금 은혜 못 갚을까 죽을 각오 다지고서

7년 동안 분주하다 오늘 태평 이루었네.

*) "성덕(聖德)" : 명나라 신종(神宗)의 거룩한 덕
*) "오왕(吾王)" : 선조(宣祖)
*) "천주활적(天誅猾賊)" : 하늘이 교활한 도적을 죽이다.

투병식과(投兵息戈)ᄒᆞ고 세류영(細柳營)*) 도라들 제

태평소(太平簫) 노픈 솔의예 고각(鼓角)*)이 섯겨시니

수궁(水宮) 깁흔 곳의 어룡(魚龍)이 다 우는 덧

용기(龍旗) 언건(偃蹇)ᄒᆞ야*) 서풍(西風)에 빗겨시니

오색상운(五色祥雲) 일편(一片)이 반공(半空)애 쩌러딘 덧

태평(太平) 모양(模樣)이 더옥 ᄒᆞ나*) 반가올사

양궁거시(揚弓擧矢)ᄒᆞ고 개가(凱歌)를 아뤼오니

쟁창환성(爭唱歡聲)*)이 벽공(碧空)애 얼히ᄂ다

삼척상인(三尺霜刃)*)을 흥기(興氣) 계워 둘러메고

앙면장소(仰面長嘯)*)ᄒ야 춤을 추려 이러셔니

천보(天寶) 용광(龍光)이 두우간(斗牛間)*)의 소이ᄂ다

수지무지(手之舞之) 족지도지(足之蹈之)*) 절노절노 즐거오니

가칠덕(歌七德) 무칠덕(舞七德)*)을 그칠줄 모ᄅ로다

인간(人間) 낙사(樂事)ㅣ 이 ᄀᆞᆺᄒ니 ᄯᅩ 인ᄂ가

▶ 현대어 풀이

창을 놓고 휴식하다 군영에 돌아들 제

태평소 높은 소리에 고각(鼓角) 소리 섞였으니

용궁 깊은 곳에 어룡(魚龍)이 다 우는 듯

천자(天子)의 기 높이 솟아 서풍에 비꼈으니

오색 상운(祥雲) 한 조각이 반공중에 떨어진 듯

태평한 모양새가 더욱 많이 반갑구나.

활과 화살 높이 들어 개선가(凱旋歌)를 아뢰오니

기쁜 노래 다퉈 불러 청천을 울리누나.

길고도 시퍼런 칼 흥에 겨워 둘러메고

고개 치켜 곡조 뽑다 춤을 추려 일어서니

명검의 광채가 두우(斗牛) 사이 비추이네.

손들고 발 구르며 절로절로 즐거우니

이런 노래 저런 춤 그칠 줄 모르도다.

인간세상 즐거운 일 이 같은 이 또 있을까?

*) "세류영(細柳營)" : 한 무제 때 주아부(周亞夫)가 장군이 되어 머물던 둔영(屯營)이 세류(細柳)
에 있어, 이후 막부를 유영(柳營)이라 하였다.

*) "고각(鼓角)" : 북과 뿔피리

*) "용기(龍旗)" : 교룡(交龍), 곧 용틀임을 그리고 끝에 방울을 단 천자(天子)의 기, "언건(偃蹇)" :
높이 솟은 모양

*) "ᄒᆞ나" : "하나한 외다 ᄒᆞ논 병(病)을(許多弊病)"(몽산화상법어약록언해蒙山和尙法語略錄諺解 58)

*) "쟁창환성(爭唱歡聲)" : 기쁜 노래를 다투어 불러

*) "삼척상인(三尺霜刃)" : 세 자쯤 되는, 날이 시퍼래 회게 번뜩이는 칼날

*) "앙면장소(仰面長嘯)" : 얼굴을 쳐들고 소리를 길게 빼며 읊음

*) "천보(天寶) 용광(龍光)이 두우간(斗牛間)" : "천보(天寶) 용광(龍光)" 용천(龍泉)이라는 명검의 광채, "두우간(斗牛間)"은 북두성(北斗星)과 견우성(牽牛星)의 사이. 북두성은 모든 별자리를 찾는 기준이 되고, 북두칠성의 자루는 계절을 알려주는 거대한 천문시계이다. 봄에 해가 지면 북두칠성의 자루는 동쪽을, 여름엔 남쪽, 가을엔 서쪽, 겨울엔 북쪽을 가리킨다.(안상현, 우리가 정말 알아야 할 『우리 별자리』, 현암사, 2000, p.90) 견우성은 28수 중 우수(牛宿)이며 별점에서는 소를 뜻한다. 서양 별자리로는 염소자리 으뜸별인 알게디이다.

*) "수지무지(手之舞之)" : 기뻐하며 손을 들고 춤을 춘다. "족지도지(足之蹈之)"는 발을 구르며 춤을 춘다.

*) "가칠덕(歌七德) 무칠덕(舞七德)" : 파진악(破陣樂), 당 태종이 진왕 때에 유무주(劉武周)를 정벌할 때 군중(軍中)에서 지은 음악이름. 즉위 후 연회 때 반드시 이 음악을 연주한다. (1) 칠덕가(七德歌) - 시가(詩歌)의 7가지 특징. 唐 皎然 『詩式 詩有七德』 "一識理 二高古 三典麗 四風流 五精神 六質幹, 七體裁" (2) 칠덕무(七德舞) - 당나라의 춤 이름(舞名). 唐初有 『秦王破陣樂曲』 至貞觀 七年 太宗制 『破陣樂舞圖』 "禁暴 戢兵 保大 定功 安民 和衆 丰財七件事"

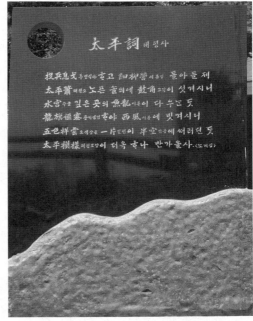

〈태평사〉시가 비석
(부산광역시 수영구 민락동 110, 수변공원 내)

화산(華山)*이 어디오 이 말을 보내고져

천산(天山)*이 어디오 이 활을 노피 거쟈

이제야 ᄒᆞ올 일이 충효일사(忠孝一事) ᄲᅮᆫ이로다

영중(營中)이 일이 업셔 긴ᄌᆞᆷ 드러 누어시니

뭇노라 이 날이 어늬 적고

희황성시(羲皇盛時)*를 다시 본가 너기로라

▶ 현대어 풀이

서악(西嶽)이 어디 인고 이 말[馬]을 보내고자.

천산(天山)이 어디 인고 이 활을 높이 걸자

이제는 하올 일이 충과 효뿐이로다.

군영(軍營)에 일이 없어 긴 잠들어 누웠더니

묻노라, 이 날이 어느 때이었던고?

복희씨 태평시절 다시 본가 여기노라.

자성대(부산진지성, 부산광역시 동구 범일동 590-5)

*) "화산(華山)" : 태화산, 중국 5악의 하나. 섬서성 화음시(華陰市), 예전에는 '서악'이라 불렀다.

*) "천산(天山)" : 백산(白山), 중국 신강(新疆)에 있다.

*) "희황성시(羲皇盛時)" : 백성에게 어렵(漁獵)·농경(農耕)·목축(牧畜)을 가르쳐 융성을 꾀한 중국 상고시대 복희씨(伏羲氏) 시절의 태평세월

천무음우(天無淫雨)*)ᄒ니 백일(白日)이 더욱 붉다

백일이 붉그니 만방(萬方)애 비최노다

처처구학(處處溝壑)*)애 흐터 잇던 노리(老羸)*)드리

동풍신연(東風新燕)*) 가치 구소(舊巢)을 ᄎ자 오니

수구초심(首丘初心)에 뉘 아니 반겨ᄒ리

원거원처(爰居爰處)에 즐거옴이 엇더ᄒᆞ뇨

혈유생령(子遺生靈)*)들아 성은(聖恩)인 줄 아ᄂᆞᆫ다

성은(聖恩)이 기픈 아리 오륜(五倫)을 발켜스라

교훈생취(教訓生聚) l 라 절로 아니 닐어가랴

천운순환(天運循環)을 아옵게다 하ᄂᆞ님아

우아방국(佑我邦國)ᄒᆞ샤 만세무강(萬歲無彊) 눌리소셔

당우천지(唐虞天地)예 삼대일월(三代日月)*) 비최소셔

어만사년(於萬斯年)에 병혁(兵革)*)을 그치소셔

경전착정(耕田鑿井)에 격양가(擊壤歌)*)을 불니소셔

우리도 성주(聖主)을 뫼옵고 동락태평(同樂太平) ᄒᆞ오리라

▶ 현대어 풀이

굳은 비 안 내리니 해님이 더욱 밝다.

해님의 밝은 광채 온 세상을 비추노라.

이 골짜기 저 시냇물 흩어있던 야윈 백성

강남 갔던 제비처럼 옛 둥지 찾아오니

고향 그리는 마음을 누가 아니 반겨하리.

여기저기 옮겨 사는 즐거움이 어떠한가?

구사일생 백성들아 성은(聖恩)인 줄 아시는가?

성은 이미 깊으시니 오륜을 밝혀 가자.

가르침과 재물은 절로 아니 일어나리?

천운(天運)의 도는 형세 알 게외다 하ᄂᆞ님아.

우리나라 보우하사 무궁 세월 누리소서.

요순(堯舜) 천지 태평한 빛 한 결 같이 비추소서.

영원한 세월동안 전쟁을 그치소서.

밭 갈고 우물 파며 격양가를 불리소서.

우리도 임금 뫼시고 함께 태평 하오리라.

『노계집(蘆溪集)』 권3）

*) "천무음우(天無淫雨)" : 하늘이 장맛비를 내리지 않는다.

*) "처처구학(處處溝壑)" : 곳곳에 있는 도랑과 골짜기

*) "노리(老羸)" : 늙어 파리하고 수척하다.

*) "동풍신연(東風新燕)" : 봄바람에 돌아오는 제비처럼

*) "혈유생령(孑遺生靈)" : 구사일생(九死一生)으로 살아남은 백성

*) "당우(唐虞)" : 임금은 도당(陶唐)씨이고, 순임금은 유우(有虞)씨였다. "삼대일월(三代日月)" : 중국의 태평하던 시절, 하(夏) 은(殷) 주(周)나라에 비치던 해와 달

*) 격양가(擊壤歌) : "제왕세기(帝王世紀)에 이르기를, 요임금 시절에 천하가 크게 태평하고 백성들이 무탈하여 8, 90 노인도 땅을 두드리며 노래 불렀다. 해가 뜨면 나가서 농사짓고 해가 지면 들어와 쉬고, 우물을 파서 물을 마시고 논밭을 갈아서 먹을 것을 얻으니 황제라 한들 어찌 나에게 힘이 미치겠는가!"에서[429] 유래한다. 백성들의 꿈은 소박하여 부귀와 명예를 얻는 것에 있지 않고 편안히 일하고 먹고 살 수 있는 것, 즉 그저 자기가 할 수 있는 만큼의 노력을 하고 그 보상을 받는 가운데 임금이나 권력의 존재조차도 느끼지 못하고 사는 데 있다는 말이다.

🌸 전쟁 발발(勃發)과 〈태평사(太平詞)〉 창작의 배경

1592년(선조 25년)에 조선은 연산군 이후부터 명종 대에 이르기까지 4대 사화(士禍)를 겪으면서 훈구(勳舊)와 사림(士林)의 정쟁이 극심했고, 중앙 정계의 혼란도 심해졌다. 조선 초기에 굳건히 구축되었던 국방 체제도 붕괴되어 가는 양상을 보였다. 반면 일본은 15세기 후반 서세동점(西勢東漸)의 기류가 형성되어, 일본에 유럽 상인이 들어와 신흥 상업도시를 발전시키고 봉건적 지배 형태 위협했다. 이에 도요토미 히데요시(豊臣秀吉)가 등장하여 혼란을 수습한다는 미명하에 제후들의 강력한 무력을 해외로 방출하면서 대륙 침략의 망상에 사로잡히게 되었다.[430]

1592년 4월 13일, 왜장 소서행장(小西行長, 고니시)의 제1번대가 부산진을 공격하여 부산첨사(釜山僉使) 정발(鄭撥)과 동래 부사 송상현(宋象賢)을 전사케 하고 서울을 향해 북상했다. 조총을 사용하고 있는 왜군을 훈련이 없었던 적은 수의 조선의 관군으로 당해낼 도리가 없었다. 전국 각지의 의병과 전라좌수사 이순신 등 수군의 맹활약으로 당포·당항포·한산도·부산 등에서 계속 큰 전과를 거두고, 명나라에서 원군이 도착하면서 전세는 역전되어 갔다. 이후 화의(和議)가 진행되어 왜군은 경남 해안 일대로 물러나게 되었다.

도요토미는 명나라에 대하여 "명나라의 황녀를 일본의 후비(後妃)로 삼을 것, 무역증인(貿易證印)을 복구할 것, 조선 8도 중 4도를 할양할 것, 조선 왕자 및 대신 12인

을 인질로 삼을 것" 등을 요구하였지만, 결국 그 화의가 결렬되자 다시 침략을 감행해 정유재란을 일으켰다. 이 침략은 동래·기장·울산 등 경상도를 중심으로 맴도는 데 그쳤고, 왜군 해군의 활동이 일시 활발하였으나 이순신에게 명량(鳴梁)에서 격파된 뒤에는 경상도와 전라도의 해안지대에 봉쇄되어 있었다. 1598년 8월에 도요토미가 죽자 그것을 핑계로 왜군은 철수를 시작했다.[431]

박인로는 임진왜란이 발발했을 때, 의분을 느껴 붓을 던지고, 참전했는데, 사람들이 모두 이르기를 "이 사람은 무략(武略)도 있다."고 했다. 무술년(戊戌年)에 좌병사(左兵使) 성윤문(成允文)이 공의 명성을 듣고 불러서 일종의 보좌관 역할인 좌막(佐幕)을 시켰는데, 공이 매양 적의 정황을 논하면 윤문은 무릎을 치며 칭찬하였다. 1598년 늦겨울에 부산에 주둔해 있던 왜적들이 밤을 틈타 도망하였는데, 병사(兵使)가 이 소식을 듣고 곧 군대를 인솔하여 부산으로 달려가서 10여 일을 머문 후에 본영으로 돌아와 그 이튿날 병사들을 위로하기 위해 공에게 이 노래를 짓게 하였다.[432]

일본군의 북상과 선조의 피난 경로
(『충무공 이순신과 임진왜란』,
문화재청 현충사관리소, 2011)

❧ 전쟁이 남긴 상처

<태평사>는 <남정가(南征歌)>와 같이[433] "전쟁 이전의 태평세월 → 전쟁의 발발 → 치열한 전쟁 상황(패전과 승전) → 평정 회복, 태평세월 지속 기원"이라는 전형적 흐름을 취한다. <태평사>에서는 조선이 태평을 회복한 것이 성은에 힘입은 때문이라 했지만, 조선이 임진왜란 시기에 당한 모욕은 참으로 비참하다.

벽제역(碧蹄驛)에 이르니 비가 더욱 와서 일행의 옷이 모두 젖었다. 임금께서 역에 들

어 잠시 쉬다 곧 다시 떠나려하니 여러 명의 관리들이 도성으로 되돌아가고 시종과 대간 중 몇몇은 아예 뒤처져 오지 않았다. 혜음령을 지나면서 비가 퍼붓듯이 내리니 궁인(宮人)들은 약한 말을 타고 무엇으로든 얼굴을 가리고서 울며 뒤따랐다. 마산역(馬山驛)을 지나치며 밭 가운데 있던 한 사람이 쳐다보며 통곡하기를, "국가에서 우리를 버리고 가니 우리들은 무엇을 믿고 살겠습니까?" 하였다.**434**

조선은 선조의 피란으로 자존심에 심한 상처를 입었고, 조선 백성 가운데도 왜적을 따르며 사람을 죽이고 재물을 약탈하며 여인의 몸을 더럽히고 지난날의 원수를 갚는 등의 악행이 왜적보다 심한 경우도**435** 있었다 하니 전쟁으로 인해 나라의 근간까지 뒤흔들린 셈이다.

유성룡이 아뢰기를, "비단 죽은 사람의 살점만 먹을 뿐 아니라 살아 있는 사람도 서로 잡아먹는데 포도군이 적어서 제대로 금지하지를 못합니다." 하고, 이덕형이 아뢰기를, "부자 형제도 서로 잡아먹고 있으며 양주(楊州)의 백성은 서로 뭉쳐 도적이 되어 사람을 잡아먹고 있습니다. 반드시 조치를 취하여 살 수 있는 길을 열어 준 뒤에라야 서로 죽이지 않게 될 것이니 그렇지 않으면 금지시키기 어려울 것입니다."**436**

이를 보면 인륜의 어지러움이 극에 달했음을 알 수 있다. 선조가 피란하려 하자 무례한 무리들이 대내로 들어와 귀중한 물건을 함부로 훔쳐갔다는 기록까지**437** 있으니 임진란으로 인해 인간으로서 갖추어야 할 최소한의 윤리까지 파괴된 현실이었다. <태평사> "상제(上帝) 성덕(聖德)과 오왕(吾王) 패택(沛澤)이 원근(遠近) 업시 미쳐시니", "성은이 기픈 아러 오륜을 발켜스라/교훈생취(教訓生聚)ㅣ라 절로 아니 닐어가랴"에는 성은과 오륜을 부각시켜 전쟁 이후의 사회 윤리적 지향점을 제시했다는 의의도 있지만, 전후에 정비를 다짐하는 자성(自省)이 빠져있다는 점에서 군주제사회의 관념적이고 교조적인 한계를 드러낸 부분이기도 하다.

<태평사>는 조선 건국 후 평화롭던 이 땅에 왜군이 침입하여 국운이 위태로웠으나 명나라 군사들이 와서 용감하게 싸워준 덕분에 승리하게 된 기쁨, 다시 찾은 태평세월이 오래 유지되기를 축원한 작품이다. 전체적인 흐름을 살펴보면, 예기치 못한 왜적의 침입으로 피해가 컸지만 명군(明軍)의 도움으로 그들을 내쫓은 일, 정유

재란을 당하여 아군이 힘써 용감하게 싸우는 모습, 전란이 끝난 뒤에 명랑 쾌활한 모습을 되찾은 일, 다시 평화를 맞이했으니 모두 충효의 일념으로 오륜을 밝히고 태평세월을 기원하자는 다짐의 순으로 노래하고 있다.

◎ 〈강촌별곡(江村別曲)〉   차천로(車天輅, 1556~1615)

평생아재(平生我才) 쓸데업서 세상공명(世上功名) 하직(下直)ᄒ고
상산풍경(商山風景) 바라보며 사호유적(四皓遺跡) 싸로리라
인간부귀(人間富貴) 졀노 두고 물외연하(物外烟霞) 흥(興)을 겨워
만준송림(滿壑松林) 슈풀 속에 초옥(草屋) 수간(數間) 지어두고
청라연월(靑蘿煙月) 딕사립에 백운심처(白雲深處) 다라드니
적적송림(寂寂松林) 기즈든다 요요운학(寥寥雲壑) 저뉘알니
송단자지(松壇紫芝)* 노리ᄒ고 석전춘우(石田春雨) 밧츨가니
당우천지(唐虞天地) 이 안인가 갈천민맹(葛天民氓) 나뿐이라
고거사마(高車駟馬) 뜻이 업고 명산가수(名山佳水) 벽(癖)이 되니
요산요수(樂山樂水)하는 곳의 의인의지(宜仁宜知)ᄒ오리라
등고서소(登高舒嘯)* 금일(今日)하고 임류부시(臨流賦詩) 내일(來日)
하자
구승갈포(九升葛布) 몸의 입고 삼절죽장(三節竹杖) 손의 쥐고
조래벽계(朝來碧溪) 경(景) 조흔 디 주향송림(晝向松林) 한가(閒暇)ᄒ다
조채산미(朝採山薇) 아젹 먹고 석조강어(夕釣江漁) 져녁 먹셰
수곡산가(數曲山歌) 파(罷)한 후에 일엽어정(一葉漁艇) 흘니 저어
장장여사(長丈餘絲) ᄒ 낙디를 낙조강호(落照江湖) 빗겻스니
구맥홍진(九陌紅塵) 밋친 긔별 일간어옹(一竿漁翁) 닉 알소야
범범창파(泛泛滄波) 이닉 홍을 요요진세(擾擾塵世) 졔 뉘 알이
은린옥척(銀鱗玉尺) 쒸노는듸 야수강천(野水江天) 한 빗치라
거구세린(巨口細鱗) 낙가너니 송강로어(松江鱸魚) 비길손가

봉창노저(蓬窓芦底) 낙디걸고 일모연저(日暮烟渚) 배를 돌녀
십리사정(十里沙汀) 올나오니 백구비거(白鷗飛去) 뿐이로다
주박모주(舟泊暮洲) 흐여두고 망혜완보(芒鞋緩步) 도라드니
남북촌(南北村) 두셰집이 낙하청연(落霞青烟) 잠겨셰라
금서소일(琴書消日) 흐는 곳의 청주영준(青酒盈樽) 흐엿스니
장가단곡(長歌短曲) 두셰 스람 일배일배(一盃一盃) 다시 부어
퇴연옥산(頹然玉山) 취한 후에 석두한면(石頭閒眠) 잠을 드러
학려일성(鶴唳一聲)에 씨다르니 계월삼경(溪月三更) 밧갈셰라
생애담박(生涯淡泊) 닉 질기니 부귀공명(富貴功名) 부러하랴
천추만세(千秋万歲) 억만재(億万載)의 이리저리 흐오리라
(『가집(歌集)』(二) : 정재호 편, 『한국가사문학강독』, 집문당, 1992, p.41)

▶ 현대어 풀이

평생 재주 쓸모없어 세상 공명(功名) 하직하고
자연 경치 바라보며 백발 사호(四皓) 좇으리라.
인간 부귀 놓아두고 세상 밖 안개에 흥이 일어
울창한 솔숲에 초가 몇 칸 지어두고
안개 속 푸릇한 달빛, 대 사립문 깊이 달려들어,
적막한 솔숲에 개 짖은들, 고요한 골짜기 저 누가 알리.
솔밭에서 은거가 부르고, 봄비에 돌밭 가니
태평한 세월 이 아닌가, 갈천(葛天)의 백성 나뿐이라.
높은 수레 뜻이 없고, 빼어난 산수에 흠뻑 빠져
산 좋아 물 좋아하며 인(仁)과 지(知)를 알며 살리.
오늘은 높은 곳 올라 휘파람 불고, 내일은 물가에 앉아 시를 짓자.
베옷을 몸에 입고, 짧은 대지팡이 손에 쥐고
아침부터 냇가 경치 좋은 곳에서 한가로이 솔숲을 즐기노라.
아침에 뜯은 산나물로 아침밥 먹고 저녁에 낚은 물고기로 저녁밥 먹세.
산(山)노래 몇 곡 부른 후에 조각배 한척 노를 저어

긴 장대에 실을 늘인 낚싯대를 석양의 강물에 던지니

서울의 속세 소식이야 고기 낚는 내가 알쏘냐.

푸른 물결에 두둥실, 이내 흥을 어지러운 속세의 그 누가 알리.

은비늘 물고기 뛰니 강물과 하늘이 한 빛이라

농어(鱸魚) 낚아내니 정송강(鄭松江) 농어 비할쏜가.

거룻배 부들 아래 낚싯대 걸고 해질녘 물가에 배를 돌려

십리 모래사장을 올라오니 갈매기만 날 뿐이라.

모래섬에 배를 대고, 짚신 신고 천천히 걸어 돌아드니

남북의 마을 두세 집이 노을과 푸른 안개에 감겼도다.

거문고와 책으로 소일하던 곳에서 술을 양껏 마셨으니

긴 노래 짧은 곡조 두세 사람 한 잔 또 한 잔 다시 부어

비틀거리게 취한 후에 돌 위에 잠이 들어

학 울음소리 깨달으니 깊은 밤 달빛이 밝았구나.

소박한 삶 내 즐기니 부귀공명을 부러워하랴.

천년, 만년 억만 년을 이렇게 살아가리.

---

*) 송단자지(松壇紫芝) : 상산사호(商山四皓)의 <자지곡(紫芝曲)>. 이상 상산옹이 세상을 피해 들어가 모두 80세까지 살아 눈썹이 희어졌다는 이야기에서 유래한다(『한서』 권40, 장량전).

*) 등고서소(登高舒嘯) : 진(晉) 도잠 <귀거래사>의 "높은 산에 올라가 휘파람을 부노라(登東皋以舒嘯)"에서 따옴.

🐚 빼어난 글재주를 나라 위해 바치다

『고금가곡』과 홍만종 『순오지』에 차천로를 작자로 명기했다. 작품의 맨 앞부분에 "평생 재주 쓸모없어 세상 공명 하직하고/자연 경치 바라보며 백발의 사호(四皓) 좇으리라."라고 했다. 여기서 '상산풍경(商山風景) 사호유적(四皓遺跡)'은 진(秦)나라 말년에 전란을 피하여 섬서성(陝西省) 상산(商山)에 은거한 네 사람의 백발노인을 두고 '상산사호 · 상산노(商山老) · 상산옹(商山翁)'라고 부른 데서 따왔다. 현재 섬서성 상현(商縣)의 동쪽에 있다. 실제 역사를 볼 때 그가 자기 평생의 재주를 쓸모없다고 한 것

은 겸양의 말임에 틀림없다.

> "차천로가 그러한 일을 감행하였으니, 그 용심(用心)이 좋지 않다. 그러나 그는 문장(文章)의 재주가 있으니, 어찌 애석한 일이 아니겠는가. 옛사람의 말에, 떨어진 비[弊箒]도 사용할 곳이 있다 하였으니, 한 가지 재예(才藝)라도 버리지 않는 것이 임금의 도량이다. 나의 생각에는 그에게 군직(軍職)을 주어 승문원에 종사하게 하여 사대문서(事大文書)를 맡기면 반드시 마음과 힘을 다하리라 믿는다. 그렇게 하면 진신(搢紳)의 반열에도 혐의되지 않을 것이다. 만약 완전히 폐기하면 이 역시 온당치 못한 일이니 잘 의처(議處)할 것을 승문원 도제조에게 말하라."438

선조는 차천로의 마음 씀씀이를 탐탁지 않게 여기면서도 그의 글재주를 아껴 군직을 맡겨 외교문서 작성하게 했다. 통신사(通信士) 황윤길(黃允吉)이 "선조(先朝) 때 일본에 봉명(奉命)한 사신이 으레 당시 문사(文辭)에 능한 선비를 대동하여 어무적(魚無迹)·조신(曹伸) 등이 왕래하였다.' 하므로 이번에 차천로(車天輅)를 대동할까 하여 감히 아룁니다."라고 하니, 선조는 "아뢴 대로 하라. 그대는 국사를 위하여 해외에 파견되었으므로 내가 진념(軫念)하는 바이니 잘 다녀오도록 하라."439 했다. 차천로는 문장이 뛰어나고 특히 주고받는 시문에 능하여 외교 업무를 자주 맡았음을 알 수 있다.

🐚 잦은 구설수에 휘말리다 자연에 은둔하다

"태어난 지 쉰아홉, 머리털은 서리보다 희구나. 감히 문장에 의지해 늙었는데, 부질없이 기개만 높아졌네. 고개 숙이면 두려움만 가득하고, 고개 들면 창공이 어둑하구나. 어찌하면 저 바람 타고서, 온 세상을 높이 날아다닐꼬!"는440 차천로가 59세에 지은 작품이니 그가 향촌으로 물러나 지은 <강촌별곡>과 비슷한 시기에 지은 작품이다. 타고난 문장 솜씨를 인정받아 외교 분야에서 문학적 재능을 발휘하던 일생을 회고하고 있다. 백발이 성성한 지금에는 의기양양하던 지난날이 부질없이 여겨져 의기소침해졌다.

생애 중에 여러 번 구설수에 휘말린 것 또한 차천로를 의기소침하게 하는 데 일조했을 것으로 보인다.

우승지 송준(宋駿)이 예조의 말로 아뢰기를, "'차천로(車天輅)는 신분이 사대부이면서 관가에 고하지도 않은 채 감히 본 아내를 두고 또 다른 아내를 들여 윤기(倫紀)를 무너뜨림으로 해서 이미 왕부(王府)의 추국(推鞫)을 거쳤다.[441]

차천로가 본처를 두고 다른 아내를 들여 사대부가의 윤리를 무너뜨린 일을 지적하고 있다. 그를 둘러싼 구설은 끊이지 않는다. 글을 잘 짓는 차천로가 병술년에 거자(擧子) 여계선(呂繼先)의 청탁을 받고 과거 시험 답안지를 대신 지어주고 장원으로 뽑히게 했는데, 그 일이 발각되자 계선은 삭과(削科)당하고 천로도 견책을 받았으니 이번엔 과거 시험 부정에 관련되었다.

전에 차천로가 과장(科場)에서 대술(代述)한 죄로 북쪽 변경에 찬배되었습니다. 그때 그곳의 감사가 매우 후하게 대접하였으므로 천로가 괴이하게 여겨 그 이유를 물으니, 감사가 대답하기를 '내가 사조(辭朝)할 때에 선조(宣祖)께서 특별히 하교하여 「천로의 문재(文才)가 아까우나 내가 쉽사리 법을 무시하고 용서할 수는 없다. 그러나 굶어 죽기라도 한다면 어찌 불쌍하지 않겠느냐.」고 하셨다.' 하자, 천로가 듣고 자신도 모르는 사이에 남쪽을 향하여 통곡하였다고 합니다. 지금도 이 말을 듣는 자는 눈물을 흘리지 않는 자가 없습니다."[442]

과거시험장에서 대리시험을 치른 일로 북방으로 유배되었을 때의 일화이다. 임금이 차천로가 굶어서 죽을까봐 근심함을 알고 감사가 극진히 대해주니 차천로가 임금의 은혜에 감동하여 눈물을 흘렸다 한다. 사간원에서 "교서관 교리 차천로는 제술관(製述官)으로 서로(西路)를 오갈 적에 술과 고기를 요구하면서 거칠고 야비한 행동을 많이 하였으며 조금만 뜻에 맞지 않아도 곧장 형신(刑訊)을 가했습니다. 가는 곳마다 폐단을 일으켜 미친 듯 방종하게 행동한 죄를 징계하지 않을 수 없습니다. 파직을 명하소서." 하니, 아뢴 대로 하라고 답하였다고 한다.[443] 이는 사간원에서 차천로의 파직을 주청한 것인데, 그의 거칠고 야비한 행동을 문제 삼고 있다 사헌부에서도 그의 사치함을 들어 파직과 추국을 요청했으니[444] 차천로의 일거수일투족이 다 인구에 회자되며 문제시되었음을 알 수 있다.

그가 세상을 떠나기 1년 전에 지은 시 <혼자서 읊조림(獨吟)>에 "어찌하면 저 바람 타고서, 온 세상을 높이 날아다닐꼬!"라고 한 것이나 <강촌별곡>에 "서울의 속세 소식이야 고기 낚는 내가 알쏘냐./푸른 물결에 두둥실, 이내 흥을 어지러운 속세의 그 누가 알리.", "비틀거리게 취한 후에 돌 위에 잠이 들어/학 울음소리 깨달으니 깊은 밤 달빛이 밝았구나./소박한 삶 내 즐기니 부귀공명을 부러워하랴/천년, 만년 억만 년을 이렇게 살아가리."라고 한 것은 말 많은 세상살이에서 벗어나 자유를 만끽하며 사는 즐거움을 노래한 것이다. 이것이 차천로의 이상이자 이 작품의 주제이다.

◎ 〈규원가(閨怨歌)〉 허난설헌(許蘭雪軒, 1563~1589)

> 엊그제 졈엇더니 하마 어이 다 늙거니
> 소년행락(少年行樂) 생각하니 닐너도 쇽절업다
> 늙거야 셜운 말삼 하쟈 하니 목이 멘다
> 부생모육(父生母育) 신고(辛苦)하야 이내 몸 길러낼 제
> 공후배필(公侯配匹)*은 못 바라도 군자호구(君子好逑)* 원(願)하더니
> 삼생(三生)의 원업(怨業)*이오 월하(月下)의 연분(緣分)*으로
> 장안(長安) 유협(遊俠)* 경박자(輕薄子)랄 꿈 간갓 맛나이셔
> 당시(當時)예 용심(用心)하기 살어름 디듸난 닷

▶ 현대어 풀이

엊그제 젊었더니 어찌 벌써 다 늙었나,
어릴 적 즐거움 생각하니 일러도 소용없다.
늙어서야 서러운 말씀, 하자하니 목이 멘다.
모진 고생 이기시며 나를 낳아 기르실 제,
공후(公侯) 배필은 아니라도 어진이 짝 바랐는데,
삼생(三生)의 악업이요 월하의 연분으로
장안의 경망한 자 일순간에 맺어져서

지금에 마음 쓰기 살얼음 디디는 듯

*) 공후배필(公侯配匹) : 공경대부(公卿大夫)와 제후(諸侯), 즉 높은 벼슬아치의 아내
*) 군자호구(君子好逑) : 군자가 좋아하는 짝(배필), "요조숙녀(窈窕淑女) 군자호구(君子好逑)"(『시경』)
*) 삼생(三生)의 원업(怨業) : 삼생(三生)은 "전세(前世), 현세(現世), 내세(來世)", 원업(怨業)은 "과거에 뿌렸던 악의 씨앗"
*) 월하(月下)의 연분(緣分) : 월하노인(月下老人)은 남녀의 인연을 맺어주는 신(神). 흔히 '빙인(氷人)'과 결합되는데, 빙인은 "얼음 위는 양이고 얼음 밑은 음이라 음양의 일을 말한다. 당나라 두릉(杜陵) 사람 위고(韋固)가 여행 중에 보따리에 기댄 채 계단에 앉아 달빛 아래 책을 살피고 있는 한 노인을 만났다. 이에 무슨 책이냐고 물었더니 이는 남녀의 혼인 장부인데 자루 속에 든 붉은 끈으로 남녀가 태어날 때 몰래 매어 놓으면 어떠한 환경에 처하더라도 반드시 부부의 인연을 맺게 된다"고 했다.[445] 이를 두고 '빙인'이라 한 것은 "총각이 장가들려면 얼음이 다 녹기 전, 즉 농사가 시작되기 전에 하라."[446]에서 유래하여 음과 양[남녀]의 매개자를 뜻하게 되었다.
*) 유협(遊俠) : 의협심이 강한, 경솔하고 진실성이 약함.

삼오이팔(三五二八) 겨오 디나 천연(天然) 여질(麗質) 절로 이니

이 얼골 이 태도(態度)로 백년기약(百年期約) 하얏더니

연광(年光)이 숙홀(倏忽)*)하고 조물(造物)이 다시(多猜)하야

봄바람 가알달 뵈오리예 북 디나듯

설부화안(雪膚花顔) 어대 가고 면목가증(面目可憎) 되거고나

내 얼골 내 보거니 어느 님이 날 괼소냐

스사로 참괴(慚愧)하니 누구를 원망(怨望)하랴

삼삼오오(三三五五) 야유원(冶遊園)의 새 사람이 나닷말가

곳 피고 날 졈은 제 정처(定處) 업시 나가 이셔

백마금편(白馬金鞭)으로 어대 어대 머므난고

원근(遠近)을 모라거니 소식(消息)이야 더욱 알냐

인연(因緣)을 긋쳐신들 생각이야 업슬소냐

▸ 현대어 풀이

열대여섯 겨우 지나 타고난 미모 곱게 피니

이 얼굴 이 몸가짐 백년기약 하렸더니

세월이 쏜살같고 조물주 시샘하여

봄바람 가을 달 베틀에 북 지나듯

고운 얼굴 어디 가고 미운 얼굴 되었는가!

내 얼굴 이렇거늘 누가 나를 사랑하리.

스스로도 창피한데 누구를 원망하리.

떼 지어간 술집에 새사람이 생겼는가?

꽃피고 좋은 날엔 기약 없이 홀로 나가

사치스레 차려입고 어디를 쏘다니나?

어디간줄 모르는데 소식이야 어찌 알리!

인연을 끊었대도 생각까지 없을쏘냐?

*) 숙홀(倏忽) : 갑작스러움, 쏜살같음.

얼골을 못 보거든 그립기나 마르려믄

열두 때 김도 길샤 설흔 날 지난(支難)하다

옥창(玉窓)의 심근 매화(梅花) 몃 번이나 픠여 딘고

겨울 밤 차고찬 제 자최눈 섯거 티고

녀름날 길고 길 제 구잔비는 므슴 일고

삼춘화류(三春花柳) 호분절(好分節)의 경물(景物)이 시름업다

가을달 방(房)의 들고 실솔(蟋蟀)이 상(床)의 울 제

긴 한숨 디난 눈물 쇽절업시 헴만 만타

아마도 모딘 목숨 죽기도 어려울샤

도라혀 풀텨 혜니 이리 하야 어이 하리

청등(靑燈)을 돌나 노코 녹기금(綠綺琴)*) 빗기 안아

접연화(接蓮花) 한 곡조를 시름조차 섯거 타니

소상야우(瀟湘夜雨)*의 대소래 섯도난 닷

화표천년(華表千年)*의 별학(別鶴)이 우니난닷

옥수(玉手)의 타난 수단(手段) 녜 소래 익다마난

부용장(芙蓉帳) 적막(寂寞)하니 뉘 귀예 들릴소니

간장(肝腸)이 구회(九回)하야 구배구배 근쳐셔라

찰하리 잠을 드러 꿈의나 보려하니

바람의 디난 닙과 풀 속의 우난 즘생

므슴 일 원수(怨讎)로셔 잠조차 깨오난다

▶ 현대어 풀이

얼굴도 못 보는데 그립지나 말 것이지

하루하루 길기도 하다 서른 날 지루하다

창밖에 심은 매화 몇 번이나 피었던가?

겨울밤 차고 찬데 자국 눈 섞어 치고

여름날 길고 긴데 궂은비는 웬일인고?

봄꽃 버들 좋은 시절 자연은 시름없다

가을 달 방에 들고 귀뚜라미 침상에 울 제

긴 한숨 흐르는 눈물 속절없이 걱정 많다

아마도 모진 목숨 죽기도 어렵구나.

돌이켜 생각하니 이리하여 어찌할꼬?

청등(靑燈)을 돌려놓고 가야금 빗기 안고

접연화(接蓮花) 한 곡조에 내 시름도 실어서 타니

소상(瀟湘) 밤비에 댓잎소리 섞이는 듯

무덤 앞 비석에 짝 잃은 학이 우니는 듯

거문고 타는 솜씨 옛 가락 정겹다만

휘장 안 적막하니 뉘 귀에 들릴쏘냐?

마음 속 깊은 곳까지 굽이굽이 끊겼구나.

차라리 잠이나 들어 꿈에나 보려하니
바람에 지는 잎과 풀 속에 우는 짐승
어떤 원수지었기에 잠조차 깨우는가?

허난설헌의 '곡재(哭子)' 시비(詩碑).
허난설헌이 연이어 어린 아이들을 잃고 지은 시 작품이다.
(경기도 광주시 초월읍 지월리 산 29-5).

*) 녹기금(綠綺琴) : 한나라의 사마상여(司馬相如)가 쓰던 거문고. 사마상여가 녹기금으로 봉구황곡(鳳求凰曲)을 타서 과부가 된 탁왕손(卓王孫)의 딸 탁문군(卓文君)을 꾀어내었다 한다.

*) 소상야우(瀟湘夜雨) : 소상(瀟湘)은 중국 호남성 동정호 남쪽을 흐르는 소수(瀟水)와 상수(湘水). 소상야우는 소상팔경(瀟湘八景)의 하나로, 순임금의 두 왕비인 아황(娥皇)과 여영(女英)의 넋이 비가 되었다는 이야기가 전한다.

*) 화표천년(華表千年) : 무덤 위에 세우는 망주석(望柱石)에 천년 만에 돌아와 앉는다. 정영위(丁令威)라는 사람이 영허산에 들어가 선도(仙道)를 배워, 학이 되어 천년 만에 돌아와 성문 앞 화표주(華表柱 : 위정자에 대한 불평 등을 백성에게 기록하게 하기 위해 도로에 세워 둔 나무)에 앉았다고 하는 고사에서 유래하였다(『수신후기(搜神後記)』). "정영위가 학이 되어 화표에 돌아와 앉아 읊기를 '내가 새가 되어 집 떠난 지 천년 만에 이제야 돌아오니 성곽은 예와 같은데 사람은 옛 사람이 아니네. 어찌 신선되는 공부 안 하고 무덤 속에 나란히 누웠나!'라고 하였다."(『열선도』 건)

*) 약수(弱水) : 신선이 산다는 감숙성 장액하(張掖河)를 말한다. 수질(水質)이 약하여 기러기 털도 가라앉는다는 강이다.

천상(天上)의 견우직녀(牽牛織女) 은하수(銀河水) 막혀셔도
칠월칠석(七月七夕) 일년일도(一年一度) 실기(失期)치 아니커든
우리 님 가신 후(後)난 무슴 약수(弱水)* 가련관듸
오거니 가거니 소식(消息)조차 끄첫난고
난간(欄干)의 비겨 셔셔 님 가신 대 바라보니

초로(草露)난 매쳐 잇고 모운(暮雲)이 디나갈 제

죽림(竹林) 푸른 곳의 새소래 더욱 섧다

세상(世上)의 설운 사람 수(數) 업다 하려니와

박명(薄命)한 홍안(紅顔)이야 날 갓하니 또 이실가

아마도 이 님의 지위로 살동말동 하여라

▶ 현대어 풀이

천상의 견우직녀 은하수 막혔어도,

7월 7석 일 년에 한번 어김없이 찾건마는

우리 님 가신 뒤엔 무슨 강물 가렸기에

온다느니 만다느니 소식조차 끊겼는고?

난간에 기대서서 임 가신 데 바라보니

풀잎이슬 맺혀있고 저녁 구름 지나갈 때

대나무 숲 성한 곳에 새소리 더욱 섧다

세상에 서러운 자 수 없이 많지마는

팔자 사나운 여자야 날 같은 이 또 있을까?

아마도 이님의 탓으로 살동말동 하여라.

(『교주가곡집(校註歌曲集)』)

여류 천재의 한스러운 일상사

<규원가(閨怨歌)>를 일명 <원부사(怨婦辭)>라고도 하는데, 이를 『순오지(旬五志)』에 서는 허균의 첩 무옥(巫玉)이 지은 것이라 하고 『고금가곡(古今歌曲)』 전집 권8에는 허 난설헌이 지은 것이라 하였기 때문에 그 작자를 확정하기 쉽지 않다. 다만 이태백 의 작품을 인용한 것으로 보이는 허난설헌의 한시 <소년행(少年行)>에 <규원가>의 구절 "엊그제 졈엇더니 하마 어이 다 늙거니/소년행락(少年行樂) 생각하니 닐너도 속 절업다/…/장안(長安) 유협(遊俠) 경박자(輕薄子)랄 꿈 간갓 맛나이셔", "곳 피고 날 졈

은 제 정처(定處) 업시 나가 이셔/백마금편(白馬金鞭)으로 어대 어대 머므난고"와 흡사한 구절 "소년의 신의가 굳고 무겁기에, 의협인과 사귀어 놀뿐이네. … 황금채찍 휘둘러 즐거움 끝없어 떠날 줄 몰라."(少年重然諾 結交遊俠人 … 金鞭宿倡家 行樂爭留連)가 있고,

> 비단 띠 비단치마 눈물자국 홍건해,
> 일 년 살이 고운 풀 왕손을 한탄하네.
> 아쟁을 당겨서 강남곡 뜯고 보니,
> 배꽃 떨어져도 낮에도 문 닫혔네.
>
> 달뜬 다락 가을 깊어 옥병풍 쓸쓸해
> 서리 친 갈대밭 저녁 기러기 날아드네.
> 거문고 뜯어본들 사람은 뵈지 않고,
> 들판 연못가에 연꽃만 시드누나.[447]

허난설헌과 허균의 생가 추정지
(강원도 강릉시 초당동 475-3)

허난설헌의 칠언절구 중에 위의 <규원(閨怨)>이라는 작품이 있는 것을 볼 때, <규원가>를 허난설헌의 작품으로 보는 것이 더 합리적이지 않을까 한다.

"허난설헌(1563~1589)은 손곡(蓀谷) 이달(李達), 하곡(荷谷) 허봉(許篈)에게서 나왔다 한다. 그녀의 솜씨는 옥봉(玉峯) 백광훈 등에게는 미치지 못하나 민첩하고 총명함이 뛰어나서 우리나라 규수 시인은 오직 이 한 사람 뿐이었다."는 김만중『서포만필』하의 기록은 허난설헌이 빼어난 시적 재주를 가졌음을 일러준다.

다음은 1765년 북경에서 홍대용(담헌, 湛軒)과 반정균(난공, 蘭公)의 필담이다.

> "난공 : 귀국의 경번당(허난설헌)은 시에 능하여 그 이름이 중국의 시선에 실렸으니
> 어찌 다행한 일이 아니겠습니까?

담헌 : 이 부인의 시는 훌륭하지만 그의 덕행은 시에 미치지 못합니다. 그의 남편 김
　　　성립은 재주도 외모도 빼어나지 못했습니다. 부인이 '이승에서 김성립과 이별
　　　하고, 저승에서 영원히 두목지(杜牧之)를 따르고 싶네.'라는 시를 지었으니, 이
　　　시만 보아도 그 사람됨을 알 수 있습니다.
난공 : 아름다운 부인이 못난 남편과 부부가 되었으니, 어찌 원망이 없겠습니까?"[448]

　중국의 시선이란 『조선시선(朝鮮詩選)』을 말하는데, 이렇듯 허난설헌의 시는 중국
문인들에게까지 전해질 만큼 빼어났다. 허균은 난설헌의 시적 재능에 대해 "누님의
시문은 모두 천성에서 나온 것들이다. 유선시(遊仙詩)를 즐겨지었는데 시어가 모두
맑고 깨끗하여 음식을 익혀먹는 속인으로는 미칠 수가 없다. 산문도 우뚝하고 기이
한데 사륙문이 가장 좋다. 백옥루상량문(白玉樓上樑文)이 세상에 전한다. 중형이 일찍
이 '경번(景樊)(허난설헌의 자)의 재주는 배워서 그렇게 될 수가 없다. 모두가 이태백(李
太白)과 이장길(李長吉)의 영향이다.'라고 한 적이 있다"고 하였다.[449]

　그러나 난설헌의 부부금실에 대해서는 견해가 상반된다. "난설헌 허씨는 … 아름
답고 지혜롭고, 어려서부터 시로써 세상에 알려졌다. 시집갈 나이가 되어 한림벼슬
을 하는 김성립에게 시집을 가서 서로의 정의가 좋아 아주 성실하게 살았다."는 기
술이[450] 있는가 하면, "아, 살아서는 부부금실이 좋지 못했고, 죽어서는 제사 받들
자식이 없으니 옥이 깨진 원통함이 한이 없다."는[451] 시각도 있다. 『금계필담』에서는
그녀를 당송시를 많이 인용한 천재라고 했지만, 세상 사람들이 말하는 "이른바 인
간 세상에서 김성립과 이별하면 지하에서 두목지(杜牧之)와 만나는 것을 원한다."고
한 말은 허균을 더럽히려고 일부러 한 무고가 그 누이 난설헌에게 미친 것이라
는[452] 견해도 있으니 그 진실을 파악하기 어렵다.

　허균은 난설헌에 대해 "나의 돌아간 자씨는 현숙하고 문장도 지녔으나, 시어머니
의 사랑을 얻지 못하였고 또 두 자식까지 잃어 마침내 한을 품고 세상을 떠났다."[453]
하였으니, 난설헌은 재능에 비해 매우 불운한 일생을 살다 27세에 요절한 천재시인
이다. <규원가>에서 "엊그제 젊었더니 하마 어이 다 늙거니 ~"는 덧없이 흘러간
젊은 날을 회상하는 한탄조이다. 내용의 흐름으로 보아도, 요절한 허난설헌이 "늙거

야 셜운 말삼 하쟈 하니 목이 멘다"라고 표현한 것은 매우 의아하다. 이에 난설헌의 <규원가>는 "…지는 꽃 다 밟으며/어디 가서 놀려는고/호희(胡姬)의 술집으로/웃으며 들어간다."라는[454] 이백의 <소년행>이나 남편이 벼슬을 찾아 떠나도록 놓아둔 것을 후회하며 지은 왕창령(王昌齡)이 지은 <규원(閨怨)> 등의 작품을 인용하여, 소년시절의 행락이란 세월 지나면 다 부질없는 것임을 나타내기 위한 문예적 취향을 반영한 것으로 보는 것이 좋을 듯하다.

난설헌의 재주를 극찬하면서도 여성들의 창작에 대해서는 달갑지 않은 시선이 많았기 때문에 난설헌과 김성립에 관한 얘기는 와전이 있을 수 있다. 다만, 김성립이 강사(江舍)에서 글을 읽고 있을 때 난설헌이 지어 보낸 작품 "제비가 비낀 처마를 스치면서 둘씩둘씩 나는데, 떨어지는 꽃이 어지럽게 명주옷을 치네. 침실에서 완연한 봄을 슬퍼하는 뜻은, 강남에 풀은 푸르러도 사람은 돌아오지 않아서일세."를[455] 보거나 다음 자료를 보면, 김성립은 차분히 학문 연마하는 선비로 볼 수 없는 방종이 있었음을 알 수 있다.

> 우리나라 선조 조 때 명문의 자제 이경전(李慶全)·이수록(李綏祿)·백진민(白振民)·김두남(金斗男)·유극신(柳克新)·김성립(金誠立)·정효성(鄭孝誠)·정협(鄭協) 등 연소한 자 40여 명이 패거리가 되어, 뛰놀고 노래하며 <동동곡(鼕鼕曲)>을 부르고 큰 길거리로 헤매면서 곡하고 또 웃으며, 하는 말이, "국가가 장차 망할 것을 곡하고, 장상(將相)들이 사람 아닌 것을 웃는다."고 하였다.[456]

이 선비들이 도성 안에 떼를 지어 미치광이나 괴물처럼 노래하고 춤추며 웃다가 울고 하여 부끄러움을 모르고 도깨비나 무당의 흉내를 내며 다니니 흉하고 놀랍기 말할 수 없다했는데,[457] 이 중에 김성립이 끼어 있었으니, <규원가>에서 장안의 경망한 자와 일순간에 인연이 맺어져 마음 쓰기를 살얼음 디디는 것처럼 한다는 표현도 이해할 만하다. 요컨대, 허난설헌이 <규원가>에다 자신을 술집 출입을 하며 집에 돌아오지 않는 남편을 기다리는 기구한 여인으로 그린 것은 당송(唐宋) 시대 문장가들의 많은 글들을 본떠 문학적 수식을 가미하면서 자신의 상황을 자전적으로 그려간 결과라 하겠다.

◎ 〈선상탄(船上歎)〉 박인로(朴仁老, 1561~1642)

> 늘고 병(病)든 몸을 주사(舟師)*)로 보니실시
> 을사(乙巳) 삼하(三夏)*)애 진동영(鎭東營) 느려오니
> 관방중지(關防重地)예 병(病)이 깁다 안자실랴
> 일장검(一長劍) 비기 추고 병선(兵船)에 구테 올나
> 여기진목(勵氣瞋目)ㅎ야 대마도(對馬島)을 구어보니
> 브람 조친 황운(黃雲)은 원근(遠近)에 사혀 잇고
> 아득훈 창파(滄波)는 긴 하눌과 훈 빗칠쇠

▶ 현대어 풀이

늙고 병든 몸을 수군으로 보내시어
을사년(1605년) 여름에 진동영(鎭東營)으로 내려오니 *
변방의 요새에서 어찌 가만 앉았으랴.
긴 칼 빗기 차고 병선(兵船)에 구태여 올라
두 눈 부릅뜨고 대마도를 굽어보니
누런 구름 바람 따라 여기저기 떠 있고
아득한 푸른 물결 하늘과 한빛일세.

*) 주사(舟師) : 수사(水師), 수전(水戰). 해군, 수군.
*) 삼하(三夏) : 여름의 3개월. 4월의 맹하(孟夏), 5월의 중하(仲夏), 6월의 계하(季夏)

대마도(對馬島). 〈선상탄〉에 "두 눈 부릅뜨고 대마도를 굽어보니…"라는 구절이 나온다.

선상(船上)에 배회(徘徊)ㅎ며 고금(古今)을 사억(思憶)ㅎ고

어리 미친 회포(懷抱)애 헌원씨(軒轅氏)*)를 애드노라

대양(大洋)이 망망(茫茫)ㅎ야 천지(天地)예 둘려시니

진실로 비 아니면 풍파만리(風波萬里) 밧긔

어니 사이(四夷) 엿볼넌고

▶ 현대어 풀이

배 위를 서성대며 고금(古今)의 일 생각하고

어리석고 미친 마음에 헌원씨(배를 만든 사람)를 원망하네.

큰 바다가 넓고 넓게 하늘땅을 둘렀으니

진실로 배 없으면 만 리에서 파도 넘어

어찌 오랑캐 들어오겠나?

*) 헌원씨(軒轅氏) : 황제의 이름. 그가 현재 하남성 신정현(新鄭縣) 헌원의 언덕에서 태어난 데서

유래함

무슴 일 ᄒᆞ려 ᄒᆞ야 ᄇᆡ 못기를 비롯ᄒᆞᆫ고
만세천추(萬世千秋)에 ᄀᆞ업슨 큰 폐(弊)되야
보천지하(普天之下)애 만민원(萬民怨) 길우ᄂᆞ다
어즈버 ᄭᆡᄃᆞ라니 진시황(秦始皇)의 타시로다
ᄇᆡ 비록 잇다ᄒᆞ나 왜(倭)를 아니 삼기던들
일본(日本) 대마도(對馬島)로 뷘 ᄇᆡ 졀로 나올넌가

▸ 현대어 풀이
무슨 일 하려고 배 만들기 시작했나.
오랜 세월동안 끝없는 폐단 되어
넓은 하늘 아래 백성 원망 길렀는가?
아, 돌이켜보니 진시황의 탓이로다.
배가 비록 있다 해도 왜(倭)가 아니 생겼다면
일본 대마도로 빈 배 절로 나왔겠나?

뉘 말을 미더 듯고 동남동녀(童男童女)를 그디도록 드려다가
해중(海中) 모든 셤에 난당적(難當賊)을 기쳐 두고
통분(痛憤)ᄒᆞᆫ 수욕(羞辱)이 화하(華夏)*애 다 밋나다
장생(長生) 불사약(不死藥)을 얼ᄆᆡ나 어더 닉여
만리장성(萬里長城) 놉히 사고 몃 만년(萬年)을 사도썬고

▸ 현대어 풀이
뉘 말을 곧이듣고 어린 남녀를 그토록 들여다가
바다 속 모든 섬에 감당 못할 도적 두고
원통한 모욕감을 중국까지 다 미쳤나.
영생의 불사약을 얼마나 얻어내어,

만리장성 높이 쌓고 몇 만 년 살려했나.

*) 화하(華夏) : '화(華)'는 화려함, '하(夏)'는 대국이라는 뜻으로, 중국 본토에 대한 지나친 지칭

〈선상탄〉 시가 비석(부산광역시 수영구 민락동 현대아파트 내)

> 놈디로 죽어가니 유익(有益)흔 줄 모르로다
> 어즈버 싱각ㅎ니 서불(徐市) 등(等)이 이심(已甚)ㅎ다
> 인신(人臣)이 되야셔 망명(亡命)도 ㅎ는 것가
> 신선(神仙)을 못 보거든 수이나 도라오면
> 주사(舟師) 이 시럼은 전혀 업게 삼길럿다

▶ 현대어 풀이
남들처럼 죽었으니 유익한 줄 모르겠네.

아, 생각하니 서불(徐市)*) 등이 심했도다.

신하의 몸으로 망명이 될 말인가.

신선을 못 찾으면 빨리 돌아갔더라면

나의 이 시름은 전혀 없게 되었을 걸.

*) 서불(徐市) : 진나라 때의 방사(方士). 진시황이 어린 남녀 수천을 배에 태워 동으로 보내고 불로초를 구해오라 하였는데, 무리들이 돌아오지 않고 그 후손들이 왜족이 되었다 함.

두어라 기왕불구(旣往不咎)라 일너 무엇 ᄒ로소니

쇽졀업손 시비(是非)를 후리쳐 더뎌 두쟈

잠사각오(潛思覺寤)ᄒ니 내 뜻도 고집(固執)고야

황제작주거(黃帝作舟車)논 왼줄도 모ᄅ로다

▶ 현대어 풀이

두어라 과거 탓, 일러서 무엇 하랴?

소용없는 시비란 팽개쳐 던져두자.

깊이 생각하니 내 뜻도 고집스럽다.

황제가 만든 수레와 배 잘못도 아니도다.

장한강동(張翰*)江東)애 추풍(秋風)을 만나신들

편주(扁舟) 곳 아니 타면

천청해활(天清海濶)ᄒ다 어니 흥(興)이 졀로 나며

삼공(三公)도 아니 밧골 제일강산(第一江山)애

부평(浮萍) 갓한 어부(漁父) 생애(生涯)을

일엽주(一葉舟) 아니면 어듸 부쳐 돈힐눈고

▶ 현대어 풀이

장한(張翰)이 강동(江東)에서 가을바람 만난들

조각배 아니타면

하늘 맑고 바다 넓은들 어찌 흥이 나겠으며

재상자리도 바꾸지 않을 아름다운 이 강산에

부평초 같은 어부 생애도

조각배 아니면 어디에 기대 살까.

*) 장한(張翰) : 진(晉)나라 사람. 가을바람이 불면 고향인 송강(松江)에서 나는 농어의 맛을 생각하고 일부러 귀향하였다는 고사에서 유래함

일언 닐 보건딘

비삼긴 제도(制度)야 지묘(至妙)훈 덧 ᄒ다마는

엇디훈 우리 물은

ᄂᄂ 듯훈 판옥선(板屋船)을 주야(晝夜)의 빗기 튼고

임풍영월(臨風咏月)호디 흥(興)이 전혀 업는 게오

석일(昔日) 주중(舟中)에ᄂᆞ 배반(杯盤)이 낭자(狼藉)* 터니

금일(今日) 주중(舟中)에ᄂᆞ 대검장창(大劍長槍) 쑨이로다

훈가지 빅언마ᄂᆞ 가진 빅 다라니

기간(其間) 우락(憂樂)이 서로 ᄀᆞᆺ지 못 ᄒ도다

▶ 현대어 풀이

이런 일을 보건대

배를 만든 계기야 묘한 듯하지만

어찌하여 우리 무리는

나는 듯한 판옥선을 밤낮으로 빗겨 타고

바람 쐬며 달 읊조려 흥이 전혀 없는 건고.

어제까지 배 위에는 술상이 어지럽더니

오늘의 배 위에는 긴 칼과 창뿐이로다.

똑같은 배이라도 가진 바가 다르니

그 사이의 근심 기쁨 서로 같지 못하구나.

*) 배반(杯盤)이 낭자(狼藉) : 술자리에 술잔과 그릇이 어지러이 흩어짐.

시시(時時)로 멀이 드러 북신(北辰)을 ᄇᆞ라보며
상시노루(傷時老淚)ᄅᆞᆯ 천일방(天一方)의 디이ᄂᆞ다
오동방(吾東方) 문물(文物)이 한당송(漢唐宋)애 디랴마ᄂᆞᆫ
국운(國運)이 불행(不幸)ᄒᆞ야 해추흉모(海醜兇謀)애
만고수(萬古羞)을 안고 이셔
백분(百分)에 ᄒᆞᆫ 가지도 못 시셔 ᄇᆞ려거든
이 몸이 무상(無狀)ᄒᆞᆫ들 신자(臣子)ㅣ 되야 이셔다가
궁달(窮達)이 길이 달라 몯 미옵고 늘거신들
우국단심(憂國丹心)이야 어ᄂᆞ 각(刻)애 이즐넌고

▶ 현대어 풀이
때때로 머리 들어 궁궐을 바라보며
나라 걱정 늙은이 눈물 하늘가에 떨어진다.
동방의 우리 눈물 한당송(漢唐宋)에 버금가도
국운이 불행하여 왜적의 간계에
씻지 못한 수치를 안고,
100분의 1도 못 씻었는데,
이 몸이 공도 없이 신하가 되어서
출세하지 못하여 못 모시고 늙었지만,
우국(憂國)의 마음이야 잠시라도 잊을쏜가.

강개(慷慨) 계운 장기(壯氣)는 노당익장(老當益壯) ᄒᆞ다마ᄂᆞᆫ
됴고마ᄂᆞᆫ 이 몸이 병중(病中)에 드러시니
설분신원(雪憤伸寃)이 어려올 ᄃᆞᆺ ᄒᆞ건마ᄂᆞᆫ
그러나 사제갈(死諸葛)도 생중달(生仲達)을 멀리 좃고
발업슨 손빈(孫臏)도 방연(龐涓)을 잡아거든

흐믈며 이 몸은 수족(手足)이 フ자 잇고

명맥(命脈)이 이어시니

서절구투(鼠竊狗偷)*)을 저그나 저흘소냐

비선(飛船)에 둘려드러 선봉(先鋒)을 거치면

구시월(九十月) 상풍(霜風)에 낙엽가치 헤치리라

칠종칠금(七縱七禽)*)을 우린들 못 홀 것가

▸ 현대어 풀이

의분(義憤)을 못 이김은 늙을수록 더하다만

조그만 이 내 몸이 아픈 몸 되었으니

분하고 원통함을 언제 풀까 싶지마는

제갈공명도 산 중달(仲達)을 저 멀리 내쫓고,

발 없는 손빈(孫臏)도 방연(龐涓)을 잡았는데

하물며 이 몸은 두 손발 모두 갖고,

목숨이 붙어있으니

좀도둑 왜적을 조금이라도 두려워할까?

빠른 배에 달려들다 선봉부대 거쳐 가면

9, 10월 서릿바람에 낙엽 지듯 스러지리.

맘대로 잡고 놓고 우리인들 못 할 건가.

*) 서절구투(鼠竊狗偷) : 서적(鼠賊). 좀도둑.
*) 칠종칠금(七縱七禽) : 적을 일곱 번 석방하였다가 일곱 번 사로잡음. 제갈공명이 맹획(孟獲)을
  사로잡은 고사.

준피도이(蠢彼島夷)들아 수이 걸항(乞降) ᄒᆞ야스라

항자불살(降者不殺)이니 너를 구티 섬멸(殲滅)ᄒᆞ랴

오왕(吾王) 성덕(聖德)이 욕병생(欲幷生) ᄒᆞ시니라

태평천하(太平天下)애 요순군민(堯舜君民) 되야 이셔

일월광화(日月光華)ᄂᆞᆫ 조부조(朝復朝) ᄒᆞ얏거든

전선(戰船) 트던 우리 몸도 어주(漁舟)에 창만(唱晚) 호고
추월(秋月) 춘풍(春風)에 놉히 베고 누어 이셔
성대(聖代) 해불양파(海不揚波)롤 다시 보려 호노라

▶ 현대어 풀이

무례한 섬 오랑캐 빨리 항복하려무나.

항복하면 안 죽이니 구태여 섬멸하랴.

우리 임금 성덕이 함께 살기 바라시니,

태평한 하늘 아래 요순(堯舜)시대 군신 되어

일월광(日月光)의 성은(聖恩)이 매일같이 비추이면

싸움배 타던 우리 몸도 고깃배 타고 노래하고

가을 달 봄바람에 높이 베고 누워서

태평성대 잔잔한 바다 물결 다시 볼 것이라.

(『노계집(蘆溪集)』 권3)

🐚 붓을 던지고 전쟁터에 뛰어들다

노계는 어려서부터 총명하여 다른 사람이 서사(書史)를 외우면 한번 듣고 문득 기억하였으며 자라서는 글을 잘 지었다. 임진란에 비분강개하여 붓을 던지고 죽기를 맹세하여 전장에 참여하였다. 무술년(1598)에는 강좌절도사 성윤문(成允文)을 도와 매양 군사에 관한 논의를 하였고, 기해년(1599)에는 무과에 올라 수문장(守門將)에 제수되었고 선전관(宣傳官)을 거쳐 조라포(助羅浦) 만호(萬戶)[경상남도 거제군 일운면 구조라리. 수군만호가 있었다]가 되었는데 사졸들이 비를 세워 덕을 칭송하였다. 공은 재질이 훌륭하였으나 세상에서는 알아주는 자가 없었다. 오직 한음(漢陰) 이상공(李相公)이 기미가 서로 맞아 국사로서 대우하여 크게 쓰도록 추천하였으나 이루어지지 않았고 시사(時事) 또한 크게 변화하였다. 이로부터 전야(田野)에 물러나 벼슬할 뜻이 없었다. 홀연히 스스로 발문하여 이르기를 "성인이 이르기를 아침에 도를 들으면 저녁에 죽

어도 좋다고 하였으니 어찌 나이가 많다고 스스로 한계를 지을 것인가?"라고 하고 날마다 성현의 글을 읽고 조용히 생각하고 깊이 탐구하였다.[458] 이때에 나라가 아직 남쪽 변방이 근심스러우므로 공을 통주사(統舟師)로 뽑아 부산을 방어하도록 했다. 공이 배에 임(臨)하여 이 곡을 지었으니 공의 나이 45세 때이다.

수치스러움과 기개와 태평기원

<선상탄>은 정유재란 직후에 부산의 통주사로 부임하여 느낀 전쟁 비애와 평화 기원을 노래했다. 먼저 왕명을 받들어 부임하게 된 경위와 각오를 밝히고, 전쟁이 난 데 대한 한탄스러움 때문에 황제(黃帝)와 진시황(秦始皇), 서불(徐市) 등에 대한 원망을 적었다. 나라를 스스로 지키지 못한 자책이 책임 전가로 변했다. 평화로운 시절 같으면 배에 올라 흥에 취해 유희를 즐길 텐데, 지금은 전시(戰時)라서 술상을 차지하는 대신 판옥선(板屋船)에서 대검장창(大劍長槍)을 장착하고 서 있으니 탄식이 절로 난다고 했다. 작품 곳곳에 지은이의 우국충정, 왜구로부터의 씻지 못할 수치, 나라 위한 정성과 장한 기개가 뒤섞여 있다. 그리고는 왜국에 항복할 것을 재촉하고 태평성대를 기원하는 내용으로 마무리했다.

"느논 듯훈 판옥선(板屋船)을 주야(晝夜)의 빗기 투고/임풍영월(臨風詠月) 호더 흥(興)이 전혀 업는게오"라 한 대목이 가장 인상적이다. 배를 타고 풍류를 즐기고 싶은 '이상'(있어야 할 현실)과 배 안에 대검장창(大劍長槍)을 싣고 있는 '현실' 사이의 괴리가 슬픔을 자아낸다. 전쟁 상황에서 평범하고 소박한 일상의 소중함을 깨달은 셈이다. "장한강동(張翰江東)애[459] 추풍(秋風)을 만나신들/편주(扁舟) 곳 아니 타면/천청해활(天淸海濶)ᄒ다 어늬 흥이 절로 나며", "석일(昔日) 주중(舟中)에는 배반낭자(杯盤狼藉)[460]터니"에도 일상에 대한 그리움을 그렸다. 전쟁의 여운이 가시지 않은 상황에서 긴장된 마음으로 전선을 지키고 있자니 강 위의 맑은 바람과 산 위의 밝은 달을 즐기던 일상이 그리웠을 것이다. <선상탄>은 태평한 시대에 배를 타고 풍류를 즐기고자 하는 이상, 어지러이 술상을 벌리던 지난날의 소박한 일상까지도 그리움으로 남아

전쟁 기간 동안 피폐해진 마음을 실감케 하고 있다.

◎ 〈청학동가(靑鶴洞歌)〉　침굉현변(枕肱懸辯, 1616~1684)

> 지리산(智異山) 청학동(靑鶴洞)을 녜 듯고 이제 보니
> 최고운(崔孤雲) 종적(蹤跡)이 처처(處處)의 완연(宛然)ᄒ다
> 향로봉(香爐峰) 속용(束聳)호매 기암(奇巖)은 경수(競秀)ᄒ고
> 괴석(怪石)이 쟁영(崢嶸)하야 송백(松柏)조처 창창(蒼蒼)ᄒ듸
> 삼천척(三千尺) 옥류(玉流)는 구천(九天)의셔 듯듯는닷
> 기하(其下)의 석지(石池)예 일광(日光)이 침파(侵波)ᄒ매
> 산영(山影) 듬겨쩌든 백운(白雲) 홍수지변(紅樹之邊)의
> 일쌍청학(一雙靑鶴)은 한왕한래(閑往閑來)ᄒ노매라
> 차중(此中)의 승사(勝事)을 나 혼자 아희쩌시*)
> 혼자 알고 낙담(落膽)ᄒ야 불각(不覺)애 교수(矯首)ᄒ니
> 낙하(落霞) 창망지외(蒼茫之外)예 호상(湖上) 고봉(孤峰)은
> 반유반무(半有半無) ᄒ노매라 완패대(翫沛臺) 취셔 올라
> 불일암(佛日菴) 주각(朱閣)은 백암반(白巖畔)의 나타쩌든
> 금신(金身)이 현완(現宛)ᄒ고 옥탑(玉塔) 최외(崔嵬)ᄒ듸
> 백납(百衲) 한승(閑僧)은 선흥(禪興)을 못내 겨워
> 옥로(玉爐)애 향(香)을 곳고 일성(一聲) 금경(金磬)을
> 만학풍(萬壑風)의 울니노매 아희야 요설(撓舌)을 말고랴
> 탐승소인(探勝騷人) 알려다
>
> (『침굉집(枕肱集)』)[461]

▶ 현대어 풀이
지리산 청학동을 예 듣고 이제 보니
최치원 발자취 곳곳에 완연하다.
향로봉 우뚝 솟고 기괴한 돌 삐죽하고

괴석(怪石)이 우뚝 쌓이고 송백(松柏)도 우거졌는데,

3천 척 폭포수는 하늘 높이서 떨어지는 듯

그 아래 연못에 햇볕이 반짝반짝

그림자 담겼거든 흰 구름 단풍 옆에

청학 한 쌍이 한가로이 왔다갔다

이 중에 좋은 구경 나 혼자 가지고자

혼자 알고 깜짝 놀라 나도 몰래 머리 드니

저녁놀 아득한 밖에 호수 위 봉우리는

있는 듯 없는 듯 하노매라 완패대(翫沛臺) 취해 올라

불일암(佛日菴) 붉은 누각 백암 옆에 나왔는데,

금신(金身)이 현완(現宛)하고 옥탑 우뚝 솟아

납의(衲衣) 입은 한가한 중 선흥(禪興)을 못 이겨

옥 향로에 향을 꽂고 한 곡 금경(金磬) 소리

골바람의 울리노매, 아이야 시끄럽게 말아라.

승경(勝景) 찾는 시인한테 알려지겠다.

*) 아희써시 : 아이다(앗이다). 빼앗기다. "내 병(兵)이 볼셔 긔운을 아이ᄂ니라(我兵已奪氣矣, 武藝諸 44)

☙ 누구나 꿈에 그리는 신선(神仙) 세계, 지리산

『신증동국여지승람』권30, 진주목에는 지리산에 대하여 다음과 같이 적고 있다. 지리산은 10여 주(州)에 걸쳐 있는데, 꼬박 한 달은 걸려야 그 주위를 다 구경할 수 있다. 늙은이들이 서로 전해 오는 말에, "그 안에 청학동(靑鶴洞)이 있는데, 겨우 사람만 통할 수 있는 매우 좁은 길을 엎드려서 몇 리쯤을 가면 탁 트인 경치를 볼 수 있다. 사방이 모두 좋은 밭이요, 기름진 땅이라 농사짓기에 딱 좋다. 푸른 학이 그 안에 산다 하여 청학동이라 부르는데, 예전에 속세를 피해 온 사람이 살던 흔적이 무너진 담과 가시덤불 속에 남아 있다." 하였다. 속세를 피해 한번 들어오기만 하면 안온히 보호를 받으며 농사짓고 살 수 있는 이상적인 옥토로 지리산을 설정하고 있다.

예전에 이인로가 최 상국(相國) 모와 함께 이 속세를 떠나 길이 숨을 뜻을 품고 이 마을을 찾기로 약속하였다. 대나무 우리에다 송아지 두세 마리를 데리고 들어가면, 속세와 상관하지 않고 살리라. 화엄사에서 출발하여 화개현(花開縣)에 이르러 신흥사에서 유숙하니 지나는 곳마다 선경(仙境)이 펼쳐졌다 하였다. 여기서도 지리산은 속세를 떠난 은자(隱者)들이 찾는 신선 세계이다. 지리산은 수많은 바위들이 울룩불룩 솟았고 많은 구렁 물이 다투어 흘렀다. 대 울타리 초가지붕에 복숭아꽃이 가렸다 비쳤다 하니, 자못 인간 세상 같지 않았다. 유방선(柳方善)의 시에, "아마도 옛날에 은자(隱者)가 살던 곳, 사람은 신선되어 날아가고 산은 텅 비었는가. 신선이 있고 없음은 논할 겨를 없고, 다만 덕이 높은 선비 속세 벗어나니 좋구나. 나도 여기에 집 짓고 약초 캐며 살다가 죽고 싶구나."라고 하였으니 지리산에서 사는 것만으로도 신선과 더불어 사는 느낌을 받을 수 있었음을 볼 수 있다. <청학동가>에는 최치원의 발자취가 곳곳에 완연하다 했는데, 지리산의 환학대와 쌍계사 등에 최치원의 발자취가 있다. 쌍계사에는 최치원이 지리산에 입산할 당시 지은 시가 있고, 환학대는 최치원이 학을 불러 탔다는 전설이 전한다. "향로봉 우뚝 솟고 기괴한 돌 삐죽하고, 소나무와 잣나무도 우거졌으며, 3천 척 폭포수는 하늘 높이서 떨어지는 듯" 하다고 했다. 그 아래 연못에는 햇볕이 반짝거리고, 흰 구름과 고운 단풍이 못에 그림자 진 곳에 청학 한 쌍이 한가로이 왔다 갔다 한다고 했으니 지리산 일대를 신선 세계로 여긴 것도 무리는 아니다.

"유교와 불교가 본래부터 나뉘어졌다고 말하지 마오/이제 가장 큰 기쁨은 노스님의 시문을 얻음이오/백규장(白圭章)을 두세 번 읽듯 치우치게 연모하였으나/선산(仙山)에 머리 돌리니 저문 구름이 잠겨 있소."를[462] 보면 <청학동가>를 지은 침굉은 유불선에 얽매이지 않고,

"근심하는 것은 비로소 몸이 늙어짐을 깨닫기에/나그네 생활에서 귀밑머리가 희어짐을 알게 됐소/오늘밤 밝은 달이 떠남을 알려주지 않아,/맑은 노래와 묘한 춤으로 항아(姮娥)를 취하게 하겠소."[463]

에서와 같이 자유로운 사고로 선계(仙界)를 동경하고, 초월의 상상을 했음을 알 수 있다.

◎ 〈사부모가(思父母歌)〉　안조원(安肇源, 1765~?)

> 부모이별(父母離別) 싱각ᄒ니 생각사록 목이 멘다
> 강두이별(江頭離別) ᄒ직(下直)헐 제 ᄒ직(下直)이나 더헐 거슬
> 장장하일(長長夏日) 가든 날은 어이 그리 수이 가고
> 요요강촌(寥寥江村) 우든 달근 어이 그리 치촉든고
> 상시(常時)런가 꿈이런가 꿈이라도 놀라왜라
> 삼사십리(三四十里) 가는 길도 길이라도 섭섭거든
> 쳔니타향(千里他鄕) 부자이별 이별(離別)조차 적거(謫去)로다
> 오날 올지 너일(來日) 올지 기한(期限) 업는 길이로다
> 당치 아닌 날이라도 셜운 마음 잇슬 거슬
> 부자이별(父子離別) 쳔뉸지졍(天倫之情) 망극(罔極)홈도 ᄒ도 ᄒ다

▸ 현대어 풀이
부모와 이별할 생각하니 생각할수록 목이 멘다.
강가에서 헤어질 때 하직인사나 더할 것을
긴긴 여름날 가던 날은 어찌 그리 쉽게 가고
쓸쓸한 강마을, 울던 닭은 어이 그리 재촉하던지.
생시인가 꿈이런가, 꿈이라도 놀라워라.
삼사십 리 가는 길도 길이라고 섭섭한데,
천리 타향 부자 이별, 그 이별이 귀양이라.
오늘 올지 내일 올지 정한 날 없는 길이로다.
별일 없는 평시에도 서러운 마음 있을지니,
부자 이별하니 천륜의 정으로 슬픔도 크고 크다.

기국이친(棄國離親) ᄒ직(下直)ᄒ고 혈혈단신(孑孑單身) 오는 ᄒᆡᆼᄉᆡᆨ(行色)

광풍일엽(狂風一葉) 훗날녀셔 어니 곳이 갈 줄 알고

사고무친(四顧無親) 어듸 가셔 뉘 집의 가 의지ᄒᆯ고

ᄒᆞᆫ 거름 두 거름에 길이 졈졈(漸漸) 머러가니

쳐량(悽凉)코 가련(可憐)ᄒ다 이 니 몸 엇지ᄒᆞ리

긴긴 길노 울고 가니 눈물 ᄆᆡ켜 못갈노다

가슴에는 담을 싸코 두 눈의는 불을 현다

▶ 현대어 풀이

나랏일 두고 부모와 하직하고 나 홀로 오는 행색

미친바람에 잎이 날리듯 어느 곳으로 갈 줄 알고

의지할 데 없는 이 몸, 어디 가서 뉘 집에 의지할까.

한 걸음 두 걸음에 길이 점점 멀어져가니

처량하고 가련하다 이 내 몸 어찌 하리.

긴긴 길로 울고 가니 눈물 막혀 못 가겠네.

가슴에는 담을 쌓고 두 눈에는 불을 켠다.

부모(父母) ᄯᅥ나 오는 마음 니 마음도 잇거니와

날 보니고 가진 마음 부모 마음 엇더실고

십니강교(十里江郊) 긴긴 길의 길에 울고 가오신가

인니친쳑(隣里親戚) 위문(慰問)ᄒᆯ졔 눈물겨워 엇지신고

초당츄야(草堂秋夜) 젹막(寂寞)ᄒᆫ데 젹막ᄒᆯ 손 니 거쳐(居處)라

문방비치(文房排置) 의연(依然)ᄒ니 독셔셩(讀書聲)을 드르신 듯

명시가졀(名時佳節) 도라오니 날을 불러 즐기실 듯

신물과실(新物果實) 시로 나니 나를 불러 먹이실 듯

더딘 날과 긴긴 밤에 밤낫업시 ᄶᅵᆨᄶᅵᆨ마다

날 싱각이 몇 번이고 몃 번이나 울으신고

▶ 현대어 풀이

부모 떠나오는 마음, 내 마음도 그렇지만

날 보내고 가진 마음, 부모 마음 어떠실꼬.

십 리 강 너머 긴긴 길에, 길에서 울고 가실까.

이웃 친지 위로할 제 눈물 북받쳐 어찌하실까?

초당의 가을밤 적막한데, 내 거처는 얼마나 더 쓸쓸할까!

내 서재 그대로이니 책 읽는 소리 들리시는 듯

명절이나 돌아오면 나를 불러 즐겼으면 싶으시고,

햇과실 새로 나면 나를 불러 먹이고 싶으실 테지.

더딘 날과 긴긴 밤에 밤낮 없이 때때마다

내 생각이 자꾸 나서 몇 번이나 우실까.

계초명(鷄初鳴) 두세 해에 화기이성(和氣怡聲) 못드르사

남누(南樓)의 북이 울제 의문이망(倚門而望) ㅎ시는가

장안소년(長安少年) 지나갈 졔 지나치고 도라보사

거지연갑(擧止年甲) 날 갓트니 날 싱각고 반기시나

슬하안힝(膝下雁行) 젹막(寂寞)ㅎ니 외기럭이 되여셰라

북당(北堂) 명월야(明月夜)에 혼ᄌ 울며 니왕(來往)헐 졔

부모(父母) 마음 슬허ㅎ심 더욱 오작 ㅎ오실가

이 일 져 일 천만사(千萬事)의 나의 불효(不孝) 무궁(無窮)ㅎ다

호의호식(好衣好食) 날을 길너 무슴 효(孝)를 보오신가

애이교지(愛而敎之) ㅎ오시고 은막디언(恩莫大焉) ㅎ건만은

봉이승지(奉而承之) 잘못히셔 불효무궁(不孝無窮) 씨치오니

삼십년사(三十年事) 혜여보니 불효(不孝)헌 날 반이 넘다

천지인간(天地人間) 불효 중에 날 갓트니 ᄯᅩ 잇는가

기쥬탐식(嗜酒貪色) 마라드면 불효 더러 아닐넌가

▶ 현대어 풀이

닭이 처음 두세 번 울 때, 즐거운 소식 못 들으시어

남쪽 누각에 북이 울릴 때, 문에 기대어 바라보고 계신가?

장안 소년 지나갈 때 지나치고 돌아보시며

행동 나이 나와 같아서 나인 줄 알고 반기시나.

부모님 쓸쓸하니 외기러기 되어서

밝은 달밤, 어머니 방을 혼자 울며 내왕할 때

부모 마음 슬퍼하심 더욱 오죽하실까.

이 일 저 일 모든 일에 나의 불효 끝이 없다.

좋게 먹이고 입혀 기르시고 무슨 효를 보시는가!

사랑으로 가르치니 은혜 끝도 없지마는

받들어 모심을 잘못하여 불효 끝도 없으니

삼십년 세월 생각해보니 불효한 날이 반이 넘네.

천지인간 불효 중에 날 같은 이 또 있는가.

술과 여자 멀리했으면 불효한 후회 적었을까.

뉘웃쳐도 헐 일 업고 이달나도 속졀 업다

보고지고 부모 얼골 듯고지고 부모 음셩

사랑ᄒ심 보고지고 ᄭ죵이나 듯고지고

황금불계(黃金佛界) 삼쳔니(三千里)에 쳔년인간(千年人間) 팔만간(八萬間)에

구쳔십지(九天十地) 다 도라도 십싱구사(十生九死) 헐지라도

부모이별 더호 셜음 다시 어듸 ᄯᅩ 잇는가

어와 다 알괘라 닉 이졔야 알괘라

효어친(孝於親) 츙어군(忠於君)을 ᄒ가지로 일너쓰니

불효어친(不孝於親) 이러ᄒ니 진츙어군(盡忠於君) 어이ᄒ리

구츙신어(求忠臣於) 효자문(孝子門)은 날노 징계(懲戒) ᄒ미로다

> 기과쳔션(改過遷善) ᄒ옵기는 옛 셩인(聖人)이 허ᄒ시니
>
> 곳칠 일도 만타만은 쳔필용지(天必用之) ᄒ오실가
>
> 부모 만나 뵈옵기를 쥬야츅수(晝夜祝壽) ᄒ옵니다

▶ 현대어 풀이

뉘우쳐도 소용없고 애달파도 도리 없다.

보고 싶다 부모 얼굴, 듣고 싶다 부모 음성.

사랑하심 보고 싶고 꾸중이라도 듣고 싶다.

불계 삼천리에 인간세상 팔만 간에

온천지를 다 돌아도, 열 번 살고 아홉 번 죽어도

부모 이별 더한 설움 다시 어디 또 있는가.

아아 다 알겠네, 내 이제야 알겠노라.

부모께 효도 군왕께 충성 함께 일렀는데,

부모께 불효하니 군왕께 어찌 충성했으리.

효자 가문에서 충신 구한다 함은 나를 깨우친 말이라.

개과천선함은 옛 성인이 허하셨으니

고칠 일도 많다마는 하늘이 허락하실까.

부모 만나 뵈옵기를 밤낮 기원하옵니다.

(필사본 思父母歌 : 『한국가사문학주해연구』 9)

❧ 불효자는 웁니다

이 작품은 <만언사(萬言詞)>와 함께 정조 때 대전별감을 지낸 안조원이 34세로 추자도에 귀양 간 1798년(정조 22) 경에 지어진 것으로 추정하는데, 실록 등의 기록에서는 정확한 단서를 찾기 어렵다.

작품의 내용은 먼저 이별의 안타까움부터 묘사하고 있다. "부모와 이별할 생각하

니 생각할수록 목이 멘다./강가에서 헤어져 하직할 때 하직인사나 더할 것을/…/오늘 올지 내일 올지 정한 날 없는 길이로다./…/부자 이별하니 천륜의 정으로 슬픔도 크고 크다."라고 했다.

둘째, 자신을 떠나보낸 부모님의 심정을 짐작하여 기술한 부분이 애절한 느낌을 전한다. "부모 떠나오는 마음, 내 마음도 그렇지만/날 보내고 가진 마음, 부모 마음 어떠실꼬", "십 리 강 너머 긴긴 길에, 길에서 울고 가실까./이웃 친지 위로할 제 눈물 북받쳐 어찌하실까?", "초당의 가을밤 적막한데, 내 거처는 얼마나 더 쓸쓸할까!/내 서재 그대로이니 책 읽는 소리 들리시는 듯/명절이나 돌아오면 나를 불러 즐겼으면 싶으시고/햇과실 새로 나면 나를 불러 먹이고 싶으실 테지./더딘 날과 긴긴 밤에 밤낮 없이 때때마다/내 생각이 자꾸 나서 몇 번이나 우실까."는 1년 12달 매 상황 상황마다 유배 떠난 자식을 그리워하며 눈물지으실 부모님의 모습을 매우 상세하게 그렸다. "남쪽 누각에 북이 울릴 때, 문에 기대어 바라보고 계신가?/장안 소년 지나갈 때 지나치고 돌아보시며/행동 나이 나와 같아서 나인 줄 알고 반기시나."는 부모 심정을 참으로 잘 헤아린 표현이다.

셋째, 깊이 반성하고 후회하는 마음을 구구절절 표현하고 있다. "이 일 저 일 모든 일에 나의 불효 끝이 없다./좋게 먹이고 입혀 기르시고 무슨 효를 보시는가!"라고 하면서 사랑으로 가르친 은혜를 갚지 못하고 도리어 불효로 갚게 되었다며 탄식한다. "삼십 년 세월 생각해보니 불효한 날이 반이 넘네./천지인간 불효 중에 날 같은 이 또 있는가./술과 여자 멀리했으면 불효한 후회 적었을까."라며 술과 여자에 빠져 불효한 세월을 후회하고 있다. 안조원에 대한 역사 기록이 쉽게 확인되지는 않지만 그가 대전별감을 지내던 때 주색잡기에 빠져 유배를 간 것임을 짐작하게 하는 대목이다. 반성은 불효에 대한 것으로 끝나지 않고 군왕에게 불충(不忠)한 것까지 이어진다.

마지막으로 바람이다. 이제 와서 뉘우쳐도 소용없고, 애달파 해도 별 도리가 없지만, "보고 싶다 부모 얼굴, 듣고 싶다 부모 음성/사랑하심 보고 싶고 꾸중이라도 듣고 싶다." 하늘이 자신의 개과천선을 허락한다면, 부모 만나 뵈옵기를 밤낮 기원한다고 했다. 이렇듯, <사부모가(思父母歌)>는 자식을 멀리 떠나보낸 부모의 심정을 헤아리며 안타까워하고, 불효자로서의 죄책감과 간절한 그리움을 애절하게 읊은 작품이다.

◎ 〈봉선화가(鳳仙花歌)〉　강정일당(姜貞一堂, 1772~1832)

향규(香閨)의 일이 업셔 빅화보(百花譜)룰 혀쳐 보니
봉선화 이 일홈을 뉘라셔 지어낸고
진유(眞游)*의 옥쇼(玉簫)쇼리 ᄌ연(紫煙)으로 힝(行)ᄒ 후의
규듕(閨中)의 남은 닌연(因緣) 일지화(一枝花)의 며므르니
유약(柔弱)ᄒ 푸른 입흔 봉의 ᄭᅩ리 넘노는 듯
ᄌ약(自若)히 붉은 꼿츤 ᄌ하군(紫霞裙)을 헤쳐는 듯
빅옥(白玉)셤 조 흙의 종종이 심어 닉니
츈삼월(春三月)이 진는 후의 향긔(香氣) 업다 웃지 마소
취헌 나븨 밋친 벌이 싸라올가 져허ᄒ니
졍졍(貞靜)ᄒ 져 긔상(氣像)을 녀ᄌ 밧긔 뉘 벗홀고
옥난간(玉欄干) 긴긴 날의 보아도 다 못 보아
사창(紗窓)을 반기(半開)ᄒ고 차환(叉鬟)을 블너 녀여
다 핀 꼿츨 킥여다가 수상ᄌ(繡箱子)의 담아 노고
녀공(女工)을 긋친 후의 듕당(中堂)에 밤이 깁고
납쵹(蠟燭)이 발가슬 졔 나음나음 고초 안ᄌ
흰 구슬을 가ᄅᆞ 마아 빙옥(氷玉) 갓흔 손 가운디
난만(爛漫)이 기여 녀여 파스국(波斯國) 져 뎨후(諸侯)의
홍순호(紅珊瑚)을 혀쳐는 듯

심궁풍유(深宮風流) 절고의 홍슈궁(紅守宮)*)롤 마아는 듯

셤셤(纖纖)훈 십지상(十指上)의 슈(繡)실노 감아 니니

조희 우희 불근 물이 미미(微微)히 숨의는 양

가인(佳人)의 얏흔 쌤의 홍노(紅爐)을 씨쳐는 듯

단단니 봉훈 모양 춘나옥ᄌ(春羅玉字) 일봉셔(一封書)롤

왕모(王母)의게 부쳐는 듯

츈면(春眠)을 늣초 씨여 츠례로 푸러 노코

옥경디(玉鏡臺)롤 디흐여셔 팔ᄌ미(八字眉)롤 그리랴니

눈디 업는 붉근 쏫치 가지의 붓텯는 듯

손으로 우희랴니 분분(紛紛)이 훗터지고

입으로 불야 흐니 셧씬 안기 가리와다

▶ 현대어 풀이

규방에 일이 없어 꽃 사전 찾아보니,

봉선화 이 이름을 누가 지어냈나.

신선의 퉁소 소리 자줏빛 안개 타고 퍼진 후에

아녀자와의 남은 인연 한 떨기 꽃으로 피어나니

부드러운 푸른 잎은 봉황의 꼬리 날아온 듯

태연히 붉은 꽃은 신선세계 자줏빛 구름,

백옥 섬의 좋은 흙에 갖가지로 심어 내니,

춘삼월이 지난 후에 향기 없다 웃지 마소.

취한 나비 미친 벌이 따라올까 걱정되니,

정숙한 저 기상을 여자밖에 누가 벗할까.

옥난간에서 긴긴 날 동안 보아도 다 못 보아

사창을 반쯤 열고 계집종을 불러내어

다 핀 꽃을 캐어다가 수(繡) 상자에 담아 놓고

여자들 일 마치니 안채에 밤이 깊고

촛불 밝을 적에 차츰차츰 곧추 앉아

흰 구슬 가루 빻아 옥 같은 손 가운데

넉넉히 개어서 페르시아 저 제후(諸侯)의

붉은 산호를 펼쳐놓은 듯

깊숙한 궁궐 절구에 붉은 도마뱀 빻아둔 듯

가늘고 고운 열손가락 위에 색실로 감아 놓으니

종이 위에 붉은 물이 조금씩 스미는 듯

예쁜 여인 고운 뺨에 화롯불 쬐이는 듯

단단히 봉한 모양은 비단에 쓴 편지 담은 봉서(封書)를

서왕모(西王母)에게 부치는 듯

봄잠을 늦게 깨어 차례로 풀어 놓고

옥거울 앞에서 팔자 눈썹 그리려니

난데없는 붉은 꽃이 가지에 붙은 듯

손으로 움키려니 분분히 흩어지고,

입으로 불려니 입김만 서리었다.

*) 진유(眞游) : 도교(道敎)에서 조성한 승지나 도관(道觀)을 유람하는 일.

*) 홍슈궁(紅守宮) : '수궁(守宮)'은 도마뱀이다. 도마뱀이 늘 담장이나 벽 사이에서 벌레를 잡아먹고 산다하여 붙여진 이름이라기도 한다. 그리고 도마뱀에게 단사(丹砂)를 먹여 기르면 온 몸이 붉어지는데 이를 짓찧어 여자의 몸에 발라 놓으면 종신토록 없어지지 않다가, 다만 남녀의 성행위가 있을 때만 사라진다 하여 '수궁'이라 지칭했다고도 한다.[464] 이는 여자의 부정을 예방하기 위해 활용한 방법이다.

녀반(女伴)을 셔로 블너 낭낭(朗朗)이 자랑ᄒ고

꼿 압희 나아가셔 두 빗출 비교(比較)ᄒ니

쑥 입희 푸른 물이 쑥의여셔 푸르단 말 이 아니 오롤손가

은근이 풀롤 미고 도라와 누어더니

녹의홍상(綠衣紅裳) 일녀ᄌ(一女子)ㄱ 표년(飄然)이 압희 와셔

웃는 듯 씽긔는 듯 ᄉ례(謝禮)ᄂ 듯 하직(下直)ᄂ 듯

몽농(朦朧)이 잠을 ᄭ여 정영(丁寧)이 싱각ᄒ니

아마도 숯귀신니 너게 와 하직(下直)ᄒ다
슈호(繡戶)ᄅᆞᆯ 급(急)희 열고 숯슈풀을 졍검ᄒ니
짜 우의 붉은 숯치 가득히 슈(繡) 노핫다
암암(黯黯)이 스러ᄒ고 낫낫치 쥬어 ᄃᆞ
숯다려 말 붓치더 그ᄃᆡᄂᆞᆫ 혼(恨)치 마쇼
시셰 년년(歲歲年年)의 숯빗츤 의구(依舊)ᄒ니
허물며 그ᄃᆡ ᄌᆞ최 니 손의 머무러지
동원(東園)의 도리화(桃李花)ᄂᆞᆫ 편시츈(片時春)을 ᄌᆞ랑 마쇼
니십번(二十番) 숯바롬의 젹막(寂寞)히 ᄯᅥ러진들
뉘라셔 슬허ᄒ고
규듕(閨中)의 남은 닌년(因緣) 그ᄃᆡ 혼 몸ᄲᅵ니로세
봉션화(鳳仙花) 이 닐홈을 뉘라셔 지어닌고
일노 ᄒᆞ여 지어셔라

▶ 현대어 풀이

단짝을 불러내어 들뜬 목소리로 자랑하고
꽃 앞에 나아가서 둘의 색깔 비교하니
쪽잎에서 나온 물이 쪽보다 푸르단 말이 아니 옳을쏜가.
은근히 풀을 매고 돌아와 누웠더니
푸른 옷 붉은 치마 한 여자가 나부끼듯 앞에 와서
웃는 듯 찡그리는 듯, 감사한 듯 하직하는 듯
몽롱하게 잠을 깨어 정녕 생각하니
아마도 꽃 귀신이 내게 와 하직했구나.
수 상자를 급히 열고, 꽃밭을 살펴보니
땅 위에 붉은 꽃이 가득 떨어졌네.
너무나 슬퍼서 낱낱이 주워 와서
꽃에게 말 부치니 그대는 슬퍼마오.
해마다 꽃의 색은 예전과 같으니

더구나 그대 흔적 내 손에 머무니
동산의 도리화(桃李花)는 잠깐의 봄을 자랑 마소.
이십 번 꽃바람에 쓸쓸히 떨어진들
뉘라서 슬퍼할까.
규중에 남은 인연 그대 한 몸 뿐이로다.
봉선화 이 이름을 누가 지어냈나.
이 때문에 지었구나.

(서울대 도서관 소장 <정일당잡지(貞一堂雜識)>)[465]

아녀자 손톱 위에 변치 않는 지조

봉선화(鳳仙花, 봉숭아)는 손톱에 붉은 물을 들인다 하여 '지갑화(指甲花)', '지갑초(指甲草)'라 부르기도 한다. 봉선(鳳仙)은 본디 선녀[466]를 가리켰는데, 애국주인(愛菊主人)의 『화사(花史)』에 "가을날 봉선화를 따서 손톱에 물들이고, 훗날 달 속에서 거문고 줄 퉁기네."라는 표현이 있다. 『동국세시기』에는 "여자 아이나 남자 아이 가릴 것 없이 모든 아이들은 명반과 봉숭아꽃으로 손톱에 물을 들였다."했고, 『임하일기(林下日記)』에는 "봉숭아꽃이 빨갛게 피면 그 꽃잎을 따서 짓찧어 백반을 섞어 손톱에 싸매고 사나흘 밤을 지내면 손톱이 빨갛게 물든다. 무당들뿐만 아니라 아이들한테도 손톱을 물들이게 하는 것은 아름답게 보이려는 행동이라기보다는 병마를 막기 위한 것이다." 하였다. 출발은 액운을 없애려는 마음에서 비롯했을 수 있어도 봉선화 꽃물 들이기는 아름다움을 위한 행동으로 여겨지고 있다.

작품의 초반에 "신선의 통소 소리가 자줏빛 안개를 타고 퍼진 후에, 아녀자와의 남은 인연으로 인해 한 떨기 꽃으로 피어나고", "부드러운 푸른 잎은 봉황의 꼬리가 날아온 듯하다는 데서" '봉(鳳)'을 따고, "태연히 붉은 꽃은 신선세계의 자줏빛 구름과 같다"는 데서 '선(仙)'을 따서 봉선화(鳳仙花)가 된 것이라는 유래를 적었다. 그리고는 봉선화 꽃물 들이는 과정을 소상히 적고 있는데, 먼저 사창(紗窓)을 반쯤 열고 계집종을 불러내어 다 핀 꽃을 캐어다 수(繡) 상자에 담아 놓고 밤이 깊고 촛불 밝을 적에 곧추 앉아 흰 구슬 가루 빻아 옥 같은 손 가운데 개어놓고, 빻아둔 꽃잎을 가늘고 고운 열손가락 위에 얹어 색실로 감아두니 붉은 물이 조금씩 스민다고 했다. 쪽잎에서 나온 물이 쪽보다 푸르다는 청출어람청어람(靑出於藍靑於藍)이라는 성어를 인용한 것은 손톱에 든 봉선화물이 꽃잎의 빛깔보다 더 짙고 고움을 강조하기 위함이다. 손톱에 든 봉숭아물을 "푸른 옷 붉은 치마 한 여자가 나부끼는 듯", "꽃 귀신이 내게 와 하직했구나."라고 비유한 것은 그 아름다움을 더욱 절실히 표현하기 위함이다. 그리고 찢어져 손톱에 남게 된 꽃에게 말을 붙이며, "꽃에게 말 부치니 그대는 슬퍼마오/해마다 꽃의 색은 예전과 같으니/더구나 그대 흔적 내 손에 머무니/동산의 도리화(桃李花)는 잠깐의 봄을 자랑 마소/이십 번 꽃바람에 쓸쓸히 떨어진들 뉘라서 슬퍼할까./규중에 남은 인연 그대 한 몸뿐이로다."라며 여상 작자의 섬세한 필치를 자랑한다. 스러져 사라진 것이 아니라 새로운 인연으로 남았다는 것이다. 이렇듯 봉선화는 오랫동안 자연산 매니큐어 노릇을 톡톡히 해왔다. 손톱에 봉숭아물이 드는 것은 봉숭아와 함께 섞어 넣는 괭이밥 풀잎에 포함된 수산(Oxalic acid)이 손톱의 표면을 물렁하게 하고 여기에 소금이 흡수력을 높이기에 가능한 원리이다.[467]

『정일당잡지』에 <봉선화가>가 실려 있고, 난설헌의 문집에 한시 <봉숭아 꽃물들이며(染指鳳仙花歌)>가 있어 작자에 대한 논란이 끊이지 않는다.[468]

> "달빛 어린 저녁 이슬 규방에 맺히면/예쁜 아씨 섬섬옥수 곱기도 해라./봉선화 꽃잎 찢어 배춧잎 말아,/등잔 앞에다 꼭 매느라고 귀고리 울려./새벽에 일어나 주렴 걷어 올리며,/열 개 붉은 별 거울 비추고 혼자 웃어./풀잎에 손닿으면 호랑나비 나는 듯,/아쟁을 뜯으면 복사꽃 놀라 떨어지듯/두 볼에 분바르고 비단 머리 손질하면,/소상강 대나무 피눈물로 얼룩진 듯./이따금 그림붓 잡아 반달눈썹 그리면,/붉은 비가 봄 동산을 뿌리고 가는 듯."[469]

저작권법이 없던 시절에 정일당이 다른 사람의 작품을 옮겨 문집에 실었는지, 자신이 직접 창작했는지를 확정하기 어렵다. 다만 허난설헌의 한시와는 내용이나 흐름에 차이가 있어 동일한 작품으로 보기는 어려운 것이 사실이다. 거기다 『정일당유고』권1에 "꽃은 꽃동산에 심는 것이지 뜰 안에 심는 것이 아니니 마당 동쪽의 돌과 연못 사이로 옮겨 심는 것이 좋을 듯합니다. 봉숭아는 손톱에 물을 들이는 것인데 저는 본디 좋아하지는 않으니 함께 옮기는 것이 어떻겠습니까?"(<짧막한 편지글(尺牘)>)라는 글도 있어 작자를 확정하는 일은 더더욱 쉽지 않다.

> "작은 호미로 무성한 풀을 뽑아버리고 나니, 때마침 비가 내려 티끌까지 씻어주네. 비록 염옹(濂翁, 周敦頤)의 뜻을 따르진 못 했으나 산골 초가집에 옛길 훤히 트였네.[470]

위는 정일당의 <마당에서 풀을 뽑으며(除庭草)>라는 한시이다. <봉선화가>는 이처럼 삶에서 경험할 수 있는 일상적 소재를 취해, 1인칭 여성 화자의 독백체를 활용하여 세심하고 꾸밈없이 묘사함으로써 현실감을 더한 내방가사(內房歌辭)이다. 대부분 4음보 연속체를 유지하고 있지만, "단단니/봉훈 모양/츈나옥ᄌ(春羅玉字)/일봉셔(一封書)롤/왕모(王母)의게 부쳐는 닷", "니십번(二十番)/꼿바롬의/젹막(寂寞)히/쩌러진들/뉘라셔/슬허홀고" 등 6음보가 나타나 서술성이 더해진 특징을 보이고 있다.

◎ 〈남초가(南草歌)〉   박사형(朴士亨, 1635~1706)

평싱의 병이 드러 일빅 풀을 다 맛보니
인삼챵츌 원지챵쵸 향약방외 혜것마는
삼년을 장복훈들 칠년병이 할 일소냐
남방셔 나온 플이 명초라 유명커늘
화계롤 죠히 쓸고 약난을 국지우려
미화우 갓긴날의 화쵸죠차 셧거심거
훈풍의 길너니여 감노롤 마쳣더니
취봉의 쏘리가치 프르고 프른 닙흘
황학의 나리가치 누러흐게 쯰워니여
먹던 츠롤 믈니치고 시험흐여 먹어보니

인온흔 닉 훈 줄기 인후의 갓 너무며
훈훈흔 긔운이 장복의 가득ᄒ니
흉듕의 싸인 담이 다 ᄂ린다

▶ 현대어 풀이

평생에 병이 들어 온갖 약초 다 맛보니
인삼 삽주 원지 영신초 창포 각종 약이 많지마는
3년 동안 복용해도 7년 병이 낫지 못했네.
남쪽에서 나온 풀이 효과 있다고 소문나서,
화단을 잘 쓸고서 약초 심은 곳 경계 지어
봄비 갓 갠 날에 화초를 섞어 심어
따뜻한 바람에 길러내어 이슬을 맞혔더니
봉황의 꼬리같이 푸르고 푸른 잎을
학의 날개 같이 누렇게 뜨게 하여
먹던 차를 두고서 시험적으로 먹어보니
향긋한 향기 한 줄기가 목구멍을 갓 넘으며
훈훈한 기운이 속으로 느껴지니
가슴 속에 쌓인 가래가 다 내려간다.

신농씨 상빅초계*) 이 풀이 모로던가
어와 이풀이야 져근덧 일나더면
안면인들 죠ᄉ들며 빅운인들 병이들야
슉병이 다 조ᄒ니 ᄯ또훈 홍이로다
쳥누야 붉은 달의 그리던 벗님 만나
담소가 자약ᄒ 젹 침향으로 민단 도마
쵹하위 나아노코 은쟝도 드는 놀노 닙닙히 써흐는 양
광한젼 옥셜누의 거문 셔리 쓰리ᄂ 듯
쥬흥궤 여러노코 은디롤 흘니잡아

섬섬옥슈로 넌즈시 담는 양은
학젼인이 즈는 상을 빗겻는 듯
금노의 무든 불을 옥져로 집어 니여
단슌호치로 가는 니쯤는 양은
젹셩 아젹 날의 흰 안기 셧도는 듯
증젼의 병이 들어 홍미롤 모로더니
이 플을 어든 후는 우환을 다 이졋다
셔왕모 벽도을 상쾌타 흐것마는

▶ 현대어 풀이

신농씨는 약초를 맛볼 제, 이 풀을 몰랐던가.

아, 이 풀이 조금만 더 빨랐다면

안면인들 죽었을까 백운인들 병이 들까

해묵은 병이 좋아지니 홍도 또한 나는구나.

푸른 누각 밝은 달에 그리던 벗님 만나

태연히 담소할 때 향긋한 나무 도마에

촛불 아래 놓아두고 은장도 날선 칼로 잎잎이 써는 모양

하늘 위 누각에 검은 서리 뿌리는 듯

붉은 함 열어놓고 은대를 흐르게 잡아

고운 손으로 넌지시 담는 모습은

신선이 자는 상을 가로놓은 듯

금향로에 붉은 불을 옥저(玉箸)로 집어내어

미인의 입으로 가늘게 연기를 내뿜는 모습은

적성(赤城) 아침 날에 흰 안개가 휘도는 듯

이전엔 병이 들어 홍미를 몰랐는데,

이 풀을 얻은 후엔 근심 걱정 다 잊었다.

서왕모(西王母) 복숭아를 상쾌하다 하지만

(서울대 도서관 소장 <정일당잡지(貞一堂雜識)>)[471]

이상이 정일당 강씨의 문집에 실려 있는 내용이지만, 1666년에 지은 박사형(朴士亨, 1635~1706)의 <남초가>[472]에는 정일당의 작품에서 마무리하지 않은 "단슌호치로 가는 니쌤는 양은" 이후 부분이 있어서 차이를 보이는 까닭에 뒷부분을 아래에 적는다.

단순호치(丹脣皓齒)로 가는 니 품난 양(樣)은
적성(赤城) 발근 날의 흰 안기 훗나는 듯
평생(平生)에 흥미 업셔 세미(世味)를 모르더니
풀 어든 후의 우환(憂患)을 이 자리라
향산(香山)에 네 낫든들 경액주(瓊液酒)를 부러보랴
청풍(清風)이 생액(生液)ㅎ니 우화술(羽化術)이 뵈아난 닷
삼신산(三神山) 벽도(碧桃)롤 상쾌(爽快)타 하건마는
약수(弱水) 삼천리(三千里)에 어니 신선(神仙) 보닐손야
안기생(安期生)*) 화조(火棗)*)를 선약(仙藥)이라 흔들
삼천년(三千年) 여는 열미 어디 가 어들손야
봉래방장(蓬萊方丈) 제일봉(第一峯)의 불사초(不死草) 잇다 호되
동남동녀(童男童女) 나간 후의 바리되 안이온니
진황(秦皇)이 너를 보면 일정(一定) 리가 너기리라
이 몸이 빈천(貧賤)ㅎ야 초야(草野)의 뭇쳐시니
여곽갱(藜藿羹)을 못 면하되 규곽침(葵藿忱)은 혼자 잇셔
너 갓튼 마슬 보니 헌근성(獻芹誠)이 보야날 졔
양액(兩腋)에 짓을 독쳐 구천(九天)의 느라 올나

창합문(閶闔門) 드리달나 거의 질병(疾病) 업사실까
그졔야 태평연월(太平烟月)에 수민단(壽民丹)을 삼으리라.
　　　　　　(임기중, 『한국가사문학주해연구』 4, 아세아문화사, 2005)

▶ 현대어 풀이

미인의 고운 입술로 가느다란 날 품는 모습은
적성(赤城) 밝은 날에 흰 안개 흩날리는 듯
평생(平生)에 흥미 없어 사는 재미 몰랐는데,
이 풀 얻은 후에 근심 걱정 잊으리라
향산(香山)에 네 났던들 신선주를 부러워하랴.
맑은 바람이 액을 만드니 신선의 날개를 본 듯
삼신산(三神山) 복숭아를 시원하다 하지만
약수(弱水) 삼천리에 어느 신선을 보낼쏜가.
안기생(安期生)이 대추를 신선의 약이라고 한들
삼천년(三千年) 여는 열매를 어디 가서 얻을쏘냐.
봉래방장산(蓬萊方丈山) 제1봉에 불로초가 있다지만
사내 계집 나간 후에 기다려도 오지 않으니,
진시황이 너를 보면 정한 이치로 여기리라.
이 몸이 가난하여 초야에 묻혔으니,
명아주 콩잎 국이나 먹지만 충성스런 맘은 변함없네.
너 같은 맛을 보니 윗사람께 드리고자
겨드랑이에 날개 달고 하늘로 날아올라
하늘 문에 이르러 거의 질병이 없으실까.
그제야 태평 세상에 장수할 약으로 삼으리라.

*) 안기생(安期生) : 안기생(安期生). 진한(秦漢) 때 제(齊) 땅의 사람. 하상장인(河上丈人)에게 제의 학설을 배우며 해변에서 약을 팔았다. 진시황이 동유할 때 사흘 동안 함께 이야기를 나누고 많은 금과 비단을 내렸으나 받지 않고 책과 적옥석(赤玉舃)을 남겨놓고 떠났는데 뒤에 진시황이 사람을 보내어 만나고자 하였으나 풍랑을 만나 실패하였다. 후세의 방사(方士)와 도교에서는 그가 바다의 신선이 되었다고 한다.

*) 화조(火棗) : 신선이 사는 곳에 있다는 대추나무. 이 대추를 먹으면 수명이 천년 는다 하였다. 안기생의 대추라 하여 '안기조'라고도 한다.

☙ 만병통치 신비의 약초, 담바고(淡婆姑)

『정일당잡지(貞一堂雜識)』에는 "병진 구월 십칠일의 장동리 방의셔 맛치다"라고 되어 있다. 강정일당(姜貞一堂)의 생애가 1772~1832이니 이 중에 병진년(丙辰年)이라면 1796년이다. 25세 때이다. 그러나 박사형(朴士亨)의 작품이 완성도가 높으니 그를 작자라고 보는 것이 타당할 듯하다.

이수광(李晬光)의 『지봉유설(芝峰類說)』에는 "담바고(淡婆姑, 담배)는 풀이름으로, 남령초(南靈草)라 한다. 근래에 와서 왜국(倭國)에서 나오는데, 잎을 따서 바짝 말리고 불에 태운 것을 병든 사람이 대통으로 그 연기를 빨았다가 곧 도로 내뿜는다. 그 연기는 콧구멍으로 내보낸다. 이것은 가래와 습기를 잘 없애고, 기(氣)를 내리며 술을 깨게 한다. 지금 사람들이 이것을 많이 심어 그 법을 쓰고 있는데 매우 효험이 있다. 그러나 독(毒)이 있으므로 경솔하게 사용하면 안 된다" 했고, "전하기를 남만국(南蠻國) 여인 중에 담바고(淡婆姑)라는 여인이 여러 해 동안 가래 끓는 병을 앓았는데, 이 풀을 먹고 병이 나았기 때문에 이렇게 이름 지었다."[473]라는 내용이 있다.

담배(tobacco)는 남부 아메리카 원주민이 담배를 경작한 것으로부터 시작했다 하는데, 아시아에 담배가 들어온 것은 1571년 에스파냐 사람이 쿠바로부터 필리핀으로 도입한 것이 처음이라 전한다. 우리나라에는 1618년(광해 10)에 유입되었는데, 일본을 통해 들어왔거나 중국 베이징을 내왕하던 상인들에 의해 도입된 것으로 추정한다. 일본을 통해 유입된 것을 '남초(南草)·왜초(倭草)'라 베이징, 그리스도교 교인에 의해 도입된 것을 서초(西草)라 한다.[474]

<남초가>는 제목부터 일본으로부터 유입된 담배를 뜻하는데, 작자가 7년간 병고로 신음하다가 남초(南草), 즉 담배의 신이한 효험을 얻어 치유된 것을 기뻐하여 지은 작품이다. 내용은 먼저 "평생에 병이 들어 인삼 원지 창포 등 온갖 약초를 다 먹

었지만, 3년 동안 복용해도 7년 병이 낫지 못했네."는 7년 동안 병마에 시달린 처지를 적었고, "남쪽에서 나온 풀이 효과 있다고 소문나서, 약초를 심어 길러 푸른 잎을 누렇게 띄워 시험 삼아 먹어보니, 훈훈한 기운이 속으로 느껴져 가슴 속에 쌓인 가래가 다 내려간다."는 담배를 재배하여 마음껏 흡연하게 된 과정을 적었다. "갖은 약초를 맛본 신농씨는 왜 이 풀을 몰랐던가!", "이 풀을 조금만 더 빨리 알았다면 안면도 죽지 않고 백운도 병들지 않았을 것을!", "해묵은 병이 좋아지니 흥이 나는 구나!", "이 풀을 얻은 후엔 근심 걱정 다 잊었다."는 담배의 신비한 영험을 찬양하며 나은 삶을 살게 되었다는 만족감을 표현했고, 담배는 질병을 없애주므로 신선주도 부럽지 않고 진시황의 불로초보다도 나은 풀이라 여기면서 태평 세상에 장수할 약으로 삼겠다고 다짐하는 순서로 구성되어 있다.

◎ 〈불효가(不孝歌)〉   김경흠(金景欽, 1815~1880)

> 우매(愚昧)혼 너히는 불효탄(不孝歎)을 드러셔라
> 천개지벽(天開地闢) 만물(萬物) 성길졔 귀천(歸天)으로 싱겨시니
> 귀(貴)혼 거슨 사롭이요 천(賤)혼 거슨 김싱이라
> 스롬이 귀(貴)타흐되 불효(不孝)흐면 천(賤)흐미오
> 김싱이 천(賤)타 흐되 귀(貴)혼 김싱 인느니라
> 반포(反哺)흐난 오작(烏鵲)이며 보본(報本)흐난 시달(豺獺)*이는
> 졔 부모(父母)를 능(能)히 아니 천(賤)혼 중(中)의 귀(貴)하도다
> 흐말며 사람으로 금수(禽獸)만 못홀소냐
> 천지간(天地間) 만물(萬物)린들 부모(父母) 업시 싱길소냐
> 인도(人道)를 행(行)한 쯧슨 부모(父母)몬져 섬기나니
> 오륜(五倫)의 수제(首第)되고 백행(百行)의 근원(根源)이라
> 부생모육(父生母育) 구로(劬勞)흐야 이니몸이 싱겨시니
> 태중시월(胎中十月) 노초(勞焦)흐야 십생구사(十生九死) 나실졔

남녀분별(男女分別) 아니ᄒ고 목욕(沐浴)감겨 전먹이며

치워ᄒ가 더퍼주고 아퍼ᄒ가 어루만져

슬하삼년(膝下三年) ᄒ을져긔 ᄒ고만ᄒ 쟌병이며

대역소역(大疫小疫) 지널적의 문의용약(問醫用藥) ᄒ겨시며

이니몸을 술니실졔 초진간장(焦盡肝腸) ᄒ시도다

면회(免懷)을 계우ᄒ야 오륙년(五六年)를 지니가니

천자추구(千字推句) 가라치되 인사(人事)를 알게 ᄒ며

팔구세(八九歲)를 지니가니 소학대학(小學大學) 가라치며

십여세(十餘歲)를 지니가니 출취외젼(出就外傳) ᄒ거쏘다

십여세(十餘歲)를 지니가니 사서삼경(四書三經) ᄀᄅ치되

피해취길(避害就吉) 알게ᄒ야 샤람될가 바라나니

지우이십(至于二十) 성취(成就)토록 부모(父母)근심 얼미런고

▶ 현대어 풀이

어리석은 너희는 불효 탄식 듣는구나.

천지개벽하여 만물이 생길 적에 하늘로 돌아가게 만들었으니

귀한 것은 사람이요, 천한 것은 짐승이라.

사람이 귀하다지만 불효하면 천한 것이요,

짐승이 천하다지만 귀한 짐승 있느니라.

반포(反哺)하는 까마귀, 근본 잊지 않는 승냥이와 수달도

제 부모를 능히 아니, 천한 중에 귀하도다.

하물며 사람으로 금수만 못할쏘냐.

천지간에 그 무엇이 부모 없이 생길쏘냐.

사람이 도를 행하는 뜻은 부모 섬김 우선이니

오륜 가운데 으뜸이요, 모든 행실의 근원이라

낳으시고 기르신 부모님 수고로 이 내 몸이 생겼으니

뱃속 열 달 애를 태워 어렵게 낳으시어,

남녀 가리지 않으시고 씻기고 먹이시고,

추위하면 덮어주고, 아프면 어루만져

곁에 두고 기르실 때 많고 많은 잔병치레

큰 병, 작은 병, 치를 때에 병과 약을 묻고 물어

이 내 몸을 살리실 때, 애간장을 녹이셨네.

품속을 겨우 떠나 오륙 년 지나가니

천자(千字)와 문장 탐구케 하여 사람 일을 알게 하며

팔구 세를 지나가니 소학 대학 가르치며

십여 세를 지나가니 외전(外傳)까지 익히게 하고,

십여 세를 지나가니 사서삼경 가르치되,

해로움 피해 길함 찾는 길 알게 하여 사람 되길 바랐으니

스물 되어 이룰 때까지 부모 근심 얼마이던가.

*) 보본(報本)ᄒ난 시달(豺獺) : 승냥이와 수달이 제사지낸다는 인식에서 유래한 말이다. 봄이 되면 수달이 물고기를 잡아 늘어놓고, 늦가을이면 승냥이가 많은 짐승을 잡아 겨울을 준비하는데, 사람들이 이를 제사지내는 것으로 인식하였다. "수달은 물고기로써 제사 지낸 다음에야 우인(虞人)이 못에 통발을 넣으며, 승냥이도 짐승으로써 제사를 지낸 뒤에야 사냥을 한다."**475**

세월(歲月)이 여류(如流)ᄒ야 흑발(黑髮)이 백발(白髮)되니

우리도 애일(愛日)ᄒ야 양지봉양(養志奉養) 밧비ᄒ자

태산(泰山) 갓치 놉픈 은혜(恩惠) 하해(河海)갓치 깁고 멀며

ᄒ눌갓치 ᄀ이업서 엇지다 갑샤오리

아무리 갑자한들 반(半)치나 갑플소냐

혼정신성(昏定晨省) 드러ᄒ고 감지봉양(甘志奉養) 지극(至極)ᄒ며

낫빗슬 유순(柔順)ᄒ고 말슴을 나쟉ᄒ며

매사(每事)를 주장(主張) 말고 부모령(父母令)을 거역(拒逆) 말며

불원유(不遠遊)도 ᄒ려니와 유필유방(遊必有方) ᄒ나니라

병질(病疾)이 게시거든 문의용약(問醫用藥) 급피ᄒ야

질거이 웃지말고 방심(放心)ᄒ야 자지말며

> 만사(萬事)를 다바리고 근심을 호여셔라
> 자도(子道)를 못 행(行)호면 금수(禽獸)와 다를손야

▶ 현대어 풀이

세월이 물처럼 흘러 검은 머리 백발 되니

우리도 하루를 아껴, 부모 봉양 어서 하자

태산같이 높은 은혜 바다같이 깊고 멀며

하늘처럼 끝이 없으니 어찌 다 갚으리오

아무리 갚자한들 반이나 갚을쏘냐.

부모 모시기 힘써 하고 뜻 받들기 지극히 하며

낯빛을 유순히 하고 말씀을 나직이 하며

매사에 주장 말고 부모 말씀 거역 말며

멀리 나가 있지 말고 나가면 반드시 방향 알려야 한다.

병환이 있으시면 병과 약을 급히 물어

즐거이 웃지 말고 마음 놓고 자지 말며

모든 일을 다 버리고 근심을 해야 한다.

자식 도리 못 행하면 금수와 다를쏘냐.

> 생전(生前)에 못훈 효성(孝誠) 사후(死後)에 한(恨)이 되니
> 고금성현(古今聖賢) 이 뜯 아라 극진봉양(極盡奉養) 호시도다
> 귀위천자불해우(貴爲天子不解憂)는 대순(大舜)의 효성(孝誠)*이오
> 문유여즉왈유지(問有餘則曰有之)는 증자(曾子)의 양지효(養志孝)오
> 칠십(七十) 오색반란의(五色斑爛衣)는 노래자(老萊子)의 효양(孝養)이오
> 친리(親痢)의 상분우(嘗糞憂)는 유검루(庾黔婁)의 지효(至孝)오
> 모력쇠이읍태사(母力衰而泣笞事)는 백유(伯愈)의 지효(至孝)오
> 설중읍이순생(雪中泣而筍生)호니 맹종(孟宗)의 천효야(天孝也)오
> 빙자해이쌍리출(氷自解而雙鯉出)은 왕상(王祥)의 지효야(至孝也)오
> 삼하염열선침상(三夏炎熱扇枕上)은 황향(黃香)의 효성(孝誠)이오

백리원정부미한(百里遠程負米恨)은 자로(子路)의 효성(孝誠)*이라

이 밧긔 인는 지효(至孝) 엇지 다 긔록ᄒᆞ랴

뎌강이나 니라나니 너희도 본을바다

권권복응(眷眷服膺) 싱각ᄒᆞ야 착한 스름 되어셔라

세원인망(世遠人亡)ᄒᆞ고 경잔교이(經殘敎弛)ᄒᆞ야

물욕(物慾)만 분운(紛紜)ᄒᆞ니 인도(人道)가 젼히업다

▶ 현대어 풀이

생전에 못한 효성 돌아가시면 한이 되나니

고금 명현은 이 뜻을 알아 극진히 봉양을 하셨도다.

천자로 귀해져도 근심 풀지 않은 것은 순(舜)임금의 효성이고,

남은 음식이 있냐고 물으면 늘 있다고 한 것은 뜻을 받드는 증자(曾子)의 효이고,

일흔 나이에 색동옷 입은 것은 노래자(老萊子)의 효성이고,

아버지 설사 똥을 맛본 것은 유검루(庾黔婁)의 지극한 효이고,[476]

어머니의 기력이 쇠하여 매질이 약해지자 눈물을 흘린 것은 백유(伯兪)의 효이고,

눈 속에서 눈물로 죽순이 피게 한 것은 맹종(孟宗)의 지극한 효이고,

얼음이 스스로 풀려 잉어가 떠오르게 한 것은 왕상(王祥)의 효성이고,

한여름 더울 때에 침상에 부채를 부친 것은 황향(黃香)의 효성이고,

백 리 먼 길에 쌀을 지고 온 것은 자로(子路)의 효성이라.

이 밖의 지극한 효를 어찌 다 기록하랴.

대략 말하노니 너희도 본받아라.

잠시라도 잊지 말고 착한 사람 되어라.

세상 멀고 인륜 무너져 도덕도 가르침이 해이해져,

물욕만 가득하니 사람의 도리 전혀 없다.

*) 대순(大舜) 효성 : "귀함은 사람들이 원하는 것이지만, 귀하게 되어 천자가 되었음에도 근심을 풀지 못하셨고, 오직 보모에게 순하여야만 근심을 풀 수 있었다."[477]

*) 증자(曾子) 양지효(養志孝) : 증자(曾子)가 증석(曾晳)을 봉양하되 반드시 술과 고기를 두시니, 밥상을 물리려고 하면 반드시 줄 데가 있는지를 물었고, 남은 음식이 있느냐고 물으면 반드시 있다고 대답하였다. 증석이 죽고 증원이 증자를 받들 때, 반드시 술과 고기를 두었다.[478]

*) 노래자(老萊子) 효양(孝養) : 초(楚)나라의 현인(賢人). 중국 24 효자 가운데 하나. 70살 나이에 색동으로 된 어린애 옷을 입고 어린애 같은 장난을 하며 부모를 즐겁게 했다(『예문유취(藝文類聚)』 20)

*) 백유(伯兪) 지효 : 한(漢)나라의 효자, 한백유(韓伯兪)가 어머니에게 매를 맞고 모친의 기력이 쇠하여졌음을 슬퍼하여 울었다는 고사(『설원(說苑)』 건본(建本))

*) 자로(子路) 효성 : 춘추시대 노(魯)나라 자로가 집이 가난하여 백 리나 되는 곳에서 쌀을 구하여 지고 와 어버이를 봉양하였다는 고사(『공자가어(孔子家語)』 치사(致思))

〈불효가〉 본문 "유검루(庾黔婁) 지효(至孝)". 이때는 아버지가 병석에 누운 지 이틀째 되는 날이었다. 의원(醫院)이 "병이 차도가 있는지 더 심해지는지를 알려면 단지 똥이 단지 쓴지 맛보는 수밖에 없습니다."하였다. 아버지가 설사를 하자, 검루는 곧장 똥을 찍어 맛보았다. 맛이 달고 미끄러워서 검루가 마음으로 더욱 근심하고 괴로워하여 밤이 되면 매번 북극성을 향해 머리를 조아리며 자신이 아버지의 병을 대신하기를 빌었다(『남사』 유검루열전(李在元,『오륜행실도』, 민속원, 1987, p.34).

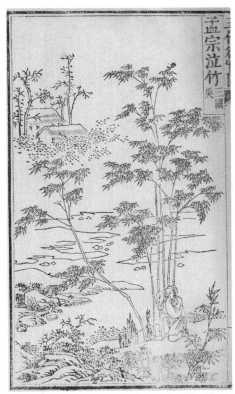

맹종(孟宗) 천효(天孝). 맹종(孟宗)은 중국 삼국시대 강하(江夏)의 효자이다. 맹종의 어머니가 죽순을 좋아했는데, 겨울철이라 죽순이 아직 나지 않았으므로 맹종이 대밭에 들어가 슬피 탄식하니 죽순이 돋아났다 한다(『삼국지』48)(이재원, 앞의 책, p.22).

왕상(王祥) 지효. 왕상(王祥)은 중국 진(晉)나라 때의 효자이다. 계모를 효성스럽게 모셨는데, 그 어머니가 생어(生魚)를 먹고 싶어 했으므로 엄동설한에 옷을 벗고 얼음을 깨고서 들어가 고기를 잡으려 했더니 얼음이 저절로 풀려서 잉어가 튀어나와 잡을 수 있었다(『진서(晉書)』 33)(이재원, 앞의 책, p.24).

황향(黃香) 효성. 후한(後漢) 강하(江夏) 사람. 어려서부터 효성이 지극하고 경전에 밝았다. 여름에는 침상에 부채질하여 시원하게 하고, 겨울에는 침상을 따뜻하게 덥힌 고사(『후한서』 문원전)(이재원, 앞의 책, p.14).

세상(世上)을 둘러보니 인면수심(人面獸心) 불칙ᄒ고
귀지우려 드러보니 골육상쟁(骨肉相爭) 참혹(慘酷)ᄒ다
무지(無知)한 불효(不孝)놈은 부모명령(父母命令) 아니좃고
양지(養志)가 무어신지 졔마암을 주장(主張)ᄒ야
종천강(從天降)을 ᄒ여ᄂᆞᆫ듯 종지출(從地出)을 ᄒ여ᄂᆞᆫ 듯
주색(酒色)으로 동(東)의 놀고 박혁(博奕)으로 서(西)의 노라
불순불효(不順不孝) ᄒᄂᆞᆫ 놈이 늠의게나 잘ᄒᆞᆯ소냐
이웃사ᄅᆞᆷ 글니보아 동내(洞內)의 시비(是非)나니
실인심(失人心)을 점점(漸漸)ᄒ야 편향중(遍鄉中) 글니보니
의기협도(意氣俠徒) 작당(作黨)ᄒ야 훼가출송(毁家出送) ᄒ랴ᄒ고
불효죄(不孝罪)로 ᄭ우지시며 노권(怒拳)으로 타협(打頰)ᄒ고
노족(怒足)으로 축흉(蹴胸)ᄒ니 덕분(德分)졔발 애걸(哀乞)ᄒᆫ들
중구(衆口)를 난방(難防)이라 패가망신(敗家亡身) 졀로되야
이력복인(以力服人) 뫼인지물 춘셜(春雪)갓치 녹아지니
한주(寒廚)의 져 처자(妻子)ᄂᆞᆫ 불구르며 자탄(自嘆)ᄒ고
동내(洞內)의 뫼닌 노소(老少) 목소(目笑)ᄒ야 조롱ᄒᆞᆫ다
개과천션(改過遷善) 싱각ᄒᆫ들 지은 죄를 버실소냐
백규(白圭)의 거문 ᄭᆡᄂᆞᆫ 갈면 다시 히련이와
니몸의 지은 허물 갈까망 젼히업다

(임기중 편, 『한국가사문학주해연구』8)

▶ 현대어 풀이

세상을 둘러보니 인면수심 알 수 없고,
귀 기울여 들어보니 골육상쟁 잔인하다.
무지한 불효자식 부모 명령 아니 좇고,
뜻 받들기 무엇인지 제 마음만 주장하여
하늘에서 떨어진 듯 땅에서 솟아난 듯
주색으로 동에서 놀고 도박으로 서에서 논다.

불순 불효 하는 놈이 남에겐들 잘 할쏘냐.

이웃사람 그르게 보아 동네에서 시비 생기니

인심을 점점 잃어 고향서도 그르게 보니,

의기 있는 무리들 작당하여 집 부수고 내쫓으려

불효 죄를 꾸짖으며 주먹으로 뺨을 치고,

성난 발로 가슴 차니 용서해 달라 애걸하니

소문을 막기 어려워 패가망신 절로 되어

힘써 남을 진정시키려니 모인 재물 봄눈 녹듯.

찬 부엌의 저 처자는 발 구르며 탄식하고,

동네의 모인 사람들 눈짓으로 비웃으며 조롱한다.

개과천선 생각한들 지은 죄를 없앨쏘냐.

흰 옥의 검은 때는 갈면 다시 희겠지만,

내 몸의 지은 죄는 지워질 리 전혀 없다.

❧ 여러 효자들의 다는 믿기도 어려운 효행

이 작품에서 소개한 여러 효자들 가운데 몇을 소개하면 다음과 같다.

왕상(王祥)은 중국 진나라 때의 효자이다. 왕상은 진(晉) 낭야(琅琊) 사람이니 일찍 어머니를 여의고 계모 주씨(朱氏)가 뒤를 이었다. 주씨는 자애롭지 못하여 자주 왕상을 헐뜯고 죄를 일러바치니 아버지까지 그를 미워하게 되어 항상 마구를 치라고 했지만 상은 그럴수록 더욱 공손하였다. 부모께 병이 생기니 잠시도 옷의 띠를 풀지 않고 탕약을 끓여 지성으로 모셨고, 어머니가 생선회를 먹고 싶다 하시니 날이 춥고 물도 얼었는데, 상은 옷을 벗고 얼음을 깨고 물속에 들어가 고기를 잡으려 하니 홀연 얼음이 갈라지며 잉어 둘이 뛰어올라 왔다. 어미가 또 노란참새 구이를 먹고 자 하니 참새 수십 마리가 그 집으로 날아들었고, 어머니가 과일나무를 지키라 하니 바람이 불고 비가 오는 날이면 항상 나무를 안고 울었다. 어머니가 돌아가셔서 상을 치를 때는 병들고 여위어 막대를 짚고서야 겨우 일어나더라. 후에 벼슬하여

정승 벼슬에 이르렀다.[479]

황향(黃香)은 후한(後漢) 때 강하(江夏) 사람으로서, 어려서부터 효성이 지극하고 경전에 밝았다. 나이 9세에 어머니를 여의고 그리워하는 마음에 초췌해져서 거의 죽을 지경이 되니 그 효성에 대해 마을 사람들의 칭찬이 자자했다. 홀로 그 아버지를 봉양할 때 몸소 마음과 힘을 다 써서 정성을 기울였는데, 여름이면 앉는 곳 주무시는 곳에다 부채질을 하고, 겨울에는 몸으로써 이불을 따뜻하게 하니, 태수가 임금에게 고하고 널리 알리어 세상에 이름나게 되었다. 후에 벼슬이 여러 번 올라 상서령(尙書令)에 이르렀고 아들과 손자도 다 귀하게 되었다.[480]

맹종(孟宗)은 중국 오나라 강하(江夏) 사람이니 효행이 지극하였다. 어머니가 나이 들고 병이 중하여 겨울에 죽순을 먹고자 하였지만 땅이 얼어 죽순이 없으므로 맹종이 대숲에 들어가 슬피 울자 땅 위에 죽순 두어 줄기가 나거늘 가지고 돌아와 어머니에게 국을 끓여 다 드시게 하니 병이 나았다. 사람들이 다들 지극한 효성에 하늘이 감동한 까닭이라 하였다.[481]

유검루(庾黔婁)는 제(齊)나라 신야(新野) 사람인데, 잔릉령(屠陵令)이 되어 현(縣)에 부임한 지 불과 열흘도 못 되어 집에 계신 아버지가 병에 드시니 검루는 홀연 마음이 놀라워 온몸에 땀이 흐르므로 그날로 벼슬을 버리고 집으로 돌아오니 식구들이 다들 깜짝 놀랐다. 이때 아버지가 병에 드신 지 불과 이틀만이라 의원이 "위중한 병인지 아닌지를 알고자 하거든 그 똥 맛이 단지 쓴지를 보라" 하였다. 아버지가 변을 보자 검루가 맛을 보니 점점 달고 윤기가 있는지라 마음으로 더욱 근심하여 밤이면 항상 북두성을 향해 머리를 조아리며 자신이 병을 대신하고자 하니, 공중으로부터 소리가 나기를, "아버지의 수명이 다하여 다시 살아나기 힘들 것이지만 네가 지극 정성으로 빌기 때문에 이달까지는 살리라" 하더니 그믐이 되어 아버지가 돌아가시니 검루가 상례를 치름에 갖은 예를 다하고 무덤 곁에 막을 치고 시묘하였다.[482]

참으로 놀라워서 그 가능성 여부까지 다시 생각해보게 하는 일화를 소개하면서 효를 강조하고 있다.

이상에서 자세히 소개한 일화 외에도, 불을 지르거나 우물 구덩이에 넣어 자기를 죽이려고 한 계모를 천자가 되어서도 귀하게 모신 순(舜)임금, 일흔의 나이에 색동옷을 입고 부모께 춤을 춘 노래자(老萊子), 어머니의 기력이 쇠하여 매질이 약해지자 눈물을 흘린 백유(伯兪), 백 리 먼 길에 쌀을 지고 온 자로(子路)의 효성을 소개하며, "이 밖의 지극한 효를 어찌 다 기록하랴, 대략 말하노니 너희도 본받아라."라고 했다.

🐚 효성을 다하고자 해도 기다려주시지 않는 부모님

"나무는 고요하게 있고자 하나 바람이 그치지 아니하고, 자식이 어버이를 봉양하고자 하나 어버이는 기다려주지 아니한다."(樹欲靜而風不止 子欲養而親不待, 『韓詩外傳』)는 말은 나중에 후회하지 말고 부모님 살아 계실 적에 효성을 지극히 하라는 이야기다. <불효가>에 "생전에 못한 효성 돌아가시면 한이 되나니, ∥ 고금 명현은 이 뜻을 알아 극진히 봉양을 하셨도다."라고 한 것은 고금의 성현들은 때를 놓치면 효도를 다할 수 없다는 사실을 미리 깨우치고 부모님 생전에 효를 실천하였고, 어리석은 너희는 (뒤늦게) 불효 탄식을 한다는 점을 꼬집고 있다.

<불효가>는 부모 봉양에서 바른 기준과 바르지 못한 사례를 함께 제시하면서 지향해야 할 길과 뉘우침의 계기를 동시에 나열하고 있다. 낳으시고 기르시며, 정성껏 교육해 주신 것이 부모이시니, "사람이 도를 행하는 뜻은 부모 섬김이 우선이니, 효는 오륜 가운데 으뜸이요 모든 행실의 근원이라" 그러므로 "세월이 물처럼 흘러 검은 머리 백발 되니 ∥ 우리도 하루를 아껴, 부모 봉양 어서 하자"는 것은 바른 지향점을 제시한 부분이고, "인면수심(人面獸心)의 행동을 하고, 잔인한 골육상쟁을 행하며, 부모 명령 아니 좇고, 제 뜻만 주장하며, 주색과 도박을 일삼고, 동네에서 시비를 만들어 인심을 잃게 한" 것은 주변에서 볼 수 있는 불효자들이 하는 짓임을 강조한다. 주변에 의기 있는 이웃들이 이들이 불효한 죄를 꾸짖으며 주먹으로 뺨을 치고, 성난 발로 가슴을 차며 마을에서 내쫓으려고 하면, 그제야 용서해 달라 애걸한다고 한 것은 불효하여 패가망신케 하고 부모님의 이름을 더럽힌 불효자에 대한

분노가 담겨있다. "흰 옥에 묻은 검은 때는 갈면 다시 희겠지만,‖내 몸의 지은 죄는 지워질 리 전혀 없다."는 불효를 꾸짖고 선도하는 말이다. 귀한 것은 사람이요, 천한 것은 짐승이라 하지만, 불효하면 천한 것이라 했다. 심지어는 짐승이 천하다지만 귀한 짐승 있음을 강조한다. 반포(反哺)하는 까마귀, 근본 잊지 않는 승냥이와 수달도 제 부모를 능히 아니, 천한 중에 귀하다고 한 것은 "자식 도리 못 행하면 금수와 다를쏘냐", 나아가 까마귀나 승냥이보다 못한 존재임을 준엄하게 일깨우고 있다. 이 작품을 <효가(孝歌)>라고 하지 않고, <불효가(不孝歌)>라고 한 것도 미리 깨닫지 못하고 불효를 행하는 어리석음을 바로잡으라는 충격 요법이라 할 수 있다.

◎ 〈노처녀가(老處女歌)〉   작자미상

> 인간 세상 사람들아 이내 말삼 드러보소
> 인간 만물 생긴 후에 금수초목 짝이 잇다
> 인간에 생긴 남자 부귀 자손 갖건마는
> 이내 팔자 험구즐손 날 가튼 이 또 잇난가
> 백년을 다 사라려야 삼만육천 날이로다
> 혼자 살면 천년 살며 정녀(貞女)*) 되면 만년 살가
> 답답한 우리 부모 가난한 좀양반*)이
> 양반인 체 도를 차려 처사가 불민*)하여
> 괴망*)을 일사므니 다만 한 딸 늘거간다

▶ 현대어 풀이

인간 세상 사람들아 이내 말씀 들어 보소
인간 만물 생긴 후에 금수초목 짝이 있다.
인간에 생긴 남자 부귀 자손 갖지마는
팔자 기구하기 날 같은 이 또 있는가?
백년을 다 살아야 삼만 육천 날이로다.

혼자 살면 천년 살며 정녀(貞女)되면 만년 살까?

답답한 우리 부모 가난한 좀 양반이

양반인 체 도를 차려 처사가 어리석어

괴상한 일 일삼으니 괜히 나만 늙어간다.

*) "정녀(貞女)" : 정조를 지키는 여자, 절개가 굳은 여자, 남자와 한 번도 정교(情交)(사귐)를 맺
지 않은 여자
*) "좀양반" : 좀스러운 양반
*) "불민(不敏)" : 둔하여 민첩하지 못함, 노둔함, 이리석음
*) "괴망(怪妄)" : 괴상하고 망측함

> 적막한 빈 방안에 적료하게 혼자 안자
>
> 전전불매(輾轉不寐) 잠 못 이뤄 혼자 사설 드러보소
>
> 노망한 우리 부모 날 길러 무엇 하리
>
> 죽도록 날 길러서 자바 쓸가 구어쓸가
>
> 인황씨(人皇氏)*) 적 생긴 남녀 복희씨(伏羲氏)*) 적 지은 자취
>
> 인간 배필 혼취*)함은 예로부터 잇것마는
>
> 어떤 처녀 팔짜 조하 이십 전에 시집간다
>
> 남녀 자손 시집 장가 떳떳한 일이것만
>
> 이내 팔짜 기험(崎險)하야 사십까지 처녀로다

▶ 현대어 풀이

적막한 빈 방에 쓸쓸히 혼자 앉아

뒤척뒤척 잠 못 자는 이내 말씀 들어보소.

분별없는 우리 부모 날 길러 무엇 하리?

죽도록 날 길러서 잡아 쓸까 구워 쓸까?

태고에 생긴 남녀 예로부터 지은 자취

인간 배필 혼사는 예로부터 있건마는

어떤 처녀 팔자 좋아 이십 전에 시집간다.

남녀 자손 시집 장가 떳떳한 일이건만

이내 팔자 사나워 사십까지 처녀로다

*) "인황씨(人皇氏)" : 중국 태고 적에 세상에 순차로 계승하였다고 하는 제3의 제왕

*) "복희씨(伏羲氏)" : 상고시대의 제왕. 삼황(三皇) 중의 한 사람으로서 백성에게 어렵(漁獵), 농경(農耕), 목축을 가르쳤으며 처음으로 팔괘와 문자를 만들었다 함.

*) "혼취(婚娶)" : 혼인(婚姻), 장가들고 시집 감

이런 줄 아랏스면 처음 아니 나올 것을

월명 사창*) 긴긴 밤에 침불안석 잠 못 드러

적막한 빈 방안에 오락가락 다니면서

장래사 생각하니 더욱 답답 민망하다

부친 하나 반편(半偏)*)이오 모친 하나 숙맥불변(菽麥不辨)

날이 새면 내일이요 세가 쇠면 내년이라

혼인 사설 전폐*)하고 가난 사설뿐이로다

어대서 손님 오면 행여나 중매신가

아희 불러 힐문한즉 풍헌(風憲) 약정(約正)*) 환자*) 재촉

어대서 편지 왓네 행여나 청혼선가

아희다려 무러보니 외삼촌의 부음이라

애닯고 서룬지고 이내 간장을 어이할고

▶ 현대어 풀이

이럴 줄 알았다면 처음 아니 나올 것을

달 밝은 사창에 뒤척이며 잠 못 들어

적막한 빈 방에 오락가락 다니면서

앞날을 생각하니 답답하고 민망하다

아비 하나 반편이요 어미는 무식쟁이

날이 새면 내일이요 한 해 가면 내년이라

결혼 이야긴 하지 않고 가난 탄식뿐이로다

어디서 손님 오면 행여나 중매신가

아이 불러 다그치니 풍헌 약정 빚 재촉

어디서 편지 왔네, 행여나 청혼선가?

아이에게 물어보니 외삼촌의 부음(訃音)이라

애달프고 설운지고 이내 간장 녹아가네

*) 사창(紗窓) : 얇고 곱고 가벼운 견직물을 바른 창
*) 반편(半偏) : 지능이 보통 사람보다 아주 낮은 사람(반편스럽다, 반편이)
*) 전폐(全廢) : 모두 없애다.
*) 풍헌(風憲) 약정(約正) : 향청(鄉廳)에는 '좌수(座首)·유사(有司)·별감(別監)'이 있고, 그 아래 풍헌(風憲)·약정(約正)이 있으며, 그 아래 동장(洞長)과 이장(里長)이 있다. 이 가운데 풍헌과 약정은 1개 면을 총괄하며, 향촌을 교화하고 악질 향리를 규찰하는 소임을 맡는다.[483] 약정을 풍헌 아래 부헌(副憲)이라 하는 경우와 풍헌은 행정 계통의 일을 맡고 약정은 교화나 상부 상조의 일[집강 執綱]을 맡는 경우가 있다.[484]
*) 환자 : 봄에 백성들에게 꾸어 주었던 곡식을 가을에 거두어들이는 것. 상환(償還), 상채(償債)

앞집에 아오 아기 발서 자손 보단 말가

등편집 용골녀*)는 금명간에 시집가네

그 동안에 무정세월 시집가서 풀렷마는

우리 부모 무정하여 내 생각 전혀 없다

부귀빈천 생각 말고 인물 풍채 마땅커든

처녀 사십 나이 적소 혼인거동 차려주오

김동이 상처(喪妻)하고 이동이도 기처(棄妻)로다

중매할미 전혀없네 날 차즈리 어이 없노

감정 암소 살저 잇고 봉사전답*) 갖건마는

사족가문 가리면서 이대도록 늙허노니

▶ 현대어 풀이

앞집에 아우네 애, 벌써 자손 본단 말가?

심술궂은 뒷집 여인도 이제 곧 시집가네.

그 동안의 무정세월 시집가면 풀리련만

우리 부모 무정하여 내 생각 안 해주네.

부귀빈천 생각 말고 인물 풍채 마땅하면

처녀 사십 나이 적소, 혼사 좀 치러 주소

김가는 상처하고 이씨는 처(妻) 버렸네.

중매 할미 전혀 없네, 날 찾는 이 어찌 없나?

검정 암소 살쪄 있고 전답 밑천 가졌네만,

양반가문 따지면서 이대로 늙어가니

*) 용골녀(龍骨女) : '용골대(龍骨大)'라는 말이 있는데, 이는 마음이 바르지 못하고 심술궂은 사람을 지칭한다(指人之心術不正曰 龍骨大也, 『東言考略』)

*) 봉사전답(奉祀田畓) : 조상 제사를 위해 가지고 있는 최소한의 논과 밭

연지분 잇것마는 성적단장 전폐하고

감정 치마 흰 저고리 화경*) 거울 앞에 노코

월산 가튼 푸른 눈섭 세류 가튼 가는 허리

아름답다 나의 자태 묘하도다 나의 거동

흐르는 이 세월에 앗가울손 나의 거동

거울다려 하는 말이 어화 답답 내 팔짜여

갈대 없다 나도나도 쓸대 없다 너도너도

우리 부친 병조판서 한아버지 호조판서

우리 문벌 이러하니 풍속 쫓기 어려웨라

안연*) 듯 춘절되니 초목군생(草木群生) 다 즐기네

두견화 만발하고 잔디닙 속닢 난다

사근바자*) 쟁쟁하고*) 종달새 도두 뜬다

춘풍야월 세우시에 독숙공방 어이할고

▶ 현대어 풀이

연지분(臙脂粉) 가졌지만 꾸미는 일 포기하고

검정 치마 흰 저고리 반짝 거울 앞에 놓고

초승달 같은 푸른 눈썹 버들처럼 가는 허리

아름답다 나의 자태 묘하도다 나의 거동

흐르는 이 세월에 아까울손 나의 거동

거울에게 하는 말이 아아 답답 내 팔자여

갈 데 없다 나도나도 쓸 데 없다 너도너도

우리 부친 병조판서 할아버지 호조판서

우리 문벌 이러하니 격 맞추기 어려워라

엉겁결에 봄이 오니 모든 생명 즐겨하네

진달래 만발하고 잔디에 속잎 난다

사방 울타리 쟁쟁하고 종달새 높이 뜬다.

춘풍야월 가랑비에 독수공방 어이할꼬?

*) 화경(火鏡) : 햇빛에 비추어서 불을 일으키는 볼록렌즈. 반짝거리는 거울.

*) 안연(晏然) : 관심이 없는 듯, 무심하게. ~히 하다, ~ 자약하다.

*) 사근바자 : '사근(四近)'은 사방의 가까운 곳, '바자'는 "대, 갈대, 수수깡, 싸리 따위로 엮거나
  결어서 울타리를 만드는데 쓰는 물건, 또는 그 울타리"이다.

*) 쟁쟁하다 : 지나간 소리가 잊혀 지지 않고 귀에 울리는 듯하다(밝고 또렷하다).

원수의 아희들아 그런 말 하지 마라

앞집에는 신랑 오고 뒷집에는 신부 가네

내 귀에 듯는 바는 늣길 일도 하고 만타

녹양방초(綠楊芳草) 저믄 날에 해는 어이 수이 가노

조로 가튼 우리 인생 표연*)히 늘거가니

머리채는 옆에 끼고 다만 한숨뿐이로다

긴 밤에 짝이 없고 긴 날에 벗이 없다

▶ 현대어 풀이

원수의 아이들아 그런 말 하지 마라
앞집에는 신랑 오고 뒷집에는 신부 가네.
내 귀에 듣는 바는 느낄 일도 많고 많다
녹양방초 저문 날에 해는 어이 쉽게 지노
이슬 같은 우리 인생 훌쩍훌쩍 늙어가니
머리채 옆에 끼고 다만 한숨뿐이로다.
긴 밤에 짝이 없고 긴 날에 벗이 없다.
앉았다가 누웠다가 다시금 생각하니
아마도 모진 목숨 죽지 못해 원수로다.

*) 표연(飄然)히 : 훌쩍 떠나는 모양이 거침없다. ~한 뒷모습이 아득하더라.

❧ 우울한 팔자타령

이 작품에 등장하는 여인은 사십까지 처녀이다. 요즘에야 남녀의 결혼 평균 연령
이 공히 30여 세가 넘었다지만, 조선시대에 40살이란 참으로 많은 나이다. 혼(婚)은
남자가 장가가는 것을, 가(嫁)는 여자가 시집가는 것을 말한다. 남자 나이 15세 이상,
여자 나이 14세 이상이면 혼가를 허락하게 되어 있었으며, 세종 25년(1443년) 이후로
는 만약 두 집의 부모 가운데 한 사람이 해묵은 병을 가지거나 그들의 나이가 만
50살이 되었고 12살 이상 난 아들 딸이 있을 경우에는 관청에 신고하면 시집이나
장가를 보내는 것을 허락하였다고 전한다.[485]

관리의 딸로서 30살에 가깝도록 생활이 곤란하여 시집가지 못하는 사람에게는
예조(禮曹)에서 임금에게 보고하여 적당한 혼인비용을 보내준다. 그 집안이 그다지

빈곤하지 않음에도 불구하고 30살이 넘도록 시집보내지 않을 경우 가장을 엄중히 처벌한다고 적고 있다.**486**

<노처녀가> 화자의 우울한 신세타령은 북방의 만주·몽골의 민요 <아가씨의 열 가지 생각>(제8~10)에도 나온다.

> "나의 방은/절간과 같도다./아침에 청소하고 저녁에 향 피우네./나는 참으로 슬프다./나는 참으로 슬프다.", "나의 침방에는/침방에는 모기장이 쳐 있는데/원앙(鴛鴦)만이 보이고/나의 낭군은 보이지 않네./나의 낭군은 보이지 않네.", "나의 팔자는/참으로 좋지 못하구나./차라리 자살이라도 하여서 염라대왕이나 만나 볼거나/이 고생을 말고서/이 고생을 말고서."**487**

낭군이 보이지 않으니 죽고 싶을 정도로 외롭다고 신세를 한탄한다. <노처녀가>에는 "어떤 처녀 팔자 좋아 이십 전에 시집간다./남녀 자손 시집 장가 떳떳한 일이건만/이내 팔자 사나워 사십까지 처녀로다", "앞집에 아우네 애, 벌써 자손 본단 말가?/심술궂은 뒷집 여인도 이제 곧 시집가네."라는 구절이 있는데, 내 신세보다 나아보이는 사람과 처지를 견주어 보는 일은 우울한 나라로 가는 지름길이다. 부러워하면 지는 것이라 하지 않았던가. "김가는 상처하고 이씨는 처(妻) 버렸네."는 상처한 여인이나 이혼한 남자의 재취로라도 갈 마음이니, 처녀임에도 모든 것을 내려놓겠다는 마음이 애처롭다. 북방의 만주·몽골의 민요(<아가씨의 열 가지 생각> 제4~6)에는

> "내 오라버니는/나보다도/불과 몇 살이 많은데/작년에 장가들어서/두 사람은 즐겁게 지내고 있는데/즐겁게 지내고 있는데", "내 올케의 키는/나와 같은데/어린 것을 품에 안고 있다./생각할수록 조급하구나./생각할수록 조급하구나.", "나의 동생은/나보다도/나이가 두 살 적지만/일찍 짝을 맺었으니/생각할수록 눈물이 나네./눈물이 나네."**488**

라고 했다. 앞에서는 오라버니는 불과 나보다 몇 살 많은데 작년에 장가들어 즐겁게 지내고, 올케는 나와 나이가 같은데 품에 어린아이를 안고 있고, 내 동생은 나보다 2살 어린데도 벌써 짝을 맺었으니 생각이 갈수록 조급해진다고 했다. <노처녀가>에서 뒷집 여인도 시집간다고 하고, 앞집 아우네 집은 벌써 손주를 본다는 말을

들고 화자가 가지는 마음도 초조하고 다급했을 것이다. "팔자 기구하기 날 같은 이 또 있는가?"는 절정에 이른 표현이다.

🐚 부모에 대한 원망과 양반의 허세 비판

자유연애를 하지 못하고 오로지 부모가 혼인을 주선해야 하는 풍속을 가진 문화권에서 나를 노처녀로 늦게 만드는 모든 책임을 부모가 갖는 것이 인지상정인지, 위의 민요(<아가씨의 열 가지 생각> 제 1, 2)에도 친부모, 시부모에 대한 원망이 나타난다.

> "아버지와 엄마로서/아버지와 어머니는 참 좋은 사람이죠./아이들 혼사(婚事)는 모두 부모님의 주장(主張)인데/어찌하여 혼수 감을 준비하지 않지요/왜 혼수 감을 장만하지 아니 하나요!"
> "나의 시부모로서/시부모님 너무 하세요/아이들 장성하고/딸이 장성하면/의당 부부(夫婦)를 맺어 주어야 하건만/어찌하여 나를 데려가지 아니 하는지요"

부모님이 혼수 감을 마련하지 않는 것, 불특정 시부모님을 향해 그들의 아들과 자신을 관계 맺어주지 않는 것을 원망한다. 어디든 화살을 날리고 싶은 판에 닥치는 대로 화풀이를 하고 있는 것이다. <노처녀가>에서는 "분별없는 우리 부모 날 길러 무엇 하리?/죽도록 날 길러서 잡아 쓸까 구워 쓸까?"라는 격분으로까지 이어진다.

> "답답한 우리 부모 가난한 좀 양반이/양반인 체 도를 차려 처사가 어리석어/괴상한 일 일삼으니 괜히 나만 늙어간다."
> "검정 암소 살쪄 있고 전답 밑천 가졌네만/양반가문 따지면서 이대로 늙어가니"
> "거울에게 하는 말이 아아 답답 내 팔자여/갈 데 없다 나도나도 쓸 데 없다 너도너도/우리 부친 병조판서 할아버지 호조판서/우리 문벌 이러하니 격 맞추기 어려워라"

앞부분에는 "앞날을 생각하니 답답하고 민망하다/아비 하나 반편이요 어미는 무식쟁이"라고 하고, 위에는 경제적인 여유도 있고 조부 대부터 판서를 지내 가문도 번듯하여 격 맞추기 어렵다 했으니 상호 모순이 생긴다. 그러나 전체적으로 보면, 가문과 양반으로서의 체면과 명예만을 생각하다가 혼기를 놓친 경우로 보는 것이

더 타당할 것으로 보인다. 그렇다면 앞의 묘사는 앞의 격분처럼 자신을 시집보내주지 못한 부모를 향한 공격적 언사가 되는 것이다. 가문의 명예, 양반의 체면이나 빈부귀천은 따지지 말고 인물풍채만 마땅하면 혼인을 시켜달라고 애원한다. 이런 면에서 〈노처녀가〉는 노처녀의 단순한 신세 한탄이 아니라, 개개인보다는 가문이나 문벌의 격 등을 우선시하던 중세봉건적인 혼인풍속을 날카롭게 꼬집어 비판하는 작품이라 할 수 있다. 지금 전하는 〈노처녀가〉는 이렇듯 사대부의 체면 때문에 혼기를 놓친 노처녀의 슬픔을 비장하게 노래한 작품 계열, 봉건적인 굴레에 대한 항의를 서사적으로 확대하여 장애나 굴레, 질병 등을 극복해나가는 해학적인 작품 계열 등 두 계열로 나누어진다.[489]

◎ 〈청정행(清淨行)〉　이광수(李光洙, 1892~1950)

> 어버이 크신 은혜 모르는 이 있으리만
> 스승의 높은 은혜 아는 이 그 뉘런고
> 부처님이 본사(本師)시오 보살님네 대사(大師)시라
> 한 가지를 배왔어도 스승은 스승이라

▶ 현대어 풀이
어버이 크신 은혜 모르는 이 있으랴만
스승의 높은 은혜 아는 이 그 누구던가.
부처님 본 스승이요 보살님들 큰 스승이라.
한 가지를 배워도 스승은 스승이라.

> 나라님 아니시면 불법(佛法)인들 어이 서리
> 그러매로 군사부(君師父)는 일체(一體)라 일렀도다
> 임금께 충성할 제 목숨인들 아낄소냐

어버이께 효도할 제 수도(修道) 밖에 또 있는가

▸ 현대어 풀이

나라님 아니었으면 부처님 가르침 어이 서리

그러므로 군사부는 하나라 일렀노라

임금께 충성할 때 목숨인들 아낄쏘냐.

어버이께 효도할 길, 도(道) 닦기 말고 또 있는가.

아들딸이 쌓은 공덕 다생부모(多生父母) 제도(濟度)*)하네

먹고 입고 쓸 것이 모두 중생(衆生) 수고로다

입에 드는 밥 한 알을 절하고 먹었으라

사중은(四重恩) 못 갚으면 극락을 바랄소냐

▸ 현대어 풀이

아들딸의 쌓은 공덕, 낳으신 부모를 해탈로 이끄네.

먹고 입고 쓰는 것이 모두 중생의 수고로다.

입에 드는 밥 한 알도 고마워하며 먹어라.

두터운 은혜 못 갚으면 극락을 바랄쏘냐.

*) 제도(濟度) : 중생을 이끌어 생사와 고뇌의 고해(苦海)를 건너 깨달음의 경지에 이르게 함. 중생의 번뇌를 벗기고 고해에서 건지어 극락세계로 인도하여 줌.

군사부(君師父) 중생은(重生恩)을 수유(須臾)나 잊을세라

한숨두숨 쉬는 숨이 보은감사(報恩感謝) 맹서(盟誓)로다

성인은 그 누구며 범부(凡夫)는 그 누구냐

유정(有情) 무정(無情)*)이 개유(皆有) 불성(佛性)이라*)

한 마음을 나툰 중생 불 아닌 이 어디 있나

미(迷)할 제 범부러니 깨달으면 성인이라

▶ 현대어 풀이

군사부 한없는 은혜 잠시라도 잊을까.

하나 둘 쉬는 숨에도 그 은혜에 감사하길 다짐하노라.

성스러운 자 그 누구며, 보통 사람 그 누구냐.

생물과 무생물도 모두 불성(佛性)을 가지느니라.

한 마음을 드러낸 중생, 부처 아닌 이 어디 있나.

방황할 땐 범부라도 깨달으면 성인이라.

*) 유정(有情) 무정(無情) : '유정'은 "살아서 여러 가지 감정을 가지고 있는 존재"이고, '무정'은 "정신의 작용이 없는 것을 말하며 돌·산·바위 등과 같은 무정물의 총칭"이다.

*) 유정(有情) 무정(無情)이 개유(皆有) 불성(佛性)이라 : "모든 중생이 다 불성을 가진다. 여래는 변함없이 늘 함께 살고 있다."(『열반경』 27)

지옥 천당이 내 마음의 지은 배라

삼독오욕(三毒五慾)*) 벗어나서 무상보리(無上菩提)*) 닦을진댄

사생윤회(死生輪廻) 끊었거니 악도(惡途)*)를 두릴소냐

세상에 박복한 이 누구 두고 이름인가

불법을 못 듣는 이 그를 두고 이름이라

▶ 현대어 풀이

지옥 천당은 내 마음이 지은 결과라.

삼독오욕 벗어나서 깨달음 세계 닦는다면

삶과 죽음의 윤회 끊었는데 지옥인들 두려울쏘냐.

세상에 복 없는 이 누굴 두고 말함인가.

부처 가르침 못 듣는 자, 누굴 두고 말함인가.

*) 삼독오욕(三毒五慾) : '삼독'은 "탐욕, 분노, 어리석음/미혹함"을 뜻하고, '오욕'은 색성향미촉(色聲香味觸)의 다섯 가지 탐욕을 지칭하는데, 인간이 선업(善業)을 닦는 일을 방해한다. "오욕의 무익함은 개가 횃불을 핥는 것과 같고, 오욕으로 인한 다툼은 까마귀가 고기를 다투는 것과 같으며, 오욕이 사람을 해침은 독사를 밟는 것과 같다."(『지도론(智度論)』 17)

*) 무상보리(無上菩提) : 모든 번뇌를 끊고 깨달음에 이른 것을 말하는데, 부처가 얻은 깨달음은 그 위에 더할 것이 없으므로 '무상(無上)'이라 하였다. 『보적경(寶積經)』28에 "무상보리보다 굳은 것도, 시들어지거나 딴 데로 마음 쏠리지 않는 세계는 없다."고 하였다.

*) 악도(惡途) : 악도(惡道). 악행을 저지르고 가는 길. 지옥, 아귀, 축생 등을 말함.

> 다생(多生) 악업(惡業) 장(障)이 되니 이목을 가리우니
> 불법 속에 살면서도 못 보고 못 듣나니
> 업장(業障)으로 더는 법*)이 예불참회(禮佛懺悔) 고작이라
> 율의선법(律儀善法)*) 춘풍(春風)되어 업장(業障)얼음 녹이더라
> 칠통(漆桶)같은 묵은 업장(業障) 일단(一旦)에 터지는 날
> 광명일월(光明日月) 너른 법계 자유자재(自由自在)*) 내로구나

▶ 현대어 풀이

악업 쌓으면 거리낌이 되어 귀와 눈을 가리니
부처 가르침 곳곳에 있어도 못 보고 못 듣나니
업장을 없애는 법은 예불과 참회가 고작이라
좋은 가르침 봄바람 되어 악업의 얼음 녹이더라.
옻칠 통 같이 묵은 악업 하루아침에 터지는 날
찬란한 해와 달, 너른 불문(佛門)에 얽매임 걸림 하나 없네.

*) 업장(業障)으로 더는 법 : 악업이 바른 도를 방해하는 것. 업장은 "(1) 어미를 해치는 것, (2) 아비를 해치는 것, (3) 여래를 해치는 것, (4) 화합승(和合僧)을 깨뜨리는 것, (5) 나쁜 마음으로 부처님 몸에 피를 내는 것" 등이다.(『구사론』17) '업장제(業障除)'란 예리한 지혜의 칼로써 업장을 없애는 것을 말한다.

*) 율의선법(律儀善法) : 그릇됨을 막고 악을 그치게 하는 좋은 가르침이다.

*) 자유자재(自由自在) : '자유'는 "얽매임 없이 해탈된 자의 걸림 없는 상태", '자재'는 "나아가고 물러남에 걸림이 없는 상태, 마음이 번뇌에서 벗어나 통달하여 걸림이 없음"을 뜻한다.

> 불도를 닦는 사람 무엇으로 알 것인고
> 그 얼굴에 빛이 나고 몸에서는 향내 나네

마디마디 기쁨 주고 걸음걸음 꽃을 피네.

자비심을 품었으니 노염미움 있을 소냐.

청정행(淸淨行)을 닦았으니 거짓을 끊었세라.

▶ 현대어 풀이

불도 닦는 사람을 어떻게 알 것인가

그 얼굴에 빛이 나고 몸에서는 향내 나네.

마디마디 기쁨 주고 걸음걸음 꽃을 피우네.

자비의 마음 품었으니 노여움 미움 있을쏘냐.

깨끗한 행위 하였으니 거짓을 끊었어라.

오욕번뇌(五慾煩惱) 멸한 사람 제천(諸天)도 공경(恭敬)커든

요망한 악귀무리 거들떠보올 건가.

송경염불 하는 중생 선신(善神)이 옹호하니

물에 들어 안 빠지고 불에도 아니 탄다.

한 중생의 초발심(初發心)*)에 법계(法界)가 진동(震動)하고

은밀한 적은 행(行)도 천지에 적히도다.

▶ 현대어 풀이

오욕의 번뇌 없앤 사람 하늘도 공경하는데,

요망한 악귀의 무리 거들떠나 볼 것인가.

불경 외고 염불하는 중생 좋은 신이 보살피노니

물에 들어 안 빠지고 불에도 아니 탄다.

한 중생이 깨달음 구하면 법계가 흔들리고

은밀한 작은 행함도 천지에 적히도다.

*) 초발심(初發心) : 처음으로 보리(菩提)의 마음을 발하여 구하는 것을 말하는데, 이때는 일체의 번뇌 탐욕이 섞이지 않고 항상 선근(善根)을 쌓는 것 등 다양한 41가지의 마음 자세를 강조한다.

불법을 닦는 집이 그 모양이 어떠한고.
지아비는 지아비길 지어미는 지어미길
아들딸은 각각 제길 지금 닦고 서로 닦아
화락도 한저이고 천신지신 도우시고
제불보살 지키시니 자손창성(子孫昌盛)하고
만사형통(萬事亨通) 하오리라.

▶ 현대어 풀이
불법을 닦는 집이 그 모양이 어떠한가.
지아비는 지아비 길 지어미는 지어미 길
아들딸은 각각 제길 지금 닦고 서로 닦아
사이좋게 즐기는구나, 하늘땅의 신들 도우시고
모든 불보살 보살피시니 자손이 번성하고
모든 일 형통할 것이라.

불법을 닦는 나라 그 모양이 어떠한고.
백성은 다 충신이요 아들딸은 효자로다.
악귀가 물러가고 불선신(佛善神)이 모여드니
우순풍조(雨順風調)하고 국태평(國泰平) 민안락(民安樂)에
동업(同業)을 흡인(吸引)하여 선을 닦는 중생들이
이 나라에 원생(願生)하니 제상선인(諸上善人)*이 구회일처(俱會一處)라

▶ 현대어 풀이
불법을 닦는 나라 그 모양이 어떠한고.
백성은 다 충신이요 아들딸은 효자로다.
나쁜 귀신 물러나고 좋은 불신(佛神) 모여드니
비와 바람도 순조롭고 나라는 태평 백성은 편안해
끼리끼리 독려하며 선을 닦는 중생들이

이 나라 왕생 바라니 최고의 선인(善人)이 한자리에 모였어라.

*) 선인(善人) : 원인과 결과의 이치를 믿고 선(善)을 행하는 사람. "선인(善人)은 선(善)을 행하여 악(樂)을 좇아 악(樂)에 들어가고 명(明)을 좇아 명에 들어간다."(『무량수경』 하)

산하대지(山河大地)도 얼굴을 변하고 길버러지 모든 악심(惡心) 떼니

현세즉(現世卽) 극락(極樂)이라 이 아니 보국(寶國)*)이냐

어허 기쁜지고 지화자 좋을시고

법고(法鼓) 둥둥 울려라 아니추고 어이리

▶ 현대어 풀이

산하와 대지도 모습 바꾸고 길의 벌레도 나쁜 마음 떼니

이 세상이 곧 극락이라 서방정토가 예 아니냐.

아화 기쁘도다, 지화자 좋구나.

법고 둥둥 울려라 춤은 어찌 아니 추리.

*) 보국(寶國) : 서방정토 극락세계를 가리킨 것으로, 갖가지 금은보화로 단장된 세계를 말한다.

(이광수, <원효대사> 삽입가사 ; 『이광수전집』 ; 임기중, 『불교가사』, 동국대 출판부)

춘원(春園) 이광수와 불교

이광수는 1923년 동아일보에 안창호(安昌浩)를 모델로 한 장편 <선도자(先導者)>를 연재하던 중에 조선총독부의 간섭을 받아 금강산 보광암 월하노사(月河老師)의 인도로 『법화경』에 심취한 적이 있었는데(『한국민족문화대백과사전』), 이때 이후로 불교에 대한 관심을 지속적으로 유지한 것으로 보인다.

이 작품은 1942년 3월 1일부터 10월 31일까지 226회에 걸쳐 「매일신보」에 연재한 소설 <원효대사>에 삽입된 가사 작품으로, 원효가 도둑과 거지 떼로 그려진 현실

의 질곡을 딛고 득도해 나라를 구하는 과정을 보여주면서 민족적 소망을 북돋우고 민족혼을 고취하려는 목적성을 담고 있다. 이는 비슷한 시기 춘원의 글 "조선놈의 이마빡을 바늘로 찔러서 일본인 피가 나올 만큼 조선인은 일본인의 정신을 가져야 한다."(김팔봉, 나의 회고록, 「세대」, 1965.12)[490]나 "생활의 황민화라는 것은 사상, 감정, 풍습, 습관 중에 비일본적인 것을 제거하고 일본적인 것을 대입 순화하는 것이다. 예하면 혼상의례의 일본화, 가족·친척 관념의 일본화, 경신숭조(敬神崇祖) 천황 중심 생활의 신건설이다."[491]에서 보인 민족 개조론, 친일 의식과는 색다른 면을 보이고 있다.

🍃 공덕(功德)을 닦는 일이 곧 부모님 은혜를 갚는 길이라

불교에서는 사중은(四重恩)과 사중죄(四重罪)가 있다. 전자는 부모의 은혜, 스승의 은혜, 국가의 은혜, 사회의 은혜를 말하고, 후자는 음란한 짓, 도둑질, 살인, 깨닫지 못하고 깨달았다고 거짓말하는 것 등 넷인데 이 죄를 범하면 다시 비구되는 것을 엄금한다.

불도를 닦기 위해 출가(出家)를 하니 그 자체가 불효가 아닐까 하고 의아해하는 경우가 많은데, 위의 <청정행>에서는 어버이의 큰 은혜와 군사부일체를 언급하면서 "어버이께 효도할 제 수도(修道) 밖에 또 있는가?"라 했다. 다음 예문에 그 해답이 있다.

모든 사람들이 부처님께서 말씀하시는 부모님의 깊은 은덕을 듣고 눈물을 흘리면서 여쭙기를,

"부처님이시여, 저희들이 이제야 큰 죄인임을 알았습니다. 어떻게 해야 부모님의 깊은 은혜를 갚을 수 있겠습니까?"

부처님께서 제자들에게 말씀하시기를,

"부모님의 은혜를 갚으려거든 부모님을 위해서 이 경을 쓰고, 이 경을 독송하며, 죄와 허물을 참회하고, 삼보를 공경하고, 재계(齋戒)를 받아 지니며, 보시(布施)하고

복을 닦아야 하느니라. … 경전 한 권을 펴내면 한 부처님을 뵈옵는 것이요, 백 권을 펴내면 백 부처님을 뵈옵는 것이요, 천 권을 펴내면 천 부처님을 뵈옵는 것이요, 만 권을 펴내면 만 부처님을 뵈옵는 것이니라. 경을 펴낸 공덕으로 모든 부처님들이 오셔서 항상 옹호해주시는 까닭에 이 사람이 부모로 하여금 천상에서 태어나게 하여 모든 즐거움을 받으며 지옥의 괴로움을 영원히 여의게 하느니라."[492]

❧ 불성(佛性)과 청정(淸淨)

용 어	설 명
청정(淸淨)	· '청정(범어 suddha)'이란 "나쁜 짓으로 지은 허물이나 번뇌의 더러움에서 벗어나 깨끗한 상태"를 말한다. · 맑고 깨끗함, 속됨이 없음, 허물이 없음, 집착하지 않음, 번뇌에 물들지 않음
	· 번뇌(煩惱) : 중생이 일으키는 모든 생각, 중생을 괴롭히고 산란하게 하는 마음 작용, 중생을 어지럽히고 미혹하게 하는 마음 작용
청정광불 (淸淨光佛)	· 맑고 깨끗한 광명을 발하는 부처, 곧 아미타불을 뜻한다.[493]
청정 삼매(三昧)	· 번뇌와 집착이 소멸되어 마음이 맑아진 삼매의 상태를 뜻한다.[494]
	· 삼매(三昧) : 마음을 한곳에 집중하여 산란하지 않은 상태, 한 생각에만 집중하여 들뜨거나 침울하지 않은 상태
청정행 (淸淨行)	· 맑고 깨끗하며 속됨이 없는 행위를 말한다.

"유정(有情) 무정(無情)이 개유(皆有) 불성(佛性)이라", "청정행(淸淨行)을 닦았으니 거짓을 끊었세라."라는 구절이 있다. 세상 모든 것은 불성을 지녔으니 꾸준히 수행하여 청정에 이르라는 뜻이다. 불성(佛性)이란 "모든 중생이 본디 갖추고 있는 부처의 성품", "부처가 될 수 있는 소질과 가능성"을 뜻한다. 『열반경』 권27에 "일체 중생이 모두 불성이 있다. 여래(如來)는 항상 존재하지 고치거나 바꾸어지지 않는다." 했다. 일체 중생이 모두 온갖 번뇌와 분별을 끊은 상태, 즉 '각오(覺悟)'에 이를 수 있는 성질[495]을 불성이라 한다.

"불법을 닦는 나라 그 모양이 어떠한고/백성은 다 충신이요 아들딸은 효자로다."
라며 나쁜 귀신은 다 물러나고 좋은 불신(佛神)이 모여들어 비와 바람도 순조롭고
나라가 태평하고 백성들은 편안하기를 기원한다. "산하와 대지도 모습 바꾸고 길의
벌레도 나쁜 마음 떼니, 이 세상이 곧 극락이라 서방정토가 예 아니냐!" 하며 법고
를 울리며 덩실 춤을 추고, "아화 기쁘도다, 지화자 좋구나."를 외친다. 원효대사가
구현한 세계를 그린 것이니 전혀 낯설 것이 없으나 일제 강점기라는 창작 당시의
현실에 견주면 어색하기 짝이 없다.

◎ 〈춘면곡(春眠曲)〉

춘면(春眠)을 느지 찌여 죽창(竹窓)을 반기(半開)ㅎ니
뎐화(庭花)난 작작(灼灼)ㅎ디 가는 나뷔 머무는 듯
안류(岸柳)는 의의(依依)하야 셩긴 니를 씌여셰라
창젼(窓前)의 덜괸 슐을 일이숨비(一二三杯) 먹은 후(後)에
호탕(豪蕩)ㅎ야 미진흥(未盡興)을 부졀업시 자아니여
빅마금편(白馬金鞭)으로 야유원(冶遊原) 차즈가니
화향(花香)은 습의(襲衣)ㅎ고 월식(月色)은 만뎡(滿庭)ㅎ디
광긱(狂客)인 듯 취긱(醉客)인 듯 흥(興)을 겨워 머모는 듯
비회고면(徘徊顧眄)ㅎ야 유졍(有情)이 셧노라니
취와쥬란(翠瓦朱欄) 놉흔 집에 록의홍상(綠衣紅裳) 일미인(一美人)이
사창(紗窓)을 반기(半開)ㅎ고 옥안(玉顔)을 잠간(暫間)들어
웃는 듯 반긔는 듯 교틱(嬌態)ㅎ고 마즈드려
추파(秋波)를 옴쥬(暗注)ㅎ고 록의금(綠衣琴) 빗겨 안고
청가일곡(淸歌一曲)으로 춘흥(春興)을 즈아니니
운우양대(雲雨陽臺)의 초몽(楚夢)이 다졍(多情)하다
스랑도 긔지업고 연분(緣分)도 긔지업다

▶ 현대어 풀이

봄잠을 늦게 깨어 대나무 창을 반쯤 여니,
뜰에 꽃이 활짝 피어 가던 나비 머무는 듯!
강 버들 무성한데 듬성듬성 안개 떴네.
창 앞의 덜 익은 술을 두세 잔 먹은 후에,
호방하여 못다 한 흥을 한가로이 자아내어
흰말에 채찍 들고 주막집을 찾아가니
꽃향기 옷에 배고 달빛은 뜰에 가득.
미친 듯 취한 듯 흥에 겨워 머무는 듯
이리저리 거닐다가 마음 있어 섰노라니
화려하고 높은 집에 고운 옷의 한 미녀가
비단 창을 반쯤 열고 고운 얼굴 살짝 들어
웃는 듯 반기는 듯 아양 떨며 맞는구나.
눈길을 즐기면서 거문고 빗기 안고
맑은 소리 한 곡으로 봄날 흥취 자아내니
남녀 간 운우(雲雨)의 꿈 새록새록 싹트도다.
사랑도 끝이 없고 연분도 그지없다.

이스랑 이 연분(緣分)을 비길더 젼혀 업다
너는 죽어 곳이 되고 나는 죽어 나뷔 되야
숨츈(三春)이 다 진(盡)토록 써느스지 마자터니
인간(人間)에 물이 만코 조물(造物) 좃ᄎ 싀옴하야
신정(新情)이 미흡(未洽)ᄒ야 이달을 손 이별(離別)이라
쳥강(淸江)에 노든 원앙(鴛鴦) 울어 예고 써ᄂᆞᆫ 듯
광풍(狂風)에 놀ᄂᆞᆫ 봉졉(蜂蝶) 가다ㄱ 돌치ᄂᆞᆫ 듯
셕양(夕陽)은 다 져가고 졍마(征馬)ᄂᆞᆫ 자로 울 졔
라삼(羅衫)을 후여 잡고 옵연(黯然)히 여흰 후(後)에

슯흔 노린 긴 흔숨을 벗을 숨아 도라오니
이졔 이 임이야 싱각흐니 원수로다

▶ 현대어 풀이

이 사랑 이 연분을 비길 데 전혀 없다.
너는 죽어 꽃이 되고 나는 죽어 나비 되어
봄날이 다 되도록 떠나 살지 않으려 했는데,
세상에 말이 많고 조물주도 시기하여
새로 든 정 못 펼치고 애달프게 이별이라.
맑은 강에 놀던 원앙 울면서 떠나는 듯
광풍에 놀란 벌 나비 가다가 돌아오는 듯
석양(夕陽)은 다 저물고 여행 말 자주 울 때
비단 적삼 부여잡고 슬프게 여윈 후에
슬픈 노래 긴 한숨을 벗을 삼아 돌아오니
이제 이 임이야 생각하니 원수로다.

간장(肝腸)이 다 셕으니 목숨인들 보전(保全)흐랴
일신(一身)에 병(病)이 되니 만亽(萬事)에 무심(無心)흐야
셔창(書窓)을 구지 닷고 섬셔이 누엇스니
화용월틱(花容月態)눈 안즁(眼中)에 삼연(森然)흐고
분벽사창(粉壁紗窓)은 침변(枕邊)에 여구(如舊)로다
화엽(花葉)에 로젹(露滴)흐니 별루(別淚)를 쑤리눈 듯
류막(柳幕)에 연롱(烟籠)흐니 유훈(幽恨)을 먹음은 듯
공산야월(空山夜月)에 두견셩(杜鵑聲)이 슯히 울졔
슯흐다 뎌 식 소리 니 말갓치 불여귀(不如歸)라

▶ 현대어 풀이
애간장이 다 녹으니 목숨인들 보전하랴.

이 몸에 병이 드니 모든 일에 관심 없어,
서재 창문 굳게 닫고 대충대충 누워다니
꽃 같은 얼굴 달 같은 자태 눈앞에 아른거리고
분벽(粉壁) 비단 창만 잠자리 곁에 여전하다.
꽃잎에 이슬 맺히니 이별 눈물 뿌리는 듯
버들막에 안개 끼니 한을 가득 머금은 듯
달밤 공산에 두견새 슬피 울 때,
슬프다 저 새소리, 내 말같이 붙여귀라.

삼경(三更)에 못든 잠을 수경말(四更末)에 빌어드니
상수(相思)흐든 임을 꿈 가운디 잠간(暫間)보고
천수만흔(千愁萬恨) 못다 닐너 일장호접(一場蝴蝶) 흣터지니
아릿다온 옥빈홍안(玉鬢紅顔) 겻히 얼풋 안젓논 듯
어화 황홀(恍惚)흐다 꿈을 상시(常時) 삼고지고
무침(撫枕)은 허희(噓唏)흐야 밧비너러 바라보니
운산(雲山)은 첩첩(疊疊)흐야 천리안(千里眼)을 가리왓고
호월(好月)은 창창(蒼蒼)흐야 량향심(兩鄕心)에 비최엿다
어화 니일이야 나도 모를 일이로다
이리져리 그리면셔 어허그리 못 보는고
약수삼천리(弱水三千里) 머단 말을 이런 디를 이르도다

▶ 현대어 풀이
한밤중에 못 든 잠을 새벽녘에 겨우 드니
그리운 우리 님을 꿈속에서 잠깐 보고
천만 가지 한과 근심, 못다 일러 흩어지니
아리따운 미인 곁에 얼핏 앉은 듯이
아! 황홀하다 꿈이 생시 같았으면!
베갯잇만 적시다가 바삐 일어나 바라보니

구름 낀 산 첩첩하여 한 치 앞을 볼 수 없고
밝은 달은 푸릇푸릇, 두 고향 그리는 나를 비춘다.
아아, 내 일이야 나도 모를 일이로다.
이리저리 그리워하며 어이 그리 못 보던가.
약수(弱水) 3천리 멀단 말이 바로 이런 맘이구나.

가약(佳約)은 묘연(杳然)ᄒ고 셰월(歲月)은 여류(如流)ᄒ야
엇그제 이월(二月) 쏫이 록안변(綠岸邊)에 붉엇더니
그덧시 홀홀(忽忽)ᄒ야 락엽(落葉)이 츄셩(秋聲)이라
시벽달 지실 젹에 외기럭이 울어 녈졔
반가온 임의 소식(消息) 힝(幸)혀 올가 바라보니
창망(蒼茫)한 구름밧게 빈 소리 뿐이로다
지리(支離)ᄒ다 이 리별(離別)을 언졔 만ᄂ 다시 볼가
산두(山頭)의 편월(片月)되여 임의 녑히 빗최고져
셕샹(席上)의 오동(梧桐)되여 임의 무릅 베여 보랴
옥상됴량(屋上雕樑) 졔비되야 훨훨 나라 가고지고
옥창잉도화(玉窓櫻桃花)의 나뷔되야 날고지고
화산(華山)이 평디(平地) 되고 금강(錦江)이 다마르ᄂ
평싱(平生)의 슯흔 회포(懷抱) 어디를 가을ᄒ리

▶ 현대어 풀이

좋은 인연 묘연하고 세월은 물과 같아
엊그제 2월엔 꽃이 푸른 절벽에 붉더니
그 사이 세월 흘러 낙엽이 뒹구는구나.
새벽달 지샐 적에 외기러기 울며 갈 때
반가운 임의 소식 행여 올까 바랐더니,
아득한 구름 밖에 빈 소리뿐이구나.
지루하다 이 이별을 언제 만나 다시 볼까.

산꼭대기 조각달 되어 임의 곁을 비추고자

돗자리 위 거문고 되어 임의 무릎 베어 보랴.

집 위 대들보 제비 되어 훨훨 날아가고 싶다.

창가의 앵두꽃의 나비되어 날고 싶도다.

화산(華山)이 평지가 되고 금강(錦江)이 다 마르나

평생에 슬픈 회포 어디에 비교하리.

셔즁(書中)에 유옥안(有玉顔)은 나도 잠간(暫間) 드럿더니

마암을 곳쳐 먹고 강기(慷慨)를 다시너야

장부(丈夫)의 공명(功名)을 일로 좃츠 알니로다

마지가오 마지가오 문(門)ㅅ간 소신(使臣)쎄 마지가오

망종왓다는 길에 호텬망극(號天罔極)에 울고 가세

(『신찬고금잡가』 ; 정재호 편, 『한국잡가전집』 2, <12가사(十二歌詞)>)

▶ 현대어 풀이

책 속에 미인이 있단 말 나도 얼핏 들었기에

마음을 고쳐먹고 의지를 가다듬어

장부의 공명(功名)을 이 때문에 알겠노라.

맞이 가오, 맞이 가오, 문간 사신께 맞이 가오

죽을 뻔 했던 길, 호천망극 울고 가세.

🍃 아리따운 여인을 잊지 못하는 한 사내의 마음

<춘면곡(春眠曲)>은 12가사(歌詞) 중 하나인데, 가곡창이나 시조창, 가사(歌辭)나 잡가(雜歌)와 다 구분한다. 가사(歌詞)는 가곡창이나 시조창에 비하여 비교적 긴 사설을 얹어 부르는 성악곡의 하나이다. 노래의 선율이나 반주형태 등 음악의 양식적 측면은 가곡창만큼 세련되지 않았으나 시조창보다는 전문성이 있는 음악으로, 전문 가

객들을 통하여 전승되는 풍류방의 성악곡이다. 현재 전하는 춘면곡(春眠曲)·백구사(白鷗詞)·황계사(黃鷄詞)·죽지사(竹枝詞)·어부사(漁父詞)·권주가(勸酒歌)·수양산가(首陽山歌) 등 12곡을 12가사라 한다.[496] 12가사의 장단은 6박 단위의 장단과 5박 단위의 장단 2가지이다. 6박 장단의 곡은 백구사·황계사·죽지사·춘면곡 등 8곡이고, 5박 장단은 상사별곡·처사가·양양가의 3곡이고, 권주가는 일정한 장단 없이 자유로운 장단으로 부른다.

가곡이 전주와 간주의 틀을 갖추고 관현악기의 반주를 수반하는 음악인데 비하여, 가사는 일반적으로 장구와 한두 가지의 관악기가 노랫소리를 따라 가며 반주하는 '수성(隨聲) 가락'으로 반주한다.[497] 가사와 잡가도 음악적으로 다르다. 가사의 창법은 아악 형식을 유지하면서 주로 서도 소리 풍을 많이 따른다. 기교면에서 보면, 중심음의 4도 위 음을 격렬하게 떨고, 노래 분위기도 대부분 느린 속도의 유장함을 지니고 있으며 세련된 발성법과 가성(假聲)을 많이 사용한다. 이렇듯 12가사와 12잡가는 음악적인 특징에는 차이가 있지만 부분적으로는 구분하기 어려운 것도 있다. 예를 들면 12잡가의 <집장가>와 12가사의 <수양산가>, <매화타령>과 같은 곡은 여러 면에서 어느 것이 가사이고 잡가인지 구별하기 어렵다.[498]

12가사 악곡별 구성음 및 악조 정리표(국립국악원 『국악전집』 10)[499]

곡명/마루	구성음 음계구성음(* 음영으로 표시한 음은 종지음)													선법	비고
	라	도	레	미	솔	라	도	레	미	솔	라	도	레	미		
어부사			黃	太	仲	林	無	潢	汰	㳞					솔 선법	하규일 전창 8가사
춘면곡 1, 2, 4~8			黃	太	仲	林	無	潢	汰	㳞						
춘면곡 3	㑣	㒇	黃	太	仲	林	無	潢	汰	㳞						
백구사			㑣		黃	太	仲	林	南	潢	汰	㳞				

위의 표를 보면, <백구사>는 황종(黃鐘)을 주음으로 하는 솔 선법이고, <어부사>와 <춘면곡>은 이보다 4도 높은 중려(仲呂)를 주음으로 하는 솔 선법이다. <춘면곡>은 18세기에도 같은 이름의 노래가 존재하였음을 확인할 수 있는 비교적 오래

된 가사이다. 거문고와 양금 악보(琴譜, 洋琴譜)에 따르면 옛 곡조와 구분되는 지금의 곡조는 19세기 전반에 나타난다.

<춘면곡>은 "봄잠을 늦게 깨어 대나무 창을 반쯤 여니, →빼어난 봄 경치에 호방한 흥이 생기다. →주막집에 가서 흥에 겨워 섰노라니 저 푸른 기와집에 고운 얼굴의 한 여인이 아양을 부리며 서 있다. →(여인이) 거문고로 맑은 소리를 내어 흥취를 더하니 한순간에 사랑에 빠지다. →새로 든 정을 펴지 못하고 애달프게도 이별이라. →애간장이 녹아 병이 드니 여인의 예쁘고 우아한 얼굴과 자태만 아른거리다. →새벽녘, 얼핏 잠이 들어 꿈에서 미인 곁에 앉으니 황홀하여 꿈을 생시로 삼고 싶은 마음을 가지다. →훌쩍 계절이 지나 가을이 되니, 제비나 나비가 되어 날고 싶다고 상상하다. →의지를 가다듬어 장부의 공업을 이룬 후에 당당하게 임을 맞이하려고 마음을 먹는다."는 내용 구성을 가지고 있다. 즉, 한 선비가 우연히 마주친 여인을 못 잊어서 상사병에 걸렸다가 장부의 공업(功業)을 이룬 다음에 다시 만나겠다고 마음을 다잡는 과정을 노래한 작품이다.

◎ 〈빅구사(白鷗詞)〉

나지말아 너 잡을 닉 아니로다
성상(聖上)이 바리시니 너를 조차 예 왓노라
오류춘광경(五柳春光景) 됴흔듸 빅마금편화류(白馬金鞭花柳)가쟈
운심벽계(雲沈碧溪) 화홍(花紅)도 류록(柳綠)흔듸 만학천봉비천샤(萬壑千峰飛泉瀉) ㅣ라
호즁텬디(壺中天地)의 별건곤(別乾坤)이 여긔로다
고봉만장청계울(高峰萬丈淸溪鬱)흐니 록쥭청숑(綠竹靑松)이 놉기를 다토아
바위 암상(巖上)에 다롬이 긔고 시내 계변(溪邊)에 금자라 긘다
조팝남개 피죽시 소리며 함박곳에 벌이ᄂᆞ셔

몸은 둥글고 발은 젹으니 데 몸을 못 이긔여

동풍(東風)이 건듯 불 젹마다 이리로 졉두젹 져리로 졉두젹

너훌너훌 춤을 츄니 근들 아니 경(景)일러냐

황금(黃金)갓튼 쇠ㅅ고리는 양류간(楊柳間)에 왕릭(往來)ㅎ고

빅셜(白雪)갓흔 흰나븨는 쏫을 보고 반기여셔

나라든다 쩌든다 두 ᄂ릭 펼치고 ᄭ막케 별ᄌᆺ치 동구라케 달갓치

아쥬 펄펄 ᄂ라드니 근들 아니 경일너냐

　(『신찬고금잡가』; 정재호 편, 『한국잡가전집』 2, <12가사(十二歌詞)>)

▶ 현대어 풀이

(나 피해서) 날지 마라 너 잡을 나 아니로다.

임금님이 (날) 버리시니 너를 쫓아 여기 왔노라.

버들 봄빛 풍경 좋은데 채비 갖추어 꽃놀이 가자.

시냇물엔 안개 자욱하고, 꽃 붉고 버들 푸른데, 높은 산에선 폭포수 흘러

신선 사는 별천지가 바로 여기로다.

높고 높은 봉우리엔 푸른 빛 가득한데, 푸른 대와 솔은 키를 다투고

바위 위엔 다람쥐 기고 시냇물 가엔 금자라 긴다.

조팝나무에 밤 꾀꼬리 소리며, 함박꽃에 벌이 와서

몸은 둥글고 발은 작으니 제 몸 못 이겨

봄바람 살짝 불 때마다 이리 기우뚱 저리 기우뚱

너울너울 춤을 추니 그 경치 또한 볼 만하다.

황금색 꾀꼬리는 버들가지 사이로 왕래하고,

흰 눈 같은 흰나비는 꽃을 보고 반기어서

날아든다, 떠서 든다, 두 나래 펼치고 까맣게 별같이 동그랗게 달같이

아주 펄펄 날아드니 그것인들 좋은 구경 아닐런가.

☙ 봄빛 풍경에서 위안을 찾다

<백구사>는 임금에게 버림받은 작자가 한적하게 물가로 내려와 "나지말아 너 잡을 니 아니로다/성상(聖上)이 바리시니 너를 조차 예 왔노라"로 시작한다. 정치 현실에서 벗어나 백구에게 말을 건네는 여유가 돋보인다. "버들 봄빛 풍경 좋은데 채비 갖추어 꽃놀이 가자."며 꽃과 버들과 폭포수가 어울린 경치가 곧 신선들의 별천지라고 자랑한다. 바위 위엔 다람쥐, 시냇물엔 금자라, 조팝나무의 밤 꾀꼬리, 황금색 꾀꼬리, 눈 같은 흰나비 등 생동감 넘치는 소재들이 나와서 봄날의 경치를 만들어간다. 이들을 통해서 상춘(賞春)의 즐거움과 대자연 속에서 물외(物外)의 한적함을 즐기는 자신의 흥겹고 경쾌한 심정을 노래하였다. 마지막 구절의 "흰 눈 같은 흰나비는 꽃을 보고 반기어서∥날아든다, 떠서 든다, 두 나래 펼치고 까맣게 별같이 동그랗게 달같이∥아주 펄펄 날아드니 그것인들 좋은 구경 아닐런가."는 자연에 동화되어 내면의 시름을 잊는 모습이다.

<백구사(白鷗詞)>는 6박 단위의 도드리장단이며, 전 8절로 구성되어 있으나 각 절의 길이가 일정하지 않아 유절형식과 통절형식이 혼합된 구조이다. 전체 68장단으로 구성되었는데, 각 절의 길이는 같지 않다. 즉 1·8절은 9장단이며, 2·3·5·7절은 8장단, 4절은 7장단, 6절은 11장단으로 구성되었다. 이처럼 각 절의 길이가 다르지만 각 절의 첫 머리와 종지형의 선율은 같고 중간 부분만 다양하게 변주되는 구조이다.[500] 1·2, 3·4, 5·6, 7·8절이 각각 짝을 이루고 있는데, 음계는 계면조에 속하고, 종지(終止)는 시조와 같이 매번 4도 하행으로 이루어진다. 발성법은 가느다랗고 여린 성역인 가성(假聲)을 많이 쓰는 여창시조에 가깝다. 굴려서 내는 소리인 전성(轉聲)은 중심음에서 4도 혹은 5도 상행할 때 중심음에서 나온다. 이떤 음을 일단 낸 다음, 한 율(律) 또는 두 율 정도 낮게 끌어내리는 소리인 퇴성(退聲)은 중심음의 5도 위 음에서 2도 하행할 때 많이 쓰는 아악의 계면조곡과 시조에서의 기법을 사용하고 있다. <백구사>는 하규일(河圭一)에 의하여 전창(傳唱)된 곡으로, 가사 중 가장 정대(正大)하고 군자다운 선비풍의 곡이다.[501]

8. 잡가(雜歌)

◎ 〈선류가(船遊歌)〉

> 가셰 가셰 즈네 가셰 가셰가셰 놀너를 가셰
> 비를 타고 놀너를 가셰 지둥덩기여라 둥계둥덩 덩시루 놀너 가셰
> 압집이며 뒤집이며 각위각(各位各)집 가인(佳人)네들은 장부(丈夫) 간
> 장(肝腸) 다 녹인다
> 동삼월(冬三月) 계삼월(季三月)아 회양도(淮陽道) 봉봉(峰峰) 도라를 오소
> 에남 나에 일손이 돈 밧소
> 가든 임(任)은 니졋는지 꿈에 훈번 아니 뵌다
> 니 아니 이졋거든 졘들 셜마 이질소냐
> 가셰 가셰 즈네 가셰 가셰가셰 놀너를 가셰
> 비를 타고 놀너를 가셰 지두덩기여라 둥덩덩시루 놀너 フ셰

▶ 현대어 풀이

가세, 가세, 자네 가세, 가세, 가세, 놀러 가세.
배를 타고 놀러 가세. 지둥 덩기여라, 둥개 둥덩 덩시루 놀러 가세.
앞집이며 뒷집이며 앞앞의 여러 집 여인네들은 장부 간장 다 녹인다.
동삼월, 계삼월에 회양도 봉우리를 돌아오소.
여기 있소, 나의 월선(月仙)이 돈 받소.
갔던 임은 날 잊었으나, 꿈에도 한번 아니 뵌다.
내 아니 잊었는데 자긴들 셜마 잊었을까!
가세, 가세, 자네 가세, 가세, 가세, 놀러 가세.
배를 타고 놀러 가세. 지둥 덩기여라, 둥덩 덩시루 놀러 가세.

> 리별(離別)이야 리별(離別)이야 리별(離別) 이즈(二字) 니든 사롬
> 놀과 빅년(百年) 원수(冤讐)로다

동삼월 계삼월아 회양도(淮陽道) 봉봉 도라를 오소

에남 나에 일손이 돈 밧소

스라싱견(生前) 싱리별(生離別)은 싱초목(生草木)에 불이 나니 불 꺼

줄이 뉘잇슴나

가셰가셰 주네 가셰 가셰 가셰 놀너를 가셰

빅를 타고 놀너를 가셰 지두덩기여라 둥당당시루 놀너 가셰

▸ 현대어 풀이

이별이야, 이별이야. 이별 두 자 만든 사람

나와는 100년 원수로다.

동삼월, 계삼월에 회양도 봉우리를 돌아오소

여기 있소, 나의 월선(月仙)이 돈 받소

살아생전 생이별은 생초목에 불나는 것이니 불 꺼줄 이 뉘 있습니까.

가세, 가세, 자네 가세, 가세, 가세, 놀러 가세.

배를 타고 놀러 가세, 지둥 덩기여라, 둥당 당시루 놀러 가세.

리별(離別)이야 리별(離別)이야 리별(離別) 이주(二字) 니든 사롬

놀과 빅년(百年) 원수(寃讐)로다

동삼월 계삼월아 회양도(淮陽道) 봉봉 도라를 오소

에남 나에 일손이 돈 밧소

스라싱견(生前) 싱리별(生離別)은 싱초목(生草木)에 불이 나니 불 꺼

줄이 뉘잇슴나

가셰가셰 주네 가셰 가셰 가셰 놀너를 가셰

빅를 타고 놀너를 가셰 지두덩기여라 둥당당시루 놀너 가셰

▸ 현대어 풀이

이별이야, 이별이야. 이별 두 자 만든 사람

나와는 100년 원수로다.

동삼월, 계삼월에 회양도 봉우리를 돌아오소.

여기 있소, 나의 월선(月仙)이 돈 받소.

살아생전 생이별은 생초목에 불나는 것이니 불 꺼줄 이 뉘 있습니까.

가세, 가세, 자네 가세, 가세, 가세, 놀러 가세.

배를 타고 놀러 가세, 지둥 덩기여라, 둥당 당시루 놀러 가세.

나는 죽네 나는 죽네 임즈로 ᄒᆞ야 나는 죽네

나 죽는 쥴 알 냥이면 불원천리(不遠千里) 오련마는

동슴월 계삼월아 회양도 봉봉 도라를 오소

에남 나에 일손이 돈 받소

박랑샤즁(博浪沙中) 쓰고 남은 철퇴(鐵槌) 텬하장ᄉᆞ(天下壯士) 항우(項羽)를 쥬어

ᄭᅵ치리라 ᄭᅵ치리라 리별(離別) 두ᄌᆞ를 ᄭᅵ치리라

가셰가셰 ᄌᆞ네 가셰 가셰 가셰 놀너를 가셰

ᄇᆡ를 타고 놀너를 가셰 지두덩기여라 둥계둥덩덩시루 놀너 가셰

▶ 현대어 풀이

나는 죽네, 나는 죽네. 임 때문에 나는 죽네.

나 죽는 줄 알 양이면 천리 멀다 않고 오련마는

동삼월, 계삼월에 회양도 봉우리를 돌아오소

여기 있소, 나의 월선(月仙)이 돈 받소

박랑사(博浪沙)에서 쓰고 남은 철퇴를 천하장사 항우에게 주어

깰 것이라, 깰 것이라. 이별 두 자를 깰 것이라.

가세, 가세, 자네 가세, 가세, 가세, 놀러 가세.

배를 타고 놀러 가세, 지둥 덩기여라, 둥개둥덩 덩시루 놀러 가세.

　(『신찬고금잡가』; 정재호 편, 『한국잡가전집』 2, 경기 십이잡가(十二雜歌))

🐟 이별 없는 세상에서 임과 뱃놀이를 즐겼으면

잡가는 정가(正歌)라 불리는 가곡·가사·시조의 대칭으로 사용한 용어이다. 정가는 조선 후기 풍류방에서 주로 연주되며, 양반·중인 등 지배계층이 즐기던 음악인데 비하여, 잡가는 서민·대중 등 기층 민중들이 즐기던 음악 중 특별히 음악에 전문성을 가진 소리꾼들의 음악을 가리킨다.[502]

<선유가>는 전승되고 있는 서울의 긴 잡가 12곡 중의 한 곡이다. 산놀이를 주제로 한 <유산가(遊山歌)>와 대비되는 것으로서 노래의 후렴구를 보면 "배를 타고 놀러가세"라는 내용이 있어 <선유가>라고 한 것 같다.[503] 영서인 춘천·철원 등 영서지방의 내륙을 교주도(交州道)라 하고, 1314년(고려 충숙왕 1년) 교주도를 회양도(淮陽道)로 개칭한 것이니, "동슴월 계삼월아 회양도 봉봉 도라를 오소"는 소양강 줄기를 따라 뱃놀이를 즐기는 모습을 담은 것으로 보인다.

<선유가>는 "가셰 가셰 즈네 가셰 가셰가셰 놀너를 가셰"와 "동슴월 계삼월아 회양도 봉봉 도라를 오소"의 두 가지 후렴구를 가지고 있다. 이 두 가지 후렴구를 교배로 반복하면서 그 사이사이에 새로운 가락을 삽입하여 악곡을 구성해가는 매우 독특한 구조를 가지고 있다. 이 형식은 전체적으로 세 부분으로 구분이 가능하며, 서구 음악의 론도(Rondo) 형식과 유사하다.[504] <선유가>의 음악형식은 약간 복잡하다. 즉 두 가지의 선율형태를 가진 후렴구가 한 가지 선율형태를 가진 메기는 소리 사이에 번갈아 삽입되어 있다. 예를 들어 "가셰 가셰 자네 가셰 ~"라는 후렴구를 C라 하고, 또 다른 후렴구인 "동삼월 계삼월 회양도 봉봉 ~"를 B라 하고, 메기는 소리에 해당하는 "앞집이며 뒷집이라 각위 각집 처자들로 장부 간장 다 녹인다."라는 구절을 A라 한다면 <선유가>의 음악구조는 C/ABAB/ABAC/ABAC가 된다. 즉 A형의 가락이 6번, B형의 가락이 4번, C형의 가락이 3번 나온다. 따라서 <선유가>의 음악형식은 큰 세마루형식이라고 할 수 있다. 한편 <선유가>의 장단은 느린 도드리장단으로서 A의 선율 4장단, B의 선율 6장단, C의 선율 8장단으로 되어 있으며, 음계는 경기소리의 특징인 5음 음계로서 특히 솔·도·미 3음이 두드러진다.[505]

배를 타고 돌며 이 마을 저 마을을 휘 둘러보니, 앞집이며 뒷집이며 앞앞의 여러 집 여인네들이 장부 간장을 다 녹인다고 하였다. 요즘 말로 하면 '심쿵'이다. 그러다 보니 떠나가 버린 내 임 생각이 절로 난다. 꿈에도 한번 아니 뵌다고 한 것은 야속하다는 말인데 간절한 그리움이 배어있다. "내 아니 잊었는데 자긴들 설마 잊었을까!"는 불안감이면서 임이 나를 잊지 않기를 희망하는 말이다. "이별이야, 이별이야. 이별 두 자 만든 사람/나와는 100년 원수로다.", "나는 죽네, 나는 죽네. 임 때문에 나는 죽네."에서는 임을 향한 그리움이 절정에 달했다. 내가 임을 그리는 마음이 죽을 만큼이라는 것을 안다면 임이 천리도 멀다 않고 올 것이라 강하게 믿고 있다. "박랑사(博浪沙)에서 쓰고 남은 철퇴를 천하장사 항우에게 주어/깰 것이라, 깰 것이라. 이별 두 자를 깰 것이라."라고 했다. 박랑사(博浪沙)는 하남성(河南省) 양무현(陽武縣) 남동쪽에 있는 지명으로서, 『사기(史記)』에 "장량(張良)이 역사(力士)에게 120근에 달하는 철퇴로 진시황을 저격하라고 사주한 곳"[506]이라 하였다. 이곳에서 힘이 센 항우장사가 120근, 즉 72kg이나 되는 철퇴를 들고 이별을 깨부수고 싶다고 한 것은 임과 이별하고 사는 삶이 그만큼 괴롭다는 뜻이다. <선유가>는 뱃놀이를 즐기는 가운데 이별한 임을 간절히 그리워하는 노래이다. 이별의 슬픔을 추상적으로 묘사하지 않고 감각적으로 그려낸 것이 특징적이다.

9. 민요(民謠)

거꾸러진 보리이삭 그대로 두고(從教壟麥倒離披)
곁가지 생긴 삼도 버려두었네.(亦任丘麻生兩歧)
청자와 흰쌀을 가득 싣고서(滿載青瓷兼白米)
북풍에 오는 배만 기다리노라.(北風船子望來時)

(이제현, 『익재난고』 권4)

🦭 권력자가 제주를 수탈하자, 그 애환을 기록하다

당시 제주에서는 기황후(奇皇后)를 등에 업은 부원세력(附元勢力)들이 말을 기른다는 목적으로 노략질을 일삼았고, 고려 관리들도 지방의 토호(土豪)들과 짜고 세력을 부리고 약탈을 자행하였다.[507]

> 고려 말에 기황후가 빌리어 목장(牧場)을 두었는데, 명나라에 이르러 다시 우리나라에 예속시켰다. 대개 제주가 바다 가운데 있어서 땅의 넓이가 거의 5백 리나 되고 사는 백성이 8~9천 호나 되고, 기르는 말이 또한 수만 필이나 되며 그 산물의 풍부한 것이 다른 고을의 배가 된다.[508]
>
> "제주 만호(萬戶) 임숙(林淑)이 제 마음대로 임지를 이탈하였으므로, 행성(行省)에 가두었다가 다시 용서하여 보내니 제주 사람들이 익명으로 투서를 써서 저잣거리에 붙이기를, '임숙은 탐욕이 많아서 온갖 방법으로 범하고 빼앗아 백성들은 고통을 견디지 못하겠는데, 다시 임지로 보내니 저희들은 무슨 죄입니까? 좌우사 낭중(郎中) 오적(烏赤)이 임숙에게 뇌물을 받고 법을 어겨도 이렇게 풀어주니 만약 그의 죄를 엄히 추궁하지 않는다면 우리들은 마땅히 상부에 보고할 것입니다.' 하였다. 결국 박인순(朴仁純)이 그 자리를 대신하였다."[509]

고려시대에 권력을 이용하여 제주도민에게 약탈을 한 경우가 많았던 모양이다. 뒤의 자료를 보면, 익명으로 투서를 써서 죄목을 널리 알렸으나 쉽게 개선되지 않았음을 알 수 있다. 대호군 장공윤과 제주부사 장윤화의 횡포로 인해 제주 사용 김성(金成)이 난을 일으킨 적도 있다고[510] 한 것을 보면, 위의 민요에 대한 해설 "탐라(耽羅)는 지역이 좁고 백성들은 가난하였다. 과거에는 전라도 상인들이 종종 청자나 쌀을 팔러 오는 정도였는데, 지금은 벼슬아치 개인의 소와 말떼가 들을 뒤덮어 논밭 곡식을 쓰러뜨리고, 높은 이의 수레가 너무 자주 드나드니 백성들은 그들을 보내고 맞이하는 일이 번거로워 불행하기 짝이 없다. 자주 변고가 생기는 까닭이 여기에 있다."에[511] 벼슬아치들의 제주 수탈이 여실히 드러나 있다. 여기서 "자주 변고가 생겼다"라고 한 것은 관리들의 횡포와 백성들의 저항을 말한 것으로 보인다.

> 도근천(都近川)의 제방이 터져서(都近川頹制水坊)
>
> 수정사 마당까지 물이 넘쳤네.(水精寺裏亦滄浪)
>
> 승방에는 오늘밤 선녀를 숨겨두고(上房此夜藏仙子)
>
> 주지 스님 도리어 뱃사공이 되었네.(社主還爲黃帽郞)
>
> (이제현, 『익재난고』 권4)

사찰의 퇴폐상, 사상계 변화의 빌미

도근천(都近川) 수정사(水精寺)는 현재 제주시 외도동에 있다. 『신증동국여지승람』에는 도근천에 대해 "주 서쪽 18리에 있다. 일명 수정천(水精川), 또는 조공천(朝貢川)이라 하는데 제주 지방의 말이 어려운 까닭에 '조공'을 '도근'이라 한 것이다. 언덕은 높고 험하여 폭포가 수십 척을 치솟아 흘러 그 밑에서 땅속으로 스며들어 칠팔리에 이르러 '도근포'라는 큰 하천을 이룬다. 이 아래에 깊은 못이 있는데, 이 못은 수달이 엎드리고 있는 모양으로 변화를 일으켜 사람의 보물을 보면 끌어당기어 못속으로 들어간다."고 했다. 위 작품에서 언급한 수정사는 도근천 서쪽 언덕에 있는 절이다.[512]

위의 작품에는 "근래에 어떤 높은 벼슬아치가 늙은 기생 봉지련(鳳池蓮)에게 장난삼아 '너희들은 돈 많은 중은 따르면서 사대부가 부르면 왜 그리 늦게 오느냐?'라 하니, 그 기생이 '요즘의 사대부들은 돈 많은 장사치의 딸을 데려다 두 살림을 차리거나 계집종들을 첩으로 삼는데, 우리가 사람을 가린다면 어떻게 먹고 살겠습니까?' 하므로 좌중이 부끄러운 표정을 지었다."는 부기가 달려있는데, 당시의 문란한 사회상을 알 수 있는 자료이다. 절에 선녀를 숨겨두고 주지 스님이 뱃사공이 되었다는 것은 상징적 의미를 담아 불교의 퇴폐상을 비판한 것이다. 어사대(御史臺)에서 아뢰기를, "불교는 본래 밝고 깨끗한 것을 숭상하는 것인데, 그 무리들이 죄받고 복 받는다는 말로써 과부와 부모 없는 딸들을 속여 유인하여, 머리 깎아 중을 만들고 남녀가 섞여 살면서 분별없이 음탕한 욕심을 채우고, 심지어는 사대부와 왕실의 집에까지 다니며 불공하기를 권하고, 산속에 유숙시키며 추한 소문을 있게 하니 지금부터는 이런 것을 일절 금하여 어기는 자를 벌하소서."하니 왕이 이 말에 좇았다.[513] 여기서 어사대는 정사(政事)를 논의하고 풍속을 바로잡으며 백관을 감찰하고 탄핵하는 일을 하던 고려시대의 중앙 관청이다. 고려 말, 불교는 위와 같은 윤리적인 모순에 더하여 많은 토지와 노비를 소유하고 고리대금업에까지 손을 대는 등의 사회 경제적 모순까지 가지고 있었기 때문에 사회모순을 극복할 수 있는 대안을 제시하기는커녕 여말 선초 성리학을 기치로 한 유학자들에게 사회 개혁의 빌미를 제공하여 '불교'에서 '유학'로 사상적 전환[514]을 이루도록 단초를 만들었다.

> 고려 충혜왕(忠惠王) 때에 동요에 이르기를,
> "아야 마고지나! 이제 가면 어느 때 오리!"(阿也 麻古之那 從今去何時來)
> 라고 하였는데, 얼마 안 되어 임금이 원元에 불려갔을 때, 게양(揭揚)에 이르지 못하고, 악양(岳陽)에서 작고(作故)하였으므로, 이에 이를 해석하는 자가 말하기를, "악양 망고지난이라, 오늘 가면 어느 때 오리!"
> (岳陽亡故之難 今日去何時來)
> 라고 하였다.
>
> (『증보문헌비고』 권11, 상위고象緯考11, 물이3, 동요)

☙ 호협 방탕(豪俠放蕩)했던 충혜왕의 말로(末路)

충혜왕은 본성이 호협 방탕하여 주색과 사냥을 일삼고 정사를 돌보지 않았으며 후궁만도 100여 명에 이를 정도였다. 이조년의 간청에도 불구하고 방탕한 습성을 버리지 못하여 유신들과 반목이 심하였다.[515] 예컨대, 충혜왕 2년 11월에 왕이 내시 전자유(田子由)의 집에 행차하여 그의 아내 이씨를 덮쳐 강제로 몸을 더럽히더니, 얼마 되지 않아 자유는 그의 아내와 함께 달아났다[516]는 일 등이다. 충혜왕의 이와 같은 행실에 대하여 이조년은 나아가 무릎을 꿇고 다음과 같이 아뢴다.

"전하께서는 어찌하여 왕의 자리에서 물러나 고생하시던 때를 잊으십니까. 이제 불량배들이 왕의 위엄을 빌려서 부녀자를 약탈하고 재화를 빼앗아 백성들을 그 생활에 즐거움을 갖지 못하고 있사오니, 신은 화(禍)가 조석에 다가올 듯합니다. 이런 것은 걱정하지 않고 잡다한 오락을 즐기십니까. 전하께서 노신의 말을 들으시어 아첨하는 것들을 물리치시고, 어진 사람을 통하여 힘쓰고 정성을 다하여 정치를 도모하시며, 다시는 부질없이 노닐지 않으신다면, 노신은 비록 죽을지라도 땅속에서 눈을 감겠습니다."517

왕이 몹시 노하여 받아주지 않더니, 얼마 이따가 좋은 말로 사과하고 보냈지만 진심이 아니었다. 이에 이조년은 물러나 고향으로 돌아가 죽을 때까지 나아가지 않았다. 왕 4년 3월, 삼현(三峴)에 새 궁궐을 기공할 때도 측근 신하들에게 "이제 궁궐이 완성되면 노비로 여기를 채우려 하니, 경들은 각각 용모가 예쁜 여종 한두 명씩을 바침이 어떠한가?" 하였고, 경성 안에 뜬소문이 돌기를, "왕이 민가의 어린이 5, 60명을 데려다가 새 궁궐 주춧돌 아래 묻으려 한다."하여, 집집마다 놀라서 어린아이를 안고 도망하는 자가 많았다 한다.518

이렇듯, 충혜왕은 성격이 호탕하고 주색을 좋아하여 놀이와 사냥에 여념이 없었고 방탕하여 절도가 없었으며 남의 처첩이 아름답다는 소문만 들으면 가깝고 먼 사람, 귀하고 천한 사람을 가리지 않고 모두 후궁으로 데려온 것이 백 명이 넘었고 이로움을 따질 때는 털끝만한 것도 유리한 것을 선택했다. 그러니 백성들은 근심과 원한에 시달렸으며 간악한 소인배들은 제 세상을 만났고 충직한 사람들은 배척을 당하여 한 번만 바른 말을 하면 반드시 살육을 당하기 때문에 사람마다 벌을 받을까 두려워하여 감히 간언하는 자가 없었다고 전한다.

원간섭기에는 왕실도 사적 토지 소유를 확대하였다. 충혜왕은 5교 양종의 폐망한 사원의 토지와 선대(先代) 공신전, 경기의 사급전 등을 왕의 사고인 내고와 유비창(有備倉)에 소속시키고 이를 구실로 많은 노비를 탈취하였으며, 보흥고(寶興庫)를 설치하여 토지와 노비를 탈취하였다. 이는 원간섭기라는 특수한 정치권력구조 아래에서 왕실이 공실(公室)로서의 위상을 상실하였기 때문이다.519 충혜왕의 행실이 위와 같았으니 백성들의 원성이 자자했을 것임은 짐작하고도 남음이 있다.

이에 원나라에 가 있던 이운(李芸)·기철(奇轍) 등이 왕의 실정과 횡포를 원나라

중서성에 알림으로써 충혜왕이 원나라로 끌려가 수레에 실려 급히 귀양 가는 도중에 게양(揭陽)까지도 가지 못하고 병자일에 악양현(岳陽縣)에서 죽었다. 혹은 독살(우짐 遇鴆)되었다 하고, 혹은 귤에 중독되어 죽었다고도 하는데 본국 사람들은 슬퍼하는 이가 없었으며 가난한 백성들은 기뻐서 날뛰며 이제 다시 살아날 날을 보게 되었다고까지 말하였다.[520] 위의 노래는 이전에 궁중과 항간에 떠돌던 것이니, 다시는 돌아오지 못할 길을 떠나는 충혜왕의 말로를 예언하는 참요(讖謠)가 된다.

◎ 〈농구(農謳) 14장〉 강희맹(姜希孟, 1424~1483)

> 순조롭게 비 내리고 햇빛이 나고(雨暘若)
>
> 성군께서 바른 도리 행하시니(聖君建皇極)
> 현묘한 도리 은근히 통하여(玄德潛通)
> 사시 기후가 고르고 순조로웠지.(雨暘時旣若)
> 비올 때 오고, 볕 날 때 나니(雨暘極備)
> 모든 곡식 피해가 없다네.(無一切傷我稼)
> 폭풍으로 인한 피해가 없고(塊不破 枝不揚)
> 만물 기운과 사철 기후가 조화를 이루었네.(絪縕調玉燭)
> 아! 농부가 임금님 은혜 어찌 알리오?(吁老農豈知蒙帝力)
> 즐거이 밭을 갈고 우물 팔 뿐이라네.(熙熙但耕鑿)
>
>
> 이슬 길을 헤침(捲露)
>
> 새벽에 호미 들고 들에서 돌아올 때,(淸晨荷鋤南畝歸)
> 이슬이 촉촉하여 마르지 않았네.(露溥溥猶未晞)
> 내 싹이 쑥쑥 자라나는데(但使我苗長)

옷 따위 젖은들 무슨 상관있으리.(厭浥何傷霑我衣)

아침 햇살을 맞이함(迎陽)

산꼭대기에 아침 해 떠오르자(山頭初日上)
가지런한 모들이 손바닥 편 듯하네.(綠秧齊葉平如掌)
아침 해 떠올라 밭에 나가 김을 매니(迎陽下田理荒穢)
대견한 오곡이 하루가 다르게 자라도다.(嘉穀日日長)

호미를 듦(提鋤)

호미 들 땐 잊지 말고 술잔도 챙기게나.(提鋤莫忘提酒鍾)
술잔 기울임은 호미 든 노고라네.(提酒元是提鋤功)
한 해의 배부름과 주림이 일하기에 달렸는데,(一年飢飽在提鋤)
어찌 호미 들기를 게을리 할 것인가.(提鋤安敢慵)

잡초를 뽑아냄(討草)

저 수크령*)이 곡식과 어찌나 닮았는지(彼莨莠與眞同)
보고 또 봐도 헛갈리니 늙은이 속이 타네.(看看不辨愁老翁)
꼼꼼히 뽑아내어 가만두지 아니하니(細討非類莫相容)
수크령 하나 없이 깔끔하게 되었다네.(盡使莨莠空)

*) 수크령 : 볏과에 딸린 여러해살이 풀. 줄기는 뭉쳐나고, 잎은 빳빳하고 줄 모양으로 길며 끝이
뾰족하다. 9월쯤에 검은 자줏빛 이삭이 잎 사이에서 나온다. 이삭에는 가시랭이와 털이 빽빽
한데, 들이나 양지바른 풀밭에 자란다.

농사를 자랑함(誇農)

어제 저자거리 한 바퀴 두르다니(昨從市中過)

시장 안 사람들은 얼굴도 곱구나(市中諸子顏如花)

다투어 몰려와서 늙고 추하다 놀려대며(爭來嗤老醜)

서로서로 자기들 아름다움을 뽐내네.(各自逞奢華)

늙은이 지팡이 짚고 저자 사람들께 외치노라.(老夫柱杖語市人)

눈앞의 이익 따지는 자들이 무에 그리 으스대나.(刀錐*末利安肯誇)

그동안 쌓은 재산 자세히 따져보면(長金積玉細商量)

모두 다 우리들 농가에서 비롯됐네.(皆自吾農家)

*) 도추(刀錐) : 칼과 송곳. 근소한 이로움의 비유.

서로를 권면함(賞勸)

이 몸 정말 불쌍하도다(我身足可惜)

내 삶도 순간인데,(我生駒過隙)

일 년 내내 앉아 논들 싫을 리 있으랴만(豈厭終歲坐安閑)

한가히 놀다보면 먹을 게 없는지라(安閑食不足)

부지런히 일하라고 자꾸자꾸 재촉하네.(勉勤苦田畯來相促)

점심을 기다림(待饁)

큰시누는 허겁지겁 방아를 찧어대고(大姑春政急)

시누이는 부엌에서 매운 연기 풀풀 내네.(小姑入廚烟橫碧)

허기진 뱃속에서 쪼르륵 쪼르륵(飢腸暗作吼雷鳴)

두 눈에선 어느새 헛꽃까지 보이는데(空花生兩目)
점심 기다리며 호미질에 힘 빠지리.(待饁時提鋤不得力)

배를 두드림(扣腹)

구수한 보리밥 밥 고리에 수북하고(麥飯香饛在筥)
거친 명아주 국도 숟가락에 감기도다.(藜羹恬滑流匕)
아이 어른 모이어 차례대로 앉아서(少長集次第止)
여기저기서 맛있다고 수선을 떠네.(四座喧誇香美)
뱃속이 든든하게 실컷 먹고 나서(得一飽撑胠裏)
뱃가죽 두드리며 흐뭇하여 웃어대네.(行扣腹欣便喜)

가을을 기다림(望秋)

보리농사 잘 된 땅에, 또 풍년이 들 것 같으니(麥登場占年祥)
우리들 농작물 피해나 없었으면(我稼穡願無傷)
척박한 땅 풍년들어 곳간이 그득하여(汚邪黃滿車箱)
염소를 잡아 놓고 축배 한잔 들어보세.(殺羔羊稱壽觴)

긴 이랑의 밭을 매며(竟長畝)

긴 이랑의 밭 매자니 그 끝이 아득한데(竟長畝畝正荒)
등에는 햇살 쬐여 땀방울 끈적끈적.(日煮我背汗飜漿)
어른이 어린 아이를 못 따르고(大郎不及小郎强)
서로 앞서가려고 정신없이 손발 놀리네.(爭咫尺 手脚忙)
긴 이랑의 끝에서, 어른을 돌아보며 웃으니(竟長畝回頭笑大郎)
어른은 못 이긴 것을 수줍어하네.(大郎却慙小郎强)

긴 이랑을 밭 매자니 그 끝이 아득하네.(竟長畝 畝正荒)

비오리가 울다(水鷄鳴)

비오리가 울면 술 마실 때 되었네.(水鷄鳴當擧巵)

아침 닭이 울 때면 여러 잔을 마신 지라(朝鷄累數巵)

그땐 이미 취기가 오르네(已覺醺人肌)

어느새 늦닭까지 울어대는데,(晚鷄忽已報)

술 걸러 온다더니 왜 그리 더딘가?(釃酒來何遲)

비오리가 울면 술 마실 때 되었네.(水鷄鳴當擧巵)

산 너머로 해가 지다(日啣山)

돌아보니 해는 서산으로 지고(回看斜日已啣山)

밤이슬 송글송글 잎 끝에 맺혔기에(夕露微升凝葉端)

긴 호미 챙기어 허리춤에 꽂고서(捲却長鋤挿腰間)

깍깍 까마귀 소리 들으며 마을로 돌아오네.(行赴村墟戴鴉還)

발을 씻음(濯足)

발은 씻는 둥 마는 둥 하고(濯足不用不分濯)

돌아와 풋잠 드니 새벽닭 울어댔지(還家瞌眼鷄咿喔)

새벽닭이 울자마자 호미를 또 잡으니(鷄咿喔鋤還握)

열두 시간 어느 새에 다리 한번 쭉 펴보나?(十二時何時可伸脚)

여름밤에 몇 시간 잠시잠깐 쉬노니(夏夜短休幾刻)

발은 늘 씻는 둥 마는 둥이라네.(濯足不用十分濯)

화분(和噴 후렴구)

확자고로롱(確者古老農)

토기진순(吐氣振脣)

(강희맹, 농요에서 뽑음(選農謳), 『사숙재집』 권11)

✿ 백성들에 대한 애정으로, 농요를 모아 지침을 삼게 하다

강희맹은 경사(經史)와 전고(典故)에 통달하여 관인(官人)적 취향과 섬세한 감각을 가졌으면서도 농촌에 전승되고 있는 민요와 설화에도 관심을 많이 가졌는데, 위의 <농구(農謳) 14장>은 생활 주변에서 채집한 농요(農謠)를 모아 정리하여 농민들의 애환과 농정(農政)의 실상을 잘 묘사하고 있다. 이 작품은 농요를 모아 농가의 지침으로 삼으려는 의도에서 지었기에 백성들의 삶에 대한 깊은 애정이 배어있다. 농사가 모든 일의 근본이니 근면하고 성실한 태도로 임해야 한다는 당부를 잊지 않았다. 강귀손이 쓴 『금양잡록』 발문(1492년)에 다음과 같은 구절이 있다.

> "나의 선친이 공무를 보고 난 뒤에 일반의 의복으로 갈아입고 왔다갔다 노닐면서 마을의 늙은이들과 같이 농사에 관한 이야기를 나누었는데, 무릇 파종하고 갈고 김매는 방법과 조만(早晚) 건습(乾濕)의 타당성에 대해 빠짐없이 그 이치를 밝히고 그 오묘한 이치를 끝까지 파고들었다. 그리고 또 농요를 채집하여 가사를 만들었는데, 논밭에 나가 곡식을 가꾸면서 일 년 내내 일하는 수고로움을 극도로 형용하고 그 뜻을 다하였다. 예컨대 '농부와의 대화'나 '토질에 맞는 곡식의 품종' 등과 같은 것은 은연중에 진퇴거취(進退去就)의 기미를 살피는 의미가 있으니 농가의 지침만이 아니다."

이를 통해, 양반들이 농요를 채집한 것은 농민들이 논밭에 나가 일하는 수고로움을 형용하면서 은연중에 모두가 두루 근면하게 살자는 격려의 뜻이었음을 알 수 있다. 『사숙재집』 부기에 달린 내용을 정리하면 다음과 같다.[521]

장(章)	설명(부기附記)
1장 순조롭게 비 내리고 햇빛이 나고(雨暘若)	한 해의 풍년과 흉년은 기후의 순조로움에 달려있는데, 그 미덕을 임금에게 돌린 것은 신민(臣民)의 뜻이다.
2장 이슬 길을 헤침(捲露)	농민들이 날마다 들판에 갈 때 맞는 '새벽이슬'이 하루 중 가장 먼저 겪는 일이다.
3장 아침 햇살을 맞이함(迎陽)	곡식은 밤에 이슬을 맞고 아침에 햇살을 받으며 모르는 사이에 자란다.
4장 호미를 듦(提鋤)	'호미를 들고'라는 표현을 4번이나 반복했는데도 잘 느끼지 못하겠으니 썩 잘되고 묘하다.
5장 잡초를 뽑아냄(討草)	농민들은 수크령이 곡식을 해친다는 점을 살펴 호미질을 한 뒤에는 전적으로 이 일에 힘써야 한다.
6장 농사를 자랑함(誇農)	사농공상(士農工商) 중에 농민이 가장 괴로우므로 진심으로 좋아하지 않는다면 근본이 거기 있다는 것을 어떻게 알겠는가? 가사를 음미하다 보면, 눈앞의 이익을 좇는 사람들이 조금 각성하게 될 것이다.
7장 서로를 권면함(賞勸)	사람이란 본디 일하기 싫어하고 놀기를 좋아하여 게을러지기도 하므로 서로서로가 권하고 격려하려는 뜻이다.
8장 점심을 기다림(待饁)	하루 일을 반쯤 끝냈을 때 점심을 먹게 되기 때문에 이 노래를 이 순서에 넣었다.
9장 배를 두드림(扣腹)	배불리 먹고 허기를 느끼지 않으면 힘도 펼 수 있기 때문이다.
10장 가을을 기다림(望秋)	보리가 이미 익어 그리 궁핍하지 않은 때에 가을의 풍년을 기대하는 것은 인지상정이다.
11장 긴 이랑의 밭을 매며(竟長畝)	어른과 아이가 사로 겨루기를 하며 일하는 것은 지루함을 잊으려는 것인데 농가의 실상이 그러하다.
12장 비오리가 울다(水鷄鳴)	점심을 내 오는 사람은 비오리가 울 때에 맞춰 술도 내 오는데, 그때 이미 술을 마실 때가 되기 때문이다.
13장 산 너머로 해가 지다(日啣山)	김매기를 마치고 한가롭게 집으로 돌아온다는 뜻이다.
14장 발을 씻음(濯足)	농가의 일은 오늘도 하고 내일도 하여 조금도 쉴 틈이 없으므로 매우 고달프다는 것이다.

◎ 〈모심는 소리〉 (무주 모노래)

> 농창 농창*) 베루 끝에 시누 오 올키 빠졌다네
> 나도나 죽어 후승 가서 우런 님을 셈길라네
> 머리 좋고 키 큰 처녀 울뽕 남기서 앉아서 우네
> 울뽕 줄뽕*) 내 따나 줌세 요내 품에 잠자 주소

▶ 현대어 풀이

낭창낭창 벼랑 끝에 시누올케 빠졌다네.

나도 죽어 저승 가서 우리 님만 섬기려네.

머리 결 곱고 키 큰 처녀 울뽕나무에 앉아 우네.

울뽕 줄뽕 내 따줌세 이 내 품에 잠자 주소.

*) 농창농창 : '농창농창'은 '낭창낭창'에서 온 말로 낭창거리는 꼴인데, "나뭇가지가 낭창낭창 부러질 것 같다."처럼 쓰인다. '농창농창 베루'는 보기만 해도 현기증이 생기는 가파른 절벽(벼랑)을 일컫는 것으로 보인다.

*) 울뽕 줄뽕 : '울뽕'은 "울타리가 되도록 심은 뽕나무, 또는 그 뽕나무의 잎"

> 차도나 영산 참샘이 물에 배치 씻는 저 처녀야
> 겉에여 절잎 다 젖혀놓고 속에 속잎 나를 주게
> 뽕따러 가세 뽕 따러 가세 뒷동산에 뽕 따라 가세
> 뽕도나 따고 임도나 보고 겸도 겸해 뽕따라 가세
> 서울이라 남기 없어 고사리로 대궐*)을 짓네
> 아래 웃집 처녀들아 대궐 짓는 구경 가세
> 서울이라 남기 없어 원추리로 대문*)을 다네
> 아래 웃집 처녀들아 대문 다는 구경 가세
> 서울 가신 선비님네 우리야 선비 안 오시던가
> 오기야 오기는 오시더래도 칠성판*)에 실려 오네

▶ 현대어 풀이

차도나 영산 참샘물에 배추 씻는 저 처녀야.

겉에 있는 겉잎 놓고 속잎일랑 나를 주게.

뽕따러 가세 뽕 따러 가세 뒷동산에 뽕따러 가세.

뽕도 따고 임도 보고 겸사겸사 뽕따러가세.

서울이라 나무가 없어 궐수문 대궐을 짓네.

아래윗집 처녀들아 대궐 짓는 구경 가세.

서울이라 나무가 없어 쇠로 대문을 다네.

서울 가신 선비님네 우리야 선비 안 오시나.

오기야 오기는 오시더라도 죽어서 실려 오네.

*) 고사리 대궐 : 고사리처럼 돌돌 말린 무늬를 새긴 문. 궐수문 蕨手文(서린무늬)
*) 원추리로 대문 : '원추리'는 원철(原鐵), 즉 "용광로 곧 용광로에 의하지 않고 철광석에서 직접 환원시켜 만든 철"을 지칭하는 듯하다.
*) 칠성판(七星板) : 관 속의 바닥에 까는 널조각. 칠성판이란 시신 크기만 한 송판에 북두칠성을 그린 것으로, 그 위에 시신을 놓고 일곱 자 일곱 치로 된 베(칠성칠포)를 감는다.

> 모시 적삼 안섶 안에 분결같은 젖 좀 보게
> 만지나 보면 병 날기고 빛만 살짝 보고나 가게
> 방실방실 웃는 임을 못 다 보고 해 넘어가네
> 오늘날로 못 다 보면 내일 날로 다시나 보세

▶ 현대어 풀이

모시 적삼 안섶에 부드러운 젖 좀 보게

만져 보면 병 날 것이고 빛만 살짝 보고 가게

방실방실 웃는 임을 못다 보고 해 넘어 가네

오늘에 못다 보면 내일에 다시 보세

(MBC『한국민요대전』, 전라북도 CD 3-6)

🐾 노동요의 대명사

민요를 시대, 지역, 창자(唱者), 곡조, 기능, 내용, 장르별, 혹은 남요(男謠), 부요(婦謠), 동요(童謠), 무가 등으로 나누기도 하지만, 요즘은 크게 기능요와 비기능요로 나누고, 기능요는 다시 노동요·의식요·유희요 등으로 나누는 것이 보편적이다. 노동요에는 <모내기노래>·<방아찧기노래>·<고기푸는노래>, 의식요에는 <액막이타령>·<지신밟기노래>·<상여소리> 등, 유희요에는 <강강술래>·<유희동요> 등이 있다.[522] <정선아라리>·<진도아리랑>·<육자배기> 등은 비기능요에 해당한다. <모내기 노래>는 농경사회였던 우리나라의 가장 대표적인 노동요로서, 전국적으로 가장 널리 분포한다. "산 속의 비는 새벽에 대순 구워먹는 재미를 북돋우고, 산들바람은 때때로 모심는 노래(揷秧歌)를 보낸다."를[523] 통해서도 <모내기노래>가 오래 전승된 민요임을 알 수 있다.

<모내기노래>는 모내기를 행하는 성별에 따라 물꼬를 철철 넘치게 해 놓고 첩의 방에 놀러 간 낭군을 노래하기도 하고, 위에서와 같이 뽕따는 처녀와 배추 씻는 처녀에게 접근하거나 아래윗집의 뭇 처녀들을 불러 대궐 짓는 구경 가자는 희롱을 담기도 한다. 다양한 시각과 풍부한 화제로 극도로 처량하고 외로운 신세를 묘사하고 남녀 간의 접근을 시도하면서도 "모시 적삼 안섶 안에 분결같은 젖 좀 보게~만지나 보면 병 날 끼고 빛만 살짝 보고나 가게"(또는 "많이 보면 병날게고 쌀 낱만큼 보고 가소")와 같이 매우 절제된 허용을 유지하면서 노동의 지루함을 덜고 흥을 돋우어 갔다. 여기에는 힘들어도 삶의 여유, 유연성 있는 태도를 잃지 않는 우리 조상들의 삶의 지혜가 담겨있다.

모내기는 노동시간이 길어, 오랫동안 불러야하기 때문에 더 다양하고 풍부한 문학적 표현이 많이 발견되는데, 특히 남녀간의 사랑이나 일하는 사람의 늙음에 대한 한탄을 많이 그려내고 있는 점이 주목된다. <모심는 소리>로 남녀의 사랑을 나타내는 연가를 많이 부르는 것은 모를 심는 행위 자체가 일종의 성적 행위처럼 여겨지는데다가, 성적 행위가 풍요와 다산을 가져온다고 여기던 역사적 습속에서 연유

한다고 할 수 있다.[524] 물론 이러한 믿음이 사라지고, 산업적 전반적으로 변화한 오늘날까지도 이러한 전통이 계속되는 것은 모를 심는 고단함을 사랑이야기로써 해소할 수 있기 때문일 것이다.

위의 <모내기노래>는 "뽕따는 처녀 노래", "배추 씻는 처녀 노래", "칠성판에 실려 온 님" 등의 여러 작품을 뒤섞었다. 모내기 시간이 길고 지루하니 구연자들이 기억하는 이런저런 민요를 엮어 넣은 것이다. 다만 1, 2행은 그 의미 연결이 매끄럽지 않은데, 이는 "농창농창 대로꺾에/무정할 손 오라버님/나도죽어 후세상에/낭군부터 생길라네(<이앙요>)",[525] "시누이와 울 어머니/뽕을 따라 가았네/동편 가진 내가 따구/서편 가진 어머니 따네/뽕가지가 좀 먹어서/강물 우에 뚝 떨어지네/오라버니 바라보고/저의 색시만 건지려네/오라버니는 야속하지(<뽕따는 처녀>)"[526]에서 짐작할 수 있듯이 기억하여 전승하는 과정에서 "뽕 따다가 가지가 부러져 시누올케가 함께 벼랑 아래로 떨어졌는데 짝 있는 올케를 먼저 건지는 것을 보고 짝 없는 설움을 토로하는 여동생의 심정"에 대한 묘사가 일부 생략된 때문으로 보인다.

"차도나 영산 참샘이 물에 배치 씻는 저 처녀야"로 시작하는 구절도 널리 분포한다.

> "녹수청강에 흐르는 물에/배추 씻는 저 처자야/겉대 겉잎을 떼 내던지고/속에 속대를 날 다고/당신이 나를 언제 봤간/겉대겉잎을 속에 속잎을 나를 달라느냐/그러지 말고 사람의 괄세를 너무 말어라"[527] (1952. 예산군 한상태)

배추 씻는 처녀에게 수작을 거는 민요는 목화 따는 처녀, 연밥 따는 처녀, 채약(採藥)하는 처녀 등에게 수작 거는 노래로 전성된다. 수작을 매몰차게 거절하지 않고, 재치 있게 거절하는 유연성을 가진다.

"서울 가신 선비님네~"는 <칠성판에 실려 온 님>에서 따온 것인데, "앞집이 선배 뒷집이 선배 두 선배가 서울을 가서/서울 가서 베슬허고 온 줄만 알았더니/저기 오는 저 선비는 우리내 선비 못 봤느냐/보길냥은 봤네만은 칠성판에 실려 나오네/이 말이 웬 말인가 석자 깊이 다홍치매/석 자 깊이 다홍치매 치매 둘러 입고/깨끗한 밥을 지어 삼시 차례 혼백 불러서/삼시차례 불러 봐도 임의 소식은 간디 읎네"는[528] 출세하여 돌아올 줄 알았던 임이 기대와 다르게 관속에 실려 돌아온다는 애절한 사연을 담고 있다. 이렇듯 <모내기노래>는 때론 연정과 그리움, 때론 애절한 정조가 뒤섞여, 순간이나마 노동의 수고로움을 더는 노동요로 기능했음을 알 수 있다.

◎ 〈밀양아리랑〉

> 날 좀 보소 날 좀 보소 날 좀 보소
> 동지섣달 꽃 본 듯이 날 좀 보소
>   아리아리랑 쓰리쓰리랑 아라리가 나네
>   아리랑 고개를 넘어간다
> 밀양에 영남루를 찾아를 오니
> 아랑에 애화가 전해 오네
>   아리아리랑 쓰리쓰리랑 아라리가 나네
>   아리랑 고개를 넘어간다
> 칠보장 채색에 아랑각은
> 아랑에 슬픔이 잠겨있네
>   아리아리랑 쓰리쓰리랑 아라리가 나네
>   아리랑 고개를 넘어간다
> 남천강 굽이 쳐서 영남루를 감돌고
> 십오야 밝은 달은 아랑각을 비춘다
>   아리아리랑 쓰리쓰리랑 아라리가 나네
>   아리랑 고개를 넘어간다
> 전라도 목포에는 유달산이 명산이요
> 강원도 경포대는 폭포수가 명수지
>   아리아리랑 쓰리쓰리랑 아라리가 나네

아리랑 고개를 넘어간다
와 이리 좋노 와 이리 좋노 와 이리 좋노
밀양에 영남루는 와 이리 좋노
  아리둥다꿍 쓰리둥다꿍 아라리가 나네
  아리랑 고개를 넘어간다

(MBC『한국민요대전』, 경상남도 CD 4-4)

▶ 현대어 풀이

날 좀 보소 날 좀 보소 날 좀 보소
동지섣달 꽃 본 듯이 날 좀 보소
  아리아리랑 쓰리쓰리랑 아라리가 나네.
  아리랑 고개를 넘어간다.
밀양의 영남루를 찾아오니
아랑의 슬픈 전설 전해 오네.
  아리아리랑 쓰리쓰리랑 아라리가 나네.
  아리랑 고개를 넘어간다.
칠보장 채색의 아랑각은
아랑의 슬픔이 잠겨있네
  아리아리랑 쓰리쓰리랑 아라리가 나네
  아리랑 고개를 넘어간다.
남천강 굽이 쳐서 영남루 감돌고
십오야 밝은 달은 아랑각을 비춘다
  아리아리랑 쓰리쓰리랑 아라리가 나네
  아리랑 고개를 넘어간다.
전라도 목포에는 유달산이 명산(名山)이요
강원도 경포대는 폭포수가 명수(名水)지
  아리아리랑 쓰리쓰리랑 아라리가 나네
  아리랑 고개를 넘어간다.
왜 이리 좋은가 왜 이리 좋은가 왜 이리 좋은가

밀양의 영남루는 왜 이리 좋은가.

아리둥다꿍 쓰리둥다꿍 아라리가 나네.

아리랑 고개를 넘어간다.

슬퍼도 슬퍼하지 않는 강인함

우리 민족에게 <아리랑>은 특별 한 노래이다. "아리랑은 통곡이다. 아리랑은 피다. 아리랑은 분노이다. 아리랑은 항변이며, 절규이며, 반란 이다. …"[529] 어찌 이뿐이겠는가. 아 리랑을 원관념으로 하면, 눈물, 한, 그리움 등등 그 무엇도 보조관념이 될 수 있으니 <아리랑>은 우리민족 의 특별한 숨결인 것이다. 아리랑

아리랑 발상지(강원도 정선군 남면 낙동리)

하면 진도, 밀양, 정선가 먼저 떠오르지만 평창, 만주, 서울, 구례, 정읍, 해주, 서도, 남도에도 아리랑이 있다.

<밀양아리랑>은 세마치장단에 맞추며, 3음 음계의 계면조이다. 계면조는 감상적 (感傷的)이며 슬픈 느낌을 주는 선율을 말한다. 옛날 밀양 부사 이모의 외동딸 아랑 (阿娘)에 얽힌 전설에서 유래하였다. 아랑은 그녀를 은밀히 사모하던 통인(通引, 조선 시대, 지방 관아에 딸려 수령의 잔심부름을 하던 사람으로 주로 이서(吏胥)나 공천(公賤) 출신이 맡았 다)에게 비명의 죽음을 당하였는데, 이렇게 억울하게 목숨을 잃은 원귀(怨鬼)는 그 뒤 새로 부사가 부임할 때마다 방에 나타나 놀라게 하다가, 마침내 통인이 처벌되자 원귀가 다시 나타나지 않았다는 설화가 있다.[530] 그러므로 <밀양아리랑>은 분노요, 한(恨)이다. 본문 중에 "아랑에 애화"라고 한 아랑의 설화는 다음과 같다.

- 아랑이라는 규수가 태수인 아버지를 따라 밀양에 가다.
- 통인이 영남루에서 아랑을 욕보이려 하다.
- 아랑이 저항하다 죽임을 당해 강가 숲에 버려지다.
- 딸을 잃은 태수가 물러나 서울로 돌아가다.
- 신관 태수가 부임할 때마다 귀신에 놀라 기절하여 죽다.
- 서로 기피하는 밀양태수 지원자를 어렵게 찾아내다.
- 신관 부사 앞에 가슴에 피를 흘리고 목에 칼을 꽂은 귀신이 다시 나타나 사연을 말하다.
- 신관 부사가 이튿날 아랑을 죽인 범인을 잡아 처형하여 사건을 해결하다.[531]

현재 전하는 <밀양아리랑>은 그때 밀양의 부녀자들이 통인에게 저항한 아랑의 정절을 사모하여 '아랑아랑' 하면서 그의 절개를 찬미한 노래에서 변화한 것이고, 밀양의 영남루는 아랑을 기념하는 유적이다.[532]

역사적으로 아리랑이 우리 민족에게 준 의미는 매우 크다. <아리랑>에 담긴 정서 또한 단선적이지 않다. 위의 <밀양아리랑>도 처음엔 아랑의 비극적 죽음을 기리는 마음에서 출발하였으나 "전라도 목포에는 유달산이 명산(名山)이요/강원도 경포대는 폭포수가 명수(名水)지", "아리아리랑 쓰리쓰리랑 아라리가 나네/아리랑 고개를 넘어간다./왜 이리 좋은가 왜 이리 좋은가 왜 이리 좋은가/밀양의 영남루는 왜 이리 좋은가."에 오면 아리랑 고개를 넘어 팔도 명승지를 다니며 흥겨움에 덩실덩실 춤을 추는 모습으로 끝을 맺는다. 슬픔에 젖고 한스러움에 멈춰 있지 않고, 신명으로 한(恨)을 달래고 시련을 견디는 우리 민족 특유의 민족성이 발휘되는 순간이다. 이렇듯 역사적으로 <아리랑>은 우리 민족에게 삶의 애환과 고통, 서러움을 풀어내는 한풀이 기능을 했다. 이로 인해 한 민족끼리의 정서를 공유하고, 통합하는 계기를 만들어주었다.

일제강점기에 <아리랑>은 민족정신을 일깨우는 계몽운동의 교과서 역할을 했다.

"우리나 강산에 방방곡곡/새살림 소리가 넘쳐난다/에이헤 에헤야 우렁차다/글소경 업새란 소리높다(문맹 없애라는 소리가 높다)/아리랑 아리랑 아라리요/아리랑 고개로 넘어간다/아리랑 고개는 별고개라/이 세상 문맹은 못 넘기네"(조선일보사, 1931)[533]

위는 일제강점기 문자보급반용(文字普及班用) 『한글원본』이다. "우리는 먹기도 하여야 하지마는 배우기도 하여야 합니다. 살자니까 먹어야 할 것이요 먹을 것을 얻자니까 알아야 할 것이며 알자니까 배워야 합니다. 아는 사람은 몯은 일을 하기가 쉽고 모르는 사람은 몯은 일이 어렵기만 합니다. 그러니까 우리는 잘 배웁시다. 만히 배워서 만히 압시다."(1931년, 한글원본 개정판, 19장 '배움')라는 캠페인을 보면, <아리랑>을 통해 민족의 공감대를 형성하면서 문맹을 퇴치하고 학습을 유도하고 있음을 볼 수 있다. 이렇듯 조선일보는 1929년 7월 14일 전국 규모의 '귀향 남녀학생 문자보급 운동'을 통해 대대적인 한글보급 운동을 벌였다. 이후 1936년까지 조선일보와 동아일보가 이를 주도했다. 당시 80~90%에 달했던 문맹을 없애고 민족정신을 일깨우려고 했으니 이는 계몽운동이자 항일 운동인 셈이다. 1934년에는 5,000여 명의 학생이 이 운동에 참가해 농촌으로 떠났으며, 교과서인 조선일보사의 『한글원본』은 100만 부 넘게 발행돼 무료로 배포됐다. 이 운동은 심훈의 소설 <상록수>에도 그대로 그려진다.[534] 이 당시에 <아리랑>은 우리의 미래를 개척해가는 구심점 역할을 해 준 것이다.

◎ 〈어사용〉 (무주 지게 목발노래)

> 아이고 답답 내 팔자야 아 아 아 아
> 이 내 신세를 워이 하나 아
> 어느 사람은 팔자 좋아
> 부대공실*) 높은 집에 에 이 이
> 소리 명창 유다락*)에
> 우리 겉은 인생들은
> 지게목발 뚜디리고
> 아이고 답답 내 신세야 아
>
> (MBC 『한국민요대전』, 전라북도 CD 2-19)

▸ 현대어 풀이

아이고 답답 내 팔자야 아 아 아 아

이 내 신세를 어찌 하나, 아.

어느 사람은 팔자 좋아

고대광실(高臺廣室) 높은 집에 에 이 이

소리명창 불러 다락에서 노는데

우리 같은 인생들은

지게 다리나 두드리고

아이고 답답 내 신세야

*) 부대공실 : 고대광실(高臺廣室). 단을 높이 쌓아 넓고 화려하게 지은 집을 뜻한다.
*) 유다락 : '논다'는 뜻의 '유(遊)'와 '다락'의 결합으로 보인다. 소리명창이나 불러 시원한 다락에
서 놀며 유희를 즐기는 삶과 나무나 하러 다니는 자신의 신세를 대조하여 표현하고 있다. 소
리할 때는 장고를 두드리고, 나무를 하다가는 지게다리를 두드리니 자연스럽게 연상 작용이
생겨 전형적인 신세타령이 되고 있다.

🍃 신세타령 한 곡으로 처량한 신세를 위로하다

<나무하는 소리>라고도 한다. 이 민요는 숙명적인 인식을 드러내주는 대표적인
민요이다. "어느 사람은 팔자 좋아"라는 관용적 어구를 지니고 있는 노래는 <팔자
타령>이라 할 수 있다. 추운 겨울날 깊은 산중에 들어가 추위를 무릅쓰고 나무를
해야 하는 자신의 신세를 한탄하는 이 노래는 자신의 신세를 체념적으로 생각하는
숙명론에 바탕을 두고 있다.[535]

이와 같이 자신의 삶을 다른 사람과 대조하면서 처량한 자기 신세를 한탄하는
노래는 "어떤 놈은 팔자 좋아/고대광실 높은 집에/남녀노비 거느리고/호의호식 하
는구나/우리 팔자 기구하야/농부 몸이 되었구나."(김해지방 이앙요4)[536]와 같은 <모내
기노래>에도 있고, "어떤 년은 팔자 좋아/고대광실 높은 집에/긴 담뱃대 물어 앉아/
사랑 간에 잠을 자리/우리 부모 날 낳은 날/해도 달도 없는 적에/나를 낳았는가?"

(제주 해녀요4)[537]에도 있다. 이렇듯 나보다 나아 보이는 남과 내 신세를 비교하는 일은 언제나 처량하다. 부러워하는 마음을 감추고 아닌 척 해도 그 속마음까지야 어찌 달랠 수 있겠는가. 차라리 노래 한곡에 한스러운 마음을 담아 풀어내고 다시 힘든 현실을 이겨나가려 애쓰는 것이 살아가는 지혜가 아닐까 싶다. 영남지방의 대표적인 남성 신세타령인 '어사용/얼사영'이 이와 같은 종류이다.

◎ 〈방구타령〉　(통영)

방구 나온다 방구	▶ 현대어 풀이
방구 나온다 방구	방귀 나온다 방귀
시압시 방구 호롱 방구	방귀 나온다 방귀
시어매 방구 앙살*) 방구	시아버지 방귀는 꾸짖음 방귀
다리 방구 연지*) 방구	시어머니 방귀는 엄살 방귀
아들이 방구 유둑*) 방구	딸의 방귀는 예쁜이 방귀
시리 찌는 방구	아들의 방귀는 유세 방귀
솥에 삶는 방구	시루에 김새는 방귀
골목골목 에는*) 방구	솥에 삶듯 부글거리는 방귀
새미 등천*) 알리는 방구	골목골목 도는 방귀
방구여~	방귀여~
방구 방구 나온다 방구	방귀, 방귀. 나온다, 방귀!
(MBC『한국민요대전』, 경상남도 CD 7-15)	

*) 앙살 : 엄살을 피우며 반항함.

*) 연지 : 잇꽃의 꽃잎에서 뽑아 만든 붉은빛 물감. 여자들이 단장할 때 입술, 뺨, 미간에 바른다.

*) 유둑 : '유세(有勢)', 즉 집안의 대를 잇는 아들이라고 귀하게 대해주니 제가 잘난 줄 알고 우쭐거리는 마음에 거리낌 없이 방귀를 뀐다는 뜻이 아닐까 싶다. 유세는 세력이 있다는 뜻이다. "그들은 유세가 이만저만이 아니어서 대접이 소홀하다거나 물품이 부족하다고 호통을 치기 일쑤였고…."(송기숙, 〈녹두 장군〉) 또 "자랑삼아 세력을 부린다."는 의미도 있다. 유세를 떨

다/유세를 부리다/유세를 쓰다/반장도 권력이라고 유세가 대단하다./"아들만 둘을 낳았다는 유세로 자기는 임씨 집안의 며느리로서 책임을 다했거니 하고 순간적으로 교만한 마음을 품었다가…"(윤흥길, <완장>)

*) 에는 : 에다. 돌다. 돌아서 간다는 뜻이다. 꼬불꼬불한 골목을 도는 것처럼 방귀소리가 길게 이어지는 것을 뜻한다.

*) 둥천 : '둑'의 경남 방언.

🐽 방귀 소리 하나에도 흥을 실어

타령류에는 언어유희적인 성격이 있으나 숫자, 요일 등처럼 대상이 일정한 체계를 지는 것은 아니어서 그 소재와 체계가 다양하고 자유롭다. 이와 같은 종류에는 '까마구, 당나구'처럼 '구'로 끝나는 <구타령>, 나무 이름을 쭉 열거하는 <나무타령>, 위와 같은 <방구타령>, "청천 하늘엔 별도 많구/시내 강변엔 돌도 많구/시집살이엔 말두 많구/고용살이엔 일도 많구/…"와 같은 <많다타령> 등이 있다.[538]

사전적으로 "아기자기하게 즐거운 기분이나 느낌"을 재미라 한다. <방귀타령>은 다른 목적이나 기능이라고는 전혀 없는 전형적으로 재미만을 추구하는 민요이다. 짓궂고 장난스러운 태도로 상대방에게 다가가는 유희적 태도에서 비롯하기 때문이다. 현대에도 기존의 <방귀타령>의 형식을 본떠 다음과 같은 <방귀타령>[539]이 지어졌다.

| 1 넘어간다/넘어를 간다/방구타령을/넘어간다
세계 각국에/뀌어 논 방구/주룽주룽/엮어보세
일본 놈의/방구는/밀수탕 방구
미국의/방구는/원자탄 방구
소련 놈의/방구는/공갈방구
이북의/방구는/후퇴방구
김일성의/방구는/찢어 직일 놈의/방구
모태동의/방구는/못실 방구 | 2 할아버지/방구는/꾸지럼 방구
할머니/방구는/거신 방구
시아버님/방구는/호령방구
시어머님/방구는/잔소리 방구
시동상의/방구는/**유세방구**
시누이/방구는/양살방구
맏아들의/방구는/책음[임]방구
막내방구는/엉등방구
딸의/방구는/연지방군데
며느리/방구는/도둑놈방구 |

유앤군의/방구는/원조 방구 영국의/방구는/영구방군데 백두산/영봉에/태극기 꼽아 이놈의/방구는/만세방구	이 방구/저 방구/다 좋다 해도 서방님/방구는/사탕방구 얼씨구/좋다/사랑방구야/지화자/좋구나 얼씨구/좋구나/사랑방구다.

뒷부분에는 전래민요의 <방귀타령>을 이어 붙였다. 위의 작품 "아들이 방구 유둑 방구"에서 '유둑'의 의미 해석에 확신이 약했었는데, 아래 <방귀타령>에 "시동상의/방구는/유세방구"라는 구절이 있어 조금 안심이 된다. 방귀 소리에 마음을 실어, 집안에서 시아버지는 잘 꾸짖는 존재이고, 시어머니는 엄살을 부려 이목과 관심을 집중시키려 하는 존재라며 못마땅한 시선을 보인다. 반면 자신의 마음과 입장을 잘 헤아려주는 딸은 그저 예쁘고, 집안의 대를 잇는 아들이라고 하는 일마다 거드름을 피우고 우쭐거리는 아들에 대해서도 전혀 미운 감정이 보이지 않는다. <방귀타령>에서 방귀 소리를 유머 소재로 활용하며 명랑 쾌활하게 사는 조상들의 모습을 살필 수 있다.

◎ 〈쌍금쌍금 쌍가락지〉　(합천 지방)

쌍금 쌍금 쌍가락지 은금 은금 은가락지 호작질*)로 닦아내여 먼 데 보니 처녀로다 젙에 보니 달이로다 그 처녀가 자는 방에 숨소리가 둘이로다 오라바시 홍달아시*) 거짓말쌈 말아시소 조꼬만한 지피방에	▶ 현대어 풀이 쌍금 쌍금 쌍가락지 은금 은금 은가락지 손장난으로 닦아내어 먼 데 보니 처녀로다. 옆에 보니 달이로다. 그 처녀가 자는 방에 숨소리가 둘이로다. 오라버니 붉은 얼굴, 거짓말쏨 마시오

물리놓고 비틀 놓고	조그만 곁방에
열두 가지 약을 놓고	물레 놓고 베틀 놓고
어마 엄마 울 엄마야	열두 가지 약을 놓고
나 죽거든 아무데나 묻지 말고	엄마 엄마 울 엄마야
연대 밑에 묻어 주소	나 죽거든 아무데나 묻지 말고
연대 꽃이 피거들랑	연꽃 대 밑에 묻어주소
날만 이기 돌아보소	연대 꽃이 피거든
가랑비가 오거들랑	날만 여겨 돌아보소
방석 한 잎 덮어 주고	이슬비 내리거든
장대비가 오거들랑	돗자리 하나 덮어주고
덕석 한 잎 덮어 주소	장대비가 오거들랑
	멍석 하나 덮어주소.

(MBC 『한국민요대전』, 경상남도 CD 8-16, 가창자 : 김한준, 여, 1922)

*) 호작질 : 쓸데없이 손을 놀려서 하는 장난, 손을 놀려 잔재주를 부리는 간단한 요술.

*) 홍달아시 : 구연자마다 단어 선택이 서로 달라 내용 파악이 어려운데, "청두복상 올아바님", "천두나 복숭 저 오랍시", "천금겉은 울오랍시", "홍돌복숭 오라바시" 등[540] 표현이 다양하다. 천도복숭아나 홍돌복숭아라 했으니 붉은 색을 띠고 있는 오라버니 얼굴을 비유적으로 이른 말로 보인다. 이를 보면, '홍돌'이 '홍달'로 변화했을 가능성이 높다. 그런데 "저 처자의 자는 방에 숨소리가 둘일레라./홍달 같은 오라바님 거짓말을 마르시오"를[541] 보면, '홍달'은 '홍(紅)'과 '달(月)'의 결합으로 붉은 달을 일컫는다고 짐작해 볼 수도 있다. 달이 붉은 것은 흉조를 의미하니, 동생에게 닥칠 일을 예견하지 못하고 함부로 입을 놀리는 오라버니의 얼굴빛을 비꼬아 원망스럽게 표현한 것으로 보인다.

🐦 목숨보다 중한 순결

'오라바시'는 오빠의 경상도 방언이다. 위의 노래를 알기 쉽게 재구성하면 이렇게 된다. 한 처자의 결혼을 앞두고 집안에서는 쌍가락지를 꺼내 광을 내는 등 혼사 준비를 하고 있다. 그런데 흉흉한 소문이 나돈다. 이 처자가 혼자 자는 방에서 다른 사람의 숨소리가 들렸다는 것이다. 그 소문의 진원지는 친척 오라버니 혹은 동네

남자다. 이 처자는 그런 소문이 치욕스러워 목을 매어 자살하려고 한다. 죽음으로 자신의 결백을 증명하려는 것이다.[542]

심술궂은 오빠가 여동생이 연애를 한다고 의심을 하는 바람에 억울해서 죽는다는 내용이다. 여리디 여린 처녀들의 심성이 느껴지는 노래다. 억울한 마음에 열두 가지 약을 놓고 죽을 결심을 하고, 자신이 죽고 나면 이렇게 해 달라는 유언까지 남겼다. 진짜 죽었는지 결말까지 드러나 있지는 않지만, 내외법이 엄격하던 시대에, 외간남자를 끌어 들여 잠자리를 함께 했다는 오해를 받고 억울한 마음을 삭이지 못하고 자살을 결심한 처녀의 원한이 서려 있는 노래다. 그러나 이렇게 한 서린 서사도 모여 놀 때나 애기를 재울 때 등 다양한 용도로 가창한 것이 특징이다.[543] 다른 작품을 보면, 문풍지가 파르르 떨리는 소리를 두고 야속하게도 오라버니는 여동생의 방에 외간 사내의 숨소리가 들린다고 소문을 퍼뜨린다. 이 말에 대해 사실이 아니라고 당당하게 반론을 제기하지도 못하고 혼자서 애만 태우는 모습이 답답할 정도로 순진하다. 평생 한 남자만 보라보며 순결을 지켜야 한다는 생각이 강박관념이 되어, 요즘의 시선으로 보면 순결을 목숨보다 중히 여기는 태도가 안쓰럽기까지 하다.

가) 한 남자가 쌍가락지를 잘 닦아내어 달처럼 예쁜 처자에게 주려고 한다.
나) 그 처자의 방에서 숨소리가 둘이 난다고 한다.
다) 동생이 오빠에게 거짓말이라며 문풍지 떠는 소리라고 한다.
라) 오빠가 믿지 않자 동생이 죽는다고 한다.
마) 동생은 자신이 죽은 후에 피어난 연꽃을 잘 보살펴달라고 당부한다.

가)에는 쌍가락지를 닦으며 맘에 드는 처자를 그리는 한 남자의 모습이 나타나 있다. 달처럼 예쁜 여인에게 쌍가락지를 주고 연분을 맺을 수 있겠다는 '기대'로 가득 차서 더할 나위 없이 행복하다. 그러나 나)에 오면 그 기대는 산산조각이 나고 만다. 그 처자의 방에서 숨소리가 둘이 나니 그 처자는 자신이 아닌 다른 남자와 있는 것이 분명하다고 생각한다. 그러므로 처자를 향한 남자의 사랑은 '고난'을 맞게 된다. 다)에서 오빠에게서 이 얘기를 들은 처자가 자신의 결백을 주장한다. 그러나 그 주장이 제대로 받아들여질 리가 없다. 어떤 작품에서는 동생의 변명에 "에라

조년 요망한 년 문풍지 소리 모리고/인간 숨소리 모릴 소냐.”[544]라고 일침을 가하기도 한다. 결국 라)에서 동생은 죽기를 결심하고 자신이 죽으면 연대밭에 묻어달라고 한다. ‘좌절’이다.[545] 그러나 이 작품은 죽음으로 인한 좌절로 끝나는 것이 아니라 죽음 이후 연대꽃으로 환생함으로써 자신의 억울함을 풀고자 하는 ‘해결’에 이르는 것이다. 죽음은 단순한 좌절이 아니라 자신의 누명을 벗고 자신의 존귀함을 인정받고자 하는 ‘역설적 해결’인 것이다. 서사민요에 죽음을 통한 역설적 해결이 많이 나타나는 것은 서사민요를 부르는 주향유층인 평민 여성들이 자신들의 현실을 그만큼 암담하고 고통스럽게 인식하고 있음을 보여주는 것이면서 죽음을 통해서라도 자신의 고난을 해결하고자 하는 강한 의지의 표현이라 할 수 있다.[546]

10. 개화기와 나라 잃은 시대의 노래

조선혼(朝鮮魂)아 잘 잇난냐 사천년(四千年) 널 길넛지
필부(匹夫)의 먹은 마음 천자(天子)라도 못 앗거던
하믈며 이천만(二千萬) 굿은 정신 누가 감(敢)히

(혼혜혼혜魂兮魂兮 : 時大 1571)

▶ 현대어 풀이
조선혼아 잘 있느냐 사천년 널 길렀지
사나이 먹은 마음 황제도 못 뺏는데
하물며 이천만 굳은 정신 누가 감히

한국(韓國) 내(內)의 제반구습(諸般舊習) 누차거론(累次擧論) 하엿건만
별종악습(別種惡習) 또 잇스니 지가황설(地家荒說) 성행(盛行)하여

> 상하귀천(上下貴賤) 물론(勿論)하고 풍수화복(風水禍福) 전시(專恃)하여
> 일대철안(壹大鐵案)*) 될 뿐더러 전국구병(全國俱病) 하얏스니
> 어리석다 한인(韓人)이여

▶ 현대어 풀이
한국 안의 낡은 풍습 자주 거론 하였건만
다른 악습 또 있으니 허황된 풍수설 성행하여
상하 귀천 상관없이 풍수의 길흉만 오롯이 믿어
원칙처럼 될뿐더러 온 나라 병이 되었으니
어리석다 우리 사람들이여

*) 철안(鐵案) : 움직일 수 없는 의견, 또 규칙. 확고한 단안(斷案).

> 살어 생존(生存) 할 때에도 일신화복(壹身禍福) 모로거던
> 사후총중(死後塚中) 뎌 고골(枯骨)이 무삼 영혼(靈魂) 남어잇셔
> 복록제수(福祿除受) 하올손가 술객(術客)에게 고혹(蠱惑)하야
> 화여복(禍與福)을 전시(專恃)하고 명당대지(名堂大地) 광구(廣求)하니
> 이런 악습 어대 잇나

▶ 현대어 풀이
살아 생존할 때에도 일신의 길흉 몰랐는데,
무덤 속의 저 유골이 무슨 영혼 남아 있어
복을 없애고 받고 하겠다고 점술에 유혹되어
재앙과 복 오롯이 믿어 명당의 땅 널리 구하니
이런 악습이 어디 있나.

> 동공일체(同功壹體) 천지(天地)로셔 지리분명(地理分明) 잇지마는
> 일생일사 할량이면 혼승백강(魂昇魄降)이 아닌가

> 어이차고 뎌 체백(體魄)을 지도상(地圖上)에 혼잡(混雜)하야
> 화여복(禍與福)을 논란(論難)할 졔 십분무의(十分無疑) 미신(迷信)하니
> 이런 악습 어디 잇나

▶ 현대어 풀이
같은 공과 지위, 세상에 지리가 분명한데
한번 살다 죽을 양이면 혼백 오르내림 당연하다.
어쩌자고 저 육체를 지도상에 혼잡하게
재앙과 복 논란할 제, 의심 않고 믿으니
이런 악습 어디 있나

> 부모생존(父母生存) 할 때에는 봉양지절(奉養之節) 비박(卑薄)하야
> 불효막심(不孝莫甚) 하던 자(者)도 그 부모(父母)가 죽고 보면
> 효심(孝心)이나 잇는듯시 금시발복(今時發福) 찻녀라고
> 편답강산(遍踏江山) 분주(奔走)하야 발음(發蔭)*)하기 고대(苦待)하니
> 이런 악습 어대 잇나

▶ 현대어 풀이
부모 살아 계실 적엔 봉양할 뜻 하찮게 여겨
불효막심하던 자도 그 부모가 죽고 나면
효심이나 있었던 듯 복 받을 땅 찾느라고
강산을 찾아 돌기에 분주하여 은혜를 기다리니
이런 악습 어디 있나.

*) 발음(發蔭) : '음(蔭)'은 부모 조상의 공이나 가문의 영광으로 자신들이 특별히 대우를 받는 일을 뜻한다.

> 세력가(勢力家)로 말한진대 생전포학(生前暴虐) 하던 사람

타인국내(他人局內)*) 늑장후(勒葬後)*)에 세력(勢力) 업는 뎌 중총(衆塚)을

위협(威脅)으로 굴거(掘去)하고 사산국내(四山局內) 광점(廣占)이라

참독(慘毒)할사 뎌 인물(人物)은 생사간(生死間)에 포학(暴虐)하니

이런 악습(惡習) 어대 잇나

▶ 현대어 풀이

권세가들을 살펴보면 생전에 포악하던 자를

다른 이의 무덤 내에 억지 장사지낸 후에 힘없는 다른 무덤을

겁을 주어 파내고 온 산의 무덤을 넓게 차지하네.

독하구나, 저 인물은 죽어서까지 포악하니

이런 악습 어디 있나.

*) 국내(局內) : 무덤의 경계 안. *) 늑장(勒葬) : 남의 산에 억지로 장사지냄.

자기화복(自己禍福) 위(爲)해여셔 산산백골(散散白骨) 둘너메고

동이서매(東移西埋) 분주(奔走)한즉 인도(人道)에도 미안(未安)하고

백골(白骨)인들 하죄(何罪)런가 호상쟁투(互相爭鬪) 파굴(破掘)하야

조부모(祖父母)인 뎌 유골(遺骨)이 별종참화(別種慘禍) 자심(滋甚)하니

이런 악습 어대 잇나

▶ 현대어 풀이

자신의 복 위해서는 흩어져 가루 난 백골 둘러매고

이산저산으로 옮기어 분주하니 인류에도 미안하고

백골은 무슨 죄인가, 서로 싸우며 무덤 파서

조부모인 저 유골 끔찍한 재앙 극심하니

이런 악습 어디 있나

생사간(生死間)에 물론하고 단합(團合)함이 제일(第壹)인대
구복열(求福熱)에 몸이 달어 열선조(列先祖)의 뎌 체백(體魄)을
산매(散埋) 각처 하량이면 수호무인(守護無人) 형극중(荊棘中)에
호리천혈(狐狸穿穴) 가련(可憐)하니
이런 악습 어대 잇나

▶ 현대어 풀이
살든 죽든 관계없이 단합함이 제일인데
복 구하려 몸이 달아 선조들의 저 육신을
각지에 흩어 묻으면 지킬 이 없는 가시덤불 속에
여우·너구리가 굴을 파서 불쌍하니
이런 악습이 어디 있나.

한인들아 한인들아 금일노예(今日奴隷) 되는 것도
산화(山禍)라고 하겟는가 이 지경(地境)을 당(當)하고도
특별사상(特別思想) 연구(研究)안코 엇지하면 명당(名堂) 얻어
이 환란(患難)을 면(免)하고셔 복록향수(福祿享受) 할까하니
어리셕다 한인이여

▶ 현대어 풀이
우리나라 사람들아 오늘 노예 되는 것도
산의 재앙이라 하겠는가, 이 지경을 당하고도
묘한 대책 궁리 않고 어찌하면 명당 얻어
이 환란을 피하고서 큰 복을 누릴까 하니
어리석다 동포들아

(한인악습韓人惡習, <대한매일신보> 제1017호)

◎ 〈대죠션 주쥬독립 익국(愛國) ᄒ ᄂ 노ᄅ〉 이필균

아셰아에 대죠션이 주쥬 독립 분명ᄒ다
(합가) 인아에야 익국ᄒ셰 나라 위히 죽어 보세

▶ 현대어 풀이
아시아의 대조선은 자주 독립국임에 분명하다.
애야에야 애국하세 나라 위해 죽어보세.

분골ᄒ고 쇄신토록 츙군(忠君)ᄒ고 익국ᄒ셰
(합가) 우리 졍부 놉혀 주고 우리 군면 도와주세

▶ 현대어 풀이
분골쇄신하여 충성하고 애국하세.
우리 정부 높여주고 우리 군·면 도와주세.

깁흔 잠을 어셔 ᄭ여 부국강병(富國强兵) 진보ᄒ세
(합가) 눔의 쳔ᄃ 밧게 되니 후회막급 업시 ᄒ세

▶ 현대어 풀이
깊은 잠을 어서 깨어 부국강병 앞서가세.
남의 천대받게 되니 늦은 후회 없이 사세.

합심ᄒ고 일심되야 셔셰동졈(西勢東漸) 막아 보세
(합가) 스롱공상(士農工商) 진략ᄒ야 사롬마다 주유ᄒ세

▶ 현대어 풀이
힘 모으고 마음 합쳐 서양 침략 막아보세.

모두가 힘 다하여 사람마다 자유롭게.

남녀 업시 입학ᄒ야 세계 학식 비화 보자
(합가) 교휵ᄒ야 기화되고 기화ᄒ야 사롬되네

▶ 현대어 풀이
남녀 없이 학교 가서 세계 지식 배워보자.
교육받아 개화되고 개화해야 사람 되네.

팔괘 국긔(八卦國旗) 놉히 달아 륙디쥬에 횡횡ᄒ세
(합가) 산이 놉고 물이 깁게 우리 ᄆᆞ음 밍셰ᄒ세

▶ 현대어 풀이
태극기 높이 달고 전 세계를 누벼 보세.
산처럼 높이 물처럼 깊게 우리 마음 맹세하세.

(학부주사 이필균, 「독립신문」, 1896년 5월 9일)

🍂 우리 민족이 가야 할 바른 길

사회 각계각층의 인물들이 신문 매체나 잡지 등을 통해 개화기 시가의 형성에 참여했다. 공무원, 학생, 교사, 교인, 저널리스트, 사회지도자, 단체 학회 인사, 여성계 등 지도급 인사에서부터 농공상업에 종사하는 일반 서민 계층에 이르기까지 골고루 분포되어 있다. 이렇듯 다양한 참여는 개화기 시가의 창작 기반이 널리 개방되어 있었고, 보편화되어 있었음을 의미한다.[547] 실명으로 글을 실은 경우도 있고, 익명으로 실은 경우도 있다.

위의 첫째 작품은 시조창의 형식을 빌려 종장의 마지막 서술어를 생략하여 "하물며 이천만 굳은 정신 누가 감히"로 마무리함으로써 "(우리 민족의 굳은 혼을 누가 감히) 빼앗겠는가!"라는 독자 스스로 서술어를 떠올리게 하는 효과를 얻고 있다. 사천년 지켜온 조선의 혼으로 굳게 단결할 것을 염원하고 있는 작품이다.

둘째 작품은 우리 민족의 내적 폐습에 대한 자성과 비판을 촉구하고 있다. 엄격히 준수하는 4·4조의 가사 형식 뒤에 "이런 악습 어대 잇나"를 붙이고, 마지막 연에 가서는 "어리석다 한인이여"를 붙였다. 작품의 주제를 이렇듯 의미 있는 반복구로 제시하고 있다. 이 작품에서는 풍수지리를 믿어 멀쩡한 무덤을 파헤쳐 이장하는 장묘 문화를 버려야 할 악습으로 여기고 강한 어조로 비판하고 있다. 초현대 사회인 요즘에도 조상을 위하고 후손들의 발복(發福)을 빈다는 명목으로 산을 파헤치고 무덤을 단장하여 상대적 박탈감을 갖게 하고 빈부격차를 여실히 느끼게 하고 있으니 아직도 우리는 이 당시에도 비판하던 구태(舊態)를 완전히 벗지 못하고 있는 것이다. 무덤에 갈 때마다, 나 자신이 조상 앞에 부끄럽지 않도록 더 열심히 살아볼 생각보다는 "아무쪼록 후손들 잘 되게 해 달라."고 빌고 있지 않은가! 그 잘 되는 것이 "돈 많이 벌게 해 달라."는 소원으로 획일화되고 있지나 않으면 다행이다.

이 작품은 조상에게 후손들의 발복을 기원하는 구태에 다음과 같이 문제를 제기한다. "조상님 또한 살아계실 적에 자신의 길흉을 몰랐는데, 무덤 속의 저 유골이 무슨 영혼이 남아 있어서, 복을 없애고 받고 할 수 있을 것이라고, 점술에 유혹되고 재앙과 복을 오롯이 믿어 명당을 구하러 온 산을 돌아다니느냐."라고. 부모 살아 계실 적엔 불효막심하던 자도 그 부모가 돌아가시고 나면, 효심이나 있었던 듯 복 받을 땅 찾느라고 온 강산을 찾아 돌기에 분주하고, 이후엔 은혜를 기다리니 통탄할 노릇이라고 꼬집는다. 명당이라고 하면 자신들의 권세로 남의 무덤을 빼앗는 일까지 있음을 비판하면서, "독하구나, 저 인물은 죽어서까지 포악하니, 이런 악습 어디 있나."라고 한다. 마지막에는 구습에 젖어 나라가 지금 외세의 노예가 되어가고 있는 현실도 깨닫지 못하는 무지함에 통탄하고 있다. 풍수에 따른 길흉화복을 믿고, 나라가 처한 현실에 대해 묘안을 찾으려 하지 않는 태도에 대해 각성을 촉구하는 작품이다.

셋째 작품은 애국계몽 계열의 창가(唱歌)다. 우리 전통의 시조나 가사는 4음보를 취하면서도 자수율이 엄격하지 않은데, 이 작품은 4·4조의 음수율을 기계적으로 준수하고 있다. 지금의 시선에서 보면 슬로건이 진부하지만, "아시아의 대조선은 자주 독립국"임을 알고, "분골쇄신하여 임금에 충성하고 나라를 사랑하세", "깊은 잠을 어서 깨어 부국강병 앞서가세.", "남녀 없이 학교 가서 세계의 지식 배워보자."는 우리 민족정신을 일깨우고, 교육을 통해 신문명에 눈을 떠서 전 세계를 누벼보자는 개화기 지식인·선각자들의 애타는 심정이 잘 드러나 있다.

> 부러ᄒ세 부러ᄒ세 부국강병 부러ᄒ세
> 아국 인민 일심되기 자나ᄭᅵ나 축슈ᄒ세
> 우리 만민 합역ᄒ여 뎡부를 도와주세
> 삼샹으로 알지 말고 일심합역 이써보세
> 나라 위ᄒ 이쓰는 것 ᄯᆺᄯᆺ치 영광일세
> ᄉᆞ희 지녀 긔 형뎨라 일심동쳬 ᄒ여 보세
> ᄉᆞ랑ᄒ고 이휼ᄒ셰 우리만민 이휼ᄒ셰
> 독립신문 ᄒ난 말ᄉᆞᆷ 져져히 본을 밧셰
> ᄌᆞ쥬독립 견실ᄒ여 외국에 디졉 밧셰
> 이 신문을 보는 형뎨 아못조록 불망ᄒ셰
> 빗나도다 빗나도다 ᄌᆞ쥬족립 빗나도다
> 만셰로다 만셰로다 대군쥬 폐하 쳔만셰
>
> (남셔 슌검 허일이 노러, 「독립신문」, 1896년 6월 2일)

우리나라의 '창가(唱歌)'는 여러 단계의 변화를 거쳐 순수 음악 가곡과 유행가의 모태가 되었다. 창가라는 말을 공식적으로 처음 사용한 것은 일본 교육학계였다. 일본에서 소학교 교재로 『창가독본(唱歌讀本)』을 편찬 발행하면서 창가라는 말이 보편화되었다. 창가의 특징은 대중이 한 자리에 모여 함께 부를 수 있고, 음역이 넓지 않고, 리듬이 단순하고, 노래의 가락이 중심이고, 반주는 중요하지 않으며, 노래의 길이가 비교적 짧고, 노랫말과 가락이 반복하여 익히기 쉽고, 노래의 기교가 간단하여 보급이 쉽고, 음계는 서양음악 음계, 즉 장조나 단조의 평균율 음악이다.[548]

개화기에 일어난 창가 운동은 애국가 운동과 같은 개념이다. 창가임과 동시에 애국가였던 이런 종류의 노래는 각 급 학교나 교회, 기타 집회소와 사람에 따라 다른 형태의 <애국가>로 불려졌다. 왜국의 세력에 의해 국가의 운명이 위태로운 상황에서 일어난 <애국가> 운동에는 민중의 개화 독립 사상과 진한 애국심이 담겨있다.[549]

대조선국 건양원년 주쥬독닙 깃버ᄒ세.
텬디간에 사롬되야 진츙보국 뎨일이니,
님군끠 츙셩ᄒ고 졍부를 보호ᄒ세.
인민들을 ᄉ랑ᄒ고 나라기를 놉히 달세.
나라 도을 싱각으로 시죵여일 동심ᄒ세.
부녀경뎌 ᄌ식교육 사롬마다 홀 거시라.
집을 각기 흥ᄒ랴면 나라몬져 보젼ᄒ세.
우리나라 보젼ᄒ기 자나ᄭᆡ나 싱각ᄒ세.
나라 위ᄒ 죽는 죽엄 영광이제 원한 업네.
국태평가 안락은 ᄉ롱공샹 힘을 쓰세.
우리나라 흥ᄒ기를 비ᄂᆡ이다 하ᄂᆞ님끠,
문명지화 열닌 셰샹 말과 일과 ᄀᆺ게 ᄒ세.
아모 것도 몰은 사롬 감히 일언 ᄒ옵ᄂᆡ다.
(셔울 순쳥골 최돈셩의 글, 「독립신문」
1896년 4월 11일)

독립공원 굿게 짓고 태극긔를 놉피 달세
하ᄂᆞ님끠 셩심긔도 국태평과 민안락을
샹하만민 동심ᄒ야 문명례의 일워보세
님군봉츅 졍부ᄉ랑 학도병졍 순검ᄉ랑
젼국인민 깁히 ᄉ랑 부강셰계 쥬야빌셰
사롬마다 이ᄌ폼어 공평졍직 힘을 쓰오
압뒤집이 인심료량 급히급히 합심ᄒ세
류신셰샹 잇슬 째에 국태평이 뎨일 죠타
쳔년 셰월 허숑말고 동심합력 부디ᄒ오
국긔잡고 밍셰ᄒ야 개군쥬의 덕을 돕세
(대죠션 달셩 회당 예수교 인등 이국가,
「독립신문」 1896년 7월 23일)

위의 작품은 교육을 통한 근대화, 민족국가 관념의 선양, 건국 독립정신, 대동단결, 여성의 지위와 교육의 향상, 사농공상의 계급 타파와 산업 건설, 국가에 대한 충성을 강조하고 있다. 작사가를 둘러싼 이런저런 논란이 끊이지 않지만, 1905년 윤치호(尹致昊)가 지은 <애국가> 가사(윤치호 역술/김상만 발행, 『찬미가』)를 스코틀랜드 민요 <Audld Lang Syne>에 얹어 부른 것도 국가적 위기 상황에서 민족의식을 고취하려는 애국가 운동의 결실이라 하겠다.

◎ 〈근친(覲親)〉　　최송설당(崔松雪堂, 1855~1939)

> 무정(無情)ᄒ다 가는 셰월(歲月) 그 뉘라셔 만회(挽回)ᄒ리
> 학발친당(鶴髮親堂) 비알(拜謁)ᄒ고 안힝뎨미(雁行弟妹) 상봉(相逢)코져
> 눈류명화(嫩柳明花) 긔약(期約)터니 록음방초(綠陰芳草) 다 지니고
> 어언간(於焉間)에 계하(季夏)되여 림우복염(霖雨伏炎) 심혹(甚酷)ᄒ다
> 경부션(京釜線) 져 긔차(汽車)로 쏜살갓치 ᄉ힝(駛行)ᄒ야
> 반쳔리졍(半千里程) 져 금릉(金陵)을 순식간(瞬息間)에 당도(當到)ᄒ니
> 뎡거쟝변(停車場邊) 오동(梧桐)그늘 쳥풍고인(淸風故人) 완연(宛然)ᄒ다
> 뎨미붕우(弟妹朋友) 환영(歡迎)ᄒ야 악슈탐탐(握手耽耽) 반겨ᄒ고
> 빅발친당(白髮親堂) 질기심은 태산대히(泰山大海) 유경(猶輕)일듯
>
> 　　　　　　　　　　(『최송설당집(崔松雪堂集)』 권2)[550]

▶ 현대어 풀이

<친정 부모님을 뵈러 가서>

매정하다 가는 세월 그 누가 돌려세우리.

머리 세신 어머니 뵙고서, 잇단 자매 만나보고자.

여린 버들 꽃 필 적에 만날 기약했었는데, 녹음방초 다 지나고

어느 사이에 늦여름 되어 장맛비 더위 심하구나.

경부선 저 기차로 쏜살같이 달려가서

반 천리 떨어진 금릉(金陵)에 눈 깜짝할 새에 당도하니

정거장 옆 오동나무 그늘, 맑은 바람 옛 친구들 여전하다.

남매 친구 환영하여 두 손 부여잡아 반겨하고,

흰 머리 어머님 기뻐하심은 태산 대해보다 더 하신 듯!

◎ 〈추야감회(秋夜感懷)〉

류수(流水)갓튼 져 광음(光陰)이 쏜살갓치 쌜니 가셔

록음방초(綠陰芳草) 승화시(勝花時)에 소년(少年)쳐럼 길든 희가

츄우오동(秋雨梧桐) 엽낙(葉落)시에 밤이 도려 길엇구나

젼젼반측(輾轉反側) 잠못 일워 지닌 일과 오는 일을

두루두루 싱각(生覺)다가 잠호슘을 못 일워라

동방(洞房)에 우는 실솔(蟋蟀) 너는 무삼 혼(恨)이 깁허

긴긴 밤이 다 진(盡)토록 자른 소리 긴 소리로

죠죠졀졀(啁啁切切) 셕거울고 져 즁텬(中天)에 놉히 쩌셔

울고 가는 외기럭이 너는 어이 나를 미워

셔리 차고 깁흔 밤에 기룩기룩 부르지져

간신간신 들야든잠 영영(永永)아조 업셔진다

몸을 이러 문을 열고 쓸에 나려 산보(散步)호니

셔텬(西天)에 걸인 달은 교교(皎皎)히 빗슬 펴고

은하(銀河)는 기우러져 야식(夜色)이 창망(蒼茫)호데

흰 셔리 찬 긔운(氣運)이 스람을 음습(蔭襲)호다

다시금 드러와셔 축(燭)불을 도도켜고

칙상(冊床)에 져 소셜(小說)이 아마도 니 벗인듯

(『최송설당집(崔松雪堂集)』 권2)[551]

▶ 현대어 풀이

〈가을밤의 느낌〉

유수 같은 저 세월이 쏜살같이 빨리 가서

녹음방초 흐드러질 땐 소년처럼 길던 해가

가을비에 오동잎 질 젠 밤이 되레 길도다.

뒤척뒤척 잠 못 이뤄 지난 일과 오늘 일을

두루두루 생각하다 잠 한숨 못 이뤘네.

자는 방에 귀뚜라미 너는 무슨 한이 깊어

긴긴 밤 다 가도록 짧은 소리 긴 소리로

처량하게 울어대고 저 중천에 높이 떠서

울고 가는 저 기러기 너는 어이 내가 미워

서리 차고 깊은 밤에 기럭기럭 울부짖나!

겨우겨우 들었던 잠 아주 영영 달아났네.

일어나 문을 열고 뜰에 내려 산보하니,

서쪽 하늘 걸린 달은 하얗게 빛나는데,

은하수 기울어져 푸른 야경 아득한데

흰 서리 찬 기운이 사람에게 드리우니

다시금 들어와서 촛불을 돋워 켜고

책상에 저 소설이 아마도 내 벗인 듯

🍃 굳은 의지로 조상의 원통함은 씻었으나 가슴에 깊은 외로움은 남아

가창·음영하던 제시 형식은 달라졌지만, 근대에 와서도 가사문학의 전통은 이렇듯 면면히 이어졌다. 이 작품은 최송설당(崔松雪堂)이 지었다. 그녀의 증조 호군공(護軍公)은 홍경래의 난 당시 신미년에 소인배의 모함을 받아 옥사하였고, 할아버지 사과공(司果公)도 그 일에 얽혀 고부(古阜)로 귀양 가서 죽었다. "이 외로운 신세를 돌아보건대, 몸을 다 바쳐도 원통함을 하소연할 수가 없으니 어찌 감히 그 자손이라고 말할 수 있겠는가."라고[552] 하였다. 송설당은 "구렁텅이에 빠진 우리 문중을 어느 날에 깨끗이 씻을 수 있겠는가. '죽어도 눈을 감기 어렵다'고 하였다. 그러나 그 때 비록 내가 어린 나이였으나 놀라서 스스로 맹세하기를, "가문의 조상들을 위해 원을 씻는 일에 어찌 남녀를 따지겠는가. 맹세코 죽을 때까지 반드시 풀어드리리라." 했으니, 가문의 명예를 회복하려는 의지는 어린 시절부터 매우 강했다.

"삼천리(三千里) 화중세계(花中世界) 효ㅈ충신(孝子忠臣) 격션가(積善家)에‖장부 몸

이 되야 나셔 스셔삼경(四書三經) 육도삼략(六韜三略) ‖ 츠뎨셥렵(次第涉獵) 능통(能通)커
든 이부쥬소(伊傅周召) 스승삼고 ‖ 요슌우탕(堯舜禹湯) 님군맛나 국가사업(國家事業) 다
훈 후에 ‖ 동셔양의 위인으로 류방백세(流芳百世) 하야불가"

(『松雪堂集』 卷2, 諺文詞藻, 述志)

위의 글에는 장부의 몸으로 태어나 나랏일에 기여하고 후세에 널리 이름을 날리
고 싶어 하는 송설당의 마음을 담았다. 가문의식이 남달리 강했던 송설당은 나이
28세가 가까워 마침내 자신을 혼인시키려는 의논이 있자 맹세하여 말하기를 '한번
남에게 내 몸을 맡긴다면 친정집안 일을 돌아볼 겨를이 없을 것이니 결단코 내 뜻
에 따라 시집을 가지 않겠다.' 하였다. 그리고는 억척스레 재산을 모아 친척들이 모
여 밭가는 이 밭 갈게 하고 공부하는 이 공부하게 하여 조바심하고 두려워하면서
세월을 보낼 수 있도록 가문을 일구어 나갔다. 이후 그녀는 궁중에 들어가 엄비와
교유하면서 영친왕(英親王)의 보모가 되고 마침내 고종의 은총을 받아 '가문의 신원'
이라는 평생의 숙원을 달성(1901년, 46세)한다.[553] 고종황제가 이 가문의 몰적(沒籍)을
복권시켜주라고 명령한 일을 "신축년(1901년) 겨울, 하늘에 태양이 두루 비춰주심을
받고서 옛날의 원통함을 시원하게 씻었다."고[554] 적었다. 이후에 송설당은 당대 권
문세가나 저명인사·문인들과 교유하며 창작에 힘썼으니 장부의 꿈을 이룬 것이나
마찬가지이다.

<근친(覲親)>은 경부선 기차로 김천에 내려와 연로한 어머니를 만나는 기쁨을 적
었다. 남매와 자매, 친구에 대한 정도 애틋하다. "흰 머리 어머님 기뻐하심은 태산
대해(泰山大海)보다 더 하신 듯!"에 그녀를 반기는 어머니의 모습이 잘 그려져 있다.
그녀의 한시 <부모 생각>에도 "깊고 깊은 한강물, 높고 높은 삼각산. 하늘보다 더
높은 부모님 은혜, 두 손으로 잡고도 오르기 어렵구나."에도[555] 높고도 깊은 부모님
의 은혜를 강조하고 있다.

집안과 가문을 일으킨 송설당이지만 문학 작품에는 외롭고 쓸쓸한 정조가 자주
나타나는데, 가사 <추야감회(秋夜感懷)>에는 "가을비에 오동잎 질 젠 밤이 되레 길도
다. ‖ 뒤척뒤척 잠 못 이뤄 지난 일과 오늘 일을 ‖ 두루두루 생각하다 잠 한숨 못 이

뤘네."라고 한 것이나 기러기나 귀뚜라미의 울음소리에 감정을 이입하여 처량하고 한스러운 울음으로 묘사하고, 그 소리에 예민해져 "겨우겨우 들었던 잠 아주 영영 달아났네."라고 한 것은 가문을 일으키기 위해 혼인하지 않고 홀로 살아간 세월이 남긴 고독이라 할 수 있겠다. 이와 같은 정서는 <봄날 규방여인의 하소연(春閨怨)>에도 잘 나타나 있고, 자신의 삶을 "그 당시 나는 바람 타고 씨가 날아와 생긴 소나무였다. 장성해서는 조심조심 근심에서 벗어나지 못했으니 그 당시 나는 암벽에 뿌리박고 있던 소나무였다. 혼자 떠돌아다니며 한양에 살 때는 겨울철 고개 위에 외롭게 살아가는 소나무였다. 시원스럽게 선조들의 한을 풀고 따뜻한 봄날을 회복하니 그때 나는 임금님의 은혜를 흠뻑 받은 늙고 큰 소나무였다."라며[556] 암벽 위나 고개 위에 힘겹게 뿌리내린 외로운 소나무에 비유한 것을 보아도 송설당의 속마음을 짐작할 수 있다.

송설당의 가사에 대해 개화기 문인 김윤식은 "국문가사의 경우에는 더욱 더 장점이 많아서 곡조의 품격이 맑고 깨끗하며 가사의 뜻이 온화하고 고와서 푸른 바다에 사는 늙은 용이 국문가사를 갖고 노는데 턱 아래 여의주의 영롱하고 멋진 채색이 파도 사이에 은은하게 비쳐 빛나는 것 같았다. 모르겠다. 부인으로서 배우지도 않았는데 이와 같을 수가 있겠는가? 또 어찌 힘들이지 않았는데도 이럴 수 있단 말인가? 또 어찌 힘들이지 않았는데도 이럴 수가 있단 말인가?"라며[557] 극찬했다.

◎ 〈권고현내각(勸告現內閣)〉

> 리완용(李完用)씨 드르시오 총리대신(總理大臣) 뎌 지위(地位)가
> 일인지하(一人之下) 만인상(萬人上)에 칙임됨이 엇더흐며
> 슈신졔가(修身齊家) 못흔 사롬 치국(治國)인들 잘 흘손가
> 전날 일은 엇더턴지 오늘브터 회기(悔改)흐야
> 가뎡풍긔(家庭風氣) 바로 잡고 정부졔도 혁신흐야
> 즁흥공신(中興功臣) 되여보소

이완용씨 들으시오 총리대신이란 그 자리는

일인지하 만인지상, 책임이 어떠하며.

수신제가 못한 사람, 정치는 어찌 잘할까.

지난 일이야 어떻든지 오늘부터 뉘우치어

집안 분위기 바로잡고 온갖 나랏일 새롭게 하여

나라 일으키는 공신 되어보소

송병쥰(宋秉畯)씨 드르시오 너부대신(內部大臣) 뎌 디위가

디방졍치 관할ᄒ고 관리선악 시찰(視察)ᄒ니*)이라

그 칙임(責任)이 지즁(至重)인뎌 공(公)의 힝젹 볼작시면

매국적(賣國賊)이 이 아닌가 왕ᄉ물론(往事勿論) 회기(悔改)ᄒ야

공졍ᄒ게 퇵인ᄒ고 츙심으로 보국ᄒ야

즁흥공신 되어보소

▶ 현대어 풀이

송병준씨 들으시오 내부대신이란 그 자리는

안팎의 나랏일 두루 살피고 관리들의 잘잘못 살피는 일이라

그 책임이 무거운데 공의 행적 살펴보면

나라 판 도적 아니던가, 지난일 잊고 뉘우치어

공정하게 인재 뽑아 진심으로 국가 위하여

나라 일으키는 공신 되어보소

*) 시찰(視察)ᄒ니 : 관리의 잘잘못을 잘 살핌.

죠즁응(趙重應)씨 드르시오 농샹대신(農商大臣) 뎌 디위가

ᄉ농공샹(士農工商) 네 가지에 세 가지를 관할ᄒ야

전국빈부(全國貧富) 긔관(機關)인디 여긔붓고 뎌긔붓눈*)

공의 힝동 쇼인이라 어셔 밧비 정신 차려

무스분주(無事奔走) ᄒ지 말고 농상공(農商工)을 발달(發達)ᄒ야

즁흥공신 되어보소

▶ 현대어 풀이

조중응씨 들으시오 농상대신이란 그 자리는

사농공상 네 일 중에 세 일 맡는 그 책임이라

온 나라 빈부 맡은 기관인데 여기 붙었다 저기 붙는

공의 행동 소인배라, 어서 바삐 정신 차리고

쓸데없이 바쁘지 말고 농상공업(農商工業) 발전시켜

나라 일으키는 공신 되어보소

*) 여긔붓고 뎌긔붓눈 : 부간입담(附肝入膽), 간에 붙었다 쓸개에 붙었다 하는 지조 없는 행동

리지곤(李載崑)씨 드르시오 학부대신(學部大臣) 뎌 디위가

국민교육 긔관이라 흥망셩쇠(興亡盛衰) 게 잇난디

공의 심장(心腸) 볼작시면 방해(妨害)함이 무수ᄒ니

나라 몬져 쇠(衰)코 보면 공은 망치 아니홀까

싱각ᄒ면 긔막히리 교육계에 열심ᄒ야

즁흥공신 되어보소

▶ 현대어 풀이

이재곤씨 들으시오 학부대신이란 그 자리는

국민교육 기관이라 흥망성쇠가 달렸는데

공의 맘속 말해보면 거리낌이 수많으니

나라 먼저 무너지면 그대 또한 망할지니

생각하면 기막히리니 교육계에 온 몸 바쳐

나라 일으키는 공신 되어보소

고영희(高永喜)씨 드르시오 법부대신(法部大臣) 뎌 디위가
싱명긔관 이 아닌가 법률브터 공정히야
국가즈연(國家自然) 문명인디 공의 힝동 볼작시면
나의 칙임 눔 다 주고 나라ㅅ돈만 공식ᄒ네
츙의인ᄉ(忠義人士) 해치 말고 공직ᄒ게 법을 세워
중흥공신 되어보소

▶ 현대어 풀이
고영희씨 들으시오 법부대신 그 자리에
사람 목숨 달렸으니 법률부터 공정해야
나라 자연 밝아질 텐데, 공의 행동 볼작시면
내 책임도 남 탓하고 나랏돈만 축 내는가
어진 인재 해하지 말고 올바르게 법을 세워
나라 일으키는 공신 되어보소

리병무(李秉武)씨 드르시오 군부대신(軍部大臣) 뎌 디위가
전국보호(全國保護)*) 이 아닌가 군ᄉ브터 강ᄒ여야
오는 도적 막을 텐디 잇던 군인 히산(解散)ᄒ니
군ᄉ업난 뎌 쟝슈가 고금텬하(古今天下) 어디 잇나
젼국인민(全國人民) 몰어다가 어셔 밧비 교련(敎鍊)ᄒ고
중흥공신 되어보소

▶ 현대어 풀이
이병무씨 들으시오 군부대신이란 그 자리가
나라 방패 이 아닌가, 군사부터 강해져야
오는 도적 막을 텐데, 있던 군인도 흩어버리니

군사 없는 장수가 고금 천하에 어디 있나.

전국의 국민 모아다가 어서 바삐 훈련하여

나라 일으키는 공신 되어보소

*) 전국보호(全國保護) : 간성(干城), 방패와 성. 국가를 위하여 방패가 되고 성이 되어 외적을 막는 군인.

임선쥰(任善準)씨 드르시오 탁지대신(度支大臣) 뎌 디위가

전국지졍(全國財政) 관할(管轄)이라 국민 간에 지금 형편

금융고갈(金融枯渴) 되엿는디 공의 소위 볼작시면

망국대부(亡國大夫) 패(牌)를 츠니 즈춰멸망 이 아닌가

아모죠록 회기(悔改)ㅎ고 지원발달(財源發達) 연구ㅎ야

중흥공신 되어보소

▶ 현대어 풀이

임선준씨 들으시오 탁지대신 그 자리가

전국 재정 맡는 일이라 국민의 지금 형편

금융 고갈 되었는데 공의 소행 볼작시면

망국에 벼슬을 하니 자멸이 이 아닌가.

아무쪼록 뉘우치고 재화 늘리기 연구하여

나라 일으키는 공신 되어보소

(「대한매일신보」 1909.1.30)

🍃 친일파를 향해 일침을 가하다

이 작품은 글로써 친일파를 '암살'하고자 했다. 가장 앞에 내세워진 이완용(1858~1926)은 을사늑약 체결의 주역으로, 이 늑약이 강제로 체결되었음을 국제사회에 알리기 위한 헤이그 밀사사건이 터지자 고종에게 양위를 요구했다. 고종이 두 번씩이나 거절당했음에도 계속 압박하여 결국 황태자에게 양위하게 했다. 이 소식이 전해

지자 격렬한 반대운동이 일어나는 한편 분노한 군중들이 남대문 밖 약현(藥峴)에 있던 이완용의 집에 불을 질렀다.(1907.7.20)[558] "이완용이 이토와 깊이 결탁하였고, 이토는 그를 참정으로 적극 추천했다. 임금이 응하지 않고 시간을 끌자 이토가 성을 내며, '이완용을 참정으로 쓰지 않으면 외신은 지금 바로 떠나겠습니다.'라고 하여, 임금은 마지못해 그대로 따랐다."(『매천야록』권5)[559] 했다. 이완용은 친일행각을 한 공로로 이토로부터 높은 관직을 보장받았다.

이완용에 대해서는 "슈신계가 못훈사롬"이라는 주홍글자를 하나 더 새겨 넣고 있다. "이완용의 아들 명구(明九)의 처 임씨는 임선준의 형인 임대준의 딸이다. 이명구가 일본에 가서 유학하는 몇 년 새에 이완용이 그녀와 관계를 맺었다. 이명구가 돌아와 어느 날 내실에 들어가다 이완용이 임씨를 끌어안고 누운 것을 보고는 나와 탄식하기를, '집과 나라가 함께 망했으니 죽지 않고 어찌하랴?' 하고서 자살하였다. 이완용은 드디어 임씨를 독차지 하고 버젓이 첩처럼 대했다."(황현, 『매천야록』권5)에 이완용의 부도덕함이 극명히 드러난다.

> "리총리의 ᄌ부 임씨 병든 시부 구호코져/병원 안에 드러가셔 시탕(侍湯)ᄒ기 힘쓴다지 /평일효양 극진ᄒ야 ᄉᆞ양(色養) 영양 다ᄒ더니/병중에도 더러ᄒ니 출중(出衆)홀사 그 효성(孝誠)은/천만고(千萬古)의 특식(特色)일세"(<사회등>, 「대한매일신보」 1910.1.5 2연) (【현대어 풀이】"총리대신 며느리 임씨는 병든 시아비 돌보자고/병원까지 들어가서 시중들기 힘쓴다지./평소 봉양 극진하여 패륜까지 일삼더니/병중에도 저러하니 빼어나다 그 효성/역사에 길이 빛나겠네!")

'색양(色養)'은 원래 "부모의 안색을 살피어 마음에 거슬리지 않도록 모신다."는 뜻으로, 기쁜 안색으로 부모를 섬긴다는 뜻이다. 그러나 이 작품에서는 이완용과 그 며느리의 패륜을 비꼬고 비아냥거리는 의미로 사용하고 있다.

송병준(1858~1925)은 이완용과 쌍벽을 이루는 친일 매국노이다. 이용구와 함께 일진회를 동원하여 어전회의에서 고종의 양위를 진두지휘했고, 이완용과 결탁하여 농상공부대신, 내부대신, 중추원고문 등을 지냈다. 한일연방안(韓日聯邦案)을 직접 유세하고 다니고, 더욱이 일본수상 가쓰라(桂太郎)가 "가령 한국을 병합한다고 하면 웬만 큰 돈이 필요할 터인데 얼마쯤 있으면 되겠느냐?"고 물었더니 송병준이 "1억 엔은 내야 한다. 그러면 책임지고 병합을 무난히 실행시켜 보이겠다."고 기염을 토했다 한다.(釋尾東邦, 『조선병합사』) 송병준은 일본을 흠모하여 신변의 의식주는 물론, 노복에 이르기까지 모두 일본풍을 모방, 추호도 일본인과 다를 바가 없다고 전한다"(『조선귀족열전』) 송병준은 일본 풍속을 흉내 내어 양력으로 기유년(1909년) 설날에 문 밖에다 소나무와 대나무를 마주 꽂고 종이쪽과 지푸라기묶음을 매달아 놓았다(『매천야록』 권6)고 전한다. 또 "이태왕(고종)이 파리강화회의에 보내 조선의 독립을 도모할 문서에 서명 날인하려하자, 민병석·윤덕영·송병준 등이 날인을 못하게 했는데 조선이 독립되면 혹 입장이 곤란해 질까봐 (고종을) 살해했다는 풍문"에 관한 일본 궁내성 관리 다나카 우쓰루(田中遷)의 진술이나 궁내성 제실회계심사국장관인 구라토미 유자부가 고종독살에 관한 송병준의 제보를 기록한 '구자토미 일기(1919년 10월 30일)'를 보면, 송병준은 민병석·윤덕영이 초대 조선 총독 데라우치 마사타케의 명에 따라 고종을 독살하는 일[560]에도 꽤나 깊이 관련되었음을 알 수 있다.

조중응(1860~1919)은 1895년 법부 형사국장으로 민비를 시해하고 정권을 탈취하는 조선 측 실무책임자이다. 1896년 김홍집 내각이 붕괴되자 일본으로 피신, 농업학교 강습생으로 양잠업과 일본 농업을 익혔다. 1907년에는 황제의 강제 퇴위를 주동했고, 1908년 5월에는 농상공부대신으로서, 한일합병조약 대 조약에 찬성하여 개국 7역신(逆臣)으로 규탄받는다. "동양의 일부분인 일본이 그 문명 발달한 독력(獨力)으로도 능히 동양 전체의 우리들의 체면과 평화를 유지케" 한다면서 일본을 치켜세우고, "50여 년 전부터 수천 년 전래하던 구식을 일변하고 개국진취의 유신대업을 이룸으로써 오늘날 서양제국과 견주어 손색없는 위치를 차지하고 있으며, 아직도 잠에서 깨어나지 못한 동양제국은 서양제국의 침략에 위험할 뻔했는데 부강하고 문명된 일본의 힘에 의해 동양을 지킬 수 있었다."(1916.9.19~20, 「매일신보」)면서 일본 제국의 대륙 침략을 옹호한[561] 인물이다.

이재곤(1959~1943)은 일제강점에 공을 세워 자작의 직위를 받고, 중추원 고문 신사회 발기인을 지내고 이토 추도회 발기에 앞장선 인물이다. 매천(梅泉) 황현(黃玹,

1855~1910)은 "학부대신 이재곤이 중앙과 지방에 사립학교령을 반포하였다. 이때 각종 교과서는 우리나라 사람들의 손으로 이루었으니, 종종 망국에 대해 분통을 터뜨리고 비분강개한 뜻을 담아 사람의 감정을 북받치게 하였다. 일본인들이 이를 싫어하여 이재곤에게 제재를 가하도록 지시하니, 그는 교과서 가운데 애국에 관계되는 것은 다 거두어 태우고, 관리들에게 다시 교과서를 만들게 하여 공손하고 유순한 내용만을 가르치게 하였다."(『매천야록』 권6), "즉위 기원절(紀元節)에 서울백성들은 집집마다 국기를 게양했는데, 학부대신 이재곤만이 우리 국기와 일본 국기를 함께 게양하였다."(『매천야록』 권6)고 전한다.

고영희(1849~1916)는 1907년 이완용 내각에서 탁지부 대신을 지낼 때, 이토가 고종의 양위를 압박하자 적극적으로 반대 활동을 한 인물이다. 나라를 팔아먹는 일에 적극 동참함으로써 자작의 작위와 함께 10만 엔의 돈을 받았고, 일제의 무단통치 기간 중에는 조선총독부 중추원의 고문을 역임했다.

이병무(1864~1926)는 1907년 이완용 내각의 군부대신으로, 고종 양위와 군대 해산에 적극 협조하였고, 그 공로로 정 2품, 2개월 뒤엔 종 1품으로 올랐다. 1909년 일본의 한국 합병에 적극 동의 협조하여 자작이 되었다.

임선준(1860~1919)은 탁지부대신에 임명되어 각 지방의 일본 소유 용지로 된 군용지·철도용지 등을 면세하도록 하는 한편, 의병에게 처단당한 자의 유족들에게 보상금을 지급했다. 국권 강탈 이후에는 일본정부에 의하여 자작(子爵)이 주어졌고, 총독부 중추원의 고문을 지냈다. "이완용이 임선준을 내부대신으로 끌어들이자 임금이 '임선준은 직위가 3품관에 불과한데, 어떻게 대신으로 임명한단 말인가?' 하자, 이완용은 '외국에는 9품대신도 있다는데 왜 불가합니까?'라고 하여 임금이 '네 마음대로 하라.'고 하였다."(『매천야록』 권5)고 기록되어 있다. 임선준은 이완용과 부적절한 관계를 맺은 며느리 임씨의 작은 아버지이다.

이 작품에서 친일 행각을 펼친 관료을 거론하며 "나라 일으키는 공신 되어보소"라고 한 것에는 본문을 망각하고, 극악무도한 전횡과 부패를 일삼은 데 대한 비판과 분노가 담겨 있다 하겠다. 공신이 되라 했지만 다들 반역을 일삼은 것이니 말이다.

◎ 〈사회등(社會燈)〉

> 민간(民間) 무기(武器) 압수(押收)홀 제 무유촌철(無遺寸鐵) 거두더니
>
> 자객배(刺客輩)의 총검(銃劍)들은 진로(秦爐)* 중에 상루(尙漏)런가
>
> 백주대도(白晝大都) 만목하(萬目下)에 홀지경랑(忽地驚浪) □出 ᄒ니
>
> 팔촌여(八寸餘)의 뎌 흉검(凶劍)이 용로(爐) 중에 병입(並入)터면
>
> 금일사(今日事)가 업셧슬싸

▶ 현대어 풀이

민간에서 무기재료 뺏을 적엔 작은 쇳덩이까지 남김없이 거두더니

자객(刺客) 무리의 총칼은 못다 걷어서 빠뜨렸나,

밝은 낮 도시에서 만인들이 바라볼 때 놀랄 일 생겼으니

여덟 마디 저 흉기를 용광로에 넣어 녹였더라면

오늘 같은 일이 없었을까?

*) 진로(秦爐) : 진나라의 용광로. 진시황이 백성들이 반란을 일으킬까 두려워 민간의 무기를 거두 일.

> 일인신문(日人新聞) 기자단(記者團)은 일진회(一進會)의 성명(聲明)셔가
>
> 무지망동(無知妄動)ᄒ엿다고 외면냉평(外面冷評) 잘하더니
>
> 연구회(研究會)를 우개(又開)ᄒ고 합병설(合倂說)을 난창(亂唱)ᄒ니
>
> 일순일(壹旬日)이 다 못 되여 합병시기(合倂時機) 도래(到來)인지
>
> 그 심장(心腸)도 가관(可觀)이지

▶ 현대어 풀이

일본인 신문 기자들은 일진회(一進會)의 성명서가

멋모르고 가볍다고 나쁘게 평하더니

연구회를 다시 열고 합병을 주장하니

열흘도 다 못 되어 합병날짜 떠들어대니

그 속셈도 볼 만하다

> 양주(楊州) 고안(古安) 대로방(大路傍)에 대자비(大字碑)가 신출(新出)ᄒ야
> 내인거객(來人去客) 지점(指點)ᄒ니 유방백세(流芳百歲) 충렬비(忠烈碑)ᄂ
> 자고이래(自古以來) 잇지만은 유취만년(遺臭萬年) 매국비(賣國碑)ᄂ
> 긍고금일(亘古今日)*) 초견(初見)이라 일진회원(一進會員) 역(歷)ᄉ 중에
> 특색물(特色物)이 되깃고나
>
> (〈대한매일신보〉 1909년 12월 24일자 ; 강명관·고미숙 편, 『근대
> 계몽기 시가 자료집』3)

▶ 현대어 풀이
양주(楊州) 고안(古安) 큰길 옆에 큰 글자로 비석 새겨
오가는 손님들이 손으로 가리키니, 길이 전할 충렬비는
옛날부터 많지마는 영구히 악명 남을 매국의 비석
역사 이래 처음이라 일진회원 자취 중에
별다른 일이 되겠구나.

*) 긍고금일(亘古今日) : 예로부터 이제까지

🍂 세상은 요지경

「대한매일신보」 1909년 12월 24일자 〈시ᄉ평론〉에도 이와 비슷한 작품이 실려
있다.

　"각쳐군긔 압슈홀제 알뜰ᄒ게 거두더니/ᄌ긱들의 총과 칼은 여젼ᄒ게 가졋던지/빅쥬
대도 인총즁에 것츰업시 횡ᄒᆼᄒ니/뎌ᄌ객의 가진 칼은 아방궁뎡 세운 금인/쩌혀다가 지
어내나"(제1연)
　"일진회원(一進會員) 역(歷)ᄉ 중에 특색물(特色物)이 되깃고나"(제3연) : 일진회원 지
나다가 그 비(碑) 보면 춤츄겟지"을 제외한 나머지 부분이 같다.

우리에겐 도시락 폭탄이나 이토 히로부미(伊藤博文) 저격 등이 가장 먼저 떠오르지만, "밝은 낮 도시에서 만인들이 바라볼 때 놀랄 일 생겼으니"에는 흡족한 마음이 담겨있고, "민간에서 무기재료 뺏을 적엔 작은 쇳덩이까지 남김없이 거두더니/자객(刺客) 무리의 총칼은 못다 걷어서 빠뜨렸나"에는 비아냥거림이 섞여 있다. 이를 보면, 일본이나 친일 세력에 대한 분노 그리고 암살 시도는 곳곳에서 시도되었음을 알 수 있다. "열흘도 다 못 되어 합병날짜 떠들어대니/그 속셈도 볼 만하다"는 일본이 그 야욕을 제아무리 그럴 듯한 말로 포장해도 결국 여우 같은 속마음은 짐작하고도 남음이 있다는 뜻이다. 충효열을 기리는 비석도 아니고, 일진회가 주축이 되어 영구히 악명 남을 매국의 비석을 세우는 일에 대해서도 "역사 이래 처음이라 일진회원 자취 중에/별다른 일이 되겠구나."라며 비꼰다.

안중근(安重根, 1879~1910)이 이토 히로부미를 저격하여 죽인 일에 대해서도 친일 세력들은 다른 태도를 취했으니 당시 우리 민족이 이같이 분노하고 비아냥거린 것은 당연한 일이다. 그 전말을 살펴보도록 하자.

> 1909년 10월 26일(음력 9월 13일) 안중근(安重根)(31세)이 하얼빈에서 이토를 죽였다. 안중근은 이토를 죽여 국가적 부끄러움을 씻고자 여러 해 동안 비밀리에 일을 준비하다, 이해 봄에 동지들과 "올해 이 도적놈을 죽이지 못한다면 내가 자결하겠다."고 맹세했다. 이토가 만주를 순시하려고 하얼빈 역에 도착해 기차에서 내렸을 때, 안중근은 러시아 병사들과 섞여 있다가 권총을 연발하여 세 발이 배와 등에 명중되니 이토가 쓰러졌다. 그를 병원으로 싣고 갔으나 30분 만에 죽었다. 그가 소지한 총은 6연발이어서 다른 세 발은 호위한 사람들이 맞았으나 모두 죽지는 않았다. 하루도 지나지 않아 동서양에 전신으로 보내지니 세계가 놀라며 아직도 조선에 '사람'이 있다고 말했다. 안중근과 공모자 10여 명이 모두 붙잡혔는데, 그는 웃으며 "내 일이 이미 성공했으니 죽은들 누가 알겠느냐?" 했다. 이 소식이 서울에 알려지자 사람들은 감히 소리 내어 통쾌하다고 말하지 못했지만 어깨가 들썩하여 저마다 깊은 방에서 술을 따라 마시며 서로 축하하였다.(『매천야록』 권6)

세계도 이에 놀라며 "아직도 조선에 '사람'이 있다"고 말했고, 사람들도 이 일을 통쾌해하며 축하했다. 안중근의 저격이 있기 불과 9개월 전에 다음과 같은 일이 있었다.

1909년 1월 17일, 임금이 남쪽을 순행하여 부산에 갔다가 23일에 서울로 돌아왔다. 이 때 왜놈들이 임금을 협박하여 일본으로 데리고 간다는 소문이 돌았다. 부산 백성과 상인 수만 명이 항구에 몰려 죽음으로 어가를 호위하려는 기세를 보였지만 별 일은 없었다. 이토가 탄 기차가 대전역에 도착했을 때, 관광하러 온 사람들이 구름같이 몰려들었다. 이토가 기차에서 내려 칼을 짚고 묻기를,

"내가 이토다. 나를 죽이고 싶은 자가 있느냐?"

하니, 누구도 감히 대답하는 사람이 없었다. 다만 어떤 사람이 목에서 맴도는 소리로 "없습니다."라고 할 뿐이었다.(황현, 『매천야록』 권6)

정신이 바로 박힌 사람이라면 이토 히로부미의 이 같은 오만불손하고 방자한 태도를 보고 분개하지 않겠는가. 다만 당시는 그를 응징할 준비가 되어 있지 않았을 뿐이었을 것이다. 다음은 이토 히로부미를 죽이고 난 다음, 안중근 의사의 취조 과정에 대한 기사이다.

"범인 진명(眞名) 이등 공을 저격한 한국인을 취조한 결과, 안응칠(安應七)은 거짓 이름이요, 본명은 안중근인데 4년 전 간도에 가서 몇 개의 거짓 이름을 사용하다가 지금은 간도에 사는 안다묵(安多默)이라 칭하였다고 하며 작년에 한국인 모씨와 함께 이등 공 암살을 서약하기 위하여 왼손 새끼손가락을 절단하였다더라.", "범인소식 범인 안중근은 나이가 31세요, 얼굴이 가늘고 길며 콧날이 높고 눈썹과 눈이 가늘고 머리숱이 적고 그 모습이 평범하고 침착하며 그 외 연루된 자들도 자못 일이 뜻대로 이루어져 만족해하였는데 그중 안중근은 강경하게 경관을 대하여 말하기를, '나의 무리가 국가에 생명을 봉헌(奉獻)함은 지사의 본분이거늘 이렇게 학대를 가하는 것은 부당한 일이라 음식 같은 것도 이렇게 거친 것을 주는 것은 먹지 못할 바니 내 무리를 대신(大臣)으로 대우하라'하여 불평의 기가 있었다 하며 범인 등을 여순 감옥에 가두었는데 취조 등의 일은 일절 비밀히 한다더라."(대한매일신보 1909.11.9.)

안중근이 이등박문을 암살한 이유는 "명성황후를 살해한 일", "광무 9년 11월에 보호조약을 체결한 일" 등 15조. 안중근의 어머니 조마리아는 사형이 확정된 후 아들에게 "네가 이번에 한 일은 우리 동포 모두의 분노를 세계만방에 보내준 것이다. 이 분노의 불길을 계속 타오르게 하려면…구차히 상고를 하여 살려고 몸부림치는 모습을 남기지 않기 바란다."라며 의연한 죽음을 당부하는 편지를 보냈다.[562] 그대로 두었던들 안중근이 어찌 구차하게 살기를 바랐겠는가마는 참으로 안중근의 어

머니다운 말임에 틀림없다. '나의 무리가 국가에 생명을 봉헌(奉獻)함은 지사의 본분이거늘 이렇게 학대를 가하는 것은 부당한 일이라 음식 같은 것도 이렇게 거친 것을 주는 것은 먹지 못할 바니 내 무리를 대신(大臣)으로 대우하라'에서 안중근의 기개를 엿볼 수 있다.

하지만 이토 히로부미의 죽음에 대한 친일 세력들의 반응은 일반의 그것과 사뭇 다르다. 당시 내각 고시(內閣告示) 제32호는 다음과 같다. "태자태사(太子太師) 이토오 공작(公爵)이 세상을 떠난 데에 대한 조의를 표시하기 위하여 오늘부터 사흘 동안 한성(漢城) 안에서 음악 가곡(音樂歌曲)을 정지할 것을 명령한다."[563]

> 신녕 군수 이종국이 이토 추도회를 결성하여 박상기, 황응두 등과 큰소리치기를, "지난번 민영환, 최익현 같은 고루한 놈이 죽었을 때도 온 나라 사람들이 친척처럼 슬퍼했는데, 지금 이 은인 이등 공이 돌아가셨는데, 한 사람도 슬퍼하는 자가 없는가? 우리 한국이 망하는 것은 아침저녁의 일이 아니다."라 하고, 황응두 등을 독촉해서 사죄단(謝罪團)을 만들어 일본으로 갔다.(『매천야록』 권6).

이토가 암살되자 한국에 있는 각지의 친일파들이 추모비를 세운다는 명목으로 추모사업회를 만들었다. 안중근의 태도와 친일 세력들의 마음가짐이 이렇게 다르니, 당시 우리나라에 어찌 비극이 생기지 않을 수 있었겠는가.

◎ 〈황성(荒城) 옛터〉 (1932년, 왕평 작사/전수린 작곡/이애리수 노래)

> 1. 황성 옛터에 밤이 되니 월색만 고~요해~
>   폐허에 서린 회포를 말하여 주~노라~
>   아~가엾다 이 내 몸은 그 무엇 찾~으려~고
>   끝없는 꿈의 거리를 헤매어 있~노라~
> 2. 성은 허물어져 빈터인데 방초만 푸르러
>   세상이 허무한 것을 말하여 주노라
>   아~외로운 저 나그네 홀로 잠 못 이루어

✎ 고향을 그리워하는 애절한 마음을 담다

이 노래는 <황성(荒城)의 적(跡)>으로 달리 불리기도 한다. 1934년, 이애리수가 취입한 빅타(Victor) 레코드사의 디스크. 작곡가 전수린은 개성 만월대 방초 우거진 고궁 옛 성터에서 뼈저리게 느껴지는 민족의 슬픈 감회를 5선지에 나타내었다. 당시의 상황을 묘사하면 다음과 같다. 지두환이 이끄는 순회극단 조선연극사(朝鮮演劇舍)는 만주 일대에서 신의주, 평양까지 공연을 마치고 경기도 개성을 거쳐 황해도를 바라보는 온천지 배천에 들어가 있었다. 개성에서 공연을 마친 왕평과 전수린은 고려의 영화를 되새기며 달빛 쏟아지는 만월대 옛터를 찾아갔다. 개성은 전수린의 고향이기도 했다. 달빛에 환히 빛나는 왕성(王城)의 옛터는 풀이 무성하게 자라서 폐허가 되어 있었고 벌레 소리만 쓸쓸하게 울려 퍼질 뿐이었다. 전수린은 이때 광경을 "내 민족이 일제의 식민 통치로 괴로워하고 있을 때, 이곳에서 영화를 누렸던 옛날을 회상하며 말없이 여관으로 돌아왔습니다. 비가 추적추적 내려 공연은 할 수 없게 되고 우리는 며칠 동안 굶주린 나날을 보내야 했습니다. 이때 이 곡의 악상이 떠올랐던 것입니다."라고 술회했다.[564] 민족의 가슴에 파고들어 심금을 울리는 바람에 조선총독부가 이 곡을 금지곡으로 지정하고 만약 이 노래를 부르는 사람이 있으면 톡톡히 문초를 했다. 하지만 일본인들도 조선 불멸의 세레나데라며 즐겨 들었다 한다.

단성사 극장의 동방예술단(東方藝術團) 연극 무대에서 영화 <아리랑>의 주연을 맡았던 신일선(申一仙)이 <황성 옛터>를 불렀을 때 관객들은 눈물을 흘리고 발을 구르는 등 난리가 났다. 이렇게 이 노래는 연극 상연 중 막간의 노래로 시작하여 널리 퍼져나갔다.[565] 관객들도 흘러가버린 세월을 돌이킬 수 없음을 공감했기 때문일 것이다. 세월이 지나 저 세상으로 떠나신 부모, 이미 오래 전에 끝나버린 옛 왕조에 대한 화자의 집착은 그리움을 해결할 수 있는 그 어떠한 방법도 없기에 이렇듯 늘 눈물과 통곡으로 끝날 수밖에 없다.[566]

◎ 〈타향(他鄕)살이〉 (1934년, 김능인 작사/손목인 작곡/고복수 노래)

> 1. 타향살이 몇 해 던~가 손꼽아 헤어 보니~
>   고향 떠난 십여 년에 청춘만 늙~고
> 2. 부평(浮萍) 같은 내 신세가 혼자도 기막혀서
>   창문 열고 바라보니 하늘은 저~쪽
> 3. 고향 앞에 버드나무 올봄도 푸르련만
>   버들피리 꺾어 불던 그때는 옛~날
> 4. 타향이라 정이 들~면 내 고향 되는 것을
>   가도 그만 와도 그만 언제나 타~향
>
> (한국문화방송주식회사 편, 『가요반세기』)

🍂 타향살이의 설움을 담다

<타향살이>는 콜롬비아 레코드 주최 콩쿠르에서 뽑힌 고복수가 OK레코드 전속 가수로 입사하여 맨 처음으로 발표한 작품이다. 조국강산은 일인(日人)들의 말발굽 아래 짓밟히고 그들의 학정이 날로 심해지자 점점 더 많은 동포들이 북풍 휘몰아치는 만주로 또는 북간도로 이주해 갔는데, 그 무렵 목 놓아 부르며 민족의 비분을 공감

하게 하던 노래다.

<타향살이>는 우리나라 가요의 황금기를 이끈 노래로 손꼽힌다. 이 노래에 얽힌 에피소드도 많다. 고복수는 1911년 울산에서 출생했는데, 23세 되던 해 가수가 되기 위해 아버지가 경영하는 잡화상에서 거금 60원을 몰래 빼내 한달음에 서울행 기차를 탔다. 콜롬비아레코드 주최 전국 콩쿠르 결선에서 3등을 했으나 이렇다 할 취입 기회가 주어지지 않아, 오케레코드로 이적한 후 이 노래로 데뷔하여 크게 히트하는 바람에 일약 간판스타로 자리매김했다. 이후의 히트곡 중 "아 으악새 슬피 우니 가을인가요."로 시작하는 <짝사랑>도 꽤나 많이 불리었다.[567] 만주일대를 순회하고 있던 고복수 일행이 하얼빈에서 공연할 때였다. 그가 <타향살이>를 노래하자 청중도 함께 흥얼거렸고, 노래가 끝나면 앙코르로 다시 불렀고, 이윽고 대합창이 되어버렸다. 동포가 가장 많이 흘러들어와 살며 밀집해 있던 용정 공연에서는 <타향살이> 노래에 청중이 흐느껴 울었고, 고복수 또한 흐느껴, 극장이 순식간에 눈물바다가 되었다. 만주뿐만 아니라 시베리아, 중국 본토, 일본 등 동포가 많이 모여살고 있는 곳에서는 종종 있는 일이었다.[568]

고향마을도 그립고, 고향 집 앞 버드나무도 눈에 선하고, 버들가지를 꺾어 피리를 만들어 불던 추억은 더욱 정겹다. 자신의 신세를 개구리밥 같은 부평(浮萍)에 비유했다. 한곳에 정을 붙이지 못하고 흐르는 물살에 떠밀려가는 물풀처럼 처량히 떠다닌다는 말이다. 흔히 남들은 타향이라도 정을 붙이면 내 고향이 된다하지만, "가도 그만 와도 그만"이라 했으니 언제나 타향 같은 낯설음에 몸서리치는 모습이 애달프다. <타향살이>는 타향살이의 절망과 고향에 대한 그리움을 노래하였다. 일제 강점기에 정립된 트로트 양식의 노래들은 당시 서민의 고통, 갈등을 인정하면서 그것을 극복하거나 인식의 지평을 넓히거나 자신의 욕구를 현실과 조정함으로써 한 걸음 나아가는 발전적인 모습을 보이는 것이 아니라, 자신의 무력감을 극복하지 못하고 도리어 그 갈등을 고착화시키고 그 상태에서 체념하고 자학하면서 패배주의적인 자신의 태도를 눈물로써 위안하며 해소한다.[569]

1) 권두환, 『고전시가』(해냄, 1997), p.33.

2) "大武神王 諱無恤 琉璃王 第三子 母松氏 多勿國王松讓女也 生而聰慧 壯而雄傑 有大略 琉璃王在位三十三年 甲戌立爲太子 時年十一歲 至是卽位."(『三國史記』 권13, 高句麗本紀 第2, 大武神王).

3) 김영수, 黃鳥歌 新解釋, 『古代歌謠硏究』(단국대학교출판부, 2007), pp.436~438 ; 조용호, 황조가의 求愛民謠的 성격, 『古典文學硏究』 32(한국고전문학회, 2007), p.18.

4) "姊亡妹續是一種媵制習俗 卽一個男子在與某家長女結婚后 有續娶達到婚齡的妻妹們的權利 這也是一種原始社會群婚殘余形式 這一婚俗廣汎流行于阿保机 建國前的契丹族中 建國后仍然存在一個時期 會同三年十一月 遼太宗詔 '除姊亡妹續之法…' 契丹族也具有父死子繼庶母 兄亡弟婆嫂的習俗 這種習俗也是原始社會群婚殘余形式."(張碧波·董國堯, 『中國古代北方民族文化史』-民族文化卷, 黑龍江人民出版社, 1993, p.257).

5) "女眞族的接續婚與隸役婚 女眞族社會流行接續婚 卽所謂 妻后母報寡嫂 父死儿繼娶后母 兄死弟納嫂 弟死兄收繼弟婦 叔伯死姪繼娶孀娘 因此人无論貴賤都有數妻"(汪玢玲·張志立(主編), 『中國民俗文化大觀』, 吉林人民出版社, 1999, 130~131면), "丁丑 詔有司教民播種紡績 除姊亡妹續之法."(『遼史』 卷4, 本紀, 太宗下, 會同3년).

6) "妻姊妹, 夫兄弟. 漢代皇宮中 '妻姊妹'的 現象頗多 漢景帝的王皇后與妹兒姁先后入宮 嫁給景帝. 東漢時 馬嚴曾上書明帝 請納馬援三女 明帝曾納閻章二妹爲貴人 此類例子較多"(韓養民, 『秦漢文化史』, 陝西人民敎育, 1986, p.135).

7) 황병익, 『삼국사기』 유리왕 條와 <黃鳥歌>의 의미 고찰, 『정신문화연구』 116(한국학중앙연구원, 2009), pp.225~254.

8) 『후한서』 권85, 동이열전75, 동옥저.

9) "王謂羣臣曰 鮮卑恃險 不我和親 利則出抄 不利則入守 爲國之患 若有人能折此者 我將重賞之."(『三國史記』 卷13, 高句麗本紀1, 琉璃王 11年 4月).

10) "압록강 중류일대에 대한 漢 군현의 지배 양상은 漢代의 土城址를 통해 파악할 수 있다. 최근 集安 國內城址 아래층의 토성을 비롯하여 桓仁 下古城, 通化 赤柏松古城 등 한대 토성지가 압록강 중류 일대에서 발견되었는데, 현도군이나 屬縣의 治所로 추정된다. 이들은 대체로 교통로상의 요지에 위치하였고, 주변에는 넓은 충적대지가 펼쳐져 있으며, 환인 하고성과 집안 국내성 부근에는 고구려 초기의 적석묘가 널리 분포하고 있다."(余昊奎, 「高句麗의 國家形成과 漢의 對外政策」, 『軍史』 54, 국방부 군사편찬연구소, 2005, p.6).

11) 강선, 고구려 건국시기 대외관계, 『고구려의 국가 형성』(고구려연구재단, 2005), p.257.

12) 박경철, 고구려의 국가형성, 『고구려의 정치와 사회』(동북아역사재단, 2007), p.73 참조.

13) "秋八月 扶餘王帶素使來讓王曰 我先王與先君東明王相好 而幼我臣逃去 欲完聚以成國家 夫國有大小 人有長幼 以小事大者禮也 以幼事長者順也 今王若能以禮順事我 則天必佑之 國祚永終 不然則欲保其社稷難矣 於是王自謂 立國日淺 民屪兵弱 勢合忍恥屈服 以圖後効 乃與羣臣謀報曰 寡人僻在海隅 未聞禮義 今承大王之敎 敢不唯命之從."(『三國史記』 卷13, 高句麗本紀1, 琉璃王 28年 8月).

14) 김미경, 고구려 유리왕대 정치세력의 재편과 대외정책, 『북방사논총』 4(고구려연구재단, 2005), p.220, p.244 참조.

15) 琴京淑, 고구려 국내성 천도의 역사적 의미, 『고구려연구』 15(고구려연구회, 2003), p.10.

16) "鳳皇從東來 何意復高飛 竹花不結實 念子忍朝飢."(杜甫, 述古三首, 『全唐詩』 卷219, 4函 1冊 卷4.).

17) "乃至歲將暮 而尙未得歸 故心憂而念我之獨也 上言日月其除 故下言 歲聿云莫 首尾相應也." 張曰寧 撰, 春秋春王正月考, 『春秋春王正月考』.

18) 임기환·송찬섭 외, 『역사의 현장을 찾아서』(한국방송통신대학교출판부, 2006), pp.10~11.

19) 이덕일, 유리왕의 黃鳥歌 유적, <조선일보> 2007년 6월 13일 수요일, A34면 이덕일 舍廊.

20) 본문의 양주동 해독과 현대어 풀이는 梁柱東, 訂補版 『古歌硏究』(博文書館, 1960)와 詳註 『國文學古典讀本』(博文出版社, 1948)에 따랐다.

21) 아래에 제시하는 향가 1, 2차 해독은 梁柱東, 訂補版 『古歌硏究』(博文書館, 1960), 詳註 『國文學古典讀本』(博文出版社, 1948), 金完鎭, 『鄕歌解讀法硏究』(서울대학교 출판부, 1980)의 결과이다.

22) "我百濟王后佐平沙宅積德女 種善因於曠劫 受勝報於今生撫育萬 民棟梁三寶故能謹捨 淨財造立伽藍以己亥 年正月十九日奉迎舍利"(김상현 역, 금제 사리봉안기, ≪한국일보≫ 2009년 1월 20일, 1면, 28면).

23) 李乃沃, 미륵사와 서동설화, 『역사학보』 188(역사학회, 2005), p.50.

24) 조규성·박재문, 익산 미륵사지 석탑에 사용된 화강암에 대한 암석학적 연구, 『과학교육논총』 27(전북대학교 과학교육연구소, 2002), pp.41~44.

25) 박현숙, 무왕과 선화공주의 미스터리, 미륵사지 출토 금제사리봉안기, 『금석문으로 백제를 읽다』(학연문화사, 2014), pp.254~255.

26) 노중국, 彌勒寺 창건과 知命法師, 『백제사회사상사』(지식산업사, 2010), 429~432면 ; 허윤희, 미륵사지 백제의 비밀을 털어놓다, ≪조선일보≫ 2009년 2월 25일, A18면에 노중국 교수의 견해를 소개한 바 있다.

27) 박현숙, 앞의 책, p.255.

28) 李鍾旭, 彌勒寺의 創建緣起, 『彌勒寺-遺蹟發掘調査報告書Ⅰ』(文化財管理局 文化財硏究所, 1989), p.25.

29) 정한기, <서동요>에 나타난 민요적 성격, 『고전문학과 교육』 22(한국고전문학교육학회, 2011), p.393.

30) 『한국구비문학대계』 6-8, 전남 장성군, 남면 민요 4, 한국학중앙연구원, 1986, p.746 ; 해설자는 '찬거렁'은 "돌베개를 베었다는 뜻으로, 억센 남자와의 野合을 뜻한다."고 추정하였다.

31) 鄭宇永, <薯童謠> 解讀의 爭點에 대한 檢討-국어학자들의 연구 업적을 중심으로, 『국어국문학』 147(국어국문학회, 2007), p.278.

32) 鄭宇永, 위의 논문, p.278.

33) 박재민, 『신라향가변증』(태학사, 2013), p.177.

34) 鄭宇永, 위의 논문, p.285.

35) 鄭宇永, 위의 논문, p.286.

36) "公主ㅣ 노니샤 東山애 가샤 東山ㅇ로 구경터시니(월석 22:15ㄱ)", "나그내 그려기난 구루메 올아 블근 ㄱ소로 가거늘"(두초 11:15ㄱ)(鄭宇永, 위의 논문, p.277) ; 박재민, 앞의 책, pp.198~199.

37) "房 舍也, 莊子知北遊 無門無房 四達之皇皇也"(『廣雅』 釋宮).

38) "善花在新羅敗 善花亡新羅昌"(李福休, 薯童謠, 『海東樂府』 卷1 ; 鄭求福 編, 『海東樂府集成』 2, 驪江出版社, 1988, p.322).

39) "游目四野外 逍遙獨延竚 蘭蕙緣清渠 繁華蔭綠渚 佳人不在玆 取此欲誰與"(徐陵, 情詩5, 『玉臺新詠』권2)

40) "鏡奴外憂內喜 先試羅女 卽折花枝詣窓外 羅女悽然泣下 忽見壁上鏡裡 人影影之 牖隙視之 則鏡奴折抱花枝 獨立門外 羅女怪而問之 鏡奴曰 '娘子欲翫此花 故未衰之前折來 宜受一翫' 羅女太息不受 鏡奴慰之曰 鏡裡影落之人 反使娘子無憂矣 勿憂速受此花 羅女聞其言 頗起之 掩面受花 羞愧而入 告父母前曰 …(後略)…"(崔孤雲傳；林明德, 『韓國漢文小說全集』 卷4, 國學資料院, 1999, p.443).

41) 普忠良‧楊慶文‧張柄廷, 中國少數民族風情游叢書 『彝族』(中國水利水電出版社, 2004), pp.63~64.

42) 男 "高高山上一道巖 巖上一朵馬櫻開 彝族最美的姑娘啊 請你給我一朵鮮花戴…", 女 "高高山上一道巖 好花常在高山開 不上高山無花採 上得高山花自來"(汪玢玲‧張志立 主編, 『中國民俗文化大觀』(上), 吉林人民出版社, 1999. pp.50~51).

43) "芦笙響, 山花開, 曼兒馬若跳歌來 二月初八揷花節 歡歌笑語滿彝寨 櫻花紅 茶花香 姑娘採花攀石巖 茶花採來頭上戴 櫻花採來送情郎"(汪玢玲‧張志立 主編, 위의 책, 같은 쪽).

44) "揷花節是當地彝族人民習俗中最隆重的節日 通過相互揷花表示祝賀 標志一年一度的春天又來到了人間 人畜興旺 五穀丰登 在新的一年里人們生活將像春天一樣的美好 而也是青年男女愛情的節日 在這一天 有許多鍾情的青年男女 互相揷花爲訂婚禮 小伙子把一朵朵鮮艶的山茶花揷在姑娘的包頭上 姑娘也把一朵朵馬櫻花揷在小伙子吹的芦笙上 相互表示着眞摯純潔的愛情 他們邊揷花邊唱道"(汪玢玲‧張志立 主編, 위의 책, 같은 쪽).

45) 황병익, 三國遺事 水路夫人 條와 <獻花歌>의 意味 再論, 『韓國詩歌硏究』 22(韓國詩歌學會, 2007.5), pp.20~23, pp.32~35에 성덕왕대의 시대적 배경과 헌화가의 주제에 대한 상론을 제시하였다.

46) 法顯, 『한국의 불교음악』(운주사, 2005), p.38.

47) "彗星出 卽國家大衰及兵亂 東海主鯤鯨二魚死 占爲大怪 血流成津 此兵革衆起 征天下"(圓仁, 『入唐求法巡禮行記』 卷1, 文海出版社, 1976, p.10), "彗星出東方 至其十月 應宰相反 王相公已上計煞宰相及大官都卄人 亂煞計萬人已上"(圓仁, 위의 책, p.10)；圓仁 저, 申福龍 역, 『入唐求法巡禮行記』(정신세계사, 1991), pp.45~46.

48) 圓仁 저, 申福龍 역, 위의 책, p.46.

49) 『순조실록』 권15, 순조 12년(1812) 4월 21일 계해 2번째 기사.

50) 『현종개수실록』 권11, 현종 5년(1664) 10월 13일 신미 3번째 기사.

51) 황병익, 彗星歌의 爭點과 意味 考察, 『韓國詩歌硏究』 17(韓國詩歌學會, 2005.2), pp.175~210에 이와 같은 풀이 과정이 나와 있다.

52) 신정훈, 『8세기 신라의 정치와 왕권』(한국학술정보, 2010), p.115.

53) 이기백, 신수판 『한국사신론』(일조각, 1990), p.132；주보돈, 앞의 책, p.326.

54) 신정훈, 앞의 책, p.75, p.102.

55) 이기백, 『한국고대정치사회사연구』(일조각, 1996), pp.331~332. 504

56) 주보돈, 남북국시대의 지배체제와 정치, 『한국사 3』 -고대사회에서 중세사회로1(한길사, 1994), p.326.

57) 李基白‧李基東, 『韓國史講座 1』(一潮閣, 1982), p.346.

58) 이기백, 앞의 책(1996), p.335.

59) 전덕재, 『한국고대사회경제사』(태학사, 2006), p.354.

60) 전덕재, 위의 책, p.354.

61) 築山治三郎, 官僚の俸祿と生活, 『唐代政治制度の硏究』(創元社, 1967), p.559；전덕재, 위의 책, p.345.

62) 全德在, 新羅時代 祿邑의 性格, 『韓國古代史論叢』10(駕洛國史蹟開發研究院, 2000), p.196.

63) "祿科田 高宗四十四年六月 宰樞會議分田代祿 遂置給田都監", "元宗十二年二月 都兵馬使 言近因兵興 倉庫虛竭 百官祿俸不給 無以勸士 請於京畿八縣 隨品給祿科田"(『고려사』 권78, 지32, 食貨1, 田制), 魏恩淑, 祿科田의 설치, 『한국사』19 고려후기의 정치와 경제(국사편찬위원회, 1996), pp.263~268.

64) 盧泰敦, 統一期 貴族의 經濟基盤, 『韓國史』3(국사편찬위원회, 1978), pp.153~154.

65) 梁柱東, 訂補 『古歌研究』(博文書館, 1960), 276쪽, 281쪽.

66) "當堯之時 水逆行 氾濫於中國 蛇龍居之 民無所定 下者爲巢 上者爲營窟"(『孟子』滕文公 下), "嚴陵方氏 曰 孟子所謂下者爲巢 上者爲窟 是矣"(宋 衛湜 撰, 『禮記集說』卷54, 禮運 第9).

67) "營窟者 地高則穴於地 地下則營蔂其土而爲窟 橧巢者橧聚其薪以爲巢"(宋 衛湜 撰, 『禮記集說』卷54, 禮運 第9).

68) "昔者先王未有宮室 冬則居營窟 夏則居橧巢", "孔穎達疏 謂於地上累土而爲窟"(『禮記』禮運).

69) 이 부분을 "고릿 다홀 내기솜 物生"으로 읽어 "보금자리에 터전을 이룩하게 된 중생(衆生)"이라 풀이한 경우가 있다.(兪昌均, 『鄕歌批解』, 螢雪出版社, 1996, 309~310쪽) ; "구리>굴의 변화를 상정하여 '구릿'으로 읽을 수 있다. 『훈몽자회』에는 '囪 굴총, 堗 굴돌'이 나와 있는데, 이 '굴'은 '굴뚝'을 가리킨다. 굴이나 구멍의 뜻으로는 '窟'과 통하는 것이다."라고 한 학설도 있다(신재홍, 『향가의 해석』, 집문당, 2000, 82~84쪽).

70) 이탁은 '物'을 '맛'(물건), '生'을 '내'(만들다)', 즉 "물건을 만들어"라 했고, 홍기문은 '物'을 '갓', '生'은 '나히'로 '物生'은 '갓난이'라 하였고, 정렬모는 '문사리'로 '物生'을 우리말로 바꾼 것이라 했다. 한자 '物生'을 그대로 취한 경우가 가장 많으나, 풀이는 각각 다르다. 소창진평은 '物生'을 사람이라 했고, 양주동도 近古語에 '鳥, 獸, 虫'을 '중싱'이라 한데 대해, 羅代에 '서민, 인류'를 '物生'이라 한 것은 흥미 있는 일이라 했다. 김선기는 '생물'이라 했고, 서재극은 '무리(類, 群)'라 했다.

71) 윤덕진, 안민가 해석의 새로운 방향 모색 ; 고가연구회 편, 『향가의 수사와 상상력』(보고사, 2010), p.170.

72) 兪昌均, 『鄕歌批解』(螢雪出版社, 1996), p.364.

73) "宮爲君 商爲臣 角爲民 徵爲事 羽爲物하니 五者不亂則無怗懘之音矣니라"(국립국악원, 한국음악학 자료총서 40 『樂書正解 聖學十圖 初學琴書 玄琴譜』, 민속원, 2005, p.39).

74) "故未有天地 是理隱於無形 旣有天地 是理行乎 天地陰陽 君臣民物 事理之間 未嘗一日廢也"(陸費墀, 『西谿易說』原序).

75) "宮 正義曰宮屬土하야 居中央總四方하니 君之象也니라, 商 次宮爲臣하니 次君者也니라, 角 王肅曰 春은 物이 並生하야 各別民之象也니라, 徵 王肅曰 夏에는 物이 盛故로 事多니라 索隱曰 徵屬夏하니 夏에는 生長萬物하야 皆成形體하고 事亦有體 故로 配事니라 羽 王肅曰 冬은 物聚라 索隱曰 羽爲水하야 最淸之象故로 爲物하니 用絃四十八絲ᄒᆞ라"(국립국악원, 앞의 책, p.39).

76) "張氏曰 生生者 進進之謂也 夫物生則進而大 故生有進意"(黃倫 撰, 盤庚中, 『尙書精義』卷20).

77) "通典曰 說文曰 笙 正月之音 物生 故謂之"(黃鎭成 撰, 笙, 『尙書通考』卷6).

78) "文言曰 元者善之長也 亨者嘉之會也 陰陽和而物生曰嘉"(蘇軾 撰, 『東坡易傳』卷1).

79) "故天地之氣和同 草木所以萌動也 莊周曰 至陰肅肅 至陽赫赫 肅肅出乎天 赫赫發乎地 兩者交通 成和而物生焉"(宋 衛湜 撰, 『禮記集說』卷39).

80) 황병익, <안민가>의 창작 배경과 의미 고찰, 『정신문화연구』128(한국학중앙연구원, 2012), pp.177~209.

81) "臣聞 父者猶天 母者猶地 子猶萬物也 故天平地安 陰陽和調 物乃茂成 父慈母愛 室家之中 子酒孝順 陰陽不和則萬物夭傷 父子不和則室家喪亡 故父不父則子不子 君不君則臣不臣"(『前漢書』 卷63, 武五子傳 第33).

82) "齊景公問政於孔子 孔子對曰 君君 臣臣 父父 子子 公曰 善哉 信如君不君 臣不臣 父不父 子不子 雖有粟 吾得而食諸"(『論語』 제12편, 顏淵).

83) 풍우란 저, 박성규 역, 『중국철학사』 상(까치, 1999), p.103 참조.

84) "子路曰 衛君待子而爲政 子將奚先"(『論語』 13:3).

85) 임헌규, 孔子의 正名論에 대한 일고찰, 『哲學硏究』 118(大韓哲學會, 2011), p.232.

86) 풍우란 저, 앞의 책, p.102.

87) 신영명, 『월명과 충담의 향가』(넷북스, 2012), pp.146~149.

88) "王言 大師 彼諸王等 何故名王 答言 大王 王者民之父母 以能依法 攝護衆生 令安樂故 名之爲王 大王當知 王之養民 當如赤子 推乾去濕 不待其言"(元魏 天竺三藏 菩提留支 譯, 『大薩遮尼乾子所說經』 卷3, 王論品 第5之1 ; 佛教大藏經事業會, 『佛教大藏經』 21, 民族文化, 1987, p.490).

89) "大王 當知 王者得立 以民爲國 民心不安 國將危矣 是故王者 常當憂民 如念赤子 不離於心"(元魏 天竺三藏 菩提留支 譯, 『大薩遮尼乾子所說經』 卷3, 王論品 卷五之一 ; 佛教大藏經事業會, 『佛教大藏經』 21, 民族文化, 1987, p.490).

90) "(복과 이익 등 도움을 주는) 布施, (온화한 얼굴과 사랑스러운 말로 다가가는) 愛語, (자기는 뒤로 하고 남을 이롭게 하는) 利行, (서로 도와 협력하는) 同事 등의 四種法"을 말한다. 사종법, 혹은 四攝事라고도 한다.

91) "大王譬如世人生育一子 父母憐愛猶如珍寶 多設方便常令快樂 其子長大亦生孝敬 王心慈愛亦復如是 一切人民皆如一子 王所愛念猶如父母 常以四法而爲攝化"(『佛說勝軍王所問經』 ; 佛教書局 編, 『佛教大藏經』 第十二冊, 方等部 十, 佛教出版社, 1978, pp.150~151).

92) "當遠惡人 修治正法 安止衆生 於諸善法 教勅防護 令離不善 是故國土 安隱豐樂 是王亦得 威德具足"(『金光明經』 卷2, 四天王品 第6).

93) 金相鉉, 7세기 후반 新羅佛教의 正法治國論-元曉와 憬興의 國王論을 중심으로, 『新羅文化』 30(東國大學校 新羅文化研究所, 2007), p.100.

94) "若王及臣棄背正行非法者 於現世中人所輕謗 乃至身壞命終不生勝處 若王及臣捨離非行正法者 於現世中人所稱讚 乃至身壞命終 生天界中受勝果報 富樂自在天人受敬"(『佛說勝軍王所問經』 ; 佛教書局 編, 『佛教大藏經』 第十二冊, 方等部 十, 佛教出版社, 1978, pp.150~151).

95) 『불설장아함경』 권18, 세기경, 전륜성왕품.

96) 韓國佛教大辭典編纂委員會 編, 『韓國佛教大辭典』 5(앞의 책), p.868.

97) 조현걸, 불교의 정법치국의 이념과 신라정치체제에서의 수용-신라의 삼국통일 이전 시기를 중심으로, 『대한정치학회보』 16집 3호(대한정치학회, 2009), p.133.

98) 조현걸, 위의 논문, p.131.

99) "東方故俗 男子幼年 必從習句讀 有首面姸好者 僧與俗皆奉之 號曰企郎 聚徒或至於百千 其風流起自新羅時 公十歲 出就僧舍學 性敏悟 受書旋通其義 眉宇如畵 風儀秀雅 見者皆愛之馬首所至 鶴盖成陰 忠烈王聞之 引見宮中 目爲國仙 亦猶一邦豪傑 稱國士焉"(崔瀣, 故密直宰相閔公行狀, 『拙藁千百』 卷2, 文).

100) 이종욱, 『화랑』(휴머니스트, 2003), p.216.

101) "太后乃召宮中 賜食問其懷人之道 斯曰 愛人以己而已 善其善而已 太后奇之 言於大王 以爲貴幢 以掌宮門 其徒千人 莫不盡忠"(『花郎世紀』).

102) "公好勇能文 愛下如已 不拘淸濁 歸之者盡懷之 故名聲大振 郎徒相勵 願以死効 士風以是起秀 統一大業 未嘗不萌于公也 公之時 署郎徒部曲 制度燦然備矣"(『花郎世紀』8世 文弩).

103) "居位六年 而傳于眞功 擢入倉部 俄轉執事以稱其職 累遷至中侍 公常自謙曰 如我者可謂幸運之兒也 無有一能而只依父兄上仙之蔭澤 而已 未嘗以功績自居"(김대문 저, 이종욱 역주해, 25세 春長公, 『화랑세기 -신라인의 신라 이야기』, 소나무, 1999, p.212, p.308).

104) "累年 王又念欲興邦國 須先風月道 更下令 選良家男子有德行者 改爲花郎 始奉薛原郎爲國仙"(『三國遺事』卷3, 塔像 제4, 彌勒仙花 未尸郎 眞慈師).

105) 三品彰英 著, 李元浩 역, 『신라 화랑의 연구』(집문당, 1995), p.224.

106) 조범환, 신라 화랑도와 승려, 『서강인문논총』 33(서강대학교 인문과학연구소, 2012), p.180.

107) 金煐泰, 승려낭도고 -花郎道와 불교와의 관계 일고찰, 『불교학보』 7(동국대학교 불교문화연구원, 1970), p.266.

108) 앙리 마스페로 저, 신하령·김태완 옮김, 『도교』(까치, 1999), p.182.

109) "郎若明月 大抵如我小 瞳中反有膜 微礙如雲繞 醫云非龍腦 此病終莫療 處處求未得 數日憂悄悄 忽從貴門得 得之初喜笑 醫言此非眞 其形但相肖 畢竟難理瞭 月蝕猶復皎 月者是神物 而我亦何較 殆成習注薄 臨死作斯貌 天若不終棄 儻復舊睛瞭 哀號但祈天 藥石非所要"(李奎報, 眼病久不理人云瞳邊有白膜因歎之有題, 『東國李相國集』後集 卷9, 古律詩).

110) "又方治眼爲物所傷 或肉努 宜用此 生地膚苗五兩 淨洗 右擣絞取計 甕合中盛 以銅筋 頻點目中 冬月 煮乾者 取計點之 又方以杏仁爛硏 以人乳汁浸 頻頻點"(眯目第二十五 墮睛被物打附 : 『역주 구급방언해』(하)(2004), 세종대왕기념사업회, p.93).

111) 『馬經抄集諺解』 상, 弘文閣, 1983, p.77.

112) "杏仁 二七枚 去皮尖 生嚼 吐於掌中 承煖 綿纏筯頭 點努肉上 不過三四度差"(眼生努肉, 『鄕藥集成方』卷31).

113) "雄黃…乾薑 以前件藥 並擣硏爲極細末 以龍腦香麝香和之 誦心呪一千八遍 隨心呪一千八遍 誦根本大呪一千八遍 以手取藥觸觀世音菩薩足 卽塗眼中已所有眼病 乃至有目靑盲胎眼肉悉得除差"(唐天竺 三藏寶思惟 譯, 『觀世音菩薩如意摩尼陀羅尼經』;『大正新修大藏經』卷20, 密敎部3(大藏出版, 1965), p.201).

114) "願使世世供養劫劫無 盡用此善根仰資大王 陛下年壽與山岳齊固 寶曆共天地同久 上弘正法下化蒼生"(익산 미륵사지 석탑 <금제사리봉안기(金製舍利奉安記)>).

115) "觀音洗眼訣曰 '救苦觀世音 施我大安樂 賜我大方便 滅我愚癡暗 除却諸障礙 無明諸罪惡 出我眼室中 使我視物光 我今說是偈 洗懺眼識罪 普放淨光明 願睹微玅相' 每淸朝 持淨水一器 向水 誦此訣七遍 或四十九遍 用以洗眼 凡積年障翳 近患赤腫 無不全愈"(柳重臨, 『增補山林經濟』卷16, 雜方, 偶記 ; 古農書國譯叢書6『增補山林經濟』Ⅲ(농촌진흥청, 2004), p.634).

116) "每淸朝 持淨水一器 向水 誦此訣七遍 或 四十九遍 用以洗眼 凡積年障翳 近患赤腫 無不全愈"(柳重臨, 위의 책, p.634).

117) 南豊鉉, 『吏讀硏究』(태학사, 2000), pp.300~301.

118) 朴敬源, 永泰二年銘 石造毘盧遮那坐像, 『考古美術』108, 韓國美術史學會, 1985, p.9.

119) 金榮洙, 영재우적, 마음의 賊을 다스리는 노래, 『삼국유사와 문화코드』(일지사, 2009), pp.290~291.

120) 黃浿江, 『향가문학의 이론과 해석』(일지사, 2001), pp.531~547.

121) 梁柱東, 詳註 『國文學古典讀本』(博文出版社, 1948), p.251.

122) 朴仁熙, 遇賊歌 硏究, 『語文硏究』151(韓國語文敎育硏究會, 2011 가을), pp.224~225.

123) 梁柱東, 詳註 『國文學古典讀本』(博文出版社, 1948), p.222.

124) "邀萱於公山桐藪 卽今之桐華寺也 大戰不利 萱兵圍 太祖甚急時 公爲大將 而容貌酷似太祖 知其勢窮 請以身代死 使上隱於礙藪 卽今之符仁寺也 代乘御車 與金樂力戰死之 萱兵以公爲太祖 斷取頭 貫戟而歸 圍兵稍解 太祖僅以身免 及還陣 太祖 嘗設八關會 與羣臣 交歡 慨念戰死功臣 獨不在列 命有司 結草爲 公與金樂像 隨坐班 上命 賜酒食 酒輒焦乾 假像 仍起舞如生人焉 自此排置樂庭 以爲常 睿宗大王 歲庚子秋 省西都 設八關會 有假像二 戴簪服紫執笏紆金 騎馬踊躍周巡於庭 上奇而問之左右曰 此神聖大王 一合三韓時代 死功臣大將軍申崇謙金樂也 仍奏本末 上悄然感慨 問二臣之後 賜御題四韻一絶 短歌二章 詩曰 見二功臣像 汎瀾有所思 公山蹤寂寞 平壤事留遺 忠義明千古 死生惟一時 爲君蹈白刃 從此保王基 歌曰 ~"(<悼二將歌>, 『將節公申先生實紀 全』卷1).

125) 『고려사』권14, 세가14, 예종3.

126) 『고려사』세가2, 태조2.

127) "三十三年 冬十月二十日 爲戰死士卒 設八關筵會於外寺 七日罷"(『三國史記』新羅本紀, 眞興王).

128) "眞興王歲月中冬 棚結輪燈百戲從 祈福之時兼觀美 花郞選入儀多茸"(李裕元, 『임하필기』권38, 海東樂府, 新羅八關會).

129) 『동사강목』제5하, 무인년 경명왕(景明王) 2년 견훤 27년, 궁예 18년.

130) 『동사강목』제8상, 을미년 예종 10년(1115).

131) 『선화봉사고려도경』권40, 樂律.

132) 박진태, 팔관회·가상희·도이장가의 관련 양상, 『국어국문학』128(국어국문학회, 2001), p.133.

133) 안지원, 『고려의 불교의례와 문화』(서울대학교출판문화원, 2005), p.181.

134) "行酒半酣 令年少戲子 奏樂呈才 又令舞童分隊而入 皆着斑爛錦衣 面着假像 手揮金扇 以節歌呼 所見殊甚奇怪 而淸聲細腰之童 蹌蹌於庭 節奏中規 體態婉燕 亦足以助一歡也"(姜弘重, 『東槎錄』10월 10일 신해).

135) 홍정표, 『제주도민요해설』(성문사, 1963), p.32.

136) 秦聖麒 편, 제주민속총서 3 『南國의 民謠』(濟州民俗文化硏究所, 1958), p.100.

137) "黑雲橋亦斷還危 銀漢潮生浪靜時 如此昏昏深夜裏 街頭泥滑欲何之"(閔思平, 右小樂府六首, 『及菴詩集』卷3 ; 『韓國文集叢刊』(이하 『文叢』)3, p.69).

138) 도수희, 『백제의 언어와 문학』(주류성, 2004), pp.213~218.

139) 정병욱, 악기의 구음으로 본 별곡의 여음구, 『고려시대의 가요문학』(새문사, 1982), p.Ⅱ-93.

140) 강희맹 저, 송수경 역, 국역 『사숙재집』(세종대왕기념사업회, 1999), pp.501~502.

141) 류동석, 고려가요 정과정의 노랫말에 대한 새 해석, 『한국문학논총』26(한국문학회, 2000.6), pp.248~252.

142) "謀推戴暻爲主", "人意叵測"((『節要』卷11, 毅宗莊孝大王 5年 辛未 ; 같은 책, 9년 乙亥), "丙午 感陰縣人 子和 義章等 誣告 '鄭敍妻任氏與縣吏仁梁 呪詛上及大臣'"(『高麗史』卷18, 世家18, 毅宗2).

143) 河炫綱, 高麗 西京考, 『歷史學報』35·36(역사학회, 1967), p.544 참조.

144) "鄭敍 交結大寧侯 邀其第 宴樂遊戲 敍陰結宗室夜聚宴飮"(『高麗史』卷90, 列傳3, 大寧侯暻).

145) "時 樂工崔藝 遇赦還京 與妻不恊 妻誣告 藝尙不悛 往來大寧侯第"(『節要』卷11, 毅宗莊孝大王 十一年).

146) "碑旣鑴石之明年 臣與叙 俱爲讒邪 所搆 或流或貶 朝士 皆忌惡臣等 百喙攻擊 必欲置之死地以滿譿"(崔惟淸, 先覺國師碑陰記, 奎章閣 M/F81-103-455-G, p.6).

147) 황병익, 高麗時代 釜山文化의 中蘗, <鄭瓜亭>, 『港都釜山』20(釜山廣域市 市史編纂委員會, 2004), pp.109~149.

148) 秦聖麒 편, 제주민속총서 3 『南國의 民謠』(濟州民俗文化硏究所, 1958), p.123.

149) 李無影 編譯, 『安樂國太子經』(寶蓮閣, 1984).

150) 徐廷範, 한국어원학회연구총서1 『國語語源辭典』(보고사, 2000), p.15.

151) 정상균, 『한국중세시문학사연구』(한신문화사, 1986), p.143.

152) 양돈규, 『심리학사전』(박학사, 2013), p.406.

153) 임동권, 『한국민요집』 II(집문당, 1974), p.15.

154) "綠樹始搖芳 芳生非一葉 一葉度春風 芳芳自相接 色雜亂參差 衆花紛重疊 重疊不可思 思此誰能愜"(서릉 편, 芳樹, 『옥대신영』 권7).

155) 徐陵 編, 『玉臺新詠』 卷7, 芳樹 ; 권혁석 역, 『옥대신영』 2(소명출판, 2006), pp.296∼297.

156) 스티븐 컨 지음, 임재서 옮김, 『사랑의 문화사』(말글빛냄, 2006), p.468.

157) 박혜숙, 서경별곡 연구의 쟁점, 『한국고전시가작품론』 1(집문당, 1992), p.295.

158) 韓國佛敎大辭典編纂委員會, 『韓國佛敎大辭典』 6(寶蓮閣, 1982), pp.135∼136.

159) 韓國佛敎大辭典編纂委員會, 『韓國佛敎大辭典』 3(寶蓮閣, 1982), pp.175∼176.

160) 그간 "열명-십명(十明)-십노분명왕"으로 연결 지어 무시무시한 길이라고 풀이해 왔다.

161) 민찬, <이상곡>의 시적 정황 및 독법의 논리, 『인문학연구』 86(충남대학교 인문과학연구소, 2012), p.40 참조.

162) 민찬, 위의 논문, pp.37∼42.

163) 임제, <헤어짐에 말도 못하고(無語別)>, 『백호집』 권1.

164) 금종숙, 조선시대 철릭의 형태 연구 -단국대학교 석주선기념박물관 소장 출토유물을 중심으로 ; 蘭斯 石宙善 관장 10주기 기념 논총 『韓國의 服飾文化史』, 학연문화사, 2006).

165) 孫鐘欽, 앞의 논문(1998), p.223, p.232.

166) 三同 指同年生 同榜及第 同爲館職, "章子厚與晁秘監美叔 同生乙亥年 同榜及第 又同爲館職 常以三同相呼 元祐間 子厚有詩云 寄語三同晁秘監 乃謂此也 然紹聖初 子厚作相 美叔見其施設大 與在金山時所言 背違 因進謁力諫之 子厚怒黜爲陝守 美叔謂所親曰 三同 今百不同矣"(朱弁 撰, 『曲洧舊聞』卷5 ;『四庫全書』卷121, 子部31, 雜家類5)"

167) "峻又嘗爲自序 其略曰 余自比馮敬通 而有同之者三 異之者四 何則 敬通雄才冠世 志剛金石 余雖不及之 而節亮慷慨 此一同也 敬通值中興明君 而終不試用 余逢命世英主 亦擯斥當年 此二同也 敬通有忌妻 至於身操井臼 余有悍室 亦令家道轗軻 此三同也"(新校本 『梁書』 卷50, 列傳 第44, 文學 下, 劉峻).

168) "指于部和知識分子與工人 農民同吃 同住 同勞動. 陳殘云 『山谷風烟』第三六章 劉大柱 笑眯瞭眼睛 替妹妹介紹道 '這是馮均同志 在我家三同的' 陳卓乾 『兩顆流彈』 '王書記 作了几點指示 要加强三同 做貧雇農的知心朋友'(『漢語大詞典』 1(上), p.194).

169) "木頭雕作小唐雞 筋子拈來壁上栖 此鳥膠膠報時節 慈顔始似日平西"(『高麗史』 卷71, 志25, 樂2).

170) 『한국민요대전 -경기도편』(MBC, 1996), pp.104∼105.

171) 『한국민요대전 -경기도편』(MBC, 1996), p.207, pp.209∼210.

172) '홰'는 새장이나 닭장에 새나 닭이 올라앉게 가로 질러놓은 막대기 말한다. 하지만 여기서 '홰를 치다(홰치다)'라고 한 것은 "새 따위가 날개를 벌리고 탁탁 치다. 새벽에 닭이 홰를 치고 우는 차례를 세는 말"로, "닭이 세 홰째 운다."와 같은 쓰임새를 가지는 말이다.

173) 任東權 編, 『韓國民謠集』 V(集文堂, 1980), p.299.

174) 任東權 編, 위의 책, p.300.

175) 金泰坤 編, 『韓國巫歌集』 1(集文堂, 1971), p.114.

176) 임동권, 『韓國民謠集』 II(집문당, 1974), p.737.

177) 중국음악가협회 연변분회, 『민요곡집』(연변인민출판사, 1980), p.51.

178) 임동권, 1951.11. 新陽面 李映載, 『韓國民謠集』 VII(집문당, 1992), p.155.

179) 임동권, <연모요(戀母謠)>, 『韓國民謠集』 I(집문당, 1992), p.368.

180) 송석하, 조선풍속특집 전승노래의 유래, 『조광』 1938년 6월호(조선일보사출판부, 1938), p.90.

181) 에리히 프롬 저, 황문수 역, 『사랑의 기술』(문예출판사, 1992), p.49, pp.53~54.

182) 丁克仁, 有明 朝鮮國 故 通政大夫 行 司諫院正言 不憂軒 丁公 行狀, 『不憂軒集』 卷首 ; 『文叢』 9, p.11.

183) 丁克仁, 不憂軒 家狀草, 위의 책, 卷首 ; 『文叢』 9, p.16.

184) 丁克仁, 不憂軒 行狀, 위의 책, 卷首 ; 『文叢』 9, p.10.

185) 丁克仁, 學令, 위의 책, 卷2 ; 『文叢』 9, p.32.

186) 丁克仁, 朝鮮國 通政大夫 司諫院正言 不憂軒 丁公 行狀/不憂軒 家狀草, 『불우헌집(不憂軒集)』 卷首 ; 『문총』 9, pp.9~10, p.15.

187) 『성종실록』 권122, 성종 11년(1480) 10월 26일 임신 5번째 기사.

188) "孟子曰 伯夷 聖之淸者也 伊尹 聖之任者也 柳下惠 聖之和者也 孔子 聖之時者也"(『孟子』 萬章 下).

189) "故曰 口之於味也 有同耆焉 耳之於聲也 有同聽焉 目之於色也 有同美焉 至於心 獨無所同然乎 心之所同然者 何也 謂理也義也"(『孟子』 告子 上).

190) 정극인, 不憂軒墓碣缺文, 앞의 책, 卷2 ; 『文叢』 9, p.17.

191) "天下 有達尊三 爵一齒一德一 朝廷 莫如爵 鄕黨 莫如齒 輔世長民 莫如德 惡得有其一 以慢其二哉"(『맹자』 공손추 하).

192) "以前日玉非 [北道奴也 潛移於慶尙道 生息甚衆 癸未 甲申年間 始發覺 株連之人 盡皆刷 入居于北方嶺南 大致騷擾] 之事觀之 可見其平時 猶難善處也"(『선조실록』 권140, 선조 34년(1601) 8월 20일).

193) "今之宰相 則往日臺省長官 今之臺省長官 乃將來之宰相 但是職名暫異 固非行擧頓殊"(『資治通鑑』 卷234, 唐紀50).

194) "若論其過誤 則爲情一也 而生死頓殊"(『貞觀政要』 卷5, 公平16, 凡8章).

195) 『중종실록』 권18, 중종 8년(1513) 3월 10일 기묘

196) "不特此也 邇來年歲比不稔 倭變因之 民多餓殍 父子不相保 競相流離 籬落蕭條 鷄犬罕音 而士大夫之家 日以崇飮爲事 妖童美女 塡于綺室 娼謠妓樂 列于深堂 三牲之肉 臭而不可食 淸醇之酎敗而不可飮"(金絿, 問酒之爲禍, 『自菴集』 卷2 ; 『文叢』 24, p.267).

197) 임기중 외, 『경기체가 연구』(태학사, 1997), p.257.

198) "朱門酒肉臭 路有凍死骨"(『補注杜詩』 卷2).

199) 임기중 외, 앞의 책(태학사, 1997), pp.301~302.

200) 『文叢』 41, pp.289~290.

201) 徐元燮, 『한국민족문화대백과사전』 4(한국정신문화연구원, 1995), p.28.

202) "嚴主謀拙萬事 才短六藝 寓形世間 宅心物外黃墨之暇 會有嘉辰之興 可詠之事 發以爲歌 調以爲曲 揮毫題次 擬爲樂府 雖嗚嗚無節 聽以察之 則詞中有意 意中有指 可使聞者感發而興嘆也"(權好文, 獨樂八曲, 『松巖集』 續集 卷6).

203) "有時松月滿庭 春花撩人 佳朋適至 則酌罷芳樽 共憑岩軒 高歌若于童 手之舞足之蹈 幽人之樂足矣 考槃之歌 負薪之謠 不知孰優孰劣也"(權好文, 獨樂八曲, 『松巖集』 續集 卷6).

204) 황병익, 도산십이곡의 의미 재고 II, 『정신문화연구』 131(한국학중앙연구원, 2013), pp.291~293.

205) "而朱文公曰 詠歌其所志 以養性情 至哉斯言 心之不平而有是歌 歌之暢志而養其性 噫松窓數般之曲 豈無少補於風朝月夕之動蕩精神乎 余是以獻有是說焉"(權好文, 獨樂八曲, 『松巖集』 續集 卷6).

206) "每稱公有儒者氣像 又曰 權某有瀟灑山林之風云"(洪汝河, 行狀, 『松巖集』附錄;『文叢』41, p.190).

207) "先生雍容其間 恬意自將 絕意世紛托跡山林 吟弄風月 尙友千古"(李玄逸, 松巖權先生文集序 a128, 197c;한국고전번역원).

208) 『명종실록』권30, 명종 19년(1564) 윤2월 24일 정유 1번째 기사.

209) 『태조실록』권4, 태조 2년(1393) 7월 26일 1번째 기사;정도전, 『삼봉집』권2, 樂章 夢金尺 幷序.

210) "按石壁中書曰 木子乘猪下 復正三韓境 祕書曰 木子將軍劍 走肖大大筆 非衣君子智 復正三韓格走肖謂趙浚 非衣謂裴克廉 又曰 三奠三邑 應減三韓 謂公及鄭摠 鄭熙啓也 又曰 朝鮮卜世八百 卜年八千"(鄭道傳, 樂章 受寶籙, 『三峰集』卷2).

211) 『태조실록』권4, 태조 2년(1393) 7월 26일 1번째 기사.

212) "庚申秋 我太祖邀擊倭寇于智異山大破之 自是不敢登陸作耗 民賴以安"(鄭道傳, 樂章 受寶籙, 『三峰集』卷2).

213) 『고려사절요』권31, 신우 6년 8월.

214) "又新製文德武功之曲 述殿下盛德神功 以形容創業之艱難"(정도전, 조선경국전, 예전 악, 『삼봉집』권7, 『文叢』5, p.428).

215) 『태조실록』권8, 태조 4년 10월 30일.

216) 『고려사절요』권33, 신우;국역 『고려사절요』Ⅳ(민족문화추진회, 1976), p.268.

217) 『국조보감』권1, 태조 4년 을해(1395).

218) 『단종실록』권7, 단종 1년(1453) 7월 26일 신사 2번째 기사.

219) 고영근·남기심, 『중세어 자료 강해』(집문당, 2009), pp.277~278.

220) 朴炳采, 논주 『月印千江之曲』(세영사, 1991), pp.132~133.

221) 朴炳采, 위의 책, pp.153~155.

222) 朴炳采, 위의 책, pp.198~199.

223) 『세조실록』권46, 세조 14년(1468) 5월 12일 신미 2번째 기사.

224) 우탁, 『병와가곡집』, 『역대시조전서』(이하 『역·시』) 2982, 이삭대엽二數大葉, 삼삭대엽三數大葉.

225) 우탁, 『병와가곡집』, 『역·시』717, 이삭대엽二數大葉, 평거平擧.

226) 임동권, 『한국민요집』Ⅱ(집문당, 1974), p.753.

227) "志士傷時懷百憂 少年靑春挽不留 今年髮稀難鑷抽 若至明年如禿鶖 公道不饒公與侯 其肯饒借寒人頭"(成俔, 白髮謠, 『虛白堂集』風雅錄 권1, 謠體).

228) 순서대로 신계영(辛啓榮 1577~1669)의 작품은 각각 『역·시』703, 『역·시』1381, 『역·시』1852에, 마지막 박도순의 작품은 『역·시』705에 실려 있다.

229) 『고려사』권109, 열전 22, 우탁;권근, 『양촌집』권35, 동현사략.

230) 진본 『청구영언』, 『병와가곡집』등 여러 문집과 달리 홍씨본 『청구영언』에는 작가를 吉再로 표기하였다.

231) "看早有君子志也 也宜釖佩趍明光 擧世薄我君獨厚 每將詩酒論心腸 君不見江路淸梅有佳實 見忌繁華桃李場 又不見寒松抱貞節 獨立凝嚴霜雪崗"(元天錫, 丙寅冬至感懷 示元都領, 『耘谷行錄』卷3;『文叢』6, pp.170~171).

232) "也任間富與窮 首陽方效採薇翁 看山興逸無塵累 傲世心高有道風 趁水桑麻三五里 滿園梅竹幾多叢 勁然

志操將何比 鬱鬱軒車十八公"(元天錫, 次韻邊竹岡慨利名詩書于卷後,『耘谷行錄』卷4 ;『文叢』6, p.198).

233) 宋近洙, 行狀 ; 潭陽田氏大宗會, 국역『三隱合稿』권3, 부록(大耕出版社, 2005), p.224.

234) 元天錫, 聞今月十五日 國家以定昌君立王位 前王父子 以爲辛旽子孫 廢爲庶人,『耘谷行錄』권4 ;『文叢』 6, p.193.

235)『태조실록』권1, 태조 1년(1392) 7월 17일 병신 1번째 기사.

236) "方禑之嗣王位也 數三元老如崔都統 牧隱 圃隱 諸公猶在也 不惟當時上下無異議 牧隱首曰 當立前王之 子 及昌之廢也 始曰 禑父子乃旽之子孫 盖不如是 則昌無可廢之道 特爲此以籍之耳"(朴東亮, 耘谷行錄 詩史序,『耘谷行錄』;『文叢』6, p.123).

237) "元天錫者 高麗人 恭愍時不仕 居原州 與牧隱諸老相往來 其遺稿中有直載當時事迹 後世所不能知者 以 辛禑爲恭愍子者 此其直筆之尤者"(申欽,『象村稿』卷52, 晴窓軟談 下 ;『文叢』72, p.343).

238) "故其時道傳紹宗等輩倡爲非王氏者爲忠 謂王氏者爲逆之論 簧鼓朝廷 眩惑人心 遂得以魚肉士流 箝制口 舌 僅五年而國亡矣 生乎其時而正直自樹者 其爲生辛苦顚沛當如何也"(申欽,『象村稿』卷52, 晴窓軟談 下 ;『文叢』72, pp.343~344).

239) 정도전, 上都堂書,『삼봉집』권3 ;『文叢』5, p.332.

240) "贊鄭二相所製四歌 -二相製開言路 保𦥦功臣 正經界 定禮樂 四曲 付于樂府 被于管絃, 大開言路保功臣 經界均平禮樂新 四曲淸歌稱盛化 千年景業啓昌辰 調高雅頌移風俗 聲恊宮商感鬼神 以此庶民咸鼓舞 太 平煙火入陶鈞 海東天地更淸寧 民變時雍樂太平 箕子淳風將益振 朝鮮雅號復頒行 山河氣壯扶王氣 日月 明重合聖明 頌德幾人歌此曲 巍乎蕩也固難名)(元天錫, 贊鄭二相所製四歌,『耘谷行錄』卷5 ;『文叢』6, p.226).

241) 정도전, 諫官,『삼봉집』권6, 經濟文鑑 下 ;『문총』5, p.394 : 相業,『삼봉집』권5, 經濟文鑑 上 ;『문총』 5, p.381.

242) 許穆, 석경묘소사적,『운곡행록』권5, 사적 ;『문총』6, p.230.

243)『성종실록』권1, 성종 즉위년(1469) 11월 28일 무신 1번째 기사.

244)『성종실록』권223, 성종 19년(1488) 12월 21일 경술 2번째 기사.

245)『성종실록』권83, 성종 8년 8월 8일.

246) 차천로, 五山說林草藁 ;『대동야승』권5.

247) '셩이 가시리' : '셩'은 성품(性稟), 마음. '가시리'는 "달라지다, 변화하다, 고치다, 바꾸다"의 뜻. 1) "如 논 ㄱ톨 씨니 本來ㅅ 몰곤 性이 가시디 아니ᄒᆞ야 처엄 곧ᄒᆞ야 이실씨오"(월인석보 1:50) 2) "후에 나는 사ᄅᆞ미 지조홀 셩이 늠두곤 더으니는 저프디 아니ᄒᆞ고 오직 글 닐구매 츠자 싱각ᄒᆞ야 궁구 ᄒᆞᄂᆞ니사 저프니라(後生이 才性過人者는 不足畏오 推讀書尋思推究者는 爲可畏耳니라)"(번역소학 8:37).

248) 원병오,『한국동식물도감』동물편(조류 생태)(문교부, 1981), pp.380~382.

249)『중종실록』권20, 중종 9년(1514, 갑술) 2월 29일.

250)『중종실록』권27, 중종 12년(1517 정축) 3월 6일.

251) 李秉烋, 金絿,『한국민족문화대백과사전』4(한국정신문화연구원, 1991), p.604.

252) "待以朋友 與之酬酌 極歡而罷 仍賜貂裘 恩遇之隆 古所未有 卒不免北門之變 君臣際會 其可恃耶 此所 以廢卷長歎者也 且先生與趙靜庵 金冲庵兩賢 同被讒於小人 然禍有淺深 獨以天年終"(金絿, 自菴集序,『自 菴集』;『文叢』24, p.253).

253) 고영진, 원칙에 충실했던 '개혁의 화신' 정암 조광조 ; 정옥자·금장태·이광표 외,『시대가 선비

를 부른다』(효형출판, 1998), p.34.

254) "中廟朝 先生坐直玉堂 居常必正冠帶 至夜亦不敢脫 一日月夜 明燭讀綱目 忽有叩戶聲 問而不答 怪而視 之 乃上步出自宮 立於廳上 別監持酒饌以從 先生急趨出伏庭下 上命之上曰 今夜月明如此 聞讀書聲 予 故至於此 何用君臣禮îs 宜以朋友相待 遂與從容酬酢 上曰 誦聲淸雅 必善歌曲 其爲予歌之 先生跪而對 曰 此日聖恩 逈出今古 不可以古之歌奏 又不可爲今之曲 臣願自製以奏 遂爲之歌曰 ~ 上曰 再斯可矣 又爲之歌曰 ~ 上稱賞 又敎曰 聞爾有老母 賜以貂裘 其歸遺之"(金綏, 短歌, 『自菴集』卷2；『文叢』24, p.274).

255) 金玄成, 『역·시』 483, 二數大葉.

256) 『文叢』 26, p.237.

257) 기대승, 俛仰亭記, 『고봉집』권2.

258) "嘗作俛仰亭三言歌曰 俛有地 仰有天 亭其中 興浩然 招風月把山川 扶藜杖送百年 盖亦幾乎 俯不怍仰不 愧 而令德令聞始終無憾者矣 惟其愛君憂國之誠 曾未少弛 叢諸篇什形諸謳吟有致仕歌三篇 夢見主上歌一 篇 五倫歌五篇 俛仰亭長歌一篇 短歌七篇 雜歌一篇 及少時玉堂受賜黃菊歌一篇 春塘臺觀耕應製農歌一 篇 方言古語 錯綜 抑揚風流情致溢叢委曲 有足以惇風教立懦頑而不從一時被之管絃而已 今其詞曲尚流播 未泯 而松江鄭公澈訓民歌第一第二 亦有引而採"(宋純, 宋公家狀, 『俛仰集』 卷5, 附錄：국역 『면앙집』 하(潭陽文化院, 1996, pp.34~35).

259) "名途著脚早知難 占斷煙霞第一巒 當暑軒楹秋颯颯 撩春花絮雪漫漫 瑤琴彈月心猶古 玉唾隨風筆未乾 一 起蒼生猶重臥 夢隨鷗鷺戲江干"(黃俊良, 俛仰亭次韻, 『錦溪集』外集, 卷3；강성위 역, 『금계집』2, 한 국국학진흥원, 2014, p.381).

260) 鄭澈, 宋俛仰純 祭文, 『松江集』續集 卷2：국역 『송강문집』 상·하(송강문집편찬회, 1987), p.329.

261) 宋純, 宋公家狀, 『俛仰集』 卷5, 附錄：국역 『면앙집』 하(潭陽文化院, 1996, pp.18~19).

262) "壬寅 公果黜授全羅道觀察使兼兵馬水軍節度使 憲復爲吏曹判書 朋姦濟惡而元衡之勢 日張 東宮則孤危 甚矣 公無樂供職而俚俛行部不爲久計"(宋純, 宋公家狀, 『俛仰集』 卷5, 附錄：국역 『면앙집』 하, 위의 책, pp.18~19).

263) "府君 立朝五十年 初爲蔡無擇許沆所斥 中爲黃憲梁淵尹元衡所斥 後爲陳復昌李無疆所斥 小人當朝 直道 不容 必先見斥 終不少屈 左右四朝 退老林下 作亭家園崖上 名曰俛仰 盖俯仰宇宙之義也 以竹輿往來松 下 日與山翁溪友 雜坐談笑 其愛君憂國之誠 未嘗少弛施 叢於篇什形諸歌曲"(宋純, 行蹟, 『俛仰集』 卷 4：국역 『면앙집』 상, 潭陽文化院, 1995, pp.294~295).

264) "太山爲高 程子語也 但謂太山雖高而有限 以比事業之有限"(李滉, 答李宏仲, 『退溪集』 卷36).

265) "舜之大位 受命於天而承君之後 則舜豈不知天位君命之至重至貴乎 至比於父母 則不過弊屣而已 泰山雖 高 至比於天 則猶爲卑也 其理亦猶是也 以臣而視君 則亦一天也 若君之自視其位則雖重 豈如父母之於天 乎 孔子曰 子生三年 然後免於父母之懷 人之至誠惻怛不能自已之懷也"(朴知誡, 『潛冶集』 卷1).

266) 김구진·김희영 편저, 『이야기 중국사』 제1권(청아출판사, 1985), pp.17~18.

267) 성낙은 편저, 『고시조산책』(국학자료원, 1996), p.203.

268) 양사언 저, 홍순석 역, 『蓬萊詩集』(지만지고전천줄, 2008), pp.161~162.

269) "天作高山壓震方 芳名流轉小金剛 危峯聿聿參霄漢 積翠蒼蒼接大荒 天上梵鐘雷發響 樹頭金刹日分光 猶 然下視三千界 眼底乾坤兩窅茫"(양사언 저, 홍순석 역, 위의 책, p.84).

270) "楊蓬萊士彦 神仙中人也 其筆似之 人但知筆之出塵 而不知其詩之非世間語矣"(李瀷, 蓬萊詩, 『星湖僿說』 卷28).

271) 허균, 성수시화, 『성소부부고』권25, 설부4.

272) 李性源, 『聾巖 李賢輔의 江湖文學』(강호문학연구소, 2000), p.80.

273) "嗚呼 聞吾之歌 而不惕然 感動者 無人子之心者也 聞吾之歌 而 不奮然懲艾者 眞所謂禽獸也 可不戒哉 可不懼也"(李叔樑, 汾川講好錄, 『梅巖先生文集』 卷1, 雜著 ; 『退溪學資料叢書』 2, 法仁文化社, 1993, pp.672~673).

274) 李叔樑, 汾川講好錄, 국역 『梅巖先生文集』(國際出版印刷社, 1996), pp.108~115.

275) "酒後 令諸幼 迭歌樂章 樂歌 凡六章 一慕父母兄弟之歌 二追恨其未及養 三結上二章 而勉進後人 四警兄弟 五戒親戚 六總結上五章 而反覆勉之 而雜以眞諺 今姑闕之"(李叔樑, 汾川講好錄, 『梅巖先生文集』 卷1, 雜著 ; 『退溪學資料叢書』 2, 法仁文化社, 1993, p.671 참조).

276) 정약용 저, 박석무 역, 『유배지에서 보낸 편지』(창작과비평사, 1997), p.99.

277) "人之所以爲人者 以其有人倫 而人倫之大者曰孝父母也 友兄弟也 人而不知孝父母友兄弟 則其違禽獸 不遠矣 然其爲禽爲獸 雖可罪也 而苟求其本 則亦由於敎養無素 家道不嚴 因循苟且 不自知其入於此也 爲父兄者 可不思其致此之由 而徒歸咎於彼也 哉 此吾所以憂傷不寐 而念昔二人也"(李叔樑, 汾川講好錄, 『梅巖先生文集』 卷1, 雜著 ; 『退溪學資料叢書』 2, 法仁文化社, 1993, pp.671~672).

278) "我心憂傷 念昔先人 明發不寐 有懷二人"(『詩經』 小雅, 節南山之什, 小宛).

279) "兄弟者 分形連氣之人也 方其幼也 食則同案衣 則傳服學 則連業遊 則共方雖有悖亂之人 不能不相愛也"(李叔樑, 汾川講好錄, 국역 『梅巖先生文集』, 國際出版印刷社, 1996, pp.106~116).

280) "詩曰 兄及弟矣 式相好矣 無相猶矣 言兄弟宜相好 不要相學 大抵患在施之不見報則輟 故恩不能終己施之而已"(李叔樑, 위의 책, pp.106~116 참조).

281) "凡兄弟之有不協者 以其有爭心也…", "崔孝芬孝暐 兄弟孝義慈厚 諸婦亦相親愛有無共之", "牛弘 弟弼 好酒而酗 讀書不輟"(李叔樑, 위의 책, pp.106~116 참조).

282) 황준연, 『이율곡, 그 삶의 모습』(서울대학교 출판부, 2000), p.184.

283) 李珥, 窮理, 『栗谷集』 聖學輯要 권20 ; 국역 『율곡집』 Ⅱ(민족문화추진회, 1968), p.54.

284) "五書五經 循環熟讀 理會不已 使義理日明 而宋之先正所著之書 如近思錄 家禮 心經 二程全書 朱子大全 語類及他性理之說 宜間間精讀 使義理常常浸灌吾心 無時間斷 而餘力亦讀史書 通古今 達事變 以長識見 若異端雜類不正之書 則不可頃刻披閱也 凡讀書 必熟讀一冊 盡曉義趣 貫通無疑 然後乃改讀他書 不可貪多務得 忙迫涉獵也"(李珥, 『栗谷先生全書』, 권27, 擊蒙要訣 제4장 讀書).

285) "正躬行者 必精性理 精性理 爲正躬行設也 反置躬行於不問 何爲耶 此言深切 伏惟殿下留念焉"(李珥, 『栗谷先生全書』 卷20, 聖學輯要 2, 제2 修己 上).

286) 宋時烈, 高山九曲歌翻文, 『宋子大全』 拾遺, 卷7 ; 『文叢』 116, p.149.

287) "武夷山上有仙靈 山下寒流曲曲淸 欲識箇中奇絶處 櫂歌閒聽兩三聲 一曲溪邊上釣船 幔亭峰影蘸晴川 虹橋一斷無消息 萬壑千巖鎖翠烟 二曲亭亭玉女峰 揷花臨水爲誰容 道人不復荒臺夢 興入前山翠幾重 三曲君看架壑船 不知停櫂幾何年 桑田海水今如許 泡沫風燈敢自憐 四曲東西兩石巖 巖花垂露碧氈毶 金鷄叫罷無人見 月滿空山水滿潭 五曲山高雲氣深 長時烟雨暗平林 林間有客無人識 款乃聲中萬古心 六曲蒼屛遶碧灣 茅茨終日掩柴關 客來倚櫂巖花落 猿鳥不驚春意閒 七曲移船上碧灘 隱屛仙掌更回看 人言此處無佳景 只有石堂空翠寒 八曲風烟勢欲開 鼓樓巖下水潆洄 莫言此處無佳景 自是遊人不上來 九曲將窮眼豁然 桑麻雨露見平川 漁郞更覓桃源路 除是人間別有天"(『朱子全書』 卷66, 淳熙 甲辰 中春 精舍閒居 戲作武夷櫂歌十首 呈諸同遊 相與一笑).

288) "故末句云云 意若勸遊人須如漁人尋入桃源之境 則當得世外別乾坤之樂 至是方爲究竟處 不但如今所見而止耳 乃旣竭吾才後 如有所立卓爾處 亦百尺竿頭 更進一步處 然則此處及八曲 所謂莫言此地無佳景 自是遊人不上來之類 可作比於學問造詣處看矣"(奇大升, 答示論太極書書, 국역 『고봉집』 Ⅲ, 兩先生往復書

卷1, 민족문화추진회, 1988, p.45).

289) "子曰 君子不重則不威 學則不固 主忠信 無友不如己者 過則勿憚改"(『논어』學而).

290) 『한국민족문화대백과사전』3(한국정신문화연구원, 1991), p.931.

291) 宋俊浩, 『朝鮮社會史研究』-朝鮮社會의 構造와 性格 및 그 變遷에 관한 研究(一潮閣, 1987), p.148 참조.

292) 이기백, 신수판『한국사신론』(일조각, 1994), p.278 ; 정만조, 조선시대 붕당론의 전개와 그 성격, 『조선후기 붕당의 종합적 검토』(한국정신문화연구원, 1994), pp.113~114.

293) 『선조실록』권148, 선조 35년(1602 임인) 3월 17일.

294) "公入相 往來推鞫廳時 必往牛溪家 或乘昏出來 牛溪亦往見之 凡事無不相議爲之"(鄭澈, 行錄, 『松江集』別集 卷4).

295) 성혼, 덕행, 年譜補遺, 卷1 ; 국역『우계집』3, 민족문화추진회, 2002, p.160.

296) "不曰堅乎 磨而不磷 不曰白乎 涅而不緇"(『論語』陽貨(陽貨)).

297) 정재호·장정수, 『송강가사』(신구문화사, 2006), p.326.

298) 皇甫謐 著, 김장환 역, 『高士傳』(예문서원, 2000), pp.55~56.

299) "耳何爲洗瓢何掛"(李衡祥, 국역『병와집』I, 한국정신문화연구원, 1990, p.57).

300) "擧世皆濁 我獨淸 衆人皆醉 我獨醒 是以見放", "漁父莞爾而笑 鼓枻而去 乃歌曰 滄浪之水淸兮 可以濯吾纓 滄浪之水濁兮 可以濯吾足"(屈原, 漁父辭), "有孺子歌曰 滄浪之水淸兮 可以濯我纓 滄浪之水濁兮 可以濯我足"(『孟子』離婁 上).

301) "超脫世俗操守高潔"(『漢語大詞典』6上, p.199), "淸除世塵 保持高潔"(『漢語大詞典』6上, p.198).

302) 김해명 감수, 『중국문학사전』II 작가편(연세대 중국문학사전 편찬위원회, 1994), p.56.

303) 黃節, 『曹子建詩注』卷2, 遊仙.

304) "己酉 登第 官至禮佐 時燕山狂暴 日甚 公在太常 議畢齋諡文忠 坐謫郭山 四年 尋移羅州 甲子 加罪 公之奴 計欲竊負公曰 君命不可逃也 奴引李長坤事 涕泣強勉 終不許 臨刑 神氣不變 語益壯 主愈怒 用律加等 縣令公及諸子 幷竄"(李擂, 佔畢齋門人錄, 『西湖文集』卷2).

305) 魚叔權, 『稗官雜記』2, 李肯翊, 『연려실기술』권6, 연산조 고사본말, 李黿.

306) "藏六翁 再思堂(李黿)之弟 而魯陵六臣集賢學士朴彭年之外孫也 當燕山甲子之禍 再思堂旣被禍 以兄弟連坐 燕山廢後 因逃世不出 有藏六堂六歌 傳於世 退陶李先生 以爲太傲 然遺世放跡 其言固然 遭濁世潔身遠引 忘世累 則有之 亦足以想見魁梧傑出 高蹈拔俗 冷然有箕潁之風"(許穆, 藏六堂六歌識, 『記言別集』卷10 ;『文叢』99, p.104).

307) 『칠실유고』권1. 어제이충무공순신전서 ; 칠실이덕일장군기념사업회, 『漆室遺稿』(보전출판사, 1985).

308) 임경회, 칠실이공우국가서, 『칠실유고』권1.

309) 임경회, 위의 책, 같은 쪽, 같은 곳.

310) 이덕일, 大同江都疏, 『칠실유고』권1.

311) 이덕일, 위의 책, 같은 쪽, 같은 곳.

312) 李世植, 칠실유고서, 『칠실유고』권3.

313) 『조선왕조실록』권15, 영조 4년(1728) 1월 20일 신미.

314) 李德一, 『漆室遺稿』(漆室李德一將軍記念事業會, 1985), pp.36~42.

315) 이기발, 부번사(附飜辭), 『칠실유고』권1.

316) "辛丑九月初 漢陰相公 饋公早紅柿 公因時物 有感而作"(『蘆溪集』卷3).

317) 『노계집』, 행장, p.100.

318) 『삼강행실도』 효자도 17 王祥剖氷.

319) 『삼강행실도』 효자도 16 孟宗泣竹.

320) 『삼강행실도』 효자도 21 黔婁嘗糞, 효자도 34 石珎斷指.

321) "曾晳 嗜羊棗 而曾子不忍食羊棗, 曾子以父嗜之 父沒之後 食必思親 故 不忍食也 公孫丑問曰 膾炙與羊棗孰美 孟子曰 膾炙哉 公孫丑曰 然則 曾子 何爲食膾炙而不食羊棗 曰膾炙 所同也 羊棗 所獨也 諱名不諱姓 姓 所同也 名所獨也"(『孟子』 盡心 下).

322) 許筠, 屠門大嚼, 『惺所覆瓿藁』 卷26, 說部 5.

323) 고이데 후미히코 저, 김준영 옮김, 『삼국지 인물사전』(들녘, 2002), p.189.

324) "仲尼乃人倫之傑 鳳鳥則羽族之王 可其名之稍異 含厥德以相將 愼行藏於用捨之間 如知出處 正禮樂於陵遲之後 似有文章, 如非仁智之物 孰肯中和之性 相彼鳳矣 有一時瑞世之稱 此良人何 作百世爲師之聖 于以其文炳也 吾道貫之 揚德毛而出類 掀禮翼而聘時 … 衰周之七十諸侯鷗梟竟笑 闕里之三千子弟鳥雀相隨 小儒靑氈 早傳鏤管 未夢少年攻章句之彫篆 壯齒好典謨而吟諷 鑽仰遺風 敎敎深期於附鳳"(金富軾, 仲尼鳳賦, 『東文選』 卷1).

325) 『영조실록』 권55, 영조 18년(1742 임술) 1월 11일 신미.

326) 『효종실록』 권5, 효종 1년(1650 경인) 9월 15일 병인.

327) 『명종실록』 권26, 명종 15년(1560 경신) 5월 16일 신사.

328) "石上難生草 房中不起雲 山間是何鳥 飛入鳳凰群, 金笠 - 我本天上鳥 常有五綵雲 今宵風雨惡 誤落野鷄群"(김병연, 與詩客詰謠 客, 『김립시선』).

329) 『광해군일기』 권110, 광해 8년 12월 21일 참조.

330) 『광해군일기』 중초본 권111, 광해 9년 1월 4일 경오 5번째 기사.

331) 황병익, <蛇龍>系 詩歌의 生成과 展開, 『한국문학논총』 28(한국문학회, 2001), p.109.

332) "趙光祖臨死有詩曰 愛君如愛父 天日照丹衷 臣每誦此句 未嘗不流涕也"(李珥, 『石潭日記』 卷上, 隆慶元年丁卯 1567년 명종 22).

333) "嗚呼好義者爲國 好利者爲家 爲國爲家 辨之不難…", "惟是人君辨之不明 而讒諛善乘其隙 故爲家者多被寵擢 爲國者多陷刑辟 誠可悲也"(李珥, 위의 책, 같은 쪽, 같은 곳).

334) "有人傳道時宰改過 于斯時也 宿雨適霽 余曰 彼之改過也 苟能如斯雨之晴 如斯雲之捲 如斯前川之還淸則吾儕敢不歸仁乎 遂作俚語永言之", 尹善道 저, 이형대 외 옮김, 국역『孤山遺稿』, 歌辭).

335) "後懷王 好進姦雄 羣賢逃越 屈原以忠 見斥隱於沅湘 … 乃赴淸冷之淵 楚人 思慕謂之水仙 其神遊於天河 精靈時降湘浦 楚人爲之 立祠 漢末猶在其上"(王嘉, 『拾遺記』 卷10).

336) "超脫世俗操守高潔"(『漢語大詞典』 6上, p.199).

337) 윤선도의 歌辭는 『文叢』 91, pp.500~508 참조.

338) "余平生喜登山臨水矣 謫居三水 蟄伏蝸室已兩箇月 不堪憂鬱 騎馬出城 適有二謫客隨之 登溪上小山 眺望而還"(尹善道, 庚子七月二十四日卽事, 『孤山遺稿』 卷1).

339) "噫 其凌霜雪獨秀 不啻臘梅秋菊 而其潛滋陽氣於積陰之底 有同復之一畫 令人發深省也"(尹善道, 消水花幷序 辛丑, 『孤山遺稿』 卷1).

340) 윤덕진, 『선석 신계영 연구』(국학자료원, 2002), pp.92~94.

341) 辛受和, 숭정대부 판중추부사 겸 판의금부사 세자좌부빈객 오위도총부 도총관부군 행장, 『선석유고』(국학자료원, 2002), p.451.

342) "老來閑趣在歸田 謝絶名途晚節全 踰耄鶴齡仁壽驗 超班犀帶聖恩偏 人間福祿終無憾 膝下兒孫更有賢"
(鄭致和, 『仙石遺稿』; 윤덕진, 『선석 신계영 연구』, 국학자료원, 2002, p.206).

343) 황병익, 『고전시가 사랑을 노래하다』(산지니, 2010), pp.90~103.

344) 『文選』高唐賦; 김원중, 『혼인의 문화사』(휴머니스트, 2007), pp.32~37.

345) "此身死了死了 一百番 更死了 白骨爲塵土 魂魄有也無 向主一片丹心 寧有改理也"

346) 변안렬, 『대은변안렬선생실기』권1; 申奭鎬 편, 『大隱實紀』(대은실기 편찬위원회, 1977). p.542.

347) "穴吾之胸 洞如斗貫 以藥索長又長 前牽後引 磨且戛 任汝之爲 吾不辭 有欲奪吾主 此事 吾不屈".

348) 김홍규, 『사설시조의 세계 - 범속한 삶의 만인보』(세창출판사, 2015), p.146 참조.

349) "余自東萊歸路 與崔致學到密陽 廣招妓樂數日迭宕 而有童妓楚月者 色態俱備 歌舞精妙 可謂絶世色藝也
近聞南人傳言 則楚月色藝 爲一道居甲云 昔年雖知來頭將進之趣 然豈料如今日所聞哉"(『금옥총부』45)

350) "余自靑春 豪放自逸 嗜好風流 所學皆詞曲 所處皆繁華 所交皆富貴 而有時亦有物外之想 每逢佳山麗水
輒怡然忘歸 所以金剛雪嶽貝(浿)江妙香東海西海 凡在國中之名勝者 殆無迹不到處 豈盡爲風流繁華 霜雪
風雨海浪山獸 野暑峽寒 亦備在其中間 一身旣non鐵腸石肚 安得不今日老且病也 余今年六十有六歲 雨臆
獨坐 忽起念一生過痕 無非鳥啼花落雲飛水空而已 照鏡白髮 無以自慰 飮一大白 自唱一闋 漆園化蝶 不
辨其眞假耳"(『금옥총부』166)

351) "余自溫井歸到萊府 妓靑玉家爲主 而靑玉則萊府名姬也 姿色之艶姸 歌舞之精熱 雖使洛中名姬相對 固不
肯讓"(『금옥총부』43).

352) 강명관, 『조선시대 문학예술의 생성 공간』(소명출판, 1999), p.168.

353) "烏城君 宗室也 以靑樓酒爲生涯 得豪傑稱…一日 隣居武人誑余游觀 至一處則乃妓舘也 琴歌喧闐 觥籌
交錯 心頗枝澁 欲爲還歸而爲諸人挽止旣久 稍安俄"(鄭載崙 저, 姜周鎭 역, 『東平尉公私見聞錄』, 養英
閣, 1985, pp.279~280).

354) "有書吏金貞立者 大言于衆中曰 余於昔日 與刑曹吏 憲府吏 携妓張樂於一酒家 樂未半 憲吏一人 忽愀然
不樂曰…"(鄭載崙 저, 姜周鎭 역, 위의 책, p.301).

355) 강명관, 앞의 책, pp.168~170.

356) 정내교, 金聖基傳, 『완암집(浣巖集)』卷4; 『文叢』197(민족문화추진회, 1997), p.554.

357) 鄭澈, 星州本 『松江歌辭』; 李謙魯 發行, 『松江歌辭』, 通文館, 1954.(이하 『송강가사』는 같은 본).

358) "將進酒 盖倣太白長吉勸酒之意 又取杜工部 總麻百夫行 君看束縛去之語 詞旨通達 句語悽悢 若使孟嘗
君聞之 淚下不但雍門之琴也"(鄭澈, 畸翁所錄, 『松江集』別集 卷7; 『文叢』46, p.416).

359) 김시습, 『매월당집』권13, 향음.

360) "折得花枝作酒籌 花枝未盡人先醉 請君留却最繁叢 客惡何妨明日至 必須滿揷窮歡遊 然後送春無歁意"
(李奎報, 折花吟, 『東國李相國集』後集 卷1, 古律詩).

361) 李奎報, 示子姪長短句, 위의 책, 古律詩.

362) 『삽교별집』권1, 만록1; 이우성·임형택, 『李朝漢文短篇集』(상), 深深堂 閑話.

363) 『寄齋雜記』; 丁若鏞 저, 丁海廉 역, 『임진왜란과 병자호란』(현대실학사, 2001), p.70.

364) "戊子秋 余訪牛溪 牛溪曰 頃者松江訪我 我戒之曰 過飮傷生 愼勿如前 松江答曰 我今斷酒矣 我喜而贈
詩曰 酒味忘來閑味深 晚香亭上坐觀心 其後余見松江 以牛溪之言告之 答云 吾今斷酒 浩原之言是也"(성
혼, 答問, 年譜補遺, 卷1; 국역 『우계집』3, 민족문화추진회, 2002, p.222).

365) "空山木落雨蕭蕭 相國風流此寂寥 惆悵一盃難更進 昔年歌曲卽今朝"(權韠, 過鄭松江墓有感, 『石洲集』
卷7; 『文叢』75, p.61).

366) "故石洲權公 過松江墓 有一絶曰 '空山落木雨蕭蕭 相國風流此寂廖 惆悵一盃難更進 昔年歌曲卽今朝'者 卽此也"(洪翰周 저, 김윤조·진재교 역, 國朝歌曲, 『智水拈筆』-19세기 견문지식의 축적과 지식의 탄생(하), 소명출판, 2013, p.93).

367) 정재호·장정수, 『송강가사』(신구문화사, 2006), p.276.

368) 허균, 성수시화, 『성소부부고』 권25, 설부4.

369) "始君欲成事 交我托深盟 見我便欣然 我且隨君行 君如謂我非 曷不且休停"(『松江別集』 1).

370) "爾且聽我言 無爾難聊生 好事與惡事 以爾渾忘形 詎今欲媚人 反疎舊交情"(『松江別集』 2).

371) 『세종실록』 권84, 세종 21년(1439) 2월 2일 신해 5번째 기사.

372) 『인조실록』 권13, 인조 4년(1626) 7월 8일 무인 2번째 기사.

373) 『연산군일기』 권57, 연산군 11년(1505) 1월 11일 정유 2번째 기사.

374) 이규보, 色喩, 『동국이상국집』 권20, 잡저.

375) 金正喜, 夫人禮安李氏哀逝文, 『阮堂先生文集』 卷7(景仁文化社, 1988), pp.28～29.

376) 황병익, 『고전시가 사랑을 노래하다』(산지니, 2010), pp.108～116.

377) 朴乙洙, 申獻朝論, 『續 古時調作家論』(白山出版社, 1990), p.426.

378) 朴乙洙, 위의 책, p.426.

379) 임동권, 『한국민요집』 II(집문당, 1974), p.475.

380) 任東權 編, 『韓國民謠集』 VI(集文堂, 1981), p.69.

381) 秦聖麒 편, 제주민속총서3 『南國의 民謠』(濟州民俗文化研究所, 1958), p.195.

382) 『고려사절요』 권26, 충정왕 원년.

383) 김흥규, 조선후기 예술의 환경과 소통 구조, 『한국사회론』(사회비평사, 1995).

384) "霜露零而菊黃 氷雪盛而松青 風雨離披而蓮香益清 大陽照 耀而葵心必傾 其異於尋常草木也遠矣 孰不愛 而 敬之哉 菊也隱逸松也節義 蓮也君子 葵也智矣忠矣"(李穡, 葵軒記, 『牧隱藁』 卷3, 記).

385) "風憩雲留嶺上頭 蒼鷹欲度亦應愁 如聞嶺外君來往 判不吾行一刻休"(鄭顯奭 編著, 成武慶 譯註, 『教坊 歌謠』, 보고사, 2002, p.144).

386) 金泰坤 編, 『韓國巫歌集』 2(集文堂, 1971), pp.219～220.

387) 로버트 스턴버그 외 지음, 최여실 외 편역, 『사랑의 심리학』(夏雨, 2001), pp.44～46.

388) 조수삼, 『추재기이』 권7 ; 이우성·임형택, 『이조한문단편집』(중), 내 나무(吾柴).

389) 김준오, 『도시시와 해체시』(문학과비평사, 1992), p.26.

390) 김흥규, 장사치-여인 문답형 사설시조의 재검토, 『욕망과 형식의 시학』(태학사, 1999) ; 류해춘, 商 行爲를 媒介로 한 辭說時調의 性談論, 『우리문학연구』 22(우리문학회, 2007), pp.95～115.

391) 연세대학교 중국문학사전 편역실, 『중국문학사전』(다민, 1994), p.471.

392) 연세대학교 중국문학사전 편역실, 위의 책, pp.88～89.

393) 洪邁, 『容齋隨筆』 卷3.

394) 강전섭, 낙은별곡의 연구, 『가사문학연구』(정음사, 1979), p.417 ; 권영철, 불우헌가곡연구, 『국문학 연구』 2(효성여대, 1969), pp.39～91 ; 최강현, 『가사문학론』(새문사, 1986), pp.207～212.

395) 성호경, 『조선전기시가론』(새문사, 1988), p.37.

396) 윤석창, 『가사문학개론』(깊은샘, 1991), pp.223～230.

397) 『연산군일기』 권31, 연산군 4년(1498년) 9월 9일 갑진 1번째 기사.

398) 남효온 찬, 사우명행록 ; 李摠, 『西湖文集』 卷2.

399) 『연산군일기』 권30, 연산 4년(1498) 7월 17일 신해 2번째 기사.

400) 『연산군일기』 권30, 연산 4년(1498) 무오.

401) "噫 先生之先卒 其可恨耶 其不可恨耶 蓋所謂史禍 實崇於弔義帝一篇 佔畢之作此 濯纓之錄於史 後之君子或未能知其意 無乃取其或可以有補於名義故歟 然則先生之得罪於子光等 固也 雖與寒暄同禍 又何恨焉"(金楺, 梅溪先生集跋, 『梅溪集』 附錄 ; 曹偉 지음, 이동재 옮김, 『매계집』, 평사리, pp.592~595).

402) 이기백, 『한국사신론』(일조각, 1999), pp.227~228.

403) "西謫龍灣 南遷順天 竟死遐荒 有妻與妾 無子與女 執主其喪 襄事有弟 賻弔有朋 誌則吾文 千秋萬歲 高岸深谷 不堙淸芬"(洪貴達, 有明朝鮮嘉善大夫戶曹參判成均大司成梅溪曹先生墓誌, 『梅溪集』 附錄 ; 曹偉 지음, 이동재 옮김, 『매계집』, 평사리, pp.565~567).

404) "旅雁不成行 邊聲日暮起 相思空白頭 悵望人千里 歲月空崢嶸 愁腸自鬱屈 每欲作家書 茫然難下筆 迢迢關塞長 默數家山路 何時連夜床 共聽梅堂雨"(曹偉, 寄庶弟叔奮伸, 『梅溪集』 五言絶句 ; 이동재 옮김, 위의 책, p.33).

405) "今余雖謫居 一眠一食 莫非主恩."(曹偉, 葵亭記, 『梅溪集』 記 ; 이동재 옮김, 위의 책, pp.491~492).

406) 임기중, 『한국가사문학주해연구』 7(아세아문화사, 2005), p.1.

407) "白雲在天 山陵自出 道里悠遠 山川間之 將子無死 尙能復來"(<穆天子傳>).

408) 『資治通鑑』 卷57, 絳侯 周勃 世家.

409) 白光弘 저, 정민 역, 『岐峯集』(역락, 2004), pp.212~219 ; 윤석창, 『가사문학개론』(깊은샘, 1991), pp.237~239.

410) 李相寶, 백광홍, 『한국민족문화대백과사전』 9(한국정신문화연구원, 1995), p.348.

411) "關西一閱 備載關防形勝 而西評時實蹟 故不拘眞諺 附臨章之末 綢繆之慮 忠愛之誠 槪可見矣"(백후진, 岐峯集跋, 『岐峯集』 ; 白光弘 저, 정민 역, 『岐峯集』, 역락, 2004, p.271).

412) "世所謂關西別曲者, 詞致豪邁 用意飄逸 可以想見其爲人"(曹友仁, 題出關詞後, 『頤齋集』 卷2 ; 『文叢』 續12, 민족문화추진회, 2006, p.303).

413) 白光弘 저, 정민 역, 『岐峯集』(역락, 2004), p.28.

414) 이기백, 『한국사신론』(일조각, 1999), pp.231~232.

415) 『선조실록』 권17, 선조 16년(1583년) 9월 11일 기축 2번째 기사.

416) 『선조실록』 권17, 위의 책, 같은 기사.

417) 『선조실록』 권17, 선조 16년(1583년) 9월 12일 경인 1번째 기사.

418) 『선조실록』 권17, 선조 16년(1583년) 9월 23일 신축 1번째 기사.

419) "松江前後思美人詞者 以俗諺爲之 而因其放逐鬱悒 以君臣離合之際 取譬於男女愛憎之間 其心忠 其志潔 其節貞 其辭雅而曲 其調悲而正 庶幾追配屈平之離騷"(金春澤, 北軒集 ; 鄭澈, 畸翁所錄, 『松江別集』 卷7, 附錄 ; 『文叢』 46, p.405).

420) "東方歌詞中 如鄭松江前後思美人曲 最勝 嘗聞金淸陰 劇存聽此詞 家內婢 使皆令誦習"(鄭澈, 畸翁所錄, 『松江別集』 卷7, 附錄 ; 『文叢』 46, p.405).

421) 허균, 성수시화, 『성소부부고』 권25, 설부4.

422) "人有以七言詩翻關東曲而不能佳 或謂澤堂少時作非也", "況此三別曲者 有天機之自發 而無夷俗之鄙俚 自古左海眞文章 只此三篇"(김만중 저, 홍인표 역주, 『西浦漫筆』, 일지사, 1987, pp.388~389).

423) 『병와집』 Ⅰ(한국정신문화연구원, 1990), p.57.

424) "人心之不同 如其面焉"(『春秋左氏傳』 襄公 31년 조).

425) "歷盡山無等 來尋息影亭 坐間排玉燭 松裏見疎星 醉興渾抛盞 狂懷欲臥庭 明朝有何事 幽磴不須扃"(기대승, 次息影亭韻, 『고봉속집』 권1).

426) "淸風吹老樹 白日麗春亭 美酒傾三亥 嘉蔬對五星 從容見山水 偃蹇在門庭 君與吾同趣 徘徊雲滿扃"(기대승, 次息影亭韻, 『고봉속집』 권1).

427) 한우근 외, 譯註 『經國大典』 -註釋篇(韓國精神文化研究院, 1986), p.395.

428) 李炯錫, 『壬辰戰亂史』下(壬辰戰亂史刊行委員會, 1976), p.1634.

429) "帝王世紀曰 帝堯之世 天下大和 百姓無事 有八九十老人 擊壤而歌 日出而作 日入而息 鑿井而飲 耕田而食 帝何力於我哉"(文淵閣四庫全書, 集部, 總集類, 樂府詩集, 卷83).

430) 『한국민족문화대백과사전』18(한국정신문화연구원, 1997), pp.784~785.

431) 이기백, 『한국사신론』(일조각, 2009), pp.235~236.

432) 鄭葵陽, 行狀, 『蘆溪集』 卷2 ; 金文基 譯註, 『노계집』(亦樂, 1999), pp.95~104 ; "戊戌季冬 釜山屯賊 乘夜奔潰 時公佐左兵使成允文幕 兵使聞卽 率軍 馳到釜山 留十餘日後 還到本營 明日使之 作此歌"(朴仁老, 歌, 『蘆溪集』 卷3).

433) <남정가>는 방어사(防禦使) 김경석(金景錫) 막하(幕下)의 양사준(楊士俊)이 명종 10년(1555년) 왜구가 전남 강진·진도 일대를 노략질한 을묘왜변의 전황을 담아서 지은 작품이다.(李相寶, 楊士俊의 南征歌 新攷, 『국어국문학』 62·63(국어국문학회, 1973,), pp.6~7 ; 李相寶, 『韓國歌辭選集』(集文堂, 1979), p.86 ; 金東旭, 『韓國歌謠의 研究』(二友出版社, 1980), p.225) ; 임기중, 『한국가사문학 주해연구』 4(아세아문화사, 2005), pp.475~476.

434) "至碧蹄驛 雨甚 一行皆沾濕 上入驛 少頃卽出 衆官自此多還入都城者 侍從臺諫 往往多落後不至 過惠陰嶺 雨如注 宮人騎弱馬 以物蒙面 號哭而行 過馬山驛 有人在田間 望之痛哭曰 國家棄我去 我輩何恃而生也"(柳成龍, 『懲毖錄』 卷1).

435) "金海 東萊 等地人民 皆附賊 殺掠人物 淫穢婦人 甚於倭賊 金海則如都要渚一村沿江盛居 自亂初 附賊爲盜 或報其平日恩讐"(趙慶男, 『亂中雜錄』 1, 壬辰年 5월 20일 ;『大東野乘』 卷26, 5월 20일) ; "人倫之變 到此極矣 變作之後 流民相聚 乘其無守 偸竊爲事 或假倭賊 白晝攻劫 斗筲細利 遇輒攘奪 所在成黨 其勢亦熾 腹心之憂 有甚海寇"(趙靖, 『壬亂日記』 선조 25년(1592) 5월 5일 ; 民族文化研究所 編, 1983, 黔澗趙靖先生 『壬亂日記』, 嶺南大出版部, p.303).

436) 『선조실록』 권49, 선조 27년(1594) 3월 20일.

437) 李肯翊, 『燃藜室記述』 卷15, 宣祖朝 故事本末, 壬辰倭亂 大駕西狩).

438) 『선조실록』 권22, 선조 21년(1588) 11월 21일 4번째 기사.

439) 『선조실록』 권23, 선조 22년(1589) 12월 3일 2번째 기사.

440) "生年五十九 鬢髮白於霜 敢倚文章老 空餘意氣長 空餘意氣長 低頭唯仰心 擧目但蒼蒼 那得凌風翰 高飛出八荒"(車天輅, 獨吟, 『五山集』 卷1).

441) 『선조실록』 권195, 선조 39년(1606) 1월 22일 1번째 기사.

442) 『인조실록』 권42, 인조 19년(1641) 5월 11일 2번째 기사.

443) 『선조실록』 권149, 선조 35년(1602) 4월 18일 2번째 기사.

444) 『광해군일기』 권16, 광해 1년(1609) 5월 23일 2번째 기사.

445) 『漢韓大辭典』(단국대학교 동양학연구소, 2008).

446) "冰上爲陽 冰下爲陰 陰陽事也 士如歸妻 迨冰未泮 婚姻事也"(『晋書』, 藝術傳, 索紞).

447) "錦帶羅裙積淚痕 一年芳草恨王孫 瑤箏彈盡江南曲 雨打梨花晝掩門 月樓秋盡玉屛空 霜打蘆洲下暮鴻 瑤

瑟一彈人不見 藕花零落野塘中"(난설헌집 번역주해 오언고시 ; 장정룡, 『허난설헌 평전』, 새문사, 2007, p.318).

448) 이덕무, 필담, 『청장관전서』권63, 天涯知己書.

449) "姉氏詩文俱出天成喜作游仙詩 詩語皆淸冷非烟火食之人(不)可到也 文出嵂奇四六最佳白玉樓上樑文 傳于世仲氏嘗曰景樊之才 不可學而能也 大都太白長吉之遺音也"(許筠, 鶴山樵談, 『성소부부고』附錄1).

450) "蘭雪軒許氏 … 美而慧 自少以詩聞於世 及笄嫁金翰林誠立 情好甚篤 世所謂人間願別金誠立"(徐有英 著, 金鍾權 校註, 『錦溪筆談』, 明文堂, 1985, pp.235~236).

451) "嗚呼生而不合於琴瑟死則不免於絶祀毁壁之慟曷有極"(許筠, 鶴山樵談, 『성소부부고』附錄1).

452) "世所謂人間願別金誠立 地下相逢杜牧之者 汚筠之故誣 及其妹而汚之也"(徐有英 著, 金鍾權 校註, 『錦溪筆談』, 明文堂, 1985, pp.235~236) ; 李圭景, 景樊堂辨證說, 『五洲衍文長箋散稿』經史編 5, 論事類 2, 人物.

453) 許筠, 毁壁辭 幷序, 『성소부부고』卷3.

454) "五陵年少金市東 銀鞍白馬度春風 落花踏盡遊何處 笑入胡姬酒肆中"(李白 저, 김달진 역, 少年行, 『唐詩全書』, 민음사, 1992, p.238).

455) "金誠立少時 讀書 江舍其妻許氏 寄詩云 燕掠斜簷兩兩飛 落花撩亂撲羅衣 洞房極目傷春意 草綠江南人未歸"(李晬光, 『芝峰類說』卷14, 文章部 7, 閨秀詩).

456) "宣祖之世 搢紳子弟 李慶全 李綏祿 白振民 金斗男 柳克新 金誠立 鄭孝誠 鄭協 等 年少四十餘人 結爲朋 踊躍歌 號號鏊鏊曲 公行大道中 亦且哭且笑曰 哭國家將亡笑將相非人"(李瀷, 『星湖僿說』卷15 人事門 笑歌).

457) 李肯翊, 『練藜室記述』卷15, 宣祖朝故事本末, 壬辰倭亂 大駕西狩.

458) 李鼎秉, 『蘆溪集』卷2, 墓碣銘 幷序 ; 박인로 저, 김문기 역, 『노계집』(역락, 1999), pp.112~115.

459) 장한(張翰)은 서진(西晉)의 문학가로, 글재주가 빼어났으나 자유분방한 성격이라 얽매이기를 싫어하여 '강동보병(江東步兵)'이라 불렸다. 진(晉) 혜제(惠帝) 때 벼슬을 받았으나 "무릇 세상에서 명예를 가진 자는 나아가고 물러남이 진실로 어려운데 나는 본디 자연 속의 사람이라 시절에 바라는 바가 없도다." 하며 물러난 일화로 유명하다.("翰有淸才 善屬文 而縱任不拘 時人號爲江東步兵 晉惠帝 司馬冏 大司馬東曹掾 天下紛紛 禍難未已 夫有四海之名者 求退良難 吾本山林間人 無望於時", 『晉書』卷92, 列傳62, 文苑 張翰).

460) "손님들이 기뻐 웃으며 잔을 씻어 또 따랐는데 고기 과일 안주는 다 떨어지고 술상은 어지럽다네. 배 안에서 서로 포개져 잠이 드니 날이 새서 해가 뜨는 것도 알지 못하네."라는 소식의 <전적벽부>를 인용한 것이다.("客喜而笑 洗盞更酌 肴核旣盡 杯盤狼藉 相與枕藉乎舟中 不知東方之旣白", 蘇軾, 前赤壁賦).

461) 임기중, 『불교가사 원전연구』(동국대출판부, 2000), pp.80~81 ; 침굉 현변 지음, 이상현 옮김, 한국불교전서 조선8『침굉집』(동국대학교출판부, 2012), pp.270~271.

462) "儒釋休言本自分 如今喜得老師文 再三圭復偏多戀 回首仙山鎖暮雲"(枕肱縣辯 저, 李英茂 역, 『침굉집』상, 佛敎春秋社, 2001, pp.40~41).

463) "愁邊始覺身將老 客裡方知鬢欲華 今夜不敎明月去 淸歌妙舞醉姮娥"(枕肱縣辯 저, 李英茂 역, 『침굉집』상, 佛敎春秋社, 2001, p.68).

464) "蜥蜴或名蝘蜓 以器養之 食以朱砂 體盡赤 所食滿七斤 治擣萬杵 點女人支體 終身不滅 唯房室事則滅 故號守宮"(張華, 『博物志』4).

465) 규장각 마이크로필름 81-16-103-245-G(가람古 641.5951-J466) ; 윤석창, 『가사문학개론』, 깊은샘, 1991, pp.240~244 ; 임기중, 『조선조의 가사』(성문각, 1979), pp.193~196 참조. 규장각 『정일당잡지』는 한글로만 표기했는데 작품의 이해를 돕기 위해 뒤 책의 한자표기를 함께 실었다.

466) 羅竹風, 『漢語大詞典』12(漢語大詞典出版社, 2001), p.1055.

467) 김태정, 『우리가 정말 알아야 할 우리 꽃 백가지』(현암사, 2002), p.225.

468) 정렬모 편, 『가사선집』(조선문학예술총동맹출판사, 1964), p.403 참조.

469) "金盆夕露凝紅房 佳人十指纖纖長 竹碾搗出捲菘葉 燈前勤護雙鳴璫 粧樓曉起簾初捲 喜看火星抛鏡面 拾草疑飛紅蛺蝶 彈箏驚落桃花片 徐勻粉頰整羅鬟 湘竹臨江淚血斑 時把彩毫描却月 只疑紅雨過春山"(장정룡, 『허난설헌평전』, 새문사, 2007, p.236).

470) "小鋤理荒穢 快雨灑塵埃 縱愧濂翁意 山茅舊徑開"(『靜一堂遺稿』 卷1 ; 정일당 강씨 저, 홍찬유 역, 『정일당유고』, 정일당유고 간행위원회, 1983, p.47, p.267).

471) 규장각 마이크로필름 81-16-103-245-G(가람古 641.5951-J466).

472) 丁益燮, 淸狂子 朴士亨의 南草歌攷, 『藏菴池憲英先生華甲紀念論叢』(동간행위원회, 1971) ; 이상보, 『17세기 가사 전집』(교학연구사, 1987), pp.233~235 ; 임기중, 『한국가사문학주해연구』4(아세아문화사, 2005), pp.486~487.

473) "淡婆姑 草名 亦號南靈草 近歲始出倭國 採葉暴乾 以火熱之 病人用竹筒 吸其煙旋卽噴之 其煙從鼻 孔出最能祛痰濕 下氣且能醒酒 今人多種之用其效甚去 然有毒不可輕試也 或傳南蠻國 有女人 淡婆姑者 患痰疾 積年服此草 得瘳故名"(李晬光 저, 『芝峰類說』 卷19, 식물부 약 ; 남만성 역, 『芝峰類說』(下), 을유문화사, 1994, p.449).

474) 『브리태니커』4(한국브리태니커회사, 1998), pp.360~361.

475) "獺祭魚 然後虞人入澤梁 豺祭獸 然後田獵"(『禮記』 王制).

476) "時 易疾 始二日 醫云欲知差劇 但嘗糞甛苦 易泄利 黔婁 輒取嘗之 味轉甛滑 心愈憂苦 至夕 每稽顙北辰 求以身代"(『南史』 庚黔婁列傳).

477) "貴 人之所欲 貴爲天子 而不足以解憂 惟順於父母 可以解憂"(『孟子』 萬章 上).

478) "曾子養曾晳 必有酒肉 將徹 必請所與 問有餘 必曰有 曾晳死 曾元養曾子 必有酒肉"(『孟子』 離婁章句 上).

479) 『五倫行實圖』(不二文化院, 1987), pp.25~26 참조.

480) 『五倫行實圖』, 위의 책, pp.14~15 참조.

481) 『五倫行實圖』, 위의 책, pp.22~23 참조.

482) 『五倫行實圖』, 위의 책, pp.34~35 참조.

483) 宋俊浩, 『朝鮮社會史研究』-朝鮮社會의 構造와 性格 및 그 變遷에 관한 연구(一潮閣, 1987), pp.422~423.

484) 『한국민족문화대백과사전』14(한국정신문화연구원, 1995), p.664.

485) 『經國大典』 권3, 禮典, 婚嫁.

486) 『經國大典』 권3, 禮典, 惠恤.

487) 박상규, 한국학과 우랄·알타이학 관련자료 연구총서11 『北方 民謠 選集』(滿洲·蒙古 편)(역락, 2009), p.74.

488) 박상규, 위의 책, pp.74~75.

489) 『브리태니커』4(한국브리태니커회사, 1998), p.27.

490) 임헌영, 이광수 -민족 개조 부르짖은 변절 지식인의 대명사, 『친일파 99인』(3)(돌베개, 1993), p.32.

491) 이광수, 반도 민중의 애국운동, 「매일신보」 1941.9.3.~5.

492) 경전연구모임 편, 『부모은중경』(불교시대사, 1991), pp.30~35.

493) 곽철환 편저, 『시공 불교사전』(시공사, 2003), p.682.

494) 곽철환 편저, 위의 책, p.682.

495) 韓國佛教大辭典編纂委員會 편, 『韓國佛教大辭典』2(寶蓮閣, 1982), p.789.

496) 김영운, 『국악개론』(음악세계, 2015), p.201.

497) 김영운, 위의 책, p.201.

498) 전인평, 『우리가 정말 알아야 할 우리 음악』(현암사, 2007), pp.349~350.

499) 김영운, 앞의 책, p.203.

500) 김영운, 앞의 책, p.204.

501) 『한국민족문화대백과사전』9(한국정신문화연구원, 1995), p.350.

502) 김영운, 앞의 책, p.249.

503) 이응백 외 감수, 선유가(船遊歌), 『국어국문학사전』(자료편)(한국사전연구사, 1995), p.1526.

504) 김영운, 위의 책, p.252.

505) 이응백 외 감수, 선유가(船遊歌), 『국어국문학전』(자료편)(한국사전연구사, 1995), p.1526.

506) "得力士爲鐵椎 重百二十斤 秦皇帝 東游 良與客 狙擊 秦皇帝 博浪沙中"(『史記』卷55, 留侯世家 第25).

507) 『제주도지』(상)(제주도, 1982), pp.90~92.

508) "麗季 奇皇后僑 置牧場 至于皇明 復隷我國 盖州在 海中地廣 幾五百里 居民八九千戶 牧馬亦數萬匹物 産之饒 倍於他郡州"(『신증동국여지승람』 권38, 제주목).

509) 『고려사절요』 권24, 충숙왕 10년 정월.

510) 『고려사절요』 권24, 충숙왕 5년 2월.

511) "耽羅 地狹民貧 往時全羅之賈販 瓷器稻米者時至而稀矣 今則官私牛馬蔽野 而靡所耕墾 往來冠蓋如梭 而困於將迎 其民之不幸也 所以屢生變也"(李齊賢, 昨見郭翀龍 ~, 『益齋集』 卷4, 익재난고).

512) 『신증동국여지승람』 권38, 제주목, 산천, 佛宇.

513) 『고려사절요』 권27, 공민왕 10년.

514) 채상식, 고려시대 불교의 전개와 성격, 『한국사』 6-중세사회의 성립2(한길사, 1994), pp.328~329.

515) 閔丙河, 『한국민족문화대백과사전』22(한국정신문화연구원, 1995), p.691.

516) 국역 『고려사절요』 Ⅲ(민족문화추진회, 1976), p.359.

517) 국역 『고려사절요』 Ⅲ(민족문화추진회, 1976), pp.359~360.

518) 『고려사절요』 권25, 충혜왕 4년 3월.

519) 안병우, 고려 후기 농장의 발달과 사전 개혁, 『한국사』 5-중세사회의 성립1(한길사, 1994), pp.331~332.

520) 『고려사』 권36, 세가36, 충혜왕 5년.

521) 강희맹, 『사숙재집』(세종대왕기념사업회, 1999), pp.501~502.

522) 서대석 편, 『구비문학』(해냄, 1997), pp.237~334.

523) 『신증동국여지승람』 권28, 성주목, 누정, 靑雲樓.

524) 서영숙, 충남 민요의 기능과 사설, 『한국구연민요』-연구편(집문당, 1997), p.62.

525) 임동권, 『한국민요집』 Ⅱ(집문당, 1993), p.21.

526) 임동권,『한국민요집』Ⅰ(집문당, 1992), p.165.

527) 임동권,『한국민요집』Ⅶ(집문당, 1992), p.53.

528)『한국구비문학대계』6-8, 전남 장성군, 남면 민요 64, 한국정신문화연구원, 1986, p.792.

529) 金練甲, 아리랑序說 우리민족의 살점에 묻어있는 맥박,『아리랑』(現代文藝社, 1986), p.15.

530) 張師勛,『國樂大辭典』(世光音樂出版社, 1991), p.301.

531) 손진태,『한국민족설화의 연구』(을유문화사, 1947), p.42.

532) 張師勛(1991), 앞의 책, p.301.

533) 유석재, 조선일보 1930년대 아리랑으로 한글보급, <조선일보> 2008년 10월 14일 A23면 학술.

534) 유석재, 위의 기사, A23 학술.

535) 최철,『韓國民謠學』(연세대학교 출판부, 1992), pp.230~231.

536) 임동권,『한국민요집』Ⅱ(집문당, 1974), p.14.

537) 임동권,『한국민요집』Ⅳ(집문당, 1979), p.188.

538) 한국구연민요연구회 엮음,『한국구연민요』(집문당, 1997), pp.414~417.

539) 구두이 구연, 김기현/권오경 조사, 방귀타령,『한국구비문학대계』한국민요대관, 대구광역시 북구 산격동.

540) 한국학중앙연구원『한국구비문학대계』에 실린 구연 자료 가운데 차례대로 군위군 우보면, 사천시 곤양면, 사천시 용현면, 김천시 농소면 채록본이다.

541) 중국음악가협회 연변분회, 장타령(1),『민요곡집』(연변인민출판사, 1980), p.199.

542) 하웅백, (청사초롱-하웅백) 민요 속 여인의 죽음, 국민일보 2014년 10월 1일자.

543) MBC,『한국민요대전』-경상남도(문화방송, 1994), p.395 참조

544) 문화방송, CD 14-32 포항 생금생금,『한국민요대전』(MBC, 1995), 김선이(여, 1927) 가창.

545) 서영숙,『한국 서사민요의 날실과 씨실-우리 어머니들의 노래』(역락, 2009), pp.201~202.

546) 서영숙, 위의 책, p.216.

547) 김영철,『한국 개화기 시가 연구』(새문사, 2004), p.95.

548) 전인평,『새로운 한국음악사』(현대음악출판사, 2000), p.340.

549) 이유선, 증보판『한국양악백년사』(음악춘추사, 1985), p.45.

550) 정후수·신경숙·김종순,『송설당의 시와 가사』(어진소리, 2004), pp.252~253.

551) 정후수·신경숙·김종순, 위의 책, pp.268~269.

552) 정후수·신경숙·김종순, 위의 책, pp.220~221.

553) 정후수·신경숙·김종순, 위의 책, p.6.

554) 정후수·신경숙·김종순, 위의 책, pp.220~221.

555) "深深漢江水 高高三角山 昊天在其上 雙手遠難攀"(정후수·신경숙·김종순, 위의 책, p.21).

556) "時余風前子來之松也 長而憂慮纏縻脫不得 時余巖酸盤根之松也 伶仃漂泊家漢陽時 余冬嶺孤秀之松也 快伸先寃 陽春復回時 余雨露老大之松也"(정후수·신경숙·김종순, 위의 책, p.222).

557) "若國文歌詞 尤爲長處 而調格冲淡 辭意和婉 如滄海老龍戲他頷下明珠玲瓏 寶彩隱映於波濤之間 未知夫人不學 而能如是乎 不工而能如是乎"(정후수·신경숙·김종순, 위의 책, pp15~17).

558) 강만길, 이완용 -한일한방의 주역이었던 매국노의 대명사,『친일파 99인』(1)(돌베개, 1993), p.51.

559) 이하『매천야록』은 "황현 저, 임형택 역, 역주『매천야록』(문학과지성사, 2005)".

560) 유석재, "일본이 고종황제 독살지시" 日 고위관료 문서 첫 발굴 -서울대 이태진 교수, 日 궁내성

관리 '구라토미 일기' 사본 입수, 「조선일보」, 2009.2.28-3.1, 섹션 B3면.

561) 장석흥, 조중응 -친일의 길이라면 물불 가리지 않았던 매국노, 『친일파 99인』(1)(돌베개, 1993), pp.142~143.

562) 김흥식 기획, 김성희 해설, 강영선 편집, 『1면으로 보는 근현대사-1884부터 1945까지』(서해문집, 2009), p.58.

563) 『순종실록』, 권3, 순종 2년(1909) 10월 28일.

564) 박찬호 지음, 안동림 옮김, 『한국가요사 1』(미지북스, 2009), pp.210~211.

565) 최창익 편, 『한국대중가요사 1』(한국대중예술문화연구원, 2003), pp.127~128.

566) 이영미, 『한국대중가요사』(시공사, 1998), p.76.

567) 최창익 편, 위의 책, p.214.

568) 박찬호 지음, 안동림 옮김, 앞의 책, pp.362~363.

569) 이영미, 앞의 책, p.76.

저자 ▮ 황병익黃柄翊

경북 풍기에서 태어났다. 부산대학교 국어국문학과를 졸업한 후, 동 대학원에서 석·박사 학위를 받았다. 현재 경성대학교 국어국문학과 교수로 재직하면서 고전시가론, 고전시가강독, 한국문학의 역사, 고전스토리텔링 등의 강좌를 담당하고 있다. 고전시가 가운데 고대시가와 향가와 고려가요와 시조를 주로 연구하면서 <황조가>, <도솔가>, <처용가>, <동동>, <한림별곡>, <도산십이곡> 등에 관한 학술 논문을 썼고, 고전문학과 전통문화를 활용한 콘텐츠 개발과 교육에 관심이 많다. 공저로는 『한국의 문학사상』, 『한국고전문학강의』 등이 있고, 저서로 『고전시가 다시 읽기』, 『고전시가 사랑을 노래하다』, 『고전시가의 숲을 누비다』가 있다.

고전시가 시대를 노래하다

초판 1쇄 인쇄 2016년 3월 9일
초판 1쇄 발행 2016년 3월 17일

지은이 황병익
펴낸이 이대현
편 집 오정대
디자인 이홍주
펴낸곳 도서출판 역락
　　　　서울시 서초구 동광로 46길 6-6(문창빌딩 2F)
　　　　전화 02-3409-2058(영업부), 3409-2060(편집부)
　　　　팩시밀리 02-3409-2059
　　　　이메일 youkrack@hanmail.net
　　　　역락 블로그 http://blog.naver.com/youkrack3888
　　　　등록 1999년 4월 19일 제303-2002-000014호

ISBN 979-11-5686-304-5 93810

정 가 28,000원

* 파본은 구입처에서 바꾸어 드립니다.

이 도서의 국립중앙도서관 출판시도서목록(CIP)은 서지정보유통지원시스템 홈페이지(http://seoji.nl.go.kr)와 국가자료공동목록시스템(http://www.nl.go.kr/kolisnet)에서 이용하실 수 있습니다.(CIP제어번호: CIP2016006426)